KB058300

멋진 징조들

GOOD OMENS

테리 프래챗·닐 게이먼 지음

이수현 옮김

시공사

| 차례 |

일러두기

• 본문 하단에 있는 각주 중 말머리에 [원주]라고 밝힌 것은 작가들의 주이고, 그 외의 것은 옮긴이의 주입니다.

악마 크롤리와 같은 마음으로 이 책을
고故 G. K. 체스터턴에게 바치고자 합니다
무슨 일이 일어나고 있는지 알고 있었던 그분에게

태초에

화창한 날이었다.

날이면 날마다 화창했었다. 이때까지 일곱 날이 조금 더 지났고, 비는 아직 만들어지지 않았다. 하지만 에덴의 동쪽에 모여드는 구름떼는 첫 번째 폭풍우가 다가오고 있다는 것, 그것도 큰 폭풍이리라는 것을 예고했다.

'동쪽 문'을 지키는 천사는 첫 번째 빗방울을 막으려 날개를 머리 위로 펼쳤다.

"미안하군." 그는 정중하게 말했다. "뭐라고 하고 있었지?"

"완전 끝장났다고." 뱀이 대답했다.

"아, 그렇지." 천사의 이름은 아지라파엘이었다.

"솔직히 말하자면 좀 과잉반응 같아." 뱀이 말했다. "그러니까, 처음 저지른 죄잖아. 어쨌거나 나로선 선과 악의 차이점을 안다는 게 뭐가 그리 나쁜지도 알 수가 없는걸."

"나쁜 일임에는 분명해." 아지라파엘의 말투에는 희미하게 자기 역시 그게 나쁜 일이라는 것을 이해할 수 없으며 그 점에 대해 걱정하고 있다는 기색이 묻어났다. "그렇지 않다면 *자네가* 얽혀들지도 않았겠지."

"나보고는 그냥 거기 올라가서 말썽을 좀 일으켜보라고만 했단 말이야." 뱀이 말했다. 그의 이름은 원래 크롤리였지만 이제 이름을 바꾸려고 하고 있었다.† 그는 자신이 징그러운 존재가 아니라고 결정했다.

"그래. 하지만 자넨 악마잖아. 자네가 좋은 일을 한다는 게 가능하기나 한 건지 모르겠는걸." 아지라파엘이 말했다. "타고난 본성이니. 아, 알겠지만 나쁜 감정은 없어."

"그래도 그게 애들 연극 같다는 건 인정하겠지?" 크롤리가 말했다. "그러니까 말이야, 그 나무에다 화살표를 그어놓고 커다란 글씨로 건드리지 말 것이라고 해놓다니 그다지 교묘하다곤 할 수 없잖아? 그러니까, 왜 그 나무를 높은 산꼭대기에 올려놓든가 멀찍이 떼어놓지 않았느냔 말야? 정말이지 그분이 뭘 계획하고 있는 건지 궁금해지잖아."

"추측은 하지 않는 게 좋아." 아지라파엘이 말했다. "늘 말하지만 주님의 섭리는 짐작할 수 없어. 옳은 일이 있고, 그른 일이 있지.

---

† 프롤로그에 해당하는 이 부분을 지나면 크롤리는 자신의 이름을 '기어다니는 동물'을 의미하는 'Crawly'에서 '까마귀 숲' 또는 '영웅의 후손'을 의미하는 'Crowley'로 바꾼다. 영어로는 철자가 바뀌지만 한글로는 외래어 표기법에 따라 둘 다 '크롤리'로 표기했다.

옳은 일을 하라는 말을 듣고 그른 일을 저질렀다면 벌을 받아 마땅한 거야. 어어."

그들은 빗방울이 최초의 꽃들을 상처 내는 모습을 지켜보며 당혹스러운 침묵에 잠겨 앉아 있었다.

마침내 크롤리가 말했다. "자네, 화염검을 가지고 있지 않았던가?"

"어어." 천사는 어물거렸다. 죄스러운 표정이 스쳐 지나가나 싶더니 다시 돌아와서 자리를 폈다.

"가지고 있었잖아, 맞지? 활활 타오르는 검 말이야."

"어어, 그러니까—"

"아주 강렬한 인상을 주는 칼이었는데."

"그렇지, 근데 그게—"

"잃어버린 거야?"

"아니야! 아니, 정확히 말해서 잃어버린 건 아니고, 그렇다기보다는—"

"보다는?"

아지라파엘은 비참한 얼굴이었다. "꼭 알아야겠다면." 그가 조금 퉁명스럽게 말했다. "줘버렸어."

크롤리는 그를 빤히 쳐다보았다.

"그럴 수밖에 없었어." 천사는 어지러운 마음으로 양손을 비비며 말했다. "불쌍하게도 너무 추워 보인 데다가, 그 여자는 *벌써* 아이를 배고 있었고, 바깥에 있는 *고약한* 동물들이며 다가오는 폭풍을 생각하니까 말이야, 뭐 나쁠 거 있겠느냐 싶어서 그냥 이렇게 말해버린 거야. '봐요, 당신들이 돌아온다면 어마어마한 소동이 일겠지만, 이 칼이 필요하다면 가져가세요. 나한텐 고마워할 것 없어요. 그냥 모두에게 선행을 베풀고, 너무 낙담하지 말고요'라고."

그는 크롤리에게 걱정스러운 웃음을 지어 보였다.

"잘한 거겠지?"

"자네가 나쁜 일을 한다는 게 가능하기나 한 건지 모르겠군." 크롤리는 냉소적으로 대꾸했지만, 아지라파엘은 그것이 비꼬는 말임을 눈치채지 못했다.

"그랬으면 좋겠는데. 정말 그랬으면 좋겠어. 오후 내내 그 일 때문에 얼마나 걱정했다고."

그들은 한동안 비가 내리는 광경을 지켜보았다.

"웃기는 건 말이야." 크롤리가 말했다. "나야말로 그놈의 사과 문제가 혹시 옳은 일은 아니었는지 계속 의심하고 있다는 거야. 악마가 옳은 일을 했다간 진짜 골치 아프게 될 수도 있거든." 그는 천사를 슬쩍 찔렀다. "우리 둘 다 잘못한 거라면 얼마나 웃기겠어? 내가 좋은 일을 하고 자네가 나쁜 일을 한 거라면 얼마나 웃기겠냐고, 응?"

"별로 우습지 않은걸." 아지라파엘이 대꾸했다.

크롤리는 빗줄기를 쳐다보았다.

"그래." 그는 정신을 차리고 말했다. "우습지 않지."

컴컴한 장막이 에덴동산 위로 쏟아져 내렸다. 구릉지대에 천둥소리가 울려 퍼졌다. 갓 이름을 부여받은 짐승들이 폭풍에 겁먹고 몸을 움츠렸다.

멀리 빗방울 듣는 숲 속에서는, 눈부시게 타오르는 물건이 나무들 사이로 흔들거리며 움직이고 있었다.

어둡고 폭풍우 치는 밤이 될 것이었다.

맛진 징조들

《아그네스 너터의 근사하고 정확한 예언집》
에 정확히 일치하여 일어났던 지난 11년간의
특정 사건들에 대한 이야기

현명한 사람이라면 교훈을 얻을 법한 교육적인 주석을 더하여

모으고 편집한 사람들, 닐 게이먼과 테리 프래쳇

등장인물

초자연적인 존재들

하느님*God* 하느님

메타트론*Metatron* 하느님의 대변자[+]

아지라파엘*Aziraphale* 천사이며, 부업으로 희귀 서적상을 하고 있음[Ψ]

[+] 희랍 신화 혹은 유대교 전승에 나오는 대천사장. 의미가 명확히 밝혀지지는 않았으나 '옥좌에 가장 가까운 것'이라는 뜻이라 추정하고 있다.

[Ψ] 아즈라엘과 라파엘의 합성어. 라파엘은 4대천사의 하나로 히브리어로는 '하느님이 치유하신다'를 뜻하고 여행자의 수호천사로 여겨지기도 한다. '하느님의 도움을 받은'이라는 의미의 아즈라엘은 죽음의 천사이며 이슬람에서 라파엘의 현신으로 여겨진다.

17

사탄_Satan_ 타락천사, 마왕

바알세불_Beelzebub_ 마찬가지로 타락천사이며 지옥의 왕자[+]

하스투르_Hastur_ 타락천사이며 지옥의 공작

리구르_Ligur_ 타락천사나 마찬가지이며 지옥의 공작

크롤리_Crowley_ 추락했다기보다는 어슬렁어슬렁 걸어 내려갔다고 할 정도의 타락
천사

묵시록의 기수들

죽음_DEATH_ 죽음

전쟁_War_ 전쟁

기아_Famine_ 기아

오염_Pollution_ 오염

인간들

간음하지말지어다 펄시퍼_Thou-Shalt-Not-Commit-Adultery Pulsifer_ 마녀사냥꾼

아그네스 너터_Agnes Nutter_ 예언자

뉴턴 펄시퍼_Newton Pulsifer_ 회계 사무원 겸 마녀사냥 병사

아나테마 디바이스_Anathema Device_ 실천 오컬티스트 겸 전업 아그네스 너터 자손

섀드웰_Shadwell_ 마녀사냥 하사관

마담 트레이시_Madame Tracy_ 얼굴에 떡칠을 한 이세벨[++](오전에만, 협정에 따라 목

[+] '벨제붑'이라고도 하며 본래 시리아 지방의 신화에 기원을 두고 있으나 기독교에
흡수되면서 지옥의 2인자, 파리대왕 등으로 변했다.

요일마다)이자 영매

메리 로퀘이셔스 수녀 Sister Mary Loquacious 성 베릴 수다회의 사탄숭배 수녀

영 씨 Mr. Young 아버지

타일러 씨 Mr. Tyler 거주민 조합 의장

택배 배달원A Delivery Man

고것들

아담ADAM 적그리스도

페퍼Pepper 소녀

웬즐리데일Wensleydale 소년

브라이언Brian 소년

코러스: 티베트인들과 외계인들, 미국인들, 아틀란티스인들,

그 밖에 최후 심판의 날에 나타난 다른 희귀하고 괴상한 생물들 일동

그리고

개Dog 마왕의 지옥견이자 고양이 걱정꾼

⚐ 이세벨Jezebel은 이스라엘 왕 아합의 아내로 바알을 숭배하고 부도덕한 생활을 했던 것으로 유명하다.

11년 전

어디까지나 비공식적으로, 우주가 그냥 시작된 게 아니라 창조된 것이라고 볼 때 말이지만 현재의 우주 창조론에 서는 우주가 100억에서 200억 년 전에 생성되었다고 말한다. 같은 맥락에서 지구는 40억 내지 50억 살 정도로 여겨진다.

이 연대는 틀렸다.

중세 유대교 학자들은 창조의 연대를 기원전 3760년으로 추산했다. 동방 정교회의 신학자들은 창조가 기원전 5508년에 일어났다고 보았다.

이런 주장들 역시 틀렸다.

제임스 어셔 추기경(1580~1656)은 1654년에 《신구약성경의 연대기》라는 책을 출판, 이 책에서 천국과 지상이 기원전 4004년에 창조되었다고 제시했다. 그의 측근 중 한 사람은 이 계산을 더 발전시켜, 지구는 기원전 4004년 10월 21일 일요일, 하느님께선 상쾌한 아침 일찍 일을 끝마치기를 좋아하셨으니 정확히 오전 9시에 창조되었노라고 의기양양하게 선언해냈다.

이것 역시 틀렸다. 15분 정도.

화석으로 발견된 공룡 뼈에 얽힌 일들은 모두 농담이었건만 고생물학자들은 아직도 그것을 모르고 있다.

이는 두 가지 사실을 증명한다.

첫째, 하느님은 너무나 신비스러운 방식으로 에둘러 움직이신다. 하느님은 우주를 두고 주사위놀이를 하지 않으시는도다. 홀로 형언할 수 없이 심원한 게임을 하고 계실 뿐. 요컨대 다른 참여자들[+]의 관점에서 보자면 깜깜한 방 안에 들어앉아 아무것도 그려져 있지 않은 카드로 무한대의 돈을 걸고서 포커와 비슷하기는 하지만 좀 더 애매모호하고 복잡한 게임을 하고 있는데, 정작 딜러는 규칙도 말해주지 않으면서 '늘상 웃고만 있는' 상황이라고 할 수 있겠다.

둘째, 지구는 천칭자리다.

이 사건이 시작된 날 태드필드 신문의 '오늘의 별자리 운세'에 실린 점성술 예언은 다음과 같다.

천칭자리(9월 24일~10월 23일)
지칠 대로 지쳤으며 늘 똑같은 일상이 되풀이된다는 느낌을 받을

[+] [원주] 즉 모든 이들.

수 있습니다. 집안과 가족 문제가 두드러지는데 결단을 내리지 못하고 있군요. 불필요한 위험 부담은 삼가세요. 당신에게는 친구가 중요합니다. 앞길이 확실해지기 전까지 중요한 결정은 미뤄두세요. 오늘은 복통을 일으키기 쉬우니 샐러드는 피하시길. 예기치 않았던 방향에서 도움이 올 수 있습니다.

샐러드에 대한 부분만 빼면 딱 들어맞는 예언이었다.

어둡고 폭풍우 치는 밤은 아니었다.

그랬으면 딱 좋았겠지만 그게 어디 마음대로 되는 일인가. 마침 엄청난 작업이 완성되어 수술대 위에 누워 있는 밤마다 폭풍우를 맞이하는 미치광이 과학자가 하나 있을 때마다, 하인이 초과 근무 시간을 재는 동안 평화롭게 빛나는 별들 아래 망연히 앉아서 때를 기다리는 과학자도 수십 명씩 있어왔다.

하지만 안개가 깔려 있다고 해서(나중에는 비까지 내려 기온이 7도까지 떨어지지만) 안심해선 안 될 일이다. 포근한 밤이라 해서 어둠의 세력이 돌아다니지 않는다는 뜻은 아니니까 말이다. 그들은 언제나 퍼져나간다. 그들은 '어디에나' 있다.

그들은 언제나 그렇다. 그게 핵심이다.

어둠의 권속 둘이 황폐한 묘지에 잠복해 있었다. 두 개의 어슴푸레한 형체. 하나는 등이 굽고 땅딸막했고, 또 하나는 마르고 위협적인 느낌을 주었다. 둘 다 숨는 데 있어서는 올림픽 선수급이었다. 브루스 스프링스턴이 〈달리기 위해 태어난Born to Run〉이 아니라 〈숨기 위해 태어난Born to Lurk〉이라는 음반을 취입했다면 이 둘이 앨범 표지를 장식했을 것이다. 안개 속에 숨어든 지도 벌써 한 시간째였지만 그들은 페이스를 조절하고 있었고 필요하다면 밤새도록이라도 잠복할 수 있었다. 동틀 녘에 마지막으로 숨어들기에 충분한 어둠의 힘을 간직한 채로 말이다.

다시 20분이 지나자 마침내 한쪽이 말했다. "짜증 나는 놈. 이게 장난인 줄 아나. 벌써 '한참 전에' 왔어야 하잖아."

그의 이름은 하스투르, '지옥의 공작'이었다.

전쟁, 역병, 갑작스러운 회계감사 등의 수많은 현상이 인간사에 몰래 뻗어 있는 사탄의 손을 증거하는 것으로 여겨져왔지만, 악마 연구자들은 한자리에 모일 때마다 런던 외곽 순환도로 M25야말로 그중 으뜸가는 증거물로 채택될 만하다는 데 의견을 같이했다.

물론 그들은 틀렸다. 이 조악한 도로가 매일같이 믿을 수 없을 만한 숫자의 시체를 양산하고 혼란을 일으킨다는 이유만으로 사악하다고 생각한다는 점에서 그랬다.

사실 지구 표면에 살고 있는 사람 중에 M25 도로의 형상이 '오데그라odegra'라는 글귀를 이루고 있음을 아는 이는 얼마 되지 않았다. 이는 고대 무대륙의 암흑 사제들이 쓰던 언어로 '위대한 적그리스도, 세상을 삼킬 그분을 찬양하라'라는 뜻이다. 매일 이 꾸불꾸불한 도로에서 폭주하는 수천 명의 운전자들은 물레방아에 붓는 물과 같은 역할을 수행함으로써 저급한 악으로 이루어진 안개를 끝없이 퍼뜨려, 몇십 킬로미터 반경의 초자연 대기를 오염시켰다.

그것은 크롤리의 괜찮은 업적들 중 하나였다. 이 업적을 완수하는 데 몇 년의 세월이 걸렸다. 세 번의 컴퓨터 해킹과 두 번의 주거 침입, 소소한 뇌물 먹이기까지 실패하는 바람에, 결국 비 오는 밤에 두 시간 동안 질척이는 땅에서, 수는 얼마 안 되지만 오컬트적으로는 매우 의미 깊은 이정표들을 옮겨 박아야 했다. 크롤리는 50킬로미터에 걸쳐 꽉 막힌 도로를 보며 나쁜 일을 잘해냈을 때의 흐뭇한 심정을 만끽했다.

이 일로 그는 표창을 받았다.

크롤리는 지금 시속 180킬로미터로 슬라우 동쪽 어딘가를 달리고 있었다. 그에게 특별히 악마적인 구석은 없었다. 적어도 고전적인 기준에서 보자면 그랬다. 뿔도 없고, 날개도 없다. 분명 '퀸'의 베스트 앨범을 듣고 있기는 하지만, 어차피 차 안에 들어온 테이프는 2주만 지나면 모조리 퀸 베스트 앨범으로 바뀌었으니 이것만으로는 아무 결론도 끌어낼 수 없었다. 특별히 악마적이라고 할 만한 생각도 하지 않았다. 사실 그는 지금 모에와 샹동[+]이 누구였

+ 퀸의 노래 〈킬러 퀸〉 가사 중에 "그녀는 예쁜 서랍장 속에 모에와 샹동을 보관하지"라는 대목이 있다. '모에&샹동'은 최고급 샴페인 회사 이름이다.

더라 생각하고 있었다.

크롤리는 흑발에 광대뼈가 보기 좋았고 뱀가죽 구두를 신었으며(정확히 뱀가죽인지는 모르지만), 혀로 기기묘묘한 짓을 할 수 있었다. 그리고 아차하면 쉿쉿거리는 버릇이 있었다.

또 그는 눈을 별로 깜박이지 않았다.

그가 몰고 있는 차는 1926년 검정색 벤틀리로, 갓 만들어졌을 때부터 한 사람의 소유였으며 그 소유자는 바로 크롤리였다. 그는 그 차를 무척 아꼈다.

그가 약속 시간에 늦은 것은 20세기를 한껏 즐기고 있기 때문이었다. 20세기는 17세기보다 훨씬 나았고, 14세기보다는 '엄청나게' 좋았다. 크롤리는 언제나 시간의 흐름에 좋은 점이 있다면 그건 14세기, 하느님의 대지 전체가 역사상 최악으로 지긋지긋했던 (신이시여 용서하소서) 백 년간으로부터 점점 멀어지게 해주는 것이라고 말하곤 했다. 20세기에는 전혀 지루한 데가 없었다. 사실 50초 전부터 백미러에 비치는 푸른 불빛만 해도 크롤리에게 이 시대를 더 재미있게 만들어주고 싶어 안달 난 두 남자가 따라오고 있음을 알려주지 않는가.

그는 바닷속에서 세계 스무 개 수도에서 시간이 어떻게 가는지 알고 싶어 하는 돈 많은 심해 다이버를 위해 설계된 손목시계를 흘긋 보았다.†

벤틀리는 요란한 소리를 울리며 일반도로 분기점으로 방향을 틀더니 바퀴 두 개만으로 모퉁이를 돌아 잎이 무성한 길로 돌진해 내려갔다. 푸른 불빛은 그 뒤를 따랐다.

크롤리는 한숨을 내쉬더니, 한쪽 손을 핸들에서 떼고 뒤로 돌려 어깨 너머로 복잡한 손짓을 취했다.

경찰이 정지신호를 보내자 번쩍이는 불빛은 멀어지며 희미해졌다. 타고 있던 놈들, 경찰이 멈추라고 하는 바람에 꽤나 놀랐겠지만, 정작 후드를 열고 엔진 꼬락서니를 보면 까무러치고도 남을걸.

🦇

묘지에서는 키 큰 악마 하스투르가 키가 작고 좀 더 잠복 실력이 좋은 악마 리구르에게 담배꽁초를 되넘겼다.

"불빛이 보이는군. 이제야 행차하셨어. 뺀질뺀질한 녀석."

"뭘 몰고 있는 건가?" 리구르가 물었다.

"자동차라는 물건일세. 말 없는 마차지." 하스투르가 설명했다. "자네가 마지막으로 여기 왔을 때는 없었을걸. 있었다 해도 일반적으로 이용한다고 할 정도는 아니었을 것이고."

"그때는 붉은 기를 든 남자가 앞을 달렸지."[†] 리구르가 말했다.

"그 후로 조금은 발전한 것 같네만."

---

† [원주] 이것은 크롤리만을 위한 주문 생산품이었다. 아무리 사소한 물건이라도 주문이 되고 보면 눈이 튀어나오게 비싼 법이지만, 그에겐 그럴 만한 여유가 있었다. 이 시계는 세상의 스무 곳 수도에 더하여 '또 다른 장소'에 있는 수도의 시간까지 알려주었다. 그곳의 시각은 언제나 같고, 그 시간은 '너무 늦었다'.

† 1865년 영국에서 만들어진 최초의 자동차 법규 적기조례Red Flag Act를 가리킨다. 이때는 자동차에 세 명의 운전자가 타고, 한 명은 항상 붉은 깃발이나 붉은 등을 가지고 앞을 달리면서 자동차가 온다는 것을 알려야 했다.

"이 크롤리란 놈은 어떤 녀석인가?" 리구르가 물었다.

하스투르는 침을 뱉었다. "녀석은 이 위에 너무 오래 있었다네. 처음부터 있었지. 그래서 굳이 표현하자면 동화되어버렸다고 할까. 안에 전화기가 든 자동차를 몰질 않나 원."

리구르는 그 말을 생각해보았다. 대부분의 악마들이 그렇듯 그역시 과학기술에 대해 매우 한정된 이해력밖에 지니고 있지 않았으므로 리구르가 '그러자면 전선이 무진장 많아야겠는걸' 비슷한 말을 뱉으려 하는 순간, 벤틀리가 묘지 정문에 멈춰 섰다.

"선글라스까지 꼈군." 하스투르가 코웃음을 쳤다. "그럴 필요도 없으면서 말이야." 그러고 나서 그는 목청을 돋우어 말했다. "사탄을 경배하라."

"사탄을 경배하라." 리구르가 메아리를 넣었다.

"여어." 크롤리는 그들에게 가볍게 손을 흔들었다. "늦어서 미안하지만 던햄 A40 도로가 어찌나 막히던지 말이죠. 게다가 촐리우드로 빠져나와 가로지르려 했더니—"

"이제야 우리 모두가 여기 모였군." 하스투르가 의미심장하게 말했다. "'그날의 공적'을 이야기해야 하네."

"그렇죠. 공적." 크롤리가 말했다. 몇 년 만에 처음으로 교회에 나가, 자신이 어느 편이었는지도 잊어버린 사람이 지을 법한 희미하게 죄책감 어린 표정이었다.

하스투르가 목청을 가다듬었다.

"난 성직자를 하나 유혹했네. 녀석이 길을 걷다가 햇빛 아래에서 어여쁜 소녀들을 보았을 때 마음속에 의심을 불어넣었지. 그놈

30

이 성인군자일 가능성도 없진 않지만, 10년쯤이면 녀석을 손에 넣을 수 있을 거야."

"멋지네요." 크롤리는 맞장구를 쳤다.

"난 어떤 정치가를 타락시켰어." 리구르가 말했다. "소소한 뇌물쯤은 해가 되지 않을 거라고 생각하게 만들었지. 1년이면 녀석을 손에 넣게 될 거야."

하스투르와 리구르는 환하게 웃고 있는 크롤리에게 기대에 찬 시선을 던졌다.

"마음에 들 겁니다." 크롤리가 말했다.

그는 더 활짝, 더 꿍꿍이 가득한 웃음을 지었다.

"난 점심시간 45분 동안 센트럴 런던에 있는 '모든' 휴대전화망을 묶어뒀어요."

정적이 내려앉았다. 멀리 차들이 지나가는 소리밖에 들리지 않았다.

"그래서?" 하스투르가 말했다. "그다음엔 무슨 일이 있었지?"

"이런, 쉬운 일은 아니었는데요." 크롤리가 말했다.

"그게 다인가?" 리구르가 물었다.

"저기요, 사람들은—"

"그 일이 정확히 어떻게 해서 우리 주군을 위한 영혼을 확보한 건가?" 하스투르가 물었다.

크롤리는 마음을 가라앉혔다.

무슨 말을 할 수 있겠는가? 2만 명이나 꼭지가 돌았다고? 온 시내에서 핏줄 터지는 소리를 들을 수 있었다고? 그런 다음 그들이 돌아가서 비서든 교통감시관이든 누군가에게 닥치는 대로 화풀이를 했고, 또 그들은 다시 다른 사람들에게 화풀이를 했다고? 온갖 종류의 사소한 보복이 이루어졌고, 그것도 '자기들이 직접 궁리해 내기까지' 했다. 그날 내내 말이다. 부가 효과는 측정할 수 없을 정도였다. 손가락 하나 까딱할 필요 없이 몇천 몇만 개의 영혼에 희미한 녹이 슬었다.

하지만 하스투르나 리구르 같은 악마들에게는 이런 얘기를 해봐야 소용이 없었다. 많은 악마들이 그렇지만 그들도 사고방식이 14세기식이었다. 몇 년이나 들여 겨우 하나의 영혼을 손에 넣는 식이라니. 나름의 '장인정신'은 인정하지만 요새는 생각을 달리해야 했다. 하나에 정진하기보다는 폭을 넓혀야 했다. 50억 명이 사는 세상에서 하나씩 하나씩 조준해서 쏘는 것은 무리였다. 노력의 결과가 널리 퍼질수록 좋았다. 하지만 리구르와 하스투르 같은 악마들은 이런 사정은 이해하지 못했다. 예컨대 그들은 웨일스어 방송은 꿈도 꾸지 못할 것이다. 부가가치세도. 맨체스터도.

크롤리는 특히 맨체스터가 뿌듯했다.

"'당국'에선 만족하는 것 같던데요. 시대가 바뀌고 있거든요. 그런데 무슨 일이죠?"

하스투르가 묘비 뒤로 손을 뻗었다.

"이걸세."

크롤리는 바구니를 뚫어져라 보았다.

"아, 설마."

"바로 그렇다네." 하스투르는 히죽 웃으며 말했다.

"벌써요?"

"그렇지."

"어, 그런데 그게 나한테—?"

"그래." 하스투르는 이 순간을 즐기고 있었다.

"왜 나죠?" 크롤리는 필사적으로 말했다. "날 알잖아요, 하스투르. 이건 내가 활약할 장면이 아닌데……"

"아무렴, 자네에게 딱 맞는 장면이지. 빛나는 역할일세. 받아. 시대가 바뀌고 있다네."

"그래." 리구르가 히죽 웃으며 거들었다. "놈들이 끝장나는 거야."

"왜 내가?"

"자네는 분명 총애를 받고 있는 게야." 하스투르가 심술궂게 말했다. "여기 리구르는 이런 기회를 얻게 된다면 오른팔이라도 내어줄걸."

"그럼, 그럼." 리구르는 어쨌거나 누군가의 오른팔은 내줄 거라고 생각하며 맞장구를 쳤다. 오른팔이야 쎄고 쎈 것 아니겠는가. 굳이 괜찮은 팔을 버릴 것도 없었다.

하스투르가 지저분한 비옷 안에서 서류철을 꺼냈다.

"서명하게. 여기에." 그는 단어와 단어 사이에 무시무시한 정적을 깔고 말했다.

크롤리는 우물쭈물 안주머니를 뒤져 펜을 하나 꺼냈다. 날씬한 무광택 펜이었다. 자동차로 치면 제한 속도도 넘을 수 있을 듯 늘씬하게 생겼다.

"펜 좋구먼." 리구르가 말했다.

"물속에서도 쓸 수 있죠." 크롤리는 중얼거렸다.

"인간 녀석들은 다음엔 대체 뭘 생각해내려나?" 리구르는 투덜거렸다.

"뭐가 됐든 간에 빨리 생각해야 할걸." 하스투르가 대꾸했다. "아니. A. J. 크롤리 말고. 자네 '진짜' 이름으로."

크롤리는 애처롭게 고개를 끄덕이고는 종이 위에 복잡하고 꾸불꾸불하다 못해 몸부림을 치는 서명을 휘갈겼다. 서명은 잠시 동안 어둠 속에서 붉게 빛나다가 사라졌다.

"이걸 어떻게 해야 하는 거죠?" 크롤리가 말했다.

"지시 사항을 받게 될 거야." 하스투르가 얼굴을 찌푸렸다. "뭘 그리 걱정하나, 크롤리? 수천 년간 추구해온 순간이 코앞에 있잖아!"

"그렇죠. 맞아요." 크롤리는 그렇게 말했지만, 지금 그의 모습은 몇 분 전 벤틀리에서 건들건들 뛰어내리던 인물 같지 않았다. 뭔가에 쫓기는 듯한 표정이었다.

"영원한 승리의 순간이 기다리네!"

"영원. 그렇죠." 크롤리가 말했다.

"그리고 자넨 바로 그 영광스러운 운명의 도구가 되는 걸세!"

"도구. 그럼요." 크롤리가 중얼거렸다. 그는 폭탄이라도 들어 있다는 듯이 바구니를 집어 들었다. 어떻게 보면 폭발할 물건이기도 했다.

"어. 좋아요." 크롤리가 말했다. "그럼 난 갈게요. 가도 되겠죠?

끝내죠. 아니 뭐 꼭 끝내고 싶다는 건 아닙니다만." 그는 하스투르가 비판적인 보고서를 내놓으면 어떤 결과가 일어날 수 있는지 깨닫고 급히 마지막에 덧붙였다. "아시잖아요. 열심히 하려다 보니."

고참 악마들은 아무 말도 하지 않았다.

"그러니까 잽싸게 튀어가겠습니다." 크롤리는 입속으로 웅얼거렸다. "나중에— 나중에 봐요. 어, 정말. 그럼. 챠오."

벤틀리가 어둠 속으로 미끄러져 사라지자 리구르가 물었다. "챠오가 무슨 소린가?"

"이탈리아어라네." 하스투르가 말했다. "아마 음식이라는 뜻일 걸."

"그런 말을 하다니 이상하군." 리구르는 멀어져가는 미등을 바라보았다. "저놈을 믿나?"

"아니." 하스투르가 대답했다.

"아무렴." 리구르는 말하며, 악마들이 서로를 믿었다면 우스꽝스러운 세상이 됐을 거라 생각했다.

아머샴 서쪽 어딘가에서 맹렬한 속도로 밤을 뚫고 달리던 크롤리는 되는대로 테이프를 하나 움켜쥐고 핸들을 잡은 채로 깨지기 쉬운 플라스틱 케이스에서 내용물을 끄집어내려 용을 쓰고 있었다. 헤드라이트 불빛에 비춰 보니 비발디의 〈사계〉였다. 안 그래도 진정이 될 만한 음악이 필요했다.

그는 테이프를 카오디오에 밀어 넣었다.

"젠장젠장젠장제엔장. 왜 지금이야? 왜 나야?" 그는 중얼거렸다.
친숙한 퀸의 선율이 밀려들고 있었다.

그런데 갑자기 프레디 머큐리가 이렇게 말했다. *네가 그 일을 할
만한 자격이 있기 때문이다. 크롤리.*

크롤리는 속으로 욕설을 퍼부었다. 전자음을 통신수단으로 이
용하자는 생각을 내놓은 사람은 바로 그였는데, '아래'에서 어쩐
일인지 제안을 받아들였다 했더니만 항상 그렇듯이 완전히 망쳐
놓았다. 그는 셸넷 이동통신에 투자하도록 설득할 수도 있다는 바
람을 품고 있었건만, 그들은 그 시점에 그가 듣고 있는 게 무엇이
건 끼어들어 엉망으로 만들 뿐이었다.

크롤리는 감정을 꿀꺽 삼켰다.

"정말 감사드립니다, 각하."

짐은 너를 아주 신뢰하고 있다, 크롤리.

"감사합니다, 각하."

이건 중요한 일이다, 크롤리.

"압니다, 알아요."

아주 중대한 일이다, 크롤리.

"맡겨만 주세요, 각하."

*그러려고 하고 있다, 크롤리. 일이 잘못된다면 이 일에 관련된 자들은
대단히 고통 받게 될 것이다. 너 역시, 크롤리. 특히 네가.*

"알아들었습니다, 각하."

지시를 내리겠다, 크롤리.

그리고 갑자기 그는 지시 내용을 깨달았다. 질색이었다. 갑자기 머릿속에다 으스스한 지식을 바로 집어넣지 말고 그냥 얘기하면 좋을 것을. 그는 어느 병원으로 달려가야 했다.

"5분이면 갑니다. 문제없어요."

좋아. 한 남자의 작은 실루엣이 보여요 스카라무슈 스카라무슈 판당고 춤을 취줘요……[+]

크롤리는 운전대를 내리쳤다. 모든 게 너무나 잘 돌아가고 있었고, 요 몇 세기 동안은 모든 게 그의 손아귀 안에 있었다. 그런 식이었다. 세상 꼭대기에 올라앉은 것 같다 싶으면 갑자기 놈들이 아마겟돈을 일으키는 것이다. 대전. 마지막 전투. 천국 대 지옥, 3라운드, 한쪽은 완전 몰락, 항복 없음. 더 이상 세상은 없는 것이다. 세상의 종말이란 그런 뜻이다. 더 이상 세상이 없다는 것. 누가 이기느냐에 따라 끝없는 천국 아니면 끝없는 지옥. 크롤리는 어느 쪽이 더 나쁜지 알 수 없었다.

아, 물론 정의상으로는 '지옥'이 더 나빴다. 하지만 크롤리는 천국이 어떤 곳인지 기억하고 있었고, 천국과 지옥 사이엔 공통점이 꽤 있었다. 뭐니 뭐니 해도 천국이나 지옥이나 괜찮은 술을 마실 수 없다는 점은 매한가지였다. 게다가 천국에서 얻게 될 지루함은 지옥에서 얻는 자극만큼이나 지독했다.

하지만 빠져나갈 길이 없었다. 악마 주제에 자유의지를 가질 순

[+] 퀸의 노래 〈보헤미안 랩소디〉의 가사.

없는 노릇이었다.

……난 너를 놓아주지 않을 거야 (보내줘)……[+]

뭐, 그래도 올해 터지는 건 아니다. 이것저것 일을 처리할 시간
은 있었다. 우선 장기 채권부터 처분해야지.

그는 그냥 이 컴컴하고 축축하며 텅 빈 도로에서 차를 멈추고
바구니를 빙빙 돌리다가 던져버리면 무슨 일이 벌어질지 생각해
보았다.

뭔가 무시무시한 일이 일어나겠지.

한때는 그도 천사였다. 타락할 생각은 없었다. 어쩌다 보니 나쁜
친구들과 어울렸을 뿐이었다.

벤틀리는 연료계 바늘이 0을 가리킨 상태로 어둠 속을 질주했
다. 연료계가 0을 가리킨 지도 이제 60년 남짓했다. 악마가 되는 것
도 그리 나쁘지만은 않았다. 휘발유를 살 필요도 없고 말이다. 크
롤리가 기름을 채운 것은 딱 한 번, 1967년에 사은품으로 앞유리
에 제임스 본드 영화에 나오는 것 같은 탄흔 자국을 붙여준다기에
주유소를 찾았을 때 한 번뿐이었다.

뒷좌석에서 바구니에 든 물건이 울기 시작했다. 갓 태어난 존재
가 울리는 공습 사이렌이었다. 높고, 아무 의미도 없으며, '오래된'
울음소리.

[+] 〈보헤미안 랩소디〉의 가사. 약간의 변형이 있다.

영 씨는 정말 근사한 병원이라고 생각했다. 정말 조용하기도 하고 말이다. 수녀들만 빼면 그랬다는 말이지만.

그는 수녀들을 정말 좋아했다. 가톨릭 신자여서는 아니었다. 꼭 교회에 가야만 한다면, 내키지 않더라도 갈 만한 교회는 성 세실 교회와 온누리 천사 교회, 허튼소리가 아닌 국교회 정도였지, 그 외에 다른 교회에 갈 생각은 꿈에도 없었다. 다른 교회에선 하나같이 시원찮은 냄새가 났다. 아래쪽에서는 바닥칠 냄새가, 위쪽에서는 뭔가 의심스러운 향내가. 영혼의 가죽 안락의자에 푹 파묻힌 영 씨는 하느님께서 그런 것에 당혹하신다는 사실을 알고 있었다.

그래도 수녀들을 보는 것은 좋았다. 구세군과 마찬가지였다. 그들을 보고 있노라면 모든 것이 '괜찮으며', 세상 어딘가에선 사람들이 계속 세상을 제대로 유지시키고 있다는 느낌이 들었다.

하지만 '성 베릴 수다회'를 접하기는 이번이 처음이었다.[+] 디어드리가 무슨 소송과 관련해서 우연히 만난 사람들이었다. 아마 불쾌한 남미인 한 패거리와 역시 불쾌한 남미인 한 무리가 싸우는 와중에 성직자들은 교회 청소 당번을 짤 때처럼 성직자다운 관심과 걱정을 보여주기는커녕 싸움을 부추겨댄 사건이었을 것이다.

요점인즉, 수녀들은 조용해야 마땅했다. 그 왜 모자만 봐도 무반향실인지 뭔지 하는 방에 설치하는 뾰족뾰족한 뿔 비슷하게 생기지 않았는가. 그러니까, 수녀들은 끊임없이 재잘거려선 안 되는 거였다.

그는 파이프에 담배를 채우고—어쨌든 사람들은 그걸 담배라고 불렀다, 그는 담배라고 생각하지 않았고, 또 흔히 생각하는 담배라고도 할 수 없는 물건이었지만—수녀님에게 남자 화장실이 어디 있냐고 물어보면 무슨 일이 벌어질까 곰곰이 생각해보았다. 어쩌면 교황께서 친히 질책을 보내실지도 모르지. 그는 어색하게 자리에서 일어나 손목시계를 들여다보았다.

그래도 한 가지, 수녀들은 탄생의 순간에 그가 입회하는 것만큼은 단호히 막아주었다. 디어드리는 그가 입회해야 한다고 주장했었다. 그녀는 이번에 아이를 배고서 모든 것을 다시 읽었다. 전에도 아이를 낳아보았으면서, 갑자기 해산이란 두 사람이 나눌 수 있는 가장 기쁜 경험이라고 단언하다니, 원. 전용 신문을 구독하게

+ [원주] 크라쿠프의 성녀 베릴 아티쿨라투스는 5세기 중반에 순교했다고 알려져 있다. 전설에 따르면 베릴은 자신의 의지에 반하여 이교도인 카시미르 왕자와 약혼한 처녀였다. 결혼식날 밤 그녀는 신비스러운 수염이 날지도 모른다는 기대감을 품고서 하느님께 중재해주십사고 기도드렸고, 진짜 그런 사태가 일어날 경우에 대비하여 숙녀들에게 걸맞은 작은 상아 손잡이 면도칼도 지니고 있었다. 하지만 하느님께서는 수염 대신 베릴에게 아무리 하찮은 내용이라도 마음속에 있는 말을 계속해서 재잘거릴 수 있는 신비로운 능력을 내리셨다. 숨도 쉬지 않고 먹지도 않고 계속.

어떤 전설에 따르면 카시미르 왕자는 결혼식이 있고 나서 3주 후, 아직도 혼례를 완성하지 못한 채 베릴을 목 졸라 죽였다고 한다. 그녀는 처녀이며 순교자로 죽었다. 끝까지 재잘거리면서.

또 다른 전설에 따르면 카시미르는 귀마개를 샀고, 베릴은 그와 잘 살다가 62세의 나이로 침대에 누워 죽었다고도 한다.

성 베릴의 수다회는 수녀들이 입을 다물고, 원한다면 탁구를 쳐도 좋다는 허락을 받고 있는 화요일 저녁의 30분을 제외하고는 언제나 베릴 성녀를 모범으로 삼겠다는 서약을 하고 있다.

놔둔 결과였다. 영은 안쪽에 '생활양식'이니 '선택권'이니 하는 제목이 달려 있는 신문을 믿지 않았다.

아, 물론 그도 기쁜 경험을 공유한다는 데 대해서는 털끝만치도 반대하지 않았다. 기쁜 경험을 공유한다는 건 좋은 일이었다. 세상은 즐거운 경험을 좀 더 많이 나누어야 하는 걸지도 몰랐다. 하지만 그는 이 일에서만큼은 그 기쁘고 참여적인 경험을 디어드리 혼자 얼마든지 누려도 좋다고 생각했다.

그리고 수녀들의 생각도 그와 같았다. 그들은 분만 과정에 아버지가 끼어들어야 할 이유를 알지 못했다. 생각해보니 어쩌면 수녀들은 아버지가 '어디든' 끼어들어야 할 이유가 없다고 생각하는 것일지도 모른다.

그는 엄지손가락으로 소위 담배라는 물건을 쟁이고 나서 대기실 벽에 걸린 작은 표지판을 노려보았다. 스스로의 편의를 위해 담배를 피우지 말라고 적혀 있었다. 그는 자신의 편의를 위해 현관에 나가서 피우기로 결심했다. 바깥에 그의 편의에 딱 맞는 관목 숲이라도 있다면 훨씬 나을 것이다.

그는 텅 빈 복도를 헤매다가 딱 좋은 쓰레기통들이 가득한 안뜰 출입구를 찾아냈다. 밖에는 비가 내리고 있었다.

그는 한기에 부르르 몸을 떨고 손을 오므려 파이프에 불을 붙였다.

마누라들이란, 어느 정도 나이가 되면 다 그랬다. 25년간 아무 일 없이 살다가 갑자기 뛰쳐나가서 분홍색 양말 바람으로 로봇 같은 운동을 하면서, 당신은 한 번도 살림을 해본 적이 없었느니 어쩼느니 비난하기 시작하는 것이다. 호르몬인지 뭔지가 문제였다.

커다란 검은색 자동차가 미끄러져 들어와 쓰레기통 옆에 멈춰 섰다. 검은 선글라스를 쓴 젊은 남자가 휴대용 아기 침대처럼 생긴 물건을 들고 빗속으로 뛰어내리더니 스르르 문가로 다가왔다.

영 씨는 입에서 파이프를 빼고 말했다. "라이트를 켜놨어요."

그 남자는 라이트가 켜져 있거나 말거나 신경 쓸 필요가 없다는 듯 멍한 표정으로 그를 쳐다보다가 벤틀리를 향해 대충 손을 흔들었다. 불이 꺼졌다.

"그거 편리하네요. 적외선인가요?"

그는 남자가 전혀 젖지 않은 것처럼 보여 조금 놀랐다. 그리고 아기 침대 안에는 뭔가가 들어 있는 것 같았다.

"벌써 시작했습니까?" 남자가 물었다.

영 씨는 그가 자신을 보자마자 출산을 기다리는 아버지라는 사실을 알아보았다는 데 자부심 비슷한 것을 느꼈다.

"예." 그는 감사하는 마음으로 덧붙였다. "날 내쫓더군요."

"벌써요? 우리에게 얼마나 남았는지 알아요?"

'우리'라니, 영 씨는 그 말에 주목했다. 필시 출산이란 공동 작업이라는 관점을 지닌 의사일 것이다.

"어, 우린 한창 진행 중일 겁니다."

"어느 방에 있죠?" 남자가 다급하게 물었다.

"우린 3번 방인데요." 영 씨는 그렇게 대답하고 주머니를 뒤져 관습에 따라 가지고 온 낡은 꾸러미를 찾아냈다.

"우리 기쁨의 시가 피우기라도 함께 할까요?"

하지만 남자는 벌써 가버리고 없었다.

영은 조심스럽게 시가 꾸러미를 다시 집어넣고 생각에 잠겨 파이프를 들여다보았다. 의사들이란 항상 서두른다니까. 하느님께서 주신 시간을 일하는 데에만 쓰지.

컵 세 개를 뒤섞어 어디에 콩이 들었는지 맞추게 하는 도박을 떠올려보라. 지금, 훨씬 큰 판돈을 걸고 그 비슷한 게임이 시작되려 하고 있다.

상황을 알아보기 쉽도록, 잽싸게 컵을 움직이는 손을 조금 늦춰보겠다.

디어드리 영 부인은 3번 분만실에서 금발의 사내아이를 낳고 있다. 이 아이를 아기 A라고 부르기로 하자.

미국 문화담당 외교관의 부인 해리엇 다울링은 4번 분만실에서 출산 중이다. 그녀가 낳는 금발의 사내아이를 아기 B라고 부르자.

메리 로퀘이셔스 수녀는 나면서부터 신실한 사탄숭배자였다. 그녀는 어린 시절 사바스 스쿨에 다녔고 필적 위조와 배짱 분야에서 검은 별이라는 특출한 성적을 받았다. 수다회에 합류하라는 명을 받았을 때에는 이 분야에 타고난 재능도 있었고, 친구들과 함께 있게 되리라는 것을 알았으므로 고분고분 복종했다. 한 번이라도 스스로 생각해야 할 위치에 놓였다면 영리함을 보여줄 여자였지만, 스스로의 표현을 빌리자면 '덜렁이'가 살기는 더 편하다는 사실을 오래전에 알았다. 지금 그녀는 우리가 마왕, 왕들을 몰락시킬 자, 무저갱의 천사, 용이라 불리는 거대한 짐승, 이 세상의 왕자, 거짓의 아버지, 사탄의 자식이자 암흑의 군주라고 부를 금발의 사내아이를 건네받고 있다.

주의 깊게 지켜보라. 빙글빙글 컵이 돈다……

"이 아이가 그분인가요?" 메리 수녀는 아기를 들여다보며 물었다. "전 눈이 좀 이상할 줄 알았지 뭐예요. 붉은색이라거나 녹색이라거나. 아니면 쪼그만 발굽 자국이 있다든가. 꼬리가 달렸다든가요." 그녀는 말을 하면서 아기를 이리저리 돌려보았다. 어디에도 뿔은 없었다. 악마의 자식은 더할 나위 없이 정상적인 모습을 하고 있었다.

"그래요. 그분이죠." 크롤리가 대답했다.

"제가 적그리스도를 안고 있다니 믿을 수가 없네요. 적그리스도를 씻기는 것도. 그리고 작은 발가락 손가락을 세는 것도……"

메리 수녀는 이제 자기만의 세계에 빠져 아기의 정체를 마구 말하고 있었다. 크롤리는 수녀의 베일 앞에 손을 흔들었다. "여보세요? 여보세요? 메리 수녀님?"

"어머나, 죄송해요. 하지만 사랑스러운 아가인걸요. 아버지를 닮았나요? 물론 그렇겠죠. 아빠 친척들은 닮았……"

"아뇨." 크롤리가 단호하게 부인했다. "그리고 나라면 이제 분만실로 가보겠는데요."

"자라고 나서 절 기억할까요?" 메리 수녀는 천천히 복도를 걸으며 아쉽다는 듯이 말했다.

"기억 못 하시길 비는 게 좋을걸요." 크롤리는 그렇게 말하고 몸을 피했다.

메리 수녀는 마왕, 왕들을 몰락시킬 자, 무저갱의 천사, 용이라 불리는 거대한 짐승, 이 세상의 왕자, 거짓의 아버지, 사탄의 자식이자 암흑의 군주인 아기를 품에 안고 야간병동 쪽으로 향했다. 유모차도 하나 찾아내어 아기를 안에 뉘었다.

아기가 꾸르르 소리를 냈다. 그녀는 아기를 간질였다.

중년의 얼굴 하나가 불쑥 문밖으로 나왔다. "메리 수녀, 여기서 뭐 하고 있는 거죠? 4번 분만실에 있었어야 하지 않나요?"

"크롤리 님 말씀이—"

"얼른 움직여요. 그래야 착한 수녀죠. 어디서 남편 못 봤나요? 대기실에 없던데요."

"전 크롤리 님밖에 못 봤어요. 그리고 그분이—"

"물론 그랬겠죠." 그레이스 볼러블 수녀는 단호하게 말을 끊었다. "난 가서 그 불쌍한 남자를 돌봐주는 게 좋겠네요. 들어와서 아이 엄마를 지켜보고 있어줘요. 엄마 쪽은 좀 멍한 상태인데, 아기는 괜찮아요." 그레이스 수녀는 말을 잠시 멈췄다. "왜 눈을 깜박이고 있죠? 눈에 뭐 들어갔어요?"

"아시잖아요!" 메리 수녀는 장난스럽게 윗 소리를 냈다. "아기들 말예요. 바꿔치—"

"물론이죠, 그럼요. 딱 좋을 때죠. 하지만 아기 아버지가 정처 없이 돌아다니게 놔둘 순 없잖아요, 안 그래요? 뭔가 쓸데없는 걸 볼지도 모르고 말이죠. 그러니까 여기서 기다리면서 아기를 돌보고 있어요. 착하죠?"

그녀는 반짝이는 복도 저편으로 가버렸다. 메리 수녀는 유모차를 밀고 분만실로 들어갔다.

영 부인은 멍한 상태 정도가 아니었다. 그녀는 뛰어 돌아다니는 일은 다른 사람들이 해야 한다는 것을 알고 있는 사람답게, 결연하고도 만족스러운 표정으로 푹 잠들어 있었다. 아기 A는 몸무게를 재고 이름표를 붙인 채 엄마 곁에 잠들어 있었다. 필요할 때 도움이 될 만한 사람으로 자란 메리 수녀는 이름표를 떼고 그 내용을 베껴서, 데리고 온 아기에게 붙였다.

아기들은 비슷해 보였다. 둘 다 작고 얼룩얼룩했으며, 윈스턴 처칠 비슷했다. 정말로 그렇다는 건 아니지만.

메리 수녀는 생각했다. 자, 이제 맛있는 차를 한 잔 마실 수 있겠지.

수다회 사람들은 대개 자기 부모나 조부모와 마찬가지로 구닥다리 사탄숭배자들이었다. 그들은 그렇게 키워졌고, 솔직히 말해서 특별히 사악하다거나 하지는 않았다. 인간이란 대개 특별히 사악하지 않은 법이다. 사람들은 그저 장화를 신고 사람들에게 총질을 한다거나, 흰 천을 뒤집어쓰고 사람들을 린치한다거나, 청바지를 입고서 기타를 연주한다거나 하는 새로운 사상에 휩쓸릴 뿐이었다. 사람들에게 새로운 복장과 강령을 내리면 마음과 정신도 따라가게 되어 있다. 어쨌든 사탄숭배자로 '키워지면' 정작 그런 일에는 무뎌지는 경향이 있었다. 뭔가 사탄숭배자다운 일을 하는 건 토요일 밤만이고, 나머지 시간 동안엔 다른 사람들과 마찬가지로 가능한 한 삶을 즐겼다. 게다가 메리 수녀는 간호사였고, 간호사들이란 자기들의 신념과 상관없이 간호사로서, 시계를 볼 틈도 없을 만큼 할 일이 많고, 긴급한 상황에서도 침착을 유지하며, 차 한 잔을 위해 목숨을 바치기 마련이다. 메리 수녀는 얼른 누군가가 왔으면 싶었다. 중요한 일을 해치웠으니, 차를 마시고 싶었다.

이 시점에서, 역사상의 중대한 승리와 비극들 대부분은 사람들이 선하거나 악해서가 아니라, 사람들이 어쩔 수 없는 사람이기 때문에 일어난다는 사실을 짚고 넘어가는 편이 인간사를 제대로 이해하는 데 도움이 될지도 모르겠다.

문을 두드리는 소리가 났다. 메리 수녀는 문을 열었다.

"낳았습니까?" 영 씨가 물었다. "제가 아버집니다. 남편이죠. 아무튼. 아니, 둘 다예요."

메리 수녀는 미국 문화담당관이라고 하면 드라마 〈다이너스티〉나 〈달라스〉의 주인공처럼 생겼을 거라고 생각했다. 그런데 영 씨는 그녀가 텔레비전에서 본 어떤 미국인과도 닮지 않았다. 살인추리극장[+]에 나오는 친절한 보안관 정도는 비슷할지도 모르겠지만. 좀 실망스러웠다. 입고 있는 카디건도 실망이었고.

그녀는 실망을 삼키고 말했다. "아아, 네. 축하해요. 부인은 잠들었네요, 가엾기도 하지."

영 씨는 그녀의 어깨 너머를 건너다보았다. "쌍둥이?" 그는 파이

[+] [원주] 자그마한 노부인이 탐정으로 나오고, 아주 느리게 달리는 경우를 빼면 자동차 추격 장면도 없음.

프에 손을 뻗었다가, 거둬들였다가, 다시 손을 뻗었다. "쌍둥인가요? 그런 말은 아무도 안 했는데요."

"어머나, 아니에요!" 메리 수녀는 황급히 부인했다. "이쪽이 당신 아이랍니다. 또 한 아이는…… 어…… 다른 사람 아기예요. 그레이스 수녀님이 돌아오실 때까지만 돌봐주고 있는 거랍니다. 아니." 그녀는 마왕, 왕들을 몰락시킬 자, 무저갱의 천사, 용이라 불리는 거대한 짐승, 이 세상의 왕자, 거짓의 아버지, 사탄의 자식이자 암흑의 군주를 가리키며 거듭 말했다. "이 아이가 확실해요. 머리끝부터 발굽 끝까지― 아, 발굽은 없지만요." 그녀는 황급히 덧붙였다.

영 씨는 아이를 자세히 들여다보았다.

"그렇군요." 그가 의혹에 차서 말했다. "친가 쪽을 닮은 것 같네요. 모두, 그러니까, 건강하고 정상이죠?"

"아, 그럼요." 메리 수녀가 대답했다. "아주 정상적인 아이예요." 그러고는 다시 덧붙였다. "아주, 아주아주 정상이죠."

잠시 침묵이 흘렀다. 그들은 자고 있는 아기를 바라보았다.

"억양이 별로 튀지 않으시네요." 메리 수녀가 말했다. "여기 온 지 오래되셨나요?"

"10년쯤 됐죠." 영 씨는 약간 당황했다. "직장이 이동하면서 저도 같이 움직여야 했거든요."

"분명 굉장히 흥미진진한 일이겠죠. 늘 그럴 거라고 생각했어요." 메리 수녀의 말에 영 씨는 기쁜 표정을 지었다. 원가 회계에도 나름대로 재미가 있다는 사실을 인정해주는 사람은 별로 없었다.

"전에 계신 곳은 굉장히 달랐겠죠." 메리 수녀는 말을 이었다.

"그렇죠." 영 씨는 사실 한 번도 그런 생각을 해보지 않았지만, 그렇게 대답했다. 그가 기억하는 한 루턴은 태드필드와 별다를 게 없는 곳이었다. 집과 철도역 사이엔 비슷한 산울타리가 있고, 사람들도 비슷비슷하고 말이다.

"우선 건물도 더 높았을 거고요." 메리 수녀는 열심히 생각해서 말했다.

영 씨는 그녀를 멍하니 보았다. 높은 건물이라곤 얼라이언스 앤드 레스터 사무실 건물밖에 떠올릴 수 없었다.

"그리고 가든파티도 많이 하겠죠." 수녀가 말했다.

아. 그거라면 할 말이 있었다. 디어드리는 그런 유의 일에 아주 열심이었다.

"많이 하죠." 그는 감정을 담아서 대답했다. "디어드리는 파티에 내놓으려고 잼을 만든답니다. 보통 전 그 애물단지를 거들어야 하고요."

잘 어울리긴 했지만 이건 메리 수녀가 한 번도 생각해보지 못한 버킹엄 궁전 사교장의 일면이었다.[+]

"증정물 말씀이겠군요." 그녀가 말했다. "이국의 군주들이 여왕님께 온갖 물건을 바친다고 읽은 적이 있어요."

"네?"

[+] 영어로 '하얀 코끼리White Elephant'가 '애물단지'를 뜻하는 데에서 온 오해.

"전 왕실의 열렬한 팬이거든요."

"아, 저도 그렇습니다." 영 씨는 어리둥절한 가운데에서도 기꺼운 마음으로 이 새로운 화제에 뛰어들었다. 그렇지, 왕족들 얘기라면 알고 있었다. 물론 손을 흔들고 다리 개통식에 참여하는 것으로 제 몫을 다하고 있는 사람들 말이다. 디스코텍에 가서 밤새도록 몸을 흔들고 사방에 깔린 파파라치에 신물이 난다는 작자들 말고.[+]

"잘됐네요. 미국인들은 혁명을 일으켜 찻잔을 다 물속에 던져버릴 정도였으니 왕실도 별로 좋아하지 않는 줄 알았어요."

그녀는 언제나 마음속에 있는 말을 떠벌여야 한다는 수다회의 지침에 힘입어 계속 재잘거렸다. 영 씨는 뭐가 어떻게 된 건지 이해할 수가 없었지만, 제대로 생각을 하기엔 너무 지쳐 있었다. 신앙생활이란 사람들을 좀 이상하게 만들 수도 있는 법이려니 싶었다. 디어드리가 깨어났으면 좋으련만. 그때 메리 수녀의 수다 중 한마디가 희망을 불러일으켰다.

"혹시나 제가 차를 한 잔 마실 수 있을까요?" 그는 혹시나 해서 물어보았다.

"어머나, 내 정신 좀 봐." 메리 수녀는 손을 입가로 올리며 말했다.

영 씨는 아무 대꾸도 하지 않았다.

[+] [원주] 이 시점에서 영 씨가 파파라치를 이탈리아산 리놀륨쯤으로 생각하고 있다는 점을 지적해두는 게 좋겠다.

"바로 갖다드릴게요. 그런데 커피는 드시고 싶지 않은 게 확실한 가요? 위층에 자판기가 하나 있는데요."

"차가 좋습니다."

"어머나, 정말 이곳 사람이 다 되셨네요." 메리 수녀는 쾌활하게 말하고 뛰쳐나갔다.

잠든 아내 하나와 잠든 아기 둘과 함께 뒤에 남은 영 씨는 의자에 축 늘어졌다. 그래, 일찍 일어나서 무릎을 꿇는다거나 그런 것 때문이겠지. 좋은 사람들이긴 하지만 온전한 정신은 아냐. 그는 켄 러셀의 영화를 본 적이 있었다. 그 영화에 수녀들이 나왔지. 실제로 '그런' 일이 일어나는 것 같진 않았지만, 아니 땐 굴뚝에 연기 날까······†

그는 한숨을 내쉬었다.

그때 아기 A가 깨어나 요란하게 울기 시작했다.

영 씨는 몇 년 동안 우는 아이를 달랠 일이 없었다. 애초에 능숙하게 달래본 적도 없었다. 그는 언제나 윈스턴 처칠 경을 존경했고, 처칠을 축소시켜놓은 것 같은 궁둥이를 토닥인다는 건 언제나 무례한 행동인 것만 같았다.

"세상에 나온 걸 환영한다." 그는 피곤한 목소리로 말했다. "좀 있으면 익숙해질 거야."

---

† 켄 러셀은 영국이 낳은 세계적인 괴짜 감독으로, 성적인 코드와 도발적인 표현을 이용하여 세태를 풍자한다. 여기에서 언급하는 영화는 아마도 사탄숭배로 돌아선 프랑스 수녀원을 그린 1971년의 〈더 데블스The Devils〉일 것이다.

아기는 입을 다물고 고집쟁이 장군처럼 그를 쏘아보았다.

그 순간 메리 수녀가 차를 가지고 들어왔다. 사탄숭배자건 아니건 간에 그녀는 접시를 찾아내어 설탕 입힌 과자까지 담아 왔다. 어느 다과회에서 남은 과자였다. 영 씨의 과자는 수술 기구와 똑같은 분홍색에, 하얀 설탕으로 눈사람이 그려져 있었다.

"보통 이런 건 드시지 않겠죠. 그쪽에선 쿠키라고 부르는 거예요. 우린 이걸 비스킷이라고 부른답니다."

영 씨가 입을 열어 그 역시 그렇게 부른다고, 루턴에 있는 사람들도 그랬다고 설명하려는 순간, 수녀 한 명이 숨이 턱에 차서 뛰어 들어왔다.

그녀는 영 씨가 교단 밖의 사람임을 깨닫고는, 메리 수녀를 쳐다보고 아기 A를 가리키면서 눈을 찡긋했다.

메리 수녀는 고개를 끄덕이며 마주 눈을 찡긋했다.

그 수녀는 아기를 데리고 나갔다.

사람의 의사소통 방식으로써 윙크는 대단히 다양한 용도를 보여준다. 눈을 찡긋거리는 것만으로 많은 것을 이야기할 수 있다. 예컨대 조금 전에 들어왔던 수녀의 윙크는 이런 의미였다.

'도대체 어디 있었어요? 아기 B가 태어났고 바꿔치기할 준비도 다해놨는데 마왕, 왕들을 몰락시킬 자, 무저갱의 천사, 용이라 불리는 거대한 짐승, 이 세상의 왕자, 거짓의 아버지, 사탄의 자식이자 암흑의 군주를 모시고 엉뚱한 방에서 차를 마시고 있다뇨. 내가 돌아버릴 뻔한 거 알아요?'

그리고 그녀가 생각하는 메리 수녀의 답례 윙크는 이런 뜻이었다.

'마왕, 왕들을 몰락시킬 자, 무저갱의 천사, 용이라 불리는 거대한 짐승, 이 세상의 왕자, 거짓의 아버지, 사탄의 자식이자 암흑의 군주께선 여기 계세요. 여기 이방인이 있어서 지금은 말을 할 수가 없네요.'

한편 메리 수녀는 이 간호사의 윙크를 이렇게 생각했다.

'잘했어요, 메리 수녀님. 혼자 힘으로 아기를 바꿔치기했군요. 이제 나에게 누가 맞지 않는 아이인지 가리키면 당신은 미국 문화 담당관과 차를 마시게 놔두고 내가 그 아기를 치우죠.'

따라서 메리 수녀 본인의 윙크는 이런 뜻이었다.

'어서 그렇게 하세요. 그쪽이 아기 B예요. 이제 그 아일 데려가시고 전 각하와 잡담을 나누게 놔둬주세요. 전 언제나 왜 미국인들이 높은 건물마다 거울을 처바르는지 물어보고 싶었답니다.'

영 씨는 이 모든 은밀한 애정 표현에 극도로 당황하여, 러셀이란 감독이 자기가 무슨 얘길 하는지 알고 있었고 그 내용이 모두 사실인 모양이라고 생각할 뿐 이러한 미묘한 상황은 전혀 알아차리지 못했다.

메리 수녀의 실수를 다른 수녀가 알아차릴 수도 있었을 것이다. 다울링 부인의 분만실에서 점점 마음이 불편해지는 눈초리로 자신을 쳐다보는 정보부 요원들 때문에 마음이 흐트러지지만 않았더라도 말이다. 사실 그 요원들은 본래 길게 흘러내리는 옷을 입고 베일을 늘어뜨린 사람들에게 특정한 방식으로 반응하도록 훈련받은 데다가, 현재 문화적인 신호가 맞아떨어지지 않아 고통스러워하고 있기 때문에 그런 눈으로 쳐다보고 있는 것뿐이었다. 그런 상태의 사람들이 총을 가지고 있다는 것은 적절치 않은 일이다. 특히나 지금 막 자연분만을, 미국과는 전혀 다른 방식으로 새로운 시민을 세상에 내놓는 광경을 목격한 사람들이라면 더더욱 그랬다. 게다가 그들은 건물 안에서 미사를 올리는 소리까지 들었다.

영 씨가 몸을 움직였다.

"이름은 지으셨나요?" 메리 수녀가 장난스럽게 물었다.

"네? 아, 아뇨. 딸이면 제 어머니 이름을 따서 루신다라고 하려고 했는데요. 아니면 제마이네라고요. 디어드리가 그러자고 했죠."

"웜우드라는 이름이 좋지 않을까요." 수녀는 자신의 고전들을 되새기며 말했다. "아니면 데미안은 어때요. 데미안은 정말 대중적인 이름이죠."[+]

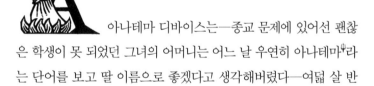 아나테마 디바이스는―종교 문제에 있어선 괜찮은 학생이 못 되었던 그녀의 어머니는 어느 날 우연히 아나테마[Ψ]라는 단어를 보고 딸 이름으로 좋겠다고 생각해버렸다―여덟 살 반

[+] '데미안'은 영화 〈오멘〉의 주인공 이름이고, '웜우드'는 C. S. 루이스의 《스크루테이프의 편지》에 나오는 악마 이름이다.

[Ψ] '파문'이라는 뜻.

이었고, 이불을 뒤집어쓴 채 회중전등을 켜놓고 '그 책'을 읽고 있었다.

보통의 다른 아이들은 사과, 공, 바퀴벌레 등등이 색색깔로 그려진 초급 독본을 통해 글자를 배웠다. 디바이스 집안에서는 그렇지 않았다. 아나테마는 '그 책'을 통해 글을 배웠다.

거기엔 사과나 공 그림 같은 것은 없었다. 화형대에 매달려 타죽으면서 유쾌한 표정을 짓고 있는 아그네스 너터를 그린 훌륭한 18세기 목판화는 실려 있었지만.

아나테마가 알아볼 수 있는 첫 번째 단어는 '근사한'이었다. 여덟 살 반의 나이에 '근사한'이라는 단어에 좋다는 뜻만이 아니라 '기준에 가깝거나 아주 비슷한'이라는 뜻도 있다는 사실을 아는 아이는 몇 명 없겠지만 아나테마는 그 극소수에 속했다.

두 번째 단어는 '정확한'이었다.

아나테마가 큰 소리로 읽은 첫 번째 문장은 다음과 같았다.

"너희 도적들에게 말하노라. 너희에게 내 전하노라. 넷이 달려갈 것이고, 넷이 그 뒤를 따라 달릴 것이며, 셋은 하늘을 달릴 것이고, 하나는 불길 속을 달릴 것이다. 그리고 그들은 어떤 것에도 멈추지 않으리니. 물고기에도, 비에도, 닻줄에도, 악마에도 천사에도. 그리고 네가 그들 뒤에 있을 것이다, 아나테마."

아나테마는 스스로에 대한 이야기를 읽는 게 좋았다.

(제대로 된 일요일 신문을 읽는 마음 씀씀이 좋은 부모들은 자식들의 이름이 주인공 자리에 들어간 책들을 사줄 수 있었다. 아이에게 책에 대한 흥미를 불러일으키기 위해서였다. 다만 아나테마

의 경우, 그 책에는 그녀만이 아니라 엄마 아빠, 할머니 할아버지, 그리고 17세기까지 거슬러 올라가는 모든 집안사람이 다 등장했다. 그녀는 이 시점에서 자기 아이들이나 11년 후를 넘어서는 자신의 미래에 대한 사건이 전혀 언급되어 있지 않다는 사실의 중요성을 인식하기엔 아직 너무 어리고 자기중심적이었다. 여덟 살 반의 나이에 11년이란 평생의 시간으로 보이는 법이다. 그 책을 믿는다면 정말로 그게 평생이 되겠지만.)

아나테마는 똑똑한 아이로 얼굴은 희고 머리카락과 눈동자는 검었다. 그녀는 흔히 사람들을 불편하게 만드는 혈통상의 특징을 이어받았으며, 할머니의 할머니의 할머니의 할머니의 할머니의 할머니에게서 지나치게 강한 영력을 물려받았다.

아나테마는 조숙하고 침착한 아이였다. 학교 선생님이 아나테마에 대해 경기를 일으키는 부분이라곤, 이 아이가 최소 300년은 묵은 철자법을 쓴다는 점뿐이었다.

수녀들은 적당한 구실을 대고 아기를 데리고 나갔다가("무게 재야지, 아가야, 원래 그래야 하는 거란다") 잠시 후 다른 아기를 데리고 들어가는 교묘한 술책을 통해 아기 A를 데려다가 문화담당관 부인과 정보부원들 코앞에서 아기 B와 바꿔치기했다.

문화담당관 새디어스 J. 다울링은 며칠 전에 급히 워싱턴에 돌아오라는 연락을 받아 여기에 없었지만, 전화를 통해 다울링 부인과 출산의 경험을 함께하고, 호흡을 가누도록 도와주었다.

다른 전화를 통해 투자 상담가와 이야기하는 데에는 도움이 되지 않는 상황이었다. 어떤 순간에는 20분 동안 계속 '힘줘, 힘줘'를 외치기도 했으니 말이다.

하지만 그래도 괜찮았다.

아이를 낳는다는 건 두 사람이 공유할 수 있는 가장 즐거운 공동 경험이고, 그는 한순간도 놓치고 싶지 않았다.

정보부원에게 비디오도 찍어놓으라고 해두었다.

일반적인 의미에서의 악은 잠드는 법이 없고, 따라서 왜 다른 것들이 잠을 자야 하는지 이해하지 못한다. 하지만 크롤리는 잠을 좋아했다. 잠은 세속의 즐거움 중 하나였다. 특히 배부르게 식사한 후의 숙면은 최고였다. 그는 19세기 내내 잠을 자기도 했다. 자야 해서가 아니라 그저 자는 게 좋아서였다.[+]

세속의 즐거움. 아직 시간이 있을 때, 바로 지금 그런 즐거움들을 제대로 누려두는 것이 좋으리라.

벤틀리는 요란한 소리를 내며 밤을 뚫고 동쪽으로 달려갔다.

물론 그는 '대체로' 아마겟돈 찬성파였다. 누군가 그에게 왜 몇

[+] [원주] 1832년에 한 번 일어나서 화장실에 가야 하긴 했지만.

세기 동안이나 인간사에 끼어들어 맘대로 주물럭거렸느냐고 묻는 다면 그는 "아마겟돈과 지옥의 승리를 위해서죠"라고 대답했을 것이다. 하지만 아마겟돈을 일으키려고 일하는 것과 아마겟돈이 정말로 일어나는 건 전혀 다른 문제였다.

크롤리는 언제나 세상이 끝나는 날 자신이 그 근처에 있을 줄 알고 있었다. 죽지도 않는 몸이었고 다른 대안도 없었으니 말이다. 하지만 그는 그날이 먼 미래이길 바랐다.

사람들이 좋았으니까. 그건 악마에게 있어서는 심각한 결함이었다.

물론 그는 직분에 충실했고 사람들의 짧은 생애를 비참하게 만드는 데 전력을 다했지만, 크롤리가 아무리 머리를 짜내봐야 사람들이 스스로 고안해내는 것들에 대면 새 발의 피였다. 인간은 스스로를 비참하게 만드는 재능을 타고난 것 같았다. 아무래도 원래 그렇게 생겨먹은 것이겠지. 그들은 수많은 문제가 산재해 있는 세상에 태어나, 그 문제들을 더 악화시키는 데 온 힘을 다 쏟았다. 시간이 지날수록, 고역스러움이 널리 퍼진 세상에서도 눈에 확 띌 만큼 악마적인 것을 찾아내기는 점점 더 어려워졌다. 지난 천년기를 거치면서 '아래'에다 말하고 싶었던 적이 여러 번이었다. 보십쇼, 지금 포기하는 게 나을지도 모릅니다, 디스건 판데모니엄이건 다 문 닫고 이리로 이사하는 게 낫겠어요, 우리가 할 수 있는 일은 녀석들이 다 직접 하고 있는 데다가, 우리가 꿈도 못 꿔본 짓까지 벌인다고요. 전극이 쓰이는 일들 말이죠. 녀석들에겐 우리에게 없는 게 있어요. 인간에겐 '상상력'이 있다고요. 그리고 물론 전기도 있고.

어떤 놈인가가 그렇게 쓰지 않았던가. "지옥은 비어 있다. 악마는 모두 여기에 있다."

크롤리는 스페인 종교재판을 보라는 추천을 받은 적이 있었다. 당시 그는 스페인에 있었는데, 주로 괜찮은 술집들을 돌아다녔을 뿐, 위임장이 도착하기 전까지는 종교재판에 대해 알지도 못하고 있었다. 그는 가서 종교재판을 보았고, 돌아와서 일주일 동안 술독에 빠졌다.

히로니뮈스 보스[+]를 방불케 했다. 이 얼마나 위험한 미치광이들이란 말인가.

그런데 또 인간이란 지옥의 한도를 넘어설 만큼 사악하다고 생각할 참이면 또 가끔씩은 천국이 꿈도 꾸지 못할 미덕을 보여주기도 했다. 같은 인물이 양쪽에 다 연루되는 경우도 종종 있었다. 물론, 이게 바로 자유의지라는 물건이었다. 짜증스럽게도.

아지라파엘이 설명해주려고 한 적이 있었다. 그게 둘이 처음 '협정'에 이르렀을 무렵이니까 1020년쯤이었나. 아지라파엘은 인간이 선하거나 악하거나 할 경우 그건 그들이 원해서라는 점이 핵심이라고 말했다. 반면 크롤리나 아지라파엘 본인 같은 이들은 처음부터 갈 길이 정해져 있었다. 아지라파엘은 인간이 철저히 신성해지려면 철저히 악독해질 기회도 같이 주어지기 마련이라고 했다.

[+] 15세기 종교 현실에 대한 풍자와 해학으로 여겨지는 광기, 부조리, 지옥도의 표현에 능했던 네덜란드의 화가. 초현실주의의 선구자로 평가받는다.

크롤리는 이 문제를 한동안 생각해보았고, 1023년쯤 되어서 말했다. 가만, 그건 모두가 똑같은 조건에서 출발할 때만 가능한 얘기잖아, 안 그래? 전쟁터 한복판에 있는 지저분한 오두막에서 태어난 애가 성에서 태어난 애랑 똑같이 행동하길 기대할 순 없지 않냐고.

그러자 아지라파엘은 말했다. 좋은 지적이야. 낮은 곳에서 시작할수록 더 많은 기회가 주어지지.

크롤리는 터무니없다고 말했다.

아지라파엘은 아니라고, 터무니없는 게 아니라 형언할 수 없을 뿐이라고 대답했다.

아지라파엘. 물론 녀석은 적이었다. 하지만 6천 년쯤 대치하다 보니 친구 비슷한 물건이 되었다.

크롤리는 손을 뻗어 전화기를 집어 들었다.

물론, 악마에게 자유의지란 있을 수 없다. 하지만 사람들 틈에 한참 있다 보니 배우는 게 없을 수 없었다.

영 씨는 데미안이나 웜우드라는 이름을 그리 탐탁해하지 않았다. 뿐만 아니라 지옥의 절반을 가로지르고 할리우드의 전성시대를 망라한 다른 제안들에도 솔깃해하지 않았다.

메리 수녀는 마침내 약간 마음이 상해서 말했다. "에롤이나 캐리라는 이름에 무슨 문제가 있다는 건지 모르겠네요. 둘 다 근사한 미국 이름이잖아요."

"전 좀 더, 음, 전통적인 이름을 생각했습니다." 영 씨가 설명했다. "저희 집안은 언제나 무난하고 단순한 이름을 붙여왔거든요."

메리 수녀는 환하게 미소 지었다. "맞아요. 언제나 오래된 게 최고죠."

"성경책에 나오는 것 같은 고상한 영국 이름이 좋겠어요. 매슈, 마크, 루크, 존[+] 같은 것 말입니다." 그는 생각에 잠겨서 말했다. 메리 수녀는 주춤했다. 영은 덧붙여 말했다. "사실 이건 그렇게 좋은 성경 이름 같지 않지만요. 무슨 카우보이나 축구선수 이름 같잖아요."

"사울도 괜찮지 않나요." 메리 수녀는 최선을 다해 말해보았다.

"지나치게 고풍스러운 건 싫습니다."

"그럼 카인 어때요. 카인. 굉장히 현대적인 느낌이잖아요."

"흐으음." 영 씨는 미심쩍은 얼굴이었다.

"아니면…… 언제나 아담이란 이름도 있죠." 메리 수녀는 이 정도면 안전하리라 생각했다.

"아담이요?"

사탄숭배 수녀들이 남은 아기, 그러니까 아기 B를 분별 있는 집

[+] 마태, 마가, 누가, 요한 네 사도의 영어식 이름.

안에 입양 보냈다고 생각하면 좋겠다. 정상적으로, 행복하게, 잘 웃고 활동적이고 원기왕성한 아이로 자라고, 또 그 후에는 정상적이고, 자족할 줄 아는 어른으로 자라도록.

어쩌면 실제로 그렇게 되었을지도 모른다.

이 아이가 초등학교에서 철자법 상을 받는 모습을 마음껏 상상해보라. 그다지 눈에 띄지는 않지만 즐거운 대학 시절도 좋다. 태드필드와 노턴의 주택조합 경리부에 취직한 모습. 사랑스러운 마누라. 뭐 자식들도 생각해볼 수 있을 것이고, 빈티지 오토바이를 모은다거나 열대어를 기른다거나 하는 취미 생활을 상상해보아도 좋겠다.

아기 B에게 무슨 일이 '일어났을지'에 대해선 알고 싶지 않겠지만.

어쨌거나 독자들이 생각하는 삶이 더 마음에 든다.

열대어 취미로 상을 받을 수도 있겠지.

서리 주 도킹의 어느 작은 집 침실 창문으로 불빛이 새어 나오고 있었다.

뉴턴 펄시퍼는 열두 살에 마르고 안경을 꼈으며, 벌써 몇 시간 전에 잠들었어야 했다.

하지만 아들의 천재성을 믿어 마지않는 뉴턴의 어머니는 그가 잘 시간이 넘도록 '실험'을 계속하도록 놔두었다.

지금 하고 있는 실험은 어머니가 장난감으로 준 낡은 베이클라이트 라디오의 플러그를 바꿔보는 것이었다. 그는 자랑스레 '작업석'이라고 부르는, 돌돌 말린 전선이며 건전지, 소형 전구와 한 번도 작동한 적이 없는 수제 크리스털 세트 등이 쌓여 있는 낡은 탁자 앞에 앉아 있었다. 그는 아직까지 베이클라이트 라디오를 작동시키지 못했으며, 한술 더 떠서 앞으로도 절대 작동시키지 못할 것 같았다.

침실 천장에는 약간 비뚤어진 모형 비행기 세 개가 무명실에 매달려 있었다. 별생각 없이 흘긋 보더라도 이 비행기가 누군가, 정성스럽고 주의도 깊지만 모형 비행기를 만드는 데에는 서투른 사람의 작품이라는 것을 알아볼 수 있을 것이다. 뉴턴은 이 비행기들을 자랑스러워했다. 뒤엉킨 날개 더미라고밖에 할 수 없는 몰골의 스핏파이어[+]까지도.

뉴턴은 안경을 코 위로 밀어 올리고, 가늘게 뜬 눈으로 플러그를 내려다보며 드라이버를 밀어 넣었다.

뉴턴도 이번만큼은 희망에 부풀어 있었다. 그는 《남자아이를 위한 전자공학 책: 전기로 할 수 있는 101가지 안전하고 교육적인 일들》5쪽에 나온 플러그 교환 지침을 그대로 따랐다. 올바른 색선을 올바른 핀에 연결했고, 전력 퓨즈도 맞는지 확인했고, 모든 것을 다시 집어넣고 나사를 돌렸다. 지금까지는 아무 문제도 없었다.

[+] 제2차 세계대전 때 영국의 전투기.

그는 플러그를 소켓에 꽂았다. 그런 다음 스위치를 넣었다.

다음 순간 온 집 안의 불이 다 꺼져버렸다.

뉴턴은 자부심 어린 미소를 지었다. 그는 발전하고 있었다. 지난번에 실험을 했을 땐 마을 전체를 정전시켜버렸고 전기 회사 사람이 찾아와서 엄마와 이야기를 나누었다.

뉴턴은 전자 제품에 대해 불타는, 그리고 보답 없는 열정을 지니고 있었다. 학교에는 컴퓨터가 한 대 있었는데, 학구적인 아이들 대여섯 명 정도는 방과 후에도 학교에 남아서 펀치 카드를 주물럭거렸다. 책임 교사가 겨우 뉴턴의 참여 요청을 받아들여줬을 때, 뉴턴은 기계에 작은 카드 하나밖에 집어넣지 못했다. 기계는 카드를 씹고 바로 목이 막혀 죽어버렸다.

뉴턴은 미래가 컴퓨터에 있으며, 그런 미래가 왔을 때는 자기도 준비를 갖추고 신기술의 최전방에 서 있을 거라 굳게 믿었다.

미래는 이 부분에 대해 독자적인 생각을 가지고 있었다. '그 책' 속에 모두 적힌 대로.

'아담'이라, 영 씨는 생각했다. 그는 어감이 어떤가 확인할 겸 소리 내어 말해보았다. "아담." 흠······

그는 마왕, 왕들을 몰락시킬 자, 무저갱의 천사, 용이라 불리는 거대한 짐승, 이 세상의 왕자, 거짓의 아버지, 사탄의 자식이자 암흑의 군주가 지닌 금빛 고수머리를 내려다보았다.

그리고 잠시 후 결론을 내렸다. "아담이라는 이름이 딱 어울리는 것 같군요."

어둡고 폭풍우 치는 밤이 아니었다.

어둡고 폭풍우 치는 밤은 이틀 후, 다울링과 영 부부가 각자의 아기를 데리고 병원을 나선 지 네 시간이 지나서야 들이닥쳤다. 무척이나 어둡고 폭풍우 치는 밤이었고, 폭풍이 절정에 달한 자정 직후, 벼락이 수다회 건물을 때려 부속 제의실 지붕에 불이 붙었다.

화재로 심하게 다친 사람은 없었지만 불길은 몇 시간 동안 잡히지 않고 상당한 피해를 입혔다.

이 화재를 일으킨 장본인은 근처 야산 꼭대기에 숨어서 불길을 지켜보고 있었다. 키가 크고 마른 지옥의 공작이었다. 이것은 그가 하계로 돌아가기 전에 처리해야 할 마지막 일이었고, 그는 충실히 임무를 수행했다.

이제 나머지는 크롤리에게 맡기고 떠날 수 있었다.

하스투르는 집으로 향했다.

엄밀히 말하자면 아지라파엘은 권품천사였지만, 요새 사람들에게 그 직위는 농담거리였다.

대체로는 아지라파엘이나 크롤리나 서로를 친구로 삼을 이들이 아니었으나, 그들은 둘 다 남자, 혹은 남자의 형태를 한 세속의 생물이었고 이 무렵 '협정'은 그들에게 득이 되었다. 게다가 6천 년 동안 쭉 보아온 얼굴이 하나뿐이라면 길이 들 수밖에 없는 일이 아니겠는가.

'협정'은 굳이 따옴표로 강조할 필요도 없을 만큼 단순했다. 워낙 오랜 습관이라 강조할 뿐이었다. 이건 상관과 한참 떨어진 곳에서 힘들게 일하는 고립무원의 요원들이 멀리 있는 동료들보다 코앞에 있는 적수와 공통점이 더 많다는 것을 깨달을 때 상대방의 전화번호를 찾게 되는 유의 수긍할 만한 합의였다. 이는 암묵적으로 서로의 활동에 간섭하지 않는다는 동의를 뜻했다. 어느 쪽도 확실히 이기지 않은 한에는 어느 쪽도 확실히 지지 않는다는 뜻이었으며, 양쪽 모두 상관들에게 교활하고 정보에 밝은 적수를 상대로 이만큼 진전을 이루었다 보여줄 수 있다는 뜻이기도 했다.

아지라파엘이 슈롭셔 전역에 자유로이 손을 뻗은 사이 크롤리에게는 맨체스터 개발이 허용되었다. 크롤리는 글래스고를 손에 넣었고, 아지라파엘은 에든버러를 가졌다(밀턴 케인스⁺에 대해서는 어느 쪽도 책임을 주장하지 않았으나 둘 다 성공이라 보고했다).

그러니 물론 상식선에서 서로의 직책 수행을 대신해주는 것까

+ [원주] 미국인과 기타 외국인들을 위해 덧붙임: 밀턴 케인스는 런던과 버밍햄 중간쯤에 있는 신도시다. 현대적이고, 효율적이며, 건강에도 좋은 데다, 뭐니 뭐니 해도 살기 좋은 곳이라서 많은 영국인들이 좋아한다.

지도 자연스러워 보였다. 결국은 둘 다 천사 출신이었으니까. 누군가 한순간의 유혹으로 지옥에 가려 하면, 똑같이 짧은 시간 동안 성스러운 황홀경도 경험하게 해주는 게 이치에 맞지 않겠는가. 어쨌거나 일은 그런 식으로 돌아갔고, 이런 부분에서 융통성을 발휘함으로써 둘 다 자유 시간은 더 많이 갖고 비용은 아낄 수 있었다.

아지라파엘은 이따금 양심의 가책으로 괴로워하기도 했지만, 오랫동안 인간과 섞여 살다 보니 크롤리 못지않게 영향을 받은 상태였다. 영향력의 방향만 반대일 뿐.

게다가 당국에선 일이 성사되기만 하면 누가 무슨 짓을 하든 신경 쓰지 않는 것 같았다.

지금 아지라파엘은 세인트제임스 공원의 오리 연못가에 크롤리와 함께 서 있었다. 그들은 오리들에게 먹이를 주고 있었다.

세인트제임스 공원의 오리들은 남몰래 접선하는 첩보원들이 주는 빵조각을 받아먹는 데 길이 들다 못해 자기들 나름의 파블로프 반응을 발달시켰다. 세인트제임스 공원의 오리를 한 마리 실험실 우리 속에 집어넣고 두 남자의 사진—한쪽은 보통 털깃을 두른 코트를 입고 한쪽은 수수한 복장에 스카프를 두른 모습—을 보여주면 오리는 기대에 찬 눈으로 사진을 올려다볼 것이다. 좀 더 명석한 놈들 같으면 러시아 문화담당관이 뿌려주는 검은 빵을 열심히 찾을 것이고, 식성이 유난한 오리들은 마마이트 잼이 들어간 호비스를 뿌려주는 MI9 요원의 머리통을 선호하리라.

아지라파엘은 지저분하게 생긴 수오리 한 놈에게 빵조각을 던졌다. 놈은 빵조각을 낚아채자마자 물속으로 가라앉았다.

천사가 크롤리 쪽으로 고개를 돌렸다.

"이런, 친구." 그가 중얼거렸다.

"미안." 크롤리가 말했다. "나도 잊어버리고 있었어." 오리가 맹렬히 수면으로 움직였다.

"물론 무슨 일이 벌어지고 있다는 건 알았지." 아지라파엘이 말했다. "하지만 이런 일은 어쩐지 미국에서나 일어날 것 같잖아. 저쪽 사람들은 그런 일을 좋아하니까."

"아직도 그런 셈이야." 크롤리는 침울하게 대꾸했다. 그는 생각에 잠겨 공원 저편, 불법 주차라는 이유로 단속반이 뒷바퀴에 쬠쇠를 채워놓은 그의 벤틀리를 바라보았다.

"아, 그렇지. 미국 외교관이라." 아지라파엘이 말했다. "좀 야단스러운 느낌이야. 아마겟돈이 가능한 한 많은 나라에 팔고 싶은 영화쯤이나 되는 것처럼 굴잖아."

"가능한 한 많은 나라가 아니라 모든 나라지. 지구와 지구에 있는 모든 왕국."

아지라파엘은 오리들에게 마지막 빵조각을 던져주고 조심스레 쓰레기통 속에 종이 봉투를 버렸다. 오리들은 불가리아 대사관 해군 공보관과 케임브리지 타이를 맨 수상쩍은 남자를 괴롭히러 헤엄쳐 갔다.

그는 몸을 돌려 크롤리를 마주했다.

"물론 우리가 이길 거야."

"자넨 이기고 싶지 않을 텐데." 악마가 말했다.

"어째서?"

"이봐." 크롤리는 필사적으로 말했다. "자네 쪽에 속한 음악가가 몇이나 될 것 같아? 응? 최고 수준의 음악가 말이야."

아지라파엘은 허를 찔린 얼굴이었다.

"글쎄, 내 생각엔—"

"둘." 크롤리가 말했다. "엘가와 리스트. 그걸로 땡. 나머지는 다 우리 쪽이지. 베토벤, 브람스, 바흐 집안 전원, 모차르트, 기타 등등. 엘가와 영원을 보낸다는 거 상상이나 할 수 있어?"

아지라파엘은 눈을 감고 신음했다. "너무 쉽게 상상할 수 있어."

"그런 거야." 크롤리는 이겼다는 얼굴로 말했다. 그는 아지라파엘의 약점을 너무나 잘 알고 있었다. "CD도 더는 없는 거라고. 앨버트 홀도 없고. 프롬나드 콘서트도 없지. 글라인드본 축제+도 없어. 온종일 천상의 하모니만 계속 이어지겠지."

"형언할 수 없군." 아지라파엘은 우물우물 말했다.

"자네는 소금 없는 계란이라고 하겠지만 내가 보기엔 소금도 계란도 없는 세상이야. 딜 소스를 친 뼈 바른 연어도 없고, 매력적인 단골 레스토랑도 하나도 없지. 〈데일리텔레그래프〉의 십자말풀이 퀴즈도 없어. 작은 골동품 가게도 없고. 물론 서점도 없지. 흥미로운 고서 역시. 그리고"—크롤리는 아지라파엘이 좋아하는 것들을 계속 파고들었다—"섭정기의 은제 코담뱃갑도 없고……"

"하지만 우리가 이기면 삶은 더 좋아질 거야!" 천사가 침울하게

+ 이스트서섹스에서 열리는, 영국에서 가장 오래된 예술 축제.

말했다.

"하지만 재미는 없겠지. 이봐, 자네도 내가 옳다는 거 알잖아? 자네가 하프에 대해 갖는 느낌이나 내가 쇠스랑에 느끼는 감정이나 비슷할 텐데 뭘."

"우리가 하프를 연주하지 않는다는 거 알잖아."

"그리고 우리도 쇠스랑을 쓰지 않지. 비유하자면 그렇다는 거야."

그들은 서로를 물끄러미 바라보았다.

아지라파엘은 우아하게 손질한 손을 양옆으로 펼쳤다.

"우리 쪽은 아마겟돈이 일어나면 이만저만 좋아하지 않을 거야. 다 그걸 위한 거잖아. 위대한 최후의 심판 말이야. 불타는 칼, 네 기수, 피의 바다, 그 밖에 장황한 일들 모두가." 그는 어깨를 으쓱였다.

"그럼 게임 끝, 동전을 넣으시오인가?" 크롤리가 말했다.

"가끔 자네 표현은 이해하기가 힘들어."

"난 지금 그대로의 바다가 좋아. 굳이 붉어지지 않아도 된다고. 제대로 만들었나 확인해보자고 모든 걸 파멸로 몰아넣을 필요까진 없잖아."

아지라파엘은 다시 한 번 어깨를 으쓱였다.

"형언할 수 없는 섭리란 그런 거지. 안타깝게도." 천사는 몸을 떨며 코트를 여몄다. 잿빛 구름이 도시 위로 모여들고 있었다.

"어디 좀 따뜻한 데로 가지."

"나한테 따뜻한 델 권하는 거야?" 크롤리는 침울하게 대꾸했다.

그들은 잠시 울적한 침묵에 잠겨 걸었다.

"자네 말에 반대한다는 게 아니야." 터벅터벅 잔디밭을 걸으며 천사가 말했다. "다만 난 불복종을 할 수가 없게 되어 있거든. 알잖아."

"나도 마찬가지야." 크롤리가 대답했다.

아지라파엘이 그를 곁눈질했다. "에이, 그래도 자넨 악마잖아."

"그야 그렇지. 하지만 우리 쪽 친구들은 보편적인 의미에서의 불복종만 좋아하는 것뿐이라고. 특정한 불복종에 대해선 어마무시하게 엄격해."

"자기들에 대한 불복종이라든가?"

"맞았어. 어떤지 알면 놀랄걸. 아니 놀라지 않을지도 모르겠군. 우리에게 시간이 얼마나 남은 것 같아?" 크롤리는 벤틀리를 향해 한 손을 휘저어 잠긴 문을 열었다.

"예언마다 달라." 아지라파엘은 조수석에 앉으면서 말했다. "이번 세기가 끝나기 전인 것만은 확실하네. 어떤 현상들은 그 전에 일어날지도 모르지만. 과거 천년기의 예언자들은 대개 정확성보다는 운율에 더 신경을 썼거든."

크롤리가 열쇠를 가리키자 시동이 걸렸다.

"운율? 그게 무슨 소리야?"

"알잖아." 천사는 열심히 설명했다. "'하여 그대들이여 세상이 멸하는 날이 올지니, 딴, 딴, 딴 1년에'라는 식이지. 1이 아니면 2나 3정도. 6은 운율감이 별로니까 오히려 끝자리가 6년일 때 일어날지도 모르지."

"그래서 어떤 현상이 일어난다고?"

"머리가 둘 달린 송아지가 나고, 하늘에 전조가 나타나고, 기러기들은 거꾸로 날고, 물고기가 비처럼 떨어지고. 대충 그런 식이야. 적그리스도의 존재는 자연적인 인과율의 작동에 영향을 미치거든."

"흐으음."

크롤리는 벤틀리에 기어를 넣다가 한 가지를 기억해내고 손가락을 딱 울렸다.

바퀴를 잡고 있던 쇠사슬이 사라졌다.

"점심이나 먹으러 가자. 내가 한 번 빚졌지. 그게……"

"1793년 파리에서." 아지라파엘이 거들었다.

"아, 맞아. 공포정치 때였지. 그게 자네 쪽이 한 일이었나, 우리 쪽이었나?"

"자네들 쪽 아니었어?"

"기억이 나질 않는걸. 어쨌거나 훌륭한 식당이었어."

달려가는 차 옆에 있던 교통경찰의 수첩이 타버리자, 크롤리가 깜짝 놀랐다.

"난 그럴 생각 없었는데."

아지라파엘이 얼굴을 붉혔다.

"내가 했어. 난 언제나 저걸 자네 쪽에서 만들어낸 줄 알았거든."

"그랬어? 우리는 자네들 쪽이 만든 줄 알았는데."

크롤리는 백미러로 뒤에서 오르는 연기를 쳐다보았다.

"흠, 점심은 리츠에서 먹자고."

크롤리는 자리를 예약하는 수고는 하지 않았다. 그의 사전에 좌석 예약이란 다른 사람들에게나 있는 일이었다.

아지라파엘은 책을 수집했다. 아주아주 정직하게 말하자면 자신의 서점이 그저 책을 쌓아놓기 위한 장소에 지나지 않는다는 사실을 받아들여야 했고, 실제로 인정하기도 했다. 그는 전형적인 중고 책장사라는 허울을 유지하기 위해, 폭력만 빼고 손님들이 책을 사지 못하게 막을 방법을 모조리 동원하곤 했다. 불쾌하고 눅진눅진한 냄새, 기분 나쁜 눈초리, 변덕스러운 개점 시간. 그는 이런 수단에 믿을 수 없을 만큼 능했다.

그는 오랜 시간 책을 수집해왔고, 모든 수집가가 그렇듯 전문 분야가 있었다.

그는 두 번째 천년기의 마지막 몇 세기 동안 일어날 사태를 예견한 예언집을 60권 이상 가지고 있었다. 또한 오스카 와일드의 초판본을 무척 좋아했으며, 조판상의 오류를 딴 이름이 붙은 '악명 높은 성서들'을 세트로 갖춰놓고 있었다.

이 책들 중에는, 고린도서의 "불의한 자가 하느님의 나라를 유업으로 받지 못할 줄을 알지 못하느냐?"를 "불의한 자가 하느님의 나라를 유업으로 받을 줄을 알지 못하느냐?"라고 찍은 인쇄공의 실수 때문에 '불의의 성서'라고 불리는 책이 포함되어 있었다. 그리고 1632년 바커와 루카스가 펴낼 당시 십계 중 일곱 번째 계율에서

'말지어다'가 빠지는 바람에 "너희는 간음하지 말지어다"가 "간음할지어다"로 둔갑해버린 일명 '부도덕 성서'도 있었다. 또 '면제 성서'[+], '당밀 성서'[ᐃ], '기립 물고기 성서'[↙], '숯덩이 십자가 성서'[○] 등도 있었다. 아지라파엘은 이 성경책을 모두 가지고 있었다. 1651년 빌턴과 스캐그스의 런던 출판사가 찍어낸 극도로 희귀한 성경책까지 갖춰놓았다.

이 책은 빌턴과 스캐그스가 낸 세 번의 출판 대재앙 중 첫 번째 물건이었다.

이 책은 보통 '제기랄 성서'로 알려져 있었다. 실수라고 부를 수나 있을지 모르겠지만, 식자공의 장황한 실수는 에제키엘서 48장 5절에서 일어났다.

> 2. 단의 경계에 잇닿아, 동쪽 국경에서 서쪽 국경까지의 지경은 아셀의 몫이다.
> 3. 아셀의 경계에 잇닿아 동쪽 국경에서 서쪽 국경까지의 한 몫은 납달리의 것이다.
> 4. 납달리의 경계에 잇닿아 동쪽 국경에서 서쪽까지의 한 몫은 므

[+] 〈디모데전서〉에서 "내가 하느님과…… 앞에서 엄히 명하노니"를 "앞에서 면제시켜주노니"로 찍은 1806년판.

[ᐃ] "길르앗에는 유향이 있지 아니한가"에서 '유향'을 '당밀'로 잘못 찍은 1568년판.

[↙] 〈에제키엘서〉에서 '어부fisher'를 '물고기fish'로 잘못 찍은 1806년판.

[○] 실존하지 않음.

나쎄의 것이다.

5. 제기랄 이건 다 바보짓이야. 난 인내하는 데 진저리 나. 마스터 빌턴이 신사가 아니라면 마스터 스캐그스는 인색해빠진 남부 머저리야. 언놈이건 생기기 반만 이써도 하루 한 번은 바께서 햇빛을 쬐야지 이 케케묵은 우리 친애하는 작업실 안에서 왼쫑일 붙어 있음 안 되는 거라고. *@-*◎;!*

6. 에브라임 경계에 잇닿아 동쪽 국경에서 서쪽 국경까지의 한 몫은 르우벤의 것이다.†

빌턴과 스캐그스의 두 번째 출판 대재앙은 1653년에 일어났다. 그들은 드물디드문 행운으로 저 유명한 '잃어버린 4절판'을 하나 손에 넣었다. 이는 2절판으로 재발행된 적이 한 번도 없고 이제는

---

† [원주] '제기랄 성서'는 또한 창세기 3장에 24절이 아니라 27절까지 있는 것으로도 유명하다.
이어지는 세 절은 24절 뒤에 있으며, 킹제임스판에 따른 24절은 이러하다. "그리하여 하느님께서 그 사람을 쫓아내시고 에덴의 동산 동편에 케루빔과 두루 돌아다니는 화염검을 놓아 생명나무의 길을 지키게 하시니라." 그리고 이어서:
  25 그리고 나서 하느님께서 동문을 지키는 천사에게 물으시니 네게 내린 화염검이 어디 있느냐?
  26 하시매 그 천사가 답하기를, 조금 전까지만 해도 가지고 있었는데 어딘가에 놓아두고 까먹어버린 모양입니다.
  27 하니 하느님께서 다시 묻지 아니하시더라.
이 세 절은 조판을 검토하는 동안에 삽입된 것으로 보인다. 당시에는 대중을 교화할 겸, 무상으로 교정을 볼 겸해서 식자공이 가게 밖 목재 들보에 검토지를 걸어놓는 것이 일반적인 관행이었다. 어쨌든 나중에 전체 판본이 타버린 탓에 아무도 이 문제를 옆집에서 서점을 운영하며 늘 번역에 도움을 주었던, 그리고 그 자리에서 필체를 알아볼 수 있었던 선량한 A. 지라파엘 씨에게 따져 묻지 않았다.

학자들이나 연극 애호가들에게 완전히 실전된 것으로 알려진 셰익스피어의 세 희곡으로, 이제는 제목만이 전해질 뿐이다. 빌턴과 스캐그스가 손에 넣은 것은 셰익스피어의 초창기 희곡《로빈 후드, 혹은 셔우드 숲의 희극》이었다.†

마스터 빌턴은 이 4절판에 6기니 정도를 지불했고, 이 책을 2절 장정본으로 내면 두 배는 벌 수 있으리라 믿었다.

그런데 이 판본을 잃어버렸다.

빌턴과 스캐그스의 세 번째 출판 대재앙은 두 사람 다 제대로 이해하지 못한 사태였다. 당시에는 어디를 보나 예언집이 불티나게 팔리고 있었다. 노스트라다무스의《모든 세기》영문판은 막 3쇄에 들어갔고, 하나같이 자기가 진짜라고 우겨대는 다섯 명의 노스트라다무스가 득의양양해서 순회 사인회를 하고 있었다. 그리고 예언녀 십턴의《예지 모음집》이 서점에서 불티나게 팔리고 있었다.

런던의 여덟 개 대형 출판사는 모두 한 권 이상의 예언서를 냈다. 이 책들은 모두 부정확하기 짝이 없었지만 애매모호한 분위기와 얼버무리는 말의 힘 덕분에 인기만발이었다. 이 책들은 몇천 권 몇만 권씩 팔렸다.

마스터 빌턴은 마스터 스캐그스에게 말했다.

"이건 돈 찍어내는 기계나 다름없어!‡ 대중은 그런 쓰레기에 열

---

† [원주] 나머지 두 개는《쥐잡이 덫》과《1589년의 황금광들》이다.

‡ [원주] 마스터 스캐그스는 이미 이쪽 방향으로 몇 가지 아이디어가 있었고, 마침내 그런 생각을 실행에 옮겼다가 여생을 뉴게이트 감옥에서 보냈다.

광하고 있네! 우리도 어느 마녀가 쓴 예언서를 내야 해!"

다음 날 그들의 사무실 문 앞에 원고가 도착했다. 이 원고의 저자는 언제나 완벽한 타이밍 감각을 자랑했다.

마스터 빌턴도 마스터 스캐그스도 몰랐지만, 그들이 받은 원고는 아마겟돈으로 최후를 장식할 향후 340년간의 모든 사건을 정확하고도 주도면밀하게 묘사한, 전 인간사를 통틀어 유일무이한 예지 작업이었다. 어딜 보나 돈이 될 물건이었다.

1655년, 이 책은 크리스마스 장사를 하기 좋은 9월에[+] 빌턴과 스캐그스의 이름으로 출판되었고, 잉글랜드 최초로 떨이 처분을 당한 책이 되었다.

팔리지 않았다.

심지어 "이 고장 작가"라는 대자보를 붙여 진열했던 자그마한 랭커셔의 서점에서조차 팔리지 않았다.

이 책의 저자인 아그네스 너터는 책이 팔리지 않는다는 사실에 놀라지 않았다. 아그네스 너터는 웬만해선 놀라지 않는 사람이었다.

게다가 그녀는 이 책을 팔아 인세를 받거나 명성을 누리자고 쓴 게 아니었다. 그녀는 작가를 위한 무료 증정본 한 권을 받기 위해 이 책을 썼다.

팔리지 않은 나머지 책들이 어떻게 되었는지는 아무도 모른다.

[+] [원주] 출판 천재에게는 또 한 번 절묘한 재앙이었달까. 1654년에 올리버 크롬웰의 청교도 의회에서 크리스마스를 불법으로 만들었으니.

어느 박물관이나 사설 수집가의 장서에도 없다는 것만은 분명했다. 아지라파엘도 이 책만큼은 손에 넣지 못했고, 섬세하게 다듬은 자기 손을 이 책에 올린다는 생각만 해도 무릎에 힘이 빠질 지경이었다.

사실 아그네스 너터의 예언집은 전 세계에 딱 한 권 남아 있었다.

그 책은 크롤리와 아지라파엘이 멋진 점심식사를 즐기고 있는 곳에서 65킬로미터쯤 떨어진 어느 책장에 꽂혀 있었고, 비유적으로 말하자면 지금 막 깨어나 움직이기 시작했다.

그리고 지금은 3시였다. 적그리스도가 세상에 태어난 지 열다섯 시간이 흘렀고, 천사 하나와 악마 하나는 그들 셋을 위해 술을 퍼마시고 있었다.

그들은 소호에 있는 아지라파엘의 낡고 음침한 서점 뒷방에 마주 앉아 있었다.

소호에 있는 서점이라면 대개 뒷방이 있기 마련이고, 대개 그런 뒷방에는 희귀본 아니면 아주 값비싼 책들이 가득했다. 하지만 아지라파엘의 책들에는 삽화가 없었다. 그의 책들은 낡은 갈색 장정에 내지는 파삭파삭했다. 그리고 가끔, 정말 어쩔 수 없을 때만 마지못해 한 권씩 팔았다.

가끔은 검은색 정장을 차려입은 심각한 얼굴의 남자들이 찾아와, 아주 정중한 태도로 이 지역에 좀 더 어울리는 소매상으로 바꾸게 서점을 팔면 어떻겠냐고 제의하기도 했다. 때로 이렇게 찾아온 남자들은 지저분한 50파운드 지폐 뭉치를 선뜻 내놓기도 했다. 또 어떤 때에는 찾아온 사람들이 이야기를 하는 사이에 검은 선글라스를 쓴 다른 남자들이 머리를 흔들어대며 종이란 얼마나 타기 쉬운지, 여기가 얼마나 불이 나기 쉬운지 지껄여가며 가게 주위를 배회하기도 했다.

아지라파엘은 고개를 끄덕이고 미소를 지으며 생각해보겠다고 말하곤 했다. 그러면 그들은 가버렸다. 그리고 다시는 오지 않았다.

천사라고 해서 바보라는 뜻은 아니니까.

아지라파엘과 크롤리 앞에 놓인 탁자 위엔 술병이 빼곡했다.

"요점은 말이야." 크롤리가 말했다. "요점은 말이야. 요점은 말이야." 그는 아지라파엘에게 초점을 맞추려고 애썼다.

"요점은 말이지." 그는 다시 말하고 요점에 대해 생각해보려 했다.

"내가 말하려는 요점은 돌고래야." 크롤리는 얼굴이 환해져서 말했다. "그게 내 요점이라고."

"물고기 종류지?" 아지라파엘이 말했다.

"아냐아냐아냐." 크롤리는 손가락을 흔들었다. "돌고래는 포유류라고. 진짜 포유류라니까. 차이는—" 크롤리는 마음의 진흙탕 속을 허우적거리며 차이점을 기억해내려 애썼다. "차이는 말이지, 돌고래는—"

"물 밖에서 짝을 짓는다?" 아지라파엘이 시도했다.

크롤리는 이마를 찌푸렸다. "아닌 것 같은데. 그건 아닌 게 확실해. 새끼에 대한 거였는데. 뭐 어쩼거나." 그는 다시 정신을 수습했다. "요점은 말이야. 요점은 말이지. 돌고래들의 두뇌야."

그는 술병에 손을 뻗었다.

"두뇌가 뭐 어쨌다고?" 천사가 반문했다.

"커다란 두뇌야. 그게 내 요점이야. 크기. 크기. 빌어먹게 커다란 두뇌 크기. 그리고 고래가 있지. 두뇌로 이루어진 도시 같은 거야. 온 바다가 두뇌로 가득 차 있지."

"크라켄." 아지라파엘은 시무룩한 얼굴로 잔을 들여다보며 말했다.

크롤리는 지금 막 상념의 열차 앞에 대들보가 떨어진 걸 본 사람답게 한참 동안 서늘한 표정으로 아지라파엘을 바라보았다.

"어?"

"어마어마하게 커다랗지." 아지라파엘이 말했다. "벼락 치는 상부 심해보다도 깊은 곳에서 자고 있어. 어마어마한 규모에 말도 못하게 무, 무지, 무진장한 해초 더미 밑에서 말이야. 마침내 녀석이 수면 위까지 솟구쳐 오른다고 생각해봐. 바다가 끓어오르는 거지."

"그래?"

"정말이라니까."

"그럼 그런 걸로 하지." 크롤리는 뒤로 기대앉았다. "온 바다가 부글거리고, 불쌍한 늙은 돌고래들은 해산물 수프 신세가 되는데 아무도 신경을 안 쓰겠지. 고릴라들도 마찬가지야. 야아야아 외치고, 하늘은 온통 시뻘겋게 되고, 별들이 땅에 떨어지고, 요새 바나나엔 뭘 집어넣더라? 그러면—"

"둥지를 틀지, 고릴라들." 천사는 그렇게 말하면서 술을 한 잔

더 따르고 세 번이나 시도한 끝에 잔을 잡아냈다.

"아닐걸."

"틀림없는 사실이야. 영화를 봐. 둥지를 튼다니까."

"그건 새지."

"둥지를 튼다니까."

크롤리는 더 반박하지 않기로 결정했다.

"자, 그래서 말이야. 크고 자는 생물은 모조리, 그러니까 작은. 크고 작은 모든 생물. 그중 많은 놈들이 두뇌가 있고. 그런데 다 펑! 박살나는 거야."

"하지만 자네도 그런 일을 하잖아." 아지라파엘이 말했다. "자넨 사람들을 유혹하지. 그 일에 능숙해."

크롤리는 탁자 위에 쾅 소리 나게 잔을 내려놓았다. "그건 달라. 그들은 동의하지 않아도 돼. 그게 형언할 수 없는 섭리지, 맞지? 자네 쪽에서 만들어낸 규칙이잖아. 자네들은 계속 사람들을 시험하게 되어 있지. 하지만 파멸시키게 되어 있는 건 아니라고."

"좋아. 좋아. 나도 자네만큼이나 그건 마음에 안 들어. 하지만 이미 말했잖아. 난 불…… 불보…… 아무튼 간에 명령대로 안 할 수 없다고. 난 천사란 말야."

"천국엔 극장도 없어." 크롤리가 말했다. "영화도 별로 없고."

"날 유혹하려 들지 마." 아지라파엘이 비참하게 대꾸했다. "난 자넬 알아, 이 능구렁이야."

"생각해보라는 것뿐이야." 크롤리는 끈질겼다. "영원이라는 게 어떤 건지 알아? 영원이 뭔지 알아? 그러니까 영원이 뭔지 아냐고? 자, 여기 우주 끝에 커다란 산이 있어. 높이가 2킬로미터쯤 되지. 그리고 천년에 한 번씩 작은 새가—"

"무슨 작은 새?" 아지라파엘이 의혹에 찬 목소리로 끼어들었다.

"지금 내가 말하고 있는 작은 새 말이야. 천년에 한 번씩—"

"천년에 한 번씩, 매번 같은 새라고?"

크롤리는 주저했다. "그래."

"그럼 어마어마하게 나이가 많은 새겠네."

"그래. 그리고 천년마다 한 번씩 이 새가 날아서—"

"느적느적—"

"이 산까지 날아가서 부리를 가는—"

"잠깐만. 그럴 순 없어. 여기서부터 우주 끝까지는 엄청난—" 천사는 약간 불안정하게 한 손을 휘휘 내저었다. "엄청난 진공이 있단 말이야."

"어쨌거나 새는 거기까지 가." 크롤리는 이런 방해에도 참을성 있게 말했다.

"어떻게?"

"그건 중요하지 않아!"

"우주선을 탈 수도 있겠지." 천사가 말했다.

크롤리는 약간 마음을 가라앉혔다. "그래. 좋을 대로 해. 어쨌거나 이 새는—"

"우린 우주의 '끝'에 대해 이야기하고 있잖아. 그러니까 반대편 끝에 도착해낸 인류의 후손이 타고 있는 우주선 중 하나라는 편이 좋겠어. 그러니까, 말하자면 자네 후손들이 산에 도달했을 때,

자네들은—"그가 머뭇거렸다. "그들이 뭘 한 거지?"

"산에다 부리를 간다니까." 크롤리가 대답했다. "그런 다음 다시 날아서—"

"우주선을 타고."

"그러고 나서 천년이 지나면 다시 가서 또 부리를 가는 거야." 크롤리는 잽싸게 말했다.

잠시 취기 어린 정적이 흘렀다.

"부리 하나 갈겠다고 엄청 노력하네." 아지라파엘이 생각에 잠겨 말했다.

"이봐." 크롤리는 다급하게 말했다. "요점은 새가 산을 닳아 없애서 무無로 만들 때까지—"

아지라파엘이 입을 열었다. 크롤리는 아지라파엘이 새들의 부리와 화강암으로 된 산의 상대적인 경도에 대해 지적하려 한다는 것을 알아차리고 얼른 말을 이었다.

"그때까지도 자네는 여전히 〈사운드 오브 뮤직〉을 보고 있을 거라는 거야."

아지라파엘이 얼어붙었다.

"그리고 자넨 그걸 즐기겠지." 크롤리는 가차 없이 말을 이었다. "정말로 말이야."

"어—"

"자네에겐 선택의 여지가 없을 거야."

"이봐—"

"천국엔 취미라는 게 없지."

"그건ㅡ"

"초밥집도 하나 없고."

순간 천사의 진지하기 짝이 없는 얼굴에 고통스러운 표정이 스쳐 지나갔다.

"취한 채로는 제대로 대응할 수가 없어. 술을 깨야겠어."

"나도."

둘 다 알코올이 혈관을 빠져나가는 순간 주춤했다가, 약간이나마 자세를 반듯하게 했다. 아지라파엘은 넥타이를 바로잡았다.

"난 성스러운 계획에 훼방을 놓을 수 없어." 아지라파엘이 쉰 목소리로 말했다.

크롤리는 생각에 잠겨 술잔을 들여다보다가 잔을 다시 채웠다.

"극악무도한 계획이라면 어때?"

"뭐라고?"

"글쎄, 이건 극악무도한 계획이잖아, 안 그래? 우리가 하고 있는 일이잖아. 내 쪽 말이야."

"아, 하지만 전체적으로는 모두 성스러운 계획의 일부야. 자네 쪽도 성스러운 주님의 섭리에서 벗어나는 일은 전혀 할 수 없어." 아지라파엘은 뻐기는 말투로 덧붙였다.

"그러길 바라는 거겠지!"

"아니야. 그건ㅡ" 아지라파엘은 초조하게 손가락을 딱딱 울렸다. "그게 말이야. 자네의 그 다채로운 비유로는 그걸 뭐라고 하지? 맨바닥에 그어놓은 선 말이야."

"한계선 말이군."

"그래. 그거 말이야."

"글쎄…… 정말 그렇게 확신한다면……" 크롤리가 말했다.

"의혹의 여지가 없지."

크롤리는 교활하게 위를 올려다보았다.

"그렇다면 내가 틀렸다면 바로잡아줘. 그럼 자넨 이 일에 훼방을 놓는 게 성스러운 계획의 일부가 아니라는 사실을 확신할 수 없는 거로군. 내 말은, 자넨 모든 갈림길에서 악의 책략을 방해하도록 되어 있잖아, 맞지?"

아지라파엘은 머뭇거렸다.

"대충 그렇지."

"악의 책략이 눈에 띄면 자넨 그 일을 방해하겠지. 맞아?"

"대체로 말하자면. 넓게 말해서. 실제로는 사람들이 훼방을 놓게끔 부추기지. 알겠지만 형언할 수 없는 섭리 때문에 말이야."

"맞아. 맞아. 그러니까 자네가 할 일은 훼방뿐이라는 거지. 내가 아는 한." 크롤리는 황급히 말했다. "탄생은 시작에 불과하거든. 중요한 건 교육이란 말씀이야. 감화를 주는 거지. 그렇지 않고선 아이가 자기 힘을 쓰는 방법을 배우지 못할 거야." 그는 주저하다가 다시 말했다. "최소한, 의도된 대로 쓰는 방법은 모를 수 있어."

"분명히 우리 측은 자네를 방해하는 것까지 신경 쓰지는 않을 거야." 아지라파엘은 생각에 잠겨 말했다. "그런 것에는 전혀 신경 쓰지 않으니까."

"맞았어. 눈에 띄지도 않을 거야." 크롤리는 천사에게 격려의 미소를 보냈다.

"악마적인 교육을 받지 않을 경우 아이는 어떻게 되는 건데?"
아지라파엘이 물었다.

"아마 아무 일도 없을 거야. 들키지도 않을 거고."

"하지만 유전적으로—"

"유전 얘긴 꺼내지도 마. 그걸로 뭐가 나왔다고? 사탄을 봐. 천사로 창조됐는데 위대한 마왕으로 자랐잖아. 유전으로 치면 그 아이도 천사로 자랄 거라고 말할 수 있지. 결국 걔 아버진 옛날 천국에서 진짜 거물 천사였으니까 말이야. 아빠가 악마가 되었다고 해서 걔가 악마로 자랄 거라는 건 꼬리 잘린 쥐가 꼬리 없는 쥐를 낳을 거라고 말하는 거나 다름없는 소리야. 아니. 교육이 전부야. 정말이라니까."

"그러니까 악마적인 감화만 받고 자라지 않으면—"

"뭐, 최악의 경우 지옥은 처음부터 다시 시작해야 하겠지. 그리고 지구는 최소한 11년을 더 버는 거고. 그 정도면 해볼 만하잖아?"

이제 아지라파엘은 다시 생각에 잠긴 얼굴이었다.

"아이가 원래 사악하지는 않단 말이지?" 그는 느릿느릿 말했다.

"악이 잠재되어 있지. 선 역시 잠재되어 있을 거라고 봐. 단지 거대하고 강력한 잠재력이 연마되길 기다리고 있는 거야." 크롤리는 그렇게 대답하고 어깨를 으쓱였다. "어쨌거나 우리가 왜 이놈의 선과 악 얘길 하고 있는 거야? 그거야 그냥 편 가르기 이름일 뿐이잖아. 우린 그걸 알고 있고."

"시도해볼 가치는 있을 것 같군." 천사가 말하자 크롤리는 격려

차원에서 고개를 끄덕였다.

"찬성한 거지?" 악마는 손을 내밀며 말했다.

천사는 조심스레 그 손을 잡아 흔들었다.

"확실히 성인聖人들을 키우는 것보다는 재미있겠는걸."

"그리고 길게 보면 그 아이를 위한 일도 되는 거야. 우린 일종의 대부代父가 되는 거지. 종교적인 교육을 지켜보는."

아지라파엘은 환하게 웃었다.

"아, 그건 생각도 못 해봤는걸. '대부'라니. 맙소사, 난 저주받을 거야."

"뭐 그것도 나쁘지 않아." 크롤리가 말했다. "익숙해지면."

그녀는 스칼릿이라는 이름으로 알려져 있었다. 그 무렵 그녀는 무기를 팔았는데, 이제 점점 흥을 잃어가고 있었다. 그녀는 한 가지 일에 그리 오래 매달리지 못했다. 고작해야 300년, 400년이 한계였다. 틀에 박힌 일은 싫었다.

그녀의 머리카락은 진짜 붉은색으로, 황갈색이나 갈색이 아니라 짙고 윤기 나는 구릿빛이었으며 허리께까지 치렁치렁하게 늘어졌다. 남자들이 목숨을 걸 만한 머리카락이었고, 실제로 그런 일도 종종 있었다. 눈은 놀랍도록 반짝이는 오렌지색이었다. 외모는 스물다섯 정도로 보였고, 늘 변함이 없었다.

그녀는 다채로운 무기를 가득 실은 먼지투성이 벽돌색 트럭을 몰았으며, 이 트럭을 몰고 세상 어느 국경이라도 넘나드는 믿기 힘든 기술의 소유자였다. 그녀는 서아프리카에 있는 작은 나라로 가던 길이었다. 그 나라에서는 현재 소규모 내전이 진행 중이었고, 운이 따라준다면 그녀가 배달한 무기가 전쟁의 규모를 키울 수도 있을 것이었다. 그런데 운이 없어 트럭이 고장 나버렸다. 그것도 그녀가 고칠 수 있는 수준을 훨씬 넘어서는 심각한 고장이었다.

이 무렵 그녀는 기계류에 정통했는데도 말이다.

당시 그녀는 어느 도시[+] 한가운데에 있었다. 문제의 도시는 지난 3천 년간 평화롭게 살아온 아프리카 국가 쿰볼라랜드의 수도였다. 30년 정도는 '험프리 클락슨 경 랜드'인 적도 있었지만 광물 자원도 전무하고 전략적으로 바나나의 중요도가 떨어졌기 때문에 우스울 정도로 빨리 자치를 얻어냈다. 쿰볼라랜드는 가난했고 지루했지만, 평화로웠다. 행복하게 어울려 살아온 여러 부족들은 칼 대신 쟁기를 잡은 지 오래였다. 시내에서 일어난 싸움이라고는 1952년에 술 취한 소몰이꾼과 똑같이 술에 취해 있던 소도둑 사이에 벌어진 다툼뿐이었다. 사람들은 아직까지도 그 싸움 이야기를 하고 있었다.

스칼릿은 열기 속에서 하품을 했다. 그녀는 챙 넓은 모자로 부채질을 하며 쓸모없어진 트럭을 먼지투성이 거리에 놓아두고 술집에 찾아들었다.

[+] [원주] 명목상으로나 도시지, 영국의 시골 마을 정도, 미국식으로 말하면 쇼핑몰 하나 정도 크기였다.

스칼릿은 맥주를 한 캔 사서 쭉 들이켠 다음 바텐더에게 씩 웃어 보였다. "트럭을 수리해야겠는데, 누구한테 말하면 될까요?"

바텐더는 이를 드러내며 솔직하게 웃었다. 그는 그녀가 맥주를 마시는 모습에 감명받은 참이었다. "나단뿐이죠. 하지만 나단은 장인어른 농장을 보러 카오운다에 돌아갔어요."

스칼릿은 맥주를 또 한 캔 샀다. "그럼, 그 나단이란 사람은 언제 돌아오죠?"

"아마 다음 주쯤. 어쩌면 두 주 정도 걸릴지도요, 아가씨. 호, 나단이란 녀석, 정말 날건달이죠."

그는 앞으로 몸을 기울였다.

"혼자 여행하시나요, 아가씨?"

"그래요."

"위험할 수도 있는데. 요새는 길거리에 웃기는 놈들이 있잖아요. 나쁜 놈들이요. 이 마을 녀석들은 아니고." 그는 말끝에 재빨리 덧붙였다.

스칼릿은 완벽한 모양의 눈썹을 치켜 올렸다.

순간 그렇게 더운 날씨에도 바텐더는 몸을 떨었다.

"경고해줘서 고맙네요." 스칼릿이 가르릉거렸다. 그녀의 음성은 움찔거리는 귀만 내놓은 채 풀숲 속에 숨어서, 어리고 부드러운 먹잇감이 지나가기를 기다리는 육식동물의 소리 같았다.

그녀는 모자를 팁으로 주고 어슬렁어슬렁 밖으로 나갔다.

뜨거운 아프리카의 햇살이 내리꽂혔다. 그녀의 트럭은 총과 탄약과 지뢰를 잔뜩 실은 채 길에 주저앉아 있었다. 트럭은 아무 데로도 가지 않을 것이다.

스칼릿은 트럭을 바라보았다.

지붕에 독수리가 한 마리 앉아 있었다. 그 독수리는 스칼릿을 따라 500킬로미터를 함께 여행해 왔다. 놈은 소리 없이 트림을 하고 있었다.

그녀는 거리를 둘러보았다. 길모퉁이에서 여자 몇 명이 수다를 떨고 있었다. 색칠한 조롱박 무더기 앞에 앉은 행상인이 나른한 손짓으로 파리를 쫓았다. 아이들 몇 명이 흙바닥에 앉아 빈둥거리고 있었다.

"아무렴 어때." 그녀는 조용히 말했다. "어쨌거나 휴가를 보낼 순 있겠지."

그게 수요일이었다.

금요일이 되자 도시는 출입금지 구역으로 변했다.

다음 주 화요일이 되자 쿰볼라랜드의 경제는 산산조각이 나고, 2만 명이 죽었으며(그중에는 시장에 쳐놓은 바리케이드를 급습하던 반군의 총에 맞아 죽은 바텐더도 포함되어 있었다), 10만 명 가까운 사람들이 부상을 입었고, 스칼릿의 다양한 무기들은 모두 제 기능을 충실히 이행했으며, 독수리는 기름기를 너무 많이 섭취한 탓에 죽어버렸다.

스칼릿은 이미 이 나라를 떠나는 마지막 열차에 타고 있었다. 이제 직업을 바꿀 때라는 생각이 들었다. 무기 판매는 진절머리 나게 오래했다. 그녀는 변화를 원했다. 뭔가를 새로 시작해보고 싶었다. 그녀는 신문기자로 일하는 자신을 상상해보았다. 가능한 일이다. 스칼릿은 모자로 부채질을 하며 긴 다리를 꼬았다.

열차 저쪽 편에서 싸움이 일어났다. 스칼릿은 씩 웃었다. 사람들은 언제나 그녀를 두고 싸웠고, 그녀 주변에서 싸웠다. 정말이지 감미로운 일이었다.

세이블은 검은 머리카락에 잘 다듬은 검은 턱수염을 길렀고, 지금 막 법인을 만들기로 결정한 참이었다.

그는 회계사와 술을 마셨다.

"어떻게 되어가지, 프래니?" 회계사에게 물었다.

"현재까지 1천 200만 부가 팔렸습니다. 믿겨지세요?"

그들은 뉴욕 5번가 666번지 꼭대기에 있는 '6들의 최정상'이라는 레스토랑에서 술을 마시고 있었다. 조금이나마 세이블을 즐겁게 해주는 요소였다. 이 음식점 창문으로는 뉴욕 전역을 볼 수 있었다. 밤이 되면 뉴욕의 나머지 시민들은 건물 사면에 장식된 커다란 붉은색 666자를 볼 수 있었다. 물론 그건 그저 번지수일 뿐이었다. 번호를 헤아리기 시작한다면 결국에는 666까지 가게 되어 있는 법 아니겠는가. 그래도 이건 웃어야 할 일이었다.

세이블과 그의 회계사는 철저한 '누벨 퀴진'을 파는 그리니치빌리지의 작고 비싼 최고급 레스토랑에서 막 이리로 온 참이었다. 그 레스토랑의 '누벨 퀴진'은 콩깍지 하나에 완두콩 한 알, 가늘게 찢어낸 닭가슴살 한 조각을 네모난 중국 자기 접시에 멋들어지게 배치해놓은 요리였다.

지난번 파리에 갔을 때 세이블이 개발해낸 요리이기도 했다.

그의 회계사는 50초도 걸리지 않아 고기와 두 종류의 야채를 먹어치우고는, 나머지 식사시간 내내 접시와 나이프와 포크를 뚫어져라 보다가 가끔씩 다른 음식은 어떤 맛인지 궁금하다는 듯한 태도로 주위를 둘러보았다. 태도만 그런 게 아니라 그녀는 정말로 궁금해하고 있었다. 세이블은 그 점이 즐겁기 그지없었다.

그는 페리에 생수를 흔들었다.

"1천 200만 부라? 꽤 괜찮군."

"이건 엄청난 일이에요."

"그러니까 법인으로 만들려고 하고 있지. 큰 거 한 방을 터뜨릴 때야. 안 그런가? 캘리포니아가 어떨까 싶군. 난 공장과 레스토랑, 모든 관련사를 원하네. 출판업도 계속 유지하겠지만 다각화할 때야. 그렇잖나?"

프래니는 고개를 끄덕였다. "좋은 말씀이세요, 세이블. 우리에게 필요한—"

웬 해골이 프래니의 말을 가로막았다. 크리스챤 디올 옷을 입고, 햇볕에 그은 피부가 정교한 두개골 위로 팽팽하게 씌워진 해골이었다. 이 해골은 긴 금발에 완벽하게 칠한 입술의 소유자였다. 온 세상 어머니들이 손가락질을 하며 "채소를 안 먹으면 저렇게 되는 거야"라고 말하게 생긴 여자였다. 기아 구호 포스터 모델을 잘 꾸며놓은 것같이 생겼다고나 할까.

그녀는 뉴욕의 일류 패션모델이었고, 책을 한 권 손에 쥐고 있었다. "어, 죄송하지만 세이블 씨, 끼어들어도 괜찮을지 모르겠지만, 저, 선생님 책요, 그 책이 제 삶을 바꿔놓았거든요. 혹시 괜찮으시다면 사인 좀 해주시겠어요?" 그녀는 근사하게 아이섀도를 바른 눈구멍 속 푹 꺼진 눈으로 애원하듯 그를 바라보았다.

세이블은 상냥하게 고개를 끄덕이고 책을 받아 들었다.

그 여자가 그를 알아본 것도 당연한 일이었다. 은박으로 돋을새김을 한 겉표지에서 그의 사진이 어두운 회색 눈으로 그를 처다보고 있었다. 제목은 《영양소 없는 식이요법: 자신을 가냘프게 가꾸십시오》, 일명 '금세기 최고의 다이어트 책!'이었다.

"이름이 어떻게 되나요?" 그는 물었다.

"셰릴이에요. r이 두 개, y가 하나, l이 하나요."

"당신을 보니 오래된, 아주 오래된 친구가 떠오르는군요." 그는 속표지에 빠르면서도 주의 깊게 글을 적으면서 말했다. "여기 있습니다. 마음에 들었으면 좋겠군요. 팬을 만나는 건 언제나 기쁜 일이죠."

그가 적은 글귀는 이러했다.

> 셰릴
> 밀 한 되가 한 데나리온이요, 보리 석 되가 한 데나리온이라, 그리고 너는 기름과 포도주는 손상시키지 말라. 요한계시록 6장 6절.
>
> 레이븐 세이블 박사

"성서에 나오는 구절이죠." 그는 말했다.

그녀는 경건한 손길로 책을 덮고 세이블에게 감사하다며, 이게 자기에게 얼마나 뜻깊은지 모를 거라며, 그가 자기 삶을 바꿔놓았다고, 정말 그랬다고 말하면서 자리로 돌아갔다.

세이블은 당시의 어느 대학에도 가본 적 없었으니 스스로 주장하는 것처럼 의학박사 학위는 받지 못했지만, 그녀가 굶어서 죽어가고 있다는 것은 알아볼 수 있었다. 기껏해야 몇 달이면 끝날 것이다. '영양소 없는' 식이요법. 몸무게를 줄이시라, 마지막까지.

프래니는 게걸스레 랩톱 컴퓨터를 찍어대며 서구 사회의 식이 습관에 세이블이 가할 변환의 다음 순번을 짜고 있었다. 세이블이 친히 선물한 기계였다. 그 컴퓨터는 무진장 비쌌고, 뛰어난 성능과 초슬림 사이즈를 자랑했다. 그는 얇고 가느다란 것들이 좋았다.

"유럽에 첫 번째 발판으로 사들일 만한 회사가 있습니다. ㈜지주회사죠. 이 회사를 사면 리히텐슈타인 과세 기준을 적용받을 수 있습니다. 자, 케이만 제도를 통해 자금을 룩셈부르크로 보낸 다음 거기에서 스위스로 넣으면 공장가를……"

하지만 세이블은 더 이상 그녀의 말을 듣고 있지 않았다. 그는 아까 갔던 최고급 레스토랑을 되새기고 있었다. 그토록 많은 부자들이 그렇게 굶주리는 광경은 한 번도 본 적이 없었다.

세이블은 씩 웃었다. 자기 일에서 순수하고 완벽한 만족을 느끼는 사람만이 지을 법한 솔직하고 숨김없는 웃음이었다. 진짜 대사건이 터질 때까지 시간이나 죽이고 있는 입장이긴 해도 그는 우아하게 시간을 죽였다. 시간을, 그리고 때로는 사람들을.

그는 어떤 때에는 화이트라고 했고, 때로는 블랑, 또는 알부스, 또는 초키, 바이스, 스노이, 기타 등등 하얀색을 가리키는 백여 가지 이름들로 불렀다. 피부는 창백했고, 머리카락은 빛바랜 금발이었으며, 눈동자는 엷은 회색이었다. 대충 보면 20대쯤으로 보였고, 사람들은 모두 그를 대충 보고 넘겼다.

그는 거의 기억에 남지 않는 인물이었다.

두 동료와 달리 그는 절대 한 직종에 오랫동안 종사할 수가 없었다.

그는 수많은 흥미로운 장소에서 온갖 흥미로운 일들을 다 해보았다.

(그는 체르노빌 발전소에서도 일했고, 윈드스케일 원자로와 스리마일 아일랜드 발전소에도 있었다. 언제나 별로 중요하지 않은 직책이었다.)

몇몇 과학 연구시설에서 부차적이기는 하지만 귀한 연구원으로 근무하기도 했다.

(그는 휘발유 엔진, 플라스틱, 고리를 잡아당겨 여는 캔의 설계를 도왔다.)

그는 어떤 일에나 손댈 수 있었다.

그에게 주목하는 사람은 아무도 없었다. 그는 조심스러웠다. 그의 존재는 좀처럼 눈에 띄지 않았다. 주의를 기울여야 그가 뭔가를 하고 있었으며, 어딘가에 있어야 했다는 것을 알아차릴 수 있었다. 어쩌면 바로 당신에게 말을 하고 있었을지도 모른다. 하지만 그는 쉽게 잊혀지는 사람, 화이트였다.

이 무렵 그는 도쿄행 유조선에서 평수부로 일하고 있었다.

선장은 자기 방에서 술에 취해 있었다. 일등항해사는 변소에 있었다. 이등항해사는 조리실에 있었다. 그럴 만도 했다. 배는 거의 다 자동화되어 있었고, 사람이 할 일은 별로 없었다.

하지만 만일 어떤 사람이 선교에 있는 긴급 화물 방출 버튼을 누른다면 자동 시스템이 엄청난 양의 검은 침전물, 정제하지 않은 석유 원액 수백만 톤을 바다에 쏟아내어 이 지역의 새와 물고기, 식물과 동물에게 엄청난 재앙을 불러일으킬 것이었다. 물론 이중 안전 연동장치며 절대 안전한 안전 보완장치가 수십 개는 있었지만, 무슨 소용인가. 그런 것이야 늘 있지 않았던가.

훗날 그것이 대체 누구의 실수였는가 하는 문제를 두고 어마어마한 논란이 일어났다. 결국 결론은 나지 않았다. 책임은 모두에게 골고루 돌아갔다. 선장도, 일등항해사도, 이등항해사도 다시는 일을 할 수 없게 되었다.

무슨 이유에선지, 독성이 강한 제초제가 담긴 녹슨 금속통을 산더미처럼 쌓아올린 화물선을 타고 벌써 인도네시아까지 절반쯤 간 평수부 화이트에 대해서는 아무도 생각하지 않았다.

그리고 또 하나가 더 있었다. 그는 쿰볼라랜드의 광장에 있었다.

레스토랑에도 있었다. 물고기들 속에도, 공중에도, 제초제 통 속에도 있었다. 길거리에나 집에나, 궁전에나 오막살이에나 있었다.

그가 가지 않은 곳이 없고, 그에게서 벗어날 수 있는 곳이 없었다. 그는 자신이 가장 잘하는 일을 하고 있었고, 그가 하고 있는 일 자체가 그였다.

그는 기다리고 있지 않았다. 그는 일을 하고 있었다.

해리엇 다울링은 메리 수녀보다 설득력이 있는 페이스 프롤릭스 수녀의 조언과 전화를 통한 남편의 동의하에 워락⁺이라고 이름 붙인 아기를 데리고 집에 돌아갔다.

문화담당관은 일주일 후에 집으로 돌아갔고, 아기가 영락없이 친탁했다고 말했다. 그는 또 비서에게 말해서 잡지 《레이디》에 유모를 찾는다는 광고를 실었다.

크롤리는 어느 크리스마스엔가 TV에서 〈메리 포핀스〉를 본 적이 있었다. (사실 크롤리는 대부분의 텔레비전에 남몰래 손을 뻗고 있었다. 정말 자랑스럽게 여기고 있는 부분은 게임쇼를 발명했다는 점이었지만 말이다.) 그는 리젠트파크에 있는 문화담당관의 저택 바깥에 교통 정체를 일으킬 정도로 늘어설 유모들의 줄을 쓸

⁺ 원래 흑마법사를 뜻하며, 영화 〈위락〉에 등장하는 악마의 이름이기도 하다.

어버릴 만한 효과적이고도 세련된 수단으로 허리케인을 일으킬까 고려해보았다.

그러다가 비공인 지하철 파업으로 만족하기로 했고, 덕분에 그날이 오자 찾아온 유모는 단 한 명뿐이었다.

그녀는 니트 트위드 정장을 입고 품위 있는 진주 귀고리를 했다. 유모 같기도 한데, 대놓고 유모라기보다는 은근히 유모 같기도 한 느낌이랄까. 미국 영화에 나오는 영국인 집사가 신중하게 헛기침을 해가며, 이 여자가 바로 당신들이 원하는 그 유모라고 중얼거리는 것 같기도 했다.

굽 낮은 구두는 자갈길을 밟으며 저벅저벅 소리를 냈고, 옆에서 조용히 걷던 회색 개는 턱 아래로 허연 침 덩어리를 흘렸다. 이 개는 시뻘겋게 빛나는 눈으로 열심히 이쪽저쪽을 쳐다보았다.

여자는 육중한 나무문 앞에 도달하자 혼자 씩 웃으며 잠시 만족스러운 표정을 짓더니, 초인종을 눌렀다. 초인종이 음울한 소리를 냈다.

올드 스쿨[+] 출신의 집사가 문을 열었다.

"전 유모 일을 하는 아슈토레스[ψ]라고 해요. 그리고 이쪽은." 그녀가 말하는 동안 곁에 있던 회색 개는 집사를 눈여겨보면서 뼈를

[+] [원주] 1920년대 영화와 텔레비전과 무대에서 집사와 신사 중의 신사 역들을 연기했던 노배우가 운영하는, 토튼햄 코트로드 근처에 있는 야간학교.

[ψ] 지중해 연안에서 널리 섬겼던 여신. 아스타르테, 이슈타르, 아슈타로트 등으로 불리며 그리스로 넘어가서는 아프로디테로 변하기도 했다. 기독교 성경에서는 아스다롯(단수), 아슈토레스(복수)라 하여 이교 여신을 통칭했다.

어디에 묻을지 계산하는 것 같았다. "이쪽은 로버랍니다."

그녀는 개를 정원에 두고 훌륭하게 인터뷰에 통과했다. 다울링 부인은 유모를 새로 맡게 될 아이에게 안내했다.

그녀는 불쾌한 미소를 지었다. "귀엽기도 해라. 금방 세발자전거를 갖고 싶어 하겠네요."[+]

우연히도 같은 날 오후, 새로운 직원이 또 한 명 도착했다. 그는 정원사였고, 정원 일에 믿을 수 없을 만큼 뛰어난 솜씨를 지닌 것으로 밝혀졌다. 어떻게 그럴 수 있는지는 아무도 몰랐다. 그는 한 번도 삽을 쥐는 것 같지 않았고, 틈만 나면 정원을 가득 채우고 둥지를 틀어대는 새 떼도 쫓아내려 하지 않았다. 그 남자가 그늘에 앉아 있기만 하면 주위 정원이 꽃을 피우고 또 피웠다.

워락은 아장아장 걸을 나이가 되고 유모가 뭔지는 몰라도 자기 일을 하는 오후 쉬는 시간이면 정원사에게 갔다.

"여기 이건 민달팽이 형제란다." 정원사는 워락에게 이야기해주었다. "그리고 이 작은 쪽은 감자 바구미 자매야. 기억하렴, 워락. 넌 풍성함 넘치는 크고 작은 생명의 길을 걸을 때마다 모든 살아 있는 것들을 사랑하고 존경해야 해."

"유모는 사아 있는 건 다 내 바에 밥히라고 있는 거래요, 프앤시스." 어린 워락은 민달팽이 형제를 쓰다듬은 다음 조심스레 개구리 커미트가 그려진 작업복에 손을 닦으며 말했다.

<hr />

[+] 영화 〈오멘〉에 빗댄 장면.

"그 여자 말은 듣지 말아요." 프랜시스는 말했다. "내 말을 들어야 하는 거야."

밤이 되면 아슈토레스 유모는 워락에게 자장가를 불러주었다.

아, 위대한 요크 공작
그는 만 명의 부하를 거느리고 있었지
그는 그들을 산꼭대기까지 행군시켰네
그러고는 세상 모든 나라들을 짓밟고 그들을 우리 주 사탄의 지배하에 두었다네

그리고

이 새끼 돼지는 지옥으로 갔대요
이 새끼 돼지는 집에 남았대요
이 새끼 돼지는 김이 오르는 사람고기를 날것으로 먹었대요
이 새끼 돼지는 처녀들을 범했대요
그리고 이 새끼 돼지는 시체 무더기를 기어올라 꼭대기에 섰대요

"정원사 프랜시스 아저씨요, 내가 사아 있는 모든 것의 가치를 아라야 한대요." 워락이 말했다.

"아가, 그 남자 말은 듣지 말렴." 유모는 아이를 작은 침대에 밀어 넣으며 속삭였다. "내 말만 듣는 거야."

그런 식이었다.

'협정'은 완벽하게 작동했다. 상황은 0대 0이었다. 아슈토레스 유모는 아이에게 작은 세발자전거를 사주었지만 집 안에서 타도록 설득하지는 못했다. 그리고 아이는 로버를 무서워했다.

한편 크롤리와 아지라파엘은 버스 위층에서, 미술관에서, 콘서트장에서 만나 서로의 기록을 비교하며 미소 지었다.

워락이 여섯 살이 되자 유모는 로버를 데리고 떠났다. 같은 날 정원사도 사표를 냈다. 둘 다 처음 도착했을 때의 생동감이 사라져 버린 걸음걸이로 떠났다.

워락은 이제 두 명의 가정교사에게 교육을 받았다.

해리슨 선생은 워락에게 훈족의 아틸라, 블라드 드라쿨 공작, 그리고 인간의 영혼 속에 내재해 있는 어둠의 본성을 가르쳤다.[+] 그는 워락에게 군중의 감정과 이성을 뒤흔드는 정치 연설법을 가르치려 했다.

코르테스 선생은 워락에게 플로렌스 나이팅게일,[ψ] 에이브러햄 링컨, 그리고 예술 감상법을 가르쳤다. 그는 자유의지와 자제력, 그리고 받고자 하는 대로 남에게 행하는 정신을 가르치려 했다.

둘 다 요한계시록을 많이 읽어주었다.

두 사람이 최선을 기울였으나 워락은 유감스럽게도 수학에 능했다. 가정교사 두 사람 다 아이의 진보에 만족하지 못했다.

[+] [원주] 아틸라가 자기 어머니에게 효도했다거나 블라드 드라쿨이 매일같이 격식을 차려 기도했다거나 하는 언급은 피했다.

[ψ] [원주] 매독에 대한 부분은 빼고.

워락은 열 살이 되자 야구를 좋아하게 되었다. 아이는 훈련된 눈이 아니고서는 처음의 플라스틱 장난감과 분간할 수 없는 다른 플라스틱 장난감으로 변신하는 장난감들을 좋아했다. 우표 수집을 즐겼고, 바나나 맛이 나는 풍선껌을 좋아했으며, 만화책과 연재 만화와 묘기 자전거를 좋아했다.

크롤리는 불안해졌다.

그들은 냉전에 지친 말단 첩보원들의 또 다른 쉼터인 대영박물관 구내식당에 앉아 있었다. 왼쪽 옆자리에서는 양복 차림에 딱딱하게 군은 미국인 두 명이 선글라스를 쓴 작고 가무잡잡한 여인에게 달러로 가득 찬 게 분명한 서류가방을 은밀히 건네주고 있었다. 오른쪽 옆자리에서는 M17 부국장과 이 지역 담당 KGB 요원이 차와 빵값 영수증을 누가 가져갈 것인가에 대해 입씨름 중이었다.

크롤리는 마침내 지난 10년간 입에 올리지 못했던 말을 꺼냈다.

"나에게 묻는다면 말이지." 크롤리가 상대편에게 말했다. "그 아인 지독하게 정상이라고 하겠어."

아지라파엘은 맵게 양념한 계란 요리를 한 입 더 밀어 넣고 커피로 입가심을 했다. 그는 종이 냅킨으로 입술을 가볍게 두드린 다음 밝게 미소 지었다.

"나의 선한 교육 덕분이지. 칭찬받아 마땅한 나의 작은 팀 덕분이기도 하고."

크롤리는 고개를 저었다. "그것도 고려해서 얘기야. 이봐, 지금쯤이면 그 아인 자기가 원하는 대로 주위 세상을 비틀고 자기 생각대로 세상을 주무르려고 해야 마땅하단 말이야. 정확히 말하자면 하려고 하는 게 아니지. 스스로 깨닫지 못한다고 해도 그렇게 해 낼 테니. 그런 징후를 요만큼이라도 봤어?"

"글쎄, 못 봤지만……"

"지금쯤이면 그 아인 가공하지 않은 힘이 넘치는 상태여야 한 단 말이야. 그런데?"

"글쎄, 내가 보기에 그렇지는 않지만……"

"너무 평범해." 크롤리는 손가락으로 탁자를 두드렸다. "마음에 안 들어. 정확히는 모르겠지만 뭔가 잘못됐어."

아지라파엘은 크롤리의 천사 케이크 조각을 한 입 거들었다. "글쎄, 어쨌거나 자라는 아이잖아. 게다가 천상의 영향력도 미쳤 고."

크롤리는 한숨을 내쉬었다. "그 아이가 지옥견을 다루는 방법 만은 알았으면 할 뿐이야."

아지라파엘은 한쪽 눈썹을 치켜 올렸다. "지옥견이라니?"

"열한 살 생일 때 온다더군. 어젯밤 지옥에서 전언을 받았어." 전 언은 크롤리가 제일 좋아하는 프로그램인 〈골든 걸스〉 방영 도중 에 왔다. 로즈는 짧게 말할 수도 있을 전언에 10분이나 소모했고, 지옥의 간섭이 걷히고 프로그램이 복구되고 나니 줄거리를 따라 갈 수가 없었다. "곁에 두고 모든 해악에서 아이를 지키도록 지옥 견을 한 마리 보낸다는 거야. 제일 큰 놈으로."

"거대한 검은 개가 갑자기 나타나면 사람들이 뭐라고 하지 않겠 어? 당장 아이 부모만 해도 그렇고."

크롤리는 불쑥 일어서다가 여왕 폐하의 골동품 보관인과 열렬한 대화에 빠져 있던 불가리아 문화담당관의 발을 밟고 말았다.

"사람들은 보통과 다른 건 아무것도 알아차리지 못할 거야. 그게 현실이라는 거야, 천사. 그리고 어린 워락은 알든 모르든 간에 자기가 원하는 대로 할 수 있어."

"그럼, 언제 나타나지, 그 개는? 이름은 있어?"

"말했잖아. 열한 살 생일에 올 거야. 오후 3시에. 녀석은 자동으로 아이를 향해 가게 되어 있어. 이름은 아이가 직접 지어줄 거고. 아이가 직접 이름을 붙이는 게 아주 중요해. 그 이름이 놈에게 목적을 주거든. '킬러'라든가 '테러', '밤의 추적' 같은 게 되지 않을까."

"그 자리에 갈 거야?" 천사는 차분하게 물었다.

"절대 놓칠 수 없지." 크롤리는 말했다. "난 진심으로 아이가 너무 잘못된 건 아니길 빌어. 어쨌거나 아이가 그 개에게 어떻게 반응하는지 봐야지. 그걸 보면 뭔가 알 수 있을 거야. 아이가 녀석을 돌려보내거나 그 개를 보고 겁을 냈으면 좋겠는데. 아이가 이름을 붙여준다면, 우린 진 거야. 우리 측은 아이의 힘을 모두 갖게 될 것이고 아마겟돈은 코앞에 닥치는 거라고."

"그렇지." 아지라파엘은 와인을 홀짝이며 말했다(와인은 지금 막 약간 신맛이 나는 보졸레이기를 그만두고 꽤 괜찮긴 한데 뜻밖인 1875년산 샤토 라피트로 변한 참이었다). "그럼 거기서 봐."

수요일

센트럴 런던, 후덥지근한 8월 낮이었다.

워락의 열한 번째 생일 파티는 수많은 사람으로 북적였다.

남자아이가 스무 명, 여자아이가 열일곱 명이었고, 똑같이 짧게 깎은 금발에 감청색 양복을 입고 권총집을 맨 남자들이 잔뜩이었다. 젤리와 케이크, 과자 등을 가져온 음식 배달원도 한 무리 있었다. 이들의 운반 행렬을 이끌고 온 것은 빈티지 벤틀리였다.

어린이 파티 전문인 '굉장한 하비와 완다'는 둘 다 예기치 못한 배앓이로 쓰러졌으나, 하느님의 가호로 갑자기 나타난 마술사가 그 자리를 대신했다.

누구에게나 사소한 취미는 있는 법. 크롤리는 말렸지만 아지라파엘은 자기 취미를 잘 써먹어보려고 했다.

아지라파엘은 자신의 마술에 각별한 자부심이 있었다. 그는 1870년대에 존 매스컬린의 마술 교실에 다니면서 1년 가까운 시간을 들여 손기술과 동전 감추기, 모자에서 토끼 꺼내기 등을 연습했다. 당시 그는 자기가 정말 마술을 훌륭하게 습득해냈다고 생각했다. 중요한 것은, 아지라파엘이 사실 '매직 서클' 소속 마술사 전원이 지팡이를 놓고 무대에서 떠나게 할 만한 일들을 할 수 있으면서도, 절대 자신의 본래 힘을 손재주 요술에 써먹지 않았다는 얘기다. 사실 그 부분이 난관이었다. 연습을 계속할 걸 그랬다는 생각이 간절했다.

그래도 그는 이게 자전거 타기와 마찬가지라고 생각했다. 자전거 타는 법은 한번 배우면 절대 잊어버리지 않는다. 마술사 옷에는 먼지가 좀 쌓였지만, 일단 입으니 나쁘지 않은 느낌이었다. 무슨 주문을 썼는지도 슬슬 기억이 나기 시작했다.

아이들은 멍한 데다 경멸까지 어린 이해심 없는 얼굴로 그를 바라보았다. 뷔페 식탁 뒤에서는 하얀색 웨이터 복장의 크롤리가 지레 부끄러움에 몸을 움츠렸다.

"자 그럼 어린 신사 숙녀분들, 제 낡은 실크햇이 보이나요? '세상에 저렇게 낡아빠질 수가' 싶으시겠죠! 보세요, 안엔 아무것도 없습니다. 그런데 어이쿠 맙소사, 이 괴상한 손님은 누굴까요? 세상에, 털투성이 친구, 토끼 해리로군요!"

"아저씨 주머니에 있었잖아요." 워락이 지적하자 다른 아이들도 고개를 끄덕였다. 대체 우릴 뭐라고 생각하는 거람? 코흘리개 어린애로 아나?

아지라파엘은 매스컬린이 야유하는 사람들을 어떻게 다룰 것인지에 대해 했던 말을 떠올렸다. "그걸로 농담을 해, 이 얼간이야.

자네 말이네, 펠 군." (당시 아지라파엘은 펠이라는 이름을 썼다.)
"사람들을 웃게 만들어. 그러면 뭐든 용서하게 되거든!"

그래서 그는 "이런, 제 모자 요술을 간파해버렸네요"라고 말하
며 쿡쿡 웃었다. 아이들은 무표정한 얼굴로 그를 응시했다.

"형편없어." 워락이 말했다. "어차피 난 만화가 보고 싶었어."

"맞아." 머리를 하나로 묶은 여자아이가 동조하고 나섰다. "아저
씬 형편없어요. 게다가 아마 호모겠죠."

아지라파엘은 필사적으로 크롤리를 쳐다보았다. 아무래도 어린
워락은 지옥에 오염된 것이 분명했고, 둘 다 여기서 도망칠 수 있
게 '검은 개'가 빨리 나타날수록 좋았다.

"자, 어린 친구들 중에 누구 3페니짜리 동전 가진 사람? 없나요,
도련님? 그럼 여기 귀 뒤에 보이는 건……?"

"난 내 생일에 만화책을 받았어." 여자아이가 말했다. "그리고
트랜스포머랑 리틀포니랑, 디셉티콘 어택커랑, 선더 탱크랑……"

크롤리는 신음했다. 상식이 눈곱만큼이라도 있는 천사라면 아
이들의 파티에 제 발로 걸어 들어갈 생각은 하지 않을 것이다. 카
랑카랑한 아이들의 목소리는 아지라파엘이 세 개로 연결된 금속
고리를 떨어뜨리자 한층 높아졌고, 아지라파엘을 신나게 비웃어
댔다.

크롤리는 선물이 산더미처럼 쌓여 있는 테이블로 시선을 돌렸
다. 높은 플라스틱 건조물 안에서 두 개의 작은 구슬 같은 눈이 그
를 마주 응시했다.

크롤리는 그 눈에 붉은 화염이 깃들어 있지는 않은가 유심히 살

폈다. 지옥의 관료들을 상대할 때는 절대 확신이란 있을 수 없다. 그들이 개 대신 게르빌루스 쥐를 보냈을 가능성도 배제할 수는 없었다.

아니, 이건 더할 나위 없이 평범한 게르빌루스 쥐였다. 어쩌다가 스페인 종교재판소가 플라스틱 주형법을 알았다면 궁리해냈을 법한 원통과 구, 바퀴로 이루어진 흥미진진한 건축물 속에 살게 된 건지는 모르겠지만 말이다. 쯧쯧.

그는 시간을 확인했다. 크롤리에게 손목시계의 배터리를 갈아야 하는 일은 결코 일어나지 않았고, 배터리가 못쓰게 된 지도 벌써 3년이 지났지만 시간은 정확하게 맞았다. 3시 2분 전이었다.

아지라파엘은 점점 더 허둥거렸다.

"여기 모인 친구들 중에 누가 손수건 같은 걸 가지고 있나요? 없어요?" 빅토리아 시대에 손수건을 가지고 다니지 않는 일은 있을 수 없었고, 지금 화가 나서 아지라파엘의 손목을 쪼아대는 비둘기를 꺼내 보이는 요술은 손수건 없이는 할 수 없었다. 천사는 크롤리의 관심을 끌어보려다가 실패하고, 자포자기하여 경호원 한 명을 가리켰다. 경호원은 거북스럽게 몸을 일으켰다.

"거기 멋쟁이 씨. 이리 와요. 자, 윗옷 주머니를 찾아보면 깨끗한 실크 손수건이 나올 거라고 봅니다."

"아닙니다. 그렇잖을것같습니다." 경호원은 앞만 보면서 말했다.

아지라파엘은 필사적으로 눈을 찡긋했다. "아닐걸요. 자, 찾아봐요, 제발."

경호원은 안주머니에 손을 집어넣었다가 놀란 표정을 짓더니 가장자리에 레이스가 달린 연푸른색 실크 손수건을 끄집어냈다. 아지라파엘은 곧바로 레이스가 실수였다는 것을 깨달았다. 레이스에 걸리는 바람에 경호원의 권총이 빙그르르 돌면서 허공을 날아 젤리 그릇 속에 떨어지고 말았던 것이다.

아이들이 와르르 박수갈채를 보냈다. "나쁘지 않은데!" 포니테일의 여자아이가 외쳤다.

워락은 벌써 방 저편으로 달려가서 총을 쥐고 있었다.

"손 들어, 바보들아!" 워락이 신이 나서 외쳤다.

경호원들은 당황해서 어쩔 줄을 몰랐다.

몇 명은 자기 총을 더듬어 찾았다. 몇 명은 아이에게 다가가거나 아이에게서 멀어지려고 했다. 다른 아이들은 자기들도 총을 갖고 싶다고 불평하기 시작했고, 그중 몇 명은 생각 없이 자기 총을 꺼내놓은 경호원들에게서 총을 빼앗으려 들기 시작했다.

그러다가 누군가가 워락에게 젤리를 집어던졌다.

소년은 빽 소리를 지르고, 권총의 방아쇠를 당겼다. 이 총은 CIA 지급용의 32구경 매그넘으로 회색에 크기는 중형, 무거웠고, 서른 걸음 떨어진 남자를 날려버리고 피보라와 메스꺼운 덩어리, 그리고 상당량의 서류 작업만 남길 만한 물건이었다.

아지라파엘이 눈을 깜박였다.

총구에서 가느다란 물줄기가 뿜어 나와, 정원에 커다란 검은 개가 있나 창밖을 내다보고 있던 크롤리를 흠뻑 적셔버렸다.

아지라파엘은 당황한 표정이었다.

다음 순간 크림 케이크가 그의 얼굴로 날아왔다.

3시 5분경이었다.

아지라파엘은 손짓 한 번으로 나머지 총을 모두 물총으로 바꿔버린 다음 밖으로 걸어 나갔다.

크롤리가 바깥으로 나가 보니, 아지라파엘은 프록코트 소매에서 찌그러진 비둘기를 꺼내주려 낑낑거리고 있었다.

"늦었어." 아지라파엘이 말했다.

"나도 알아. 소매 밖으로 튀어나와 있군." 크롤리는 손을 뻗어 아지라파엘의 코트에서 축 늘어진 새를 잡아당겨 꺼내서는 숨을 다시 불어넣었다. 비둘기는 고맙다는 듯 구구거리더니 조심조심 날아올랐다.

"새 말고." 천사가 말했다. "개 말이야. 늦잖아."

크롤리는 생각에 잠겨 고개를 저었다. "어디 보자고."

그는 차 문을 열고 라디오를 켰다. "난 너무나 럭키, 럭키, 럭키, 럭키, 럭키. 난 너무나 럭키, 럭키,[+] 안녕, 크롤리."

"안녕. 어, 그런데 누구시죠?"

"다곤이야. 서류의 군주, 광기의 주인, 일곱 번째 고통을 다스리는 지옥의 부공작. 뭘 도와드릴까나?"

"지옥견 말입니다. 음, 그게 제대로 떠났는지 확인해보려고 하는데요."

"10분 전에 풀어줬는데. 왜? 도착 안 했나? 뭐 잘못됐어?"

[+] 카일리 미노그의 노래 〈난 정말 행운이겠지I should be so lucky〉.

"아, 아닙니다. 잘못된 거 없어요. 잘 돌아갑니다. 오, 이제 보이는군요. 멋진 갠데요. 근사한 개로군요. 모든 게 잘 돌아갑니다. 아래쪽에선 정말 뛰어나게 직무를 수행 중이군요. 음, 얘기 즐거웠습니다, 다곤. 또 봐요, 하?"

그는 라디오를 껐다.

크롤리와 아지라파엘은 서로를 쳐다보았다. 집 안에서 커다란 펑 소리가 나더니 창문이 와장창 부서졌다. "아, 저런." 지난 6천 년 간 욕을 하지 않고 보낸 데다 이제 와서 욕을 할 생각도 없는 아지라파엘이 중얼거렸다. "내가 한 자루 빠뜨렸나 보네."

"개는 없어." 크롤리가 말했다.

"개는 없지." 아지라파엘이 대꾸했다.

악마는 한숨을 내쉬었다. "차에 타. 이 문제에 대해 얘길 좀 해봐야겠어. 아, 그런데 아지라파엘……?"

"응."

"타기 전에 그 망할 놈의 케이크 좀 닦아."

센트럴 런던에서 한참 떨어진 곳, 덥고 조용한 8월 낮이었다. 태드필드의 도로 옆에 난 돼지풀들은 흙먼지 무게에 눌려 구부러져 있었다. 산울타리에서는 벌들이 웅웅거렸다. 공기에선 쓰고 남은 찌꺼기를 재가열한 것 같은 느낌이 났다.

돌연 천 개의 금속성이 "야!" 하고 외치는 듯한 소리가 났다.

그리고 길 위에 검은 개가 한 마리 나타났다.

개라고 하기는 해야 할 것이다. 생긴 모양은 개였으니.

사람이 수천 년 동안 길을 들였어도 개들은 여전히 늑대와 두 끼니밖에 떨어져 있지 않다는 사실을 상기시켜주는 개들이 있다. 단호하고 신중하게 전진하는 야성의 구현으로, 이는 누렇고, 숨을 내쉴 때마다 역한 냄새가 나고, 주인이 멀찍이 떨어져서 '사실은 나약하고 감상적인 녀석이라니까요, 불편하거든 찔러보세요'라고 말하는 동안에도 눈동자 속에 홍적세의 붉은 모닥불을 피워 올리는 개들 말이다……

지금 이 개는 그런 개들까지도 무심한 듯 소파 뒤를 어슬렁거리며 고무 뼈다귀를 뜯는 데 정신이 팔린 척하게 만들 만한 놈이었다.

놈은 이미 으르렁거리고 있었다. 금방이라도 튀어오를 듯 위협하는 낮은 울림이었으며, 이쪽 목구멍 속에서 시작되지만 끝나기는 다른 존재의 목에서 끝날 것 같은 그런 소리였다.

턱 아래로 떨어진 침이 차도에 닿아 지글거렸다.

놈은 몇 걸음을 더 나아가, 음침한 공기를 킁킁거렸다.

귀가 쫑긋거렸다.

멀리 목소리들이 들렸다. 아니, 놈을 끌어당기는 것은 그중 하나의 목소리였다. 어린 소년의 목소리지만 놈이 복종하게끔 만들어진, 복종할 수밖에 없는 목소리. 그 목소리가 "따라와"라고 하면 놈은 따라갈 것이다. 그 목소리가 "죽여"라고 하면 죽일 것이다. 그것은 주인님의 목소리였다.

놈은 울타리를 훌쩍 뛰어넘고 들판을 가로질렀다. 풀을 뜯던 황소가 잠시 동안 놈을 보며 승산을 재보더니 급히 반대쪽 울타리로 달려갔다.

목소리는 나무가 마구잡이로 엉킨 숲 쪽에서 들려오고 있었다. 검은 개는 침을 흘리며 슬금슬금 다가갔다.

주인님이 아닌 다른 목소리가 말했다. "절대 아닐걸. 넌 항상 사주실 거라고 하지만 절대로 안 그래. 아빠를 붙잡고 애완동물을 사달라고 해봐. 어쨌거나 재미있는 애완동물로 말야. 그러면 대벌레를 사 오실지도 몰라. 너희 아빠는 그런 걸 재밌다고 생각하시잖아."

놈은 사람으로 치자면 어깨를 으쓱하는 것 같은 몸짓을 취했지만, 뒤이어 주인님이, 즉 우주의 중심이 입을 여는 바람에 바로 그쪽에 대한 관심을 잃어버렸다.

"개일 거야." 주인님의 음성이 말했다.

"흥. 넌 그게 개일지 어떨지 알 수 없어. 아무도 개일 거라고 말하지 않았는걸. 아무도 그런 말을 안 했는데 그게 개일 줄 어떻게 알아? 너희 아빠 녀석이 맨날 먹기만 한다고 투덜대실 거야."

"쥐똥나무." 처음 둘보다 고지식한 느낌의 세 번째 목소리가 말했다. 이런 목소리의 주인이라면 장난감을 조립하기 전에 지침서대로 부품을 모조리 분리해놓고 세어보는 것은 물론이고, 페인트를 칠해야 할 조각은 다 칠해놓고 잘 말리기까지 한 다음이라야 작업에 착수하는 그런 녀석일 것이다. 이 목소리의 주인이 공인회계사가 되는 건 시간문제일 뿐이었다.

"개들은 쥐똥나무를 먹지 않아, 웬즐리. 개가 쥐똥나무 먹는 거

본 적 있어?"

"개가 아니라 대벌레가 먹는단 얘기였어. 대벌레는 정말로 재밌다고. 녀석들은 짝을 지을 때 지들끼리 서로를 먹는단 말이야."

잠시 생각에 잠긴 침묵이 흘렀다. 놈은 슬금슬금 다가가서 이 목소리들이 땅에 패인 구멍 속에서 흘러나온다는 것을 알아차렸다.

나무들이 가시나무와 덩굴에 반쯤 덮인 오래된 석회암 채석장을 가려주고 있었다. 오래되긴 했지만 아예 버려진 채석장은 아니었다. 채석장 안을 이리저리 교차하여 길이 나 있었고, 매끄러운 경사면에는 스케이트보드 자국과, '죽음의 벽' 오토바이 묘기는 아니라도 '무릎 까지기 벽' 자전거 묘기 정도는 정기적으로 한 듯한 흔적이 보였다. 접근하기 쉬운 나무 몇 그루엔 위태위태하게 닳아버린 밧줄이 늘어졌다. 여기저기 나뭇가지에 골함석판이며 낡은 나무판들이 박혀 있기도 했다. 쐐기풀 무더기에 반쯤 파묻힌 녹슬고 불에 그은 장난감 자동차도 보였다.

한쪽 구석에 얽혀 있는 바퀴들이며 삭은 철사줄은 슈퍼마켓용 손수레가 죽을 때 찾아간다는 저 유명한 '잃어버린 묘지'임을 알려주었다.

어린아이들에게 이곳은 낙원이었다. 동네 어른들은 이곳을 '소굴'이라고 불렀다.

지옥의 사냥개는 쐐기풀 덤불 너머 채석장 한가운데, 멋진 비밀 소굴에 필수 불가결한 소도구인 낡은 우유 상자에 앉아 있는 네 사람을 알아보았다.

"안 그래!"

"그렇다니까."

"안 그렇다는 데 내기 걸자." 첫 번째 목소리가 말했다. 어린 여자아이라는 것을 알 수 있는 음색이었고, 소름 끼쳐 하면서도 마음을 빼앗긴 느낌이었다.

"먹는다니까. 정말이야. 전에 여섯 마리를 길렀는데, 깜박 쥐똥나무 갈아주는 걸 잊고 휴가 갔다 돌아오니까 크고 뚱뚱한 녀석 하나밖에 없었다고."

"아냐. 짝지을 때 잡아먹는 건 대벌레가 아니라 '기도하는 사마귀'야. 커다란 암컷이 다른 놈을 먹어치우면서 별 신경도 안 쓰는 걸 텔레비전에서 봤단 말야."

다시 한꺼번에 웅성이느라 대화가 끊겼다.

"사마귀들이 무슨 기도를 하는데?" 주인님의 목소리가 들렸다.

"몰라. 결혼할 필요가 없게 해달라고 기도하나 보지."

사냥개는 어찌어찌 해서 채석장의 무너진 울타리에 난 옹이구멍에다 한쪽 눈을 갖다 대고 아래를 내려다보았다.

"어쨌거나 그건 자전거랑 비슷한 거야." 첫 번째 목소리가 엄연한 사실이라는 투로 말했다. "난 7단 기어에다 면도날 같은 안장을 얹고 자주색 칠을 한 자전거를 받을 줄 알았는데, 엄마는 이 하늘색 자전거를 줬어. 바구니까지 달린 계집애용 자전거를!"

"음. 넌 계집애잖아." 나머지 중 누군가가 말했다.

"그걸 성차별이라고 하는 거야. 계집애라는 이유만으로 계집애 같은 선물을 주다니."

"난 개를 받을 거야." 주인님의 목소리는 단호했다. 주인님은 놈에게 등을 돌리고 있어서, 주인님의 모습을 제대로 볼 수 없었다.

"아, 그래. 덩치 큰 로트바일러 같은 개로 말이지?" 여자아이가 듣는 사람이 움츠러들 만한 비아냥을 담아 말했다.

"아냐. 데리고 놀 만한 종류의 개일 거야." 주인님 목소리였다. "큰 개 말고—"

순간 쐐기풀 속의 눈동자가 확 아래쪽으로 사라졌다.

"—무지 영리하고, 토끼굴을 내려갈 수 있는 데다, 한쪽 귀는 언제나 뒤집혀서 우스운 모양을 하고 있는 개. 그리고 진짜 잡종개여야 해. 순수 똥개 말야."

안에 있는 아이들은 듣지 못했지만, 그 순간 채석장 가장자리에서 조그마한 천둥소리가 울렸다. 엄청나게 커다란 개가 갑자기 작은 개로 변하면서 생긴 진공에 공기가 밀려들며 난 소리였다.

그리고 그 뒤를 이은 작은 펑 소리는 한쪽 귀가 뒤집히면서 나는 소리였다.

"그리고 녀석의 이름은……" 주인님의 목소리가 계속 말했다. "뭐라고 부를 거냐면……"

여자아이가 끼어들었다. "그래, 뭐라고 부를 건데?"

지옥의 사냥개는 기다렸다. 운명의 순간이었다. 이름이 정해지는 순간. 그 이름이 놈에게 목적을, 기능을, 본질을 부여해줄 것이다. 아까보다 훨씬 땅바닥에 가까워지긴 했어도 놈의 눈은 흐릿한 붉은빛을 발했고, 쐐기풀 속에 침을 뚝뚝 떨어뜨렸다.

"난 녀석을 '개'라고 부를 거야." 주인님이 분명하게 말했다. "그런 이름을 붙여두면 골치 아플 게 없지."

지옥의 사냥개는 얼어붙었다. 마견과魔犬科의 두뇌 깊은 곳에서는 뭔가가 잘못됐다는 것을 알 수 있었지만, 복종하지 않는다면 놈에게는 아무런 존재 의의가 없었고, 새삼 솟아오른 주인님에 대한 크나큰 사랑이 모든 의심을 압도해버렸다. 어쨌거나 크기가 어때야 한다는 말은 없지 않았는가?

놈은 운명을 만나기 위해 경사면을 달려 내려갔다.

하지만 이상한 일이었다. 놈은 언제나 사람들을 덮치고 싶었지만, 모든 기대에 반하여 지금은 그와 동시에 꼬리도 흔들고 싶었다.

"그 애라며!" 아지라파엘은 옷깃에서 마지막 크림 케이크 덩어리를 집어 올리며 불평했다. 그는 손가락을 깨끗이 핥았다.

"그 애였어." 크롤리가 말했다. "그러니까, 내가 그렇게 알았단 얘기야. 그렇지 않겠어?"

"그럼 누군가 다른 사람이 끼어든 거로군."

"다른 사람 따윈 없어! 우리뿐이잖아, 안 그래? 선과 악. 이쪽 아니면 저쪽."

크롤리는 운전대를 쾅쾅 내리쳤다.

"자넨 아래쪽에서 무슨 짓을 할 수 있는지 알면 놀랄 거야."

"위쪽에서 할 수 있는 유의 일과 아주 비슷할 거라고 생각하는데."

"관둬. 자네 쪽엔 그 황송한 자비심이라는 게 있잖아." 크롤리는 신경질적으로 말했다.

"흐음? 자네 고모라에 가본 적 있나?"

"물론이지. 넛맥과 으깬 레몬그라스를 곁들인 근사한 대추야자 발효 칵테일을 마실 수 있는 멋진 선술집이 있었―"

"심판 이후에 말이야."

"아."

아지라파엘이 말했다. "병원에서 무슨 일이 있었던 게 분명해."

"그럴 리가 없어! 거긴 우리 편으로 꽉 차 있었다고!"

"누구네 편이라고?" 아지라파엘은 차갑게 되물었다.

"내 편." 크롤리는 말을 바로잡았다. "뭐, 사실 내 편이라고 할 수도 없지. 으음, 알잖아. 사탄숭배자들."

크롤리는 '사탄숭배자'라는 말을 경멸하듯 내뱉었다. 당연하게도 이 세상이 크롤리나 아지라파엘이나 가능한 한 오랫동안 즐기고 싶어 할 만큼 흥미진진한 곳이라는 사실 외에 그들 둘이 동의하는 일은 거의 없었지만, 어둠의 왕자를 숭배하는 일부 사람들에 대한 시선만큼은 완전히 일치했다. 크롤리는 언제나 이런 사람들이 창피했다. 그 사람들을 막 대할 수야 없는 노릇이지만, 전투 장비를 갖추고 동네 자경단 모임에 나가는 사람들을 보는 베트남 참전용사 같은 느낌을 받게 되는 것은 어쩔 수 없었다.

게다가 그 사람들은 언제나 맥 빠지게 열정적이었다. 역십자니 펜타그램이니 수탉 같은 물건을 다 받아들였다. 대부분의 악마를 신비화했다. 필요 없는 일들이었다. 사탄숭배자가 되기 위해 필요한 것은 오로지 의지력뿐이었다. 평생 펜타그램이 뭔지 모른다거나,

죽은 수평아리를 본 적이 없다 해도 사탄숭배자가 되는 데엔 아무 지장이 없었다. 치킨 마렝고를 먹을 때 말고는 수탉을 본 적이 없다 해도 마찬가지였다.

게다가 구식 사탄숭배자들 중 일부는 사실 꽤 선량한 사람들이 었다. 그들은 자기들이 적이라고 생각하는 사람들과 똑같이 복음을 외우고 이런저런 시늉을 해 보인 다음, 집에 돌아가 주중 내내 특별히 사악한 생각을 하는 일도 없이 온화하고 겸손하며 평이한 삶을 살았다.

그리고 그들을 뺀 나머지로 말하자면……

사탄숭배를 자칭하며 크롤리를 몸부림치게 만드는 족속들이 있었다. 그런 작자들이 하는 짓도 짓이지만, 그 모든 짓을 지옥 탓으로 떠넘긴다는 게 문제였다. 그들은 악마라면 천년이 걸려도 생각해내지 못할 만큼 역겨운 착상, 기능을 다 발휘하며 돌아가는 인간의 두뇌만이 품을 수 있는 어둡고 지각 없으며 불쾌하기 짝이 없는 일들을 생각해낸 다음 "악마가 나로 하여금 이런 짓을 하게 했다"고 고함을 지르며 법정의 동정을 끌어냈다. 사실 악마는 누구로 하여금 무슨 짓을 하게 만든 적이 거의 없는데 말이다! 그럴 필요도 없었다. 그 점이 일부 인간이 이해하기 어려워하는 대목이었다. 크롤리가 생각하기에, 천국은 선의 샘물이 아니었고 지옥 역시 악의 저수지가 아니었다. 지옥이나 천국은 그저 거대한 우주적 체스 게임의 양편일 뿐이었다. 진짜 일류, 그러니까 진정한 고상함이나 진정 심장을 멈추게 하는 악은 인간의 마음에서나 찾을 수 있었다.

"허, 사탄숭배자들." 아지라파엘이 말했다.

"어쩌다가 일을 망쳐놓은 건지 알 수가 없군. 아기 둘 바꾸는 것 정도야 그렇게 고생스러운 일도 아니잖아. 그렇지 않……?" 크롤리는 말을 하다 멈췄다. 뿌연 기억 속에서 그때 사탄숭배자치고도 심하게 나사가 빠져 있다 싶던 자그마한 수녀가 떠올랐다. 그리고 누군가 다른 사람이 있었다. 크롤리는 어렴풋이 담배 파이프와 1938년에 유행이 지난 지그재그 무늬의 카디건을 기억해냈다. '곧 아버지가 될' 거라는 기색이 완연했던 남자.

그러니까 세 번째 아기가 있었던 것이다.

그는 아지라파엘에게 그 사실을 이야기했다.

"단서가 많진 않군." 천사는 말했다.

"그 아이가 살아 있는 건 확실해. 그러니까……"

"그걸 어떻게 알아?"

"그 애가 다시 저 아래로 내려갔다면 내가 지금 여기 무사히 앉아 있을 것 같아?"

"좋은 지적이군."

"그러니까 우리가 할 일은 그 아이를 찾는 것뿐이야. 병원 기록을 찾아보자고." 벤틀리 엔진이 쿨럭거리며 살아났고, 차는 아지라파엘을 좌석에 밀어붙이며 앞으로 튀어나갔다.

"그런 다음엔?" 아지라파엘이 물었다.

"그런 다음에 그 아일 찾는 거지."

"그런 다음에는?" 차가 모퉁이를 긁듯이 돌자 천사는 눈을 감았다.

"몰라."

"야단났군."

"혹시—*이 머저리야 길에서 나가*—자네 쪽에서—*스쿠터나 타지 그래!*—나한테 망명처 같은 걸 제공해줄 순 없을까?"

"나도 같은 질문을 하려던 참인데—*보행자 좀 살펴!*"

"차도 한가운데야. 저놈도 위험하다는 건 알고 하는 짓이라고!"

크롤리는 그렇게 대꾸하고 가속하는 차를 교묘히 몰아, 주차해 있던 차와 택시 사이를 신용카드 한 장이나 겨우 들어갈까 한 아슬아슬한 틈을 남기며 빠져나갔다.

"길을 봐! 길을 보라고! 그래서 그 병원은 어디 있는데?"

"옥스퍼드 남쪽 어딘가!"

아지라파엘은 계기반을 붙잡았다. "센트럴 런던에서 시속 150킬로미터로 달릴 순 없어!"

크롤리는 눈금을 들여다보았다. "왜 안 되는데?"

"우리가 죽잖아!" 아지라파엘은 멈칫했다. "죽는 건 아니지만 불편하게 해체되잖아." 그는 긴장을 약간 풀고 힘없이 말을 바로잡았다. "어쨌거나 다른 사람들을 죽일 수도 있어."

크롤리는 어깨를 으쓱였다. 아지라파엘은 20세기를 제대로 이해한 적이 없었고, 그래서 시속 150킬로미터로 옥스퍼드가를 질주해도 문제 될 게 없다는 것을 깨닫지 못했다. 그저 상황을 좀 조정해서 길에 아무도 없게 만들면 되는 일이다. 게다가 누구나 옥스퍼드가를 시속 150킬로미터로 달리는 게 불가능하다는 것을 알고 있으니, 그가 150킬로미터로 달리고 있다는 사실은 아무도 알아차리지 못했다.

아무튼 자동차는 말보다 좋았다. 내연 기관은 크롤리에게 있어 하느님의 축복—은 아니고, 악마의 축복—도 아니고, 하여튼 뜻밖의 횡재였다. 옛날에 일을 하러 나갈 때는 불타는 눈에 발굽에선 불꽃이 이는 커다란 흑마밖에 탈 수 없었다. 악마에겐 그런 말이 필수였다. 그러나 크롤리는 대개 말에서 떨어졌다. 그는 동물을 잘 다루지 못했다.

치즈윅 부근에서 아지라파엘이 테이프 더미를 뒤적였다.

"'벨벳 언더그라운드'는 뭐야?"

"별로 마음에 안 들걸."

"아하, 비밥이군?" 천사는 경멸스러운 표정으로 말했다.

"아지라파엘, 백만 명쯤 잡고 현대 음악을 설명해보라고 해도 '비밥'이라는 말을 쓰는 사람은 하나도 없을지 모른다는 거 알아?"

"아, 이게 좋겠군. 차이콥스키." 아지라파엘은 테이프를 꺼내어 카오디오에 밀어 넣으며 말했다.

"안 좋아할 텐데." 크롤리가 한숨을 쉬었다. "그거 차 안에 있은 지 2주가 넘었거든."

히스로 공항 옆을 지나는 벤틀리 안에 육중한 베이스음이 울려 퍼졌다.

아지라파엘은 이마를 찌푸렸다.

"알아들을 수가 없군. 이게 뭐지?"

"차이콥스키의 〈또 한 사람이 먼지 속에 쓰러지네Another One Bites

the Dust〉지." 크롤리는 슬라우를 통과하면서 눈을 감고 말했다.

잠시 후 그들은 잠들어 있는 칠턴을 가로지르면서 윌리엄 버드의 〈우리는 챔피언We Are the Champions〉, 베토벤의 〈난 도망치고 싶어I Want to Break Free〉를 들었다. 그 어느 것도 본 윌리엄스의 〈엉덩이 큰 여자들Fat-Bottomed Girls〉만큼 좋진 않았다.[+]

최고의 선율은 모두 마왕의 손아귀에 있다고들 한다.

대체로 이는 사실이다. 하지만 천국은 최고의 안무가들을 데리고 있다.

옥스퍼드셔의 평원은 정직한 자유민들이 편집 감독 일 내지는 재정 자문, 혹은 소프트웨어 설계 일로 온종일을 보낸 다음 잠을 자기 위해 지어놓은 마을들을 나타내는 흩어진 불빛들과 더불어 서쪽으로 뻗어나갔다.

여기 언덕 위에서는 땅반딧불이 몇 마리가 빛을 내뿜고 있었다.

측량기사의 경위의經緯儀는 20세기의 한층 불길한 상징 중 하나

[+] 모두 퀸의 노래 제목.

다. 어디든 탁 트인 시골 땅에 경위의가 서 있다고 해보자. 이는 도
로 확장이, 그리고 '마을의 핵심 요인'을 그대로 지닌 2천 가구 부
동산 개발이 있으리라는 뜻이다. 행정 발전도 뒤따를 것이다.

하지만 아무리 성실한 측량기사라 해도 자정에 측량 작업을 하
지는 않는 법인데, 여기 잔디밭에 삼각대 하나가 다리를 깊숙이 박
고 있었다. 꼭대기에 개암나무 가지가 달려 있고, 그 가지에 수정
펜듈럼이 매달려 있으며 다리 부분에는 켈트 룬 문자가 새겨진 경
위의도 흔하지는 않을 것이다.

산들바람이 불어와서 경위의를 조정하던 호리호리한 인물의 외
투자락이 펄럭였다. 방수가 되는 건 물론이고 따뜻하게 안감까지
댄 무거운 외투였다.

마법에 관한 책을 보면 대개는 마녀들이 벌거벗은 채 일을 한다
고 할 것이다. 이건 순전히 대부분의 마법서를 남자들이 썼기 때
문에 나온 소리다.

이 젊은 여자의 이름은 아나테마 디바이스였다. 눈이 휘둥그레
질 만한 미인은 아니었다. 이목구비를 하나하나 뜯어보면 아주 예
뻤지만, 얼굴 전체를 보면 설계도를 보지 않고 재료를 급하게 모아
붙인 느낌이 들었다. 아마도 이 얼굴에 제일 잘 어울리는 말은 '매
력적'일 것이다. 뜻을 아는 사람이라면 '생기발랄한'이라는 말을 덧
붙일지도 모르지만, 또 '생기발랄한'이라는 말에는 좋은 뜻과 나쁜
뜻이 반반 있으니 그러지 않을지도 몰랐다.

아무리 옥스퍼드셔라고 해도 젊은 여자들이 캄캄한 밤에 혼자
나다녀서는 안 된다. 하지만 이 부근을 배회하던 어느 미치광이가

아나테마 디바이스에게 말을 건다면 봉변을 당할 것이었다. 뭐니 뭐니 해도 그녀는 마녀였다. 그녀는 마녀였고, 따라서 분별력이 있었기에 수호 부적과 주문을 신뢰하지 않았으며, 그래서 그런 물건 대신 허리춤에 30센티미터 길이의 식빵 칼을 꽂고 있었다.

그녀는 렌즈를 들여다보며 다시 손잡이를 조정했다.

그녀는 들릴락 말락 한 소리로 중얼거렸다.

측량기사들도 종종 무슨 말인가를 웅얼거리기는 한다. "그놈과 말이 통하길 바라느니 여기에 우회로를 뚫는 게 더 빠르겠다"라든가 "3.5미터, 넣거나 말거나 사소한 차이구면" 같은 말들을.

아나테마의 중얼거림은 생판 다른 내용이었다.

"어스레한 밤, 그리고 빛나는 달. 동쪽에서 남쪽으로, 서쪽에서 남동쪽으로…… 남서서…… 잡았다……"

그녀는 접혀 있는 법정 측량도를 집어 회중전등 불빛 속에 펼쳤다. 그런 다음 투명한 자와 연필을 꺼내서 지도 위에 신중하게 선을 하나 그었다. 이 선은 다른 연필선과 교차했다.

그녀는 미소를 지었다. 특별히 재미있어서라기보다는 그저 까다로운 작업을 잘 치러냈기 때문에 배어나온 미소였다.

그러고 나서 그녀는 기묘한 경위의를 접어서 울타리에 기대놓은 검은색 자전거 뒷좌석에 묶고, '책'이 바구니 안에 든 것을 확인한 다음 안개 싸인 길로 자전거를 끌고 나갔다.

배수관으로 만들었나 싶게 낡은 자전거였다. 3단 기어가 발명되기 한참 전에 만들어진 것은 물론이고, 어쩌면 바퀴가 발명되던 시절까지 거슬러 올라가야 할지도 몰랐다.

하지만 마을까지는 쭉 내리막길이었다. 그녀는 바람에 머리카락을 흩날리며, 뒤쪽으로는 비상용 돛처럼 외투가 팽팽히 부풀어 오른 모습으로 바퀴 둘짜리 폭주 트럭이 속력을 더하여 따뜻한 공기 속을 돌진해 가도록 내버려두었다. 어쨌든 이런 한밤중에는 자동차가 다니지 않았다.

벤틀리 엔진이 식으면서 핑, 핑 소리를 냈다. 반면 크롤리는 점점 열을 받고 있었다.

"표지판이 서 있는 걸 봤다며." 그는 말했다.

"글쎄, 워낙 빨리 지나쳐서 말이야. 어쨌든 난 자네가 전에도 여기 와봤는 줄 알았지."

"그건 11년 전 일이야!"

크롤리는 뒷좌석에 지도를 팽개치고 시동을 다시 걸었다.

"누군가에게 길을 물어봐야 할지도 몰라." 아지라파엘이 말했다.

"아, 그래. 한밤중에 이 오솔길을 걷는 사람이 하나라도 보이면 바로 차를 세우고 물어보도록 하지."

크롤리는 갑자기 기어를 넣고 요란한 소리를 내며 너도밤나무가 늘어진 길로 차를 몰아갔다.

"이 지역에 뭔가 이상한 데가 있어." 아지라파엘이 말했다. "못 느끼겠어?"

"뭐가?"

"잠깐만 속력을 늦춰봐."

벤틀리는 다시 속력을 늦췄다.

"이상하네." 천사가 중얼거렸다. "뭔가 깜박깜박하고 계속……"

그는 관자놀이에 손을 올렸다.

"뭔데? 뭐야?" 크롤리가 물었다.

아지라파엘은 크롤리를 빤히 쳐다보았다.

"사랑이야. 누군가가 이곳을 정말로 '사랑'하고 있어."

"뭐라고?"

"여긴 거대한 사랑의 장 같아. 그 이상 뭐라고 표현을 못 하겠어. 특히나 자네한테는."

"그러니까 자네 말은—" 크롤리가 운을 뗐다.

그때 씽 소리와 비명 소리, 그리고 꽝 소리가 났다. 차가 멈춰 섰다.

아지라파엘은 눈을 깜박이고, 이마에서 손을 내린 다음, 조심스럽게 문을 열었다.

"자네가 누군가를 쳤어."

"아냐. 내가 누군가를 친 게 아니라 누군가가 날 친 거야."

그들은 차에서 내렸다. 벤틀리 뒤편으로 자전거 한 대가 길에 누워 있었다. 앞바퀴는 뫼비우스의 띠 모양으로 구부러졌고, 뒷바퀴는 불길하게 철컹거리다가 멈춰 서고 있었다.

"불빛이 있어야겠군." 아지라파엘이 말했다. 희미한 푸른빛이 길을 채웠다.

옆쪽 도랑 속에서 누군가가 말했다. "대체 어떻게 한 거죠?"

불빛이 사라졌다.

"뭘 어떻게 해요?" 아지라파엘은 켕기는 얼굴로 물었다.

"어." 이제 그 목소리는 혼란스러워하는 것 같았다. "어딘가에 머리를 부딪혔나 봐요……"

크롤리는 벤틀리의 반질반질한 도장에 길게 남은 금속선과 움푹 들어간 범퍼를 노려보았다. 움푹 들어간 부분은 폭 소리를 내며 제자리로 돌아갔다. 페인트칠은 깨끗해졌다.

"일어서봐요, 아가씨." 천사는 아나테마를 고사리숲에서 끌어내며 말했다. "뼈는 부러지지 않았나 보군요." 희망 사항이 아니라 사실이었다. 가벼운 골절이 일어났으나, 아지라파엘이 좋은 일을 할 기회를 지나치지 못하고 바로 고쳐버렸기 때문이다.

"그쪽, 불도 안 켜고 달렸어요." 여자가 입을 열었다.

"그쪽도 마찬가지죠." 크롤리는 켕기는 와중에도 대꾸했다. "피차일반이에요."

"천문 관측이라도 하고 있었나요?" 아지라파엘은 자전거를 일으켜 세우면서 물었다. 앞에 달린 바구니에서 온갖 물건이 떨어져 내렸다. 그는 박살이 난 경위의를 가리켰다.

"아뇨." 아나테마가 말했다. "아니, 맞아요. 그리고 당신들이 가엾은 파에톤에게 한 짓 좀 봐요."

"실례지만 뭐라고요?" 아지라파엘이 말했다.

"내 자전거 말이에요. 완전 엉망으로—"

"이런 오래된 기계들은 놀랄 만큼 탄력이 좋지요." 천사는 쾌활하게 말하며 아나테마에게 자전거를 넘겨주었다. 달빛을 받아 빛나는 앞바퀴는 '지옥의 원'만큼이나 완벽한 원을 그리고 있었다.

그녀는 물끄러미 바퀴를 들여다보았다.

"흠, 다 정리됐으니." 크롤리가 말했다. "우리는 갈 길 가는 게 좋을 것 같은데. 어, 저기, 혹시 로어 태드필드로 가는 길 몰라요?"

아나테마는 여전히 자전거만 쳐다보고 있었다. 분명히 그녀가 길을 나섰을 때는 펑크 수리 장비가 담긴 작은 새들백이 없었다.

"언덕 바로 아래예요." 그녀가 말했다. "이거 내 자전거 맞아요?"

"아, 그럼요." 아지라파엘은 좀 지나쳤나 생각하며 대답했다.

"파에톤엔 펌프가 달린 적이 없는데."

천사는 다시 켕기는 표정을 지으며 어쩔 수 없이 말했다.

"하지만 펌프 자리는 있는데요. 작은 갈고리가 두 개 있잖아요."

"언덕 바로 아래라고 했죠?" 크롤리는 천사를 팔꿈치로 찌르며 말했다.

"아무래도 머리를 부딪쳤나 봐요." 여자가 말했다.

"물론 저희가 태워다드릴 수도 있습니다만." 크롤리가 잽싸게 말했다. "자전거를 넣을 자리가 없군요."

"지붕의 짐선반 말고는요." 아지라파엘이 끼어들었다.

"벤틀리엔 그런— 아. 그래."

천사는 쏟아져 있는 자전거 바구니 속 물건들을 긁어모아 뒷좌석에 던져 넣고 어리벙벙해 있는 여자를 부축해 태웠다.

"누구든 이럴 때 못 본 체하고 지나가진 않아." 그는 크롤리에게 말했다.

"자네 쪽은 그럴지도 모르지. 내 쪽은 아니야. 게다가 우리에게 달리 할 일이 있다는 건 알 텐데." 크롤리는 새로 생긴 짐선반을 쏘아보았다. 체크무늬 끈이 달려 있었다.

자전거는 혼자 떠올라서 벤틀리 위에 몸을 묶었다. 크롤리는 차에 탔다.

"어디 살죠?" 아지라파엘이 부드럽게 물었다.

"내 자전거엔 등도 달려 있지 않았어요. 아니, 달려 있긴 했지만 건전지를 두 개씩 넣어야 하는 데다가 케케묵은 물건이라 떼어버렸죠." 아나테마는 그렇게 말하고는 크롤리를 쏘아보았다. "난 식빵 칼을 갖고 있어요. 어딘가에."

이 말에 함축된 의미를 깨달은 아지라파엘은 충격을 받은 것 같았다.

"마담, 설마—"

크롤리는 헤드라이트를 켰다. 그는 불을 켜지 않아도 볼 수 있었지만, 이 불빛은 길에 있는 다른 사람을 덜 불안하게 만들어주는 역할을 했다. 그는 기어를 넣고 차분하게 언덕 아래로 차를 몰았다. 길은 나무들 밑으로 몇백 미터를 뻗어나가 중간 크기의 마을 가장자리에 닿았다.

이 마을은 어딘가 친숙했다. 11년이 흘렀지만 여기는 확실히 기억이 났다.

"이 부근에 병원이 있습니까?" 크롤리가 물었다. "수녀들이 운영하는?"

아나테마는 어깨를 으쓱였다. "아닐걸요. 큰 건물이라곤 태드필드 장원뿐이에요. 거기서 무슨 일이 벌어지는지야 모르지만요."

"거룩한 계획들을 짜고 있겠지." 크롤리는 들리지 않게 중얼거렸다.

"그러고 보니 기어도 그래요." 아나테마가 다시 말했다. "내 자전
거엔 기어가 없었어요. 내 자전거엔 기어가 달려 있지 않았다고요."

크롤리가 아지라파엘 쪽으로 몸을 기울였다.

"어이, 자전거 좀 고쳐보시지." 그가 작은 소리로 빈정거렸다.

"미안하군. 내가 자제력을 잃었어." 아지라파엘이 낮게 말했다.

"체크무늬 끈은?"

"체크무늬는 멋지잖아."

크롤리는 신음하고 말았다. 이 천사는 겨우 20세기에 마음을
붙였다 싶으면 꼭 1950년대에 끌려가곤 했다.

"여기쯤에 내려주시면 되겠네요." 뒷자리에 앉은 아나테마가 말
했다.

"기꺼이 그러죠." 천사는 환하게 미소 지었다. 그는 차가 멈추자
마자 뒷문을 열고, 오래된 대농장에 돌아온 젊은 주인을 환영하
는 늙은 하인처럼 허리를 굽혔다.

아나테마는 주섬주섬 소지품을 모아 가능한 한 도도하게 걸음
을 내디뎠다.

두 남자 모두 차 뒤쪽으로 돌아간 적이 없는 것은 분명했는데,
자전거가 끈에서 풀려 문 앞에 놓여 있었다.

그녀는 이 남자들에겐 확실히 뭔가 괴상한 데가 있다고 생각했
다.

아지라파엘이 다시 허리를 굽혔다. "도움이 될 수 있어 기뻤습니
다."

"고마워요." 아나테마는 차갑게 대꾸했다.

"이제 가도 되겠지?" 크롤리가 말했다. "안녕히, 아가씨. 타라고, 엔젤."

호칭이 귀에 꽂혔다. 아하. 그렇다면 설명이 되지. 결국 그녀는 더할 나위 없이 안전한 셈이었다.

아나테마는 차가 마을 중심부를 향해 멀어져가는 것을 지켜보다가 자전거를 끌고 집으로 향했다. 그녀는 문을 잠그는 수고를 하지 않았다. 도둑이 들 거라면 아그네스가 그 일을 언급했을 것이라 확신했다. 아그네스는 언제나 그런 유의 개인적인 사건에 뛰어난 솜씨를 보였다.

아나테마는 그 작은 집을 가구가 딸린 채로 빌렸는데, 그것은 지금 집에 있는 가구들이 떨이 판매로도 팔리지 못하고 남은 물건이란 이야기였다. 상관없었다. 그녀는 여기에 그리 오래 살지 않을 것이다.

아그네스가 옳았다면, 아나테마는 '어디서든' 그리 오래 살지는 못할 것이다. 그녀만이 아니라 다른 누구라도 마찬가지였다.

그녀는 부엌에 달린 하나뿐인 전구 아래 낡은 식탁에 지도와 다른 물건들을 늘어놓았다.

뭘 알아냈지? 별로 많지는 않았다. 어쩌면 '그'가 마을 북쪽 끝에 있을지도 몰랐지만, 그녀는 그 점에 의심을 품었다. 너무 가까이 다가가면 신호가 물밀듯 밀려들어 혼란스러워진다. 너무 멀어지면 정확한 위치를 알 수가 없다.

미치고 팔짝 뛸 일이었다. 해답은 분명 '책' 안 어딘가에 있을 것이다. 그 예언들을 이해하려면 반쯤 미친 데다가 십자말풀이 사전 같은 정신의 소유자였던 머리 좋은 17세기 마녀처럼 생각할 수 있어야 한다는 점이 문제였다. 집안의 다른 사람들은 아그네스가 외부인이 이해하지 못하도록 일부러 모호하게 적어놓은 거라고들 했다. 자신이 가끔씩이나마 아그네스처럼 생각할 수 있다고 여기고 있는 아나테마는, 아그네스가 유머 감각이 넘치는 괴팍한 할망구였기 때문에 알아듣기 힘들게 적은 것뿐이라고 생각했다.

그녀는 심지어—

책이 없었다.

아나테마는 공포에 질려서 식탁에 놓인 물건들을 살펴보았다. 지도. 수제 예지용 경위의. 뜨거운 보브릴 차가 담긴 보온병. 회중전등.

예언서가 있어야 할 자리에 남은 네모난 빈 공간.

'책'을 잃어버린 것이다.

하지만 그건 말도 안 되는 일이었다! 아그네스는 언제나 그 책에 무슨 일이 일어날지 상세히 적어놓았단 말이다!

그녀는 회중전등을 낚아채어 집 밖으로 뛰어나갔다.

"아, 그러니까 '으스스한데'라고 말할 때 받는 느낌과 정반대 느낌을 떠올려봐. 그런 뜻이라고." 아지라파엘이 말했다.

"난 '으스스한데' 같은 말은 절대 안 해." 크롤리가 말했다. "나부터가 으스스한 존재잖아."

"아주 소중히 여기는 느낌." 아지라파엘은 필사적으로 설명했다.

"아니. 전혀 못 느끼겠는걸." 크롤리는 억지로 쾌활한 척하며 말했다. "자네가 너무 감수성이 예민한 거야."

"그게 내 일인걸. 천사들이 예민한 건 당연해. '너무'라는 건 없어."

"뭐 이 부근 사람들이 여기 사는 걸 너무 좋아해서 그게 느껴지나 보지."

"런던에선 이런 비슷한 느낌도 받은 적이 없어."

"바로 그거야. 정확히 내 말을 뒷받침해주잖아. 그나저나 여기인가 본데. 문기둥에 서 있는 돌사자들, 기억나."

벤틀리의 헤드라이트가 차도 안쪽까지 웃자란 꽃나무 덤불을 비췄다. 타이어가 자갈길을 밟아 우두둑 소리를 냈다.

"수녀들을 방문하기엔 좀 이른 시간인걸." 아지라파엘이 회의적인 어조로 말했다.

"말도 안 돼. 수녀들은 온종일 깨어 돌아다닌다고. 지금쯤이면 종과시간일 거야. 살 빼기 도움을 받는 중만 아니라면."

"이런, 저속하군. 정말 저속해." 천사가 말했다. "정말이지 그럴 필요는 없잖아."

"방어적으로 굴지 마. 말했잖아, 이건 우리 수녀들이야. 암흑 수녀들. 공군기지 근처에 병원이 하나 필요했거든."

"무슨 말인지 모르겠는걸."

"미국 외교관 부인들이 보통 황무지 한가운데에 있는 작은 종교

병원에서 아이를 낳는다고 생각하진 않겠지? 모든 게 자연스러운 일처럼 보여야 했어. 로어 태드필드엔 공군기지가 하나 있는데, 다울링 부인이 기지 개통식에 갔을 때 갑자기 진통이 시작되었고, 기지 병원은 준비가 안 됐고, 그쪽에 있던 우리 사람들이 '바로 아래쪽에 병원이 있습니다'라고 한 거지. 멋진 조직력이랄까."

"한두 가지 사소한 세부 사항만 빼면 말이지." 아지라파엘이 잘난 체하며 말했다.

"하지만 거의 성공했어." 크롤리는 예전 회사에 붙어 있었어야 했다는 생각을 하며 날카롭게 말했다.

"보라고, 악이란 언제나 제 안에 파멸의 씨앗을 품고 있는 법이거든. 악은 결국 부정적이고, 따라서 겉보기에 승리한 것 같아 보이는 순간조차도 자신의 파멸을 안고 있지. 사악한 계획이 아무리 웅장해 보여도, 아무리 잘 짜여 있더라도, 아무리 간단하더라도 정의상 내재해 있는 죄악은 그 일을 일으킨 이들에게 돌아가게 되어 있는 거야. 겉보기에 아무리 성공적으로 진행되는 것처럼 보여도 종국에는 난파하게 되어 있는 거지. 부정의 파도에 흔들리며 침수되다 못해, 결국은 자취도 남기지 않고 망각의 바다 속에 거꾸로 처박히는 거야."

크롤리는 잠시 생각해보다가 마침내 대꾸했다. "아냐. 장담하는데 그건 다 무능해서 그런 것뿐이야. 어이—"

크롤리가 작게 휘파람을 불었다.

자갈을 깐 장원 앞마당에는 차들이 가득했는데, 아무리 봐도 수녀가 탈 만한 차들은 아니었다. 여기에 뭔가 고상한 차가 있다면 벤틀리뿐이었다. 여기 있는 많은 차들은 이름에 GT나 터보가 들어갔고 지붕에는 전화 안테나를 달고 있었다. 하나같이 뽑은 지 1년도 안 된 새 차였다.

크롤리는 손이 근질거렸다. 아지라파엘이 자전거와 부러진 뼈를 고쳤으니, 크롤리는 라디오를 몇 개 훔쳐내고, 타이어를 주저앉히고 싶었다. 크롤리는 그런 욕망을 눌렀다.

"이런, 이런, 예전엔 수녀들이 다 스테이션왜건 한 대에 끼어 탔었는데."

"이럴 리가 없어." 아지라파엘이 말했다.

"사립으로 바꾼 걸까?"

"아니면 자네가 장소를 잘못 찾았거나."

"여기가 맞아. 들어가서 보자고."

크롤리와 아지라파엘은 차에서 내렸다. 30초 후 누군가가 그 둘을 쏘았다. 그것도 믿을 수 없을 만큼 정확하게.

메리 호지스, 왕년의 메리 로퀘이셔스에게 잘하는 일이 한 가지 있다면 그건 명령에 복종하는 경향이었다. 그녀는 지시와 명령을 좋아했다. 세상이 좀 더 단순해지니까.

변화는 그녀가 잘하지 못하는 일이었다. 그녀는 수다회를 정말 좋아했다. 생애 처음으로 친구들을 사귀었고, 처음으로 혼자만의 방도 생겼다. 물론 어떤 관점에서는 나쁘다고 여길 만한 일들과 얽혀 있다는 건 알고 있었지만, 메리 호지스는 30년을 살면서 수많은 인생을 보았고 인류 태반이 한 주를 무사히 지내기 위해 무슨 짓을 해야 하는가에 대해 아무 환상도 품고 있지 않았다. 게다가 식사는 좋았고 재미있는 사람들도 만날 수 있었다.

수다회는, 정확히 말하자면 수다회의 남은 사람들은 화재 이후 자리를 옮겼다. 그들의 유일한 존재 목적은 완수한 셈이니, 각자의 길을 떠났다.

메리 로퀘이서스 수녀는 떠나지 않았다. 그녀는 그 장원을 좋아했고, 요새는 일꾼들만 믿고 놔둘 수가 없으니 누군가 남아서 그들을 감시하며 장원이 제대로 복구되는지 지켜보아야 한다고 말했다. 이는 서약을 깨겠다는 의미였지만, 수녀원장은 괜찮다고, 걱정할 필요 없다고, 암흑 자매단에서는 서약을 깨는 것도 아무 문제가 없으며, 100년이나 11년이나 별다를 것 없으니 이곳에 남는 게 좋겠으면 그렇게 하고 고지서만 빼고 모든 우편물을 상기 주소로 부치라고 말했다.

그 후 그녀에게 아주 이상한 일이 일어났다. 엉망이 된 건물 안에 혼자 남아, 화재에 손상을 입지 않은 몇 안 되는 방에서 일을 하며, 귀 뒤에 담배꽁초를 꽂고 바지에는 석회 가루를 묻히고 수기에 적힌 비용과는 엉뚱한 답을 내놓는 계산기를 가지고 다니는 남자들과 입씨름을 하다가 문득, 전에는 존재하는 줄도 몰랐던 뭔가를 발견한 것이다.

그녀는 겹겹이 쌓인 어리석음과 남의 비위를 맞추려는 열의 밑에 숨겨진 메리 호지스를 발견했다.

그녀는 건축업자들의 견적서와 세금계산서를 해석하기가 아주 쉽다는 사실을 알았다. 그녀는 도서관에서 책을 몇 권 빌렸고, 재무학이 재미있을뿐더러 그렇게 복잡하지도 않다는 사실도 알았다. 그녀는 로맨스와 뜨개질에 대해 이야기하는 여성 잡지를 버리고 오르가슴에 대해 이야기하는 여성 잡지를 읽기 시작했으나, 곧 만약의 경우에 대비하여 기억은 해두겠지만 이것 역시 로맨스와 뜨개질의 새로운 형태에 지나지 않는다는 결론을 내렸다. 그래서 그녀는 사업 합병에 대해 이야기하는 잡지류를 읽기 시작했다.

많은 고민 끝에 그녀는 노턴에 있는 명랑하고 겸손한 젊은 판매업자에게서 작은 가정용 컴퓨터를 샀다. 파란만장한 일주일이 지난 후 그녀는 컴퓨터를 가게에 다시 가져갔다. 아니, 그녀가 가게에 다시 들어갔을 때 판매상이 생각한 것처럼 컴퓨터에서 손을 떼려고 그런 게 아니라 그 컴퓨터에 387 코프로세서가 없어서였다. 그 부분은 판매상도 이해했다. 그는 컴퓨터 판매업자였고, 꽤 긴 단어들도 이해할 수 있었다. 하지만 그 후 대화는 급속도로 그의 이해를 벗어나버렸다. 메리 호지스는 그러고도 잡지를 더 내밀었다. 이 잡지들의 제목에는 대개 'PC'라는 말이 들어갔고, 많은 경우 그녀가 주의 깊게 빨간 펜으로 동그라미를 쳐놓은 기사며 리뷰들이 실려 있었다.

그녀는 신여성에 대해 읽었다. 그녀는 자기가 구여성이었다는 사실조차 깨닫지 못하고 있었으나, 어느 정도 생각을 해본 후 그런 호칭은 로맨스와 뜨개질과 오르가슴 같은 것들과 다를 바 없으며, 정말로 중요한 것은 가능한 한 최선을 다해 자기 자신을 찾는 것이라는 결론을 내렸다. 그녀는 언제나 무채색 옷을 좋아했다. 그녀에게 필요한 것은 치맛단을 올리고, 구두굽을 높이고, 베일을 벗어던지는 것뿐이었다.

어느 날 잡지를 뒤적이던 중 그녀는 전국적으로 업계의 요구를 이해하는 사람들이 운영하는 넓고 편리한 건물에 대한 수요가 대단히 많다는 사실을 알게 되었다. 다음 날, 그녀는 그런 곳을 운영하기 위해 알아야 할 것은 모두 잡지에 나와 있었다고 생각하며 밖에 나가서 "태드필드 장원, 회의와 경영 훈련 센터"라는 명호가 찍힌 편지지를 주문했다.

다음 주에는 광고가 나갔다.

압도적인 성공이었다. 메리 호지스는 '자신'을 발견하는 새로운 경력 초기에 이미 경영 훈련이란 신뢰할 수 없는 슬라이드 투사기 앞에 사람들을 앉혀놓는다는 뜻은 아니라는 사실을 깨우쳤으니 말이다. 요새 회사들은 그보다 훨씬 많은 것을 기대했고, 그녀는 그런 것들을 제공했다.

크롤리는 석상에 등을 대고 주저앉았다. 아지라파엘은 이미 코트자락에 검은 얼룩이 번진 채 꽃나무 덤불 속에 나자빠져 있었다. 크롤리는 셔츠가 축축하게 젖어드는 것을 느꼈다.

이건 말도 안 되는 일이었다. 지금 그에게 제일 곤란한 일이 바로 살해당하는 거였다. 이런 일이 벌어지면 온갖 설명이 다 필요해진다. 당국에선 언제나 옛날 육체를 가지고 무슨 짓을 했는지 알려고 했지, 새 육체를 그냥 넘겨주려 하지 않았다. 유별나게 심술궂은 문구점에 가서 펜을 새것으로 바꿔달라고 하는 것과 비슷한 일이었다.

그는 불신에 찬 눈으로 손을 내려다보았다.

악마들은 어둠 속에서도 볼 수 있어야 했다. 그리고 그는 손이 노랗게 물든 것을 볼 수 있었다. 그는 노란 피를 흘리고 있었다.

그는 조심스레 손가락을 빨아보았다.

그러고 나서는 아지라파엘 쪽으로 기어가서 그의 셔츠를 확인해보았다. 아지라파엘의 셔츠에 생긴 얼룩이 피라면 생물학적으로 엄청난 오류가 난 셈이었다.

"으으윽, 아파." 쓰러진 천사가 끙끙댔다. "정확히 갈빗대 아래를 맞혔어."

"그래, 근데 원래 피가 파란색이던가?" 크롤리는 말했다.

아지라파엘이 눈을 떴다. 오른손이 가슴팍을 더듬었다. 그는 일어나 앉아서 크롤리와 똑같이 조잡한 법의학적 자가 판정을 시행했다. 즉 손가락을 빨아보았다.

"물감?"

크롤리는 고개를 끄덕였다.

"무슨 놀이를 하고 있는 거지?" 아지라파엘이 말했다.

"모르지. 하지만 우리보고 바보 놈들이라고 외친 것 같은데." 크롤리 역시 놀이를 할 수 있다는 말투였다. 그것도 더 잘할 수 있을 것이다.

그것은 게임이었다. 기막히게 재미있는 게임이었다. 구매부 차장 나이절 톰킨스는 클린트 이스트우드 영화의 명장면들로 피를 끓이며 덤불 속을 꿈틀꿈틀 나아갔다. 경영 훈련이 지루할 거라고 믿었다는 사실도 되새겨가면서……

강의가 있기는 했지만 그 강의는 물감총을 어떻게 다룰 것이며 물감총을 가지고 해서는 안 될 일들은 무엇인지에 관한 수업이었고, 톰킨스는 라이벌 신병들의 젊고 신선한 얼굴 하나하나를, 다들 벌을 받지 않을 가능성이 50퍼센트만 있으면 나머지 전원에게 총을 쏠 작심을 하고도 남을 이들로 보았다. 누군가가 사업은 정글이라고 말하면서 손에 총을 쥐여준다면, 톰킨스에게 있어 그것이 셔츠나 겨누라는 뜻이 아닌 것은 명명백백한 일이었다. 그것은 벽난로 위에 기업의 머리통을 걸어놓으라는 의미였다.

어쨌거나, '유나이티드 합병'의 위쪽 누군가가 그의 승진에 대해 상당히 긍정적으로 평가하고 있다는 소문이 돌았다. 누군가가 직속 상관에게 초고속 페인트탄을 날리는 바람에, 그 상관이 중요한 회의 때마다 이명이 들린다고 불평하다 못해 결국에는 건강상 이유로 물러나게 됐다는 것이었다.

그리고 동료 신병들이 있었다. 그들은 ㈜산업주식 PLC(공개유한책임회사)의 책임자는 오직 하나뿐이라는 사실, 그리고 그 자리가 어쩌면 제일 힘 좋은 놈에게 돌아갈지도 모른다는 사실을 알고 사투를 벌이고 있었다. 비유하자면 하나의 목표를 향해 달려가는 동료 정자들인 셈이다.

물론 서류철을 든 인사부 여직원은 그들이 밟아나갈 훈련 과정은 오로지 지도자 잠재력, 협동심, 자발성 등을 입증하기 위한 것에 지나지 않는다고 말했다. 훈련받을 신병들은 서로의 얼굴을 외면하려 했다.

아직까지는 아주 잘 돌아갔다. 카누 급류 타기로 (고막이 터져서) 존스톤이 떨어져나갔고 웨일스 산악 등반으로 (탈장한) 위테이커가 탈락했다.

톰킨스는 총에 물감 탄환을 장전하고 일터의 마법 주문들을 외웠다. "그들이 네게 무슨 짓을 하기 전에 먼저 네가 저질러라", "죽거나 죽이거나", "난리를 치든가 아니면 아예 관둬라", "적자생존", "덤벼!" 등등.

그는 석상 옆에 서 있는 사람들 근처로 기어갔다. 그들은 그에 대해 알아차리지 못한 것 같았다.

적당한 거리에 다다르자 그는 심호흡을 하고 뛰어올랐다.

"좋았어, 얼간이들아, 뭔가—아안돼애애애애……"

한 명이 서 있던 자리에 뭔가 '끔찍한' 게 있었다. 그는 기절해버렸다.

크롤리는 가장 선호하는 모습을 복구했다.

"이런 건 질색이야. 언제나 돌아오는 방법을 잊어버릴까 걱정된단 말이야. 게다가 좋은 양복도 망치기 십상이고."

"내 생각에도 구더기는 좀 심했던 것 같아." 아지라파엘은 큰 유감 없이 말했다. 천사들은 보존에 대해 특정한 도덕 기준을 지니고 있었고, 그래서 그는 크롤리와 달리 옷감에서 옷이 생기기를 바라기보다는 옷을 사는 편을 선호했다. 그리고 그 셔츠는 굉장히 비쌌다.

"좀 보라고. 난 절대 이 얼룩을 없애지 못할 거야."

"벌써 기적이 일어나 없어졌잖아." 크롤리는 경영 훈련생이 더 없나 덤불 속을 뒤져보며 대꾸했다.

"그야 그렇지만, 나는 언제나 여기에 얼룩이 가 있었다는 걸 알 거야. 마음속 깊은 곳에서 말이지." 천사는 그렇게 대답하며 총을 집어 들어 손 안에서 이리저리 돌려보았다. "이런 총은 처음 보는 걸."

핑 소리가 나더니 옆에 선 석상의 귀가 날아갔다.

"그만 꾸물거리자고." 크롤리가 말했다. "이 사람 하나만 있는 게 아니잖아."

"이건 정말 괴상한 총이야. 아주 이상해."

"자네 측은 총기를 반대하는 줄 알았는데." 크롤리는 그렇게 말하며 천사의 포동포동한 손에서 총을 낚아채어 뭉툭한 총신을 주의 깊게 들여다보았다.

"최근 시류는 총기에 찬성하는 쪽이야." 아지라파엘이 말했다. "총기는 도덕적인 논쟁에 무게를 실어주거든. 물론 올바른 손에 들리면 말이야."

"그래?" 크롤리는 금속 위로 기어가는 뱀처럼 손을 움직였다. "됐어, 그럼. 가자고."

그는 대자로 드러누운 톰킨스 위에 총을 떨구고 축축한 잔디밭을 가로질러 걸어갔다.

장원 정문은 열려 있었다. 둘은 아무 제지도 받지 않고 걸어 들어갔다. 여기저기에 물감이 튄 군복 차림의 젊은이들 한 무리가 왕년의 수녀 휴게실에서 머그잔에 담긴 코코아를 마시고 있었고, 한두 명은 크롤리와 아지라파엘을 보고 쾌활하게 손을 흔들었다.

홀 한쪽 끝에는 이제 호텔 접수처 비슷한 것이 자리 잡고 있었다. 아주 차분하고 능률적인 느낌을 주는 접수처였다. 아지라파엘은 책상 옆 알루미늄 받침틀에 놓인 판을 빤히 바라보았다.

검은색 천에 작은 플라스틱 문자로 이런 내용이 쓰어 있었다. "8월 20~21일. ㈜유나이티드 주식 PLC. 선제 공격 강습"

한편 크롤리는 책상 위에 놓인 소책자를 하나 집어 들었다. 장원 사진들과 함께 자쿠지와 따뜻한 실내 수영장에 대한 언급이 있었으며, 뒷면에는 컨퍼런스 센터라면 언제나 실어놓는 지도가 있었다. 이런 지도는 일부러 잘못된 축척도를 사용하여, 사실상 사방으로 몇 킬로미터씩을 둘러싼 미로 같은 국도를 제쳐놓고 전국 고속도로에 이어져 있다는 점만을 강조한다.

"잘못 찾아온 거야?" 아지라파엘이 말했다.

"아니."

"그럼 시기가 잘못된 거군."

"그래." 크롤리는 무슨 단서라도 있을까 싶어 소책자를 대충 넘겨보았다. 수다회가 아직 여기에 있으리라 생각한 것부터가 무리한 희망이었을지도 몰랐다. 그들은 자기들 몫을 완수했으니. 그는 부드럽게 쉿쉿거렸다. 어쩌면 수다회는 기독교인들을 개종시키기 위해 미국의 최고 오지라든가 그런 곳으로 떠나버렸을지도 모르지만, 어쨌든 그는 계속 책자를 읽어나갔다. 때로는 이런 책자에 역사적인 지식이 실려 있을 수도 있었다. '쌍방향 직원 분석'이라든가 '전략적인 마케팅 역학'을 위해 주말 동안 이런 장소를 빌리는 회사들은 자기들이 엘리자베스 시대 자본가가 전염병 구호병원으로 희사한, 그리고 몇 번의 재건축과 내전, 두 번의 큰 화재를 겪은 건물과 전략적으로 교류하고 있다고 생각하기를 좋아하는 편이니까.

정말로 "11년 전까지 이 장원은 직분에 그리 뛰어나지 못했던 사탄숭배 수녀회의 보금자리로 이용되었습니다" 같은 문장을 기대한 것은 아니었지만, 알 게 뭔가.

사막용 위장군복을 입고 일회용 커피잔을 든 뚱뚱한 남자 하나가 어슬렁어슬렁 그들 쪽으로 걸어왔다.

"누가 이기고 있습니까?" 그는 붙임성 있게 말했다. "전 미래기획부의 젊은 에반슨에게 팔꿈치를 맞았지 뭡니까."

"우린 다 질 거요." 크롤리는 생각 없이 대꾸했다.

바깥에서 요란한 총성이 들렸다. 물감 탄환이 날아가는 소리가 아니라 엄청난 속도로 공중을 가르도록 설계된 납 덩어리가 내는 완벽한 탕 소리였다.

그에 호응하는 소리가 났다.

전투에서 빠져나온 전사들은 서로를 멍하니 쳐다보았다. 문 옆의 추한 빅토리아식 스테인드글라스에서 요란한 소리가 나더니 크롤리의 머리 바로 옆 벽에 일련의 구멍이 뚫렸다.

아지라파엘은 크롤리의 팔을 잡았다.

"대체 이게 무슨 일이야?"

크롤리는 뱀 같은 미소를 지었다.

나이절 톰킨스는 가벼운 두통을 느끼며, 최근 기억에 구멍이 뚫린 것 같은 몽롱한 상태로 깨어났다. 그는 인간의 두뇌가 감당하기에 너무 끔찍한 광경에 맞닥뜨리면 강제로 망각 속에 밀어 넣어 치료하는 데 능하다는 사실을 몰랐고, 그래서 아무래도 머리에 물감 탄을 하나 맞은 모양이라고만 생각했다.

총이 좀 무거워졌다는 느낌을 받기는 했지만, 약간 멍해진 상태여서 잠시 후 내사부 소속 수습 매니저 노먼 웨더리드를 겨누고 방아쇠를 당길 때까지도 그 이유를 깨닫지 못했다.

"왜 그렇게 충격받은 표정인지 모르겠네." 크롤리가 말했다. "그 남자는 진짜 총을 원했어. 머릿속에 진짜 총을 갖고 싶다는 생각만 가득했다고."

"하지만 자넨 그 남자가 무방비한 사람들을 쏘게 만들었어!" 아지라파엘이 외쳤다.

"아아, 아냐." 크롤리가 말했다. "그렇진 않아. 공평무사하게 했거든."

148

재정기획부에서 나온 파견대는 한때 그리 즐겁지는 않더라도 하하거리고 웃었던 얼굴들을 처박고 엎어져 있었다.

"내가 늘 구매부 놈들은 믿을 수가 없다고 했잖아." 재정부 부매니저가 말했다. "새끼들."

총알 한 방이 그의 위쪽 벽을 때렸다.

그는 급히 쓰러진 웨더리드 부근에 모여 있는 사람들 쪽으로 기어갔다.

"어때요?" 그가 물었다.

급여부 차장이 초췌해진 얼굴을 그쪽으로 돌렸다. "아주 나빠요. 총알이 거의 다 꿰뚫었습니다. 액세스, 바클레이카드, 다이너스, 거의 다."

"아메리칸익스프레스 골드에서 겨우 멈췄어요." 웨더리드가 말했다.

그들은 말도 못하게 공포에 질린 얼굴로 총알이 거의 관통하다시피 한 신용카드 지갑을 들여다보았다.

"놈들이 왜 이런 짓을 하는 거지?" 급여부 임원이 말했다.

내사부장은 뭔가 그럴싸한 말을 해보려고 입을 열었다가 그만두었다. 누구에게나 기존의 삶이 부서져버리는 순간이 있다. 그는 방금 그것을 경험했다. 20년간 이 짓을 했다. 그는 그래픽 디자이너가 되고 싶었지만 진로지도 교사는 그의 말을 들으려고 하지 않았다. 20년간 BF18 서식을 두 번씩 점검하면서 살았다. 20년간 휴대용 계산기를 돌리며 살았다. 미래기획부 놈들도 컴퓨터를 갖고 있는데 말이다! 그런데 이제, 재편성을 하려는 건지 조기 은퇴에 드는 비용을 절감하려는 건지 알 수는 없지만 무슨 이유에선가 놈들이 그에게 총탄을 쏘고 있었다.

편집증이 머릿속을 점령했다.

그는 자기 총을 내려다보았다. 분노와 당혹감의 안개 속에서 그는 총이 처음 주어졌을 때보다 커지고, 색도 시커멓게 변한 것을 알아차렸다. 무게도 더 나가는 것 같았다.

그는 총을 들어 근처 덤불을 겨누고 탄환이 덤불을 망각 속으로 날려버리는 것을 지켜보았다.

아아. 그러니까 이게 진짜 게임이로군. 좋아. 누군가는 이겨야겠지.

그는 부하들을 둘러보았다.

"좋았어. 저 개새끼들을 해치워버리자!"

"내가 보기에는 말이지." 크롤리가 말했다. "아무도 방아쇠를 당길 필요는 없거든."

그는 아지라파엘에게 밝고 차가운 웃음을 지었다.

"자자, 다들 바쁘게 뛰는 동안 둘러보자고."

총탄이 밤공기를 수놓았다.

구매부의 조녀선 파커가 꿈틀꿈틀 덤불 속을 나아가는데 누군 가의 팔이 그의 목을 감았다.

나이절 톰킨스는 입에서 꽃나무잎을 한 무더기 뱉어냈다.

"회사의 법은 저 밑에 있지만." 그가 진흙투성이 얼굴로 쉿쉿거 렸다. "난 이 위에 있다……"

"저급한 속임수였어." 아지라파엘은 텅 빈 복도를 걸어가면서 말 했다.

"내가 뭘 어쨌게? 뭘 어쨌다고?" 크롤리는 마구잡이로 문을 밀 어 열며 말했다.

"저 밖에서 사람들이 서로를 쏘고 있잖아!"

"뭐, 그것뿐이잖아, 안 그래? 자기들이 직접 하는 짓이라고. 저 들이 정말 하고 싶어 한 일이란 말이야. 난 도움을 좀 줬을 뿐이고. 우주의 축소 모형쯤으로 생각해. 모든 이에게 자유의지를! 말로 형언할 수가 없지?"

아지라파엘이 쏘아보았다.

"아, 좋아." 크롤리는 조금 움츠러들어서 말했다. "아무도 정말로 살해당하거나 하진 않을 거야. 모두 다 기적적으로 총알을 피할 거 라고. 그러지 않으면 재미가 없지."

아지라파엘은 그제서야 안도하며 웃어 보였다. "크롤리, 내가 늘 말했다시피 자네 마음속 깊은 곳에서는 정말로—"

"알았어, 알았다고." 크롤리가 가로챘다. "온 세상에 대고 방송을 하지그래, 어?"

이윽고 느슨한 동맹이 형성되기 시작했다. 재정 쪽 사람들은 대부분 자신들이 공통적인 관심사를 갖고 있음을 깨닫고, 차이점을 수용하고, 미래기획부에 대항하여 뭉쳤다.

첫 번째 경찰차가 도착하자, 차가 장원으로 반도 들어가기 전에 사방에서 열여섯 발의 총탄이 날아가서 라디에이터를 맞췄다. 그러고 나서 다시 두 발이 무선 안테나를 날려버렸지만, 그들은 이미 늦었다. 너무, 늦었다.

메리 호지스는 크롤리가 집무실 문을 연 순간 막 수화기를 내려놓은 참이었다.

"테러리스트가 분명해요. 아니면 밀렵꾼들이거나." 그녀는 말을 하다 말고 아지라파엘과 크롤리를 빤히 쳐다보았다. "경찰에서 오신 거 맞죠?"

크롤리는 그녀의 눈이 커지는 것을 보았다.

악마라면 모두 그렇듯 그도 얼굴 기억력이 뛰어났다. 10년이 지나고, 베일이 사라진 데다 좀 진한 화장이 더해졌다 해도 말이다.

그는 손가락을 딱 울렸다. 그녀는 텅 비고 양순한 얼굴로 의자에 등을 기댔다.

"그럴 필요는 없잖아." 아지라파엘이 말했다.

"좋은—" 크롤리는 손목시계를 흘긋 보고 인사를 마무리 지었다 "—아침입니다, 부인." 그는 노래하듯 말을 이었다. "우린 한 쌍의 초자연적 존재들일 뿐인데 말이죠, 댁이 악명 높은 사탄의 아들이 어디 있는지에 대해 도움을 줄 수 있을까 싶어서요." 그는 거기까지 말하고 나서 천사에게 차가운 미소를 지었다. "다시 깨울 테니 이렇게 말할래?"

"글쎄. 그런 식으로 하면……" 천사는 느릿느릿 대답했다.

"때로는 구닥다리식이 최고거든." 크롤리는 그렇게 말하고 의식이 없는 여성에게 고개를 돌렸다.

"11년 전에 여기 수녀였죠?" 그가 물었다.

"네." 메리가 대답했다.

"그것 봐!" 크롤리는 아지라파엘에게 말했다. "봤지? 내가 틀린 게 아닌 줄 알았다니까."

"악마의 운이로군." 천사는 중얼거렸다.

"그때 이름이 떠버리 수녀인가 뭐 그랬는데."

"로퀘이셔스[+]입니다." 메리 호지스는 텅 빈 목소리로 대답했다.

"갓 태어난 아기를 바꾼 일 기억나요?" 크롤리가 물었다.

[+] '수다쟁이'라는 뜻.

메리 호지스는 머뭇거렸다. 겨우 다시 입을 열었을 때는 벌써 아물어 딱지가 앉아버린 기억을 몇 년 만에 처음으로 헤집는 것 같은 느낌이었다.

"네."

"그 바꿔치기가 어떻겐가 잘못됐을 가능성은?"

"전 몰라요."

크롤리는 잠시 생각했다. "기록을 해놨을 텐데. 언제나 기록이 남아 있다고. 요새는 모두가 기록을 남기니까." 그는 자랑스레 아지라파엘을 돌아보며 덧붙였다. "이 몸이 내놓은 멋진 생각 중 하나지."

"아, 맞아요." 메리 호지스가 말했다.

"그래서 그 기록이 어디 있죠?" 아지라파엘이 다정하게 물었다.

"그때 아이가 태어나고 바로 불이 났어요."

크롤리는 신음하며 허공에 손을 올렸다. "하스투르였을 거야, 아마. 딱 그놈 스타일이야. 믿을 수 있겠어? 장담하는데 그놈은 자기가 진짜 똑똑하다고 생각하고 있었을걸."

"다른 아이에 대해 기억나는 게 있나요?" 아지라파엘이 물었다.

"네."

"말해줘요."

"발가락이 작고 사랑스러웠더랬죠."

"아."

"그리고 정말 귀여웠답니다." 메리 호지스는 그립다는 듯이 말했다.

밖에서 사이렌이 울리다가 총탄에 맞는 바람에 툭 끊겼다. 아지라파엘은 크롤리를 쿡 찔렀다.

"서둘러야 해. 곧 경찰에 파묻힐 텐데, 나는 도덕적으로 그들의 취조를 도와줘야 한단 말이야." 아지라파엘은 잠시 생각하고 다시 말했다. "어쩌면 그날 밤에 출산한 다른 여자들이 있었는지 기억해낼 수도 있고―"

아래층에서 요란한 발소리가 들렸다.

"저들을 막아." 크롤리가 말했다. "시간이 더 필요해!"

"더 이상 기적을 일으켰다간 분명 저 위의 주목을 끌기 시작할 걸. 자네가 진정 가브리엘이나 다른 천사가 왜 경찰 마흔 명이 잠들어버렸는가 의아해하길 원한다면―"

"알았어, 알았다고. 시도해볼 가치는 있었잖아. 여기서 나가자."

"당신은 30초 후면 깨어날 겁니다." 아지라파엘은 넋이 나간 전직 수녀를 향해 말했다. "그리고 뭐든 제일 좋아하는 것에 대한 근사한 꿈을 꾼 기억이 날 거고, 그리고―"

"그래, 그래, 좋아." 크롤리는 한숨을 내쉬었다. "이제 가도 되는 거지?"

아무도 그들이 떠나는 것을 눈치채지 못했다. 경찰은 아드레날린에 흠뻑 취한 데다가 싸움에 미친 경영훈련자 마흔 명을 한데 모으느라 정신이 없었다. 세 대의 경찰차는 잔디밭을 들쑤셔놓았고, 벤틀리는 아지라파엘 때문에 첫 번째 앰뷸런스를 앞지르지는 못했지만 앰뷸런스와 길이 달라지자마자 휭 소리를 내며 어둠을 가르고 달렸다. 그들 뒤편으로는 이미 별장과 휴게소에 불이 켜져 있었다.

"그 가엾은 여성을 진정 끔찍한 상황에 내버려두고 왔군." 천사가 말했다.

"그렇게 생각해?" 크롤리는 고슴도치를 들이받으려다가 비껴가며 대꾸했다. "오히려 예약이 두 배로 늘어날걸. 자기가 쥔 카드를 제대로 써먹고, 권리 포기 각서들을 잘 갈무리하고, 법적인 부분을 잘 정리해낸다면 말이야. 진짜 총을 가지고 하는 솔선 훈련? 사람들이 줄을 설 거야."

"왜 자넨 늘 그렇게 냉소적이지?"

"말했을 텐데. 그게 내 '일'이라고."

그들은 잠시 동안 침묵 속에 차를 달렸다. 아지라파엘이 다시 입을 열었다. "우리 눈에 띄겠지? 어떤 방법으로든 그 아이를 추적해낼 수 있을 거야, 그렇지?"

"눈에 띄지 않아. 적어도 우리에게는. 일종의 보호색이랄까. 스스로도 모르는 새에 힘을 발휘해서 엿보는 심령 세력에게서 숨을 거야."

"심령 세력이라니?"

"자네와 나 말이야." 크롤리가 설명했다.

"난 심령계가 아니야. 천사들은 심령계가 아니라고. 우린 정신계에 속한단 말이야."

"아무려나." 크롤리는 근심에 사로잡힌 나머지 말다툼도 포기했다.

"그럼 위치를 찾아낼 만한 다른 방법이 있을까?"

크롤리는 어깨를 으쓱였다. "알 게 뭐야. 대체 내가 이런 일을 몇 번이나 경험했다고 생각해? 아마겟돈은 한 번밖에 일어나지 않아. 제대로 할 때까지 다시 시도하게 해줄 리가 없잖아."

천사는 스쳐 지나가는 낮은 관목들을 내다보았다.

"모든 게 너무나 평화로워 보이는데. '그게' 어떻게 일어날까?"

"흠, 핵폭발은 언제나 인기만점이었지. 현재 거물들은 서로에게 아주 예의 바르게 굴고 있긴 하지만 말이야."

"소행성 충돌일까? 요새 유행 같던데. 소행성이 인도양을 직격, 엄청난 먼지와 수증기 구름이 일어나 고등생물은 모조리 안녕을 고하는 거지."

"와우." 크롤리는 속도 제한을 넘도록 신경 쓰면서 중얼거렸다. 이런 사소한 부분도 다 도움이 됐다.

"그런 생각을 하니 참을 수가 없는걸." 아지라파엘이 우울하게 말했다.

"모든 고등생물이 죽음의 낫에 베여나가는 거지."

"끔찍해."

"먼지와 근본주의자들밖에 안 남기고 말이야."

"그건 심한데."

"미안. 참을 수가 있어야지."

그들은 도로를 응시했다.

"어쩌면 테러리스트—?" 아지라파엘이 운을 뗐다.

"우리 쪽은 아니야." 크롤리가 말했다.

"우리 쪽도 아니야. 물론 우리 쪽은 자유의 투사들이기는 하지만."

"한 가지 제안하지." 크롤리는 태드필드 우회로를 질주하며 말했다. "카드를 공개하는 거야. 우리 측 카드는 내가 말해줄 테니 자네는 자네 측 카드를 이야기해."

"좋아. 먼저 해."

"아냐. 그쪽 먼저."

"하지만 자넨 악마잖아."

"그렇지. 하지만 약속은 지키는 악마라고 말하고 싶군."

아지라파엘은 정치인 다섯 명의 이름을 댔다. 크롤리는 여섯 명을 불렀다. 세 명은 양쪽 목록에 다 들어 있었다.

"봤지?" 크롤리가 말했다. "내가 늘 말한 대로잖아. 인간이란 교활한 놈들이라니까. 눈곱만큼도 믿을 수가 없어."

"하지만 우리 측에 큰 계획을 진행하는 사람이 있는 것 같진 않아. 그저 소소한 테러……가 아니라 정치적인 저항 행동뿐이지."

"오호라." 크롤리는 통렬히 대꾸했다. "이 중에 아무도 싸구려 대량 학살은 안 한다 이거지? 개인적인 서비스에, 숙련된 장인이 개별적으로 쏘는 총탄뿐이라고?"

아지라파엘은 이 말에 대응하지 않았다. "이제 어떻게 하지?"

"가서 좀 자야겠어."

"자넨 잘 필요가 없잖아. 나도 잘 필요가 없고. 악은 결코 잠드는 법이 없으며, 선은 언제나 불침번을 서는 법."

"보편적인 의미에서의 악은 그럴지도 모르지. 이 특정한 악의 일부께서는 이따금씩 머리를 뉘이는 습관이 있거든." 크롤리는 헤드라이트 불빛 속을 응시했다. 잠을 제외하고 나면 시간이 순식간에 밀어닥칠 것이다. 저 아래쪽에서 크롤리가 적그리스도를 잃어버렸다는 걸 알게 되면 아마 그가 스페인 종교재판에 대해 제출했던 보고서를 다 끄집어내어 그 내용을 시험해볼 것이다. 하나씩하나씩, 그다음엔 한꺼번에.

그는 좌석 앞칸을 뒤져서 무작위로 테이프를 하나 꺼낸 다음플레이어에 밀어 넣었다. 음악을 좀 들으면……

바알세불은 나를 위해 악마를 대기시켜 놨다네, 나를 위해……

"나를 위해." 크롤리는 중얼거렸다. 그는 잠시 동안 넋 나간 표정을 짓더니 억눌린 비명과 함께 음악을 꺼버렸다.

"인간을 시켜서 찾을 수도 있을 거야." 아지라파엘이 생각에 잠겨서 말했다.

"뭐라고?" 크롤리는 산란한 상태로 되물었다.

"인간은 다른 인간을 찾는 데 능숙하잖아. 몇천 년 동안 그런 일을 해왔으니까. 그리고 그 아이는 인간이지. 다른 것이기도 하지만…… 우리에게는 감춰져 있을지 몰라도 다른 인간이라면 감지할 수 있을지도 몰라. 아니면 뭔가 우리가 생각지 못했던 것들을발견할 수도 있고."

"그렇게 되지 않을걸. 그 애는 적그리스도란 말이야! 이런 종류의…… 자동방어력은 갖고 있지 않겠어? 자기는 알지 못한다고 해도 말이지. 의심을 사지도 않을 거야. 아직은. 준비가 될 때까지는. 의심은 적그리스도를 비껴가게 되어 있어. 마치, 마치…… 뭐더라, 아무튼 그게 물 위를 미끄러지듯이 말이야." 그는 어색하게 말을 맺었다.

"더 좋은 생각 있어? 더 좋은 생각 있냐고?" 아지라파엘이 말했다.

"없어."

"좋아, 그럼. 통할 수도 있어. 써먹을 만한 연락 조직이 없다는 소린 하지 않겠지. 나에게도 있어. 우린 그자들이 자취를 찾아낼 수 있을지 지켜볼 수 있을 거야."

"우리가 못 하는 걸 그자들이라고 할 수 있겠어?"

"글쎄, 우선 그 사람들은 사람들이 서로를 쏘게 만들지 않을 것이고, 존중할 만한 여성에게 최면술을 걸지도 않을 것이며―"

"알았어, 알았어. 하지만 별로 가능성은 없을 거야. 내 말을 믿으라고. 난 알아. 하지만 달리 더 좋은 방법을 생각해낼 수도 없군." 크롤리는 고속도로로 진입해서 런던으로 향했다.

"나에겐 그…… 요원들 조직망이 있어." 한참 있다가 아지라파엘이 말했다. "전국에 흩어져 있지. 훈련받은 부대야. 그 요원들에게 수색을 시켜볼 수 있을 거야."

"어, 흠, 나도 그 비슷한 게 있긴 해. 자네도 알겠지만, 언제 쓸모가 있을지는 알 수가 없다 보니……"

"경각심을 일깨워야지. 같이 일하게 해야 할까?"

크롤리는 고개를 저었다.

"좋은 생각 같지 않아. 공정하게 말해서 그리 세련된 인물들은 못 되거든."

"그럼 각자 접촉을 하고 무슨 일을 할 수 있나 알아봐야겠군."

"시도해볼 가치는 있겠지. 달리 할 일이 많은 것도 아닌데 뭐."

이마에 잠깐 주름이 잡히는가 싶더니 크롤리는 의기양양하게 운전대를 두들기며 외쳤다.

"오리였어!"

"뭐?"

"아까 말한, 물 위를 미끄러지는 것 말이야!"

아지라파엘은 길게 숨을 들이마시더니 지친 목소리로 말했다.

"차나 몰아, 제발."

그들은 새벽녘, 요한 세바스찬 바흐의 〈B단조의 미사곡〉, 보컬 프레디 머큐리가 울려 퍼지는 가운데 런던으로 돌아갔다.

크롤리는 이른 아침의 도시가 좋았다. 새벽의 런던은 오전 8시가 지나서 이 도시에 밀려드는 불필요한 수백만 인구와 달리 적당한 직업과 거기 있을 이유를 지닌 사람들로 채워져 있었고, 거리는 조용한 편이었다. 아지라파엘의 서점 밖 좁은 길에는 두 줄의 노란색 주차금지선이 그어져 있었지만, 벤틀리가 멈춰 서자 연석 안으로 말려 들어갔다.

"그럼, 좋아." 아지라파엘이 뒷좌석에 손을 뻗어 코트를 집는 동안 크롤리가 말했다. "계속 연락하자고. 됐지?"

"이게 뭐지?" 아지라파엘이 갈색 꾸러미를 집어 들며 말했다.

크롤리는 눈을 가늘게 뜨고 보더니 말했다. "책인가? 내 건 아닌데."

아지라파엘은 노랗게 바랜 책장을 몇 장 넘겨보았다. 그의 마음
속 깊숙이에 작게 자리 잡은 서적 애호가의 경고벨이 울렸다.

"그 아가씨 물건이 틀림없어." 아지라파엘은 느릿느릿 말했다.
"주소를 받아뒀어야 했는데."

"이봐, 안 그래도 골치 아파 죽겠어. 사람들 물건이나 돌려주자
고 돌아다니고 싶진 않아." 크롤리가 말했다.

아지라파엘은 제목이 박힌 겉장을 넘겼다. 크롤리가 그 순간 그
의 표정을 못 본 게 천행이었다.

"꼭 그래야겠다면 언제든 그쪽 우체국으로 보내줄 수는 있겠
지." 크롤리가 말을 이었다. "수신인을 자전거 타는 미친 여자로 해
서 말이야. 운송 수단에다 괴상한 이름을 붙이는 여자는 절대 믿
지 말라고—"

"그래, 그래, 맞는 말이야." 아지라파엘은 열쇠를 더듬어 찾다가
길에 떨어뜨리고, 다시 주웠다가, 다시 떨어뜨리고, 다시 주워서 허
겁지겁 가게 문에 밀어 넣었다.

"그럼 연락하는 거지?" 크롤리가 뒤에서 외쳤다.

아지라파엘은 열쇠를 돌리다 말고 동작을 멈췄다.

"뭐라고? 아, 아아. 응. 좋아. 아주 좋아." 그는 문을 쾅 닫았다.

"그래." 크롤리는 갑자기 무척 외로워진 기분으로 중얼거렸다.

도로에 손전등 불빛이 깜박였다.

갈색은 아니지만 회색 새벽빛 속에, 갈색 땅에 난 도랑 바닥에 고인 갈색 물과 갈색 낙엽 사이에서 갈색 표지의 책 한 권을 찾으려 들 때의 문제점은, 찾을 수가 없다는 것이었다.

책은 그곳에 없었다.

아나테마는 생각해낼 수 있는 모든 수색법을 다 동원해보았다. 땅을 조직적으로 네 등분해서 뒤지기도 했다. 길가 고사리들도 마구잡이로 쑤셔보았다. 무심히 옆걸음질을 치면서 시야 가장자리로 살펴보기도 했다. 심지어는 온몸에 퍼진 극적인 신경 모두가 주장하는 바에 따라 연극적으로 포기한 척 주저앉아 자연스럽게 바닥에 시선을 떨구기도 했다. 그럴싸한 이야기 속에서라면 그녀가 시선을 떨군 그 자리에 책이 있어야 하련만.

없었다.

그것은, 그녀가 내내 두려워했던 대로 그 책이 두 명의 자전거 수리인들이 타고 있던 차 뒷좌석에 놓여 있으리라는 의미였다.

아그네스 너터의 수많은 후손들이 일제히 자기를 비웃는 것 같았다.

그 두 사람이 책을 돌려주고 싶어 할 만큼 정직하다 치더라도 어둠 속에서 흘긋 본 작은 집을 다시 찾아내기는 어려울 것이다.

그들이 그게 어떤 물건인지 모르기만을 바랄 뿐이었다.

안목 있는 감식가를 위한 희귀본에 통달해 있는 소호의 많은 상인들과 마찬가지로 아지라파엘에게도 뒷방이 있었지만, 그 방 안에 있는 책은 보통 자기가 뭘 원하는지 아는 고객을 위해 구겨진 종이로 싼 가방 안에서 끄집어낼 수 있는 것보다 훨씬 더 비전秘傳적인 물건들이었다.

그는 특히 예언서들을 자랑스러워했다.

보통은 초판본.

그리고 모두 저자 서명이 들어가 있었다.

로버트 닉슨[+], 집시 마르타, 이그나티우스 시빌라는 물론이고 노老 오트웰 빈스도 있었다. 노스트라다무스는 "오랜 친구 아즈라펠에게, 마음을 담아"라고 적어주었다. 마더 십턴은 아지라파엘이 가진 책에 술을 엎질렀다. 한쪽 구석에 있는 기후 조절 보관장 안에는 파트모스의 신학자 성 요한이 떨리는 손으로 쓴, 언제 어느 때나 베스트셀러였던 계시록의 원본 두루마리가 들어 있었다. 아지라파엘은 성 요한이 괴상한 버섯들을 지나치게 좋아하는 감은 있지만 괜찮은 친구였다고 생각했다.

그의 수집품 중에 빠진 것은 《아그네스 너터의 근사하고 정확한

[+] [원주] 16세기의 얼뜨기로 미국 대통령과는 관계없음.

예언집》뿐이었고, 아지라파엘은 숙모님이 보낸 엽서에 붙은 우표가 희귀한 모리셔스 블루라는 것을 알아차리고 조심조심 들고 가는 우표수집광처럼 그 책을 꼭 품고서 방 안으로 걸어 들어갔다.

직접 본 적은 한 번도 없지만 그 책에 대해 들은 바는 있었다. 이 업계, 극도로 전문적이어서 기껏해야 열 명이 될까 말까 한 이 업계의 종사자들은 모두 그 책에 대해 들은 적이 있었다. 그 책의 존재는 온갖 기묘한 이야기들이 수백 년간 빙빙 돌고 있는 궤도 중앙에 자리 잡은 진공 같은 것이었다. 진공 주변에 궤도를 그리며 돌 수 있는지는 확실히 알 수 없었지만, 상관없었다. 《근사하고 정확한 예언집》에 비하면 《히틀러의 일기장》도 위조지폐 다발이나 다름없었다.

벤치 위에 책을 내려놓고, 수술용 고무장갑을 낀 다음 경건하게 책장을 넘기는 손은 거의 떨리지 않았다. 아지라파엘은 천사였지만, 책을 숭배하기도 했다.

첫 장에는 이렇게 쓰여 있었다:

아그네스 너터의
근사하고 정확한 예언집

그 밑에 약간 작은 글자로:

지금부터 이 세상이 끝나는 날까지의
확실하고 앞선 역사

조금 큰 글자로:

수많은 다양한 경이와
마누라를 위한 계율이 담겨 있음

다른 글자체로:

이전에 출판된 그 어떤 책보다 더 완전한

작지만 강조체로:

앞으로 다가올 기묘한 시대를

약간 필사적인 느낌이 드는 필기체로:

그리고 경이로운 사건들을 생각하며

다시 한 번 좀 큰 글자로:

"노스트라다무스가 가장 빛나던 순간을 연상시키는 책"
_어슐러 십턴

각 예언에는 번호가 매겨져 있었는데, 다해서 4천 개가 넘었다.

"진정하자, 진정." 아지라파엘은 스스로에게 중얼거렸다. 그는 작은 간이부엌으로 들어가 코코아를 탄 다음 심호흡을 몇 번 했다.

그런 다음 돌아가서 무작위로 예언을 하나 골라 읽었다.

40분이 지나도록 코코아는 손도 대지 않은 채 그대로였다.

호텔 바 구석자리에 앉은 빨간 머리 여자는 세상에서 제일가는 종군기자였다. 지금 그녀는 카민 진기베르라는 이름의 여권을 소지하고 있었다. 그리고 그녀는 전쟁이 터진 곳이라면 어디라도 갔다.

글쎄. 대충은 그랬다.

정확하게 말하자면 그녀는 전쟁이 아직 일어나지 않은 곳에 갔다. 그러니까 전쟁이 터질 때는 이미 그곳에 있었다.

그녀는 아는 사람만 알지 유명하지는 않았다. 종군기자 대여섯 명이 공항 술집에 모이면 대화는 나침반이 북쪽을 가리키듯 자연스럽게 〈뉴욕타임스〉의 머치슨, 〈뉴스위크〉의 밴혼, ITN의 앤포스에게로 돌아갔다. 그들은 종군기자들 중의 종군기자였다.

그러나 머치슨과 밴혼, 앤포스 세 사람이 베이루트나 아프가니스탄 혹은 수단 어딘가의 불에 그은 양철 판잣집에 둘러앉으면, 그들은 서로의 흉터를 찬미하고 몇 가지를 깎아내린 다음 으레 〈내셔널월드위클리〉의 '레드' 진기베르에 대한 놀라운 일화들을 교환하곤 했다.

머치슨은 말하곤 했다. "그 쓰레기 잡지는 자기들이 대체 뭘 갖고 있는지 알지도 못해."

그러나 사실 〈내셔널월드위클리〉는 자기들이 뭘 가지고 있는지 잘 알고 있었다. 그들은 '종군기자'를 데리고 있었다. 단지 왜 그녀가 자기들에게 있는지, 또 지금 그녀를 데리고 뭘 해야 할지를 모르는 것뿐이었다.

〈내셔널월드위클리〉가 세상에 내놓는 이야기란 보통 디모인에 사는 모 씨가 산 빅맥 버거 빵에 예수님의 얼굴이 나타났다더라, 어느 화가는 그 빵에 대해 이런 감상을 남겼다더라, 혹은 엘비스 프레슬리가 최근 디모인에 있는 버거로드에서 일하는 모습이 목격됐다더라, 엘비스의 음반을 듣다가 디모인에 사는 어느 주부의 암이 치유됐다더라, 미드웨스트에 횡행하는 늑대인간 떼는 빅풋에게 강간당한 고결한 탐험가 여인들의 자손이라더라, 그리고 엘비스는 이 세상에 너무 좋은 영향을 끼쳤기 때문에 1976년에 외계인들에게 납치당한 거라더라 등의 기사들이었다.[+]

그게 〈내셔널월드위클리〉였다. 그들은 일주일에 400만 부를 팔았고, 그들에게 있어 종군기자의 필요성이란 UN 사무총장과 독점 인터뷰를 해야 할 필요성과 비등한 정도였다.[Ψ]

그러니까 그들은 레드 진기베르에게 가서 전쟁을 찾아보라고

[+] [원주] 놀랍게도 이 이야기들 중 하나는 진실이다.

[Ψ] [원주] 이 인터뷰는 1983년에 이루어졌고 내용은 다음과 같았다.
    Q: UN의 사무총장이시죠?
    A: 네.
    Q: 엘비스를 보신 적 있나요?

막대한 돈을 지불한 다음, 그녀가 자신의 지극히 합당한 지출 내역을 정당화하기 위해 이따금씩 세계 전역에서 보내는 인쇄 상태 나쁜 빵빵한 봉투들은 무시했다.

그들은 자기들이 보기에 그녀가 그리 훌륭한 종군기자가 아니라는 이유로 이를 정당화했다. 그녀가 대단히 매력적이라는 것은 의심할 여지가 없었고, 〈내셔널월드위클리〉에선 그게 정말 중요한 문제였지만 말이다. 그녀의 전쟁 기사는 언제나 서로를 쏘아대는 한떼거리의 남자들에 대한 내용뿐, 폭넓은 정치적 결과에 대한 이해도 없었고, 그보다 더 중요하게는 인간에 대한 관심 자체가 없었다.

때로는 그녀의 기사들을 다른 사람에게 고치도록 하기도 했다. ("리오콘코사에서 있었던 전투 중, 아홉 살 난 마누엘 곤잘레스에게 예수님이 나타나 어머니가 걱정하고 계시니 집으로 돌아가라고 하셨다. 용감한 어린아이는 이렇게 말했다. '전 그게 예수님이라는 걸 알았어요. 제 도시락통에 신비스럽게 나타났던 사진과 똑같이 생기셨더라고요.'")

〈내셔널월드위클리〉는 대개 그녀를 혼자 내버려두었고, 그녀의 기사들은 쓰레기통 속에 조심스럽게 쌓아두었다.

머치슨과 밴혼과 앤포스는 그런 부분에는 신경 쓰지 않았다. 그들이 아는 바는 오직 전쟁이 터질 때마다 진기베르가 일착으로 간다는 점뿐이었다. 실제로는 전쟁이 터지기도 '전에' 가 있다는 것.

"어떻게 그럴 수가 있지?" 그들은 서로에게 물었다. "대체 어떻게 그럴 수가?" 그리고 그들은 눈을 마주치며 무언으로 말했다. 자동차로 치면 그녀는 페라리고, 썩어빠진 제3세계 어느 나라의 타락한 총통이 아름다운 배우자로 데리고 다닐 법한 여잔데, 우리 같은 놈들하고 어울린단 말이야. 우린 정말 운이 좋아, 안 그래?

진기베르는 그저 미소만 짓고 모두에게 술을 한 바퀴 더 돌릴 뿐이었다. 〈내셔널월드위클리〉 이름으로 달아놓고. 그리고 그녀는 주위에 벌어지는 싸움판을 지켜보며 미소를 지었다.

생각대로였다. 저널리즘은 그녀에게 잘 맞았다.

그렇다 해도 휴가는 누구에게나 필요한 법, 레드 진기베르는 11년 만에 처음으로 휴가를 가졌다.

그녀는 인구는 얼마 안 되고, 관광사업으로 돈을 벌어들이는 지중해의 어느 작은 섬에 있었는데, 그건 이상한 일이었다. 그녀는 오스트레일리아보다 작은 섬에서 휴가를 보낼 경우 그 섬의 소유자를 동반할 만한 여자였다. 그리고 한 달 전에 섬사람 아무나 붙잡고 전쟁이 올 거라고 말했다면, 그는 웃음을 터뜨리고 라피아로 만든 와인 홀더나 해안 사진이 담긴 조개껍질이나 팔려고 했을 것이다. 그때는 그때였다.

그리고 지금은 지금이었다.

지금은, 사실 그들과 별 관계도 없는 네 개의 작은 국가들에 관련된 뿌리 깊은 정치종교적 분열이 일어나서 나라를 세 파벌로 찢어놓았고, 마을 광장에 있는 산타마리아 동상을 파괴했으며, 관광사업도 망쳐놓은 상태였다.

레드 진기베르는 '팔로마 델 솔' 호텔 바에 앉아 칵테일이라 간주

되는 물건을 마시고 있었다. 한쪽 구석에서는 지친 피아니스트가 연주를 하고, 가발을 쓴 웨이터가 마이크에 대고 노래를 불렀다.

예에에에에에에에에엣-날-옛날에
꼬마 흰둥이가 있었는데
모오오오오오오오든-게 다 녀석이
꼬마 흰둥이라서였다네……

잇새에 칼을 물고, 한 손에는 칼라시니코프 자동소총을, 반대쪽 손에는 수류탄을 든 남자가 창문을 깨고 들어왔다.

"깅더기 애앙바으 이음으어―"그는 말을 멈추고 입에서 칼을 빼낸 다음 다시 시작했다. "친터키 해방파의 이름으로 이 호텔을 접수한다!"

섬에 남아 있던 마지막 두 명의 행락객[+]은 테이블 밑으로 기어 들어갔다. 레드는 무사태평하게 술잔에 있던 마라스키노 체리를 빼내어 새빨간 입술에 대고 천천히 빨았다. 그 모습에 방 안에 있던 남자 몇 명이 식은땀을 흘렸다.

피아니스트가 일어서서 피아노 안에 손을 넣더니 구식 기관총

[+] [원주] 영국 남부의 소도시 파이튼 엘름 9번가에 사는 토머스 드렐폴 부부였다. 이들은 언제나 신문을 읽거나 뉴스를 듣거나 하지 않고 모든 것에서 떨어져 지내는 것이야말로 휴가 여행의 가장 좋은 점이라는 자세를 견지했다. 그리고 드렐폴 씨는 기생충에 감염되었고 드렐폴 부인은 첫날 피부를 너무 많이 태우는 바람에 열흘 동안 호텔 방에서 한 발짝도 나가지 않았다.

을 꺼냈다. "이 호텔은 이미 친그리스 방위단에게 접수되었다! 누구라도 어설프게 움직이면 생목숨을 끊어주마!"

문 쪽에서 뭔가 움직였다. 황금빛 미소를 머금고 진짜 골동품 기관총을 든 검은 턱수염의 덩치 큰 남자가, 그보다 무기는 모자라지만 덩치는 똑같이 큰 남자들을 뒤에 거느리고 서 있었다.

"수년간 제국주의 터키-그리스 파시스트들이 굴리는 개 같은 관광사업의 상징이 되어왔던 이 전략적으로 중요한 호텔은 이제 이탈리아-몰타 자유 투사들의 소유다!" 그는 정중하지만 쩌렁쩌렁한 목소리로 말했다. "이제 모두 죽여버리겠다!"

"헛소리!" 피아니스트가 말했다. "여긴 전략적으로 중요한 곳이 아니야. 열라 비싼 와인 저장고가 있다 뿐이지!"

"그 말이 맞아, 페드로." 칼라시니코프 자동소총을 쥔 남자가 말했다. "우리 패거리도 그래서 여길 원하는걸. 몬토야의 어네스토 장군께서 '페르난도, 전쟁은 토요일까지 끝날 것이고 그러면 애새끼들이 질펀하게 놀고 싶어 할 거다, 팔로마 델 솔 호텔에 내려가서 거기가 우리 전리품이라고 주장해다오' 하셨단 말이야!"

턱수염을 기른 남자 얼굴이 시뻘게졌다. "여긴 전략적으로 더럽게 중요해, 페르난도 키안티! 이 섬의 큰 지도를 보면 이 호텔이 한중간에 있다고. 그러니 전략적인 요충지인 게 확실하단 말이다."

"하!" 페르나도가 말했다. "그럼 땅딸이 디에고네 집에선 퇴폐적인 자본주의자들이 가슴을 내놓고 뒹구는 사유私有 해변이 잘 보이니 그것도 전략적으로 중요하다고 하겠네!"

피아니스트의 얼굴이 자줏빛으로 변했다. "거긴 우리 패거리가 오늘 아침에 접수했어."

침묵이 감돌았다.

침묵 속에서 희미하게 옷깃 스치는 소리가 났다. 레드가 꼬고 있던 다리를 푼 것이다.

피아니스트의 목젖이 재빨리 올라갔다 내려갔다. "에, 거긴 진짜 전략적 요충지다." 그는 바 앞에 앉아 있는 여자를 무시하려고 애쓰며 겨우겨우 말했다. "그러니까, 그 해안에 잠수함이 상륙하면 잘 볼 수 있는 곳이 있어야 한단 말이지."

침묵.

"음, 어쨌거나 이 호텔보다는 훨씬 전략적 중요도가 높은 곳이다." 그는 말을 맺었다.

페드로는 험악하게 헛기침을 했다. "이제 무슨 말을 하는 놈은, 무슨 말이든 간에, 했다간 죽을 줄 알아." 그는 히죽 웃으며 총을 들어 올렸다. "좋아. 자. 모두 벽에 붙어라."

아무도 움직이지 않았다. 사람들은 더 이상 그의 말을 듣고 있지 않았다. 그들은 그의 뒤편 현관에서 낮고 희미하게 들려오는, 단조롭고 조용한 중얼거림에 귀를 기울이고 있었다.

현관에 서 있던 패거리들 틈으로 누군가가 발을 끌고 들어왔다. 남자들은 꿋꿋하게 서 있으려 최선을 다하는 것 같았지만, 제대로 들리기 시작한 중얼거림의 장본인 때문에 어쩔 수 없이 밀려나고 있었다. "전 신경 쓰지 마십쇼, 여러분. 이 얼마나 멋진 밤입니까? 섬을 세 바퀴나 돌고도 주소를 못 찾을 뻔했으니, 누가 도로 표지판을 믿겠어요? 어쨌거나 결국은 우체국을 찾았고, 거기 멈춰서 네 번째로, 아 우체국이야 누구나가 아는 것 아니겠어요, 우체국에서 지도를 꺼내주더니 여기 어디라고……"

연못을 가르는 찌처럼 평온히 총 든 사내들 사이를 가르고 나타난 것은 파란색 제복에 안경을 쓰고, 갈색 종이로 싸서 끈으로 묶은 길고 얇은 꾸러미를 든 작달막한 남자였다. 옷차림 중에 날씨에 맞는 부분은 앞부분이 뚫린 갈색 플라스틱 샌들뿐이었고, 그나마도 안에 녹색 털양말을 신고 있어 그가 이국의 기후를 전혀 믿지 않는다는 사실을 보여주고 있었다.

그는 큼지막한 흰 글씨로 '국제 택배'라고 찍힌 모자를 쓰고 있었다.

그는 비무장이었지만 아무도 그를 건드리지 않았다. 그에게 총구를 겨누는 사람도 없었다. 그저 멍하니 바라보고만 있었다.

작달막한 남자는 방 안을 휘휘 둘러보며 얼굴들을 살피더니, 서류철을 다시 내려다보았다가, 여전히 바 앞에 앉아 있는 레드에게로 곧장 걸어갔다. "소포 왔습니다, 아가씨."

레드는 꾸러미를 받아 끈을 풀기 시작했다.

국제 택배원은 주의 깊게 헛기침을 하더니 잘 고정된 영수증판과 서류철에 줄로 매달려 있는 노란색 플라스틱 볼펜을 내밀었다. "서명을 해주셔야 합니다. 바로 여기에요. 이 위쪽에는 이름을 다 쓰시고, 아래에는 서명을 해주세요."

"물론이죠." 레드는 영수증판에 읽기 힘든 서명을 휘갈긴 다음 이름을 적었다. 그녀가 쓴 이름은 카민 진기베르가 아니었다. 훨씬 짧은 이름이었다.

택배원은 사근사근하게 고맙다고 한 다음, 여긴 정말 근사한 곳이군요, 휴가철이면 언제든 오고 싶겠어요, 방해해서 미안합니다, 실례……라고 중얼거리며 밖으로 나갔다. 그는 왔을 때만큼이나 평온하게 그들의 삶에서 빠져나갔다.

레드는 꾸러미를 마저 풀었다. 사람들이 잘 보려고 몰려들기 시작했다. 꾸러미 안에는 커다란 검이 들어 있었다.

그녀는 검을 찬찬히 뜯어보았다. 아주 곧은, 길고 날카로운 검이었다. 아주 오래된 데다가 사용한 적이 없는 칼처럼 보였고, 화려하지도 않고 눈에 확 띄지도 않았다. 이건 마법 검이 아니었고, 강력한 신화 속 무기도 아니었다. 분명 썰고 자르고 베기 위해, 죽이는 편이 더 좋지만 그게 실패할 경우에는 수많은 사람을 돌이킬 수 없는 불구자로 만들기 위해 만들어진 검이었다.

레드는 정교하게 매니큐어를 칠한 오른손에 칼자루를 쥐고 눈높이로 들어 올렸다. 칼날이 번득였다.

"조오오오왔어!" 그녀는 바 앞 의자에서 내려서며 말했다. "드디어 때가 왔군."

그녀는 술잔을 비우고 한쪽 어깨에 검을 걸친 뒤 이제는 그녀를 빙 둘러싸고 있는 어리둥절한 파벌들을 둘러보았다. "이렇게 끝내게 되어 유감이군. 머물면서 당신들을 좀 더 알고 싶었는데."

방 안에 있던 남자들은 갑자기 그녀를 더 알고 싶지 않아졌다. 그녀는 아름다웠지만, 그 아름다움은 불타는 숲의 아름다움과 같은 종류였다. 멀리서라면 찬미할 수 있겠지만, 가까이 다가가선 안 될 아름다움.

그리고 그녀는 검을 들고, 칼날 같은 미소를 던졌다.

그 방에는 몇 자루의 총이 있었고, 그들은 부들부들 떨면서 천천히 그녀의 가슴에, 등에, 머리에 총구를 겨누었다.

그들은 그녀를 빙 둘러쌌다.

"손 들어!" 페드로가 쉰 목소리로 외쳤다.

나머지 모두가 고개를 끄덕였다.

레드는 어깨만 으쓱였다. 그녀는 앞으로 걸어가기 시작했다.

방아쇠마다 걸린 손가락 모두가 거의 저절로 당겨졌다. 화약 냄새와 납덩이가 허공을 채웠다. 레드의 칵테일 잔이 손 안에서 부서졌다. 방 안에 남아 있던 거울들이 산산조각으로 부서졌다. 천장 한쪽이 무너져 내렸다.

그러고는 끝이었다.

카민 진기베르는 고개를 돌려, 그들이 왜 그러고 있는지 전혀 모르겠다는 얼굴로 주위에 쌓인 시체들을 바라보았다.

그녀는 고양이 같은 진홍빛 혀로 손등에 튄 누군가의 피를 핥았다. 얼굴에 미소가 떠올랐다.

그리고 그녀는 멀리서 들려오는 망치 소리처럼 구둣굽을 울리며 술집에서 걸어 나갔다.

행락객 두 명은 테이블 밑에서 기어 나와 즐비한 시체들을 둘러보았다.

"늘 하듯이 토레몰리노스나 갔으면 이런 일은 없었잖아요." 한쪽이 푸념하듯 말했다.

다른 쪽이 한숨을 내쉬었다. "외국인들이란. 우리랑 같지가 않다니까요, 퍼트리샤."

"그럼 결정된 거죠. 내년엔 브라이턴이나 가요." 드렐폴 부인은
지금 막 일어난 일이 얼마나 중요한지 모른 채 말했다.

조금 전에 일어난 일은, 이제 더 이상 내년이란 없다는 의미였다.

다음 주가 있을지조차 장담할 수 없었다.

목요일

마을에 새로 온 사람이 하나 있었다.

새로운 사람들은 언제나 고것들[+]에게 흥미와 추론의 대상이었지만, 이번에는 페퍼가 인상적인 소식을 가지고 왔다.

"재스민 장으로 이사했고 마녀야. 헨더슨 부인이 그 집을 청소하는데, 우리 엄마보고 그 여자가 마녀 신문을 구독한다고 했거든. 보통 신문도 있지만 특별한 마녀용 신문도 본다는 거야."

"우리 아빠가 그러는데 마녀 같은 건 없대." 곱슬거리는 금발에,

[+] [원주] 그들 넷이서 예전에 자기들 패거리를 뭐라고 불렀는지는 중요하지 않았다. 아담이 전날 무엇을 읽거나 보았는지에 따라 수시로 이름이 바뀌었으니까(아담 영 분대, 아담과 동료들, 석회암 동굴 패거리, 진짜 유명한 네 사람, 슈퍼히어로 군단, 채석장 패거리, 비밀의 4인, 태드필드의 정의단, 갤럭사트론, 그저 네 명의 사람들, 저항군). 마을 사람들은 언제나 험악한 얼굴로 '고것들'이라고 불렀고 결국에는 스스로도 그렇게 부르게 됐다.

두꺼운 검은색 뿔테 안경 너머로 진지하게 인생을 바라보는 웬즐리데일이 말했다. 널리 퍼진 이야기로는 웬즐리데일이 예전에는 제러미라는 세례명을 받았다고 하지만, 아무도 그 이름을 쓴 적이 없었다. 심지어 그 애 부모님들도 그랬다. 부모님은 그를 '젊은이'라고 불렀는데, 그건 무의식적으로 아이에게 뭔가 암시를 줄 수 있을지도 모른다는 희망에서였다. 웬즐리데일은 날 때부터 정신 연령이 마흔일곱 살은 된 것 같았기 때문이다.

"안 될 거 없지 뭐." 영영 벗겨지지 않을 듯한 때가 앉기는 했지만 펑퍼짐하고 쾌활한 얼굴의 브라이언이 말했다. "마녀들에게도 자기들 신문이 있을 만하잖아. 최신 주문이라든가 그런 기사가 가득한 거야. 우리 아빠는 낚시 신문을 보는걸. 낚시꾼보다야 마녀가 훨씬 많을 거야."

"신문 이름은 〈사이킥뉴스〉야." 페퍼가 끼어들었다.

"그건 마녀가 아니야." 웬즐리데일이 말했다. "그 신문이라면 우리 고모도 봐. 숟가락 구부리기와 점치기와 전생에 자기가 엘리자베스 1세였다고 믿는 사람들에 대한 신문이라고. 이젠 마녀는 없어. 사람들이 약이며 이것저것을 개발한 다음 더 이상은 마녀들이 필요 없다고 말하고 마녀들을 불태우기 시작했거든."

"개구리나 그런 것들의 사진도 싣고." 좋은 착상이 망쳐지는 게 달갑지 않았던 브라이언이 다시 말했다. "그리고 빗자루 주행 성능 시험 얘기도 하고. 고양이 칼럼도 실을 수 있겠다."

"어쨌든 너희 고모가 마녀일 수도 있잖아." 페퍼가 말했다. "몰래 말야. 낮 내내 네 고모로 있다가 밤에는 마녀 일을 할 수도 있어."

"우리 고모는 아니야." 웬즐리데일이 험악하게 말했다.

"그리고 요리법도." 브라이언이 말했다. "먹다 남은 두꺼비 처리법!"

"아, 좀 닥쳐." 페퍼가 말했다.

브라이언은 콧김을 내뿜었다. 그 말을 한 게 웬즐리였다면 친구들 사이에 장난 반의 드잡이질이 벌어졌을 것이다. 하지만 나머지 고것들은 페퍼가 형제 같은 난투극을 벌일 경우의 암묵적 협의 사항에 구애받지 않는다는 사실을 오래전에 배웠다. 페퍼는 열한 살 난 여자애치고는 믿을 수 없을 만큼 정확하게 걷어차고 물어뜯을 수 있었다. 게다가 열한 살이 되면서 고것들은 어렴풋하게나마 좋은 친구 페퍼에게 손을 댔다가는 아직까지 집에서는 완전히 인정하지 않는 '피 터지게 두들겨 맞을 것들' 범주에 들어가는 것은 물론이고 가라테 키드라도 때려눕힐 만한 주먹세례를 받게 되리라는 느낌을 받기 시작했다.

하지만 페퍼가 패거리에 들어 있다는 건 좋은 일이었다. 그들은 기름덩이 존슨과 녀석의 패거리가 계집애하고나 논다고 그들을 놀렸을 때의 일을 자랑스럽게 기억했다. 그때 페퍼는 분노를 제대로 터뜨렸고, 덕분에 그날 저녁 존슨의 엄마는 온 동네를 돌아다니며 불평을 늘어놓아야 했다.[+]

페퍼는 그를 거대한 남자 어른으로, 즉 자신의 천적으로 보았다.

페퍼는 짧게 자른 빨간 머리에, 얼굴에는 드문드문 피부에 커다란 얼룩이 간 것처럼 보일 정도로 주근깨가 많았다.

페퍼가 태어났을 때 붙여진 이름은 피핀 갈라드리엘 문차일드였다. 페퍼는 양이 세 마리에 지붕이 새는 폴리에틸렌 천막집 몇 채가 서 있는 진흙투성이 계곡에서의 명명식에서 그 이름을 받았다. 페퍼의 엄마가 '자연으로 돌아가기'에 적당한 장소로 웨일스의 팬티-거들 계곡을 선택한 덕분이었다. (여섯 달 후, 비와 모기떼와 남자들, 처음에는 코뮌의 마리화나 수확량 전부를 먹어치우고 텐트를 짓밟더니 그다음에는 골동품 미니버스를 부숴버린 양들에게 신물이 난 데다가 이제는 왜 거의 모든 인간 역사가 가능한 한 자연에서 멀어지려는 충동으로 이루어졌는가를 이해하게 된 페퍼의 엄마는 태드필드로 돌아가서 페퍼의 할머니 할아버지를 놀래킨 다음, 브래지어를 사고, 안도의 한숨을 내쉬며 사회학과에 입학했다.)

피핀 갈라드리엘 문차일드 같은 이름을 가진 아이가 갈 수 있는 길은 두 갈래뿐이고, 페퍼는 반대쪽 길을 택했다. 세 명의 고것들 남자애들은 네 살이 되어 학교에 처음 나간 날, 운동장에서 이 사

+ [원주] 기름덩이 존슨은 슬픈 특대형 아이였다. 뚱뚱한 것은 아닌데 덩치가 커서 아버지와 똑같은 크기의 옷을 입는 이런 아이는 어느 학교에나 하나씩은 있다. 커다란 손가락에 종이는 찢어지기 일쑤요, 펜은 꽉 쥐면 망가졌다. 얌전하고 우호적인 게임을 함께 하려 한 아이들도 결국은 존슨의 큼지막한 발 아래 깔리기 십상이었고, 기름덩이 존슨도 방어 차원에서 싸움대장이 되고 말았다. 뚱보 멍청이라고 불리는 것보다야 지배하고 원하는 대로 할 수 있는 편이 나으니 말이다. 그는 체육 선생님들의 절망이었다. 기름덩이 존슨이 운동에 조금이라도 관심을 가졌다면 학교가 우승을 할 수도 있었을 것이다. 그러나 기름덩이 존슨은 자신에게 알맞은 운동을 찾아내지 못했다. 대신 몰래 열대어 수집에 열을 올렸고, 열대어로 상을 받았다. 기름덩이 존슨은 아담 영과 같은 나이에 몇 시간 차이로 태어났고 부모님은 그가 입양된 아이라고 말해주었다. 알겠는가? 아기들에 대해 독자들의 생각이 '옳았던' 것이다.

실을 몸으로 익혔다.

그때 그들은 페퍼에게 이름이 뭐냐고 물었고, 페퍼는 천진하게 대답해주었다.

그 결과 피펀 갈라드리엘 문차일드의 이를 아담의 신발에서 떼어내기 위해 물이 한 양동이 필요했다. 웬즐리데일의 첫 번째 안경은 부러졌고, 브라이언의 스웨터는 다섯 바늘을 꿰매야 했다.

고것들은 그때 이후 하나로 뭉쳤고, 페퍼는 자기 엄마와 마을에 하나뿐인 다른 패거리인 기름덩이 존슨과 존슨 패거리(그것도 유달리 용기백배한 날, 고것들에게 거의 들리지 않는 거리에 있을 때에 한해서)에게서만 빼면 언제까지나 페퍼로 남았다.

아담은 의석 역할을 하는 우유 상자 가장자리를 발꿈치로 툭툭 때리면서, 신하들의 무의미한 잡담을 듣고 있는 왕 같은 느긋한 분위기로 이 말다툼에 귀를 기울이고 있었다.

아담은 나태하게 지푸라기를 씹었다. 목요일 오전이었다. 그들 앞에는 조금도 축내지 않은 방학이 끝없이 펼쳐져 있었다. 메꿔 넣어야 할 백지와도 같았다.

그는 대화가 베짱이들의 울음소리처럼 주위를 흘러 다니게 내버려두었다. 아니, 쓸 만한 금빛 광채를 기다리며 자갈 헤집는 과정을 지켜보는 금 시굴자처럼이라는 편이 더 정확하겠다.

"우리 집 일요신문에 보니까 전국에 마녀가 수천 명 있대." 브라이언이 말했다. "자연을 숭배하고 건강식품을 먹고 그런 거야. 그러니까 이 부근에도 하나 있을 수 있지 뭐. 신문에선 마녀들이 온 나라에 '지각없는 악의 물결'을 쏟아붓고 있다고 하던걸."

"자연을 숭배하고 건강식품을 먹는 걸로 말이야?" 웬즐리데일이 반문했다.

"그렇게 써 있었다니까."

고것들은 이 부분에 관심을 기울일 수밖에 없었다. 그들은 언젠가 한 번, 아담의 선동으로 오후 내내 건강식품만 먹기를 시도해본 적이 있었다. 그들이 내린 결론은 건강식품을 먹고 잘 살려면 그전에 점심을 빵빵하게 먹어둬야 한다는 거였다.

브라이언이 음모라도 꾸미듯 몸을 앞으로 기울였다.

"그리고 마녀들은 벌거벗고 빙글빙글 춤을 춘댔어. 산 위나 스톤헨지 같은 데 올라가서 벌거벗고 춤을 춘다는 거야."

이번에는 다들 좀 더 생각에 잠겼다. 고것들은 지금, 비유하자면 인생의 롤러코스터를 타고 한참을 올라가서 사춘기라는 첫 번째 큰 굽이길 꼭대기에 거의 다다라, 수수께끼와 두려움, 그리고 신나게 굽이치는 길로 가득 찬 험준한 앞길을 내려다볼 수 있는 상태였다.

"흐응." 페퍼가 말했다.

"우리 고모는 아냐." 웬즐리데일이 불쑥 입을 열어 마법에 걸린 듯한 분위기를 깨뜨렸다. "우리 고모는 절대 아니라고. 고모는 고모부한테 계속 말을 걸 뿐이야."

"너희 고모부 죽었잖아." 페퍼가 말했다.

"고모 말로는 고모부가 아직도 컵을 움직인대." 웬즐리데일은 방어적으로 말했다. "아빠는 애초에 고모부가 죽은 이유부터가 움직이는 컵들 때문이라지만 말이야. 왜 고모부한테 말을 걸고 싶어

하는지는 모르겠어. 살아 계실 땐 별로 얘기도 안 하더니."

"강령술이라는 거야, 그거." 브라이언이 끼어들었다. "성경책에 나와 있어. 그만두셔야 해. 하느님은 강령술과 마녀들을 안 좋아하신다고. 그것 때문에 지옥에 갈 수도 있어."

우유 상자로 만들어진 왕좌에서 천천히 누군가가 움직였다. 아담이 입을 열려는 것이다.

고것들은 모두 입을 다물었다. 아담의 말은 언제나 경청할 가치가 있었다. 고것들은 마음 깊숙한 곳에서 사실은 그들이 네 명의 패거리가 아니라는 것을 알고 있었다. 그들은 아담에게 속한 세 명의 패거리였다. 하지만 자극과 재미, 그리고 파란만장한 나날이라는 면에서 고것들 모두 다른 어느 패거리의 두목이 되는 것보다 아담 밑에 있는 편이 낫다고 생각했다.

"왜 모두들 마녀를 그렇게 깔아뭉개는지 모르겠어." 아담이 말했다.

고것들은 서로를 곁눈질했다. 전도유망한 첫 마디였다.

"음, 마녀들은 작물을 시들게 하잖아." 페퍼가 말했다. "양들도 쇠약하게 만들고. 네가 왕이 될 거니 뭐니 그런 소릴 하고 말야. 이런저런 허브로 음모를 꾸미기도 하고."

"허브라면 우리 엄마도 써. 너희 엄마도 그렇고." 아담이 대꾸했다.

"아, 허브는 괜찮아." 심령 전문가라는 자기 위치를 잃지 않으려고 작심한 브라이언이 끼어들었다. "하느님께서 박하와 샐비어와 기타 등등을 쓰는 건 괜찮다고 하셨을걸. 박하와 샐비어엔 잘못된 게 하나도 없으니까 말야."

"그리고 마녀들은 쳐다만 봐도 병에 걸리게 할 수 있어." 페퍼가 계속했다. "흉안凶眼이라고 하는 거지. 마녀가 널 쳐다보면 넌 병이 드는데 아무도 이유를 모르는 거야. 그리고 마녀들이 널 본뜬 인형을 만들어서 핀을 푹푹 찌르면 그 핀이 찔린 곳이 아픈 거야." 페퍼는 쾌활하게 마지막 부분을 말했다.

"그런 일은 더 이상 일어나지 않아." 합리적으로 생각하는 인간인 웬즐리데일이 아까 한 말을 되풀이했다. "우리는 과학을 발명했고 목사님들 모두가 모여서 이유를 대고 마녀들을 화형에 처했거든. 그걸 스페인 종교재판이라고 해."

"그럼 재스민 장에 있는 그 여자가 마녀인지 알아보고, 그 여자가 마녀면 피커길 목사님한테 말해야 한다고 생각해." 브라이언이 말했다. 피커길 교구 목사는 현재 교회 안뜰에 있는 주목을 기어올라 종을 치고 도망간 게 고것들이라는 것 때문에 아이들과 사이가 나빴다.

"사람들에게 불을 붙이는 게 허용될 것 같진 않은데." 아담이 말했다. "그렇지 않다면 사람들이 늘상 그런 짓을 할 거 아냐."

"종교적인 이유라면 그래도 괜찮아." 브라이언은 용기를 돋우듯 말했다. "게다가 그렇게 하면 마녀들이 지옥에 떨어지는 걸 막아주는 거니까, 마녀들도 제대로만 이해한다면 무지 고마워할 거야."

"피키 목사가 누구한테 불을 붙일 것 같진 않은걸." 페퍼가 말했다.

"어, 난 모르겠는걸." 브라이언은 의미심장하게 되받았다.

"정말로 사람들한테 불을 붙일 리가 없어." 페퍼는 코웃음을 쳤다. "차라리 부모님들한테 말하고 부모님들이 불을 지르든 말든 맡긴다면 모를까."

고것들은 요새 성직자들의 낮은 책임감에 넌더리를 내며 고개를 저었다. 그러고 나서 다른 세 명은 기대에 찬 눈으로 아담을 쳐다보았다.

그들은 언제나 기대에 찬 눈으로 아담을 보았다. 좋은 생각을 내놓는 건 언제나 아담이었다.

"우리가 직접 해야 할지도 모르겠다." 아담이 말했다. "온 군데 이런 마녀들이 있다면 누군가는 뭔가를 해야잖아. 그러니까, 음, 이웃 감시단 같은 거지."

"이웃 마녀단이겠지." 페퍼가 말했다.

"아니야." 아담이 차갑게 말했다.

"하지만 우린 스페인 종교재판을 할 수 없어." 웬즐리데일이 말했다. "우린 스페인 사람이 아니잖아."

"스페인 종교재판소를 차리는 데 스페인 사람이 있어야 하는 건 아니야." 아담이 말했다. "스코틀랜드 달걀이나 미국식 햄버거나 마찬가지라고. 스페인식으로 보이기만 하면 돼. 우리가 스페인식으로 꾸미면 돼. 그럼 다들 그게 스페인 종교재판이라는 걸 알 거야."

침묵이 내려앉았다.

그 침묵을 깨뜨린 것은 브라이언이 앉는 자리마다 쌓이는 빈 과자 봉지들에서 나는 소리였다. 나머지 아이들은 브라이언을 쳐다보았다.

"내 이름이 적힌 투우 포스터가 하나 있어." 브라이언이 천천히 말했다.

점심시간이 지나갔다. 새로운 스페인 종교재판소가 재소집되었다.

종교재판장은 비판적인 태도로 준비 상황을 점검했다.

"저건 뭐야?" 그가 물었다.

"춤을 출 때 딸깍딸깍 부딪치는 거야." 웬즐리데일이 약간 수세에 몰려서 대답했다. "고모가 몇 년 전에 스페인에서 가져왔어. 마라카스라고 한대. 스페인 댄서들 사진도 붙어 있어. 봐."

"이 여자가 왜 황소랑 춤을 추고 있는 건데?" 아담은 물었다.

"스페인이라는 걸 보여주기 위해서지." 웬즐리데일은 그렇게 대답했고, 아담은 넘어갔다.

브라이언이 내놓은 것은 투우 포스터가 다였다.

페퍼는 라피아로 만든 그레이비 보트 같은 물건을 가져왔다.

"와인을 담아두는 거야." 페퍼가 도전적으로 말했다. "엄마가 스페인에서 가져오셨어."

"황소 그림도 없는데." 아담은 엄하게 말했다.

"그럴 필요가 없으니까." 페퍼는 슬쩍 싸울 태세를 취하며 반박했다.

아담은 머뭇거렸다. 아담의 누나 세라도 애인과 같이 스페인에 간 적이 있었다. 세라는 확실히 스페인 물건이긴 하지만 아담으로

서는 도저히 스페인 종교재판소의 분위기를 느낄 수 없는 커다란 자주색 당나귀 인형을 사 왔다. 반면 누나의 애인은 찌르면 구부러지고 종이 자르기엔 무디지만 톨레도 강철로 만든 물건이라고 주장하는 화려한 칼을 가져왔다. 아담은 백과사전을 붙들고 30분간 교육적인 시간을 보낸 끝에 이거야말로 종교재판소에 필요한 물건이라고 결론지었다. 하지만 그런 애매한 단서는 통하지 않았다.

결국 아담은 부엌에서 양파를 한 다발 가지고 나왔다. 스페인에서 온 양파일 수 있다는 이유였다. 하지만 종교재판소의 실내장식가로서 아담은 양파에 뭔가가 빠져 있음을 인정해야 했다. 그는 라피아 와인 홀더에 대해 언쟁을 벌일 입장이 아니었다.

"아주 좋아." 아담이 말했다.

"그게 스페인 양파인 건 확실하지?" 페퍼는 긴장을 풀고 말했다.

"물론이지. 스페인 양파야. 다들 아는 일이지."

"프랑스일 수도 있잖아." 페퍼는 끈덕지게 말했다. "프랑스도 양파로 유명해."

양파를 진저리 나게 먹고 있는 아담은 대답했다. "상관없어. 프랑스는 스페인이랑 가깝고, 밤중에 사방을 날아다니는 마녀들이 그 정도 차이를 알 리가 없어. 마녀들에게는 어디나 다 콩티농처럼 보일걸. 어쨌든 마음에 안 들면 가서 너만의 종교재판소를 열 수도 있어."

페퍼는 밀어붙이지 않았다. 수석 고문관 자리를 약속받은 입장이었던 것이다. 재판소장이 누가 될지에 대해선 아무도 다른 생각을 하지 않았다. 웬즐리데일과 브라이언은 그들이 맡은 재판소 경비원 자리에 크게 매력을 느끼지 않았다.

"글쎄, 너흰 스페인어를 전혀 모르잖아." 아담이 말했다. 그는 점심시간에 10분 동안, 세라가 알리칸테의 낭만에 혹해서 사버린 경구집을 읽은 참이었다.

"그건 중요하지 않아. 진짜로 라틴어를 말해야 하는 것도 아니니까." 역시 점심시간을 이용해서 책을 읽은 웬즐리데일이 말했다.

"그리고 스페인어야." 아담은 단호하게 대꾸했다. "그러니까 스페인 종교재판소지."

"왜 영국 종교재판소면 안 되는 건지 모르겠어." 브라이언이 끼어들었다. "왜 걔네들 종교재판소 냄새가 나게 하려고 무적함대니 뭐니에 대해 싸워야 하는 건데?"

이 말은 아담의 애국심을 약간 긁었다.

"시작은 스페인식으로 하고, 요령이 붙으면 영국 종교재판으로 만들자. 자, 이제 종교재판소의 경비원들은 가서 첫 번째 마녀를 데려오도록. 포르 파보르.+"

그들은 재스민 장에 새로 들어온 사람은 좀 기다려야 한다고 결정했다. 작은 것부터 시작해서 차근차근 해나갈 필요가 있었다.

+ '부디', '제발'이라는 뜻의 스페인어.

"그대는 마녀렷다, 올레?" 재판장이 물었다.

"네에." 여섯 살에 금발머리 축구공처럼 생긴 페퍼의 여동생이 대답했다.

"네라고 하면 안 돼. 아니라고 해야지." 수석 고문관은 용의자를 팔꿈치로 찌르며 꾸짖었다.

"그런 다음엔 어떡하는 건데?" 용의자가 물었다.

"그러면 네라고 말할 때까지 우리가 고문을 하는 거야. 말했잖아, 재미있을 거라고. 고문 말야. 아프지 않아. 아스타 라 비사.[+]" 페퍼는 마지막에 황급히 스페인어를 덧붙였다.

어린 용의자는 재판소 내부 장식에 비난의 눈길을 던졌다. 양파 냄새가 심했다.

"흥. 난 마녀가 되고 싶단 말야. 코는 이렇게 구부러지고 녹색 피부에 또 예쁜 고양이랑, 응 그 고양이는 '깜장이'라고 불러야지. 그리고 독약도 잔뜩—"

고문관은 재판장에게 고개를 끄덕였다.

"네가 마녀가 될 수 없다는 말은 아무도 안 해." 페퍼는 필사적으로 말했다. "그냥 마녀가 아니라고 '말'만 하면 되는 거야. 우리가 물어보자마자 냉큼 '네'라고 해서 이렇게 엉망으로 만들지 말고."

용의자는 잠시 생각해보았다.

"그치만 난 마녀가 되고 싶은걸." 아이가 징징댔다. 남자애 고것

[+] 헤어질 때 쓰는 인사말인 '아스타 라 비스타hasta la vista'를 잘못 말한 것.

들은 지친 눈길을 교환했다. 이건 그들 능력 밖의 일이었다.

"아니라고만 하면 내 신디 마구간 세트 줄게. 한 번도 안 쓴 거야." 페퍼는 마지막 말을 덧붙이면서 뭐라고 말 좀 해보라는 뜻으로 나머지 고것들을 노려보았다.

"하지만 썼잖아." 동생이 냉큼 대꾸했다. "내가 봤는걸. 다 낡아빠진 데다 풀 놓는 데는 깨졌고 또—"

아담이 위엄을 차려 헛기침을 했다.

"그대는 마녀렷다, 비바 에스파냐?" 그가 다시 물었다.

동생은 페퍼의 얼굴을 한 번 보고, 그만하고 말을 듣기로 했다. "아뇨."

아주 훌륭한 고문이라는 점에는 다들 동의했다. 문제는 마녀 용의자를 끄집어내는 부분이었다.

푹푹 찌는 오후였고 재판소 경비원들은 자기들이 속고 있다는 느낌을 받았다.

"왜 나랑 브라이언 형제가 일을 다 해야 하는 건지 모르겠어." 웬즐리데일 형제는 이마에 흘러내리는 땀을 닦으며 말했다. "이제 쟤는 나오고 우리가 들어갈 만도 하잖아. 베네딕티네 이나 데칸테르."

"왜 멈춘 건데?" 용의자는 신발에서 물이 흘러넘치는 가운데 물었다.

재판장은 연구를 해보던 중 영국 종교재판소는 아직 아이언 메이든이나 초크피어 같은 고문 도구를 쓸 준비가 안 됐다고 생각하게 되었다. 하지만 중세의 물고문 의자 그림을 보니 지금 하려는 일에 안성맞춤이었다. 필요한 것은 연못과 널빤지 몇 개, 그리고 밧줄뿐이었다. 하나같이 언제나 고것들을 매혹시키던 물건들이었고, 그들은 이 세 가지를 찾아내는 데 어려움을 겪은 적이 없었다.

용의자는 이제 허리까지 녹색으로 물들었다.

"시소 같애. 와아!"

"내가 들어갈 수 없다면 집에 가버릴래." 브라이언 형제가 중얼거렸다. "왜 사악한 마녀들이 재미있는 일은 다 하는 건지 모르겠어."

"종교재판관들이 고문을 당하는 건 허용되지 않아." 재판소장이 엄숙하긴 하지만 그다지 진심이 실리지 않은 투로 말했다. 날은 더웠고, 낡은 삼베로 만든 재판관복은 따끔따끔한 데다 퀴퀴한 보리 냄새가 났으며, 연못은 두 팔 벌려 그들을 초대하는 것 같았다.

"좋아, 좋아." 그는 그렇게 말하고 용의자에게 돌아섰다. "너는 마녀다. 그러니 또 들어가지 말고 이제 나와서 다른 사람에게 차례를 돌려. 올레." 말끝에는 잊지 않고 덧붙였다.

"이제 어떻게 되는 건데?" 페퍼의 여동생이 물었다.

아담은 머뭇거렸다. 이 꼬맹이에게 불을 붙였다간 아마 끝도 없는 문젯거리가 될 거고, 게다가 불을 붙이기엔 너무 흠뻑 젖어 있었다.

아담은 또한 머지않은 미래에 진흙투성이 구두와 개구리밥에 덮인 분홍색 옷에 대한 추궁이 닥쳐오리라는 것을 어렴풋이 예감

했다. 하지만 그건 나중 일, 널빤지와 밧줄과 연못이 있는 길고 무더운 오후 저편에 놓여 있었다. 미래는 기다릴 수 있을 것이다.

그 미래는 미래가 늘 그렇듯 좀 시원찮은 방식으로 왔다가 갔다. 아버지는 진흙투성이가 된 옷과 별도로 생각할 거리가 있어 아담에게는 텔레비전 금지령밖에 내리지 않았다. 그건 아담이 자기 방에 있는 낡은 흑백 텔레비전을 봐야 한다는 뜻이었다.

"왜 호스 사용을 금지해야 하는 건지 모르겠어." 아담은 아버지가 어머니에게 하는 말을 들을 수 있었다. "다른 사람들처럼 나도 수도세를 내는데 말이지. 정원이 사하라 사막 같아. 연못에 물이 남아 있었다는 게 놀라울 정도야. 내 어렸을 적엔 여름도 제대로였는데. 늘 비가 내렸지."

지금 아담은 혼자 먼지투성이 골목길을 어슬렁어슬렁 걸어가고 있었다. 훌륭하다고 할 만큼 늘어진 걸음걸이였다. 아담 특유의 축 늘어진 걸음걸이는 생각이 똑바로 박힌 사람들라면 누구나 거슬려할 만한 것이었다. 자기 몸만 축 늘어뜨리는 게 아니었다. 아담은 전염성 있는 방식으로 어슬렁거릴 수 있었고, 지금 그의 양 어깨를 보면 사심 없이 다른 사람을 돕고 싶어 하는 욕구가 부당하게 좌절당한 사람이나 품을 법한 아픔과 곤혹감이 전해질 것 같았다.

덤불에는 흙먼지가 무겁게 매달려 있었다.

"마녀들이 온 세상을 책임지게 되면 좋을 텐데. 모두가 건강식품을 먹게 하고 교회에는 안 가고 벌거벗고 춤을 추게 할 거 아냐." 아담은 돌멩이를 걷어차며 말했다. 건강식품만 빼면 그것도 썩 나쁘지는 않았다.

"그냥 우리가 제대로 일을 시작하게만 놔두면 분명 마녀들을 수백 명은 찾아낼 수 있을 거야." 아담은 돌멩이를 또 하나 걷어차며 혼자 중얼거렸다. "옛날 고문관도 일을 막 시작하려다가 웬 멍청한 마녀 하나가 옷을 더럽히는 바람에 포기해야 했을 거야. 틀림없어."

개는 충실히 주인님 뒤를 따라 걸었다. 지옥의 사냥개가 기대한 아마겟돈 이전 나날들의 생활은 분명 이런 게 아니었지만, 그럼에도 녀석은 지금 생활을 즐기기 시작했다.

주인님의 목소리가 들렸다. "하지만 빅토리아 시대라도 사람들에게 흑백 텔레비전이나 보게 하진 않았을 거야."

형태가 본질을 형성한다. 유전적으로 작고 초라하게 생겨먹은 개들에게는 그들에게 적당한 행동 양식이 있다. 형태만 작은 개가 되고 본질은 그대로 남아 있기를 기대할 순 없는 일이다. 작은 개의 모습을 띠면, 존재의 중심에 작은 개의 본질이 배어들기 시작한다.

개는 이미 쥐 사냥도 해보았다. 이제껏 살면서 제일 즐거운 경험이었다.

"우리 모두가 악의 세력에 정복된다면 좋을 텐데." 주인님이 투덜거렸다.

그리고 고양이들이 있었다. 개는 옆집에 사는 커다란 적갈색 고양이를 보고 놀랐고, 늘 하던 대로 눈을 빛내며 깊은 소리로 으르렁거림으로써 고양이를 위축시키려 했다. 과거 저주받은 영혼들에게는 늘 통하던 방법이었다. 하지만 이번에는 코를 한 대 맞고 눈물만 찔끔 났을 뿐이었다. 개는 고양이들이 길 잃은 영혼보다 훨씬 강인한 게 분명하다고 생각했다. 앞으로 또 고양이를 만나게 될 일이 기대되었다. 이번에는 사방을 뛰어다니며 신나게 짖어댈 작정이었다. 모험적인 시도긴 하지만 먹힐지도 모른다.

"피키 목사가 개구리로 변신할 때 나한테부터 달려오지나 않았으면 좋겠어, 그것뿐이야." 아담이 중얼거렸다.

이 시점에서 아담은 두 가지 사실을 깨달았다. 하나는 비탄에 잠겨 마구 걸음을 옮긴 끝에 재스민 장까지 왔다는 것이고, 또 하나는 누군가가 울고 있다는 사실이었다.

아담은 눈물에 약했다. 그는 잠시 머뭇거리다가 조심스레 울타리 너머를 들여다보았다.

그 광경이, 접이식 의자에 앉아 티슈 한 통을 반쯤 비우고 있던 아나테마에게는 작고 헝클어진 태양이 떠오르는 것처럼 보였다.

아담은 그 여자가 과연 마녀일까 의심스러웠다. 아담은 마음속에 선명한 마녀상을 그려두고 있었다. 영 집안은 일요신문을 수많은 멋진 선택지 중에서 딱 한 가지만으로 제한했고, 그래서 최근 백 년간의 개화된 심령 지식은 아담에게 가닿지 않았다. 그 여자는 매부리코도 아니었고 사마귀도 없는 데다 젊었다…… 그만하면 꽤 젊었다. 아담에게는 충분히.

"안녕." 아담은 어깨를 펴고 말했다.

그녀는 코를 팽 풀고 그를 쳐다보았다.

이 시점에서 울타리 너머로 보인 광경을 기술해둬야겠다. 아나테마는 나중에 직접 말하기를, 이때 그녀의 눈에 보인 것은 아직 사춘기가 안 된 그리스 신 같은 존재였다고 했다. 혹은 정당한 형벌을 내리는 근육질의 천사들이 나오는 성경 삽화의 한 토막이랄까. 어쨌든 20세기에 속한 얼굴은 아니었다. 그 얼굴은 빛나는 금빛 곱슬머리를 이고 있었다. 미켈란젤로가 조각했을 법한 얼굴이었다.

미켈란젤로의 조각이라면 낡은 운동화를 신고 닳아빠진 청바지에 지저분한 티셔츠를 입진 않았겠지만.

"넌 누구니?" 아나테마가 물었다.

"아담 영. 바로 요 아래 살아."

"아, 그래. 너에 대해 들은 얘기가 있어." 아나테마는 눈물을 찍어내며 말했다. 아담은 의기양양해했다.

"헨더슨 부인이 네가 나타나나 지켜봐야 한다고 했지."

"난 이 부근에서 꽤 유명하거든." 아담이 말했다.

"부인 말로는 네가 교수형감이라던데."

아담은 씩 웃었다. 악명이란 좋은 쪽의 명성보다 못한 것이지만, 그래도 무명보다는 훨씬 나았다.

"부인 말로는 네가 고것들 중에서도 최악이라더라." 아나테마는 약간 기분이 좋아진 얼굴로 말했다. 아담은 고개를 끄덕였다.

"이렇게 얘기했어. '아가씨, 고것들을 잘 지켜봐요. 영락없는 악당 패거리라우. 꼬마 아담은 그 옛날의 아담이 지닌 약점이란 약점은 다 뭉쳐놓은 녀석이라니까.'"

"뭣 때문에 울고 있었어?" 아담은 직설적으로 물었다.

"응? 아, 물건을 잃어버렸거든. 책이야."

"괜찮다면 찾는 거 도와줄게." 아담은 정중하게 제안했다. "사실 난 책에 대해 아는 게 많아. 책을 직접 쓴 적도 있어. 진짜 멋진 책이지. 여덟 쪽 가까이 되는데, 유명한 탐정 해적에 대한 얘기거든. 그림도 내가 그렸어." 그는 문득 후해진 마음에 덧붙였다. "읽어보면 마음에 들 거야. 잃어버렸다는 책이 뭔지는 모르지만 그것보다 훨씬 재미있을걸. 특히 공룡이 튀어나와서 카우보이들이랑 싸우는 우주선 부분이 말이야. 장담하는데 진짜 내 책을 보면 기분이 좋아질 거야. 브라이언은 한도 끝도 없이 좋아했는걸. 그보다 더 기운이 날 수가 없다고 했어."

"고마워. 나도 네 책이 정말 훌륭한 책일 거라고 생각해." 이 말로 아나테마는 아담에게 영원히 사랑을 받게 되었다. 그녀는 이어 말했다. "하지만 내 책을 찾는 것까지 도와줄 필요는 없어. 내 생각엔 너무 늦은 것 같거든."

그녀는 생각에 잠겨 아담을 바라보았다. "넌 이 지역을 아주 잘 알겠지?"

"그럼. 샅샅이 알지."

"혹시 커다란 검은색 자동차에 탄 두 남자 못 봤니?"

"그 사람들이 훔쳐 갔어?" 아담은 갑자기 흥미가 동해서 물었다. 국제적인 책 도둑 패거리를 거꾸러뜨리는 건 하루를 마무리하기에 딱 좋은 일이었다.

"그런 건 아닌데. 뭐 비슷해. 그러니까 내 말은, 그 사람들이 그러려고 그런 건 아니거든. 그 사람들은 장원을 찾고 있었는데, 오늘 그쪽에 가보니까 그 사람들에 대해선 아무도 모르더라. 무슨 사고 같은 게 있었나 봐."

아나테마는 아담을 물끄러미 보았다. 그 아이에겐 뭔가 기묘한 구석이 있었는데, 그게 뭔지 정확히 알 수가 없었다. 그저 그 아이가 아주 중요하다는, 그러니 그냥 떠나보내선 안 된다는 절박감만 느껴졌다. 뭔가……

"그 책 제목이 뭔데?" 아담이 말했다.

"《마녀 아그네스 너터의 근사하고 정확한 예언집》."

"누구의 뭐?"

"마녀 말이야. 《맥베스》에 나오는 것 같은."

"그거 봤어. 진짜 재밌더라. 왕들이랑. 어, 근데 마녀들의 뭐가 근사해?"

"근사하다는 말에는 예전에 정확하다는 뜻도 있었거든." 확실히 뭔가가 이상했다. 극도의 명암 효과 같은 것. 이 아이가 주위에 있으면 다른 사람은 모두, 사람만이 아니라 주위 풍경까지 모든 것이 그저 배경에 지나지 않는다는 느낌이 들었다.

아나테마가 여기 온 지도 한 달쯤이 지났다. 그동안, 이론상으로는 이 집을 관리하게 되어 있으며 그녀의 물건을 뒤질 확률이 50퍼센트쯤 되는 헨더슨 부인을 빼면 아무와도 열 마디 이상 대화를 나누지 않았다. 그녀는 사람들이 자신을 예술가로 여기게 내버려두었다. 이곳은 예술가들이 좋아할 만한 시골이었으니까.

사실, 끝내주게 아름다운 동네였다. 이 마을 부근은 특히 뛰어났다. 터너와 랜시어가 술집에서 새뮤얼 파머를 만나 함께 그린 풍경화에다 스텁스가 말을 그려 넣는다 해도 이보다 더 좋을 수는 없을 것이다.†

그래서 더 우울했다. 여기가 바로 '그게' 일어날 곳이니 말이다. 어쨌거나 아그네스에 따르면 그랬다. 아나테마가 잃어버린 책에 그렇게 적혀 있었다. 물론 그녀는 책 내용을 카드로 만들어 정리해놓았지만, 같을 수는 없었다.

아담 주위에 있는 사람은 절대 자기 정신을 온전히 추스릴 수 없었지만, 아나테마가 이 순간에 온 정신을 집중했더라면 아담에 대해 어느 정도 깊게 생각하려 들 때마다 사고가 물 위를 미끄러지는 오리처럼 미끄러져 내린다는 사실을 알아차렸을 것이다.

"죽인다!" 아담이 외쳤다. 그는 근사하고 정확한 예언서라는 말에 함축된 의미를 곰곰이 생각하던 중이었다. "그 책에 누가 그랜드내셔널에서 우승하는지 나와?"

"아니." 아나테마가 대답했다.

"그럼 우주선은 있어?"

"그다지."

"로봇은?" 아담은 희망을 품고 다시 물었다.

---

† 터너, 랜시어, 파머 모두 풍경화로 유명한 화가. 스텁스는 말 그림의 대가.

"미안."

"그럼 나한텐 별로 좋은 것 같지 않은데. 로봇도 우주선도 없다면 미래에 뭐가 있다는 건지 모르겠네."

사흘 정도가 있지. 아나테마는 침울하게 생각했다. 미래에 남은 건 그 정도야.

"레모네이드 마실래?" 그녀는 물었다.

아담은 주저했다. 그러다 정면으로 부딪치기로 결심했다.

"있지, 이런 거 물어봐도 될지 모르겠는데, 누나 마녀야?"

아나테마는 눈을 가늘게 떴다. 그러니까 헨더슨 부인이 사방을 뒤지고 돌아다닌 거군.

"어떤 사람들은 그렇게 말할 수도 있지." 그녀가 말했다. "사실은 심령 연구가야."

"아. 그래. 그럼 됐어." 아담은 기운차게 말했다.

그녀는 아담을 아래위로 훑어보았다.

"너 심령 연구가 뭔지는 아는 거니?"

"그럼." 아담은 자신만만하게 대답했다.

"흠, 이제 기분이 좀 나아졌으면 들어오렴. 나도 한 잔 마셔야겠다. 그리고…… 아담 영?"

"응?"

"너 '내 눈은 틀림없어, 조사해볼 필요도 없네'라고 생각하고 있었지?"

"누가, 내가?" 아담은 켕기는 표정으로 되물었다.

개가 말썽이었다. 녀석은 그 집으로 들어가려 하지 않았다. 현관에 쪼그려 앉아 으르렁거리기만 했다.

"들어와, 바보야. 낡은 재스민 장일 뿐이라고." 아담은 당황한 표정으로 아나테마를 쳐다보았다. "보통은 내가 하라는 대로 넙죽넙죽 잘하는데."

"그냥 밖에 놔둬도 돼."

"아냐. 이 녀석은 명령에 따라야 해. 책에서 그렇게 읽었단 말이야. 훈련이 아주 중요하다고. 그 책엔 어떤 개든 훈련시킬 수 있다고 써 있었어. 아빠는 제대로 훈련되어 있는 개만 데리고 있을 수 있다고 했단 말이야. 자, 개, 안으로 들어가."

개는 끙끙거리며 탄원하는 듯한 눈빛을 던졌다. 뭉툭한 꼬리가 한두 번 바닥을 때렸다.

주인님의 목소리.

녀석은 강풍 속을 전진하듯 힘겹게 슬금슬금 현관을 넘어섰다.

"그렇지." 아담은 자랑스레 말했다. "착하다."

그리고 지옥의 성질은 조금 더 타서 날아가버렸다……

아나테마는 문을 닫았다.

몇 세기 전에 처음 만들어졌을 때부터 쭉 재스민 장의 현관문 위에는 말굽이 걸려 있었다. 당시에는 흑사병이 기승을 부렸고, 이 집을 지은 사람은 가능한 모든 종류의 수호 부적을 동원하는 편이 좋겠다고 생각했기 때문이다.

말굽은 세월에 부식한 데다 페인트칠에 반쯤 가려져 있었다. 그래서 아담도 아나테마도 그 말굽에 신경을 쓰지 않았고, 지금 그 말굽이 하얗게 달아올랐다가 식고 있다는 사실도 알아차리지 못했다.

아지라파엘의 코코아는 차갑게 식어 있었다.

방 안에 들리는 소리라곤 이따금씩 책장이 넘어가는 소리뿐이었다.

어쩌다 한 번씩 옆집의 '아늑한 서점'에 찾아온 고객들이 입구를 잘못 알고 문을 흔들기도 했다. 그는 무시했다.

가끔은 욕이 목구멍까지 올라오기도 했다.

아나테마는 이 시골집 내부를 진짜 집처럼 안락하게 꾸며놓지 않았다. 그녀의 도구는 대부분 탁자에 쌓여 있었다. 흥미로운 모습이었다. 부두교 사제가 과학 부품 창고를 한 탕 턴 것 같은 모습이었다.

"멋지다!" 아담은 탁자에 놓인 물건을 찌르며 말했다. "이 세 발 달린 건 뭐야?"

"그건 경위의라고 해. 레이선을 추적하는 도구지." 부엌에서 아

205

나테마가 대답했다.

"레이선이 뭔데?"

그녀는 설명해주었다.

"우악. 정말이야?"

"그럼."

"온 사방에?"

"그래."

"난 한 번도 본 적 없는데. 놀라운걸. 사방에 보이지 않는 힘의 선들이 있는데 난 보지도 못하는 거잖아."

아담은 남의 말에 자주 귀 기울이는 편이 아니었지만 살면서, 아니 그 정도는 아니지만 그날의 삶에서는 가장 흥미진진한 20분을 보냈다. 영 집안에는 나무를 만지거나 어깨 너머로 소금을 뿌리는 정도의 미신적인 행동조차 하는 사람이 없었다. 초자연적인 방향에 대한 긍정은 아담이 좀 더 어렸을 때, 크리스마스에는 할아버지가 굴뚝을 타고 내려온다는 내키지 않는 구실을 댔을 때뿐이었다.[+]

그는 뭐든 추수감사절보다 신비스러운 것에 걸신이 들려 있었다. 아나테마의 이야기는 쌓인 종이에 물이 번지듯 아담의 마음속에 쏟아져 들어갔다.

개는 탁자 밑에 엎드려 으르렁거리고 있었다. 녀석은 자기 자신

[+] [원주] 그 당시 아담이 힘을 온전히 쓸 수 있었다면 영 일가의 크리스마스는 중앙난방로에 거꾸로 쑤셔 박힌 시체를 발견함으로써 엉망이 되었을 것이다.

에 대한 심각한 회의에 사로잡히기 시작했다.

아나테마는 레이선만이 아니라 바다표범과 고래, 자전거, 열대
우림, 통곡물 빵, 재생종이, 남아프리카에서 남아프리카 백인들은
나와야 하고, 롱아일랜드를 포함하여 사실상 아래쪽 전역에서 아
메리카인들이 나와야 함을 믿었다. 그녀는 자신의 믿음들을 구획
지어놓지 않았다. 그 믿음들은 잔다르크의 믿음조차 무의미한 것
에 지나지 않아 보일 만큼 거대하고 한결같은 하나의 믿음으로 엉
겨붙어 있었다. 산의 높이로 등급을 매기자면 최소한 알프스 높이
의 절반까지는 올라가는 수준이었다.†

전에는 한 번도 아담이 듣는 곳에서 '환경'이라는 단어를 쓴 사
람이 없었다. 남아메리카의 열대우림이란 아담에게 있어 펼쳐 보
지 않은 책과 같았고, 그나마 그 책조차 재생지로 만든 것은 아니
었다.

아담은 딱 한 번, 핵발전에 대한 생각에 동조하기 위해 아나테
마의 말을 끊었다. "핵발전소라면 가본 적 있어. 지루했어. 녹색 연
기도 안 나고 관에서 보글거리는 것도 없던걸. 그걸 보려고 열심히
간 건데 거품도 많이 안 내고 우주복도 안 입은 아저씨들만 둘러
서 있고 그러면 안 되는 거잖아."

"거품은 방문객들이 다 집에 간 다음에나 내는 거야." 아나테마

---

† [원주] 이 시점에서 대부분의 인간은 알프스의 0.3 높이 이상을 올라가지 못한다
는 점을 지적해두는 게 좋겠다. 아담은 2에서부터 15640에베레스트까지 일들을
믿었다.

는 음울하게 말했다.

"흐응."

"지금 바로 끝장이 나야 마땅해."

"거품을 안 낸 맛을 톡톡히 보여줘야지." 아담이 말했다.

아나테마는 고개를 끄덕였다. 그녀는 아직도 아담에게 이상한 점이 뭔지 집어내려 애쓰고 있었는데, 퍼뜩 무엇이 문제인지 깨달았다.

아담에게는 오라가 없었다.

아나테마는 오라에 정통했고, 충분히 집중만 하면 알아볼 수 있었다. 오라는 사람들의 머리 주위에서 반짝이는 빛 같은 것이었고, 그녀가 읽은 책에 따르면 오라의 색채는 사람들의 건강 상태와 전반적인 안녕을 말해주었다. 누구에게나 오라가 있었다. 폐쇄적이고 마음이 좁은 사람들의 오라는 희미했고 가장자리가 흔들리는 반면, 활달하고 창조적인 사람들의 오라는 몸 밖으로 몇 센티미터나 뻗어나가 있는 경우도 있었다.

오라가 없는 사람이 있다는 말은 들은 적이 없었건만, 지금 아담에게서는 오라를 볼 수 없었다. 하지만 아담은 쾌활하고 열정적이며 균형이 잘 잡힌 아이로 보였다.

어쩌면 내가 좀 피곤한 것일지도 몰라, 아나테마는 생각했다.

어쨌든 그녀는 이렇게 보람 찬 학생을 찾아냈다는 사실이 기쁘고 고마웠으며, 내친 김에 친구가 편집한 얇은 잡지 《신 물병자리》까지 몇 부 빌려주었다.

이 잡지는 아담의 인생을 바꿔놓았다. 뭐 최소한 그날의 인생은.

부모님에게는 놀랍게도 아담은 그날 일찍 자러 들어갔고, 회중 전등과 잡지, 그리고 레몬 사탕 한 봉지를 가지고 담요를 뒤집어쓴 채 한밤중이 넘도록 깨어 있었다. 이따금씩 와구와구 사탕을 씹던 입에서 "멋지다!"라는 말이 튀어나오기도 했다.

회중전등 건전지가 다 닳아버리자 아담은 캄캄한 방으로 기어 나와, 손을 깍지 껴서 머리를 받치고 누워 천장에 매달려 있는 엑스윙 전투기 분대를 올려다보았다. 전투기들은 밤바람을 받아 부드럽게 움직였다.

하지만 아담은 사실 그 전투기들을 보고 있지 않았다. 눈은 그쪽에 두고 있었지만 사실 아담은 상상 속에서 서커스처럼 빙글빙글 돌며 펼쳐지는 화려한 파노라마를 보고 있었다.

이건 웬슬리데일의 고모와 와인잔 정도의 문제가 아니었다. 훨씬 더 재미있는 심령학이었다.

게다가 그는 아나테마가 마음에 들었다. 나이가 좀 많기는 했지만, 아담은 누군가가 마음에 들면 꼭 그 사람을 행복하게 해주고 싶었다.

그는 어떻게 하면 아나테마를 행복하게 해줄 수 있을까 생각해보았다.

전에는 세상을 바꿔놓는 것은 커다란 폭탄이라든가 미치광이 정치가들, 대지진, 또는 엄청난 규모의 인구 이동 같은 사건들이라고 생각했지만, 지금은 이런 생각이 현대 사상을 접하지 못한 사람들이나 하는 구닥다리 관점임이 밝혀졌다. 카오스 이론에 따르면 세상을 '정말로' 변화시키는 것은 사소한 일들이라고 한다. 아마존 정글에서 나비 한 마리가 날갯짓을 하면, 그 결과 폭풍이 유럽의 절반을 유린하는 것이다.

잠든 아담의 머릿속 어딘가에 나비가 한 마리 나타났다.

아나테마가 아담의 오라를 볼 수 없었던 명명백백한 이유를 알 수 있었다면 상황을 명쾌하게 알아보는 데 도움이 되었을 수도 있고, 그렇지 않았을 수도 있다.

그것은 트라팔가 광장에 있는 사람들이 영국 땅 전체를 볼 수 없는 것과 같은 이유였다.

경보가 울렸다.

물론 핵발전소 통제실에서는 그리 특별한 일도 아니었다. 경보는 늘상 울렸다. 다이얼과 계량기와 이런저런 물건이 워낙 많다 보니, 삑삑거리는 소리라도 없으면 그나마 중요한 사태를 간과할 가능성이 높기 때문이었다.

그리고 야간 책임 기술자란 자리는 믿음이 가고, 능력이 있으며, 쉽사리 동요하지 않는 사람, 즉 긴급 사태 시 득달같이 주차장으로 달려가지 않을 만한 인물을 요구했다. 사실상 담배를 피우고 있지 않을 때도 담배를 피우고 있는 듯한 인상을 주는 사람.

터닝포인트 발전소 통제실에서 오전 3시는 보통 일지를 기록하고 멀리서 들려오는 터빈의 굉음에 귀를 기울이는 것 말고는 할 일이 없는 조용한 시간이었다.

지금까지는.

호레이스 갠더는 점멸하는 빨간 불빛을 쳐다보았다. 그런 다음 다이얼 몇 개를 보고, 다시 동료들의 얼굴을 보았다. 그러고 나서는 방 저쪽 끝에 있는 커다란 다이얼로 시선을 돌렸다. 그 다이얼에 따르면 믿을 수 있으며 대단히 싸기도 한 전력 420메가와트가 발전소를 떠나고 있었다. 그런데 다른 다이얼에 따르면 아무것도 그런 전력을 생산하고 있지 않았다.

그는 "괴상하군"이라고 말하지 않았다. 아마 양떼들이 자전거를 타고 바이올린을 연주하며 지나갔더라도 "괴상하군"이라는 말은 하지 않았을 것이다. 그건 책임감 있는 기술자가 할 말이 아니었다.

그가 실제로 뱉은 말은 이랬다. "알프, 소장한테 전화를 걸어보는 게 좋겠다."

소란스러운 세 시간이 지나갔다. 엄청난 양의 전화 통화와 텔렉스, 팩스 교환이 이루어진 시간이었다. 스물일곱 명이 침대에서 끌려나왔고 그들은 다시 쉰세 명을 깨웠다. 새벽 4시에 정신이 하나도 없는 상태로 깨어난 사람은 혼자가 아니라는 것을 확인하고 싶어 하는 법.

어쨌거나 핵반응로의 뚜껑을 열고 안을 들여다보기 위해서는 온갖 허가를 다 얻어내야 했다.

그들은 허가를 얻어냈고, 뚜껑을 열었다. 그리고 안을 들여다보았다.

호레이스 갠더가 말했다. "뭔가 이치에 닿는 이유가 있을 거야.

우라늄 500톤이 그냥 일어나서 걸어 나갈 리가 없잖나."

그의 손에 잡힌 방사능 측정기는 비명을 지르고 있어야 마땅했다. 그런데 이따금 한 번씩 냉담한 똑딱 소리를 내는 게 다였다.

반응로가 있어야 할 곳은 텅 비어 있었다. 안에서 스쿼시라도 칠 수 있을 정도였다.

맨 밑바닥, 밝고 차가운 바닥 한가운데에 레몬 사탕이 하나 놓여 있을 뿐이었다.

동굴 같은 터빈 홀 바깥에서는 기계들이 요란한 소리를 내며 돌아가고 있었다.

그리고 150킬로미터 떨어진 어느 침대에서는 아담 영이 자면서 몸을 뒤척였다.

금요일

R턱수염을 기르고 호리호리한 몸에 검은색으로 차려입은 레이븐 세이블은 날렵한 검정 리무진 뒷좌석에 앉아 날렵한 검은색 전화기로 서부 기지와 대화를 나누고 있었다.

"어떻게 되어가나?" 그는 물었다.

"좋습니다." 마케팅 부장이 대답했다. "내일 세계적으로 내로라하는 모든 슈퍼마켓 체인점에서 파견한 바이어들과 조찬을 가질 예정입니다. 문제없습니다. 다음 달 오늘이면 모든 슈퍼마켓에 밀즈™가 깔릴 겁니다."

"잘했네, 닉."

"천만에요. 제가 뭘 했나요. 사장님이 뒤에 계신 덕이죠. 레이븐 사장님의 리더십은 정말 탁월하십니다. 언제나 제게 귀감이 되십니다."

"고맙네." 세이블은 그렇게 말하고 연결을 끊었다.

그는 밀즈™에 대해 특히 자랑스러운 마음을 품고 있었다.

뉴트리션 주식회사는 11년 전 작은 규모로 출발했다. 소규모 식품공학자 팀 하나, 마케팅과 홍보 인사를 담당하는 대규모 팀이 하나, 그리고 산뜻한 로고가 전부였다.

뉴트리션은 2년의 투자와 연구 끝에 차우™를 내놓을 수 있었다. 차우™는 잡아 늘이고, 땋고, 엮은 다음 껍질을 씌우고 암호화해서 제일 게걸스러운 소화 효소조차 알아차리지 못하고 보내도록 주도면밀하게 설계한 단백질 분자에, 칼로리 없는 감미료, 식물성 기름 대신 광물성 기름, 그리고 섬유질과 착색, 향료로 이루어져 있었다. 그 결과물은 두 가지만 제외하면 다른 식품과 거의 구별할 수 없는 물건이었다. 두 가지 차이란 첫째, 약간 비싸다고 할수 있는 가격, 둘째, 내용물에 담긴 영양분이 소니 워크맨의 영양분에 맞먹는다는 사실이었다. 이 식품은 아무리 많이 먹어도 몸무게가 줄었다.[+]

뚱뚱한 사람들은 차우™를 샀다. 뚱뚱해지고 싶지 않은 날씬한 사람들도 샀다. 차우™는 궁극의 다이어트 식품이었다. 주의 깊게 잣고, 엮고, 직조하고 빨아서 감자에서부터 사슴고기까지 어떤 것이나 흉내 낼 수 있었다. 실제로는 닭고기가 제일 많이 팔렸지만.

세이블은 편안하게 앉아서 돈이 굴러 들어오는 것을 지켜보았다. 그는 차우™가 차츰차츰 예전에는 상품화되지 않은 옛 식품들

[+] [원주] 그리고 머리카락도. 그리고 혈색도. 그리고 오랫동안 계속해서 많이 먹으면 생명력까지도.

이 채웠던 생태 지위를 채워나가는 것을 지켜보았다.

그는 차우™ 다음에 스낵™을 내놓았다. 진짜 쓰레기로 만든 정크 푸드였다.

밀즈™는 세이블의 최신작이었다.

밀즈™는 차우™에 당분과 지방을 더한 물건이었다. 이론상 밀즈™를 충분히 먹으면 첫째, 아주아주 뚱뚱해지고, 둘째, 영양실조로 죽게 되어 있다.

세이블은 이런 역설이 즐거웠다.

현재 밀즈™는 미국 전역에서 시판되고 있었다. 피자 밀즈, 생선 밀즈, 사천 밀즈, 건강 쌀 밀즈 등등. 심지어는 햄버거 밀즈까지.

세이블의 리무진은 아이오와 주 디모인에 있는 버거로드 주차장에 멈춰 섰다. 버거로드는 세이블의 조직이 온전히 소유하고 있는 패스트푸드 프랜차이즈였다. 여기에서 지난 여섯 달 동안 햄버거 밀즈를 시판해왔다. 그는 결과가 어떻게 나왔는지 보고 싶었다.

그는 앞으로 몸을 기울여 운전석과 뒷좌석 사이를 가르는 유리창을 톡톡 두들겼다. 운전기사가 스위치를 누르자 유리가 스르륵 열렸다.

"예, 사장님?"

"어떻게 돌아가는지 좀 둘러봐야겠네, 물론. 10분 후에 돌아오지. 그런 다음 LA로 돌아가세나."

"알겠습니다."

세이블은 느릿느릿 버거로드 안으로 걸어 들어갔다. 미국에 있는 여느 버거로드와 똑같았다.† 어린이 코너에서는 어릿광대 맥로

디가 춤을 추고 있었다. 접대원들은 하나같이 절대 눈까지 번지는 법이 없는 반짝이는 미소를 걸치고 있었다. 그리고 카운터 뒤에서는 버거로드 제복을 입은 살집 좋은 중년 남자가 번철에 버거를 올려놓고 부드럽게 휘파람을 불며 행복한 모습으로 일을 하고 있었다.

세이블은 카운터로 다가갔다.

"어서오세요-제이름은-마리예요." 카운터 뒤에 선 여자가 말했다. "무엇을-도와드릴까요?"

"더블 블래스터 선더 빅건에 겨자소스를 친 감자튀김이요."

"마실-건요?"

"특제 걸쭉한 코코바나나 셰이크."

그녀는 계산기에 찍혀 있는 작은 그림문자칸을 누른 다음(이런 가게에서는 더 이상 읽고 쓰는 능력을 요구하지 않았다, 미소는 요구했지만), 카운터 뒤편에 있는 통통한 남자에게 고개를 돌렸다.

"더블선빅에 겨자감자, 초코셰이크요."

"으흠흠." 요리사가 입 안으로 흥얼거렸다. 그는 잠깐 이마로 흘러내린 머리카락을 치웠을 뿐 동작을 멈추는 일 없이 주문받은

✝ [원주] 하지만 전 세계 모든 버거로드와 똑같은 것은 아니다. 예를 들어 독일의 버거로드는 루트비어 대신 라거를 팔았고, 영국의 버거로드는 미국 패스트푸드의 미덕(예를 들자면 음식이 나오는 속도라든가)을 모두 취한 다음, 주의 깊게 그 미덕을 제거했다. 음식은 주문한 뒤 30분이 지나야 나왔고, 온도는 실온과 같았으며, 그 이유는 오로지 그냥 둥근 빵과 버거의 차이를 분간할 수 있도록 사이에 끼워놓은 미지근한 양상추 이파리 때문이었다. 프랑스에서는 버거로드 개척 판매원들이 발을 들여놓은 지 25분 만에 총격을 당했다.

음식들을 작은 종이 그릇에 담았다.

"여기." 요리사가 말했다.

그녀는 쳐다보지도 않고 그릇을 받았고, 요리사는 조용히 노래를 흥얼거리며 즐거이 철판 앞으로 돌아갔다. "러어어어어브 미 텐더, 러어어어어브 미 롱, 네버 렛 미 고……"

세이블은 그 남자의 노랫소리가 버거로드의 광고 후렴이 반복되는 버거로드 배경음악과 상충한다는 사실을 알아차리고, 그를 해고시켜야겠다고 생각했다.

'어서오세요-제이름은-마리예요'는 세이블에게 그가 주문한 밀즈™를 건네주고 좋은 하루 보내라고 인사했다.

그는 작은 플라스틱 탁자를 하나 찾아 플라스틱 의자에 앉아서 음식을 살펴보았다.

인공 빵. 인공 버거. 감자라곤 생전 본 적도 없는 감자튀김. 영양가 없는 소스. 심지어 (세이블은 특히 이 점이 기뻤는데) 딜피클 조각까지 인공이었다. 밀크셰이크는 들여다볼 필요도 없었다. 셰이크에 진짜 음식물 따위는 전혀 들어 있지 않았다. 하지만 그건 그의 라이벌들이 파는 셰이크도 마찬가지였다.

주위 사람들은 특별히 즐거워 보이지도 않지만 지구 전역의 버거 체인점에서 볼 수 있을 법한 혐오감도 비추지 않고서 자기들의 음식 아닌 음식을 먹고 있었다.

그는 일어서서 쟁반을 '부디 쓰레기를 조심해서 버려주세요' 용기 위로 가져가, 그 안에 통째로 던져 넣었다. 누군가가 그에게 아프리카에는 굶주리는 아이들이 있다고 말한다면 그는 그걸 알고 있는 사람이 있다는 사실에 희희낙락했을 것이다.

그때 누군가가 그의 소매를 잡아끌었다. "세이블이라는 분 맞습니까?" 국제 택배 모자를 쓰고 갈색 종이 꾸러미를 든 작달막한 안경잡이가 물었다.

세이블은 고개를 끄덕였다.

"그럴 거라고 생각했죠. 보아하니 턱수염을 기르고 근사한 양복을 입은 훤칠한 신사분이 여기 많을 리가 없지 않겠습니까. 소포 왔습니다."

세이블은 서명을 했다. 그의 진짜 이름은 알파벳 여섯 글자로 이루어진 한 단어였다.

"감사합니다, 선생님." 배달부는 말하고 나서 잠시 머뭇거렸다. "저기, 저 카운터 뒤에 있는 사람 말입니다. 누군가와 비슷하지 않나요?"

"모르겠네요." 세이블은 그렇게 대답하고 팁으로 5달러를 준 다음 소포를 풀었다.

작은 놋쇠 천칭이었다.

세이블은 미소 지었다. 그것은 날렵한 미소였고, 거의 떠오르자마자 사라져버렸다.

"드디어." 그는 천칭을 주머니에 쑤셔 넣고, 덕분에 검은색 양복의 맵시 있는 윤곽이 망가지는 것도 아랑곳하지 않고 리무진으로 돌아갔다.

"사무실로 돌아가십니까?" 운전기사가 물었다.

"공항으로. 그리고 전화를. 잉글랜드로 가는 비행기표가 필요해."

"알겠습니다. 잉글랜드행 비행기표요."

세이블은 주머니에 든 천칭을 만져보았다. "편도로 하게. 돌아오는 길은 내가 직접 손쓸 테니. 아, 그리고 사무실에 전화해서 약속을 모두 취소하도록."

"얼마나 오랫동안 말씀이십니까?"

"내다볼 수 있는 미래는 모두."

그리고 버거로드 안, 카운터 뒤에서는, 머리카락을 세운 살집 좋은 남자가 다시 여섯 개의 버거를 철판 위에 올리고 있었다. 그는 온 세상에서 제일 행복한 남자였고, 아주 부드럽게 노래를 불렀다.

그는 혼자 〈러브 미 텐더〉를 흥얼거리고 있었다.

고것들은 흥미진진하게 귀를 기울였다. 채석장 안 소굴 지붕을 덮은 낡은 철판과 해어진 장판 조각 밖으로는 부슬비가 내리고 있었고, 아이들은 비가 내릴 때면 언제나 아담이 뭔가 생각해내기를 기대했다. 아담은 아이들을 실망시키지 않았다. 아담의 눈은 지적 즐거움으로 반짝였다.

아담은 새벽 3시가 다 되어서야 《신 물병자리》 더미에 깔려 잠들었다.

"그런데 그때 찰스 포트라는 남자가 나타난 거야. 이 사람은 물고기와 개구리 비를 내릴 수 있었지."

"허. 살아 있는 개구리 말야?" 페퍼가 말했다.

"그럼." 아담은 이야기에 열기를 더했다. "이리저리 폴짝거리며 울어대는 개구리들 말이야. 결국 사람들은 그에게 돈을 주면서 떠나달라고 했고, 그리고……" 그는 청중을 만족시키기 위해 머리를 쥐어짰다. 한꺼번에 많은 내용을 읽었더니 머릿속이 뒤죽박죽이었다. "……그리고 그는 메리 셀레스트 호를 타고 떠나서 버뮤다 삼각지를 찾았어. 버뮤다에 있는 거 말이야." 아담은 도움이 되도록 끝에 덧붙였다.

"그럴 리가 없어." 웬즐리데일이 엄하게 말했다. "메리 셀레스트 호에 대해 읽어봤는데 거기엔 아무도 타고 있지 않았어. 그 배는 사람이 없었던 걸로 유명하단 말이야. 사람들이 아무도 없는데 혼자 떠다니는 배를 발견한 거지."

"사람들이 발견했을 때 타고 있었다곤 안 했잖아, 안 그래?" 아담은 냉담하게 대꾸했다. "왜냐하면 그때는 거기 타고 있지 않았거든. UFO가 와서 데려갔기 때문이야. 그건 모두가 알고 있는 줄 알았지."

고것들은 약간 누그러들었다. UFO에 대해서라면 다들 좀 더 확고한 기초 지식을 갖고 있었다. 하지만 신시대 UFO에 대한 신뢰감은 그리 강하지 않았다. 이 주제에 대한 아담의 이야기야 경청하기는 했지만, 아무래도 현대식 UFO는 박력이 모자랐다.

"내가 외계인이라면." 페퍼가 모두의 의견을 대표하여 말했다. "온 사방을 돌아다니며 사람들한테 신비한 우주의 조화에 대해 떠들고 다니진 않을 거야. 나라면." 이 대목에서 페퍼의 음성은 사악한 검은 마스크를 통해 나오는 것 같은 비음이 섞인 낮고 거친 소리로 변했다. "'이건 레이저 총이다, 그러니 명령대로 해라, 반란 깡패들아' 하고 말하겠어."

다들 고개를 끄덕였다. 채석장에서 아이들이 벌이는 제일 재미있는 놀이는 레이저와 로봇, 그리고 스테레오 헤드폰처럼 말아올린 머리™의 공주가 나오는(누군가가 멍청한 공주 역을 해야 한다면 페퍼는 아니라는 점이야 별 의논 없이도 모두 동의하는 바였다) 엄청나게 잘 팔린 영화 시리즈에 기초해 있었다. 하지만 이 놀이는 보통 누가 석탄통™을 뒤집어쓰고 행성을 날려버리는 역할을 맡을 것이냐에 대한 싸움으로 끝나버리곤 했다. 최고는 아담이었다. 아담이 악당 역을 맡으면 정말로 세상을 날려버릴 수 있을 듯 박진감 있는 연기를 선보였다. 어쨌든 고것들은 기분에 따라 행성을 파괴하는 쪽에 서면서, 동시에 공주를 구출할 수도 있었다.

"예전에는 그랬을 거라고 생각해." 아담이 말했다. "하지만 이젠 달라. 외계인들은 모두 몸에 푸른빛을 두르고 좋은 일을 하고 돌아다니는 거야. 일종의 은하경찰처럼 돌아다니면서 사람들한테 우주적인 조화 속에서 살라고 말하는 거지."

아이들은 잠시 침묵 속에서 그건 근사한 UFO를 낭비하는 짓이라고 생각했다.

"내가 늘 궁금했던 건 말이지." 브라이언이 말했다. "왜 비행접시라는 걸 알면서도 UFO라고 부르냐는 거야. 이미 미확인 비행물체가 아니잖아. 확인된 비행물체지."

"정부에서 쉬쉬하기 때문이야. 수백만 개의 비행접시가 착륙하는데도 정부는 계속 쉬쉬하거든." 아담이 대답했다.

"어째서?" 웬즐리데일이 물었다.

아담은 머뭇거렸다. 이 부분에 대해 명쾌하게 설명할 내용은 읽지 못했다. 《신 물병자리》는 정부가 모든 것을 쉬쉬하고 감춘다는 사실을 잡지 스스로에게나 독자에게나 당연한 믿음으로 깔고 넘어갔다.

"정부니까 그렇지." 아담은 간단하게 대답했다. "그게 정부가 하는 일이거든. 정부는 런던에 자기들이 쉬쉬해버린 것들을 적어놓은 책이 가득 든 커다란 건물을 지어놨어. 수상이 아침에 일어나서 제일 먼저 하는 일이 밤사이에 일어난 일을 기록해놓은 걸 다 훑어보고 거기에 커다란 빨간 도장을 찍는 거야."

"분명 차부터 한 잔 마시고 신문을 펴 들걸." 딴지를 건 것은 방학 중에 예기치 않게 아빠 사무실에 가서 강한 인상을 받은 경험이 있는 웬즐리데일이었다. "그러고는 신문 내용이 어젯밤 텔레비전에 나왔던 대로라고 말하는 거지."

"좋아. 하지만 그다음엔 책을 보고 커다란 도장을 찍어."

"'쉬쉬할 것'이라고?" 페퍼가 말했다.

"'최고 기밀'이라는 도장 말이야." 아담은 초당파적인 창조력을 보여주려 한 페퍼의 시도에 분개하여 말했다. "핵발전소 같은 거야. 핵발전소는 언제나 폭발하지만 정부가 쉬쉬하기 때문에 아무도 모르거든."

"언제나 폭발하진 않아." 웬즐리데일이 엄격하게 반론했다. "우리 아빠 말이 핵발전소는 무진장 안전하고 우린 온실에 살 필요가 없대. 어쨌든 내 만화책⁺에 커다란 핵발전소 그림이 나왔는데, 폭발에 대해선 아무 말도 없었어."

"그래." 브라이언이 말했다. "그런데 나중에 그 만화책 좀 빌려줘봐. 뭐 하는 그림인지 좀 보게."

웬즐리데일은 주저하다가 힘들여 참는 목소리로 말했다. "브라이언, '분해조립도'라는 건 장난감에만 쓰는 말이 아니고……"

으레 있는 짧은 드잡이가 이어졌다.

"이봐." 아담이 엄하게 말했다. "내가 물병자리 시대에 대해 얘기하길 바라는 거야, 아닌 거야?"

고것들 사이에서 심각해진 전례가 없는 다툼은 금세 잠잠해졌다.

"좋아." 아담은 그렇게 말하더니 머리를 긁적이며 불평했다. "너희들 때문에 어디까지 말했는지 까먹었잖아."

"비행접시까지 했어." 브라이언이 말했다.

"맞다. 맞아. 자, 누군가 UFO를 보면 정부 사람들이 와서 잊어버리라고 하는 거야." 아담은 다시 제 궤도에 올라 이야기를 해나갔다. "커다란 까만 차를 탄 사람들이지. 미국에선 늘상 일어나는 일이야."

+ [원주] 웬즐리데일이 만화라고 주장하는 물건은 《자연과 과학의 경이》라는 제목의 94주짜리 분책물이었다. 웬즐리는 이제까지 나온 책을 매주 모았고 생일선물로 바인더 세트를 사달라고 했다. 브라이언이 매주 보는 만화는 언제나 제목에 '위잉!!'이라든가 '철컥!!'처럼 감탄사가 잔뜩 들어가 있었다. 페퍼가 보는 만화도 그랬다. 온갖 고문을 다 가한다 해도 인정하지 않겠지만 페퍼는 《열일곱》이라는 잡지도 사 보고 있었다. 아담은 만화를 보지 않았다. 만화는 결코 아담이 머릿속으로 그려낼 수 있는 것들을 능가하지 못했다.

고것들은 점잖게 고개를 끄덕였다. 이 부분만큼은 아무도 의심하지 않았다. 그들에게 미국이란 착한 사람들이 죽으면 가는 곳이었다. 그들은 미국에서라면 어떤 일이라도 일어날 수 있다고 믿을 태세가 되어 있었다.

"이렇게 까만 차를 탄 사람들이 사람들에게 UFO 본 걸 잊어버리라고 하고 다니느라 길이 막히는 걸지도 몰라. 그들은 UFO를 계속 보면 '지저분한 사고'를 당하게 될 거라고 말하지."

"커다란 까만 차에 치일지도 모르겠네." 브라이언이 지저분한 무릎의 상처 딱지를 뜯으며 말했다. 그는 활짝 웃었다. "있지, 사촌 형이 그러는데 미국엔 서른아홉 가지 다른 맛이 나는 아이스크림을 파는 가게가 있다는 거 알아?"

이 말에는 아담까지도 입을 다물었다.

"서른아홉 가지 맛이 나는 아이스크림은 없어." 페퍼가 말했다. "온 세상을 다 뒤져도 서른아홉 가지 맛은 없다고."

웬즐리데일이 올빼미처럼 눈을 끔벅이며 반박했다. "섞으면 그 정도 나올 수도 있잖아. 딸기와 초콜릿 맛. 초콜릿과 바닐라 맛." 웬즐리는 영국의 아이스크림에 무슨 맛이 더 있나 머리를 굴리다가 애매하게 덧붙였다. "딸기와 바닐라와 초콜릿 맛."

"그리고 아틀란티스가 있어." 아담이 큰 소리로 말했다.

아담은 다시 아이들의 관심을 사로잡았다. 아이들은 아틀란티스 이야기를 즐겁게 들었다. 바다 밑으로 가라앉은 도시라니 고것들의 구미에 딱 들어맞았다. 그들은 피라미드와 괴상한 성직자들, 고대의 비밀로 뒤범벅된 이야기에 골똘히 귀를 기울였다.

"갑자기 그렇게 된 거야, 아님 천천히 가라앉은 거야?" 브라이언이 물었다.

"갑작스러우면서도 천천히였나 봐." 아담이 대답했다. "수많은 아틀란티스인들이 배를 타고 온 나라로 도망가서 수학이랑 영어랑 역사 같은 걸 가르쳤던 걸 보면."

"그게 뭐 그리 멋진지 모르겠는걸." 페퍼가 말했다.

"가라앉는 동안엔 완전 재밌었겠다." 브라이언은 로어 태드필드가 물에 잠겼던 때를 회상하며 그립다는 듯 말했다. "우유랑 신문은 배로 배달해주고, 아무도 학교 갈 필요도 없고 말야."

"내가 아틀란티스인이었다면 난 그냥 남았을 거야." 웬즐리데일의 말에 경멸스러운 웃음소리가 일었지만, 그는 물러서지 않았다. "잠수부 헬멧만 쓰면 되잖아. 그리고 창문은 다 못으로 박고 집 안을 공기로 가득 채우는 거지. 끝내줬을 거야."

아담은 이 말에 누구라도 자기가 먼저 생각해내고 싶었던 아이디어를 내놓은 고것들을 위해 마련해둔 냉담한 시선을 던졌다.

"그럴 수도 있었겠지." 그는 마지못해 인정했다. "선생들을 다 배에 태워 보낸 다음에 말이야. 어쩌면 나머지 사람들은 모두 남아서 가라앉았을지도 몰라."

"그럼 씻을 필요도 없겠네." 부모님이 건강에 안 좋을 만큼 많이 씻기를 강요하고 있다고 생각하는 브라이언이 말했다. 그래봐야 별 소용은 없었다. 브라이언은 늘 흙투성이였다. "모든 게 깨끗한 상태일 거 아냐. 그리고, 그리고 마당엔 해초나 그런 걸 키우고 상어들을 사냥할 수 있을 거야. 문어나 그런 걸 애완동물로 기르고 말야. 그리고 선생들을 다 딴 데로 보내버렸으니까 학교 같은 건 없겠지."

"지금도 바다 밑에 있는지도 몰라." 페퍼가 말했다.

그들은 금붕어 어항을 뒤집어쓰고 신비스러운 예복을 휘날리며 파도치는 바다 밑에서 신나게 지내는 아틀란티스인들을 생각했다.

"흐응." 페퍼가 한마디로 모두의 느낌을 정리해주었다.

"이제 어떡하지?" 브라이언이 문득 말했다. "좀 밝아졌는데."

결국 그들은 '발견자 찰스 포트' 놀이를 했다. 고것들 중 한 명이 뼈대만 남은 우산을 가지고 돌아다니는 동안 나머지가 그 아이에게 개구리 비를 내리는 놀이였다. 아니면 그냥 개구리 한 마리라도. 그들은 연못에서 개구리를 한 마리밖에 찾아내지 못했다. 녀석은 나이 많은 개구리로, 예전부터 고것들을 알고 있었으며, 아이들의 관심을 연못에 뇌조와 창꼬치가 없는 대가쯤으로 관대하게 받아들였다. 녀석은 한동안 성질 좋게 상황을 참아내다가 결국에는 낡은 하수관 속의 아직 발견되지 않은 은신처로 뛰어 들어가버렸다.

그리고 아이들은 점심을 먹으러 갔다.

아담은 오전에 한 일이 몹시 만족스러웠다. 그는 언제나 세상이 재미있는 곳이라는 것을 알고 있었고, 상상력을 동원하여 세상을 해적과 무법자와 스파이와 우주비행사와 기타 등등으로 채웠다. 하지만 그는 또한 진지하게 들여다보면 그런 것들은 다 책에만 나올 뿐 더 이상 존재하지 않을지도 모른다는 의심도 품고 있었다.

그런 반면 이 물병자리 시대는 정말로 진짜였다. 다 큰 어른들이 이 시대와 정말로 존재하는 빅풋과 모스맨과 예티와 바다 괴물들과 서리 퓨마에 대해 수많은 책을 써냈다(《신 물병자리》는 이런 책들에 대한 광고로 가득했다). 신세계에 처음 발들인 코르테스-발보아가 이 순간 아담과 같은 기분이었을까.

세상은 환하고 신기했으며 그는 그 세상 한가운데에 있었다.

그는 점심을 제대로 씹지도 않고 삼킨 다음 방으로 뛰어 들어갔다. 아직 읽지 못한 《신 물병자리》가 몇 권 남아 있었다.

코코아는 잔을 반쯤 채운 갈색 진창이 되어 있었다.

수백 년간 특정한 사람들이 아그네스 너터의 예언을 이해하려고 용을 썼다. 그들은 대체로 아주 지적이었다. 유전적인 흐름이 허락하는 한 아그네스에 가장 근접해 있는 아나테마 디바이스가 그중 최고였다. 하지만 그런 사람들 중에 천사는 없었다.

아지라파엘을 처음 만난 사람들은 대개 세 가지 인상을 받았다. 그가 영국인이라는 인상, 그가 지적이라는 인상, 그리고 그가 아산화질소를 마신 원숭이 한 떼보다 더 게이스럽다는 인상. 이 중 두 가지는 틀렸다. 몇몇 시인이 어떻게 생각했든 천국은 영국에 있지 않으며, 천사들은 정말로 노력을 기울이고 싶어 하지 않는 한 무성애다. 하지만 그가 지적인 것은 사실이었다. 그리고 그것은 천사의 지력이었다. 인간의 지력보다 특별히 높지는 않을지 모르지만 훨씬 폭이 넓으며, 수천 년간 갈고닦을 수 있다는 장점이 있는.

아지라파엘은 컴퓨터를 소유한 최초의 천사였다. 그것은 영세업자들에게 이상적이라는 권유가 많이 나오는 싸고, 느리고, 플라스틱 제품 같은 컴퓨터였다. 아지라파엘은 신실하게도 이 컴퓨터를 거래 내역 작성에 이용했으며, 그 내역서가 어찌나 꼼꼼하고 정확했던지 국세청에서 다섯 번이나 그가 어딘가에서 살인을 저지르고 도망 중인 인물일 거라는 의심을 품었을 정도였다.

하지만 지금 하고 있는 계산들은 어떤 컴퓨터도 할 수 없는 종류의 것이었다. 그는 가끔씩 옆에 놓아둔 종이에 뭔가를 휘갈겨 썼다. 그 종이에는 전 세계 여덟 명만이 이해할 수 있는 기호들이 가득했다. 그 여덟 명 중 두 명은 노벨상을 탔고, 나머지 여섯은 제 몸을 찌를 수도 있다는 이유로 날카로운 물건은 무엇 하나 허용받지 못하는 채로 침만 줄줄 흘렸다.

아나테마는 미소 수프로 점심을 때우고 지도를 골똘히 들여다보았다. 태드필드 주위에 레이선이 많다는 데에는 의혹의 여지가 없었다. 그 유명한 왓킨스 목사라고 해도 몇 개는 알아볼 것이다. 하지만 그녀가 완전히 틀린 게 아니라면, 레이선의 위치들이 바뀌기 시작했다.

그녀는 일주일 내내 경위의와 펜듈럼을 가지고 측량 작업을 했고, 이제 태드필드 지역의 공식 측량도에는 작은 점과 화살표가 빼곡했다.

아나테마는 잠시 동안 점과 화살표들을 응시하다가 펠트펜을 집어 들고, 가끔 공책을 참조해가며 점과 화살표를 연결하기 시작했다.

라디오가 켜져 있었다. 그녀는 라디오에 귀를 기울이지 않았다. 그래서 수많은 주요 소식은 무심히 귓가를 스쳐 지나갔고, 몇 개의 키워드가 의식을 파고들면서 겨우 관심을 끌었다.

무슨 대변인인지가 발광 직전처럼 떠들고 있었다.

"……고용인들에게나 대중에게나 위험한 일입니다."

"그러니까 정확히 어느 정도의 핵물질이 새어 나온 겁니까?" 기자가 물었다.

잠시 침묵. "우린 새어 나온다는 표현은 쓰지 않습니다." 대변인이 말했다 "새어 나온 게 아닙니다. 일시적으로 오해가 있었던 것 같군요."

"그 말씀은 핵물질이 여전히 발전소 내에 있다는 겁니까?"

"어떻게 그게 발전소에서 이동할 수 있었는지 알 수가 없습니다."

"테러리스트의 활동은 고려해보셨겠지요?"

다시 침묵. 그러더니 대변인은 한계에 다다랐는지, 이 인터뷰가 끝나면 다 집어치우고 어딘가에서 닭이나 기를 사람 같은 차분한 말투로 대답했다. "그렇지요. 테러리스트일 겁니다. 발전소가 돌아가고 있는 동안 아무도 알아차리지 못하게 핵반응로를 통째 들어낼 수 있는 테러리스트만 찾아내면 되겠지요. 천 톤의 무게에 높이만 12피트나 되는 반응로를 말입니다. 그러니까 필시 '강력한' 테러리스트겠지요. 어쩌면 기자분이 직접 그 테러리스트들에게 전화를 걸어서 그 힐책하는 듯 거만한 말투로 질문해보는 게 좋을지도 모르겠군요."

"하지만 발전소는 여전히 전력을 생산하고 있다고 하셨는데요." 기자가 씩씩거렸다.

"그렇습니다."

"반응로가 없는데 어떻게 그런 일이 가능합니까?"

라디오로도 대변인의 광기 어린 미소를 볼 수 있을 지경이었다. 그의 펜이 잡지《축산의 세계》'농장 팝니다'란에 놓여 있는 모습까지 보일 것 같았다. 대변인이 말했다. "모릅니다. BBC의 똑똑한 당신네들이 생각해내줬으면 하고 바랄 뿐입니다."

아나테마는 지도를 내려다보았다.

그녀가 그려놓은 선은 은하, 혹은 뛰어난 켈트의 선돌 유적에서 볼 수 있는 조각과 같은 모양을 이루고 있었다.

레이선은 움직이고 있었다. 나선을 그리면서.

약간의 오차는 있을지 모르지만, 분명 그 나선의 중심은 로어 태드필드였다.

수천 킬로미터 떨어진 곳에서, 아나테마가 나선을 노려보던 것과 거의 같은 순간에 유람선 모빌리 호는 300패덤 깊이의 바다에 좌초해 있었다.

빈센트 선장에게 있어 이건 수많은 문제 중 또 하나의 문제일 뿐이었다. 예컨대 그는 선주에게 연락을 해야 한다는 사실을 알고 있었지만, 특정 날짜에, 혹은 컴퓨터화된 이 세상의 특정 시간에 누가 현재 선주인지를 도무지 알 수가 없었다.

컴퓨터, 그게 골칫거리였다. 기록은 모두 컴퓨터화되어 있었고, 배는 순식간에 현 시점에 가장 편하고 이로운 깃발로 소속을 바꿀 수 있었다. 항법 분야도 컴퓨터화되어 있을뿐더러 위성을 통해 쉼 없이 위치 기록을 갱신했다. 빈센트 선장은 선주가 누가 됐든 그들에게 이런 컴퓨터보다는 수백 제곱미터의 강철 장갑과 한 통의 못이 더 나은 투자라고 끈질기게 설득했고, 그 답으로 그의 건의는 현재의 원가 이윤 흐름 예측에 들어맞지 않는다는 말만 들었다.

빈센트 선장은 그 모든 전자 기술에도 불구하고 이 배가 떠다니기보다는 침몰했을 때 더 가치 있을지도 모른다고, 그것도 어쩌면 자연사에서 가장 정밀한 난파선으로 가라앉을지도 모른다고 생각하고 있었다.

추론하자면 이는 또한 그 역시 살아 있을 때보다 죽어서 더 가치 있으리라는 뜻이었다.

그는 차분하게 책상 앞에 앉아서 혼란을 최소화하고, 더 중요하게는 비용을 최소화하면서 일어날 수 있는 모든 항해 사건 소식을 전 세계에 전송할 수 있도록 만들어진, 짧지만 함축적 전언들을 담은 600쪽짜리《국제 해운 암호책》을 넘기고 있었다.

그가 말하고 싶은 내용은 다음과 같았다: 북위 33도 서경 47도

72초에서 남남서로 항해 중. 기억할지 모르겠는데 내 희망에 반하여 뉴기니에서 지정받았으며 머리사냥꾼일 가능성도 있는 일등항해사가 뭔가 잘못되었다는 신호를 보였음. 밤사이에 넓은 해저가 떠오른 것 같다. 여기엔 건물이 잔뜩 있는데, 그중 다수는 피라미드 같은 모양을 하고 있음. 우리는 어느 건물 앞에 좌초해 있음. 좀 기분 나쁜 동상들이 있음. 긴 예복 같은 것을 입고 잠수 헬멧을 쓴 온화한 노인들이 배에 올라와, 이게 다 우리가 꾸민 일이라고 생각하고 있는 승객들과 어울리고 있음. 부디 조언 바람.

손가락이 천천히 펼쳐진 책장을 따라 탐색해 내려가다가 멈췄다. 멋진 《국제 해운 암호책》이여. 80년도 전에 만들어졌건만 그때 사람들도 심해에서 마주칠 수 있는 위험에 대해 생각들을 많이 한 모양이었다.

선장은 펜을 집어 들고 적었다. "XXXV QVVX."

번역하자면 이런 뜻이었다. "잃어버린 아틀란티스 대륙을 찾았음. 고위 성직자들이 고리 던지기 놀이에서 이겼음."

"절대 안 그래!"

"절대 그래!"

"절대 안 그렇다니까!"

"절대 그렇다니까!"

"절대— 좋아, 그럼 화산은 어때?" 웬즐리데일이 이겼다는 표정으로 앉았다.

"화산이 뭐?" 아담이 반문했다.

"그 거품들은 다 온통 뜨거운 지구 중심에서 솟아오르잖아. 어느 프로에선가 봤어. 데이비드 애튼버러도 나왔으니까 진짜야."

나머지 고것들은 아담을 쳐다보았다. 테니스 시합이라도 구경하는 것 같았다.

지구 공동空洞설은 채석장에서 그리 잘 먹히지 않았다. 사이러스 리드 티드✝, 불워리턴✝, 그리고 아돌프 히틀러 같은 뛰어난 사상가들의 조사도 견뎌냈던 아이디어가 웬즐리데일의 이글이글한 안경잡이 논리의 풍랑을 맞아 위태롭게 구부러지고 있었다.

"전부 다 뻥 뚫려 있다고는 안 했어." 아담이 말했다. "전부 다 뻥 뚫려 있다고 한 사람은 없다고. 아마 거품이랑 기름이랑 석탄이랑 티베트 굴이랑 그런 것들이 다 들어갈 만큼은 땅이 있겠지. 하지만 그다음은 뻥 뚫려 있단 말이야. 그게 사람들 생각이라니까. 그리고 북극엔 공기가 빠져나갈 구멍이 나 있는 거지."

"아틀라스 전도엔 그런 거 없던데." 웬즐리데일은 코웃음을 쳤다.

"사람들이 가서 들여다볼까 봐 정부가 지도에는 싣지 못하게 하는 거야. 그 안에 사는 사람들은 맨날 다른 사람들이 와서 자기들을 들여다보길 바라지 않을 테니 당연한 거지."

"티베트 굴 얘긴 뭐야? 티베트 굴이라고 했잖아." 페퍼가 끼어들

✝ 우주 달걀형설을 제창한 19세기의 연금술사.

✝ 역사소설《폼페이 최후의 날》의 저자.

었다.

"아, 내가 그 얘기 안 했던가?"

세 아이는 고개를 내저었다.

"굉장한 이야기야. 너희들 티베트 알지?"

아이들은 애매하게 고개를 끄덕였다. 아이들의 머릿속에는 일련의 영상이 떠오르고 있었다. 야크, 에베레스트 산, '메뚜기'라고 불리는 사람들,[+] 산맥 위에 앉아 있는 몸집 작은 노인들, 오래된 사원에서 쿵후를 익히는 사람들, 그리고 눈.

"자, 아틀란티스가 가라앉았을 때 사방으로 떠났던 선생들 다 알지?"

아이들은 다시 고개를 끄덕였다.

"자, 그중 몇 사람은 티베트로 갔는데, 지금은 그 사람들이 세상을 움직이고 있어. 그들을 비밀의 스승들이라고 부르지. 원래 선생들이니까 그런가 봐. 그리고 그들에겐 샴발라라는 비밀 지하도시가 있고, 전 세계에 굴을 파고 있어서 세상 모든 일을 알고 모든 것을 통제할 수 있대. 어떤 사람들은 그들이 사실은 고비 사막 밑에 산다고 생각하기도 해." 아담은 거만하게 말했다. "하지만 대부분의 유능한 권위자들은 티베트가 분명하다고 생각해. 어쨌든 굴을 파기에도 더 좋잖아."

고것들은 저도 모르게 발밑의 지저분하고 흙 덮인 석회암을 내

[+] 〈쿵후〉라는 TV 시리즈에서 주인공이 스승에게 받은 별명이 메뚜기였다.

려다보았다.

"어떻게 그들이 모든 일을 알아?" 페퍼가 말했다.

"그냥 귀만 기울이면 돼." 아담은 과감하게 말했다. "굴속에 앉아서 듣기만 하면 되는 거라고. 선생님들이 얼마나 잘 듣는지 알지? 교실 저쪽에서 소곤거리는 소리도 들을 수 있잖아."

"우리 할머닌 벽에다 컵을 대곤 했어." 브라이언이 말했다. "그러면 옆방에서 벌어지는 일을 다 들을 수 있대. 역겹다고 하시더라."

"그럼 그런 굴이 어디에나 있다는 거야?" 페퍼는 여전히 땅만 내려다보며 물었다.

"전 세계 어디에나." 아담은 단호하게 대답했다.

"무지 오래 걸렸겠는걸." 페퍼는 의심스러운 어조로 말했다. "우리가 목초지에 굴을 파려고 했을 때, 오후 내내 매달렸는데도 거기 다 들어가려면 머리를 부숴야 할 지경이었던 거 기억하지?"

"기억나. 하지만 그 사람들은 몇백만 년 동안 굴을 팠거든. 너라도 몇백만 년이면 진짜 훌륭한 굴을 팔 수 있을걸."

"난 티베트가 중국에 점령당했고 달라이 라마는 인도로 간 줄 알았는데." 웬즐리데일이 그렇게 말했지만 그다지 확신이 담긴 말은 아니었다. 웬즐리데일은 매일 저녁 아버지가 보는 신문을 읽었는데, 그 무미건조한 세계의 일상은 늘 아담의 정력적인 설명 아래 녹아내리는 것만 같았다.

"그들은 분명 지금도 저 밑에 있어." 아담은 웬즐리데일을 무시하고 말했다. "지금도 어디에나 있다고. 땅 밑에 앉아서 듣고 있겠지."

아이들은 서로를 쳐다보았다.

"재빨리 땅을 파보면—" 브라이언이 입을 열자, 그보다 훨씬 이해가 빠른 페퍼가 신음했다.

"왜 굳이 그런 소리를 해?" 아담이 말했다. "우리가 그자들을 놀래주려고 궁리하고 있는데 꼭 그렇게 큰 소리로 말해버려야겠어? 내가 땅을 파볼까 생각하는데, 생각하자마자 네가 경고를 해주고 말았어."

"난 그들이 온 군데에 굴을 파놨다고 생각하지 않아." 웬즐리데일은 끈질기게 반박했다. "그건 말이 안 돼. 티베트는 몇백 킬로미터나 떨어져 있다고."

"아, 그래. 그렇단 말이지. 네가 마담 블라트바타츠키보다 잘 안단 말이지?" 아담이 코웃음을 쳤다.

"봐, 내가 티베트 사람이라면, 난 그냥 똑바로 파 내려가서 한가운데에 있는 뻥 뚫린 동굴로 조금만 들어간 다음 그 안을 뛰어 움직여서 원하는 곳으로 뚫고 올라갈 거야." 웬즐리데일은 합리적인 말투로 대꾸했다.

아이들은 곰곰이 생각해보았다.

"그게 온 군데 굴을 파는 것보다 현명해 보인다는 건 너도 인정해야겠는걸." 페퍼가 말했다.

"그래, 나도 그렇게 생각해." 아담이 말했다. "그렇게 간단하게 생각하게 되어 있겠지."

브라이언은 손가락으로 귀를 후비며 꿈꾸듯 하늘을 올려다보았다.

"진짜 웃기는 건 말이지. 평생 학교에 가서 배우는 게 잔뜩인데

버뮤다 삼각지랑 UFO랑 땅속을 돌아다니는 나이 든 스승님들에 대한 얘긴 절대 안 해준다는 거야. 이렇게 멋진 것들을 배울 수 있는데 왜 따분하고 지겨운 걸 배워야 하나 몰라. 바로 이게 내가 알고 싶은 거란 말야."

동의의 합창이 뒤따랐다.

그런 다음 그들은 밖에 나가서 찰스 포트와 아틀란티스인들 대 티베트의 옛 스승님들 대결 놀이를 했지만, 티베트인들 쪽은 신비스러운 고대 레이저를 쓰는 건 반칙이라고 주장했다.

마녀사냥꾼들이 존경받던 시절도 있었다. 그리 오래 이어지지는 못했지만.

예를 들어 마녀사냥 군대의 장군 매슈 홉킨스는 17세기 중반에 잉글랜드 동부 전역을 뒤지며 마녀를 하나 찾아낼 때마다 그 마을이나 도시에 9펜스씩을 물렸다.

그게 골칫거리였다. 마녀사냥꾼들은 일한 시간에 따라 임금을 받지 않았다. 꼬박 일주일을 들여 지역 안에 사는 노파들을 샅샅이 살핀 다음 시장에게 가서 "좋소이다. 저 많은 노파 중에 마녀는 하나도 없구려"라고 말해봐야 아부 넘치는 감사 인사나 한마디 듣고 수프나 한 그릇 대접받은 다음 작별을 고하는 게 고작이었다.

그래서 홉킨스는 수익을 위해 엄청난 수의 마녀들을 찾아내야 했다. 덕분에 그는 마을 평의회들에게 인기를 잃었고, 결국에는 중

개업자를 제거하면 비용을 절감할 수 있다는 사실을 깨달은 어느 동부 앵글족 마을에서 마녀로 몰려 교수형을 당했다.

많은 이들이 홉킨스가 마지막 마녀사냥 장군이었다고 생각했다.

엄밀히 말하자면 맞는 생각이었다. 하지만 그들이 상상할 수 있는 방식으로는 아닐지도 몰랐다. 마녀사냥 군대는 행군을 계속해 나갔다. 다만 약간 더 조용히 나아갔을 뿐.

더 이상 진짜 마녀사냥 장군은 없다.

마녀사냥 대령도, 마녀사냥 소령도, 마녀사냥 대위도, 심지어는 마녀사냥 중위마저도 없다(마지막 중위는 1933년, 케이터럼과 화이트리프 시장 상인연합회에서 주관하는 연례 만찬과 댄스파티를 가장 타락한 파벌이 벌이는 사탄숭배 주연이라 믿고 더 잘 들여다보려다가 케이터럼에 있는 아주 큰 나무에서 실족해 떨어져 죽었다).

하지만, 마녀사냥 하사관은 하나 있다.

또한, 지금은 마녀사냥 병사도 하나 있다. 그의 이름은 뉴턴 펄시퍼다.

그를 여기에 끌어들인 것은 《가제트》에 실린 광고였다. 냉장고 판매 광고와 순종이라고는 할 수 없는 달마티안 새끼를 판다는 문구 사이에 있던 광고는 다음과 같았다.

전문가들의 길에 합류하십시오.

암흑 세력과 싸울 시간제 조수 구합니다.

제복과 기초 훈련 제공. 현지 승진 확정.

사나이가 되시라!

그는 점심시간을 이용하여 광고지 밑에 있던 번호로 전화를 걸었다. 웬 여자가 받았다.

"여보세요." 그는 망설이며 운을 뗐다. "광고를 봤는데요."

"무슨 광고 말인가요, 자기?"

"어, 신문에 실린 광고요."

"그렇군요. 자, 마담 트레이시는 목요일을 제외한 매일 오후에 베일을 걷습니다. 일행도 환영이에요. 신비의 영역을 탐사하고 싶나요?"

뉴턴은 머뭇거렸다. "광고에는 '전문가들의 길에 합류하십시오'라고 되어 있어요. 마담 트레이시 얘긴 없었는데요."

"그럼 새드웰 씨에게 건 거군요. 잠깐 기다려봐요, 안에 있나 볼 테니."

훗날, 마담 트레이시와 지나치며 인사를 나누는 사이가 되자 뉴턴은 그때 잡지에 실린 광고 쪽을 언급했다면 마담 트레이시가 목요일을 제외한 매일 밤 엄한 훈육과 친밀한 안마가 가능하다고 말했으리라는 것을 알게 되었다. 그 외에 어딘가의 공중전화에 붙은 광고도 있었다. 훨씬 훗날 뉴턴이 공중전화 광고는 어디에 관계된 거냐고 물어보자 그녀는 "목요일"이라고만 대답했다. 아무튼 그러고 한참 후에 카펫이 깔리지 않은 복도에 발소리가 울렸고, 묵직한 헛기침 소리가 들리더니 낡은 우비가 바스락거리는 듯한 색채의 음성이 나왔다.

"엽?"

"'전문가들의 길에 합류하십시오'라는 광고를 봤는데요. 좀 더 알고 싶어서요."

"엽. 좀 더 알고 싶어 하는 사람은 많이 있지, 허고······" 목소리는 인상적으로 길게 꼬리를 끌다가 확 제 크기로 돌아가서 말을 이었다. "······그렇지 않은 사람도 많소이다."

"아." 뉴턴은 겨우 그렇게만 말했다.

"이름이 뭐요, 젊은이?"

"뉴턴입니다. 뉴턴 펄시퍼요."

"루시퍼? 뭐라고 했나? 네놈이 정녕 암흑의 하수인, 무저갱에서 온 유혹자이자 사기꾼, 하데스의 환락가에서 흘러나온 음란한 족속, 캄캄하고 소름 끼치는 지옥의 주인들에게 예속되어 고통 받으며 쾌락을 누리는 노예란 말인가?"

"펄시퍼입니다. 루시퍼가 아니라 펄시퍼요. 다른 건 모르겠지만 저희 집안은 서리 출신인데요."

전화 너머의 목소리는 좀 실망한 것 같았다.

"아, 엽. 그렇군. 펄시퍼라. 펄시퍼. 내가 그 이름을 어디서 봤당가?"

"모르죠. 저희 삼촌은 혼슬로에서 장난감 가게를 하십니다만." 뉴턴은 도움이 될까 싶어 뒷말을 덧붙였다.

"그렇수우우?" 섀드웰이 말했다.

섀드웰 씨의 말투는 종잡을 수가 없었다. 전국 일주라도 하는 것처럼 이 지방 사투리가 나왔다가 저 지방 사투리가 나왔다. 미치광이 웨일스 훈련 교관이 튀어나오는가 싶으면 다음 순간에는 일요일에 누군가가 안식일을 지키지 않는 모습을 목격한 스코틀랜드 교회 장로가 되고, 그사이엔 완고한 데일 지방 양치기나 서머싯의 냉혹한 구두쇠가 섞여들었다. 어떤 말투로 변하는지는 중요하지 않았다. 어디든 더 나을 게 없었다.

"이는 다 제대로 붙었나?"

"아 네. 몇 군데 때우긴 했습니다만."

"건강허고?"

"그럴걸요." 뉴턴은 말을 더듬었다. "저, 그러니까, 그래서 의용군에 들어가고 싶은 겁니다. 경리부의 브라이언 포터는 의용군에 들어가고 나서 벤치프레스를 거의 백 번쯤이나 들 수 있게 됐거든요. 여왕님 앞에서 행진도 하고 말이죠."

"젖꼭지는 몇 갠가?"

"네?"

"젖꼭지 말이야, 젖꼭지." 목소리는 퉁명스럽게 다그쳤다. "젖꼭지가 몇 개나 달렸느냐고?"

"어. 두 개요?"

"좋아. 가위는 갖고 있는감?"

"예?"

"가위! 가위 말이야! 귀 먹었어?"

"아뇨. 네. 아니, 그러니까 가위는 갖고 있고 귀는 안 먹었습니다."

코코아는 거의 굳어버렸다. 컵 안에 녹색 솜털이 자라고 있었다. 아지라파엘에게도 얇게 먼지가 한 꺼풀 내려앉았다.

옆에는 종이쪽지가 무더기로 쌓이고 있었다. 《근사하고 정확한 예언집》은 〈데일리텔레그래프〉를 대충 찢어 끼워 넣은 책갈피투성이이였다.

아지라파엘은 몸을 들썩이고, 코를 비틀었다.

거의 다 됐다.

형태는 이해했다.

그는 아그네스를 만나보지 못했다. 그녀가 너무나 뛰어났던 것은 확실했다. 보통 천국이나 지옥은 예언자 유형을 탐지하여, 지나치게 정확한 예언을 하지 못하도록 그들이 접하는 정신 채널에 잡음을 집어넣곤 했다. 사실은 그럴 필요도 거의 없었다. 예언자들은 보통 주위에 울려 퍼지는 영상들로부터 스스로를 방어하기 위해 스스로 잡음을 만들어내곤 했다. 예를 들어 가엾은 성 요한에게는 버섯이 있었다. 마더 십턴은 에일을 마셨다. 노스트라다무스는 흥미로운 동양의 조제약들을 모아두었다. 성 말라키에겐 증류주가 있었다.

좋은 친구 말라키. 그는 사람 좋은 노인으로, 미래의 교황들을 꿈꾸며 앉아 있곤 했다. 물론 완전히 맛이 간 예술가였다. 증류 위스키만 아니었더라도 진짜 사상가가 될 수 있었으련만.

슬픈 결말. 때로는 정말이지 형언할 수 없는 주님의 계획이라는 것이 충분히 생각해서 나온 것이기를 희망할 수밖에 없었다.

생각. 뭔가 해야 할 일이 있었는데. 아, 그래. 접선자에게 전화를 걸어서 일을 시켜야지.

그는 몸을 일으켜 기지개를 켠 다음, 전화를 한 통 걸었다.

그런 다음에 생각했다. 그래, 해봐서 안 될 건 없지.

그는 자리로 돌아가서 쌓인 종이들을 뒤적였다. 아그네스는 정말 뛰어났다. 그리고 교활하기도 했다. 아무도 진짜 정확한 예언에는 관심을 갖지 않는 법이다.

그는 종이쪽지를 손에 들고 전화번호 안내국 번호를 눌렀다.

"여보세요? 네. 안녕하세요. 친절하시군요. 그래요. 태드필드 번호일 텐데요. 아니면 로어 태드필드거나…… 아. 노턴일 수도 있겠군요. 정확한 국번은 모르겠습니다. 네. 영입니다. 성이 영이죠. 죄송합니다만 약자는 없어요. 아. 전부 불러주실 수 있겠습니까? 감사합니다."

탁자 위에서 연필이 하나 혼자 일어서더니 맹렬히 이름을 휘갈겨 적었다.

세 번째 이름에서 연필 끝이 부러졌다.

"아." 아지라파엘은 머리가 폭발하는 기분에 자동적으로 지껄였다. "그 이름 같군요. 감사합니다. 정말 친절하시네요. 좋은 하루 보내세요."

그는 공손하다고 해도 좋을 정도로 조심스레 수화기를 내려놓고, 심호흡을 몇 번 한 다음, 다시 번호를 눌렀다. 마지막 세 개의 숫자는 손이 덜덜 떨려서 마저 누르기가 쉽지 않았다.

그는 신호음에 귀를 기울였다. 목소리가 들렸다. 중년의 목소리였다. 친절하다고 할 수는 없었지만, 아마 낮잠을 자고 있던 터라

기분이 그리 좋지 못한 듯했다.

그 목소리는 말했다. "태드필드 666가입니다."

아지라파엘의 손이 떨리기 시작했다.

"여보세요? 여보세요." 수화기 저편에서 말했다.

아지라파엘은 마음을 가라앉혔다.

"죄송합니다." 그가 말했다. "제대로 걸었군요."

그러고는 수화기를 내려놓았다.

뉴턴은 귀가 멀지 않았다. 그리고 가위도 가지고 있었다.

그는 또한 엄청난 신문 더미를 앞에 두고 있었다.

입버릇처럼 하는 말이지만, 군대의 삶이 주로 신문을 조회하고 비교하는 일만으로 이루어져 있는 줄 알았더라면 그는 절대 입대하지 않았을 것이다.

마녀사냥 하사관 섀드웰은 그에게 목록을 하나 만들어주었고, 그 목록은 라지트의 신문 판매소 겸 비디오 가게 위층에 자리한 섀드웰의 작고 혼잡한 아파트 벽에 붙어 있었다. 목록은 다음과 같았다.

1) 마녀들.

2) 설명할 수 없는 현상들. 사건들. 거시기, 무슨 말인지 알겠지.

뉴턴은 이 두 가지 조건에 맞는 기사를 찾고 있었다. 그는 한숨을 내쉬고, 다음 신문을 집어 들어 1면을 살펴본 다음, 한 장을 넘겨 2면은 무시하고(2면엔 볼 것이 있을 때가 없었다) 의무적으로 3면에 나와 있는 젖꼭지 수를 헤아리며 얼굴을 붉혔다. 섀드웰은 이 부분에 대해 끈질겼다. "그 교활한 것들은 절대 믿을 수 없어. 꼭 우리에게 도전하려고 공개 석상에 나서는 것 같단 말이야."

9면에는 검은색 터틀넥 스웨터 몇이서 카메라를 향해 인상을 찌푸리고 있었다. 그들은 자신들이 새프런월든에서 제일 큰 집회를 이끌고 있으며, 작지만 아주 남근숭배적인 인형들을 이용하여 성적인 힘을 축적하고 있노라고 주장했다. 신문은 "가장 당혹스러웠던 발기부전의 순간" 이야기를 써주는 독자들에게 그 인형 10개를 주겠노라고 제의했다. 뉴턴은 그 기사를 오려내어 스크랩북에 붙였다.

문 쪽에서 둔탁한 쿵 소리가 났다.

뉴턴은 문을 열었다. 신문 더미가 서 있었다. "비켜라, 펄시퍼 병사." 신문 더미는 짖어대듯 말하고는 발을 질질 끌며 방 안으로 들어왔다. 신문 더미가 바닥으로 떨어지며 마녀사냥 하사관 섀드웰의 모습이 드러났다. 그는 고통스럽게 기침을 해대더니 꺼져버린 담배에 다시 불을 붙였다.

"자네도 그놈을 감시하고 싶겠지. 놈은 그자들의 일원이야."

"누구 말씀이십니까?"

"긴장 풀게, 병사. 그놈 말이야. 작은 갈색 친구. 라지트 씬가 뭔가. 그놈의 끔찍한 미술품들이라니. 그 쬐그만 노란색 신의 루비

사팔눈하며, 팔이 잔뜩 달린 여자들. 마녀들이야. 마녀가 잔뜩이라고."

"하지만 라지트 씨는 우리에게 신문을 공짜로 줍니다, 하사관님. 그것도 그리 오래되지도 않은 것들을요."

"그리고 부두교. 그놈이 부두 짓거리도 하는 게 틀림없어. 바론 새터데이에게 닭을 공양하는 거야. 왜 알지, 높은 모자를 쓴 키 큰 검둥이. 사람들을 죽음에서 다시 불러와 안식일에 일을 하게 만드는 거 말이야. 부두." 섀드웰은 생각에 잠겨 코를 킁킁거렸다.

뉴턴은 섀드웰의 집주인이 부두교 의식을 치르는 모습을 그려보려 했다. 라지트 씨가 일요일에도 일을 하는 것은 사실이었다. 사실 그는 뚱뚱하고 말수 적은 아내와 뚱뚱하고 쾌활한 자식들과 함께 달력 따윈 신경도 쓰지 않고 주야로 일을 하며 부지런히 청량음료며 흰 빵, 담배, 사탕, 신문, 잡지, 그리고 생각만 해도 뉴턴의 눈이 촉촉이 젖어드는 포르노 따위를 팔았다. 라지트 씨가 닭을 가지고 할 만한 일 중에 최악이라고 해봐야 유통기한이 지난 다음에 파는 것 정도였다.

"하지만 라지트 씨는 방글라데시인가 인도인가에서 왔어요. 부두교는 서인도제도 것일 텐데요."

"아." 마녀사냥 하사관 섀드웰은 그렇게만 반응하고 담배를 한 모금 빨았다. 혹은 담배를 빠는 듯 보였다고 하는 게 정확하겠다. 늘 손으로 입 주위를 덮는 바람에, 뉴턴은 사실 한 번도 상관의 담배를 제대로 본 적이 없었다. 섀드웰은 심지어 담배를 다 피운 다음 꽁초도 사라지게 만들곤 했다. "아."

"음, 그렇지 않나요?"

"감춰진 지혜로세, 젊은이. 마녀사냥 군대의 내부 군사기밀이지. 모든 입문식을 다 끝내면 감춰진 진실을 알게 될 게야. 어떤 부두는 서인도제도에서 올 수도 있겠지. 인정하네. 그럼, 인정하고말고. 하지만 가장 질이 나쁜 부류가 있어. 제일 사악한 부류는……에……"

"방글라데시에서 오는 겁니까?"

"그러췌! 바로 그거야, 자네! 바로 그 말을 하려고 했다네. 그거야."

섀드웰은 남은 담배꽁초를 없애더니, 종이도 안에 든 담배도 보이지 않게 슬쩍 또 한 대를 말았다.

"그래서. 뭔가 찾아냈나, 마녀사냥 병사?"

"이런 게 있는데요." 뉴턴은 오려둔 기사를 내밀었다.

섀드웰은 그 기사를 흘긋 보았다. "아, 그것들이군. 쓰레기 더미야. 지들이 무슨 마녀라고? 작년에 확인해봤어. 정의로운 무기와 불쏘시개 한 묶음까지 가지고 내려가서 문을 비틀어 열었는데, 아주 깨끗하더군. 그것들은 꿀벌 젤리나 정력제를 파는 우편 주문업자일 뿐이라네. 쓰레기들. 바짓단 끝이 엉망으로 씹혀 있기나 하다면 반려동물 혼령이 있는 줄 알았을 텐데 말이지. 쓰레기야. 통 예전 같지가 않단 말이야."

섀드웰은 주저앉아 지저분한 보온병에서 다디단 홍차를 한 컵 따랐다.

"내가 어쩌다 군대에 징집됐는지 얘기해줬던가?" 그는 말했다.

뉴턴은 이 말을 앉으라는 신호로 접수했다. 그는 고개를 저었다. 섀드웰은 낡아빠진 론슨 라이터로 새로 만 담배에 불을 붙이고 고맙다는 듯 기침을 했다.

"감방 동료 때문이었지. 마녀사냥 대위 에포크스. 방화죄로 10년. 윔블던에서 마녀 집회에 불을 놓았다가 그렇게 됐지. 날짜만 안 틀렸어도 마녀들도 다 잡았을 텐데. 좋은 친구였어. 전투에 대해, 천국과 지옥 간에 벌어지는 대전에 대해 이야기해줬지. 마녀사냥꾼 군대의 내부 비밀을 말해준 것도 그 친구였고. 반려동물 혼령이나 젖꼭지도, 전부…… 그 친구는 자기가 죽어가고 있다는 걸 알았지. 누군가 전통을 이어나갈 사람이 있어야 했던 거야. 이제 자네가 그런 것처럼……" 섀드웰은 고개를 저었다.

"우린 이렇게나 약해진 걸세." 그가 이야기를 계속했다. "몇백 년 전만 해도 강력했지. 우린 세상과 암흑 사이에 서 있었어. 우리가 바로 가느다란 사선이었지. 불꽃으로 이루어진 사선."

"저는 교회가 그런 줄……"

"헹!" 섀드웰은 뉴턴이 입을 열자마자 내뱉었다. 책에 찍힌 건 봤어도 누가 직접 말하는 걸 듣기는 처음이었다. "교회? 그놈들이 뭐 쓸 만한 일을 했다고? 녀석들은 썩어빠졌어. 거의 잇속 차리기지. 그 작자들이 사악한 자들에게 인장을 찍으리라 믿어선 안 되네. 제 잇속을 차릴 수 있는 선에서 벗어나버리니까 그럴 수가 없어. 호랑이에게 맞서 싸우자면, 사냥이라는 게 고기를 던져주는 거라고 생각하는 여행객들과 같이 다닐 순 없는 일이지. 아니야, 젊은이. 암흑에 맞서는 건 우리 몫이라네."

잠시 동안 사위가 고요해졌다.

뉴턴은 언제나 모든 사람에게서 좋은 면을 보려고 노력했지만, 마녀사냥 군대에 합류한 지 얼마 지나지 않아 그의 상관이자 하나뿐인 전우가 거꾸로 선 피라미드처럼 불안정한 사람이라고 생각할 수밖에 없었다. 여기서 '얼마 지나지 않아'란, 사실 5초가 안 되는 시간이었다. 마녀사냥 군대의 작전 본부는 색깔만 니코틴 색이 아니라 무엇으로 덮여 있는지도 거의 확실한 벽, 그리고 색깔만 담뱃재 색이 아니라 무엇이 덮여 있는지도 거의 확실한 바닥으로 이루어진 구린내 나는 방이었다. 조그마한 카펫 조각도 있긴 했는데 뉴턴은 가능하면 그 카펫을 밟지 않으려 조심했다. 잘못해서 밟으면 신발이 카펫에 쩍 달라붙었다.

한쪽 벽에는 누렇게 바랜 브리튼 섬 전도가 붙어 있었고, 그 위 여기저기에 손으로 만든 깃발이 꽂혀 있었다. 깃발은 대부분 런던에서 제일 싼 요금으로 당일 왕복을 할 수 있는 거리 안에 있었다.

그런데도 뉴턴은 지난 몇 주 동안 이곳에 붙어 있었다. 이유라면, 어이없다는 감응이 어이없다는 동정심과 더불어 일종의 어이없는 애정으로 변했기 때문일까. 섀드웰은 150센티미터 키에, 낡은 매킨토시에 버금가는 단기 기억력으로도 늘상 똑같다는 것을 알 수 있는, 원래 모양을 알 수 없는 옷을 입고 다녔다. 치아는 온전한지 몰라도 그건 아무도 이 노인의 치아를 원하지 않아서일 뿐이었다. 그 치아 하나만 베개 밑에 넣어둬도 이빨 요정이 직장을 팽개칠 지경이었다.

섀드웰은 다디단 홍차와 농축우유, 손으로 만 담배와 음울한 내부 에너지 같은 것만으로 살아가는 듯했다. 그에게는 대의가 있었고, 그는 자기 영혼의 모든 자원과 연금 수령자에게 주어지는 교통 패스를 걸고 그 대의를 따랐다. 그는 그 대의를 믿었다. 그 믿음이 터빈처럼 힘을 공급했다.

뉴턴 펄시퍼는 살면서 대의라는 것을 가져본 적이 없었다. 또한 어떤 것도 믿어본 적이 없었다. 그는 믿음이라는 게 대부분 사람들이 물살 거친 인생의 바다를 건널 수 있게 해주는 생명줄이라는 것을 알고 있었으며 진심으로 뭔가를 믿고 싶어 했기에, 이건 정말 당혹스러운 일이었다. 그는 전지전능하신 하느님을 믿고 싶었다. 기왕이면 하느님에게 몸을 의탁하기 전에 30분 정도 잡담을 나누고 한두 가지 사실을 명확히 하고 싶기는 했지만 말이다. 그는 온갖 종류의 교회에 찾아가 앉아서 번득이는 섬광을 기다렸지만, 그런 섬광은 찾아들지 않았다. 그다음에는 공식적인 무신론자가 되려 해보았지만, 그곳에서도 바위처럼 단단하고 자족적인 믿음의 힘을 얻지 못했다. 그리고 정당이라는 것들은 하나같이 부정직해 보였다. 생태학도, 구독하던 생태학 잡지에서 독자들에게 자급자족 가능한 정원 계획을 보여주며 1미터짜리 생태학적 벌집 안에 매어둔 생태학적 염소를 그려놓은 것을 보고 포기해버렸다. 뉴턴은 시골에 있는 할머니 댁에서 많은 시간을 보냈고 염소와 벌 양쪽 다에 대해 어느 정도 안다고 생각했으며, 따라서 이 잡지를 운영하는 작자들은 가슴받이 달린 작업복 차림의 미치광이들이라는 결론을 내렸다. 게다가 이 잡지에서는 '공동체'라는 말을 너무 자주 사용했다. 뉴턴은 언제나 '공동체'라는 말을 입에 달고 사는 사람들은 대개 그와 그가 아는 모든 사람을 배제하는 특정 의미에서 이 말을 사용하는 거라고 생각했다.

그런 다음 뉴턴은 '우주'를 믿으려 해보았다. 순진하게도 제목에 카오스니 시간이니 양자니 하는 말이 들어간 신간 서적들을 읽기 전까지만 해도 우주는 아주 그럴싸해 보였다. 그러나 책을 읽어나 가면서 그는 소위 '우주'에 관한 일을 하는 사람들조차 정말로 그 걸 믿지는 않으며, 사실은 그게 진짜 무엇인지, 혹은 그게 이론적으로 존재할 수는 있는 건지조차 알지 못한다는 사실을 자랑으로 여긴다는 사실을 알게 되었다.

뉴턴의 곧은 성정에는 참을 수 없는 일이었다.

뉴턴은 어린 시절에도 나이가 들어서도 스카우트를 믿지 않았다.

하지만 그런 그도 ㈜유나이티드 PLC의 경리원이라는 직업이 세상에서 제일 지루한 일일지도 모른다는 점은 믿을 준비가 되어 있었다.

이것이 뉴턴 펄시퍼라는 남자였다. 그가 공중전화 부스에 들어 가서 변신을 했다면 그럭저럭 클라크 켄트처럼은 보였을지도 모르겠다.

하지만 그는 섀드웰을 좋아했다. 정작 섀드웰은 짜증스러워했지 만, 그를 좋아하는 사람은 종종 있었다. 라지트 일가도 그를 좋아 했다. 어쨌든 결국에는 집세를 냈고 별문제도 일으키지 않는 데다 가, 인종차별주의자라고는 하지만 얼굴을 찌푸리는 정도일 뿐 아 무 방향성도 없고 공격적인 데도 없었으니까. 섀드웰은 카스트나 피부색이나 종교적 믿음에 관계없이, 누구에게도 어떤 예외도 없 이 세상 모든 사람을 싫어할 뿐이었다.

마담 트레이시도 섀드웰을 좋아했다. 뉴턴은 다른 아파트에 세들어 살고 있는 마담 트레이시가 중년의 나이에 자애로운 성품의 소유자이며, 그녀를 방문하는 신사들은 그녀가 아직 내어줄 수 있는 사소한 훈육만이 아니라 차 한 잔과 담소를 위해서도 찾아온다는 사실을 알고 놀라고 말았다. 가끔 기네스 맥주를 한 잔 넘게 마신 토요일 밤에 섀드웰은 두 집 사이에 있는 복도에 서서 "바빌론의 창녀야!"라고 외치기도 했지만, 그녀는 뉴턴에게 자신은 바빌론에 제일 가깝게 가봤대야 토레몰리노스 정도긴 하지만 섀드웰의 이런 행각에는 늘 감사하고 있노라고 귀띔해주었다. 공짜 광고나 다름없다나.

그녀는 또 강신술 집회가 있는 오후 시간에 섀드웰이 벽을 두드리고 욕을 해대는 것도 신경 쓰지 않는다고 말했다. 사실은 무릎이 아파서 탁자를 두드리는 부분을 제대로 해결하기가 힘드니, 멀찍이서 쾅쾅거려주면 도움이 된다고 말이다.

그녀는 일요일이면 접시에 저녁거리를 담아서 섀드웰의 현관 앞에 놓아두곤 했다. 식지 않도록 접시를 하나 덧씌워서.

그녀는 섀드웰은 좋아하지 않으려 해야 않을 수 없는 사람이라고 말했다. 아무리 잘해줘봐야 밑 빠진 독에 물 붓기일지도 몰랐지만 말이다.

뉴턴은 오려낸 기사가 더 있다는 것을 기억해냈다. 그는 지저분하게 얼룩진 탁자 위로 스크랩북을 밀었다.

"이것들은 뭔가?" 섀드웰은 의심스러운 말투로 물었다.

"'현상'들입니다." 뉴턴이 말했다. "이상한 사건들을 찾아보라고 하셨잖아요. 요새는 마녀보다 이쪽이 더 많은 것 같습니다."

"어느 놈이 은 탄환으로 산토끼를 쐈더니 다음 날 마을 할망구가 절뚝거리며 걸어 나왔다든가?" 섀드웰은 희망에 차서 물었다.

"그런 일은 없는 것 같은데요."

"어떤 여자가 쳐다봤더니 소들이 픽 쓰러져 죽었다든가?"

"아뇨."

"그럼 뭔가?" 섀드웰은 발을 질질 끌며 끈적거리는 갈색 찬장 안에서 농축우유를 한 깡통 꺼냈다.

"이상한 일들이 일어나고 있어요." 뉴턴이 대답했다.

뉴턴은 몇 주 동안 이 일에 매달렸다. 섀드웰은 신문이 쌓이도록 내버려두고 살았다. 몇 년이나 지난 신문도 있을 정도였다. 뉴턴은 스물여섯 해 인생 중에 두뇌에 채워 넣을 만한 일이 별로 없어서 그런지 기억력이 아주 좋았고, 아주 비의적인 주제 몇 가지에 전문가가 되었다.

"매일같이 무슨 일이 일어나는 것 같아요." 뉴턴은 직사각형의 신문기사를 가볍게 퉁기며 말했다. "핵발전소들에 뭔가 괴상한 일이 일어났는데 그게 정확히 어떻게 된 일인지 아는 사람은 아무도 없는 것 같아요. 게다가 잃어버린 아틀란티스 대륙이 떠올랐다고 주장하는 사람들도 있습니다." 뉴턴은 노력의 성과가 자랑스러운 표정이었다.

섀드웰의 주머니칼이 농축우유 깡통에 구멍을 뚫었다. 멀리서 전화벨 소리가 들렸다. 섀드웰이나 뉴턴이나 무의식적으로 그 소리를 무시했다. 어쨌거나 전화는 모두 마담 트레이시에게 걸려왔고

개중에는 남자가 귀를 대선 안 될 내용도 있었다. 뉴턴은 첫날 성실하게 전화를 받아, 질문을 주의 깊게 들은 다음 "막스앤스펜서의 순면 삼각팬티입니다만"이라고 대답했다가 끊어진 수화기만 들고 서게 된 경험이 있었다.

섀드웰은 농축우유를 마셨다. "크, 그럴싸한 현상은 없구먼. 마녀들이 한 일은 없어. 마녀들은 뭘 가라앉히는 쪽이 더 어울린단 말이지."

뉴턴의 입이 몇 번 열렸다 닫혔다.

"우리가 마녀들과 잘 싸우려면 이런 곁길로 샐 여유가 없어." 섀드웰은 말을 이었다. "좀 더 마녀스러운 거 없었나?"

"하지만 미군이 보호 명목으로 상륙했단 말입니다." 뉴턴은 우물우물 말했다. "존재하지 않는 대륙이……"

"거기 마녀 있나?" 섀드웰은 처음으로 흥미를 보이며 물었다.

"그런 말은 없습니다."

"크, 그럼 그냥 정치와 지리 문제잖나." 섀드웰은 됐다는 듯 말했다.

마담 트레이시가 문 옆으로 머리를 들이밀었다. "유후, 섀드웰 씨." 그녀는 뉴턴에게 다정하게 손을 흔들며 말했다. "당신 찾는 신사분 전화예요. 안녕, 뉴턴 씨."

"저리 꺼져, 매춘부야." 섀드웰은 기계적으로 대꾸했다.

"굉장히 세련된 남자 같던데요." 마담 트레이시는 아랑곳하지 않고 말했다. "그나저나 일요일에 근사한 간 요리를 할까 해요."

"내 차라리 악마와 밥을 먹겠다."

"그러니까 지난주 접시를 돌려주시면 너무너무 도움이 되겠어요." 마담 트레이시는 그렇게 말하고 8센티미터짜리 힐로 위태위태하게 걸어서 자기 집으로, 뭔지는 모르지만 조금 전에 중단된 일로 돌아갔다.

뉴턴은 섀드웰이 나가서 전화기에 대고 으르렁대는 동안 의기소침해서 스크랩을 보고 있었다. 스톤헨지의 돌들이 자기장 안에 들어간 철실들처럼 옮겨 다닌다는 기사가 있었다.

그는 이쪽에서 진행되는 전화 통화를 모호하게 의식하고 있었다.

"누구요? 아. 예이. 예이. 말이라고? 무슨 급의 일이라고 했소이까? 아하. 말씀대로올시다. 그래서 이게 어디라고—?"

하지만 신비스럽게 움직이는 돌들은 섀드웰의 차 한 잔, 혹은 우유 한 깡통만도 못했다.

"좋수, 좋아." 섀드웰은 전화 건 사람에게 장담했다. "당장 달려가지. 최고 부대를 투입해서 바로 성공 보고를 올리리다, 아무렴. 그럼 잘 들어가시구려. 그쪽에도 축복 있길." 수화기가 걸쇠에 놓이는 팅 소리가 나더니 더 이상 굽실거리지 않는 섀드웰의 음성이 외쳤다. "'친애하는' 좋아하시네! 망할 놈의 남부 호모 같으니!"[+]

그는 발을 질질 끌며 방으로 돌아오더니, 왜 거기 있는지 잊어버렸다는 듯 뉴턴을 빤히 쳐다보았다.

"무슨 소리를 하고 있었더라?"

[+] [원주] 섀드웰은 남부 사람은 무조건 다 싫어했는데, 자기는 북극에 서 있는 줄 알고 있었다.

"지금 일어나고 있는 이 모든 일들을—" 뉴턴은 입을 열었다.

"그래, 그래." 섀드웰은 생각에 잠겨 텅 빈 깡통을 달각달각 이로 두드리면서 계속 뉴턴을 무시했다.

"음, 여기 이 소도시는 지난 몇 년 동안 믿을 수 없는 날씨를 기록해왔습니다." 뉴턴은 어쩔 수 없이 계속 이야기했다.

"뭔데? 개구리 비라도 내렸다나?" 섀드웰은 약간 밝아진 얼굴로 물었다.

"아뇨. 그저 1년 내내 정상적인 날씨였을 뿐입니다."

"그런 걸 이상현상이라고 하나? 난 자네가 소름 끼쳐 할 만한 이상현상들을 봤다네." 섀드웰은 다시 깡통을 두드리기 시작했다.

"1년 내내 날씨가 정상이었던 경우를 기억할 수 있으세요?" 뉴턴은 약간 화가 나서 반박했다. "1년 내내 기후가 정상이라는 건 절대 정상이 아닙니다. 이 소도시에는 크리스마스마다 눈이 옵니다. 크리스마스에 눈을 본 게 언젠지 기억나세요? 그리고 길고 뜨거운 8월은요? 해마다 그렇단 말입니다! 그리고 건조한 가을은 어떻습니까? 어렸을 적에나 꿈꿨을 법한 날씨죠? 11월 5일[+]에는 절대 비가 오지 않고 크리스마스이브엔 늘 눈이 오는 날씨라뇨!"

섀드웰의 눈에서 초점이 풀렸다. 그는 농축우유 깡통을 어중간하게 문 채 동작을 멈췄다.

"난 어렸을 때 꿈이라곤 꿔보질 못했어." 그는 조용히 말했다.

[+] 가이포크스데이. 국회 폭파 음모 사건을 기리는 기념행사로 화려한 불꽃놀이가 펼쳐진다.

뉴턴은 자신이 깊고 불유쾌한 구덩이 가장자리에 서 있음을 알아차리고 정신적으로 뒷걸음질 쳤다.

"그냥 정말 이상하다는 겁니다. 여기 기상대 직원은 평균이며 정상 수치며 국지 기후 등에 대해 지껄이고 있어요."

"그게 뭔 소린데?"

"자기도 이유를 모른다는 소리죠." 몇 년간 업계에서 일을 하며 한두 가지 주위들은 바가 있는 뉴턴은 그렇게 말하고 마녀사냥 하사관을 곁눈질했다.

"마녀들은 날씨에 영향을 끼치기로 유명하죠.《디스커버리》에서 찾아봤습니다."

그는 생각했다. 하느님, 아니면 다른 적당한 존재시여, 제발 이 재떨이 같은 방에서 신문이나 오리며 또 하루를 보내게 하지 마시옵소서. 상쾌한 공기를 마시게 해주소서. 뭐든 좋으니 마녀사냥 군대에서 독일에 수상스키 타러 가는 데 맞먹는 일을 하게 해주소서.

그는 시험 삼아 말해보았다. "여기서 65킬로미터밖에 안 떨어져 있어요. 내일 하루면 가뿐하게 가볼 수 있을 거예요. 그리고 한 바퀴 돌아보는 거죠. 기름값은 제가 내겠습니다."

섀드웰은 생각에 잠겨 윗입술을 닦았다.

"거기가 태드필드라는 데 아닌가?"

"맞습니다. 어떻게 아셨어요?"

"그 남부 놈들이 뭔 장난을 치고 있는 거지?" 섀드웰은 들릴락 말락 하게 중얼거렸다.

"흐으으으음." 섀드웰은 다시 큰 소리로 말했다. "좋겠지."

"누가 장난을 친다고요?" 뉴턴이 물었다.

섀드웰은 뉴턴의 질문을 무시했다. "좋아. 나쁠 거 없겠구먼. 기름값은 자네가 낸다고 했겠다?"

뉴턴은 고개를 끄덕였다.

"그럼 오전 9시까지 여기 들렀다가 가게."

"왜요?"

"정의로운 무기를 챙겨야지."

뉴턴이 나가기가 무섭게 전화벨이 다시 울렸다. 이번에는 크롤리였고, 얼추 아지라파엘과 똑같은 지시를 내렸다. 섀드웰은 마담 트레이시가 기뻐하며 뒤편을 맴도는 가운데 형식적으로 그 내용을 다시 받아 적었다.

"하루 동안 두 통화라뇨, 섀드웰 씨. 댁의 작은 군대가 아주 잘 나가나 봐요!" 마담 트레이시가 말했다.

"크, 좀 빠지쇼, 이 염병할 여자." 섀드웰은 중얼거리고 쾅 소리 나게 문을 닫았다. 태드필드라, 그는 생각했다. 으, 뭐. 놈들이 시간 당으로 지불만 한다면야……

아지라파엘이나 크롤리가 마녀사냥 군대를 움직이는 것은 아니었지만, 둘 다 그 존재를 승인하고 있기는 했다. 달리 표현하자면 둘 다 그 존재가 상급자들에게 승인받았음을 알고 있었다. 그러므로 마녀사냥 군대는 이자라파엘의 요원 목록에 들어가 있었다. 뭐랄까, 아무튼 그건 '마녀사냥' 군대였고, 미국이 자칭 반反공산주의자는 누구든 도와줘야 하는 것과 마찬가지로 천사는 자칭 마녀사냥꾼을 지원해야 마땅했다. 그리고 이 군대는 크롤리의 요원 목록에도 들어 있었는데 그것은 섀드웰 같은 사람들은 지옥의 신념에 눈곱만큼도 해를 끼치지 않는다는 좀 더 복잡한 이유에서였다. 지옥은 오히려 이런 사람들이 득이 된다고 생각했다.

엄밀히 말하자면 섀드웰 역시 마녀사냥 군대의 지휘자는 아니었다. 섀드웰의 급여 장부에 따르면 군대의 지휘자는 마녀사냥 장군 스미스였다. 그 밑에는 마녀사냥 대령 그린과 존스가 있었고, 그 밑은 마녀사냥 중령 잭슨, 로빈슨, 그리고 스미스(친척 아님)였다. 그런 다음에는 섀드웰의 한정된 상상력이 바닥을 보이는 바람에 마녀사냥 소령 후라이팬, 깡통, 우유, 찬장 등이 나왔고 그다음엔 마녀사냥 대위 스미스, 스미스, 스미스, 그리고 스미드와 디토가 있었다. 그리고 500명의 마녀사냥 병사와 하사관이 있었다. 이들 중 다수가 스미스라는 이름이었지만 크롤리나 아지라파엘이나 번거롭게 거기까지 읽어보지 않았으니 별문제는 되지 않았다. 그들은 돈만 지불할 뿐이었다.

그래봐야 양쪽 합쳐서 들어오는 돈이 1년에 60파운드 정도였다.

섀드웰은 이게 범죄라고는 생각하지 않았다. 이 군대는 성스러운 의무였고, 누군가는 무엇인가를 해야 했다. 옛날의 두당 9펜스 매기기 방식은 더 이상 통하지 않았다.

토 요 일

세상의 마지막 날, 토요일 아침 몹시도 이른 시간이 었고 하늘은 피보다 붉었다.

국제 택배 배달원은 시속 60킬로미터의 속도로 신중하게 모퉁 이를 돌아 기어를 바꾸어 풀밭 가장자리에 멈춰 섰다.

그는 밴에서 내리고는, 내리자마자 시속 130킬로미터가 넘는 속 도로 모퉁이를 돌아 질주해 온 화물차를 피하기 위해 배수구로 몸을 던졌다.

그는 몸을 일으키고 안경을 집어 들어 쓴 다음, 소포와 서류철 을 회수하고, 옷에 묻은 풀과 진흙을 털어낸 다음에야 뒤늦게 벌 써 사라져버린 화물차를 향해 주먹을 흔들었다.

"망할 놈의 화물차들은 다니지도 못하게 해야 돼. 다른 사람들 에 대한 존중심도 없고, 내가 늘 말하지만, 늘 말하지만, 자동차가 없으면 너도 보행자일 뿐이란 걸 명심하란 말이지……"

그는 풀밭 가장자리를 따라 내려가, 야트막한 울타리를 넘어 어크 강변에 섰다.

국제 택배 배달원은 소포를 들고 강둑을 따라 걸어갔다.

강둑을 따라 한참 내려가자 온통 흰색으로 차려입은 청년이 하나 앉아 있었다. 보이는 사람이라곤 그 청년뿐이었다. 머리카락은 희었고, 피부는 창백했으며, 앉아서 풍경에 탄복했다는 듯 강을 바라보고 있었다. 폐결핵과 약물 과용이 침범하기 직전의 빅토리아 시대 낭만주의 시인 같은 모습이었다.

국제 택배 배달원으로서는 이해할 수가 없었다. 무슨 뜻인가 하면, 예전에는, 뭐 그리 오래전도 아니지만 전에는 강둑을 따라 10미터마다 하나씩 낚시꾼이 있었고, 아이들이 뛰놀았으며, 사랑하는 연인들이 와서 물소리에 귀를 기울이기도 하고, 손을 잡기도 하고, 서섹스의 석양 속에서 온갖 사랑을 속삭였던 것이다. 바로 그만 해도 지금의 마나님, 모드와 결혼 전에 그랬었다. 여기에 와서 사랑을 속삭이기도 하고, 기억에 남을 만한 한 번이었지만 실제로 몸을 섞기도 했다.

시대가 변했어. 배달원은 예전을 회상하며 생각했다.

이제는 포말과 진창으로 이루어진 흰색과 갈색 층이 유유히 강을 따라 흘렀고, 가끔은 몇 미터에 걸쳐 강물이 보이지 않게 덮여 있기도 했다. 그리고 수면이 드러난 곳에서는 얇디얇은 석유화학 물질의 광채를 볼 수 있었다.

기러기 몇 마리가 북대서양을 건너는 길고 피곤한 비행을 마치고 다시 잉글랜드에 돌아온 데 감사하며 무지개색 물 위에 내려앉았다가 흔적도 없이 가라앉아버리는 와중에 한바탕 소동이 일었다.

우스꽝스러운 구세계라니. 배달원은 생각했다. 여기 어크 강은 한때 세상 이쪽에서 제일 아름다운 강이었건만, 이제는 영광스러운 산업 하수일 뿐이다. 백조는 물 밑으로 가라앉고, 물고기들은 물 위로 떠오른다.

뭐, 그게 진보라는 거지. 진보를 멈출 순 없어.

그는 흰 옷을 입은 청년에게 다가갔다.

"실례합니다만. 성함이 초키, 맞습니까?"

흰 옷을 입은 청년은 말없이 고개만 끄덕였다. 그는 강만 계속 바라보며 눈으로 인상적인 진창과 물거품 무늬를 쫓았다.

"정말 아름다워." 그는 속삭였다. "모든 게 너무나 빌어먹게 아름다워."

배달원은 잠시 할 말을 잊었다. 그러나 곧 자동적으로 말이 튀어나왔다. "우스꽝스러운 구세계예요 그렇잖습니까 온 세상을 돌아다니며 배달을 하다가 이제 소위 진짜 고향에 왔단 말이죠 난 이 부근에서 태어나고 자랐는데 지중해에 갔다가 데스 오모인인지 디모인인지 하는 곳에도 갔는데 그건 미국에 있거든요 자 그리고 이젠 여기에 돌아왔고 여기 당신에게 온 소포입니다."

초키라는 이름의 젊은이는 소포를 받고, 서류철을 받아 서명을 했다. 그가 서명을 하는 사이에 펜이 새기 시작했고, 서명은 적히자마자 스스로를 감추었다. 긴 단어였고 P로 시작했는데, 그 뒤에 큰 얼룩이 남았고 마무리는 -ence인지 -ution인지로 끝났다.[†]

"정말 감사합니다, 선생님." 배달원이 말했다.

그는 강을 돌아보지 않으려 애쓰며 강둑을 따라 걸어, 밴을 두고 온 봄비는 차도로 돌아갔다.

뒤에서는 흰 옷의 젊은이가 꾸러미를 풀고 있었다. 그 안에는 왕관이 들어 있었다. 다이아몬드로 장식한 흰 금속 관이었다. 그는 잠시 동안 만족스러운 얼굴로 왕관을 응시하더니 머리에 썼다. 왕관은 떠오르는 태양빛을 받아 눈부시게 반짝였다. 그러더니 그의 손가락이 은색 표면을 건드리자마자 변색이 시작되어 전체를 덮어버렸다. 왕관은 곧 시커멓게 변했다.

화이트는 몸을 일으켰다. 공기 오염에 좋은 점이 하나 있다면 끝내주는 일출을 볼 수 있다는 정도일 것이다. 누군가가 하늘에 불을 붙여놓은 것만 같았다.

그리고 부주의한 성냥 한 개비면 강에도 불을 놓을 수 있을 테지만, 애석하게도 지금은 그럴 시간이 없었다. 그는 자연스럽게 그들 넷이 언제 어디에서 만날지를 알았으며, 오늘 오후까지 그곳에 가려면 서둘러야 했다.

어쩌면 우리가 하늘에 불을 놓을지도 모르지, 그는 생각했다. 그리고 그곳을 떠났다. 거의 알아차릴 수 없을 만큼 조용히.

시간이 거의 다 되었다.

배달원은 밴을 풀밭 옆 도로에 세워두었다. 그는 운전대 쪽으로

+ '오염'인 'Pollution'을 뜻한다.

돌아가서(다른 차와 화물차들이 여전히 총알 같은 속도로 모퉁이를 돌아오고 있었으니 조심해가면서), 열려 있는 창문 안에 손을 넣어 계기반에 올려놓은 예정표를 꺼냈다.

이제 배달물이 딱 하나 남았다.

그는 배달 전표에 적혀 있는 지시 사항을 주의 깊게 읽었다.

그는 주소와 전언에 특히 주의를 기울여 다시 한 번 읽었다. 주소는 단 한 단어였다: 어디에나.

다음 순간, 그는 잉크가 새는 펜을 들어 모드에게 짧은 쪽지를 적었다. 간단한 내용이었다. 사랑해, 여보.

그런 다음 그는 예정표를 다시 집어넣고, 왼쪽을 보고, 오른쪽을 보고, 다시 왼쪽을 보고 나서 과감하게 길을 건너기 시작했다. 반쯤 건너갔을 때 독일산 초대형 폭주 트럭이 모퉁이를 돌아 달려왔다. 트럭 운전사는 카페인, 작은 흰색 알약, 그리고 EEC 운송 규정에 미쳐 있었다.

그는 멀어져가는 폭주 트럭을 바라보았다.

우와, 거의 칠 뻔했는걸.

그렇게 생각하고 나서 그는 아래에 흐른 자국을 내려다보았다.

이런.

그렇다. 그의 왼쪽 어깨, 혹은 기억상 왼쪽 어깨가 있다고 여겨지는 위치 뒤편에서 어떤 음성이 동의를 표했다.

배달원은 몸을 돌리고, 눈을 들어, 보았다. 처음에는 할 말을 찾을 수가 없었고, 아무것도 끄집어낼 수가 없었지만 곧 생시의 습관이 돌아왔다. "전언입니다."

내게?

"그렇습니다." 그는 아직 목구멍이 있다면 좋으련만 하고 바랐다. 목구멍이 있다면 침을 삼킬 수 있을 텐데. "소포는 없는 것 같습니다, 저…… 에, 선생님, 전언뿐입니다."

그럼 전하라.

"이런 내용입니다. 흐흠. '와서 보라.'"

마침내. 상대의 얼굴에 웃음이 떠올랐다. 그게 얼굴이라고 할 수 있을지는 모르겠지만 달리 생각할 수도 없었다.

고맙다. 말이 이어졌다. *그대의 직업적 헌신을 칭찬해야겠군.*

"예?" 고故 배달원은 회색 안개를 뚫고 떨어져 내리고 있었고, 보이는 것이라곤 눈동자 같기도 하고 멀리서 빛나는 별 같기도 한 두 개의 푸른 점뿐이었다.

죽음이라고 생각지 말아라. '죽음'이 말했다. *그저 혼잡을 피해 일찍 뜬다고 생각하라.*

배달원은 한순간 새로운 친구가 농담을 하고 있는 건지 생각해보다가, 아니라고 결론지었다. 그러고 나서는 무無였다.

아침부터 하늘이 붉었다. 비가 내릴 것 같았다.

좋았어.

마녀사냥 하사관 섀드웰은 머리를 한쪽으로 기울인 채 뒤로 물러섰다. "좋아, 그럼. 다 준비됐군. 다 챙겼겠제?"

"넵."

"탐색 펜듈럼은?"

"탐색 펜듈럼, 있습니다."

"엄지손가락 죄는 틀은?"

뉴턴은 침을 꿀꺽 삼키고 주머니를 두들겼다.

"엄지손가락 죄는 틀, 있습니다."

"불쏘시개는?"

"저, 하사관님, 사실 제 생각에는—"

"불쏘시개는?"

"불쏘시개."[+] 뉴턴은 구슬프게 대답했다. "그리고 성냥 있습니다."

"종, 책, 양초는?"

뉴턴은 반대편 주머니를 두드렸다. 그 속에는 잉꼬들을 미치게 만들 법한 작은 종 하나, 생일 케이크에나 꽂을 법한 분홍색 양초가 하나, 그리고 《어린이들을 위한 기도문》이라는 제목의 소책자

[+] [원주] 미국인과 그 외 도시 거주 생물체들을 위해 덧붙임. 너무 복잡할뿐더러 도덕성을 약화시키는 중앙난방을 삼가는 영국의 시골 지방에서는 자잘한 나무 쪼가리와 석탄 덩어리를 쌓아올리고, 그 위에 석면으로 만들어졌을 가능성이 있는 커다랗고 축축한 장작을 소위 '타오르는 모닥불만한 건 없지?'의 느낌으로 쌓아올리는 방식을 선호한다. 이 재료 중에 자연스럽게 타오르는 물건은 하나도 없는 관계로 영국인들은 그 밑에 불의 무게가 더해지면 신나게 타오르는 작고 네모난 흰색 밀랍 덩어리를 깐다. 이 작은 흰색 덩어리를 불쏘시개라고 부른다. 왜 그렇게 부르는지는 알 수 없다.

하나가 들어 있었다. 섀드웰은 뉴턴에게 그들의 최우선 목표는 마녀들이지만, 그렇다 해도 훌륭한 마녀사냥꾼이라면 모름지기 간단한 엑소시즘을 행할 기회를 놓치고 넘어가는 일은 없어야 하며, 언제라도 전투 장비를 휴대하고 있어야 하는 법이라고 역설했다.

"종, 책, 양초 있습니다."

"핀은?"

"핀, 있어요."

"그렇지. 핀을 잊지 말게나. 그거야말로 빛의 무기에 든 총검이거든."

섀드웰은 물러섰다. 뉴턴은 노인의 눈이 뿌옇게 흐려진 것을 알아차리고 놀랐다.

"내도 같이 가고 싶구먼. 별일은 아니겠지만 말이여, 그래도 다시 한 번 나가서 둘러봤으면 좋겠어. 축축한 고사리숲에 숨어 악마의 춤사위를 엿보는 이런 일이야말로 삶을 정련하는 게 아니겠나. 뼛속에 무정한 기운이 스며들지."

섀드웰은 몸을 바로 세우고 경례를 붙였다.

"그럼 가게, 펄시퍼 병사. 영광의 군대가 그대와 함께하기를."

뉴턴이 차를 몰고 떠난 후 섀드웰은 이제껏 한 번도 해볼 기회가 없었던 일을 생각해냈다. 핀이 필요했다. 마녀에게 쓰기 위한 군사용 핀이 아니라 지도에 꽂을 만한 보통 핀이.

지도는 벽에 붙어 있었다. 오래된 지도여서 밀턴 케인스나 할로우 같은 신도시는 나와 있지도 않았다. 맨체스터와 버밍햄도 겨우 나온 정도였다. 이 지도는 300년간 이 군대의 사령부 지도로 존재해왔다. 아직까지도 요크셔와 랭커셔에 다수, 에식스에 몇 개 정도 핀이 꽂혀 있기는 했지만 그나마도 대개 녹이 단단히 슬었다. 그 외에는 갈색 흔적들만이 옛날 옛적 어느 마녀사냥꾼이 수행했던 임무를 가르쳐줄 뿐이었다.

섀드웰은 재떨이에 쌓인 쓰레기를 뒤져 겨우 핀을 하나 찾아냈다. 그는 핀을 후후 불고 반짝반짝하게 닦은 다음, 눈을 가늘게 뜨고 지도에서 태드필드를 찾아 의기양양하게 핀을 꽂아 넣었다.

핀이 번쩍거렸다.

섀드웰은 한 발짝 뒤로 물러서서 다시 경례를 붙였다. 그의 눈에 눈물이 고였다.

그러고 나서 그는 빙그르르 몸을 돌려 진열장에 경례를 붙였다. 낡고 닳아빠진 데다가 유리도 깨어져 나갔지만 그 진열장이야말로 어떤 의미에서는 마녀사냥 군대 그 자체였다. 그 속에는 레지멘털 실버(애석하게도 70년간 치러지지 못한 인터바탈리온 골프시합의 우승컵)가 있었다. 또 마녀사냥 장군 '너희는무엇이든지피째먹지말며복술을하지말며술수를행치말지어다' 달림플의 특허품인 천둥총도 들어 있었다. 또 겉보기에는 호두 같지만 사실은 외국을 널리 여행한 마녀사냥 중대 주임상사 호레이스 '잡히기전에잡아라' 나커가 기증한 수집품인 머리사냥꾼의 시든 머리통들도 있었다. 추억이 담긴 진열장이었다.

섀드웰은 소매에 대고 코를 팽 풀었다.

그런 다음 아침식사로 농축우유 깡통을 땄다.

영광의 군대가 뉴턴과 함께하려 했다면, 행군 도중에 뭉텅뭉텅 떨어져 나갔을 것이다. 이는 뉴턴과 섀드웰과는 관계없이 그저 그들이 죽은 지 상당 시간이 흘렀기 때문이다.

섀드웰(뉴턴은 섀드웰에게 이름이 있긴 한 건지 알 수가 없었다)을 외톨이 괴짜로 생각하는 것은 오해였다.

그저 섀드웰의 전우가 모두 죽은 데다 그중 대부분이 죽은 지 몇백 년이나 지났을 뿐이다. 한때 마녀사냥 군대는 섀드웰이 꾸며 낸 장부책에 나온 것만큼 규모가 컸다. 마녀사냥 군대에도 더 세속적인 군대 못지않게 유서 깊고 피비린내 나는 일화들이 즐비하다는 사실을 알았다면 뉴턴은 깜짝 놀랐을 것이다.

마녀사냥꾼들에게 지불되는 요금은 올리버 크롬웰이 마지막으로 정립한 뒤 다시 도마에 오른 적이 없었다. 장교들은 크라운 금화 한 닢, 장군은 소버린 금화 한 닢을 받았다. 이건 그야말로 명목상의 사례비일 뿐이었다. 마녀를 하나 찾아낼 때마다 9펜스를 받았고 또 그 마녀들의 재산 중 한 가지를 제일 먼저 고를 수 있었으니 말이다.

사실 마녀사냥꾼들은 9펜스씩 주어지는 돈에 의존해야 했다. 그리고 섀드웰이 천국과 지옥에 고용되기 전까지 시절은 어려웠다.

뉴턴이 받는 임금은 1년에 옛날 실링 한 닢씩이었다.†

그 돈을 받는 대신 그는 '불빛, 화승총, 화재 경보기, 부싯깃 통 또는 성냥'을 상시 휴대할 의무를 졌다. 섀드웰은 론슨 가스라이터 하나면 딱이라고 했지만 말이다. 섀드웰은 연발 소총이 처음 나왔을 때 군인들이 보였을 법한 마음으로 담배 라이터의 발명을 환영했다.

뉴턴이 보기에 마녀사냥 군대에 속해 있다는 것은 영국 내전이나 미국의 남북전쟁을 계속 재연하는 집단에 끼는 것과 비슷한 일이었다. 그것은 주말에 나갈 곳이 있으며, 지금의 서구 문명을 만들어낸 훌륭한 구습을 이어나가고 있다는 의미였다.

사령부를 떠나고 한 시간 후, 뉴턴은 갓길에 차를 대고 옆자리에 놓인 상자 안에 손을 집어넣었다.

그런 다음 그는 옛날 옛적에 빠져버린 손잡이 대신 사용하고 있는 집게를 써서 차창을 열었다.

불쏘시개 꾸러미가 울타리 너머로 날아갔다. 잠시 후 손톱 죄는 도구도 그 뒤를 따랐다.

✛ [원주] 젊은이와 미국인을 위해 덧붙임. 1실링=5페니. 과거 영국의 화폐체계를 알면 마녀사냥 군대의 고색창연한 재정 상태를 이해하는 데 도움이 될 것이다.
파싱 두 닢=반 페니 한 닢. 반 페니 두 닢=페니 한 닢. 페니 석 장=3페니짜리 한 장. 3페니짜리 두 개=6펜스. 6펜스짜리가 둘이면=실링, 혹은 봅. 봅이 두 장이면=플로린 한 장. 플로린 한 장에 6펜스 한 장이면=반 크라운 하나. 반 크라운이 네 개면=봅 10장 한 묶음. 봅 10장 묶음이 둘이면=파운드 1장(혹은 240페니). 1파운드 1실링=기니 금화 한 장.
보다시피, 영국은 10진수 통화에 오랫동안 저항했다. 너무 복잡하다고 생각했기 때문이다.

그는 나머지 물건에 대해 잠시 고민하다가 다시 상자 안에 집어넣었다. 핀은 숙녀분들의 모자핀처럼 끝부분에 근사한 상아 손잡이가 달린 마녀사냥 군대 지급품이었다.

그는 그 핀이 어디에 쓰는 물건인지 알고 있었다. 그는 책을 많이 읽었다. 섀드웰은 그와의 첫 만남에서 소책자만 잔뜩 쥐어줬지만, 사실 이 군대에는 뉴턴이 생각하기에 시장에 내다 팔기만 하면 상당한 돈이 될 만한 책과 기록물이 다수 축적되어 있었다.

그 핀은 용의자를 찌르기 위한 물건이었다. 몸에 핀으로 찔러서 감각이 느껴지지 않는 지점이 있다면 그 용의자는 마녀였다. 간단한 공식이었다. 마녀사냥꾼을 사칭한 가짜들은 특별히 끝이 휘어지는 핀을 사용했지만, 이건 정직하고 단단한 강철 핀이었다. 이 핀을 버렸다간 섀드웰의 얼굴을 똑바로 볼 수 없을 것이다. 게다가 불운을 부를 수도 있었다.

그는 시동을 걸고 여행을 재개했다.

뉴턴의 자동차는 와사비였다. 그는 언젠가는 누군가가 이유를 물어볼지도 모른다는 희망을 안고 그 차를 딕 터핀[+]이라 불렀다.

어지간히 주도면밀한 역사가가 아니고서는, 일본인들이 서구의 모든 것을 복제하는 사악한 자동인형에서 서구의 관습에서 벗어난 숙련되고 교묘한 기술자들로 변한 날짜를 정확히 짚어낼 수 없을 것이다. 와사비는 그런 변화가 일어나던 무렵의 혼란기에 설계

[+] 영국의 전설적인 노상강도.

된 차였고, 대부분의 서구 자동차가 안고 있는 전통적인 단점들에다 혼다나 도요타 같은 회사가 오늘날처럼 되기 위해 용케 피해낸 혁신적 대실패를 결합해놓은 물건이었다.

아무리 찾아봐도 뉴턴은 길에서 다른 와사비를 본 적이 없었다. 그는 몇 년 동안, 혹시라도 누군가 와사비를 살지도 모른다는 절망적인 희망을 안고 친구들에게 와사비의 경제성과 효율성에 대해 역설하곤 했다. 스스로도 그런 말들을 믿지는 않았지만, 불행은 동반자를 원하는 법이었다.

그는 헛되이 와사비의 823cc 엔진, 3단 기어, 시속 70킬로미터로 비도 내리지 않는 곧은길을 달리다가 거대한 안전 풍선이 시야를 가리는 바람에 사고를 당하기 직전 같은 위험한 경우에 부풀어 오르는 풍선 같은 놀라운 안전 장치를 언급하곤 했다. 또 평양 방송을 놀랄 만큼 잘 잡아내는 한국제 라디오와, 영어만이 아니라 일본어도 이해하지 못하는 사람이 프로그램했는지 안전벨트를 매고 있을 때면 꼭 안전벨트를 매지 않았다고 경고해대는 전자 음성에 대해 시적으로 읊어대기도 했다. 어쨌든 뉴턴은 이 차가 예술의 경지라고 말했다.

이 경우 그 예술이란 아마 도자기를 말하는 것이었을 게다.

그의 친구들은 고개를 끄덕이고 맞장구를 치면서 내심 와사비를 사거나 걷거나를 선택해야 할 상황이라면 신발 한 켤레 쪽에 투자하겠다고 다짐했다. 와사비의 놀라운 연비는 이 차가 일본의 니기리즈시[+]에 있는 이 세상 하나뿐인 와사비 판매점에서 크랭크 샤프트와 다른 부품들을 발송하는 동안 차고에서 엄청난 시간을 보내야 했다는 사실에 기인한 것이었으니, 이러나저러나 걸리는 시간은 마찬가지였을 것이다.

대부분의 사람들이 운전을 하면서 빠져드는 참선의 경지 같은 멍한 상태에서 뉴턴은 그 핀을 대체 어떻게 사용했을까 생각하고 있었다. "나에겐 핀이 있다, 그걸 사용할 각오도 되어 있다"라고 말했으려나? 핀 있음, 출장 가능…… 핀잡이…… 황금 핀을 가진 사나이…… 나바론의 핀들……

이 사실을 알게 되면 뉴턴이 흥미 있어 할지 모르겠지만, 마녀 사냥이 한창이던 시절 3만 9천 명의 여인이 핀으로 시험을 받았으며, 2만 9천 명이 9천 번 "아야"라고 말했고, 9천 999명은 앞서 말한 구부러지는 핀에 찔렸기 때문에 아무것도 느끼지 못했고, 한 명은 덕분에 다리 관절염이 기적적으로 나았다고 단언했다.

그 한 명의 이름은 아그네스 너터였다.

그녀는 마녀사냥 군대의 대실패작이었다.

《근사하고 정확한 예언집》은 앞부분에서 아그네스 너터 자신의 죽음을 이야기했다.

대체로 우둔하고 나태한 종족인 잉글랜드인은 여자들을 불태

+ 생선초밥을 뜻함.

우는 일에 다른 유럽 국가들만큼 열성적이지 않았다. 독일에서는 튜턴족다운 완벽주의를 발휘하여 거대한 화톳불을 쌓고 태웠다. 자신들의 첫째가는 적 스코틀랜드인들과 벌인 길고 지겨운 싸움 탓에 내내 폐쇄적으로 살아온 신앙심 깊은 스코틀랜드인들조차 긴 겨울 저녁을 밝혀줄 화형식을 수차례 거행했다. 그러나 잉글랜드인들은 도무지 열의가 없는 것 같았다.

아마도 이는 아그네스 너터가 죽은 방식과 무관하지 않을 것이다. 그녀의 죽음은 잉글랜드에서 벌어진 심각한 마녀사냥 열광에 종지부를 찍었다. 4월 어느 날 저녁, 똑똑한 티를 내며 사람들을 치료하고 돌아다니는 그녀의 습관에 열 받은 폭도들이 그녀의 집에 도착해보니 아그네스는 외투를 입고 앉아서 그들을 기다리고 있었다.

"굼뜨군요. 난 벌써 10분 전부터 불에 타고 있어야 하는데."

그녀는 그렇게 말한 다음 몸을 일으켜, 물을 끼얹은 듯 조용해진 군중 사이를 천천히 가르고 오두막 밖으로, 마을 초지에 얼기설기 쌓아올린 화톳불로 향했다. 전설에 따르면 그녀는 서투른 동작으로 장작 더미 위에 기어 올라가 화형대를 등지고 팔을 뒤로 둘렀다.

"잘 묶어요." 그녀는 놀란 마녀사냥꾼에게 그렇게 말했다. 그러고 나서 마을 사람들이 장작 더미를 향해 다가들자 그녀는 불빛 속에서 잘생긴 머리를 들고 말했다. "가까이 모여요, 착한 사람들. 불길에 그을릴 정도로, 모두가 잉글랜드에 남은 마지막 진짜 마녀가 죽는 모습을 보고 있음을 확인할 수 있도록 가까이들 와요. 나는 마녀고, 판결을 받지만, 아직 내 진짜 죄가 뭔지는 모르겠군요. 그러니 내 죽음을 세상에 대한 전언으로 삼지요. 말하노니 가까이 모여들어, *자기들이 이해하지 못하는 것에 참견하는 이들 모두의 종말을 잘 새겨두길.*"

그녀는 미소를 짓고 마을 위 하늘을 올려다보며 이렇게 덧붙인 것 같았다. "댁도 마찬가지야, 멍청한 늙은 바보 양반."

이런 묘한 독설을 뱉은 뒤 그녀는 아무 말도 하지 않았다. 그녀는 사람들이 재갈을 물리는 대로 놔두었고, 횃불이 마른 장작에 닿자 오만하게 몸을 바로 세웠다.

군중은 점점 가까이 다가갔고, 그중 한두 명 정도는 자기들이 옳은 일을 한 것인지 어떤지 다시 생각하기 시작했다.

30초 후 마을 초지에서 폭발이 일어나 그 계곡에서 살아 있는 생명을 모조리 쓸어버렸고, 멀리 핼리팩스까지 그 불길이 보였다.

이 사건이 하느님의 징벌인지 혹은 사탄의 개입인지에 대해 수많은 토론이 뒤따랐으나, 나중에 아그네스 너터의 오두막집에서 발견한 종이쪽지를 보니 신적인 간섭이 있었든 악마의 간섭이 있었든 간에 물리적으로는 아그네스가 사태를 예견하고 페티코트 속에 숨겨두었던 36킬로그램의 화약과 18킬로그램에 달하는 못 꾸러미의 힘이었음을 알 수 있었다.

아그네스는 또 부엌 식탁 위, 우유 배달을 취소하는 쪽지 옆에 상자 하나와 책 한 권도 남겨놓았다. 그 상자를 어떻게 처리해야 하는가에 대해서는 상세한 지시 사항이 있었고, 책을 어떻게 해야 하는가에 대해서도 역시 상세한 지침이 있었다. 그 책은 아그네스의 아들, 존 디바이스에게 전해졌다.

이 물건들을 찾아낸 사람들, 그러니까 폭발에 놀라 깨어난 옆 마을 사람들은 지시 사항 따위는 무시하고 오두막집을 불태우려 했다가, 아직 타닥거리고 있는 불길과 못이 박힌 잔해들을 둘러보고 마음을 고쳐먹었다. 게다가 아그네스의 유언에는 자기 명을 따르지 않은 사람들에게 어떤 일이 일어날 것인가에 대한 고통스러울 정도로 상세한 예언이 포함되어 있었다.

아그네스 너터에게 불을 붙인 사람은 마녀사냥 소령이었다. 사람들은 3킬로미터 떨어진 곳에서 그의 모자를 발견했다.

모자 안에 큼지막한 끈 쪼가리로 수놓인 그의 이름은 '간음하지말지어다 펄시퍼'였고, 잉글랜드의 가장 성실한 마녀사냥꾼 중 한 사람이었으며, 이 순간 스스로는 모르고 있을지라도 그의 마지막 후손이 아그네스의 마지막 후손을 찾아가고 있음을 안다면 오래된 가문의 복수가 이제야 이루어지려는가 보다고 생각하고 흡족해할지도 모른다.

그러나 그 후손이 그녀를 만났을 때 실제로 무슨 일이 일어날지 알면 무덤에서 돌아눕고 말 것이다. 무덤도 없긴 하지만.

 하지만 뉴턴은 그에 앞서 비행접시부터 만나야

했다.

비행접시는 뉴턴이 막 로어 태드필드로 가는 길을 찾아보려고 운전대 위에 지도를 펼쳤을 때 그 앞길에 내려앉았다. 그는 급브레이크를 밟아야 했다.

생긴 모양은 뉴턴이 본 모든 비행접시 그림과 똑같았다.

지도 너머로 바라보려니 접시에서 문이 하나 쉭 소리를 내며 미끄러져 열리고 반짝이는 보도가 나타나 도로까지 주르륵 뻗어 내렸다. 눈부신 푸른빛 속에 외계인 셋이 윤곽을 드러냈다. 그들은 경사진 보도를 걸어 내려왔다. 최소한 둘은 걸어 내려왔다고 할 수 있었다. 후추통처럼 생긴 외계인은 그냥 죽 미끄러져 내려와서 바닥에 넘어졌다.

나머지 두 외계인은 미친 듯한 삑삑 소리를 무시하고, 마음속으로 무슨 딱지를 뗄지 정해놓은 경찰 같은 태도로 천천히 뉴턴의 차를 향해 다가왔다. 은박지를 뒤집어쓴 노란색 두꺼비 모양의 키 큰 외계인이 뉴턴의 차 창문을 두드렸다. 그는 창문을 내렸다. 이 외계인은 뉴턴이 늘 폴 뉴먼 주연의 탈옥 영화에 나오는 것 같다고 생각한 반사형 선글라스를 쓰고 있었다.

"안녕하십니까. 남자분인지 여자분인지 이도저도 아닌지는 모르겠지만." 외계인이 말했다. "여기가 댁의 행성이죠?"

땅딸막한 녹색의 다른 외계인은 길옆에 있는 숲 속으로 정처 없이 들어가버렸다. 뉴턴은 시야 가장자리로 그 외계인이 나무 한 그루를 걸어찬 다음 벨트에 달린 뭔가 복잡한 장치에 잎을 찔러 넣는 것을 보았다. 썩 즐거워 보이지는 않았다.

"음, 맞아요. 아마 그럴 겁니다." 그는 말했다.

두꺼비는 생각에 잠긴 얼굴로 지평선을 응시했다.

"오래됐겠죠, 그렇죠?"

"어. 개인적으로는 안 그런데요. 아, 종으로서는 한 50만년쯤 됐겠네요."

외계인은 동료와 시선을 교환했다. "그런데 산성비가 내리게 놔두셨지요? 아닙니까? 탄화수소도 배출하게 놔뒀죠, 아마?"

"죄송합니다."

"댁의 행성의 알베도를 말씀해주실 수 있겠습니까?" 두꺼비는 뭔가 흥미로운 일이라도 하고 있다는 듯 수평선을 가만히 응시하면서 또 물었다.

"어, 아뇨."

"저런, 유감이지만 댁의 극지방 빙하가 이 범주에 드는 행성 표준보다 작다는 말씀을 해드려야겠는데요."

"아니 저런." 뉴턴은 이 일에 대해 누구에게 말할 수 있을까 생각하다가, 그의 말을 믿는 사람이 아무도 없으리라는 사실을 깨달았다.

두꺼비가 가까이 몸을 기울였다. 뉴턴이 생전 처음 조우한 외계 인종의 표정을 두고 판단하기로는 뭔가에 대해 걱정하는 것 같은 얼굴이었다.

"이번에는 넘어가겠습니다."

뉴턴은 빠른 속도로 지껄였다. "아. 어. 제가 살펴보겠습니다— 저기, 제가 '저'라고 말할 때는 말이죠, 음, 전 남극이나 뭐 그런 데는 모든 나라에 속해 있다고 생각하는데요, 그러니까—"

"선생, 우리는 당신들에게 한 가지 메시지를 전달하라는 요청을 받았습니다."

"에?"

"전언은 이렇습니다. '우주 평화와 공존과 기타 등등의 메시지를 전합니다.' 전언 끝."

"아." 뉴턴은 마음속으로 그 말을 굴려보았다. "아. 정말 친절하시군요."

"왜 우리가 당신들에게 이 메시지를 전하라는 요청을 받았는지 짐작하는 바라도 있습니까?"

뉴턴은 얼굴을 활짝 폈다. "글쎄요, 어, 제 생각에는." 그는 머리를 세게 흔들었다. "인류가, 어, 원자를 동력으로 이용하는 것과 또—"

"저희도 모릅니다." 두꺼비는 몸을 바로 세웠다. "이것도 그 이해할 수 없는 현상이겠죠. 자, 그럼 가봐야겠군요." 두꺼비 모양의 외계인은 모호하게 고개를 젓더니, 돌아서서 다른 말 없이 비행접시로 돌아갔다.

뉴턴은 창문 밖으로 머리를 내밀었다.

"고마워요!"

자그마한 외계인이 차 옆을 지나갔다.

"이산화탄소 수준이 0.5퍼센트 상승." 그 외계인은 그에게 의미심장한 시선을 던지며 귀에 거슬리는 소리를 냈다. "당신들이 충동에 휘둘리는 소비지상주의 지배종이라는 혐의를 받고 있다는 건 아는 거겠죠?"

두 외계인은 세 번째 외계인을 일으켜 질질 끌고 올라갔고, 곧 문이 닫혔다.

뉴턴은 뭔가 눈부신 빛의 장관이 펼쳐지지 않을까 생각하며 잠시 기다렸지만, 비행접시는 그냥 그 자리에 서 있었다. 결국 그는 차를 가장자리 쪽으로 몰아 비행접시 옆을 돌았다. 백미러로 보니 비행접시는 사라지고 없었다.

그는 죄책감을 안고 생각했다. 내가 뭔가를 지나치게 하고 있는 게 틀림없어. 그런데 뭘?

보나마나 왜 젖꼭지 수를 세보지 않았느냐고 호통을 칠 테니 새드웰에게 얘기할 수도 없었다.

아담이 말했다. "어쨌든 마녀들에 대해서는 너희들 모두 잘못 생각했던 거야."

고것들은 목초지 입구에 앉아서 개가 소똥밭을 구르는 모습을 지켜보고 있었다. 작은 잡종개는 한없이 즐거워 보였다.

"마녀들에 대해서 읽어봤어." 아담은 약간 목소리를 키웠다. "사실 그들은 늘 옳았고 영국 종교재판이나 그런 걸로 마녀들을 처형한 건 잘못이었어."

"우리 엄마가 그러는데 마녀란 남성지배 사회계급의 답답함에 자기들이 할 수 있는 유일한 방법으로 저항한 똑똑한 여자들을 말하는 것뿐이래." 페퍼가 말했다.

페퍼의 어머니는 노턴 기술전문학교에서 학생들을 가르쳤다.[+]

"그래. 하지만 너희 엄마는 언제나 그런 말을 하잖아." 아담은 잠시 후에 말했다.

페퍼는 온화하게 고개를 끄덕였다. "그리고 엄마 말이, 최악의 경우라봐야 마녀는 친생식 원칙을 숭배하는 자유로운 사고의 소유자들이었을 뿐이랬어."

"무슨 원칙? 그게 뭔데?" 웬즐리데일이 물었다.

"몰라. 5월제 기둥이랑 관계있는 거 아닐까." 페퍼는 애매하게 대답했다.

"쳇, 난 마녀들이 악마를 숭배하는 줄 알았는데." 브라이언이 말했다. 이 말에 흔히 보이는 비난의 기색은 없었다. 고것들은 악마 숭배라는 주제에 대해 열린 마음을 갖고 있었다. 고것들은 모든 것에 대해 열린 마음을 가지고 있었다. "아무튼 바보 같은 5월제 기둥보단 악마가 나은걸."

"바로 그 점이 너희가 잘못 안 거야." 아담이 말했다. "그건 악마가 아냐. 다른 신이거나, 아무튼 다른 거야. 뿔이 달린."

"악마네." 브라이언이 말했다.

"아냐." 아담은 참을성 있게 다시 말했다. "사람들이 뒤섞어버린 것뿐이라고. 비슷한 뿔이 달린 것뿐이야. 이름은 판이라고 하는데,

---

[+] [원주] 낮 동안에는. 저녁에는 불안에 떠는 관리직들에게 '파워' 타로점을 쳐주었다. 습관이란 쉽게 변하지 않는 법이다.

절반은 염소야."

"어느 쪽 절반?" 웬즐리데일이 물었다.

아담은 잠시 생각했다.

"아래쪽 절반. 그걸 모르다니 믿을 수가 없다, 야. 모두가 그 정도는 아는 줄 알았는데."

"염소에는 아래쪽 절반 같은 거 없어." 웬즐리데일이 말했다. "앞 절반이랑 뒤 절반이 있는 거지. 소들처럼."

그들은 목초지 입구에 발꿈치를 두드리며 개를 더 지켜보았다. 너무 더워서 생각을 할 수가 없었다.

그러다가 페퍼가 말했다. "염소 발이 달렸다면 뿔은 없어야 하는 거잖아. 뿔은 앞쪽 절반에 있다고."

"내가 만든 게 아니잖아, 어?" 아담은 기분이 상해서 말했다. "난 그냥 전해주고 있을 뿐이라고. 나보고 이러쿵저러쿵 하지 마."

"아무튼." 페퍼가 말했다. "사람들이 악마라고 생각한다면 판인지 팟인지 하는 이 바보가 돌아다니면서 불평을 할 수는 없는 거야. 뿔이 없어야 하는 거라고. 사람들은 여기 악마가 있네라고 말하는 게 당연하잖아."

개는 토끼굴을 파기 시작했다.

아담은 마음에 무거운 짐이라도 진 사람처럼 숨을 깊이 들이쉬었다.

"모든 것에 다 그렇게 융통성 없이 굴 필욘 없어. 그게 요새 문제라니까. 유물론이라는 것 말이야. 그러니까 너 같은 사람들이 돌아다니면서 열대우림을 베어내고 오존층에 구멍을 내는 거야. 너

같은 유물론자들 때문에 오존층에 커다란 구멍이 난 거라고."

"난 아무것도 할 수 없어." 자동적으로 브라이언이 말했다. "아직도 바보 같은 오이 틀에 돈을 내고 있는걸."

"잡지에 나온 얘기야." 아담이 말했다. "소고기 버거 하나 만드는 데 열대우림이 수백만 에이커나 들어간대. 그리고 오존이 막 새는 건 그러니까……" 아담은 머뭇거리다가 말을 맺었다. "사람들이 환경을 오염시켜서야."

"그리고 고래들 문제가 있지." 웬즐리데일이 끼어들었다. "우린 고래들을 구해야 해."

아담은 잠시 멍해졌다. 아담이 무단으로 표절하고 있는《신 물병자리》과월호에는 고래에 대한 얘기가 없었다.《신 물병자리》편집자들은 독자들이 숨 쉬고 똑바로 걷는 것 못지않게 고래 구하기에 대해서도 잘 알고 있다고 생각한 모양이었다.

"고래들에 대한 프로그램이 있었어." 웬즐리데일이 설명했다.

"왜 고래들을 구해야 하는데?" 아담이 물었다. 고래를 비축해서 뭘 하는지에 대해 혼란된 그림밖에 떠오르지 않았다.

웬즐리데일은 멈칫하고 기억을 짜냈다. "고래들이 노래를 할 수 있기 때문이야. 그리고 고래는 뇌도 굉장히 커. 이제 고래는 거의 남아 있지 않아. 게다가 어쨌든 애완동물 사료 같은 것밖에 안 나오는데 굳이 죽일 필요도 없잖아."

"그렇게 똑똑하다면 바다에서 뭘 하는 거래?" 브라이언이 느릿느릿 말했다.

"아, 모르겠다." 아담은 생각에 잠긴 표정으로 말했다. "온종일 헤엄쳐 다니고 입을 딱 벌려서 이것저것 집어삼키고…… 그만하면 충분히 똑똑한 것 같—"

그때 요란한 급정거음과 길게 미끄러지는 소리가 아담의 말을 끊었다. 아이들은 우르르 목초지 입구에서 일어나 교차로까지 달려갔다. 교차로에는 작은 자동차 한 대가 한참 미끄러진 자국을 남기고 뒤집혀 있었다.

길을 약간 더 내려가자 구멍이 하나 있었다. 아무래도 그 자동차는 이 구멍을 피하려다 구른 모양이었다. 아이들이 바라보는 사이 동양인처럼 보이는 작은 머리통이 구멍 아래로 사라졌다.

고것들은 차 문을 잡아당겨 열고 의식을 잃은 뉴턴을 끌어냈다. 아담의 머릿속은 영웅적인 구출로 받을 훈장 생각이 가득했다. 실제 응급처치에 대해 생각한 것은 웬슬리데일 쪽이었다.

"이 사람을 움직이면 안 돼. 뼈가 부러졌을지도 모르잖아. 누군가 사람을 데려와야 해."

아담은 주위를 둘러보았다. 길 아래 나무들 사이로 겨우 지붕이 하나 보였다. 재스민 장이었다.

그리고 재스민 장 안에서는 아나테마 디바이스가 벌써 몇 시간 전부터 탁자 위에 붕대와 아스피린, 그리고 여러 가지 응급처치 물품을 늘어놓고 앉아 있었다.

아나테마는 시계를 보고 있었다. 이제쯤 그 사람이 올 텐데 싶었다.

그리고 정작 도착한 인물을 보니, 그녀가 기대한 대로는 아니었다. 좀 더 정확하게 말하자면, 그녀가 희망한 인물이 아니었다.

그녀는 약간은 수줍은 마음으로, 키가 크고 검은 머리에 잘생긴 남자이기를 희망했다.

뉴턴은 키는 컸지만 마르고 뻣뻣해 보였다. 머리카락은 확실히 검은색이었지만 도저히 장식적인 효과가 있다고 할 수 없었다. 그저 얇고 까만 털오라기들이 머리에 마구잡이로 자라나 있을 뿐이었다. 뉴턴의 잘못은 아니었다. 몇 년 전까지만 해도 그는 몇 달에 한 번씩 잡지에서 근사한 머리모양을 하고 사진기를 향해 웃고 있는 사람의 사진을 뜯어내어 말아 쥐고서 모퉁이 이발소에 찾아가 사진을 보여주면서, 제발 그렇게 보이게 해달라고 요청하곤 했다. 그리고 자기 직분을 잘 아는 이발사는 사진을 한 번 보고 그냥 뒤와 옆을 짧게 친 기본형으로 잘라주었다. 이런 일을 1년쯤 거듭한 후 뉴턴은 자신이 머리모양에 신경 써볼 만한 얼굴의 소유자가 아님을 깨달았다. 뉴턴 펄시퍼가 이발 후에 기대할 수 있는 최선은 전보다 짧아진 머리카락뿐이었다.

양복도 그랬다. 뉴턴을 점잖고 세련된 데다 편안해 보이게 해줄 만한 옷은 발명된 적이 없었다. 이 무렵 그는 비만 막아주고 동전만 넣을 수 있으면 만족했다.

그리고 그는 잘생긴 인물이 아니었다. 안경을 벗어도 마찬가지였다.[+] 게다가 아나테마가 그를 침대에 눕히려고 신발을 벗겨보니 괴상한 양말을 신었다. 한 짝은 발꿈치에 구멍이 뚫린 파란 양말이었고, 나머지 한 짝은 발가락에 구멍이 난 회색 양말이었다.

그녀는 생각했다. 이런 걸 보고 따뜻하고 부드러운 모성애라든가 그런 걸 느낄 수 있었으면 좋겠는데. 난 이 남자가 양말을 빨기나 했으면 좋겠다는 느낌뿐인걸.

그러니까…… 키가 크고, 머리카락은 검지만, 잘생기진 않았다. 그녀는 어깨를 으쓱였다. 좋아. 셋 중 둘이면 나쁘지 않은 성적이지.

침대에 누운 뉴턴이 꿈틀거리기 시작했다. 그리고 언제나 미래를 지향하는 본성의 소유자인 아나테마는 실망을 누르고 말했다.

"기분이 어때요?"

뉴턴은 눈을 떴다.

그는 침실에 누워 있었는데, 그의 침실은 아니었다. 그는 눈을 뜨자마자 이 사실을 알아차렸다. 천장 때문이었다. 그의 침실 천장에는 아직까지도 모형 비행기가 매달려 있었다. 그는 모형 비행기들을 떼어내야겠다는 생각을 해본 적이 없었다.

그런데 이 방 천장에 보이는 것이라곤 금 간 회칠뿐이었다. 뉴턴은 여자 방에 들어가본 적이 없었지만 아련한 향기를 통해 여기가 여자 방이라는 것을 알 수 있었다. 화장품과 꽃냄새 같은 것이 났고, 건조기 안에 구겨 박은 채 잊어버린 오래된 티셔츠 같은 건 있을 성싶지도 않았다.

그는 머리를 들어 올리려다 신음을 흘리고 다시 베개 위에 떨구

+ [원주] 사실은 안경을 벗었다가 넘어져서 여기저기 붕대를 감는 바람에 더 못생겨 보였다.

었다. 어쩔 수 없이 베개가 분홍색이라는 사실이 눈에 들어왔다.

"운전대에 머리를 부딪쳤어요." 그를 일으킨 목소리가 다시 말했다. "하지만 부러진 데는 없어요. 어떻게 된 거죠?"

뉴턴은 다시 눈을 떴다.

"차는 괜찮아요?"

"겉보기에는 멀쩡해요. 안에서 작은 목소리가 계속 '부디 아저베트으 매주세요'라고 하고 있긴 하지만요."

"봤지?" 뉴턴이 보이지 않는 청중을 향해 말했다. "그 시절에도 자동차를 어떻게 만들지는 알고 있었던 거야. 플라스틱 마감재가 충격을 줄여준 거라고."

뉴턴은 아나테마에게 눈을 깜박였다.

"갑자기 튀어나온 티베트인을 피하려다 길에서 벗어났어요. 내 생각엔 그래요. 내가 미친 걸지도 모르죠."

뉴턴에게 말을 건 인물이 그의 시야 안으로 걸어 들어왔다. 검은 머리에 붉은 입술, 그리고 녹색 눈동자, 여자라는 것이 거의 확실했다. 뉴턴은 그녀를 너무 빤히 쳐다보지 않으려 노력했다. "당신이 미친 거라면 아무도 못 알아차리겠는데요." 그녀는 미소를 지었다. "내가 마녀사냥꾼을 처음 만나본다는 거 알아요?"

"어—" 뉴턴이 입을 열었다. 그녀는 그의 지갑을 들어 보였다.

"안을 들여다봐야 했거든요."

드문 일도 아니지만 뉴턴은 몹시 창피했다. 섀드웰은 그에게 모든 교구관리들과 치안판사, 주교와 지방행정관들이 자유로운 통행을 보장하며 원하는 만큼 마른 장작을 제공한다는 내용이 들어 있는 공식 마녀사냥꾼 신분증을 한 장 주었다. 그것은 놀랍도록 멋들어진 서예 작품이었으며, 아마도 엄청 오래된 물건인 듯했다. 뉴턴은 그 신분증에 대해 까맣게 잊고 있었다.

"그건 그냥 취미예요." 그는 비참하게 말했다. "전 정말은…… 그러니까……" 경리라는 말은 할 수 없었다. 여기에서, 지금, 이런 여자에게 그럴 순 없었다. "컴퓨터 기술자죠." 그는 거짓말을 했다. 컴퓨터 기술자가 되고 싶어. 정말 그러고 싶어. 마음속에서만은 이미 컴퓨터 기술자야. 두뇌가 따라주지 않은 것뿐이지. "실례지만 당신은—"

"아나테마 디바이스예요. 심령 연구가지만 그건 취미일 뿐이죠. 정말은 마녀예요. 좋아요. 당신은 반 시간 늦었어요." 그녀는 그에게 작은 종잇조각을 건네주며 덧붙였다. "그러니까 이걸 읽어보는 게 좋겠네요. 시간이 많이 절약될 거예요."

뉴턴은 소년기에 안 좋은 경험을 숱하게 했으면서도 가정용 컴퓨터를 한 대 가지고 있었다. 사실은 한두 대가 아니었다. 뉴턴이 산 컴퓨터는 언제나 뻔했다. 그 컴퓨터들은 와사비 자동차에 맞먹었다. 예를 들자면 뉴턴이 사자마자 값이 절반으로 떨어졌다거나, 혹은 폭발적인 주목을 받으면서 출시되었다가 1년 만에 기억 속에서 사라졌다거나, 혹은 냉장고에 집어넣어야만 작동한다거나 하는 컴퓨터들이었다. 행여 원래는 괜찮은 기계일 경우에도 뉴턴은 언제나 버그가 있는 초창기 운영체계가 깔린 컴퓨터만 골라잡았다. 그래도 그는 그만두지 않았다. 믿었기 때문에.

아담 역시 작은 컴퓨터를 한 대 가지고 있었다. 아담은 컴퓨터로 게임을 했지만, 장시간 붙들고 있지는 않았다. 아담은 게임을 걸어놓고 잠시 동안 주의 깊게 지켜본 다음, 최고 점수를 넘어서서 0만 나올 때까지 계속 플레이했다.

다른 고것들이 이 이상한 기술에 대해 의문을 표시하면 아담은 모든 사람이 이런 식으로 게임을 하지 않는다는 사실에 놀라곤 했다.

"어떻게 플레이하는지만 배우면 돼. 그다음은 쉽잖아." 아담은 그렇게 말했다.

뉴턴은 재스민 장 응접실에 신문지가 잔뜩 쌓여 있음을 알아차리고 가슴이 내려앉는 기분이었다. 벽마다 오려낸 기사들이 붙어 있었다. 어떤 기사에는 붉은색으로 동그라미가 쳐져 있기도 했다. 뉴턴이 섀드웰을 위해 오려냈던 기사도 몇 개 보여서 조금 기쁘기는 했다.

아나테마는 가구를 별로 두지 않았다. 그녀가 수고를 아끼지 않고 여기까지 가져온 물건은 가보로 물려받은 시계 하나뿐이었다. 원목 괘종시계는 아니지만, 에드거 앨런 포가 기쁘게 누군가를 매달았을 법한 거침없는 진자가 달린 벽시계였다.

뉴턴은 자꾸 그 시계에 눈이 갔다.

"어느 조상님이 만드신 시계죠." 아나테마는 커피잔을 탁자에 내려놓으며 말했다. "조슈아 디바이스 경이라고. 들어본 적 있나요? 싼값에 정확한 시계를 만들 수 있게 해준 진동추를 발명하셨는데요. 사람들은 그 발명품에 그분의 이름을 붙였죠."

"조슈아라고요?" 뉴턴이 조심스럽게 물었다.

"디바이스라고요."

지난 반 시간 동안 뉴턴은 정말 믿기 힘든 일을 여러 가지 들었고 이젠 그것을 거의 믿을 지경이 되어 있었지만, 그래도 적당한 정도라는 게 있는 법이다.

"디바이스가 진짜 사람 이름에서 따온 거라고요?"

"그럼요. 오래된 랭커셔 이름이죠. 프랑스에서 건너온 성인 것 같아요. 다음번엔 험프리 '가젯' 경의 이름도 들어본 적이 없다고 하겠네요. 그분은—"+

"아니, 적당히 좀—"

"넘치는 갱도에서 물을 빼낼 수 있게 만든 '가젯'을 고안했죠. 그럼 피에트르 '기즈모'는요? 미국 최초의 흑인 발명가였던 사이러스 T. '두대드'는요? 토머스 에디슨은 자기가 탄복하는 동시대의 발명가는 오로지 사이러스 T. 두대드와 엘라 리더 '위짓'뿐이라고 했죠. 그리고—"

+ '디바이스' '가젯' 모두 '도구' '장치'를 뜻하는 영어 단어. 다음에 나오는 '기즈모'(장치), '두대드'(고안물), '위짓'(부품) 모두 마찬가지.

그녀는 뉴턴의 멍한 표정을 보고 말을 끊었다.

"박사 논문 주제였거든요. 너무나 단순하고 광범위하게 쓰여 모두들 그런 물건이 발명될 필요가 있었는지조차 잊어버린 물건들을 발명한 사람들. 설탕 넣어요?"

"어—"

"보통은 두 개 넣는군요." 아나테마는 상냥하게 말했다.

뉴턴은 그녀가 건네준 종이 카드를 다시 노려보았다.

그녀는 그 카드가 모든 것을 설명해준다고 생각하는 듯했다.

그러나 그렇지가 않았다.

카드 한가운데에 줄이 그어져 있었다. 그 줄 왼쪽에는 검은 잉크로 시처럼 보이는 짧은 글이 적혔다. 오른쪽에는 붉은색 잉크로 의견과 주석이 달렸다. 결과는 다음과 같았다.

3819. 동양의 전차가 역전, 네 바퀴를 하늘로 하네, 멍든 남자가 너의 침대에, 버드나무 끝으로 머리를 쑤셔, 핀으로 시험하는 남자는 아직 정신이 맑지 않아, 하나 내 원상복구의 씨를 뿌려, 확실히 하기 위해 그에게서 불꽃의 수단을 압수할 것, 너희는 함께할지니, 오게 될 종언까지.

일본 자동차? 뒤집힘. 자동차 사고인가…… 심각한 부상은 아니고? ……받아들여…… …… 버 드 나 무 끝 = 아 스 피 린 (cf.3757) 핀=마녀사냥꾼(cf.102) '선량한' 마녀사냥꾼일까?? 펄시퍼 참조(cf.002) 성냥, 기타 등등을 찾아볼 것. 1990년대! ……흠…… 하루도 안 남았네 (ch.712, 3803, 4004)

뉴턴은 반사적으로 주머니에 손을 가져갔다. 라이터가 없었다.

"이게 무슨 의미죠?" 그는 쉰 목소리로 물었다.

"아그네스 너터라는 이름 들어본 적 있어요?" 아나테마가 말했다.

"아뇨." 뉴턴은 냉소를 절망의 방패막으로 삼아 대꾸했다. "이번 엔 그 여자가 미치광이들을 발명했다고 말하려나 보군요."[+]

"너터 역시 오래된 랭커셔 이름이에요." 아나테마는 차갑게 말했다. "믿지 못하겠다면 17세기 마녀재판사를 읽어봐요. 아그네스 너터는 내 조상이에요. 실은, 당신 조상이 내 조상을 산 채로 불태웠어요. 불태우려 했다고 해야 할지도 모르겠지만."

뉴턴은 소름 끼치는 가운데에서도 넋을 놓고 아그네스 너터의 죽음에 얽힌 이야기에 귀를 기울였다.

"간음하지말지어다 펄시퍼라고요?" 이야기가 끝나자 그는 말했다.

"당시에는 그런 이름이 흔했어요. 자식이 열 명에 아주 신실한 집안이었나 봐요. 탐내지말지어다 펄시퍼도 있었고, 거짓증언하지 말지어다 펄시퍼도 있었고―"

"알았어요. 맙소사. 섀드웰이 전에 펄시퍼라는 이름을 들어본 적이 있다고 한 것 같아요. 군 기록에 있는 게 틀림없군요. 내 이름이 간음 펄시퍼였다면 최대한 많은 사람을 죽이고 싶었을 거예요."

"내가 보기엔 그저 여자들만 싫어했던 것 같은데요."

[+] '너터nutter'에 미치광이라는 뜻이 있다.

"잘 정리해줘서 고맙군요. 흠, 그분이 내 조상이라는 건 확실해요. 펄시퍼라는 성이 흔할 리도 없고. 어쩌면…… 그래서 내가 마녀사냥 군대에 합류하게 된 걸까요? 운명일지도요." 그는 희망에 차서 말했다.

그녀는 고개를 저었다. "아뇨. 그런 건 아녜요."

"어쨌든, 요새 마녀사냥꾼은 그때 같지 않아요. 아마 섀드웰도 도리스 스토크의 쓰레기통을 걷어차는 정도 이상은 해본 적이 없을걸요."

"우리끼리 얘기지만 아그네스는 성격이 좀 괴팍했어요. 중용이라는 게 없었죠." 아나테마는 애매하게 말했다.

뉴턴은 종이를 들고 흔들었다.

"그런데 그게 이거랑 무슨 상관이죠?"

"그걸 쓴 게 아그네스거든요. 그 내용 원본을요. 1655년 초판 발행,《아그네스 너터의 근사하고 정확한 예언집》3819번."

뉴턴은 그 예언을 다시 들여다보았고 입을 빼끔거렸다.

"내가 차 사고를 당할 줄 알았다는 겁니까?"

"그래요. 아니. 어쩌면 아닐지도 몰라요. 확언하기 힘들어요. 아그네스는 이제껏 실존한 예언자 중 최악이었어요. 언제나 옳았거든요. 그래서 그 책은 절대 팔리지 않았죠."

M대부분의 영력은 시간의 초점을 맞추지 못하는 데에서 비롯되며, 아그네스 너터의 마음은 시간 속을 떠돌다 못해, 미치광이 예언녀가 성장 산업이나 다름없던 17세기 랭커셔의 기준으로 보아도 완전히 돈 것으로 여겨질 지경이었다.

하지만 그녀의 말에 귀를 기울일 가치가 있다는 점에는 모두가 동의했다.

그녀는 제정신 박힌 사람들 모두가 악취를 풀풀 풍기는 것이 나쁜 병을 옮기는 악마들에 대한 유일한 방어 수단이라고 믿던 시절에, 손을 깨끗이 씻어서 병을 유발하는 눈에 보이지 않는 동물들을 떨어내는 게 중요하다는 점을 강조하고 곰팡이 같은 것을 써서 병을 치료했다. 그녀는 더 오래 살고 싶으면 빠른 속도로 뛰어다니라고 주장했고, 이 부분에서 큰 의심을 사는 바람에 마녀사냥꾼들의 시선을 끌었다. 그리고 그녀는 섬유소를 먹는 게 중요하다는 점도 강조했는데, 당시에는 대부분 사람들이 돌조각을 먹으면 먹었지 섬유소를 먹으려 들진 않았으니 시대를 너무 앞지른 셈이었다. 그리고 그녀는 사마귀를 치료하려 하지 않았다.

"그건 다 마음에 달린 거예요. 잊어버리면 없어질 거예요."

아그네스가 미래에 선을 대고 있었던 것은 분명했으나, 그것은 보기 드물 정도로 좁고 구체적인 선이었다. 다시 말해 그녀의 능력은 거의 쓸모가 없었다.

"그게 무슨 뜻입니까?" 뉴턴은 물었다.

"아그네스는 사건이 일어난 후에야 겨우 이해할 수 있는 종류의 예언만 했던 거예요. 이를테면 '베타맥은 사지 말아라' 같은 거죠. 이건 1972년에 대한 예언이었어요."

"비디오테이프 재생기를 예언했다는 겁니까?"

"아뇨! 아그네스는 그저 작은 정보 조각 하나를 주웠던 거예요. 그게 요점이에요. 대부분의 경우 아그네스가 쓰는 에두른 표현은, 그 사건이 지나가서 모든 게 들어맞기 전까지는 이해할 수가 없어요. 그리고 아그네스는 뭐가 중요할지 뭐가 그렇지 않은지를 몰랐고, 그래서 모든 예언이 마구잡이예요. 1963년 11월 22일에 대한 예언은 킹스린에서 무너진 집에 대한 거였어요."

"에?" 뉴턴은 정중하지만 감을 잡지 못하겠다는 표정이었다.

"케네디 대통령이 암살된 날이잖아요. 하지만 아그네스의 시대에는 댈러스가 존재하지 않았어요. 반면 킹스린은 아주 중요했죠."

"아."

"아그네스는 자기 후손들이 얽힌 예언에는 아주 뛰어났어요."

"아?"

"그리고 내연 엔진에 대해서는 아무것도 몰랐죠. 아그네스에게 자동차란 그저 웃기게 생긴 전차일 뿐이었어요. 우리 어머니만 해도 이 예언이 황제의 마차가 뒤집혔다는 얘긴 줄 아셨죠. 미래를 아는 것만으로는 충분치 않아요. 그게 뭘 의미하는지를 알아야죠. 아그네스는 가느다란 관으로 거대한 그림을 보는 사람 같았어요. 그 작은 조각들에 대한 자신의 이해에 기반해서 훌륭한 충고처럼 보이는 말들을 적어 내려갔죠."

아나테마는 계속했다. "때로는 운이 좋을 수도 있어요. 예를 들어 우리 고고조 할아버지께선 1929년 주가 폭락이 실제로 일어나기 이틀 전에 그 부분에 관한 예언을 풀어내셨죠. 한 재산 일구셨어요. 우리 집안은 직업이 아그네스의 후손이라고 해도 될 거예요."

그녀는 뉴턴에게 날카로운 시선을 던졌다. "알겠어요? 200년 전까지만 해도《근사하고 정확한 예언집》이 아그네스가 가보로 물려주려고 만든 책이라는 사실을 아무도 깨닫지 못했어요. 많은 예언이 아그네스의 후손들과 그들의 안녕에 관한 거예요. 이승을 뜬후에도 우리를 돌봐주려 했던 것 같아요. 우린 그래서 킹스린 예언이 나오는 거라고 생각해요. 당시 제 아버지가 킹스린에 가 있었으니까, 아그네스의 관점에서는 제 아버지가 댈러스에서 어정대는 부랑자에게 맞아 죽을 일은 없고 킹스린에서 벽돌에 맞을 가능성은 높았던 거죠."

"친절하기도 하시지. 그분이 마을 전체를 날려버린 것도 너그러이 넘어갈 만하군요."

아나테마는 이 빈정거림을 무시했다. "아무튼 그렇게 된 거예요. 그걸 깨달은 후 우린 아그네스의 예언 해석을 직업으로 삼았죠. 어쨌든 예언은 평균 한 달에 하나 꼴이에요. 지금은, 세상의 종말에 가까워지면서 더 많아지긴 했지만."

"그래서 그 종말이 언젠데요?"

아나테마는 의미심장한 눈길로 시계를 쳐다보았다.

뉴턴은 유쾌하고 세속적인 느낌이 들기를 바라며 짧고 끔찍한 웃음소리를 냈다. 오늘 일어난 사건들을 겪고 보니 스스로가 제정신이라는 느낌이 들지 않았다. 게다가 아나테마의 향수 냄새를 맡으니 더욱 좌불안석이었다.

"초시계가 필요하지 않다는 사실을 행운으로 생각해요." 아나테마가 말했다. "음, 이제 대여섯 시간 남았네요."

뉴턴은 이 말을 곰곰이 생각했다. 이제껏 살면서 술을 마시고 싶은 충동이 일어난 적은 한 번도 없었지만, 어쩐지 지금이 처음으로 술을 마실 때인지도 몰랐다.

"마녀들이 집에 술을 놓아두나요?" 그는 과감히 물어보았다.

"아, 그럼요." 그녀는 아그네스 너터가 속옷 서랍 안에 든 화약 꾸러미를 풀며 지었을 법한 미소와 함께 대답했다. "응고된 표면 위로 이상한 것들이 꿈틀거리는 녹색 거품 덩어리가 있죠. 당신은 알아두는 게 좋을 것 같아서요."

"좋아요. 얼음은 있나요?"

아나테마가 괴상하게 묘사한 물건은 진이었다. 얼음도 있었다. 마법을 자신이 나아갈 길로 선택한 아나테마는 보편적인 의미의 술에는 반대했지만, 자신이 필요로 하는 경우에는 승인했다.

"차도에 난 구멍 속에서 티베트인이 튀어나왔다는 얘기 했던가요?" 뉴턴은 약간 긴장을 풀고 물었다.

"아, 나도 알아요." 아나테마는 탁자 위에 놓인 종이쪽지들을 뒤적이며 말했다. "어제 앞마당에서 두 명이 튀어나왔죠. 불쌍하게도 어찌나 당황하던지, 내가 차를 한 잔 대접했더니 삽을 빌려서 다시 내려갔어요. 그 사람들은 뭘 해야 하는지 잘 모르나 봐요."

뉴턴은 약간 마음이 상했다. "그게 티베트인인 줄 어떻게 알았어요?"

"그렇게 치면 당신은 어떻게 알았어요? 차로 칠 때 '오옴'이라고 외치기라도 하던가요?"

"그게, 그 사람은, 그 사람은 티베트인처럼 보였어요. 사프란색 옷에다 빡빡머리에…… 알잖아요…… 티베트인."

"내가 본 사람 하나는 영어를 아주 잘하던데요. 조금 전까지만 해도 라싸에서 라디오를 고치고 있었는데 다음 순간 굴속에 있더라는 거예요. 어떻게 집에 돌아갈지 갈피를 못 잡고 있었어요."

"길 위로 보냈더라면, 비행접시를 타고 갈 수 있었을지도요." 뉴턴은 음울하게 말했다.

"외계인 세 명 말인가요? 하나는 쬐그만 깡통 로봇이고?"

"당신 앞마당에도 착륙했습니까?"

"라디오를 들으면 여기만 빼고 온 군데에 다 착륙한 것 같더군요. 온 세상을 돌아다니면서 우주 평화에 대한 짧고 진부한 메시지를 전하고 있는데, 사람들이 '그래서요?'라고 하면 멍청하게 쳐다보다가 다시 이륙한다더군요. 아그네스가 말했던 대로 징조와 조짐들이 나타나는 거예요."

"이것도 다 그녀가 예언했던 대로라고 말하려는 겁니까?"

아나테마는 앞에 놓인 낡은 카드 색인을 훌훌 넘겼다.

"원래는 전부 다 컴퓨터에 입력하려 했어요. 단어 검색이나 뭐 그런 거 있잖아요. 알죠? 그러면 일이 훨씬 쉬워지죠. 예언은 단서는 있지만 배열이 마구잡이에다, 손글씨고 그래서요."

"그래서 아그네스가 모든 걸 카드 색인으로 쓴 겁니까?"

"아뇨. 한 권의 책이었죠. 하지만 내가 그걸, 음, 잃어버렸어요. 물론 사본은 만들어뒀죠."

"잃어버렸다고요?" 뉴턴은 유머 감각을 발휘하려 애쓰며 말했다. "분명 아그네스도 그건 내다보지 못했겠군요!"

아나테마는 그를 쏘아보았다. 시선이 사람을 죽일 수 있다면 뉴턴은 시체가 되었을 것이다.

그녀는 말을 이었다. "하지만 우린 몇 년에 걸쳐 색인 작업을 해왔고 우리 할아버지대에 와서 유용한 상호 참조 체계를 개발해냈어요…… 아. 여기 있군요."

그녀는 종이 한 장을 뉴턴 앞으로 밀었다.

3988. 땅에서 크로커스의 남자들이 오고 하늘에서 녹색 남자들이 올 때, 이유는 알기 어렵지만, 플루토의 막대는 번개의 성을 멈추고, 가라앉은 땅이 솟아오르며, 레비아단이 풀려나고, 브라질은 푸르고, 뒤이어 셋이 한데 모이고 넷이 강철 말에 올라 떨쳐 일어나네. 종말이 가까이 오는도다.

……크로커스=사프란(cf.2003)

……외계인인가……??

……낙하산 부대?

……핵발전소(스크랩 798-806을 보라)

……아틀란티스(스크랩 812-819)

……레비아단=고래(cf.1981)?

……남아메리카가 녹색?

? 3=4? 철도? ('강철 길', cf.2675)

"이걸 다 한번에 이해한 건 아니에요." 아나테마가 인정했다. "뉴스를 들은 다음 채워 넣었죠."

"분명 당신이 가족 중에서도 특히 십자말풀이를 잘하는 사람이겠군요." 뉴턴이 말했다.

"어쨌든 난 이 부분에서 아그네스가 약간 능력 밖의 이야기를 했다고 생각해요. 레비아단과 남아메리카와 셋과 넷이라는 건 뭐든 뜻할 수 있어요." 아나테마는 한숨을 내쉬었다. "문제는 신문들이에요. 아그네스가 혹시 놓치고 지나갈 수도 있는 아주 사소한 사건에 대해 언급하고 있는 건지, 알 수가 있어야죠. 아침마다 모든 일간지를 다 검토하는 데 얼마나 걸리는지 알아요?"

"3시간 10분." 뉴턴은 자동적으로 대답했다.

"훈장이나 뭐 그런 걸 받게 될지도 몰라." 아담은 낙관적으로 말했다. "불타는 차에서 사람을 구했잖아."

"불타고 있지 않았어." 페퍼가 말했다. "그 아저씨가 제대로 세웠을 때 보니까 별로 망가지지도 않았더라."

"그럴 수도 있었잖아." 아담은 지적했다. "낡은 차가 언제 불이 붙어야 할지 몰랐다고 해서 우리가 훈장을 받지 말아야 할 이유는 없어."

그들은 구멍을 내려다보고 서 있었다. 아나테마는 경찰을 불렀고, 경찰은 이 구멍에 함몰 지역이라고 써넣은 다음 주위에 도로공사 표지를 둘러쳐놓았다. 구멍은 어두컴컴했고 한참이나 아래로 뻗어 내려갔다.

"티베트에 가보면 재밌을 거야." 브라이언이 말했다. "무술도 배울 수 있을 거고. 오래된 영화에서 봤는데 티베트에 있는 어느 계곡에선 다들 수백 년씩 산대. 거길 샹그릴라라고 불러."

"우리 고모네 방갈로도 샹그릴라라고 하던데." 웬즐리데일이 말했다.

아담은 콧방귀를 뀌었다.

"낡은 방갈로를 따서 계곡 이름을 짓는다니 그다지 똑똑한 짓은 아닌걸. 차라리 던로민 같은 이름을 붙이든가 아예 월계관이라고 부르지."

"그래도 샴블즈⁺보단 훨씬 낫잖아." 웬즐리데일이 가볍게 반박했다.

"샴블즈가 아니라 샴발라야." 아담이 바로잡았다.

"같은 곳일 거야. 이름이 두 개일지도 몰라." 페퍼가 드물게 외교적인 자세로 나왔다. "우리 집도 그렇잖아. 이사해 들어가면서 '오두막집'에서 '노턴뷰'로 이름을 바꿨는데 여전히 수신인이 '오두막집, 테오 C. 큐피에'라고 적힌 편지들이 오거든. 어쩌면 이름은 샴발라라고 붙였는데 사람들은 월계수 계곡이라고 부르는 걸지도 몰라."

⁺ '난장판'이라는 뜻.

아담은 구멍 속에 돌멩이를 하나 던져 넣었다. 슬슬 티베트인들에게 싫증이 났다.

"이제 어떡하지?" 페퍼가 말했다. "노턴 바텀 농장에서 오늘 양들을 목욕시킨댔어. 가서 그 일을 도와줄 수도 있을 거야."

아담은 조금 큰 돌을 구멍 속에 던지고 쿵 소리를 기다렸다. 아무 소리도 돌아오지 않았다.

"모르겠어." 아담은 다른 데 정신이 팔려 있었다. "난 우리가 고래들과 열대우림과 그런 것들에 대해 무슨 일인가를 해야 한다고 생각해."

"이를테면?" 양을 씻기면서 기분 전환하는 걸 좋아하는 브라이언이 물었다. 브라이언은 주머니에서 과자 봉지를 꺼내어 하나씩 하나씩 구멍 속에 떨어뜨리기 시작했다.

"오늘 오후에 태드필드에 가서 햄버거를 먹지 않는 방법도 있어." 페퍼가 말했다. "우리 넷이 햄버거를 하나씩 안 먹으면 수백만 제곱미터의 열대우림이 안 잘려 나갈 거야."

"우리가 먹든 안 먹든 잘려 나갈걸." 웬즐리데일이 대꾸했다.

"또 물질 만능주의야." 아담이 말했다. "고래들이랑 똑같아. 어떻게 되어가는지 보면 놀라울 뿐이야." 아담은 개를 바라보았다.

기분이 아주 이상했다.

주인의 시선을 느낀 작은 잡종개는 기대하듯 뒷다리로 일어섰다.

"너 같은 사람들이 고래를 다 먹어치우는 거야." 아담이 엄하게 말했다. "너 혼자서만 벌써 고래 한 마리를 다 없앴을걸."

개는 영혼에 남은 마지막 악마적 불꽃의 잔재로 스스로의 행동을 혐오하면서 머리를 한쪽으로 돌리고 끙끙거렸다.

"멋진 구세계는 그렇게 되어가는 거야." 아담이 말했다. "고래도 없고, 공기도 없고, 바다가 올라와서 모두들 헤엄을 치고 다니게 되겠지."

"그럼 아틀란티스인들만 잘 살겠네." 페퍼가 쾌활하게 말했다.

"허." 아담은 제대로 듣지 않고 있었다.

그의 머릿속에서 무슨 일인가가 벌어지고 있었다. 머리가 아팠다. 아담이 하지도 않은 생각들이 머릿속에 밀어닥쳤다. 무엇인가가 말하고 있었다. *넌 뭔가 할 수 있어, 아담 영. 넌 모든 것을 더 낫게 만들 수 있어. 원하는 건 뭐든 할 수 있지.* 그리고 그런 말을 지껄이고 있는 것은…… 그 자신이었다. 깊숙한 곳에 자리한, 그의 일부였다. 내내 그에게 붙어 있었으나 그림자나 마찬가지로 느껴지지 않았던 그의 일부. 그게 말하고 있었다. *그래. 썩어빠진 세상이야. 훌륭해질 수도 있었지. 하지만 지금은 썩어버렸고, 이제 어떻게든 해야 할 때야. 그래서 네가 여기에 있는 거야. 모든 것을 더 낫게 바꾸기 위해.*

"그 사람들은 어디든 갈 수 있잖아." 페퍼는 아담에게 걱정스러운 시선을 던지며 말을 이었다. "아틀란티스인들 말야. 왜냐하면—"

"아틀란티스랑 티베트인들 이제 지겨워." 아담이 말을 끊었다.

아이들은 아담을 빤히 쳐다보았다. 이런 아담은 본 적이 없었다.

"그 작자들에게야 모든 게 좋겠지. 모두가 돌아다니면서 고래와 석탄, 석유와 오존과 열대우림과 그런 걸 다 고갈시키고 나면 우리에겐 아무것도 남지 않을 거야. 우린 공기가 없어져가는 와중에 컴컴하고 축축한 곳에 둘러앉아 있는 대신 화성 같은 데 가야 할 거고."

이건 고것들이 아는 아담이 아니었다. 고것들은 서로를 외면했다. 이런 아담을 보니 세상이 생각보다 오싹해 보였다.

"내가 보기엔 있지." 브라이언이 실용적으로 접근했다. "내가 보기엔, 아무래도 네가 그런 걸 그만 읽는 게 좋을 것 같아."

"예전에 네가 말한 대로야." 아담이 말했다. "해적과 카우보이와 우주인에 대해 읽고 자라면서 세상이 멋진 것들로 가득하다고 생각하려고 하는데, 그자들이 죽은 고래들과 쓰러진 숲과 수백 년간 사라지지 않는 핵폐기물들에 대해 얘기하는 거지. 그러니까 내 의견을 묻는다면, 자라서 어른이 된다는 건 무가치한 일이야."

고것들은 서로 눈짓을 교환했다.

온 세상에 그늘이 드리워졌다. 북쪽에는 폭풍을 예고하는 구름층이 쌓이고 있었고, 갑자기 어느 광적인 아마추어가 하늘에 칠을 하기라도 한 것처럼 햇빛이 노란색을 띠었다.

"내가 보기엔 모든 걸 뒤집어엎고 전부 다시 시작해야 해." 아담이 다시 말했다.

아담의 목소리 같지 않았다.

모진 바람이 여름 숲을 뒤흔들었다.

아담은 물구나무를 서려고 애쓰고 있던 개를 쳐다보았다. 멀리서 천둥소리가 울렸다. 아담은 멍하니 손을 뻗어 개를 다독였다.

"핵폭탄이 터져서 모든 걸 다시 시작하면, 제대로 조직하기만 하면 전부 잘될 거야. 가끔 난 내가 그런 일이 일어나길 바라는 게 아닐까 생각해. 그러고 나면 우리가 모든 걸 제대로 정리할 수 있을 텐데."

다시 천둥소리가 울려 퍼졌다. 페퍼는 몸을 떨었다. 이건 평소의 그것들이 몇 시간씩 보내곤 하던 끝없는 말다툼이 아니었다. 아담의 눈엔 친구들이 가늠할 수 없는 뭔가가 깃들어 있었다. 나쁜 장난을 생각하는 표정이 아니었다. 그런 표정이라면 언제나 짓고 있었으니까. 지금 이건 훨씬 더 나쁜, 뭔가 공허한 잿빛 느낌이었다.

"글쎄, 난 '우리'라는 부분은 잘 모르겠는걸." 페퍼가 시도했다. "폭탄이 다 터져버리면 우리도 다 날아갈 테니까, '우리'가 있을 수 없는 거잖아. 태어나지 않은 세대의 어머니로서 말하는데, 난 반대야."

아이들은 신기한 눈으로 페퍼를 쳐다보았다. 페퍼는 어깨를 으쓱였다.

"그럼 거대 개미들이 세상을 지배할 거야." 웬즐리데일이 불안하게 말했다. "영화에서 봤어. 아니면 다들 톱질 자국이 난 엽총을 들고 돌아다니는 거야. 칼이랑 총을 가득 실은 차를 몰고—"

"거대 개미 같은 건 내가 허락하지 않겠어." 아담은 소름 끼치게 명랑한 얼굴로 말했다. "그리고 너희는 괜찮을 거야. 내가 그렇게 되게 할 테니까. 아, 온 세상을 우리가 차지한다면 끝내주겠지, 안 그래? 우린 세상을 나눌 수 있어. 멋진 게임을 할 수 있을 거야. 진짜 군대랑 무기를 갖고 전쟁을 할 수도 있어."

"하지만 사람들이 없을 텐데." 페퍼가 반박했다.

"아, 사람들은 내가 좀 만들 수 있을 거야." 아담이 대수롭지 않다는 듯이 말했다. "어쨌거나 군대를 만들 만큼은. 우린 각자 세상의 4분의 1씩을 가질 수 있어. 예를 들면 너는"—아담이 페퍼를 가리키자, 페퍼는 하얗게 달아오른 부지깽이에라도 찔린 듯 뒤로 물러섰다—"붉은 머리니까 붉은 러시아를 갖는다거나. 알겠어? 그리고 웬즐리는 아메리카를 갖고, 브라이언은, 브라이언은 아프리카랑 유럽을 갖고, 그리고, 그리고—"

점점 두려움이 강해졌지만 고것들은 이 부분에서 고민을 해줘야 했다.

강해진 바람이 티셔츠를 휘감는 가운데 페퍼가 더듬더듬 말했다. "흐-흐음. 왜 웬즐리는 아메리카를 가-갖고 난 러시아만 가-가져야 하는지 모-모르겠는걸. 러시아는 따분하잖아."

"중국이랑 일본이랑 인도도 가질 수 있어." 아담은 대답했다.

"그럼 난 아프리카랑 따분한 작은 나라들만 잔뜩 갖는다는 거잖아." 재앙이 코앞에 닥쳐도 협상을 잊지 않는 브라이언이 불평하고는 덧붙여 말했다. "오스트레일리아도 좋은데."

페퍼가 브라이언을 쿡 찌르고 다급하게 고개를 저었다.

"오스트레일리아는 개가 가질 거야." 아담은 창조의 불꽃으로 눈을 반짝이며 말했다. "녀석에겐 뛰어놀 공간이 많이 필요하니까. 그리고 거긴 쫓아다닐 만한 토끼랑 캥거루 천지고—"

구름이 깨끗한 물이 담긴 그릇에 떨어진 잉크처럼 사방팔방으로 퍼져나가며 바람보다 빨리 하늘을 가로질렀다.

"하지만 토끼가 없을 텐데." 웬즐리데일이 새된 소리로 말했다.

아담은 듣고 있지 않았다. 머릿속에서 울리는 목소리 외에는 아무 말도 듣고 있지 않았다. "쓸데없는 잡동사니가 너무 많아." 그는 말했다. "전부 다시 시작해야 해. 우리가 원하는 것만 남겨두고 다시 시작하는 거야. 그게 최선이야. 생각해보면 그게 지구에도 좋은 일이 될 거야. 늙다리 바보들이 망가뜨려놓는 꼴을 보고 있으면 '화'가 난단 말이야……"

"기억이에요, 그건." 아나테마는 말했다. "거꾸로 움직이기도 하는 거죠. 종족 기억은 말이에요."

뉴턴은 그녀에게 정중하지만 멍한 얼굴을 보여주었다.

"아그네스가 미래를 '본' 게 아니라는 말을 하려는 거예요." 그녀는 참을성 있게 설명했다. "본다는 건 은유적인 표현일 뿐이죠. 아그네스는 미래를 '기억한' 거예요. 물론 그렇게 잘 기억한 편은 아니었고, 본인의 이해를 통해 걸러질 때면 혼란이 일어나기도 했죠. 우린 아그네스가 자기 자손들에게 일어날 일들을 제일 잘 기억했다고 생각해요."

"하지만 당신이 아그네스가 써놓은 말들 때문에 어떤 곳에 가고 어떤 일들을 한다면, 그리고 아그네스가 쓴 내용이 당신이 간 곳과 당신이 한 일들에 대한 회상이라면 그건—"

"무슨 말인지 알아요. 하지만, 음, 그게 어떻게 돌아가는지 보여주는 증거들이 있어요."

그들은 두 사람 사이에 펼쳐진 지도를 보았다. 옆에서는 라디오가 웅얼거리고 있었다. 뉴턴은 자기 옆에 여자가 앉아 있다는 사실을 의식하고 있었다. 전문가답게 굴어라, 좀. 그는 스스로에게 말했다. 넌 군인이잖아, 안 그래? 뭐, 그렇다고 할 수 있지. 그러면 군인답게 굴라고. 그는 한순간 정말 열심히 생각했다. 그러면 최고로 견실한 군인처럼 행동하는 거야. 그는 억지로 당면한 문제에 주의를 돌리고 물었다.

"왜 로어 태드필드죠? 나는 날씨 때문에 여기에 관심을 갖게 됐을 뿐입니다. 전문용어로는 최적 국지기후라고 하죠. 일부 지역에서만 독자적인 좋은 날씨가 계속될 경우를 일컫는 겁니다."

그는 아나테마의 공책을 흘긋 보았다. 이제는 전 세계에 들끓는 것 같은 티베트인과 UFO는 제쳐놓더라도, 여기엔 뭔가 정말 이상한 면이 있었다. 태드필드 지역은 달력을 고스란히 옮겨놓은 듯한 기후를 지녔을 뿐 아니라 변화에 믿을 수 없을 만큼 강한 저항력을 보였다. 여기엔 새로 지은 건물이 하나도 없어 보였다. 인구 이동도 거의 없었다. 보통 기대할 수 있는 것보다 숲도 많고 산울타리도 많았다. 이 지역에 하나 생겼던 대량 사육 농장은 한두 해 만에 망했고 그 뒤를 이은 것은 자기 돼지들을 사과 과수원에 그냥 풀어놓고 돼지고기를 비싸게 파는 구식 농부였다. 지역 내에 있는 두 학교는 변화하는 교육 경향과 상관없이 행복하기만 해 보였다. 로어 태드필드 지역 대부분을 조각조각으로 쪼개 놓을 예정이었던 고속도로는 8킬로미터 바깥으로 코스를 변경, 큼지막한 반원을 그런 다음 자신이 피해 간 작고 변함없는 시골 섬을 의식하지도 못한 채 계속 뻗어갔다. 왜 그렇게 되었는지는 아무도 모르는 것 같았다. 이 사건에 관련된 측량사 중 한 명은 신경쇠약에 빠졌고, 한 명은 수도사가 되었으며, 또 한 명은 벌거벗은 여자들을 그리기 위해 발리로 떠나버렸다.

흡사 20세기 태반이 몇 제곱킬로미터를 '제한 구역'으로 표시해 둔 것만 같았다.

아나테마는 색인 목록에서 카드를 또 하나 빼내어 탁자 위에 날렸다.

2315. 혹자는 '그것'이 런던이나 뉴요크에 온다 하나 그들이 틀렸으니, 그곳은 태디스 필드요, 강력한 힘을 지닌 그는 영지 안의 기사처럼 오리니, 세상을 네 조각으로 나누고, 폭풍을 불러오는도다.

······4년 먼저 [1664년까지 뉴암스테르담]······
······노포크의 태드빌······
······데본의 타드필드······
······옥슨의 태드필드······<
······!······계시록 10장 6절을 보라

"난 수많은 지역 기록들을 뒤져봐야 했어요." 아나테마가 말했다.

"왜 이건 2315번이죠? 다른 것들보다 이르잖아요."

"아그네스는 시간에 대해 좀 마구잡이였어요. 장소나 사건에 대해서도 늘 알았던 것 같진 않지만요. 아까 말한 대로, 우린 아그네스의 예언을 한데 엮는 체계를 개발하는 데 상당한 세월을 쏟았거든요."

뉴턴은 카드를 몇 장 들춰보았다. 대충 이런 식이었다.

1111. 거대한 사냥개가 오리니, 두 개의 권능이 지켜보나 헛되리니, 사냥개는 주인이 있는 곳으로 갈 것이며, 그곳에 그들은 없으리라. 그는 개에게 이름을, 진정한 본성을 부여해줄 것이며, 지옥은 놈을 떠나리라.	? 비스마르크와 관련된 건가? [A F 디바이스, 1888년 6월 8일] ……? …… 슐레스비히-홀스타인 건인가?

"이분은 유난히 아그네스를 잘 이해하지 못했죠." 아나테마가 말했다.

3017. 나는 넷이 달리는 것을 본다. 종언을 가져오는 이들. 그리고 지옥의 천사들이 그들과 함께 달리며, 셋이 일어나리라. 그리고 넷과 넷이 합쳐 넷이요, 암흑 천사는 제 몫의 패배를. 허나 그자는 제 몫을 주장하리라.	계시록의 기수들. 그자=판, 악마(1782년 브루스터, 《랭커셔의 마녀재판》). ?? 아그네스 할머니가 이날 밤엔 술에 취했던 모양 [퀸시 디바이스, 1789년 10월 15일] 동감. 아아, 우린 모두 인간일 뿐. [미스 O J 디바이스, 1854년 1월 5일]

"왜 '근사하고' 정확한 예언집이죠?" 뉴턴이 물었다.

"딱 맞다는 뜻의 '근사한'이에요." 아나테마는 전에도 똑같은 설명을 해본 사람답게 지친 어조로 대답했다. "옛날에는 그런 뜻으로 쓰였거든요."

"하지만 이것 봐요." 뉴턴이 말했다.

그는 UFO는 존재하지 않았고 그저 그의 상상에 불과했다고, 실제로 차 사고에 관련된 뭔가가 있긴 했지만 티베트인은 아니었다고 스스로를 설득해낼 뻔했지만, 실제로는 아주 매력적일뿐더러 그를 좋아하는 것 같아 보이는, 아니면 적어도 그를 싫어하지는 않는 듯한 여성과 한 방에 앉아 있다는 사실에만 점점 더 신경이 쏠렸다. 자신을 싫어하지 않는 여성만 해도 뉴턴에게는 처음이었다. 게다가 이상한 일이 잔뜩 일어나고 있기는 했지만 그래도 진심으로 노력해보면, 상식이라는 배를 힘껏 저어 쇄도하는 증거의 물살을 헤쳐나가면 모든 게 그저 기상 풍선이나 금성의 영향, 아니면 집단 환각인 척할 수 있을 것 같았다.

즉, 뉴턴이 지금 무슨 생각을 하건 간에 머리로 하는 생각은 아니었다.

"하지만 이것 봐요." 그는 말했다. "세상이 '정말로' 지금 끝난다는 건 아니죠? 주위를 둘러봐요. 세계적인 긴장 같은 건…… 흠, 아무튼 평소 이상의 긴장 같은 건 보이지 않잖아요. 그러니까 이 문제는 잠시 제쳐두고, 에, 뭐랄까, 잘은 모르겠지만 산책이라든가 뭐 그런―"

"이해 못 하겠어요? 여기엔 뭔가가 있다고요! 이 지역에 영향을 미치는 뭔가가! 그게 레이선을 모조리 뒤틀어놨어요. 이 지역이 변하지 않게 보호하고 있고! 그건…… 그건……" 또 그랬다. 아나테마는 마음속에 떠오른 생각을 잡아낼 수가 없었다. 깨고 나서 꿈을 잡으려 하는 것처럼 손가락 사이를 빠져나갔다.

창문이 덜컹거렸다. 바깥에서 바람에 쏠린 재스민 가지들이 세게 유리창을 두드리기 시작했다.

아나테마는 손을 비틀면서 말했다. "그런데 그 위치를 딱 집을 수가 없어요. 할 수 있는 건 다 해봤는데도요."

"딱 집다뇨?" 뉴턴이 말했다.

"펜듈럼도 써봤어요. 경위의도 써봤고요. 보다시피 난 영력이 있거든요. 하지만 그건 사방을 돌아다니는 것 같아요."

뉴턴도 아직까지 아나테마의 말을 제대로 해석할 만큼은 정신이 남아 있었다. 대부분 사람이 "보다시피 난 영력이 있거든요"라고 말할 때는 "난 좀 호들갑스럽긴 하지만 독창적이지는 못한 상상력의 소유자예요"라든가 "난 검은색 매니큐어를 칠하죠"라든가 "잉꼬와 대화를 하죠"라는 뜻이지만, 아나테마가 그렇게 말하니 별로 달갑지 않은 유전병이 있음을 인정한다는 듯한 느낌이었다.

"아마겟돈이 돌아다닌다고요?" 뉴턴은 말했다.

"수많은 예언이 아마겟돈에 앞서 적그리스도가 나타난다고 했죠." 아나테마가 말했다. "아그네스가 '그'라고 칭했는데. 그의 위치를 잡아낼 수가 없다는 얘기예요."

"그녀일 수도 있죠."

"뭐라고요?"

"그녀일 수도 있잖아요. 지금은 20세기잖습니까. 성차별은 안 될 말이죠."

"이 일을 아주 진지하게 받아들이진 않고 있군요." 아나테마는 엄하게 대꾸했다. "아무튼 여기에 '악'은 없어요. 내가 이해할 수 없는 건 바로 그 점이에요. 여기엔 사랑뿐이라고요."

"미안하지만 뭐라고요?"

아나테마는 무력한 표정으로 뉴턴을 쳐다보았다. "설명하기 힘들어요. 뭔가가, 혹은 누군가가 이 장소를 사랑하고 있어요. 그 사랑이 너무나 강력해서 이 지역 구석구석을 감싸고 보호하고 있어요. 깊고, 거대하며, 열렬한 사랑이에요. 어떻게 여기에서 나쁜 일이 시작될 수 있을까요? 어떻게 이런 곳에서 세상의 종말이 시작될 수 있을까요? 여긴 누구나 아이들을 키우고 싶어 할 만한 곳이에요. 아이들의 낙원이죠." 그녀는 희미하게 미소 지었다. "이 지역 아이들을 봐야 하는 건데. 믿을 수 없을 정도거든요! 소년 잡지에서 뛰쳐나온 것 같죠! 온통 까진 무릎하며 '멋지다!'라고 외쳐대는 모습하며 반짝이는 눈하며—"

순간 거의 잡힐 듯했다. 무슨 생각이었는지 손에 잡힐 것만 같았다. 거의 붙잡을 뻔했다.

"여긴 뭐죠?" 뉴턴이 물었다.

"뭐요?" 아나테마는 생각의 흐름이 끊기자 비명을 지르듯 되물었다.

뉴턴의 손가락이 지도를 두드렸다.

"'폐기된 비행장'이라고 쓰여 있는 데요. 바로 여기요. 태드필드 서쪽의—"

아나테마는 콧방귀를 뀌었다. "폐기됐다고요? 그런 말은 믿지 말아요. 전투기 기지였던 곳이에요. 한 10년 동안은 어퍼 태드필드 공군기지였죠. 그리고 당신이 무슨 말을 하려는지는 알겠는데 답은 '아니오'예요. 그 망할 기지는 질색이지만, 거기 책임자인 대령님은 당신보다도 한참 멀쩡한 분이죠. 그 부인 되시는 분은 요가를 하고요."

어디 보자. 무슨 말을 하고 있었지? 이 부근 아이들……

그녀는 자신이 정신적으로 죽 미끄러져, 자신을 붙잡으려 기다리고 있던 좀 더 사적인 생각 속으로 나동그라지는 것을 감지했다. 뉴턴은 나쁘지 않았다, 정말로. 그리고 생의 남은 시간을 그와 함께 보낸다는 부분에 대해 말하자면, 어차피 신경에 거슬릴 만큼 오래 같이 있지도 못할 것이다.

라디오에서는 남아메리카 열대우림에 대해 떠들어대고 있었다.

새로 생긴 열대우림에 대해.

우박이 쏟아지기 시작했다.

아담이 앞장서서 채석장으로 내려가는 동안 얼음 탄환이 고것들 주위에 널린 나무 잎사귀들을 갈기갈기 찢었다.

개는 다리 사이에 꼬리를 말아 넣고 끙끙거리면서 따라갔다.

개는 이건 옳지 않다고 생각했다. 이제 쥐떼를 잡을 참이었는데.

길 건너에 사는 그 망할 놈의 독일 셰퍼드도 처리할 참이었는데. 이젠 주인님이 모든 걸 끝장내버릴 거고 난 예전처럼 불타는 눈을 하고서 길 잃은 영혼들이나 쫓아다녀야겠지. 그게 무슨 재미람. 녀석들은 맞서 싸울 줄도 모르고 맛도 없는걸……

웬즐리데일, 브라이언, 페퍼는 조리 있게 생각을 할 수가 없었다. 그들이 알아차린 거라곤 자신들이 아담을 따라가는 게 아니라, 알 수 없는 힘에 끌려 날 듯이 달리고 있다는 것뿐이었다. 그들을 앞으로 끌고 가는 힘에 저항했다면 아마 다리만 부러졌을 것이고, 그런 상태에서도 여전히 앞으로 나아가야 했을 것이다.

아담은 아무 생각도 하고 있지 않았다. 마음속에서 무엇인가가 풀려 나와 불타오르고 있었다.

그는 나무 상자 위에 아이들을 앉히고 말했다.

"이 밑에선 괜찮을 거야."

"어." 웬즐리데일이 말했다. "우리 엄마 아빠가—"

"걱정할 것 없어." 아담은 거만하게 대꾸했다. "내가 새로운 엄마 아빠를 만들어줄 수 있어. 9시 반까지 잠자리에 들어야 하는 일도 없을 거야. 원치 않는다면 아예 자리 들어가지 않아도 돼. 방을 치우거나 그런 일도 안 해도 되고. 전부 나한테 맡기면 좋아질 거야." 아담은 미치광이 같은 미소를 던졌다. "새로운 친구들을 불러냈어. 너희도 마음에 들 거야."

"하지만—" 웬즐리데일이 입을 열었다.

"너흰 나중에 있을 멋진 일들만 생각하면 돼." 아담은 열정적으로 말했다. "미국을 새로운 카우보이들이랑 인디언이랑 경찰이랑 깡패들이랑 만화랑 우주인들로 채울 수 있어. 환상적이겠지?"

웬즐리데일은 비참한 얼굴로 다른 두 아이를 쳐다보았다. 아이들은 평소에도 자기들 중에 만족스러울 만큼 똑똑하게 말할 수 있는 아이는 없다고 생각하고 있었다. 확실히 한때 미국에는 진짜 카우보이와 깡패가 있었고, 그건 멋진 일이었다. 그리고 언제나 카우보이와 깡패인 척하는 녀석들도 있었고, 그것도 멋졌다. 하지만 살아 있기도 하고 살아 있지 않기도 하고 지겨워지면 상자 안으로 돌려 넣을 수가 없는 '진짜' 카우보이와 깡패인 척하는 것은, 그건 조금도 멋지지 않았다. 깡패와 카우보이와 외계인과 해적의 핵심은 언제든 그런 게 되기를 그만두고 집으로 돌아갈 수 있다는 점이었다.

"하지만 그전에." 아담이 음침하게 말했다. "우린 그들에게 정말로 '보여줘야' 해……"

그 쇼핑센터 광장에는 나무가 한 그루 있었다. 아주 크지는 않았고 잎사귀는 노란색이었으며, 호기심을 불러일으킬 만큼 호들갑스럽게 그을린 유리를 투과하여 받는 빛은 잘못된 종류의 빛이었다. 게다가 이 나무는 올림픽 출전 선수보다 더 많은 약물을 투입받고 있었으며 가지마다 확성기가 둥지를 틀고 있었다. 그래도 그건 나무였고, 눈을 반쯤 감고 인공 폭포 위에 있는 그 나무를 보면 물안개 사이로 병든 나무를 보고 있다고 믿을 수도 있었다.

제이미 헤르네즈는 그 나무 아래에서 점심 먹기를 즐겼다. 관리 주임이 보기라도 하면 호통을 쳐대겠지만, 제이미는 농장에서, 그 것도 아주 훌륭한 농장에서 자랐으며 나무를 좋아했고 도시에 오고 싶지 않았다. 하지만 어쩌겠는가? 일은 나쁘지 않았고 봉급은 아버지가 꿈도 꾸지 못했을 정도였다. 할아버지는 돈이라는 것 자체를 꿈꿔보지 못한 분이었고 말이다. 제이미 역시 열다섯 살이 되기 전까지는 돈이 무엇인지 알지 못했다. 하지만 그는 나무가 필요한 시절이 있다고, 부끄러운 것은 그의 아이들은 나무라고 하면 장작 정도로 여기며 자라고 있는 데다, 손주들은 나무를 과거의 유물로나 여기게 되리라는 사실이라고 생각했다.

하지만 어쩌겠는가? 예전에 숲이 있던 곳에 지금은 대농장이 들어섰고, 작은 농장이 있던 곳에는 이제 쇼핑센터가 들어섰으며, 쇼핑센터가 있던 곳은 여전히 쇼핑센터일 뿐. 세상은 그렇게 돌아갔다.

그는 손수레를 신문 가판대 뒤에 숨기고, 슬그머니 앉아서 점심 도시락을 풀었다.

그때 뭔가 살랑거리는 소리가 들렸고, 바닥 그림자가 움직였다. 그는 주위를 둘러보았다.

나무가 움직이고 있었다. 제이미는 관심을 갖고 나무를 바라보았다. 전에는 나무가 자라는 모습을 본 적이 없었다.

인공 돌부스러기가 쌓인 정도라고는 해도 나무 주위를 감싸고 있던 흙이, 밑에서 뿌리가 들썩이면서 들끓고 있었다. 제이미는 가느다란 흰색 뿌리가 공중 정원 옆으로 기어 나와서 맹목적으로 콘크리트 바닥을 찔러대는 것을 보았다.

이유도 모르면서, 결코 이유를 알지 못하면서 제이미는 발로 부드럽게 그 뿌리를 건드려 석판 사이에 난 틈으로 이끌었다. 발아한 뿌리는 틈을 발견하고 뻗어 내려갔다.

가지들은 이리저리 뒤틀려 다른 모양으로 변하고 있었다.

제이미는 건물 밖의 요란한 자동차 소리를 들었지만 신경 쓰지 않았다. 누군가가 무엇인가에 대해 고함을 지르고 있었는데, 어차피 제이미 근처에선 항상 누군가가 소리를 질렀다. 많은 경우 그에게 지르는 소리였다.

탐색에 나선 뿌리가 묻혀 있던 흙을 찾아낸 게 분명했다. 색이 변하더니, 물을 틀었을 때의 소방 호스처럼 굵어졌다. 인공 폭포가 멈췄다. 제이미는 파이프가 물을 빨아대는 수염뿌리에 점령당해 갈라지고 막힌 광경을 그려보았다.

이제 그는 바깥에서 무슨 일이 벌어지고 있는지 볼 수 있었다. 길 표면이 바다처럼 출렁이고 있었다. 곳곳의 틈에서 어린 나무들이 밀고 올라오고 있었다.

그는 당연한 일이라 생각했다. 나무에겐 햇빛이 필요했다. 그의 나무에겐 햇빛이 없었다. 나무가 받은 거라곤 4층 높이를 덮은 돔을 통과해서 들어오는 약한 회색빛뿐이었다. 이미 죽은 빛.

하지만 어쩌겠냐고?

이렇게 할 수 있지.

전력이 나가면서 엘리베이터가 동작을 멈췄지만, 그래봐야 4층이었다. 제이미는 조심스레 도시락통을 닫고, 손수레를 뒤져 제일

긴 빗자루를 골라잡았다.

사람들이 비명을 지르며 건물 밖으로 쏟아져나가고 있었다. 제이미는 물살을 거스르는 연어처럼 사람들을 거슬러 계단을 올라갔다.

건축가가 뭔지 모를 뭔가에 대해 역동적으로 말해준다고 생각하고 만들어놓은 흰색 나무 뼈대가 그을린 유리 돔을 떠받치고 있었다. 사실 그건 유리가 아니라 일종의 플라스틱이었고, 적당한 들보에 올라선 제이미가 빗자루를 지레 삼아 온 힘을 쏟자 부술 수 있었다. 빗자루를 몇 번 더 휘두르자 돔이 산산이 부서져 내렸다.

햇빛이 쏟아져 들어왔다. 쇼핑센터에 쌓여 있던 먼지가 빛을 받으며 날아오르자 온통 반딧불이로 가득 찬 것 같았다.

한참 밑에서는 나무가 페인트칠 된 콘크리트 감옥 벽을 부수고 특급열차처럼 쭉 위로 뻗어나갔다. 제이미는 지금까지 나무들이 자라면서 소리를 낸다는 것을 알지 못했다. 다른 사람도 마찬가지였다. 산봉우리에서 산봉우리로, 몇백 년에 걸쳐 24시간짜리 파동으로 전해지는 소리였으니까.

그 소리를 녹음해서 빠르게 재생한다면, 나무가 내는 소리는 '부르르르름'이다.

제이미는 나무가 녹색 버섯구름처럼 자신을 향해 다가오는 것을 지켜보았다. 뿌리 근처에서 수증기가 소용돌이치고 있었다.

들보는 한순간도 버티지 못했다. 돔의 잔재는 물보라를 받은 탁구공처럼 위로 솟구쳐 올랐다.

온 도시가 마찬가지였다. 더 이상 도시라는 게 보이지도 않았다.

보이는 것은 녹색 천장뿐이었다. 지평선에서 지평선까지 녹색만이 뻗어나갔다.

제이미는 덩굴에 매달려 늘 앉던 의자에 앉고는, 웃고 웃고 웃고 또 웃었다.

이윽고 비가 내리기 시작했다.

자칭 고래 연구선 카파마키[+] 호는 현재 다음의 문제를 연구하고 있었다. '일주일 동안 얼마나 많은 고래를 볼 수 있는가?'

오늘 고래가 한 마리도 없었다는 점은 제쳐두고 말이다. 승무원들은 정교한 과학기술의 응용으로 정어리보다 큰 것은 무엇이든 감지하여 국제 기름 시장에서의 순가가 얼마나 될지 계산해내는 화면들을 응시했고, 그 화면은 텅 비어 있었다. 가끔 비춰지는 물고기는 급히 어딘가로 달아나는 것처럼 무서운 속도로 물속을 달리고 있었다.

선장은 손가락으로 조종간을 톡톡 두들겼다. 그는 곧 포경선에 연구 자료를 꽉 채워 돌아가지 못한 선장들에게 통계적으로 무슨 일이 일어났는가를 알아내는 자체 연구를 수행하게 되지 않을까 근심이 이만저만 아니었다. 그들이 무슨 짓을 할지 궁금했다. 어쩌

[+] 오이 초밥.

면 영예로운 일을 행하길 기대하고 작살총 한 자루를 들려 방에 가둘지도 모르지.

이건 이해할 수 없는 일이었다. '뭔가'가 있어야 했다.

항법사가 해도를 불러내더니 뚫어져라 들여다보았다.

"선장님?" 그가 물었다.

"뭔가?" 선장의 대꾸는 퉁명스러웠다.

"아무래도 기계에 심각한 고장이 난 모양입니다. 이 지역 해저는 깊이 200미터여야 합니다만."

"그런데?"

"1만 5천 미터로 읽힙니다, 선장님. 그리고 계속 깊어지고 있습니다."

"말도 안 되는 소리. 그렇게 깊을 리가 없어."

선장은 수백만 엔짜리 최첨단 기술 장치를 노려보다가 주먹으로 내리쳤다.

항법사는 불안정한 미소를 지었다.

"저, 선장님." 항법사가 말했다. "이미 앝아졌습니다."

아지라파엘과 테니슨 둘 다 알고 있었듯이, *천둥 치는 위쪽 해저 아래, 심해의 까마득한 밑바닥에, 크라켄이 잠들어 있다네.*[+]

그리고 이제 놈이 깨어 일어나고 있었다.

놈이 올라가면서 수백만 톤의 심해 진흙이 폭포수가 되어 옆으

[+] 테니슨의 시 〈크라켄〉에 나오는 구절.

로 흘러내렸다.

"보세요." 항법사가 말했다. "벌써 3천 미터예요."

크라켄에게는 눈이 없다. 뭔가를 보기 위한 물건 자체가 달린 적이 없었다. 그러나 놈은 얼음장 같은 물을 뚫고 부풀어 오르면서 바다의 초음파를 모아들인다. 고래들이 내뱉은 구슬픈 삑 소리와 휘파람 소리를.

"어. 1천 미터인데요?" 항법사가 말했다.

크라켄은 기분이 좋지 않다.

"500미터?"

포경선이 갑작스러운 파도에 뒤흔들린다.

"100미터?"

위에 뭔가 자그마한 금속 물건이 있다. 크라켄은 밀어 올린다.

그리고 100억 인분의 오징어 초밥이 복수의 고함을 지른다.

별장 창문이 안쪽으로 깨어져 들어갔다. 이건 폭풍이 아니라 전쟁이었다. 재스민 꽃잎이며 이파리들이 방 안에 휘몰아쳐, 비처럼 쏟아져 내리는 파일 카드들과 뒤섞였다.

뉴턴과 아나테마는 뒤집힌 탁자와 벽 사이 공간에서 서로에게 매달려 있었다.

"계속해봐요." 뉴턴이 중얼거렸다. "아그네스가 이것도 예언했다고 말할 작정입니까."

"아그네스는 그가 폭풍을 불러올 거라고 했어요." 아나테마가 말했다.

"이건 회오리바람인데요. 그다음엔 무슨 일이 일어날 거라고 했죠?"

"2315번 예언은 3477번과 교차해요."

"이런 순간에 그런 세세한 걸 기억할 수 있단 말이에요?"

"그러고 보니 그렇네요." 아나테마는 그렇게 대답하고 카드를 꺼냈다.

3477. 운명의 바퀴가 돌아가게 하라, 마음이 합쳐지게 하라, 내 것 외에 다른 불길이 있으니. 바람이 꽃을 날릴 때, 서로가 서로에게 손을 뻗으라, '붉은 것'과 '흰 것'과 '검은 것'과 '보이지 않는 것'이 완두콩 우리의 공언에 접근할 때 주위가 고요해지리니.

? 아무래도 여기엔 신비주의가 개입된 듯. [A F 디바이스, 1889년 10월 17일]

완두콩/꽃? [OFD, 1929년 9월 4일]

다시 한 번 계시록 6장을 참조하라 [토머스 디바이스 박사, 1835년]

뉴턴은 카드를 다시 한 번 읽었다. 바깥에서 함석판이 미친 듯이 회전하며 정원을 가로질러 가는 것 같은 소리가 났고, 실제로도 그랬다.

"그러니까 뭐냐." 뉴턴이 말했다. "우리가 '가십거리'라도 된다는 겁니까? 그 아그네스란 분 정말 농담이 심하군요."

상대가 나이 든 여자 친척일 경우, 그 비위를 맞추기란 여간 힘든 일이 아니다. 이런 노파들은 웅얼거리거나 킬킬거리거나 줄담배를 피우거나, 제일 나쁜 경우엔 가족사진이 든 앨범을 꺼내 든다. 제네바 회담에서 금지해 마땅한 성별 간 전쟁의 도발 행동이랄까. 그것도 그 친척이 죽은 지 300년이나 됐다면 문제는 더 어려워진다. 뉴턴이 아나테마에 대해 품은 생각이 있는 것은 사실이었다. 품은 정도가 아니라, 선박에 비유하자면 정박시켜서 재정비하고 페인트칠을 새로 한 다음 바닥에 붙어 있는 따개비까지 뜯어낸 상태였다. 하지만 목덜미를 파고드는 아그네스의 예지력에 대해 생각하면 찬물을 한 바가지 쏟아부은 듯 리비도가 위축되어버렸다.

아나테마에게 같이 식사라도 하지 않겠느냐고 말해볼까 생각도 있었지만, 크롬웰 같은 독재자 마녀가 300년 전 자기 오두막집에 앉아서 그 식사 장면을 보고 있다고 생각하면 구역질이 났다.

그는 사람들이 왜 마녀들을 불태웠는지 이해할 수 있었다. 그의 삶은 몇 세기 전의 어느 미친 노파에게 조종당하지 않더라도 충분히 복잡했다.

벽난로 안에서 쿵 소리가 나는 것이 굴뚝이 일부분 무너져 내린 것 같았다.

그리고 그 순간 그는 생각했다. 내 삶은 전혀 복잡하지 않아. 나도 아그네스만큼이나 선명하게 들여다볼 수 있지. 조기 퇴직을 하고, 사무실 사람들이 모금한 송별금을 받고, 어딘가에 작고 깔끔한 아파트나 하나 얻어 살다가 깔끔하고 초라하고 공허하게 죽겠지. 지금 세상의 종말일지도 모르는 사태 와중에 무너진 별장에 깔려 죽지 않는다면 말이지만.

기록 천사는 내 삶을 쓰는 데 아무런 어려움을 겪지 않을 거야. 몇 년 동안 매 장마다 '이하 동문'의 점만 찍으면 되는 삶이었는데 뭐. 그러니까, 내가 정말로 한 일이 뭐가 있냐고? 은행털이 한 번 안 해봤지. 주차위반 딱지 한 번 안 끊어봤지. 태국 음식도 한 번 안 먹어봤지―

어딘가에서 쨍그랑 소리가 나며 창문이 또 하나 부서졌다. 아나테마는 실망스럽게 들리지만은 않는 한숨을 뱉으며 뉴턴에게 팔을 둘렀다.

난 미국에도 못 가봤어. 프랑스에도. 칼레는 프랑스라고 쳐줄 수 없는 거니까 말이야. 게다가 악기도 하나 다룰 줄 모르지.

전력선이 마침내 끊어지면서 라디오가 죽었다.

그는 그녀의 머리카락 속에 얼굴을 묻었다.

난 한 번도―

핑 소리가 났다.

섀드웰은 마녀사냥 군대의 임금 장부를 날짜대로 기입하며, 마녀사냥 상병 스미스 몫의 서명을 하다가 고개를 들었다.

그는 한참이 지나서야 지도 위에 꽂아두었던 뉴턴의 핀이 반짝이지 않는다는 것을 깨달았다.

그는 구시렁거리며 의자에서 내려가 바닥을 뒤졌고, 떨어진 핀을 찾아 문지른 다음 태드필드에 다시 꽂았다.

그가 보충 수당으로 1년에 2펜스씩을 받는 마녀사냥 일병 '탁자' 몫의 서명을 하고 있었을 때, 다시 한 번 핑 소리가 났다.

그는 핀을 회수해서 의심스러운 눈으로 들여다본 다음, 지도 뒤의 회벽에 들어갈 만큼 꾹 눌러 박았다. 그는 다시 장부책으로 돌아갔다.

핑 소리가 났다.

이번에는 핀이 벽에서 1미터는 떨어진 곳까지 날아갔다. 섀드웰은 핀을 집어 들어 끄트머리를 찬찬히 살핀 다음 지도에 꽂고, 지켜보았다.

5초 후 핀은 그의 귀를 스치고 날아갔다.

그는 바닥을 뒤져 핀을 찾아내어 지도에 꽂고, 이번에는 아예 붙잡고 있었다.

핀이 그의 손 안에서 흔들거렸다. 그는 온몸의 무게를 실어 버텼다.

지도에서 가늘게 연기가 피어올랐다. 섀드웰은 붉게 달아오른 핀이 반대편 벽에 부딪쳤다가 창을 뚫고 날아가자 끙끙거리며 손가락을 빨았다. 핀은 태드필드에 머물러 있으려 하지를 않았다.

10초 후 섀드웰은 마녀사냥 군대의 현금 상자를 샅샅이 뒤져 동전 한 줌과 10실링짜리 지폐 한 장, 제임스 1세 치하에 만들어진 위조 동전을 찾아냈다. 그는 개인적인 안전은 개의치 않고 자기 주머니를 뒤져보았다. 연금생활자용 교통 패스에는 참작의 여지가 있었지만, 나머지 성과물로는 태드필드는 고사하고 집 밖으로 나가기에도 빠듯했다.

그가 아는 사람 중에 돈이 있을 만한 인물은 라지트 씨와 마담 트레이시밖에 없었다. 이 시점에서 라지트 가족에게 갔다가는 밀린 7주분의 집세 때문에 논쟁이 일어날 것이고, 마담 트레이시야 구겨진 10파운드 지폐를 한 움큼 정도 빌려줄 마음은 넘치겠지만……

"그놈의 요사스런 이세벨한테서 벌 받을 돈을 빌린다믄 내가 죽일 눔이제."

그러고 나면 아무도 남지 않았다.

하나만 빼고.

그 남부 호모 놈.

둘 다 한 번씩은 여기 왔었다. 가능한 한 이 방에 있지 않으려 했고 특히나 아지라파엘 같은 경우엔 아파트 바닥도 건드리지 않으려고 했다. 섀드웰이 생각하기에 또 한 놈, 그러니까 선글라스를 쓴 남부 불량배 놈은 건드리지 않는 게 좋을 것 같았다. 섀드웰의 단순 명쾌한 세상에서는 누구든 해변도 아닌데 선글라스를 쓴 인간은 범죄자일 가능성이 높았다. 그는 크롤리가 마피아나 다른 지하세계 출신이라고 추측했다. 지하세계라는 부분에서 자신의 생각이 얼마나 정확했는지 알면 놀라겠지만. 하지만 낙타털 코트를 입은 나약한 녀석 쪽은 문제가 달랐고, 한번은 그놈의 근거지까지 추적해 가보기도 했으며, 길도 기억하고 있었다. 그는 아지라파엘이 러시아 스파이라고 생각하고 있었다. 돈을 뜯어낼 수 있을 것이다. 협박을 좀 하면.

끔찍이도 위험한 시도로다.

섀드웰은 마음을 추슬렀다. 바로 지금도 젊은 뉴턴은 어둠의 딸들의 손아귀에서 상상할 수 없는 고문을 당하고 있을 것이며 그를 그곳에 보낸 것은 바로 자신, 섀드웰이었다.

"우리 대원을 그런 곳에 놔둘 수는 없지." 그는 그렇게 말하고, 얇은 외투와 볼품없는 모자를 걸치고 거리로 나섰다.

바람이 조금 강해지는 것 같았다.

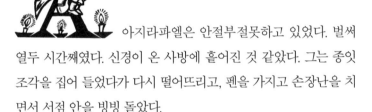 아지라파엘은 안절부절못하고 있었다. 벌써 열두 시간째였다. 신경이 온 사방에 흩어진 것 같았다. 그는 종잇조각을 집어 들었다가 다시 떨어뜨리고, 펜을 가지고 손장난을 치면서 서점 안을 빙빙 돌았다.

크롤리에게 말해야 했다.

아니, 그렇지 않았다. 말하고 싶은 상대는 크롤리였고, 말해야 하는 상대는 천국이었다.

결국, 그는 천사였다. 옳은 일을 해야 했다. 책략을 보면 훼방을 놓는 것, 그게 그의 본질이었다. 크롤리가 정확하게 지적했다시피. 애초부터 천국에 말했어야 했다.

하지만 그는 크롤리를 몇천 년간 알고 지냈다. 그들은 사이가 좋왔다. 그들은 거의 서로를 이해하는 수준에 도달했다. 때로는 각자의 상관들보다 서로에게 더 공통점이 많은 게 아닌가 싶기도 했다. 무엇보다도 그들 둘 다, 이 세상을 우주적인 체스 게임의 말판으로만 보지 않고 그 자체로 좋아했다.

물론, 그랬다. 그게 바로 그가 직면한 답이었다. 그가 천국에 슬쩍 알려준다면 그들이 아이에 대해 뭔가를 할 수 있을 테니, 그거야말로 그가 크롤리와 맺은 협정의 '정신'에 충실한 셈이었다. 물론 우린 다들 하느님의 피조물이니 그렇게 나쁜 짓은 하지 않겠지. 아무리 상대가 크롤리나 적그리스도라 해도. 그리고 세상은 구원을 받고 아마겟돈은 일어날 필요가 없어질 것이다. 누구나 알다시피 마지막에는 천국이 이기게 되어 있고, 크롤리도 이해하게 되어 있으니, 어쨌든 아마겟돈은 누구에게도 득 될 게 없었다.

그래. 그러면 모든 게 괜찮아질 거야.

휴업 간판을 걸어놓았는데도 누군가가 서점 문을 두드렸다. 그는 그 소리를 무시했다.

아지라파엘에게 있어 천국과 쌍방향 통신을 연다는 것은 원래 답을 기대하지 않고, 혹시라도 답을 받게 되면 놀라 까무러치는 인간들에게보다 훨씬 어려운 일이었다.

아지라파엘은 종이 더미가 쌓인 책상을 옆으로 밀고 너덜너덜한 카펫을 말아 올렸다. 카펫 아래 바닥에는 분필로 작은 원이 하나 그려져 있었고, 적절한 카발라 구절들이 원 주위를 둘러싸고 있었다. 천사는 초 일곱 대에 불을 켜서, 의식에 따라 원 주위의 특정 지점마다 한 대씩 세웠다. 그리고 향에도 불을 붙였다. 의식에는 필요치 않은 일이었지만 냄새가 좋아지니까.

그런 다음 그는 원 안에 서서 '말씀'을 뇌었다.

아무 일도 일어나지 않았다.

그는 다시 한 번 '말씀'을 뇌었다.

마침내 천장에서 밝고 푸른 광선이 쏟아져 내려와서 원 안을 채웠다.

교양 있는 목소리가 말했다. "흐음?"

"접니다, 아지라파엘."

"우리도 알고 있다."

"엄청난 소식이 있어요! 적그리스도의 위치를 알아냈어요! 적그리스도가 살고 있는 집 주소며 모든 것을 말씀드릴 수 있습니다!"

잠시 침묵이 흘렀다. 푸른빛이 흔들리더니 목소리가 다시 말했다.

"그래서?"

"하지만, 저, 적그리스도를 죽이— 아니, 모든 일을 멈출 수 있으시잖아요! 어서요! 몇 시간밖에 여유가 없습니다! 다 멈추면 전쟁이 일어날 필요도 없고 모두를 구할 수 있다고요!"

그는 빛줄기를 향해 환하게 웃었다.

"그래?"

"그럼요. 적그리스도는 로어 태드필드라는 곳에 있고, 주소는—"

"잘했다." 목소리는 무미건조하고 단조롭게 말했다.

"그러니까 바다의 3분의 1을 피로 바꾼다거나 그런 일이 일어날 필요가 없는 거예요." 아지라파엘은 행복하게 말했다.

이 말에 목소리는 약간 기분이 상한 것 같았다.

"어째서?"

순간 아지라파엘은 자신의 열정을 집어삼킬 얼음 구덩이가 입을 벌리는 것을 느꼈고, 그렇지 않은 척하려고 안간힘을 썼다.

그는 과감하게 말해보았다. "그러니까 그냥—"

"우리가 이길 것이다, 아지라파엘."

"그야 그렇죠, 하지만—"

"어둠의 세력은 거꾸러져야만 한다. 뭔가 오해하고 있는 것 같구나. 중요한 것은 전쟁을 피하는 것이 아니라 이기는 것이야. 우린 오랫동안 기다려왔다, 아지라파엘."

아지라파엘은 한기가 마음을 점령하는 것을 느꼈다. 그는 입을 열어 "혹시 지상에서 전쟁을 벌이지 않으면 좋겠다고는 생각지 않으십니까?"라고 말하려다가 마음을 바꿔먹었다.

"그렇군요." 그는 암울하게 말했다. 문 쪽에서 뭔가 긁히는 소리가 났다. 아지라파엘이 그쪽을 쳐다보았다면 낡아빠진 펠트 모자가 채광창 안을 들여다보려고 낑낑거리는 모습을 볼 수 있었을 것이다.

"그렇다고 그대가 잘하지 않았다는 뜻은 아니다." 목소리가 말했다. "상을 받으리라. 잘해주었다."

"감사합니다." 아지라파엘은 대답했지만, 그의 목소리에 담긴 쓰디쓴 감정은 우유라도 상하게 할 정도였다. "제가 형언할 수 없는 하느님의 섭리에 대해 잊고 있었나 봅니다."

"우리도 그렇게 생각했도다."

"실례지만 어느 분과 대화하고 있는지 여쭤봐도 될까요?"

"우리는 메타트론⁺이로다."

"아, 그렇군요. 물론이죠. 아아. 좋습니다. 정말 감사합니다. 고맙습니다."

뒤쪽에서 우편함이 슬쩍 열리더니 한 쌍의 눈이 나타났다.

"한 가지만 더." 목소리가 말했다. "물론 그대도 우리와 합류하겠지?"

"아, 어, 제가 화염검을 손에 쥐어본 지가 좀 오래되긴 했는데—" 아지라파엘이 그렇게 운을 뗐다.

"그렇지, 기억나는구나." 목소리가 말했다. "다시 배울 기회는 많고도 많을 것이야."

"아. 으음. 어떤 종류의 사건이 전쟁을 촉발하는 기폭제가 될까요?"

"우리는 다국가 간의 핵 교환이 괜찮은 출발점이리라 생각했다."

"네에. 아주 상상력이 풍부한 출발이군요." 아지라파엘의 음성은 생기를 잃고 절망에 차 있었다.

"좋다. 그럼 바로 합류하기를 기대하겠다."

"아. 저기. 몇 가지만 일을 좀 처리하고 갔으면 하는데요. 괜찮겠습니까?" 아지라파엘은 필사적으로 말했다.

+ [원주] 하느님의 목소리. 진짜 목소리가 아니라 대변인이라는 뜻이다. 자기만의 권리를 가진 독립된 실재이며, 대통령 대변인과 비슷하다.

"그다지 필요하리라 여겨지지 않는다만."

아지라파엘은 결연히 가슴을 폈다. "저는 명망 있는 실무자로서 도덕성은 말할 것도 없고 성실함을 보여줘야 한다고 마음 깊이 느끼며―"

"알았다, 알았어." 메타트론은 급한 성질을 드러내며 말을 가로챘다. "알아들었다. 그럼 기다리도록 하지."

빛은 희미해졌지만, 완전히 사라지지는 않았다. 아지라파엘은 그들이 선을 열어놓았구나, 생각했다. 이쪽으로 나가진 않을 것이다.

"여보세요?" 그는 부드럽게 물어보았다. "거기 아직 누가 있나요?"

침묵만이 돌아왔다.

그는 극도로 조심스럽게 원 밖으로 걸어 나가서 전화기에 다가갔다. 그리고 수첩을 펼쳐서 다른 전화번호를 눌렀다.

전화벨이 네 번 울리더니 잠깐 소리가 멎었다가, 짧은 불연속음이 나고, 어찌나 쫙 깔았는지 그 위에 카펫을 깔아도 되겠다 싶은 목소리가 나왔다. "여보세요. 앤서니 크롤리입니다. 저는―"

"크롤리!" 아지라파엘은 소리를 죽이려 애쓰면서 동시에 고함을 질렀다. "들어봐! 시간이 별로 없어! 그―"

"지금 집에 없거나, 자고 있거나, 바쁘거나, 아무튼 그러하오니―"

"그만둬! 들어보라고! 태드필드였어! 그 책에 전부 나와 있다고! 당장 멈―"

"뒤에 남기시면 나중에 제가 다시 걸겠습니다. 챠오."

"지금 이야기를 해야 한다니까."

뚜-뚜-뚜.

"소리 좀 그만 내! 그게 태드필드에 있다니까! 내가 감지해낸 게 그거였어! 당장 그리로 가서—"

그는 입에서 수화기를 떼어냈다.

"빌어먹을!" 그것은 그가 4천 년도 넘는 세월 만에 처음 뱉는 욕이었다.

가만. 그 악마에겐 번호가 하나 더 있지 않던가. 그럴 만한 성격이었다. 아지라파엘은 서둘러 수첩을 뒤지다가 바닥에 떨어뜨릴 뻔했다. 그들은 그리 오래 기다려주지 않을 것이다.

다른 전화번호가 있었다. 그는 그 번호로 전화를 걸었다. 신호가 가는가 싶더니 바로 누군가가 받았다. 그와 동시에 서점 문에 달린 종이 딸랑거렸다.

크롤리의 음성이, 전화기에 입을 바싹 댄 듯 상당히 크게 말했다. "—진심이라고. 여보세요?"

"크롤리, 나야!"

"음." 그 목소리는 무섭도록 애매했다. 아지라파엘은 정신없는 와중에서도 크롤리의 목소리에서 말썽을 감지했다.

"혼자 있어?" 그는 조심스럽게 물었다.

"아니. 옛 친구가 와 있어."

"들어봐—!"

"*꺼져라, 이 지옥의 졸개야!*"

아지라파엘은 천천히 몸을 돌렸다.

섀드웰은 흥분으로 벌벌 떨고 있었다. 그는 모두 보았다. 모두 들었다. 어느 것 하나 이해하지는 못했지만, 사람들이 원과 촛대와 향으로 무슨 짓을 하는지는 알고 있었다. 아주 잘 알았다. 그는 〈악마의 외출〉을 열다섯 번이나 본 몸이었다. 아마추어 마녀사냥꾼 크리스토퍼 리에 대한 의견을 노골적으로 외쳐대다가 영화관에서 끌려나왔을 때까지 하면 열여섯 번이었다.

망할 놈들이 그를 이용하고 있었다. 놈들이 군대의 영광스러운 전통을 기만하고 있었다!

"가만두지 않겠다, 이 사악한 마귀야!" 그는 고함을 지르며 나방을 삼킨 복수의 천사처럼 달려들었다. "무슨 짓을 하는지 다 봤다. 지상에 올라와서 네놈의 사악한 의지대로 행동하도록 여자들을 유혹해댔겠지!"

"아무래도 가게를 잘못 찾아오신 것 같은데요." 아지라파엘은 그렇게 말하고 수화기 쪽에 "다시 걸게"라고 한 다음 전화를 끊었다.

"난 네놈이 뭔지 알아볼 수 있어." 섀드웰이 으르렁거렸다. 입 주위에 거품이 묻어났다. 이제껏 이렇게 화가 난 적이 없었다.

"어, 보이는 것과는 달라요—" 아지라파엘은 실마리를 풀어보려 말을 하면서도 뭔가 세련미가 부족하다는 생각을 하고 있었다.

"그렇지. 네놈이 보이는 것과 다른 줄 안다!" 섀드웰은 승리감에 차서 윽박질렀다.

"아니, 내 말은—"

섀드웰은 천사에게서 눈을 떼지 않은 채 주춤주춤 뒤로 물러나가게 문을 움켜쥐고 쾅 소리 나게 닫았다. 문 위에 달린 종이 요란한 소리를 냈다.

"종." 섀드웰이 말했다.

그는 《근사하고 정확한 예언집》을 움켜쥐고 탁자 위에 털썩 소리 나게 집어던졌다.

"책." 그가 으르렁댔다.

그는 주머니를 뒤져 믿을 수 있는 론슨 라이터를 꺼냈다.

"촛불이나 다름없는 것!" 그는 그렇게 외치고 앞으로 나아가기 시작했다.

앞에서는 원이 푸르스름하게 빛나고 있었다.

"어." 아지라파엘이 말했다. "그건 별로 좋은 생각 같지 않은데—"

섀드웰은 그의 말을 듣고 있지 않았다. "마녀사냥꾼으로서 내 직위의 효력이 내게 실어준 힘으로 명하노니." 그는 억양을 붙여 읊조렸다. "이곳에서 떠나—"

"저기 말이죠, 그 원은—"

"네가 온 곳으로 돌아갈지어다. 또한—"

"인간이 그 원 안에 함부로 발을 들이는 건 정말 어리석은 짓이란 말입—"

"우리에게서 악을 걷어내고—"

"그 원에서 떨어져요, 이 멍청한 양반아!"

"다시는 돌아와 귀찮게 하지 말지니—"

"알았어요, 알았다니까요. 제발 그 원에서 좀—"

아지라파엘은 다급히 손을 휘저으면서 섀드웰 쪽으로 달려갔다.

"다시는 돌아오지 말지어다!" 섀드웰은 영창을 끝냈다. 그는 시커멓게 때 묻은, 복수심에 불타는 손가락을 들어 올렸다.

아지라파엘은 자신의 발밑을 내려다보고, 5분 만에 생애 두 번째 욕설을 뱉었다. 원 안에 발을 들여놓은 것이다.

"젠장할."

듣기 좋은 탕 소리가 울리더니 푸른빛이 사라졌다. 아지라파엘도 함께.

30초가 흘렀다. 섀드웰은 꼼짝도 하지 않았다. 그러다가 마침내 덜덜 떨리는 왼팔을 들어 올려 조심조심 오른손을 잡고 아래로 내렸다.

"여보쇼? 여보셔?"

아무 대답도 없었다.

섀드웰은 몸을 와들와들 떨었다. 그리고 그는 감히 쏘지도 못하고, 그렇다고 총탄을 뺄 방법도 알지 못하는 사람처럼 총을 쥔 손을 앞으로 내민 채 슬금슬금 거리로 나가, 쾅 소리가 나게 문을 닫았다.

덕분에 바닥이 흔들렸다. 아지라파엘이 세워놓은 양초가 한 대 넘어지며, 잘 마른 낡은 나무 위에 타는 촛불을 쏟아놓았다.

크롤리의 런던 아파트는 멋의 결정체였다. 아파트가 지향하는 모든 것이 갖춰져 있었다. 널찍하고, 새하얗고, 가구 배치는 우아했으며, 갓 만들어 아직 아무도 살지 않았을 때의 모습을 간직하고 있었다.

크롤리가 그곳에 살지 않았으니 가능한 일이었다.

그곳은 그저 크롤리가 런던에 있을 때에 한해서 하루 일과를 끝내고 돌아가는 곳일 뿐이었다. 침대는 언제나 정돈되어 있었다. 냉장고에는 언제나 절대 먹어치우는 일이 없는(결국 크롤리에게 냉장고가 필요한 이유가 바로 그거였다) 미식거리가 그득했고, 사실 이 냉장고는 서리를 제거해줄 필요도 없을뿐더러 전원을 꽂을 필요도 없었다.

거실에는 커다란 텔레비전과 흰색 가죽 소파, 비디오와 레이저 디스크 플레이어, 자동응답기와 두 대의 전화기—하나는 응답기에 이어지는 번호였고 또 하나는 사적인(크롤리에게 이미 쓰고 있는 이중유리를 팔려고 하거나 필요 없는 생명보험을 권유하려 드는 통신판매원들에게 아직 알려지지 않은) 번호였다—그리고 검은색의 네모난 음향기기가 있었다. 너무나 예민하게 설계된 나머지 끄고 켜는 스위치와 볼륨 조절기밖에 달려 있지 않은 음향기기였다. 다만 크롤리는 스피커에 대해서 까맣게 잊어버리고 넘어갔는데, 그러나저러나 별 차이는 없었다. 어차피 소리는 완벽하게

343

재생됐다.

컴퓨터의 지능을 지닌 팩스기 한 대가 연결되지 않은 채 놓여 있었고, 조금 모자란 개미 정도의 지능을 지닌 컴퓨터도 한 대 있었다. 그래도 크롤리는 몇 달에 한 번씩 컴퓨터를 업그레이드했다. 크롤리가 보여주려는 유형의 인간이라면 번드르르한 컴퓨터를 가질 법하다는 이유에서였다. 이 기계는 장막을 쳐놓은 포르쉐나 다름없었다. 매뉴얼은 아직도 반투명 봉투 속에 고이 든 채였다.[+]

사실 이 아파트 안에서 크롤리가 개인적인 관심을 쏟는 대상은 오로지 화분 식물들뿐이었다. 이 식물들은 큼직하고 생생했으며 반짝반짝 윤기가 흐르는 잎사귀가 눈이 부실 정도였다.

이유인즉슨, 크롤리가 일주일에 한 번씩 녹색 플라스틱 분무기를 대동하고 아파트 안을 돌아다니며 잎에 물을 뿌려주고 말을 걸기 때문이었다.

그는 1970년대 초에 우연히 라디오 '채널 4'에서 식물과 대화하기에 대해 듣고는 멋진 착상이라고 생각했다. 뭐, 크롤리가 하는

[+] [원주] 이 기계가 1) 돌아가지 않거나, 2) 비싼 광고에서 지껄인 대로 하지 못하거나, 3) 이웃을 감전사시키거나, 4) 당신이 뜯어보았을 때 그 비싼 껍데기 안에 든 게 완전히 날아가버릴 경우 이는 전적으로, 철저히, 무조건 그리고 절대로 제조사의 잘못이나 책임이 아니며, 구매자는 제조사에 돈을 쓰도록 허락받은 것을 행운으로 여겨야 마땅하고, 지금 막 돈을 지불한 물건을 구매자의 재산으로 취급하려는 시도는 위협적인 서류가방을 들고 아주 가느다란 손목시계를 찬 심각한 남자들의 관심을 끌 것이라는 내용을 풀어놓은 표준적인 컴퓨터 품질 보증서도 함께 있었다. 크롤리는 컴퓨터 산업이 제공하는 보증서에 강한 인상을 받았고, '아래'에서 영혼들의 동의서를 작성하는 부서에 한 꾸러미를 보내기도 했다. "좀 배우지그래, 친구들"이라는 노란색 쪽지를 붙여서.

말을 두고 '대화'라고 하기에는 무리가 있겠지만.

그가 하는 일은 사실 식물들에게 신에 대한 공포를 불어넣는 것이었다.

정확히 말하자면 크롤리에 대한 공포를.

여기에 더하여 크롤리는 몇 달에 한 번씩 너무 천천히 자라거나, 시들시들하거나 갈색으로 변하거나, 다른 문제는 없지만 어쨌든 다른 녀석들만큼 좋아 보이지 않는 화분을 하나 골라내어 "친구들에게 작별인사 해야지"라고 말하고는, 그 화분을 들고 다른 식물들 주위를 돌며 "이 녀석은 헤쳐나가지 못했단다……"라고 말하곤 했다.

그런 다음 그 화분을 들고 아파트에서 나갔다가, 한 시간쯤 지나서 빈 화분만 들고 돌아와 아파트 안 어딘가에 의미심장하게 놓아두는 것이다.

그래서 이 아파트의 식물들은 온 런던에서 제일 화려하고, 푸릇푸릇하고, 아름다웠다. 또한 제일 겁에 질려 있기도 했다.

거실 조명은 의자나 모퉁이에 기대어놓는 조사등과 흰색 네온관이었다.

벽 장식은 액자 그림 한 점뿐이었다. 레오나르도 다 빈치가 직접 그린 〈모나리자〉 밑그림이었다. 크롤리는 피렌체의 어느 뜨거운 오후에 화가에게서 이 그림을 샀고, 이쪽이 완성작보다 훌륭하다고 생각했다.†

크롤리의 아파트에는 침실, 부엌, 사무실, 거실, 화장실이 하나씩 있었고, 모든 방이 언제까지나 깨끗하고 완벽했다.

그는 세상의 종말을 기다리는 긴 시간 동안 이 방 각각에서 불편한 시간을 보냈다.

그는 마녀사냥 군대에 있는 연락책에게 전화를 걸어 뭔가 소식을 들으려 했지만, 이제까지 접촉해온 새드웰 하사관은 막 나간 참이었고, 멍청한 접수원은 누구라도 좋으니 다른 사람과 이야기하고 싶다는 뜻을 제대로 이해하지 못하는 것 같았다.

"펄시퍼 씨도 나갔는걸요." 그녀는 대답했다. "오늘 아침에 태드필드에 내려갔답니다. '임무'를 띠고서 말이죠."

"누구든 좋으니 바꿔줘요." 크롤리는 자기 뜻을 전했다.

"새드웰 씨가 돌아오면 전해드릴게요. 그리고 실례지만 지금은 오전이라서요, 우리 신사분을 오래 놔둘 수가 없거든요. 중병에 걸릴지도 몰라요. 2시에는 오머로드 씨랑 스크로기 씨랑 줄리아가 오기로 되어 있으니 그전에 청소도 하고 준비도 해놔야 하고 말이죠. 하지만 댁의 전언은 새드웰 씨에게 제대로 전해드릴 테니까요."

크롤리는 단념했다. 소설책을 읽으려 해보았지만, 집중을 할 수가 없었다. 모아놓은 CD들을 알파벳순으로 정리하려고도 해보

✛ [원주] 레오나르도 역시 그렇게 생각했다. 그는 정오의 태양 속에서 차가운 와인을 홀짝이며 크롤리에게 말했다. "난 그녀의 지독한 미소를 제대로 그려냈소. 하지만 색을 칠하자 그게 다 흐트러져버렸지. 그 여자 남편이 내가 그림을 배달했을 때 그 점에 대해 할 말이 좀 있는 모양이더이다. 하지만 그 작자에게도 말했다시피. '세뇨르 델 지오콘도(모나리자의 남편이라고 알려진 사람—옮긴이), 당신 빼고 누가 이 그림을 보겠소?' 어쨌거나…… 그 헬리콥터라는 물건에 대해서 다시 설명해보겠소?"

았지만, 이미 알파벳순으로 되어 있어서 그만두었다. 책장도, 소울 음악 수집장도 마찬가지였다.[+]

결국 그는 흰색 가죽 소파에 자리를 잡고 텔레비전을 향해 손짓을 했다.

"보도가 들어오고 있습니다." 당황한 방송 해설자가 말하고 있었다. "어, 보도에 따르면, 글쎄요, 무슨 일이 벌어지고 있는 건지는 아무도 모르는 것 같습니다만, 입수 가능한 보도들은, 지난주, 에, 그러니까 모두 좋아 보였던 지난주 이 시간에는 불가능할 것만 같던 국제적 긴장 고조 상태를 가리키고 있는 게 분명합니다. 에, 이는 지난 며칠간 온 사방에서 일어난 이례적인 사건들에 일부 책임이 있는 것으로 보입니다. 일본 해안에서는—" *크롤리?*

"예." 크롤리는 자신임을 인정했다.

무슨 엿같은 일이 벌어지고 있는 건가, 크롤리? 대체 무슨 짓을 한 거야?

"무슨 말씀이십니까?" 크롤리는 뜻을 알면서도 되물었다.

워락이라는 아이 말이다. 그 아이를 므깃도[⚥] 들판으로 데려왔다. 개는 그 아이와 같이 있지 않아. 아이는 대전에 대해 아무것도 모른다. 우리 주군의 아들이 아니야.

[+] [원주] 그는 자신의 수집품을 몹시 자랑스러워했다. 그걸 모으는 데 몇 세기가 걸렸다. 이건 진짜 '소울' 음악이었다. 제임스 브라운 같은 가수 말고.

[⚥] 아마겟돈이란 '므깃도의 산'이라는 뜻으로 이곳에서 최후의 전쟁이 일어난다고 하여 곧 종말의 날을 뜻하는 단어로 통하게 되었다.

"아아." 크롤리가 말했다.

할 말이 그것뿐이냐, 크롤리? 군대는 집결해 있고, 네 마리 짐승은 달리기 시작했다. 그런데 어디로 달려간단 말이냐? 뭔가 잘못됐다, 크롤리. 그리고 그건 네 책임이다. 어느 모로 보나 네 잘못이야. 우린 네가 이 모든 일에 대해 더없이 타당한 설명을 내놓으리라 믿는다……

"아, 그럼요." 크롤리는 선뜻 동의했다. "더없이 타당하고말고요."

우리에게 모든 것을 설명할 기회가 주어질 테니, 너는 설명할 시간이 차고 넘칠 게다. 그리고 우린 네가 해야 할 모든 말에 어마어마한 흥미를 갖고 귀를 기울일 것이야. 네놈이 뱉는 말들, 그리고 그에 동반할 환경은 지옥의 저주받은 것들 모두에게 재미와 쾌락을 제공해줄 게다, 크롤리. 아무리 고문이 괴롭다 한들, 가장 하급한 저주받은 것들이 아무리 고통에 몸부림친다 한들, 크롤리, 너는 그것보다 더 지독한—

크롤리는 손짓으로 텔레비전을 꺼버렸다.

흐릿한 회록색 화면은 계속 진술을 토해냈다. 침묵 자체가 단어를 형성했다.

우리에게서 도망칠 생각은 하지 말아라, 크롤리. 도망칠 곳은 없다. 그곳에 머물러 있도록. 너는…… 회수될 것이다……

크롤리는 창문 쪽으로 다가가서 밖을 내다보았다. 거리에서 뭔가 시커멓고 자동차 모양을 한 것이 천천히 그 쪽으로 접근해 오고 있었다. 언뜻 보면 정말 자동차라고 여길 만큼 자동차 모양을 갖춘 물건이었다. 하지만 주의 깊게 관찰하고 있는 크롤리는 바퀴가 돌아가고 있지 않을뿐더러 아예 바퀴가 붙어 있지도 않다는 사실을 알아차릴 수 있었다. 그 차는 건물을 하나 지나칠 때마다 조금씩 속도를 떨어뜨렸다. 크롤리는 그 차에 타고 있는 승객(운전을 하고 있을 리는 없었다, 방법도 모를 테니)들이 건물 번지수를 내다보고 있는가 보다고 생각했다.

시간이 별로 없었다. 크롤리는 부엌으로 들어가, 싱크대 밑에서 플라스틱 들통을 하나 꺼내 들고 거실로 돌아갔다.

지옥 당국은 교신을 끊은 상태였다. 크롤리는 만일의 경우에 대비하여 텔레비전을 벽 쪽으로 돌려놓았다.

그는 〈모나리자〉 액자 쪽으로 걸어갔다.

크롤리가 그림을 떼어내자 금고가 드러났다. 흔한 벽 금고가 아니었다. 핵 산업 전문 회사에서 산 금고였다.

금고 문을 열자 다이얼형 자물쇠가 달린 안쪽 문이 나왔다. 그는 다이얼을 돌렸다(암호는 기억하기 쉽게 4-0-0-4, 그가 이 아둔하고 놀라운 행성에, 아직 이 행성이 반짝반짝한 새것이었던 시절에 미끄러져 내려온 해였다).

금고 안에는 보온병 하나, 팔을 다 덮는 무거운 PVC 장갑 한 켤레, 그리고 부젓가락 몇 개가 들어 있었다.

크롤리는 멈칫하고 불안한 눈으로 보온병을 보았다.

(아래층에서 쿵 소리가 났다. 건물 현관이었다……)

그는 장갑을 끼고 조심스레 병과 부젓가락과 들통을, 그리고 잠시 생각해본 후 화려한 고무나무 옆에 놓인 분무기까지 집어 들고 사무실로 향했다. 보온병 안에 뭔가, 떨어뜨리기라도 하면 B급 SF 영화에서 노인들이 "그리고 지금 이 크레이터가 있는 곳에 예전에는 워싱턴이라는 도시가 있었지" 같은 대사를 읊조리게 될 만한 폭발물이 꽉 차 있다는 듯한 걸음걸이였다.

그는 사무실에 도착해서 어깨로 문을 밀어 열었다. 그러고는 다리를 굽혀 들고 온 물건을 하나씩 천천히 바닥에 내려놓았다. 들통…… 부젓가락…… 분무기…… 그리고 마침내, 아주 조심스럽게, 병까지.

크롤리의 이마에 땀방울이 맺히기 시작하더니, 한쪽 눈으로 흘러 들어갔다. 그는 땀을 털어냈다.

그는 조심, 또 조심해서 부젓가락으로 병뚜껑을 열었다…… 조심…… 조심…… 그렇지……

(아래층에서 쾅쾅거리는 소리가 나더니 목이 졸리는 것 같은 비명이 올랐다. 아래층에 사는 몸집 작은 노파인 듯했다.)

아무리 그래도 서두를 수는 없었다.

그는 부젓가락으로 병을 꽉 붙들고, 단 한 방울도 떨어지지 않도록 조심하면서 플라스틱 들통 안에 그 내용물을 쏟아부었다. 까딱 잘못했다간 끝장이었다.

됐다.

다 부은 다음에는 사무실 문을 15센티미터 정도 열고, 양동이를 그 위에 올려놓았다.

그는 부젓가락으로 병뚜껑을 닫고(바깥 복도에서 쨍그랑 소리) PVC 장갑을 벗은 뒤 분무기를 들고 책상 뒤에 앉았다.

"크롤리이……?" 쉰 목소리가 그의 이름을 불렀다. 하스투르였다.

"저기 어디 있을 거야." 싯싯거리는 또 다른 목소리. "그 아니꼬운 놈을 느낄 수 있어." 리구르였다.

하스투르와 리구르.

자, 크롤리부터가 이의를 제기하고 나서겠지만, 대부분의 악마들은 '본심'은 썩 악하지 않았다. 그들은 거대한 우주적 게임에서 자신들이 세금 사정관과 같은 위치를 점하고 있다고 생각했다. 인기는 없을지 모르지만 전체 계획상 필수적인 일을 하고 있다고 말이다. 그렇게 치자면 천사들도 다 미덕의 화신은 아니었다. 크롤리는 벌을 내려야 할 때 필요한 정도 이상으로 엄한 벌을 내리는 천사를 한둘쯤 만나보았다. 대체로 모두에게는 맡은 일이 있었고, 그저 그 일을 수행할 뿐이었다.

그러나 또 한편에는, 리구르와 하스투르처럼 불쾌한 일에서 음침한 기쁨을 느끼는 작자들도 있었다. 인간으로 착각할 수도 있을 정도였다.

크롤리는 비싼 의자에 등을 기댔다. 억지로 긴장을 풀려 해보았지만 완전히 실패였다.

"여기 있어요." 그는 외쳤다.

"자네와 얘기를 좀 하고 싶은데." 땅딸막한 리구르가 말하며('얘기'라는 단어가 '끔찍하게 고통스러운 영원의 시간'과 똑같이 들리도록 의도한 말투였다), 사무실 문을 밀어 열었다.

양동이가 흔들리더니 깔끔하게 리구르의 머리 위로 떨어졌다.

물속에 소금을 한 덩이 떨어뜨려보라. 소금 덩이가 쉭 타올라, 너울거리고 탁탁거리면서 미친 듯이 맴을 도는 모습을 생각해보라. 좀 더 역겹다뿐이지, 이 장면도 그와 비슷했다.

리구르는 이리저리 벗겨 떨어지고 너울거리고 깜박거렸다. 기름기 도는 갈색 연기가 스며 나왔고, 놈은 비명을 지르고 또 지르고 또 질렀다. 다음 순간 리구르는 구겨지고 쪼그라들었고, 남은 것은 카펫 위에 타서 그을린 원 안에 반짝이는 짓이긴 달팽이 같은 물건뿐이었다.

"안녕하쇼." 크롤리는 리구르 뒤에 있었으며, 불운하게도 그 물건을 한 방울도 맞지 않은 하스투르에게 인사를 건넸다.

상상할 수도 없는 일들이 있다. 아무리 악마들이라 해도 다른 악마들이 하지 않으리라 믿는 한계선이 있는 법이다.

"……성수로군. 망할 자식." 하스투르가 입을 열었다. "개새끼. 리구르는 네놈에게 아무 짓도 하지 않았어."

"아직은 말이지." 크롤리는 이제 승산이 높아진 만큼 조금이나마 편해진 마음으로 대꾸했다. 높아지기는 했다지만 아직 갈 길은 한참이었다. 하스투르는 지옥의 공작이었다. 크롤리는 지역 고문도 못 되는 주제였다.

"네놈의 종말은 어둠 속에서 어미들이 어린 것들을 겁주기 위해 속삭이는 이야깃거리가 될 게다." 하스투르는 그렇게 말하고 나서 지옥의 언어를 적절히 쓰지 못했다는 느낌이 들었는지 덧붙였다. "네놈은 잔인한 청소부들 손에 떨어질 거야."

크롤리는 녹색 플라스틱 분무기를 들어 위협적으로 흔들었다. "꺼져." 아래층에서 전화벨 소리가 들렸다. 네 번 울리고는 응답기가 전화를 받았다. 그는 막연히 무슨 전화일까 생각했다.

"네놈은 날 겁주지 못해." 하스투르는 분무기 주둥이에서 한 방울씩 물이 새어 나와 천천히 플라스틱 표면을 따라 크롤리의 손을 향해 흘러내리는 것을 지켜보고 있었다.

"이게 뭔지 알아? 이건 세인스베리의 분무기지. 세상에서 제일 싸고 제일 효율적인 분무기야. 미세한 물안개를 공중에 뿜어낼 수 있지. 안에 뭐가 들었는지 말해줘야 하나? 너를 저것으로 바꿔놓을 수 있는 물건이지." 크롤리는 카펫 위의 덩어리를 가리켰다. "자, 그러니까 꺼지라고."

그때 분무기 옆으로 흘러내리던 물방울이 크롤리의 손가락에 닿아, 멈췄다. "허풍을 떨고 있군." 하스투르가 말했다.

"그럴지도 모르지." 크롤리는 목소리에서 허풍이란 절대 있을 수 없는 일이라는 느낌이 팍팍 묻어나길 바라며 말했다. "아닐지도 모르고. 스스로 운이 좋다고 생각해?"

하스투르가 손짓을 하자 플라스틱 통이 종잇장처럼 구겨지면서 크롤리의 책상, 그리고 크롤리의 양복 사방에 물이 튀었다.

"물론." 하스투르는 그렇게 말하며 히죽 웃었다. 하스투르의 이빨은 너무나 날카로웠고, 그 사이로 혀가 날름거렸다. "네놈은 어떤가?"

크롤리는 아무 말도 하지 않았다. 계획 A는 제대로 돌아갔다. 계획 B는 실패했다. 모든 것이 계획 C에 달려 있었는데, 여기에 한 가지 문제가 있었다. 계획 B 다음은 세운 적이 없다는 것.

"그러면, 갈 시간이군, 크롤리." 하스투르는 쉿쉿거렸다.

"네가 알아야 할 게 있어." 크롤리는 시간을 끌고자 말했다.

"그래서 그게 뭔데?" 하스투르는 웃었다.

그때 크롤리의 책상에 놓인 전화가 울렸다.

그는 전화기를 들면서 하스투르에게 경고했다. "움직이지 마. 네가 꼭 알아야 할 정말 중요한 일이 있으니까. 진심이라고. 여보세요?"

크롤리는 잠시 후에 "음, 아니, 옛 친구가 와 있어"라고 말했다.

아지라파엘 쪽에서 전화를 끊었다. 크롤리는 아지라파엘이 무슨 얘기를 하려고 했던 걸까 궁금했다.

그리고 갑자기 머릿속에 계획 C가 떠올랐다. 그는 수화기를 내려놓지 않고 말했다. "좋았어, 하스투르. 시험에 통과했네. 거물들과 놀 준비가 된 거야."

"네놈, 돌았나?"

"천만에. 모르겠어? 이건 시험이었다고. 지옥의 군주들께선 전쟁을 앞두고 네게 저주받은 자들의 군단을 맡기기 전에 믿을 만한지 알아볼 필요가 있으셨거든."

"크롤리, 네놈은 거짓말을 하고 있거나, 돌았거나, 양쪽 다다." 하스투르는 그렇게 말했지만, 흔들리기는 했다.

하스투르는 잠시 동안 크롤리의 말이 사실일 가능성을 음미했다. 그게 크롤리가 노린 점이었다. 지옥이 하스투르를 시험했을 가능성도 있었다. 크롤리가 보기보다 높은 인물일 가능성도 있었다. 하스투르는 편집증 환자였고, 그건 모든 것이 언제든 덮쳐들 태세를 갖추고 있는 지옥에 제대로 적응한 성격이었다.

크롤리는 전화번호를 누르기 시작했다. "좋아, 하스투르 공작. 내 말만 듣고 믿을 거라고는 기대하지 않았지. 하지만 암흑 의회와

이야기해보면 어때. 그들이라면 납득이 되겠지."

찰칵 소리가 나고 전화벨이 울리기 시작했다.

"안녕히, 멍청이 씨."

크롤리가 사라졌다.

1초도 지나지 않아 하스투르 역시 사라졌다.

오랜 세월 동안 헤아릴 수 없이 많은 신학자들의 시간이 이 유명한 문제를 토의하는 데 할애되었다.

'핀 끝에서 얼마나 많은 천사들이 춤을 출 수 있을까?'라는 문제.

이 문제의 답에 도달하려면 다음과 같은 사실을 고려해야 한다.

우선, 천사들은 춤을 추지 않는다. 이거야말로 천사를 구분하는 확연한 특징 중 하나다. 천사들은 그저 천상의 음악에 고마운 마음으로 귀를 기울일 뿐, 뛰쳐나가 춤을 추려는 충동 같은 것은 느끼지 않는다. 그러니까 답은 '없음'이다.

정확히 말하자면, '거의 없음'이다. 아지라파엘은 1880년대 말, 포틀랜드 광장에 있는 신사 클럽에서 가보트[+]를 배운 적이 있었다. 처음에는 엉망이었지만 어느 정도 시간이 지나자 제법 잘 추게 되

[+] 쾌활한 네 박자의 프랑스 춤.

었고, 그리고 몇십 년이 지나 가보트가 영원히 유행에서 동떨어진 것이 되어버리자 그만두었다.

그러니까 그 춤을 가보트로 가정하고, 적절한 파트너가 있다고 가정하면(논의를 위해 둘 다 가보트를 추고, 둘 다 핀 끝에서 춤을 출 수 있다고 치자) 답은 '하나'가 된다.

그러면 다시, 얼마나 많은 악마가 핀 끝에서 춤을 출 수 있을지도 물어볼 수가 있겠다. 결국 바탕은 똑같지 않겠는가. 천사와 달리 악마는 춤이라도 추고 말이다.[+]

질문을 이렇게 바꾸면, 답은 사실 악마들에게 육체란 소풍에 지나지 않으며 따라서 육체를 부인한다는 식으로 넘어가버린다. 악마들은 물리 법칙에 얽매이지 않는다. 아주 멀리서 보면 우주란 그저 잡아 흔들면 눈보라가 휘날리는 물 채운 유리 공처럼 작고 둥근 어떤 것일 뿐이다.[Ψ] 하지만 바싹 다가가서 보자면 핀 끝에서 춤을 추는 데 있어 문제가 되는 것은 오직 전자電子와 전자 사이에 존재하는 어마어마한 간극뿐이다.

천사니 악마니 하는 종류라든가 크기, 형태, 배치 따위는 그저 추가 선택 사항일 뿐이다.

크롤리는 현재 무시무시한 속도로 전화선을 따라 질주하고 있다.

[+] [원주] 독자들이나 내가 '춤'이라고 부르는 것과는 다르겠지만 말이다. 어쨌든 잘 춘다고는 할 수 없다. 악마는 〈소울 트레인〉을 부르는 백인 밴드처럼 몸을 움직인다.

[Ψ] [원주] 형언할 수 없는 주님의 계획이 보편적으로 믿는 것보다 훨씬 더 짐작하기 어렵지 않고서야 그 유리 공 바닥에 거대한 플라스틱 눈사람이 있지는 않겠지만.

따르릉.

크롤리는 광속에 가까운 속도로 두 개의 전화 교환국을 통과했다. 하스투르는 약간 뒤에 따라오고 있었다. 10에서 15센티미터 정도 차이일까. 하지만 그들의 크기로 그 정도면 크롤리가 편안함을 느낄 만한 차이였다. 물론 반대편 끝으로 나가고 나면 없는 거나 다름없는 거리였지만.

지금 그들은 소리를 낼 수 없을 만큼 작았지만, 악마들이 의사소통을 하는 데 꼭 소리가 있어야 하는 것은 아니었다. 그는 하스투르가 뒤에서 질러대는 고함 소리를 들을 수 있었다. "망할 자식! 잡고 말겠다. 나한테서 도망칠 수 있을 줄 아나!"

따르릉.

"네놈이 어디로 나가든 나도 나간다! 달아나지 못할 거야!"

크롤리는 1초도 안 되는 순간에 30킬로미터가 넘는 케이블을 통과했다.

하스투르는 바싹 따라붙어 있었다. 크롤리에게는 이 모든 일을 아주, 아주 조심스럽게 행할 시간이 있었다.

따르릉.

세 번째 벨소리였다. 크롤리는 생각했다. 자, 간다.

그는 갑자기 멈춰 섰다. 하스투르가 옆으로 지나쳐 가는 모습이 보였다. 하스투르는 몸을 돌렸고, 그리고—

따르릉.

크롤리는 전화선을 통과해서 플라스틱 덮개 밖으로 튀어나간 후에 온전한 크기로 물화했다. 자기 거실에서.

찰칵.

응답기에서 발신 메시지 테이프가 돌아가기 시작했다. 그러더니 삐 소리가 나고, 수신 메시지 테이프가 돌면서 스피커에서 어떤 목소리가 왁왁거렸다. "좋았어! 엥? ……*이 교활한 뱀새끼가!*"

붉은색 메시지 불빛이 반짝이기 시작했다.

깜박 깜박. 깜박 깜박. 작고, 붉은, 성이 날 대로 난 눈동자처럼.

크롤리는 정말이지 성수가 좀 더 있어서 이 테이프를 녹아 없어질 때까지 담가둘 수 있었으면 좋겠다고 빌었다. 하지만 리구르의 마지막 목욕에 쏟아부은 것만으로도 충분히 위험했다. 만약의 경우에 대비하여 수년간 가지고는 있었지만 방 안에 그게 있다는 생각만 해도 마음이 불편했다. 혹시…… 어쩌면…… 그래, 이 테이프를 차 안에 넣어두면 무슨 일이 벌어질까? 하스투르가 프레디 머큐리로 변할 때까지 테이프를 돌리고 또 돌릴 수도 있을 텐데. 아니다. 크롤리가 악당일지는 몰라도 그렇게까지는 할 수 없었다.

멀리서 천둥소리가 들렸다.

더 이상 허비할 시간이 없었다.

갈 곳도 없었다.

그는 아파트를 나섰다. 벤틀리가 있는 곳까지 달려 내려가, 온 지옥의 악마들에게 쫓기는 것처럼 맹렬히 웨스트엔드로 달려갔다. 사실 온 지옥의 악마들에게 쫓기는 것과 별로 다르지도 않은 상황이었다.

M마담 트레이시는 계단을 올라오는 섀드웰 씨의 느린 발소리를 들었다. 평소보다 더 느렸고, 몇 걸음에 한 번씩 멈추기까지 했다. 보통은 계단 하나하나를 증오하듯 서둘러 올라오곤 했는데.

그녀는 방문을 열었다. 섀드웰은 층계참에 기대어 서 있었다.

"어머나, 섀드웰 씨. 손이 어떻게 된 거죠?"

"내게서 떨어져, 이 여자야." 섀드웰은 으르렁거렸다. "나도 내 힘을 몰랐단 말이지!"

"왜 손을 그렇게 들고 있어요?"

섀드웰은 벽 쪽으로 물러서려 했다.

"물러서라고 했어! 책임 못 져!"

"도대체 무슨 일이 일어난 거예요, 섀드웰 씨?" 마담 트레이시는 그의 손을 잡으려 했다.

"지상의 일은 아니지! 지상의 일은 아니야!"

그녀는 겨우 그의 팔을 붙잡았다. 그, 악의 징벌자 섀드웰은 속수무책으로 그녀의 아파트에 끌려 들어갔다.

그는 지금까지 마담 트레이시의 아파트에 들어가본 적이 없었다. 아무튼 깨어 있는 동안에는 없었다. 그의 꿈속에서 그 방은 실크와 사치스러운 벽걸이, 향기 나는 물건들로 꾸며져 있었다. 실제로도 간이부엌 입구에는 구슬 발이 늘어졌고, 키안티 병으로 조잡하게 만든 램프가 놓여 있었다. 마담 트레이시가 이해하는 세련미 역시 아지라파엘과 마찬가지로 1953년에 바탕을 두고 있기 때문이었다. 방 한가운데에는 벨벳 천을 씌운 탁자가 하나 있었는데, 그 천 위에는 점점 더 마담 트레이시의 생계 수단이 되어가는 수정구가 놓였다.

"누워서 좀 주무시는 게 좋겠어요, 섀드웰 씨." 마담 트레이시는 반론을 제기할 수 없는 목소리로 그렇게 말하더니 그를 침실로 데리고 들어갔다. 그는 너무 당황한 나머지 저항할 수가 없었다.

"하지만 젊은 뉴턴이 거기 나가 있는데. 이교의 고문과 오컬트 속임수에 빠져 있을 텐데." 섀드웰은 우물우물 말했다.

"분명 그 사람은 어떻게 해야 할지 알 거예요." 마담 트레이시는 마음속으로 뉴턴이 겪고 있는 일이 뭔지는 몰라도 섀드웰이 겪는 일보다 훨씬 현실에 근접하리라 생각하며 씩씩하게 말했다. "분명 당신이 이런 상태로 끼어드는 것도 좋아하지 않을 거고요. 그냥 누워 있어요. 내가 맛있는 차를 두 잔 타 올게요."

그녀는 잘그락거리는 구슬 발 속으로 사라졌다.

섀드웰은 갑자기, 망가진 신경의 잔해 속을 뒤져 회상하는 한 죄악으로 점철된 침대에 홀로 누워 있었으며, 이 순간에는 죄악의 침상에 혼자 누워 있지 않은 것보다 이쪽이 더 좋은지 나쁜지를 결정할 수가 없었다. 그는 주위를 보려고 고개를 돌렸다.

어떤 것이 에로틱한가에 대한 마담 트레이시의 견해는 어린 남자아이들이 여자들은 몸 앞에다 비치볼을 단단히 붙여놓은 줄 알고 자라고, 브리지트 바르도를 섹시한 아기 고양이라고 불러도 아무도 웃음을 터뜨리지 않으며, 정말로《걸스, 기글스 앤드 가터》라는 제목의 잡지가 나오던 시절에 뿌리박고 있었다. 그녀는 그 관대한 개념의 가마솥 안 어딘가에서 침실에 부드럽고 말랑말랑한 장난감들을 놓아두면 요염하면서도 허물없는 느낌이 난다는 생각을 뽑아냈다.

섀드웰은 한쪽 눈은 없어지고 귀는 찢어진 낡고 커다란 곰 인형을 한참 동안 바라보았다. 이름은 곰 아저씨 정도일까.

반대편으로 고개를 돌려보았다. 그의 시선은 강아지 같기도 하지만 다시 보니 스컹크 같기도 한 동물 모양의 파자마 케이스에 막혀버렸다. 심지어 기분 좋게 웃는 표정이었다.

"우엑."

하지만 기억이 자꾸만 엄습해왔다. 그가 정말로 해냈다. 그가 아는 한 마녀사냥 군대의 다른 누구도 정말로 악마를 퇴치한 적은 없었다. 홉킨스도, 시프팅스도, 다이스맨도. 가장 많은 마녀를 찾아낸 기록을 수립한 마녀사냥 중대 선임상사 나커라도 악마를 퇴치한 적은 없었을 것이다.[+] 섀드웰은 모든 군대는 결국 초강력 무

[+] [원주] 마녀사냥 군대는 제국주의 팽창 시대에 르네상스를 누렸다. 영국군이 벌인 끝없는 접전에서는 주의呪醫들, 주술사들, 샤먼들, 그 외에 다른 영적인 적수들과 만날 일이 잦았다. 이는 마녀사냥 중대 선임상사 나커 같은 인물이 전진해나갈 기회였다. 큰 걸음에 큰 소리로 노호하는 키 2미터, 체중 115킬로그램의 나커는 장갑을 씌운 '책(성서)'과 4킬로그램짜리 '종', 그리고 특별 강화 '양초'를 움켜쥐고 기관총보다 더 빨리 적들의 초원을 쓸어버릴 수 있었다. 세실 로즈는 그에 대해 쓰기를 "외딴 부족들은 그를 일종의 신으로 여겼고, 자신을 내려다보는 중대 선임상사 나커와 같은 땅을 밟고 서 있다는 것은 극도로 용감하거나 혹은 무모한 주의만이 할 수 있는 짓이었다. 나는 용맹한 구르카족 두 부대보다 이 남자가 내 편인 것이 더 기껍다"고 했다.

기를 발견하기 마련이고, 이제 그 무기는 그의 팔 끝에 있다고 생각했다.

선제공격 금지는 집어치우라고 해. 좀 쉬고 나서, 드디어 암흑 세력들은 호적수를 만나게 될 거야……

마담 트레이시가 차를 가져왔을 때 새드웰은 코를 골고 있었다. 그녀는 고마운 마음으로 빈틈없이 문을 닫았다. 20분 후에 강신술 집회가 있었는데, 요즘 같은 때에 돈을 날려서 좋을 건 없었다.

마담 트레이시는 많은 척도에서 멍청한 사람이었지만, 특정한 문제에 대해서는 본능적인 감각을 지니고 있었고, 심령 세계에 발을 들였을 때 그녀가 내린 판단에는 오류가 없었다. 그녀는 장난이야말로 고객들이 원하는 것임을 알아차렸다. 고객들은 유령이 자기 목을 찌르는 것을 원치 않았다. 다층적인 시공간의 수수께끼들도 원하지 않았다. 그저 어머니가 죽음에 잘 적응하고 있다는 것을 재확인하고 싶어 할 뿐이었다. 그들은 그저 철마다 가벼운 일탈쯤으로 심령 행사를 치르고 싶어 했고, 가급적이면 45분을 넘지 않게 끝내고 차와 비스킷을 즐기기를 좋아했다.

그들은 또 이상한 초나 향, 주문이나 신비스러운 룬 문자도 원치 않았다. 마담 트레이시는 타로 카드에서 메이저 아르카나도 없애버렸다. 메이저 아르카나의 그림들은 사람들을 당황시키는 경향이 있었다.

그리고 그녀는 언제나 강신술 집회 직전에 싹양배추를 끓여놓기를 잊지 않았다. 잉글랜드 심령학의 편안한 정신에 있어서 옆방에서 풍겨오는 싹양배추 요리 냄새보다 더 안심되고 더 진실한 것은 존재하지 않았다.

이른 오후였고, 무거운 폭풍우를 몰고 온 구름이 하늘을 납빛으로 바꾸어놓았다. 곧 앞이 보이지 않을 정도로 맹렬하게 비가 쏟아질 것이다. 소방관들은 빨리 비가 내리기를 기도했다. 빠를수록 좋았다.

그들은 신속하게 현장에 도착했고, 젊은 소방관들은 호스를 풀고 도끼를 구부려가며 분주하게 주위를 뛰어다니고 있었다. 반면 더 나이가 든 소방관들은 한눈에 건물이 돌이킬 수 없는 손상을 입었으며, 비가 쏟아진다 해도 불길이 옆 건물로 번지지 않고 사그라들지 확신하지 못하고 있었다. 그때 검은색 벤틀리 한 대가 모퉁이를 돌아 시속 100킬로미터를 훨씬 넘을 듯한 속도로 질주해 오더니 끼이이익 소리를 내며 책방 벽에서 1센티미터밖에 떨어지지 않은 곳에 멈춰 섰다. 검은색 선글라스를 쓴 젊은 남자 하나가 몹시 동요한 모습으로 내리더니 곧장 불타는 서점 문으로 뛰어갔다.

그는 소방관에게 제지당했다.

"이 가게 주인이십니까?" 소방관이 물었다.

"바보 같은 소리! 어딜 봐서 내가 서점을 운영하게 생겼나?"

"잘 모르겠습니다. 겉모습이란 믿을 수 없는 것이니까요. 예를 들어 저는 소방관입니다만, 제 직업을 모르고 저를 만난 사람들은 종종 제가 회계사이거나 회사 사장인 줄 안답니다. 제가 이 옷을 입지 않았다면 어떤 사람으로 보일 것 같습니까? 솔직하게요."

"얼간이로 보여." 크롤리는 그렇게 대꾸하고 서점 안으로 달려 들어갔다.

말은 쉽지만, 실제로 크롤리는 그러기 위해 소방관 여섯 명과 경찰관 두 명, 그리고 흥미로운 소호의 올빼미족[+]들을 피해야 했다. 이 구경꾼들은 일찍부터 나와서 대체 어떤 사회가 오후 시간에 불을 밝혀놓는지, 그리고 왜 그런지에 대해 열띤 토론을 벌이고 있었다.

크롤리는 그들 사이를 뚫고 지나갔고, 그들은 그에게 눈길 한 번 주지 않았다.

그는 문을 밀어 열고, 불길 속에 걸음을 내디뎠다.

서가 전체가 불길에 휩싸여 있었다. "아지라파엘! 아지라파엘, 이, 이 머저리, 아지라파엘? 여기 있어?"

답이 없었다. 타닥타닥 종이 타는 소리, 위층 방까지 불길이 닿으면서 유리가 부서지는 소리, 들보가 무너지면서 나는 쿵 소리뿐이었다.

그는 천사를 찾아, '도움'을 찾아 절박하게, 필사적으로 가게 안을 뒤졌다.

저만치 떨어진 구석에서 책꽂이 하나가 넘어져서 불타는 책들을 바닥에 쏟아놓았다. 사방에 불이 붙었고, 크롤리는 그 불길을 무시했다. 왼쪽 바지 자락에서 연기가 피어오르기 시작했다. 그는

[+] [원주] 소호가 아닌 다른 곳이었다면 불구경을 하고 있는 사람들 본인이 흥미롭다기보다는 흥미롭게 구경하고 있다고 해야겠지만.

흘긋 쳐다봄으로써 연기를 막았다.

"어이? 아지라파엘! 하느님, 아니 사탄, 아니 아무의 이름으로든 간에! 아지라파엘!"

가게 창문이 바깥에서부터 깨져 들어왔다. 크롤리는 흠칫 놀라서 몸을 틀었고, 생각지도 못한 물줄기에 가슴을 정통으로 맞아 바닥에 나동그라졌다.

선글라스는 방 저쪽 구석까지 날아가 불타는 플라스틱 덩어리가 되어버렸다. 동공이 세로로 가늘게 찢어진 노란색 눈이 드러났다. 크롤리는 타오르는 책방 안에서 흠뻑 젖어 모락모락 수증기를 뿜어 올리며, 얼굴은 새까맣게 그은 채, 멋진 모습과는 한없이 먼 꼬락서니로 엉금엉금 기어 일어나면서 아지라파엘을, 형언할 수 없는 신의 계획을, 그리고 '위'를, 그러고는 '아래'를 저주했다.

그때 그는 아래를 내려다보고, 그것을 보았다. 그 책. 수요일 밤 태드필드에서 그 여자가 차에 놔두고 내린 책이었다. 표지 주위가 약간 그슬리기는 했지만 기적적으로 무사했다. 그는 책을 집어 겉옷 주머니 안에 쑤셔 넣고, 불안정하게 일어서서 옷을 털었다.

위층 바닥이 무너져 내렸다. 건물은 울부짖어대며 거인처럼 몸을 뒤틀어, 벽돌과 들보와 불타는 잔해들의 비가 되어 쏟아져 내렸다.

바깥에서는 경찰이 행인들을 뒤로 물리고 있었고, 소방관 한 명은 들어주는 사람마다 붙잡고 설명을 해대고 있었다. "막을 수가 없었어요. 그 사람 미친 게 틀림없어요. 아니면 술에 취했든가. 그냥 뛰어들더라고요. 막을 수가 없었죠. 미쳤어요. 곧장 뛰어 들어가다니. 자살치고도 참 끔찍한 방법이죠. 끔찍해요, 끔찍해. 그냥 뛰어들……"

그때 크롤리가 불길 속에서 걸어 나왔다.

경찰과 소방관들은 그를 쳐다보고, 그의 얼굴 표정을 보고는, 있던 자리에서 꼼짝도 하지 않았다.

크롤리는 벤틀리에 올라 후진해서 차도로 들어가더니, 소방차 한 대를 빙 돌아서 워더 가에 진입, 캄캄해져가는 오후 속으로 사라졌다.

사람들은 속도를 올리는 벤틀리를 빤히 바라보았다. 마침내 경찰관 한 명이 멍하니 말했다. "날씨가 이러니 헤드라이트를 켜야 할 텐데."

"특히나 저렇게 운전을 하자면 말이야. 위험할 텐데." 누군가가 무미건조하고 밋밋한 어투로 동의를 표했고, 다들 타오르는 서점의 빛과 열기 속에 우두커니 서서 그들이 이해하고 있다고 생각했던 세상에 대체 무슨 일이 벌어지고 있는 걸까 생각했다.

청백색 번개가 구름이 새까맣게 덮인 하늘을 가로지르고, 귀가 아플 정도로 요란한 천둥소리가 하늘을 찢더니, 세차게 비가 쏟아지기 시작했다.

그녀는 붉은색 오토바이에 타고 있었다. 혼다의 우

호적인 붉은색이 아니었다. 깊고 진하며, 어둡고 증오에 찬 핏빛 붉은색이었다. 오토바이의 모양새는 모든 면에서 평이했는데, 오토바이 옆에 달린 칼집 속에서 쉬고 있는 장검만이 예외였다.

그녀의 헬멧은 진홍빛이었고, 가죽 재킷은 오래 묵은 와인색이었다. 등판에는 루비 징으로 지옥의 천사들이라고 적혀 있었다.

시간은 오후 1시 10분, 날은 어둡고 습기 가득했다. 고속도로는 거의 텅 비어 있었고, 붉은색 옷에 감싸인 여자는 나른한 미소를 걸친 채 요란한 소리를 내며 붉은색 오토바이를 타고 달려갔다.

아직까지는 멋진 하루였다. 장검을 매달고 강력한 오토바이를 타는 아름다운 여자의 모습은 특정 유형의 남자에게 강렬한 효과를 불러일으켰다. 벌써 외판원 네 명이 그녀와 경주를 하려 들었고, 그 결과 현재 포드 시에라의 잔해들이 60킬로미터에 걸쳐 가드레일과 다리 지지대를 장식하고 있었다.

그녀는 휴게소에 진입하여 '행복한 돼지 카페'로 들어갔다. 카페 안은 거의 비어 있었다. 웨이트리스는 따분해하며 카운터 뒤에서 양말을 깁고 있었고, 검은색 가죽옷을 입은 몸집 크고 북슬북슬한 데다 지저분한 거친 폭주족 한 무리가 검은색 코트를 입은 남자 주위에 모여 앉아 있었다. 폭주족들보다도 더 키가 큰 이 검정 코트는 과거에는 슬롯머신이었지만 지금은 비디오 화면을 달고 스스로를 '스크래블 퀴즈 게임'이라고 광고하고 있는 물건을 결연히 플레이하고 있었다.

구경꾼들은 이런 식으로 지껄여대고 있었다.

"D야! D를 누르라고! 〈대부〉가 절대로 〈바람과 함께 사라지다〉

보다 오스카 트로피를 많이 받았을 거야!"

"〈줄에 매인 꼭두각시〉! 샌디 쇼! 그렇지. 자신 있다니까!"

"1666년!"

"아냐, 이 머저리야! 그해엔 불이 났지! 페스트는 1665년이야!"

"B야. 중국의 만리장성은 7대 불가사의에 안 들어가!"

네 가지 선택지가 있었다. 팝 음악, 스포츠, 시사, 상식. 헬멧을 벗지 않은 키 큰 폭주족은 답을 외쳐대는 구경꾼들을 무시하고 버튼을 눌러대고 있었다. 어쨌거나 계속 이기고 있기도 했다.

붉은 기수는 카운터 쪽으로 다가갔다.

"차 한 잔 줘. 치즈 샌드위치하고."

"혼자 오셨나요?" 웨이트리스는 차와 뭔가 하얗고 딱딱하고 마른 물건을 카운터 너머로 건네주며 물었다.

"친구들을 기다려."

"아아." 웨이트리스는 털실을 물어 끊으며 말했다. "여기서 기다리는 게 낫죠. 바깥은 지옥이에요."

"아니. 아직은 아니지."

그녀는 주차장이 잘 보이는 창가 쪽 자리를 골라 앉아서, 기다렸다.

스크래블 게임을 하는 이들의 목소리가 배경음악처럼 들려왔다.

"그 질문은 새로운데. 1066년 이후 영국은 공식적으로 프랑스와 전쟁을 몇 번 치렀는가?"

"스무 번? 아냐, 스무 번은 안 될 거야…… 어라. 스무 번이었네. 몰랐는걸."

"미국과 멕시코의 전쟁? 나 이거 알아. 1845년 6월이야. D. 보라고! 그렇다니까!"

두 번째로 키가 작은 폭주족 피그보그(188센티미터)가 제일 작은 폭주족 그리서(185센티미터)에게 소곤거렸다.

"그런데 스포츠는 어떻게 된 거야?" 피그보그의 한쪽 주먹에는 '사랑', 반대쪽 주먹에는 '증오'라는 문신이 새겨져 있었다.

"안에서 마구잡이로 선택하는 거야. 마이크로칩으로 하는 거지. 그 뭐냐, 램 안에 있는 수백만 개의 주제 중에서 뽑아낸 걸 거야." 그리서의 오른쪽 주먹에는 '피시', 왼쪽 주먹에는 '칩'이라고 새겨져 있었다.

"팝 음악, 시사, 상식, 전쟁이잖아. 전쟁은 전에 본 적이 없어. 그래서 한 말이야." 피그보그는 큰 소리를 내며 손가락 관절을 꺾고 맥주 캔을 땄다. 그는 꿀꺽꿀꺽 캔을 절반이나 비운 다음 요란하게 트림을 하고, 한숨을 내쉬었다. "끔찍한 성서 문제나 더 내주면 좋겠다."

"왜?" 그리서는 피그보그가 성서 퀴즈에 미친 괴짜라고 생각해 본 적이 없었다.

"왜냐하면, 어디 보자, 브라이턴에서 있었던 소동 기억나?"

"아, 그럼. 네가 〈크라임와치〉에 나왔지." 그리서는 은연중에 질투심을 드러내며 말했다.

"아무튼 난 우리 엄마가 일하는 호텔에 갇혀 있어야 했어. 무기한으로 말이야. 그런데 읽을 거라곤 기드온이란 놈이 남겨놓은 성서뿐이었거든. 그런 건 잊히지가 않는 법이야."

바깥 주차장에 새까만 빛으로 반짝이는 오토바이 한 대가 들어왔다.

카페 문이 열렸다. 얼음같이 차가운 돌풍이 방 안을 휩쓸었다. 검은색 턱수염을 짧게 기르고 온몸을 검은색 가죽옷으로 감싼 남자가 걸어 들어와서 붉은색 옷을 입은 여자 옆에 앉았고, 스크래블 기계 주위에 있던 폭주족들은 갑자기 모두가 엄청나게 배가 고프다는 사실을 깨닫고 스커즈에게 먹을 것을 가져오라고 시켰다. 기계 아래쪽에 승리의 결과물이 쌓이게 내버려둔 채 말없이 정답 버튼을 누르는 남자만 빼고 모두가 허기를 느꼈다.

"마페킹 이후에 처음 보네. 어떻게 지냈어?" 레드가 말했다.

"상당히 바쁘게 지냈지." 블랙이 대답했다. "주로 미국에 있었어. 짧게 세계 일주도 하고. 뭐 그냥 시간 죽이기였지."

("무슨 소리야? 스테이크도 없고 키드니 파이도 없다니?" 스커즈는 모욕당한 듯 말했다.

"있는 줄 알았는데 없네요." 여자가 대답했다.)

"마침내 우리 모두가 이런 식으로 모이게 되다니, 기분이 이상한걸." 레드가 말했다.

"이상해?"

"알잖아. 이날을 기다리며 몇천 년을 보냈는데, 마침내 그날이 온 거야. 크리스마스를 기다릴 때와 비슷하지. 생일이라든가."

"우리에겐 생일이 없어."

"우리에게 생일이 있다는 말이 아니잖아. 그냥 그 비슷하다는 거지."

(여자는 시인했다. "사실은 남은 게 하나도 없는 것 같아요. 피자 쪼가리뿐이네요."

"안초비 들어 있어?" 스커즈는 우울하게 물었다. 패거리 중엔 안초비를 좋아하는 녀석이 없었다. 올리브도.

"그럼요. 안초비랑 올리브예요. 드시겠어요?"

스커즈는 구슬프게 머리를 저었다. 그는 배를 꾸르륵거리며 게임기 쪽으로 돌아갔다. 빅 테드는 배가 고프면 성질이 급해졌고, 빅 테드가 성질이 급해지면 모두에게 악영향이 미쳤다.)

비디오 화면에 새로운 분야가 나타났다. 이제는 팝 음악, 시사, 기아, 또는 전쟁에 대한 질문에 답할 수 있었다. 폭주족들은 1846년의 아일랜드 감자 기근, 1315년 잉글랜드 대기근, 1969년 샌프란시스코의 마약 기근에 대해 전쟁에 대해서보다 더 몰랐지만 게임기 앞에 있는 남자는 여전히 완벽한 점수를 기록하며 이따금씩 기계가 쟁반에다 파운드 동전을 토해낼 때마다 나는 획, 드르륵, 절그럭 소리로 방점을 찍고 있었다.

"남쪽은 날씨가 장난 아닌 것 같아." 레드가 말했다.

블랙은 캄캄해져가는 구름을 곁눈질했다. "아니. 나에게는 좋아 보이는걸. 곧 폭풍우가 함께하겠군."

레드는 손톱을 들여다보았다. "좋겠지. 멋진 폭풍우가 없다면 전 같지 않을 거야. 얼마나 달려가야 할지는 알아?"

블랙은 어깨를 으쓱였다. "몇백 킬로미터 정도."

"그보다 더 될 줄 알았는데. 그렇게 오래 기다렸는데 겨우 몇백 킬로미터라니."

"중요한 건 가는 길이 아니라, 도착이다." 블랙이 말했다.

바깥에서 부르릉 소리가 났다. 배기장치에는 결함이 있고, 엔진 조율도 안했으며 카뷰레터가 새는 오토바이 소리였다. 그 오토바이가 달려오는 길에 오르는 시커먼 연기구름, 미끄러운 기름 자국, 여기저기 흩어진 작은 오토바이 부품들을 보지 않고도 알 만했다.

블랙이 카운터로 다가갔다.

"차 네 잔 부탁해. 하나는 블랙으로."

카페 문이 열렸다. 먼지투성이 흰색 가죽옷을 입은 청년이 들어왔고, 그와 함께 돌풍이 일어나 빈 과자 봉지와 신문지와 아이스크림 포장지가 휘날렸다. 쓰레기들은 신이 난 아이들처럼 청년의 발치를 휘돌며 춤을 추다가 지친 듯 바닥에 축 늘어졌다.

"네 분이신가요?" 여자가 물었다. 그녀는 깨끗한 컵과 티스푼을 찾아내려고 애쓰고 있었다. 갑자기 선반마다 자동차 기름과 마른 달걀껍질이 깔린 것 같았다.

"그럴 거야." 검은 옷의 남자는 그렇게 대답하고 찻잔을 받아 동료 두 명이 기다리는 탁자로 돌아갔다.

"그 친구 조짐은?" 흰 옷의 청년이 물었다.

붉은 옷과 검은 옷은 고개를 저었다.

비디오 화면 주위에서는 한바탕 언쟁이 일고 있었다. (이제 스크린에 나타난 분야는 전쟁, 기아, 오염, 그리고 1962년부터 1979년까지의 팝 음악이었다.)

"엘비스 프레슬리? C일 거야. 엘비스가 죽은 게 1977년이지?"

"아냐. D야. 1976년. 확실해."

"그래. 빙 크로스비랑 같은 해였지."

"그리고 마크 볼란도. 멋지게 죽었지. 그러니까 D를 누르라고. 어서."

키 큰 남자는 어느 버튼도 누를 생각을 하지 않았다.

"뭐가 문제야?" 빅 테드가 짜증스럽게 외쳤다. "계속해. D를 누르라니까. 엘비스 프레슬리는 1976년에 죽었어."

기계가 뭐라든 신경 쓰지 않는다. 헬멧을 쓴 키 큰 폭주족이 말했다. *난 그에게 손가락 하나 대지 않았어.*

앉아 있던 세 명이 한 사람처럼 고개를 돌렸다. 입을 연 것은 레드였다. "언제 왔어?"

키 큰 남자는 어벙벙한 폭주족들과 상금을 내버려두고 탁자 쪽으로 걸어갔다. *난 한 번도 떠난 적이 없다.* 그 목소리는 소리가 사라진 곳, 밤과 잿빛과 죽음의 장소에서 메아리치는 울림이었다. 그 목소리를 돌에 비유하자면 그 위에는 오래전, 아주 오래전부터 글자가 새겨져 있었을 것이다. 이름, 그리고 두 개의 날짜.

"경의 차가 식고 있어." '기아'가 말했다.

"오래됐지." '전쟁'이 말했다.

번쩍 번개가 쳤고, 거의 동시에 낮은 천둥소리가 뒤따랐다.

"딱 좋은 날씨네요." '오염'이 말했다.

그렇군.

게임기 주위에 모여 서 있던 폭주족들은 이들의 대화에 점점 당황하고 있었다. 그들은 빅 테드의 인솔하에 비슬비슬 걸어가 네 명의 이방인을 응시했다.

네 명의 이방인 모두의 재킷에 지옥의 천사들이라는 문구가 있다는 점은 그냥 넘길 수 없었다. 그리고 그들은 폭주족치고는 너무 이상했다. 우선 너무 깨끗했다. 게다가 일요일 오후라는 이유만으로 사람 팔을 부러뜨린다거나, 방송에 나올 만한 사고를 칠 인물이 하나도 없었다. 그리고 한 명은 여자였다. 그것도 다른 사람 오토바이 뒤에나 타는 여자가 아니라 얼마든지 그럴 권리가 있다는 듯이 자기 오토바이를 몰도록 허락받은 여자.

"그래 댁들이 '지옥의 천사들'이란 말이지?" 빅 테드가 빈정거렸다. 진짜 '지옥의 천사들'이 대항할 수 없는 게 하나 있다면, 그건 바로 주말 바이크족들이었다.[+]

네 명의 이방인은 고개를 끄덕였다.

"어느 지부에서 나왔는데?"

키 큰 이방인이 빅 테드를 쳐다보았다. 그리고 몸을 일으켰다. 그것은 복잡한 동작이었다. 밤의 바닷가에 접이식 의자가 있다면 그런 식으로 펼쳐질까.

그는 자신을 무한히 펼치는 것 같았다.

그는 얼굴을 완전히 가리는 검은색 헬멧을 쓰고 있었다. 그리고 빅 테드는 그 헬멧이 기묘한 플라스틱으로 만들어졌다는 사실을

[+] [원주] 진짜 '지옥의 천사들'이 대항할 수 없는 것은 그 외에도 여러 가지 있었다. 그중에는 경찰, 비누, 포드 코르티나스, 그리고 빅 테드의 경우엔 안초비와 올리브도 들어갔다.

알아차렸다. 그러니까, 그 헬멧 속을 들여다보면 오로지 자기 자신의 얼굴만이 보이는 재질이라고나 할까.

계시록 6장. 그는 말했다.

"2절에서 8절까지." 흰 옷의 청년이 덧붙였다.

빅 테드는 네 사람을 노려보았다. 아래턱이 튀어나오고, 관자놀이에는 푸른색 혈관이 불거지기 시작했다. "그게 무슨 뜻인데?" 그는 힐문했다.

누군가가 그의 소매를 잡았다. 피그보그였다. 지저분한 얼굴에 특이한 잿빛 그늘이 드리워져 있었다.

"우리가 말썽에 휘말렸다는 뜻이야." 피그보그는 말했다.

키 큰 이방인이 창백한 빛의 오토바이 장갑을 들어 올리더니 헬멧 가리개를 올렸고, 빅 테드는 생애 처음으로 좀 더 잘 살았더라면 좋았을 걸 하고 있는 자신을 발견했다.

"예수님 맙소사!" 그는 신음했다.

"내 생각엔 그분이 금방 오시지 싶은데." 피그보그가 다급하게 말했다. "어쩌면 오토바이 세울 곳을 찾고 계실지도 몰라. 가자. 가서 범죄자 클럽이나 어딘가에 합류하자고……"

하지만 빅 테드의 따를 자 없는 무식함은 그의 방패이자 갑옷이었다. 그는 움직이지 않고 말했다.

"그래, '지옥의 천사들'이란 말이지."

'전쟁'이 그에게 나른하게 경례를 붙였다.

"그게 우리야, 빅 테드." 그녀는 말했다. "원조 '지옥의 천사들'이지."

'기아'가 고개를 끄덕였다. "오래된 상표지."

'오염'은 헬멧을 벗고 긴 흰머리를 흔들어 풀었다. 그는 1936년에 '역병'이 페니실린에 대해 불평을 늘어놓으며 퇴직했을 때 그 뒤를 이어받았다. 그 노친네가 미래에 어떤 기회가 주어질지 알기만 했더라면······

"약속을 하는 건 다른 작자들 몫이고." 그가 말했다. "우린 배달만 하지."

빅 테드는 네 번째 기수를 쳐다보았다. "어, 전에 당신을 본 적이 있어. 〈블루 오이스터 컬트〉 앨범 겉표지에 있었잖아. 그리고 당신의······ 당신의······ 당신의 머리가 올라간 반지도 갖고 있어."

난 어디에나 있다.

"이런." 빅 테드의 커다란 얼굴이 생각을 해보려는 노력으로 구겨졌다.

"근데 댁들은 무슨 오토바이를 몰아?" 그는 물었다.

폭풍이 채석장 주위로 맹위를 떨쳤다. 돌풍 속에서 낡은 자동차 타이어를 매단 밧줄이 춤을 추었다. 나무집을 만들려다 남은 유물인 철판 조각이 약한 정박지에서 흔들거리다 결국 떨어져 날아가기도 했다.

고것들은 한데 몰려서 아담을 응시하고 있었다. 아담이 왠지 좀 더 커 보였다. 개는 주저앉아 으르렁거렸다. 개는 잃어버리게 될 모든 냄새들을 생각하고 있었다. 지옥엔 유황내 말고는 아무 냄새도 없었다. 반면 여기에는, 여기에는…… 젠장, 솔직히 말하면 지옥엔 암캐도 없었다.

아담은 허공에 손을 휘저으며 활달하게 걷고 있었다.

"우리가 누릴 수 있는 즐거움엔 끝이 없을 거야. 탐험이며 온갖 것들이 다 있을 거야. 곧 옛 정글들도 다시 자라게 할 수 있을 것이고."

"그치만…… 그치만…… 누가…… 그렇잖아, 누가 요리며 빨래며 그런 걸 다 해?" 브라이언이 떨리는 목소리로 물었다.

"그런 건 아무도 할 필요 없어. 너희가 좋아하는 건 다 먹을 수 있어. 산더미처럼 쌓인 과자든, 튀긴 양파링이든, 뭐든 말이야. 새 옷을 입을 필요도 없고, 싫으면 목욕도 안 해도 돼. 학교에 가거나 할 필요도 없고. 뭐든 하기 싫은 일은 다시는 안 해도 돼. 죽이겠지!"

쿠카문디 구릉지대에 달이 떴다. 무척이나 밝은 밤이었다.

'뼈 두 개' 조니는 붉은 사막 분지에 앉아 있었다. 이곳은 꿈 시간에 만들어진 두 개의 조상 바위가 태초 이래 계속 누워 있는 성지였다. 뼈 두 개 조니의 방랑 의식은 막바지에 다다르고 있었다. 그는 뺨과 가슴에 불그스름한 황토색 물감을 문질러 칠했고, 구릉지대의 노래 지도 같은 옛 노래를 부르면서 창끝으로 흙에 그림을 그리고 있었다.

그는 이틀간 아무것도 먹지 않았다. 잠도 자지 않았다. 덤불과 하나가 되고, 조상들과의 교섭에 들게 해줄 몽환 상태가 가까워 왔다.

거의 다 되었다.

거의……

그는 눈을 깜박였다. 의아한 눈으로 사방을 둘러보았다.

"실례합니다, 친애하는 청년에게 묻겠는데요." 그는 정확하고 똑똑한 말투로, 커다랗게 스스로에게 말을 걸었다. *"내가 어디 있는 거죠?"*

"누가 말한 거요?" 뼈 두 개 조니가 물었다.

그의 입이 열렸다. *"내가 했어요."*

조니는 생각에 잠겨 머리를 긁적였다. "그럼 당신이 제 조상 중 한 분인가요?"

"아, 그거야 의심할 여지가 없겠지요. 조상이긴 해요. 어떤 면에서는. 자, 원래 질문으로 돌아갈까요. 내가 어디 있는 거죠?"

"당신이 제 조상 중 한 분이라면 어째서 푸프터[+]처럼 말하는 겁니까?"

"아하, 오스트레일리아로군." 뼈 두 개 조니의 입이 말했다. 그 말을 다시 하기 전에 충분히 살균할 필요가 있다는 듯한 투였다. *"이런 맙소사, 아, 어쨌든 고마워요."*

[+] 동성애자를 가리키는 호주의 은어.

"이보쇼? 이봐요?" 뼈 두 개 조니는 뇌까렸다.

그는 모래 위에 앉아서 기다리고 또 기다렸지만, 답은 돌아오지 않았다.

아지라파엘은 이미 다른 곳으로 이동해 간 후였다.

시트론 뒤셰보는 '톤톤 마쿠트', 즉 떠돌아다니는 '혼간'[+]이었다. 그는 주술용 식물, 치료용 식물, 야생고양이의 일부, 검은색 양초, 특별한 말린 물고기껍질에서 채취해낸 가루, 죽은 지네 한 마리, 시바스 리갈 반 병, 로스만 담배 열 갑, 그리고 《아이티에서 무슨 일이 일어나고 있나》 한 부가 든 가방을 어깨에 메고 있었다.

그는 칼의 무게를 가늠해보고 숙련된 동작으로 검은색 수평아리의 머리를 잘랐다. 오른손이 피에 물들었다.

"'로아'가 나에게 내리시니." 그는 읊조렸다. "'그로스 본 앙게'가 내게 오시니."

"내가 어디 있는 거죠?"

"내 '그로스 본 앙게'십니까?" 그는 스스로에게 물었다.

"그건 좀 사사로운 질문 같네요." 그가 대답했다. *"이런 일들이 벌어지고 있는 때이니 말이죠. 하지만 노력이야 해야겠죠. 누구나 최선을 다*

[+] [원주] 주술사, 혹은 사제. 부두교는 죽은 사람까지 포함해서 가족 전체에게 흥미진진한 종교다.

해야죠."

시트론은 한쪽 손이 수평아리에게 뻗어가는 것을 발견했다. *"요리를 하기엔 좀 불결한 장소라고 생각하지 않아요? 이런 정글 속에 나와서 요리를 하다뇨. 바비큐를 할 건가요? 그런데 여긴 어떤 곳이죠?"*

"아이티요." 그가 대답했다.

"젠장! 전혀 가깝지가 않잖아. 그래도 최악은 아니지. 아, 가봐야겠네요. 안녕히 계세요."

그리고 시트론 뒤셰보의 머릿속에는 그 혼자만 남았다.

"빌어먹을 '로아'들." 그는 혼자 투덜거렸다. 그는 한참 동안 허공을 노려보다가, 가방에 손을 뻗어 시바스 리갈 병을 꺼냈다. 어쨌든 누군가를 좀비로 바꾸는 방법은 두 가지였다. 그는 그중 쉬운 방법을 골랐다.

해변에는 파도 소리가 시끄러웠다. 야자나무들이 흔들렸다.

폭풍이 다가오고 있었다.

불이 들어왔다. 〈네브라스카〉 파워 케이블 복음성가대는 〈예수님은 내 삶의 교환대를 맡은 전화수리공이시라네〉를 부르기 시작했다. 노랫소리는 심해지는 바람 소리에 거의 묻히다시피 했다.

마빈 O. 백맨은 넥타이를 바로잡고, 거울에 웃는 얼굴을 점검해본 다음, 개인 비서의 엉덩이를 두들겨주고(3년 전 7월에 《펜트하우스》지의 '이달의 귀염둥이'로 뽑혔던 신디 켈러헬 양이었다. 하지만 그녀는 직업전선에 나서면서 그 모든 영광을 뒤로했다), 스튜디오 무대로 걸어 나갔다.

> 예수님은 당신이 끊기 전에는 끊지 않으신다네
> 그분과 함께라면 혼선이 되는 일도 없어
> 그리고 고지서가 올 때 보면 모든 게 항목별로 제대로 정리되어 있지
> 그분은 내 삶의 교환대를 맡은 전화수리공이시라네

성가대가 노래했다. 마빈은 그 노래가 좋았다. 직접 만든 노래였다.

그 외 작품으로는 〈행복한 미스터 예수〉, 〈예수님, 내가 가서 당신 집에 머물러도 될까요?〉, 〈저 옛 불의 십자가〉, 〈예수님은 내 영혼의 범퍼에 붙은 스티커라네〉, 〈내 픽업 바퀴가 휴거에 붙들려 내 들려 올라갈 때에〉 등이 있었다. 모두 〈예수님은 내 친구〉(LP, 카세트, CD)에 수록되어 있었고, 백맨의 복음 방송에서 4분에 한 번씩 광고가 나갔다.[+]

사실 운율도 맞지 않았고, 대체로는 아예 말이 되지 않았으며, 마빈에게 그다지 음악적인 재능이 없는 관계로 곡조를 전부 옛날 컨트리 음악에서 베끼기는 했지만 그래도 〈예수님은 내 친구〉는 400만 장이 넘게 팔렸다.

[+] [원주] LP나 카세트에 12.95달러, CD는 24.95달러. 마빈 백맨의 전도 활동에 500 달러를 기부할 때마다 LP 한 장씩을 받을 수 있음.

마빈은 원래 조니 캐시의 노래들이나 콘웨이 트위터 같은 오래된 노래를 부르는 컨트리 가수로 출발했다.

그는 산쿠엔틴 감옥에서 정기적으로 콘서트를 열다가 '잔혹하고 이상한 형벌' 금지 조항 위반이라는 인권 단체의 비난에 휘말렸다.

마빈이 종교를 갖게 된 것이 그 무렵이었다. 선행을 하고 더 나은 삶을 사는 조용하고 개인적인 부류의 종교는 아니었다. 양복을 입고 사람들의 현관 벨을 누르고 다니는 부류도 아니었다. TV 방송국을 차려놓고 사람들이 돈을 보내게 하는 식이었다.

그는 〈마빈의 권능의 시간〉("근본주의자들에게 즐거움을 주는 쇼!")에서 완벽한 TV 공식을 찾아냈다. LP에 수록된 3분짜리 노래를 네 곡 부르고, 20분간 지옥불에 대해 떠들고, 5분간 사람들을 치료하는 것이다. (남는 23분은 온갖 감언이설과 탄원, 위협, 구걸, 그리고 이따금씩은 그냥 단순하게 돈을 달라고 요청하는 데 쓰였다.) 초창기에는 치료할 사람들을 정말로 스튜디오에 불러들였지만, 곧 그게 너무 복잡한 일이라는 사실을 깨달았고, 요새는 그냥 미국 전역의 시청자들이 방송을 보다가 신비롭게 병이 나을 것을 예견하노라 선포했다. 이편이 훨씬 간단했다. 배우들을 고용할 필요도 없었고, 아무도 그의 성공률이 얼마인지 확인할 방법이 없었으니.+

+ [원주] 성공률이 정말로 0이 아니라는 사실을 알면 마빈도 깜짝 놀랄 것이다. '어떤' 것으로든 낫는 사람들도 있는 법이다.

세상은 대부분 사람들이 믿는 것보다 훨씬 복잡하다. 예컨대 많은 이들은 마빈이 너무나 많은 돈을 벌어들인다는 이유로 진짜 신앙인이 아닐 거라 생각했다. 그들의 판단은 틀렸다. 그는 온 마음으로 하느님을 믿었다. 그는 절대적인 믿음을 지니고 있었고, 진심으로 하느님의 역사라 믿는 사업에 엄청난 돈을 쏟아부었다.

> 구세주께 통하는 전화는 언제나 방해파가 없다네
> 그분은 낮이나 밤이나 받아주시지
> 그리고 주 예수를 부르면 언제나 요금은 무료
> 그분은 내 삶의 교환대를 맡은 전화수리공이시라네

첫 번째 노래가 끝났고, 마빈은 카메라 앞으로 걸어 나가서 겸손한 태도로 팔을 들어 올려 소란을 가라앉혔다. 조정실에서는 기술자가 갈채 트랙을 껐다.

"형제자매 여러분, 고맙습니다, 고마워요. 아름다운 노래였지요? 그리고 기억하시길, 지금 1-800-CASH로 전화하셔서 기부금을 내시면 이 노래뿐 아니라 〈예수님은 내 친구〉에 수록된 교훈적인 노래들을 들으실 수 있습니다."

그는 더 진지하게 자세를 고쳤다.

"형제자매 여러분, 저는 여러분 모두를 향한 전언을 받았습니다. 우리 주님으로부터의 긴급한 전언, 여러분 모두, 남자나 여자나, 어린 아기들이나 할 것 없이 모두를 위한 전언이오니, 이는 종말에 관한 말씀입니다. 여러분의 성경책에 모두 나와 있습니다. 우리 주님께서 파트모스의 성 요한에게 주신 계시록에, 그리고 다니엘서에 말입니다. 주님은 언제나 숨김없이 말씀을 전하셨습니다. 여러분들에게, 여러분의 미래에 대해 말입니다. 그래서 무슨 일이 벌어질까요?

전쟁. 돌림병. 기근. 죽음. 핏물이 흐르는 강. 대지진. 핵미사일. 형제자매들이여, 무시무시한 시간이 오고 있습니다. 그리고 이를 피할 방도는 하나뿐입니다.

파멸이 오기 전에, 종말의 네 기수가 달려 나오기 전에, 핵미사일이 믿지 않는 자들에게 쏟아져 내리기 전에 휴거가 있을 것입니다.

휴거가 무엇이냐? 여러분이 부르짖는 소리를 들을 수 있습니다.

형제자매 여러분, 휴거가 오면 진정한 신앙인들은 모두 공중에 들려 올라갈 것입니다. 그때 무엇을 하고 있었든 상관이 없어요. 목욕 중이었을 수도 있고, 일을 하고 있었을 수도 있고, 차를 몰고 있었을 수도 있고, 그저 집에 앉아 성경책을 읽고 있을 수도 있습니다. 그러다가 갑자기 완전하고 깨끗한 몸으로 공중에 떠 있게 되는 겁니다. 그리고 공중에 뜬 채, 파멸의 시대가 도래하는 세상을 굽어보겠지요. 오로지 믿는 자만이 구원받으리니, 오로지 다시 태어날 여러분들만이 고통과 죽음과 공포와 불길을 피할 것입니다. 그 후에는 천국과 지옥 사이에 대전이 벌어질 터인데, 천국이 지옥의 세력을 괴멸시킬 것이며, 주님께서는 고통 받는 자들의 눈물을 닦아주실 것이고, 더 이상은 죽음도, 비애도, 눈물도, 고통도 없을 것이며 영원히 또 영원히 영광되이 빛나—"

그는 갑자기 말을 멈췄다.

"*괜찮은 시도로군요.*" 전혀 다른 음성이었다. "*그런 식은 아니겠지만 말이에요. 정말 그렇진 않아요.*

그러니까, 불길과 전쟁에 대한 부분은 다 맞아요. 하지만 휴거 문제는 글쎄요. 천국에 있는 이들을 전부 볼 수 있다면 좋겠는데요. 정신이 따라가지 못할 정도로 빽빽하게 줄지어 선 사람들에다가, 우리도 줄줄이 있고, 화염검에다가 그런 모든 것들이. 그러니까 내가 말하려는 건 말이죠, 누가 그렇게 시간이 남아서 돌아다니면서 사람들을 골라다가 공중에 띄워 아래 지상에서 불타고 마르고 방사능으로 죽어가는 사람들을 비웃게 해주겠느냐는 거예요. 도덕적으로 받아들여지는 때에 대한 당신 생각이 그렇다면 내가 좀 부언해도 좋겠지요.

그리고 천국이 결국은 이긴다는 데 대해서도 말인데…… 글쎄요, 솔직히 말하자면, 그게 그렇게 확정되어 있을 것 같으면 애초에 거룩한 전쟁 자체가 없지 않겠어요? 천국의 승리라는 건 선전문구랍니다. 아주 순수하고 단순한 선전이죠. 우리가 이길 가능성은 50프로를 넘지 않아요. 판돈을 안전하게 걸자면 사탄숭배자들의 직통 전화에 연결해서 돈을 좀 보내는 것도 괜찮겠죠. 사실 불길이 떨어지고 피의 바다가 솟아오르면 당신들은 모두 민간인 사상자가 될 테지만 말입니다. 우리 전쟁과 당신네 전쟁을 합하면 모두가 죽고, 하느님께서 다 가려내시도록 하는 거잖아요. 맞죠?

어쨌거나 계속 떠들어대서 죄송합니다. 사실은 간단한 질문만 하려고 했는데. 내가 어디 있는 거죠?"

마빈 O. 백맨의 얼굴은 점점 자줏빛으로 부풀고 있었다.

"악마로다! 주께서 나를 보우하사! 악마가 내 입을 통해 말하고 있도다!" 그는 겨우 분노를 토해냈다가 스스로에게 가로막혔다. "아, 아니에요. 사실은 정반대랍니다. 천사거든요. 아하. 여긴 미국이 분명하군요, 그렇죠? 미안해요, 더 머무를 수가……"

잠시 정적. 마빈은 입을 열려고 했지만 아무 말도 나오지 않았다. 머릿속에 뭐가 있는지는 몰라도 그것이 주위를 둘러보았다. 마빈은 경찰에 전화를 걸거나 구석에서 흐느끼고 있는 스튜디오 패거리들을 보았다. 얼굴이 새파랗게 질린 카메라맨도 보았다.

"이런 세상에." 그가 말했다. "내가 지금 텔레비전에 나오는 건가요?"

크롤리는 시속 200킬로미터로 옥스퍼드 가를 질주하고 있었다.

여분의 선글라스를 찾아 수납장에 손을 넣었지만, 카세트테이프뿐이었다. 그는 짜증스레 아무 테이프나 집어서 오디오에 밀어 넣었다.

그는 바흐를 듣고 싶었지만, 들어간 테이프는 '트래블링 윌버리스'의 앨범이었다.

우리에게 필요한 건 오직 라디오 가가, 프레디 머큐리가 노래했다.

내게 필요한 건 오직 빠져나갈 구멍뿐이야, 크롤리는 생각했다.

그는 시속 145킬로미터로 마블아치 로터리를 거꾸로 돌았다. 번갯불에 런던 하늘이 꺼지기 직전의 형광등처럼 깜박거렸다.

크롤리는 생각했다. '런던에는 납빛 하늘이 깔리고, 난 종말이 가깝다는 걸 알았지.' 그게 누가 쓴 글이었더라? 체스터턴이었던 가? 20세기 시인들 중에 유일하게 진실에 다가선 인물이군.

벤틀리가 런던을 벗어나 달려가는 동안 크롤리는 운전석에 기대앉아서 그을린 《아그네스 너터의 근사하고 정확한 예언집》을 뒤적였다.

그는 책 끄트머리에 끼워진 종이쪽지를 발견했다. 그 종이에는 아지라파엘의 깔끔한 글씨가 가득했다. 크롤리는 접힌 종이를 펴서(벤틀리의 기어가 혼자 3단으로 내려가, 돌연 갓길로 후퇴해버린 과일 화물차 옆을 추월하는 동안) 다시 읽었다.

그리고 뱃속이 서서히 가라앉는 느낌을 받으며 다시 한 번 읽었다.

자동차가 갑자기 방향을 틀었다. 차는 이제 옥스퍼드셔 태드필드로 향하고 있었다. 서두르면 한 시간 안에 도착할 수 있을 것이다.

어쨌든, 달리 갈 곳도 없었다.

카세트테이프가 다 돌아가고, 라디오가 켜졌다.

"……태드필드 원예 클럽원들의 질문 시간입니다. 마지막에 이곳에 온 게 1953년, 아주 근사한 여름이었지요. 옥스퍼드셔 교구 동쪽에는 양질의 흙이 풍부하고 서쪽은 석회암질 오르막이라, 여기에 무슨 식물을 심든 아름답게 자란다는 걸 다들 기억하실 겁니다. 그렇지 않나요, 프레드?"

"그렇지요." 왕립 식물학원의 프레드 윈드브라이트 교수가 대답했다. "제가 가꿔도 이 이상 아름다울 수 없을 겁니다."

"그렇군요. 첫 번째 질문은 아무래도 지역 주민회장이신 R. P. 타일러 씨가 주신 것 같군요."

"에헴. 맞습니다. 에, 저는 열성적인 장미 재배인입니다만, 어제 아무리 봐도 물고기로 보이는 비가 쏟아지는 바람에 입상 경력이 있는 몰리 맥과이어 장미 몇 송이를 잃었습니다. 이 사태에 대해 정원에 그물을 씌우는 것 말고 어떤 방안을 추천하십니까? 에, 그러니까 의회에 편지를 썼습니다만……"

"평범한 문제는 아니로군요. 해리?"

"타일러 씨, 한 가지 여쭤봅시다. 이 물고기가 싱싱했습니까, 아니면 절이거나 말린 고기였습니까?"

"싱싱했던 것 같습니다."

"그렇다면 아무 문제 없습니다. 이 지역에서는 피의 비도 내렸다고 들었습니다만, 제 정원이 있는 데일에도 이런 일이 일어났으면 좋겠군요. 더할 나위 없는 비료가 아닙니까. 자, 여러분이 하실 일은 정원에 구멍을 파고……" *크롤리?*

크롤리는 대꾸하지 않았다.

크롤리. 전쟁이 시작되었다, 크롤리. 우리는 너를 회수할 권한을 부여받은 세력을 네가 피해냈다는 사실을 흥미롭게 주시하고 있다.

"음." 크롤리는 어정쩡하게 동의했다.

크롤리…… 우리는 이 전쟁에 이길 것이다. 하지만 설령 진다고 하더라도, 최소한 네게는 관심을 둘 수 있을 것이다. 아무런 차이가 없을 것이다. 크롤리, 지옥에 악마가 하나라도 남아 있는 한, 너는 차라리 필멸의 인간으로 태어났으면 하고 바라게 될 것이다.

크롤리는 침묵했다.

인간은 죽음이나 구원을 바랄 수 있지. 너는 아무것도 바랄 수 없다.

네가 바랄 수 있는 것은 지옥의 자비뿐이다.

"정말입니까?"

농담이었다.

"쳇."

"……열성적인 원예가들께서 아시다시피, 티베트인들에 대해 교활한 작은 악마라고 말씀하실 필요는 없습니다. 여러분의 베고니아 밑으로 굴을 팔까 걱정하시지 않아도 좋습니다. 차 한 잔, 기왕이면 산패한 야크버터를 제공하면 방향을 바꾸게 할 수 있습니다. 훌륭한 정원에 대해……"

지이잉. 윙. 펑. 잡음이 나머지 프로그램을 삼켜버렸다.

크롤리는 라디오를 끄고 입술을 깨물었다. 얼굴을 덮은 얇은 재와 그을음만 걷어내면 무척이나 지치고, 무척이나 창백하고, 무척이나 겁에 질린 얼굴이 보일 것이다.

그리고 돌연, 분노가 치솟았다. 놈들은 늘 그런 식으로 이야기했다. 카펫에 잎을 떨어뜨리기 시작한 화초라도 대하는 것처럼 말이다.

그는 모퉁이에서 방향을 꺾었다. M25 순환도로로 진입했다가 M40 도로를 타고 옥스퍼드셔까지 갈 생각이었다.

하지만 M25에 무슨 일인가가 벌어진 모양이었다. 뭔가, 똑바로 쳐다보려면 눈이 아파올 만한 일이.

M25 런던 외곽 순환도로였던 곳에서 낮은 영창이 흘러나오고

있었다. 수많은 좌초자들이 내놓는 소음, 즉 경적 소리와 엔진음과 사이렌과 휴대전화 소리, 그리고 영영 뒷좌석 안전벨트 안에 갇혀버린 어린아이들의 비명 소리로 이루어진 노래였다. 고대 무대륙의 암흑 사제들이 쓰던 비밀스러운 언어로 〈그리스도의 적, 세상을 멸망시킬 분을 찬양하라〉라는 영창이 몇 번이고 몇 번이고 되풀이되었다.

끔찍한 오데그라 표지 같으니라고. 크롤리는 차를 빙 돌려 북환상선을 향해 달리면서 생각했다. 그래. 내가 한 짓이지. 실수였어. 그냥 평범한 고속도로가 될 수도 있었는데. 훌륭한 작업이긴 했지만, 정말 그럴 가치가 있었을까? 완전히 통제가 안 되잖아. 천국과 지옥은 더 이상 아무것도 움직이지 않고, 지구 전체가 마침내 폭탄을 맞은 제3세계 어느 나라 같아……

그러다가 문득 그는 미소를 짓기 시작했다. 손가락을 딱 울리자 검은색 선글라스가 눈앞에 나타났다. 양복과 살갗에 묻어 있던 재와 그을음이 사라졌다.

알 게 뭐야. 기왕 갈 거라면 품위를 갖춰서 안 될 건 또 뭐람?

그는 부드럽게 휘파람을 불며, 차를 몰았다.

그들은 파괴의 천사들처럼 고속도로 추

월 차선으로 달렸다. 타당한 일이었다.

어느 모로 보아도 그렇게 빨리 달리지는 않았다. 그들 넷은 그들이 도착하기 전에는 쇼가 시작되지 않으리라는 자신이 있는 듯, 꾸준히 시속 170킬로미터를 유지했다. 사실이었다. 그들 없이는 쇼가 시작될 수 없었다. 세상의 모든 시간이 그들의 손아귀에 있었다.

바로 뒤에는 또 다른 기수들이 네 명이 달리고 있었다. 빅 테드, 그리서, 피그보그, 스커즈.

그들은 우쭐대고 있었다. 그들은 이제 진짜 '지옥의 천사들'이었고, 정적 속을 달렸다.

그들은 주위에서 뇌우가 몰아치고, 차들이 뇌성을 지르며, 바람과 비가 채찍처럼 길을 두드린다는 알고 있었다. 그러나 '기수들'이 지나간 자리에는 정적, 순수하고 죽음 같은 정적밖에 존재하지 않았다. 순수하다는 부분은 완벽하지 않은 면도 있었지만, 죽음이라는 부분은 확실했다.

그 정적을 깨뜨린 것은 피그보그였다. 그가 빅 테드에게 소리를 질렀다.

"넌 뭐가 될 거야?" 그는 쉰 목소리로 물었다.

"뭐?"

"그러니까, 뭐가—"

"들었어. 뭐라고 '지껄였느냐'는 게 아냐. 네가 지껄인 건 여기 사람들 다 들었다고. 내가 알고 싶은 건 무슨 '뜻이냐'는 거야."

피그보그는 계시록에 관심을 더 뒀더라면 좋았을 걸 후회했다.

계시록에 나온 사건에 휘말릴 줄 알았더라면 더 열심히 읽어두는 건데. "내 말은 말이지, 저들은 종말의 네 기수들이잖아, 맞지?"

"기수가 아니라 폭주족이지." 그리서가 끼어들었다.

"맞아. 종말의 네 폭주족. 전쟁, 기아, 죽음, 그리고, 그리고 또 뭐였더라. 오염."

"그래서?"

"그래서, 저 친구들이 우리도 같이 가도 괜찮다고 했잖아, 그렇지?"

"그래서?"

"그래서, 우리는 '또 다른' 종말의 네 기수, 아니 폭주족이란 말이야. 그런데 우리 이름이 뭐냐고."

잠시 침묵이 흘렀다. 반대쪽 차선에서 자동차 불빛이 그들을 치고 지나갔고, 번갯불이 구름에 잔영을 남겼으며, 정적은 거의 절대적이라고 해도 좋을 정도였다.

"내가 전쟁을 해도 될까?" 빅 테드가 물었다.

"당연히 안 되지. 어떻게 네가 전쟁이 되겠어? '그녀'가 전쟁이잖아. 뭔가 다른 걸 해야지."

빅 테드는 생각을 해보려고 얼굴을 일그러뜨렸다가, 마침내 말했다. "난 '지독한 신체적 해악'⁺ 할래. 그게 나야. 좋았어. 넌 뭐 할래?"

+ 아편을 가리키는 속어.

"나 '쓰레기' 해도 돼?" 스커즈가 말했다. "아니면 '망신스러운 개인사'?"

"쓰레기는 안 돼." '지독한 신체적 해악'이 말했다. "그건 '오염'과 겹치잖아. 뭐 두 번째 건 해도 되겠다."

그들은 정적과 어둠, 몇백 미터 앞을 달리는 네 개의 붉은색 미등 속에서 달렸다.

'지독한 신체적 해악', '망신스러운 개인사', 피그보그, 그리서.

"난 '동물 학대'를 하고 싶어." 그리서가 말했다. 피그보그는 그리서가 동물 학대를 하고 싶다는 건지 동물 학대에 반대한다는 건지 궁금했다. 뭐 아무래도 상관은 없었다.

이제 피그보그 차례였다.

"나는, 어…… 나는 '응답기' 할래. 진짜 나쁘잖아."

"응답기는 안 돼. 무슨 종말의 폭주족이 응답기야? 그건 바보 같다고."

"안 그래!" 피그보그는 분개했다. "그것도 전쟁, 기아, 뭐 그런 거랑 마찬가지라고. 생활의 문제잖아, 안 그래? '전화 응답기'. 난 망할 놈의 응답기가 싫어."

"나도 응답기 싫더라." '동물 학대'가 거들고 나섰다.

"넌 입 닥쳐도 돼." '지독한 신체적 해악'이 말했다.

"나 바꿔도 될까?" 아까 말하고 나서부터 골똘히 생각하던 '망신스러운 개인사'가 물었다. "'쾅쾅 때려도 제대로 돌아가지 않는 물건들' 하고 싶은데."

"좋아. 바꿔도 돼. 하지만 피그보그, 넌 응답기가 될 수 없어. 뭔가 다른 걸 골라."

피그보그는 생각에 잠겼다. 그는 아예 이 주제를 꺼내지 말 걸 그랬다고 생각하고 있었다. 학창 시절에 받았던 직업 상담 같지 않은가. 그는 신중하게 생각했다.

"그러면 '쌔끈한 놈들' 할래." 마침내 말했다. "난 그런 인간들이 싫어."

"쌔끈한 놈들이라고?" '쾅쾅 때려도 제대로 돌아가지 않는 물건들'이 되물었다.

"그래. 알잖아. 멍청한 머리모양을 하고 텔레비전에 나오는데, 단지 그 사람들이란 이유만으로 멍청해 보이지 않는 놈들 말야. 헐렁한 양복을 입고 나와도 변변찮은 놈들이라고 부를 수 없는 놈들. 난 그런 놈을 볼 때마다 그 얼굴을 철조망에다 천천히 짓눌러주고 싶거든. 그리고 내 생각은 이래." 그는 잠깐 말을 멈추고 숨을 깊게 들이쉬었다. 이것이 그의 생애 최고로 긴 연설이 될 것이 확실했다.[†] "내 생각은 이래. 놈들이 내 성질을 돋운다면, 아마 다른 사람들 성질도 돋울 거라고 말야."

"맞아. 게다가 그놈들은 필요도 없는데 꼭 선글라스를 쓰지." '동물 학대'가 맞장구쳤다.

'쾅쾅 때려도 제대로 돌아가지 않는 물건들'이 다시 말했다. "늘어진 치즈 먹기, 그리고 머저리 같은 망할 놈의 무알콜 라거. 둘 다

[†] [원주] 10년 전쯤, 법정에서 자비를 빌 때만 빼고.

질색이야. 토할 만큼 취하게 해주지 않는다면 마셔서 뭐 해? 지금 생각났는데, 나 다시 '무알콜 라거'로 바꿔도 돼?"

"어림없어. 이미 한 번 바꿨잖아." '지독한 신체적 해악'은 반대했다.

"어쨌든 그래서 쌔끈한 놈들이 정말 싫은 거야." 피그보그가 말했다.

"좋아." 리더가 승인했다.

"내가 원하는데 왜 '망할 놈의 무알콜 라거'가 될 수 없는 건지 모르겠는걸."

"그만해라."

'죽음'과 '기아'와 '전쟁'과 '오염'은 계속 태드필드를 향해 달려갔다.

그리고 '지독한 신체적 해악', '동물 학대', '쾅쾅 때려도 제대로 돌아가지 않는 물건들이지만 사실은 비밀리에 무알콜 라거', '쌔끈한 놈들'도 그들과 함께 달려갔다.

비바람 몰아치는 토요일 오후였고, 마담 트레이시는 영적인 기운을 만끽하고 있었다.

그녀는 늘어지는 드레스를 입고, 싹양배추가 가득한 냄비를 불 위에 얹었다. 조명은 촛불로, 초는 거실 네 모퉁이에 밀랍으로 굳혀놓은 와인 병 안에 하나씩 주의 깊게 꽂아두었다.

거실에는 다른 사람이 세 명 있었다. 전생엔 꽃병이었을 것 같은 암녹색 모자를 쓴, 벨사이즈 파크 역 근처에 사는 오머로드 부인. 마르고 파리한 데다 흐릿한 눈이 툭 튀어나온 스크로기 씨. 그리고 학교를 갓 졸업하고 하이스트리트 가에 있는 미용실 '오늘의 머리'+에서 일하고 있으며, 스스로가 뛰어난 영적 통찰력을 지니고 있다고 믿는 줄리아 페틀리까지. 줄리아는 자신의 신비스러운 면을 강조하기 위해 지나치게 손을 많이 댄 게 아닌가 싶은 은 장신구를 걸치고, 녹색 아이섀도를 발랐다. 그녀는 자기가 걱정 가득하고 수척하며 로맨틱해 보인다고 생각했고, 사실 15킬로그램만 더 빼면 그렇게 보일 터였다. 또 그녀는 자신이 식욕부진이라고 굳게 믿고 있었다. 사실 거울을 볼 때마다 뚱뚱한 사람이 보였으니 그럴 법도 했다.

"서로 손을 맞잡아 연결해주시겠어요?" 마담 트레이시가 말했다. "그리고 절대 침묵을 지켜야 합니다. 영적인 세계는 진동에 아주 민감하니까요."

"제 남편 론이 거기 있는지 물어봐줘요." 오머로드 부인이 말했다. 벽돌 같은 턱을 가진 여자였다.

"물어보고말고요. 하지만 접촉하는 동안 조용하셔야 해요."

침묵을 깨뜨리는 것은 스크로기 씨의 배에서 나는 천둥 같은

+ [원주] 예전 이름은 '그중에서도 커트', 그전에는 '갈기의 매력', 그전에는 '파마와 염색', 그전에는 '비싼 가위', 그전에는 '브라이언의 예술이발', 그전에는 '이발사 로빈슨', 그리고 그전에는 '폰어카 택시'였다.

꾸르륵 소리뿐이었다. "미안합니다, 숙녀분들." 그는 중얼거렸다.

마담 트레이시는 수년간 장막을 열고 수수께끼를 탐사해오면서, 조용히 앉아 영적인 세계와 연결되기를 기다리는 시간은 2분 정도가 딱 좋다는 사실을 알았다. 그보다 길어지면 사람들이 침착성을 잃어버리고, 그보다 짧아서는 내놓은 돈만큼 값어치를 못한다고 생각한다.

그녀는 사실 속으로 쇼핑 목록을 짜고 있었다.

달걀. 양상추. 요리용 치즈 약간. 토마토 네 개. 버터. 화장실 휴지. 잊지 말아야지. 휴지가 떨어져가잖아. 그리고 섀드웰 씨를 위한 간 조각도. 불쌍한 사람. 정말이지……

2분이 지났다.

마담 트레이시는 머리를 뒤로 젖히고, 한쪽 어깨에 머리를 축 늘어뜨렸다가 천천히 들어 올렸다. 눈은 거의 감겨 있었다.

"저이는 이제 안쪽으로 들어갈 거라우." 오머로드 부인이 줄리아 페틀리에게 속삭이는 소리가 들렸다. "놀랄 거 없어요. 그냥 반대편으로 통하는 다리가 되는 거니까. 곧 저이의 영적 길잡이가 올 거유."

마담 트레이시는 주목을 빼앗긴 데 조금 짜증이 나서 낮은 신음 소리를 뱉었다. "우우우우우우우우."

그런 다음엔 높고 떨리는 목소리로. "거기 계신가요, 영적 길잡이시여?"

그녀는 긴장감을 키우기 위해 잠시 기다렸다. 설거지용 세제. 베이크드 빈 두 캔. 아, 그리고 감자도.

"어찌 나를 찾는가?" 그녀는 짙은 갈색 느낌이 나는 목소리로 말했다.

"당신이신가요, 제로니모?" 그녀가 스스로에게 물었다.

"나다. 어찌 부르는가."

"오늘 오후엔 우리 모임에 새로운 사람이 들어왔습니다."

"그래, 페틀리 양 말인가?" 그녀는 제로니모로서 말했다. 그녀는 언제나 붉은 피부의 인디언 영적 길잡이가 필수적인 소품이라는 점을 이해하고 있었고, 제로니모라는 이름을 좋아했다. 이 점을 뉴턴에게도 설명한 적이 있었는데, 그는 마담 트레이시가 제로니모에 대해 아무것도 모른다는 사실을 알아차렸지만 차마 그 말을 해줄 용기가 없었다.

줄리아가 끽끽거렸다. "아, 뵙게 되어 기뻐요."

"제 남편 론이 거기 있나요, 제로니모?" 오머로드 부인이 물었다.

"그대, 여인 베릴이여." 마담 트레이시가 말했다. "나의 티피†로 통하는 문에 줄지어 선 길 잃은 영혼이 너무나 많구나. 어쩌면 너의 론이 그중에 있는지도 모르겠다."

마담 트레이시는 일찌감치 교훈을 얻어, 이제는 끝에 가서나 론을 불러냈다. 일찍 불러냈다간 베릴 오머로드가 죽은 론 오머로드에게 지난번 대화 이후 일어난 일을 미주알고주알 이야기하느라

---

† 원추형의 천막집.

강신회 시간을 다 쓸 것이다. ("……있죠, 론, 기억하는지 모르겠는데 우리 에릭의 막내딸 시빌라 말예요, 지금은 당신이 알아보지도 못하겠지만, 그 애가 마크라메 공예를 배웠지 뭐유, 그리고 알죠, 캐런의 큰 딸 레티샤요, 걔는 레즈비언이 됐지 뭐예요, 그래도 요새는 괜찮다나 봐요, 그래서 페미니스트의 관점으로 본 세르지오 레오네의 영화에 대한 논문을 쓰고 있다우, 그리고 알죠, 우리 스탠, 샌드라의 쌍둥이 말예요, 걔에 대해선 지난번에 얘기했지만, 걔가 다트 던지기 대회에서 우승했지 뭐예요, 다들 마마보이인 줄만 알았으니 잘된 일이지 뭐유, 그리고 오두막 홈통이 헐거워졌는데 삯일꾼으로 일하는 신디 남자친구한테 얘기했더니 일요일에 보러 온답니다. 오, 그러고 보니 생각났는데……")

아니, 베릴 오머로드는 기다릴 수 있을 것이다. 번쩍 번개가 치더니 곧이어 아득한 천둥소리가 뒤따랐다. 마담 트레이시는 자기가 한 일인 양 자부심을 느꼈다. 그건 심지어 양초로 '앰뷸런스'를 만드는 것보다도 나았다. '앰뷸런스'야말로 영매술의 전부였건만.

"자아." 마담 트레이시는 원래 목소리로 말했다. "제로니모 씨가 여기에 스크로기라는 사람이 있는지 알고 싶어 하시는군요."

스크로기의 물기 어린 눈동자가 빛났다. "어흠, 그건 내 이름인데요." 그는 희망에 차서 말했다.

"좋아요. 저편에서 누군가가 당신을 찾네요." 스크로기 씨는 강령회에 한 달째 참석하고 있었는데, 마담 트레이시는 아직까지 그에게 전할 말을 생각해낼 수 없었다. 이제 그의 차례가 온 것이다. "음, 누구 존이라는 이름 가진 사람을 알아요?"

"아니오." 스크로기 씨가 대답했다.

"어, 이쪽에서 뭔가 방해파가 있나 보군요. 탐이라는 이름일지도 몰라요. 아니면 짐이나. 아니면, 음, 데이브."

"헤멜 헴스테드에 있을 때 데이브라는 사람을 하나 알고 지냈죠." 스크로기는 살짝 의심이 담긴 목소리로 대답했다.

"맞아요. 헤멜 헴스테드, 그렇게 말하는군요. 바로 그렇게 말하고 있어요."

"하지만 지난주에 개를 산책시키던 그 친구와 마주쳤는데, 더할 나위 없이 건강해 보이던데요." 스크로기 씨는 조금 어리둥절해서 말했다.

"걱정할 것 없고, 장막 위에서 더 행복하대요." 언제나 고객들에게 좋은 소식을 전해주는 편이 좋다고 생각하는 마담 트레이시는 지지 않고 버텼다.

"론에게 우리 크리스털의 결혼식에 대해 할 얘기가 있다고 좀 해줘요." 오머로드 부인이 말했다.

"그러고말고요. 자, 잠시 기다려요. 뭔가가 오고 있어요……"

그 순간 뭔가가 왔다. 그것은 마담 트레이시의 머리 안에 자리를 잡고 밖을 보았다.

"*스프레션 지 도이치*(독일어 할 줄 알아요)?" 그것은 마담 트레이시의 입을 빌려 말했다. "*팔레 부 프랑세*(프랑스어로 할까요)? *워 부 후이 찌앙 중원*(중국어는 못합니다)?"

"당신이에요, 론?" 오머로드 부인이 물었다. 약간 분개한 듯한 목소리로 답변이 돌아왔다.

"아뇨. 전혀 아닙니다. 하지만 이 무지몽매한 행성에서, 말이 난 김에 덧붙이자면 요 몇 시간 사이에 거의 다 둘러봤는데 말이지요, 그렇게 확실히 미덥지 못한 질문을 던질 나라는 오직 하나뿐이죠. 친애하는 숙녀분, 저는 론이 아니랍니다."

"난 론 오머로드와 이야기를 하고 싶어요." 오머로드 부인은 약간 분개해서 말했다. "키는 좀 작고 정수리 부분이 벗어진 사람인데요. 연결 좀 해주겠어요?"

잠시 침묵이 흘렀다. "사실 그런 외모로 이 위를 맴돌고 있는 영혼이 보이긴 하는군요. 좋아요. 인계해드리죠. 하지만 빨리 하셔야 합니다. 종말을 막으려는 중이라서요."

오머로드 부인과 스크로기 씨는 서로를 쳐다보았다. 전에는 마담 트레이시의 강령회에서 이런 일이 일어난 적이 없었다. 줄리아 페틀리는 완전히 몰입해 있었다. 이편이 훨씬 좋았다. 그녀는 마담 트레이시가 다음번에는 엑토플라즘을 해주길 바랐다.

"여-여보슈?" 마담 트레이시가 또 달라진 목소리로 말했다. 오머로드 부인은 펄쩍 뛰어올랐다. 그 목소리는 정말 론과 똑같았다. 전에는 론의 목소리가 마담 트레이시 비슷했는데.

"론, 당신이에요?"

"맞아, 베-베릴."

"좋아요. 말해줄 게 있어요. 우선 지난 토요일에 크리스털의 결혼식에 갔었는데 말이죠, 우리 매릴린의 큰……"

"베-베릴. 당-당신 내-내가 살아 있는 동안엔 저-절대 마-말하는 데 끼-끼어들지 못하게 했지. 이-이제 난 주-죽었으니 하-할 말이 있는데……"

베릴 오머로드는 이 모든 상황에 기분이 상했다. 전에 론이 나왔을 때는 자기가 장막 너머에서 더 행복하며, 공중의 방갈로 비슷한 데보다 좀 더 좋은 곳에 살고 있다고 했다. 그런데 진짜 론 같은 목소리를 들으니 그게 정말 듣고 싶었던 건지 알 수 없어졌다. 그리고 그녀는 남편이 그런 말투로 말하기 시작하면 늘 이렇게 말하곤 했다.

"론, 당신 심장 상태를 생각해야죠."

"난 이제 시-심장이 어-없어. 기억나아아? 어쨌든, 베-베릴……?"

"그래요, 론."

"입 좀 닥쳐." 그리고 영혼은 사라졌다. *"감동적이지 않았나요? 자, 이제 숙녀 신사 여러분, 대단히 감사합니다만 제가 해야 할 일이 있어서요."*

마담 트레이시는 벌떡 일어나 문 쪽으로 가더니 불을 켜고, 말했다.

"나가주세요!"

앉아 있던 사람들은 보통 당황한 게 아니었고, 오머로드 부인은 격분한 상태로 일어나서 문밖으로 걸어 나갔다.

"당신, 마지막 부분은 듣지 못한 거야, 마조리 포츠." 오머로드 부인은 핸드백을 가슴께에 꼭 끌어안은 채 씩씩거리고는 쾅 소리 나게 문을 닫았다.

그러고는 복도에서 알아듣기 힘든 오머로드 부인의 목소리가 메아리쳤다. "그리고 우리 론에게 그이도 마지막은 듣지 못한 거라고 해줄 수 있겠지!"

마담 트레이시(그녀의 스쿠터 운전면허에 적힌 이름은 정말로 마조리 포츠였다)는 부엌으로 들어가 싹양배추를 끓이던 불을 껐다.

그녀는 주전자를 불에 올렸다. 차를 한 주전자 끓였다. 부엌 식탁에 앉아, 컵을 두 개 꺼내고 둘 다 채웠다. 한쪽에는 설탕을 두 개 집어넣었다. 그리고 잠시 머뭇거렸다.

"난 설탕 빼줘요." 마담 트레이시가 말했다.

그녀는 식탁에 잔을 두 개 놓고, 설탕이 든 차를 꿀꺽꿀꺽 마셨다.

"자아." 그녀는 누구라도 그녀의 원래 목소리라는 것을 알 수 있는, 다만 분노로 차가워진 말투 때문에 못 알아차릴 수도 있는 목소리로 말했다. "이게 무슨 일인지 나에게 설명해줘야 할 것 같군요. 합당한 이유가 있어야 할 거예요."

화물차 한 대가 M6 도로 사방에 짐을 흘려놓았다. 두 교통순경으로서는 받아들이기 힘들었지만, 적하 목록에 따르면 이 화물차에는 골함석판이 가득 실려 있었다.

"그러니까 제가 알고 싶은 건, 이 물고기가 다 어디서 왔냐는 겁니다." 경사가 물었다.

"말했잖아요. 하늘에서 떨어졌다니까요. 조금 전까지만 해도 시속 100킬로미터로 달리고 있었는데, 갑자기 쾅! 5킬로그램짜리 연어가 앞유리를 뚫고 들어오지 뭡니까. 그래서 브레이크를 밟았고, 저걸 밟고 미끄러졌어요." 그는 화물차 밑에 남아 있는 귀상어의 잔해를 가리켰다. "그런 다음엔 '저기'에 처박혔고." 저기라는 건 각양각색의 물고기로 이루어진 10미터 높이의 생선 무더기였다.

"술에 취하셨습니까?" 경사는 별 희망을 품지 않고 물었다.

"물론 술 같은 건 안 마셨어요, 대단하신 경찰 양반. 댁들도 저 생선이 보일 거 아뇨?"

생선 더미 꼭대기에선 꽤 큰 문어 한 마리가 그들 쪽을 향해 촉수를 흔들고 있었다. 경사는 마주 손을 흔들고픈 충동을 억눌렀다.

경관은 경찰차 안에 몸을 밀어 넣고 무선으로 보고하고 있었다. "골함석판과 물고기 더미가 M6 도로 남행 10번 교차로에서 800미터 북쪽 지점을 막고 있습니다. 남행 차선 전체를 통제해야 할 것 같습니다. 예."

비가 한층 심해졌다. 기적적으로 추락에서 살아남은 작은 송어 한 마리가 용감하게 버밍햄을 향해 헤엄쳐 가기 시작했다.

"굉장했어요." 뉴턴이 말했다.

"다행이네요." 아나테마가 말했다. "지구는 누구에게나 움직이는 거죠." 그녀는 카펫 위에 흩어진 옷을 내버려두고 바닥에서 몸을 일으켜 욕실로 들어갔다.

뉴턴은 목소리를 키웠다. "정말 좋았다는 얘기예요. 정말정말 굉장했어요. 언제나 이렇길 바랐는데, 정말 바란 대로였어요."

물 흐르는 소리가 들렸다.

"뭐 하는 거예요?" 그가 물었다.

"샤워해요."

"아." 그는 막연히 다들 그걸 하고 난 뒤엔 샤워를 해야 하는 걸까, 아니면 여자들만 하는 걸까 생각했다. 그리고 그는 비데가 필요한 걸지도 모르겠다는 의심을 품었다.

"저기요." 뉴턴은 아나테마가 푹신한 분홍색 수건을 두르고 욕실에서 나오자 말했다. "한 번 더 할 수도 있어요."

"아뇨. 지금은 안 돼요." 아나테마는 몸을 다 닦고 바닥에서 옷가지를 주워, 보는 눈을 신경 쓰지 않고 걸쳐 입기 시작했다. 다른 사람 앞에서 옷을 벗으니 실내 수영장에서 혼자 탈의실을 쓰기 위해 30분씩 기다릴 수 있는 남자인 뉴턴은 둔중한 충격을 받았고, 마음 깊이 전율했다.

그녀의 몸은 마술사의 손처럼 계속 보였다 안 보였다 했다. 뉴턴은 계속 그녀의 젖꼭지 수를 세려다가 실패했다. 어차피 아무래도 상관은 없었지만.

"왜 안 된다는 거죠?" 뉴턴은 별로 오래 걸리지도 않을 거라는 점을 지적하려다가, 내면의 목소리가 충고하는 바에 따라 입을 다물었다. 그는 짧은 시간 안에 급속도로 성장하고 있었다.

아나테마는 어깨를 으쓱였다. 실용적인 검정 치마를 입으면서 하기에 쉬운 동작은 아니었다. "아그네스는 우리가 이번 한 번만 한댔어요."

뉴턴은 두 번인가 세 번 입을 뻐끔거리다가 겨우 말했다. "그럴 리가. 그랬을 리가 없어요. 그것까지 예언했을 리가 없다고요. 믿지 않아요."

옷을 다 입은 아나테마는 카드 색인 묶음 쪽으로 걸어가더니 한 장을 뽑아서 그에게 건네주었다.

뉴턴은 그 카드를 읽고 얼굴이 새빨갛게 달아올라, 입을 꽉 다물고 돌려주었다.

그저 아그네스가 그 사실을 알고, 가장 투명한 암호로 표현해놓았다는 문제가 아니었다. 그 예언이 수세대를 이어져 내려오면서 수많은 디바이스 가문 사람들이 여백에 용기를 북돋아주는 말들을 긁적여놓았다는 게 문제였다.

그녀는 그에게 축축한 수건을 건네주며 말했다. "여기. 서둘러요. 난 샌드위치를 만들어야 하고, 우린 준비를 갖춰야 해요."

그는 수건을 보았다. "이걸로 뭘 하라고요?"

"당신도 샤워를 해야죠."

아하. 그러니까 남자 여자 둘 다 하는 거였군. 그는 그 점을 알아냈다는 사실에 기쁨을 느꼈다.

"하지만 빨리 해야 할 거예요."

"왜요? 10분 안에 건물이 무너지기라도 한답니까?"

"아뇨. 몇 시간 정도는 남아 있어요. 단지 내가 온수를 거의 다

써버렸을 뿐이에요. 당신 머리카락에 회반죽이 잔뜩 붙었네요."

폭풍이 재스민 장 주위로 사그러드는 돌풍을 날렸고, 뉴턴은
더 이상 보송보송하지 않은 젖은 분홍색 수건을 앞에 들고 찬물
샤워를 하러 들어갔다.

꿈속에서, 섀드웰은 마을 초지 위를 높이 날고 있었다. 초지 한
가운데엔 엄청난 장작과 마른가지 더미가 있었다. 그 무더기 중심
엔 나무 말뚝이 하나 서 있었다. 남자들과 여자들, 아이들이 흥분
하고 기대에 차서 초롱초롱 빛나는 눈과 발간 뺨으로 둘러서 있었
다.

갑작스러운 소요. 열 명의 남자들이 잘생긴 중년의 여인을 끌고
초지를 가로지른다. 젊은 시절에 정말 눈길을 끄는 미인이었을 게
확실하고, 꿈을 꾸고 있는 와중에도 섀드웰의 마음속엔 '쾌활하
다'는 말이 스며들었다. 그 여자 앞에는 마녀사냥 병사 뉴턴 펄시
퍼가 있다. 아니, 뉴턴이 아니다. 뉴턴보다 나이가 좀 더 들었고, 검
은색 가죽옷을 입었다. 섀드웰은 흡족한 마음으로 그것이 옛날 마
녀사냥 소령이 입었던 군복임을 알아본다.

여자는 장작 더미 위로 기어 올라가, 등 뒤로 손을 돌리고 말뚝
에 묶인다. 불이 붙는다. 여자가 입을 열어 사람들을 향해 말을 하
지만, 섀드웰은 너무 높은 곳에 있어 그 말을 들을 수가 없다. 사람
들이 여자 주위로 가까이 모여든다.

마녀로군. 섀드웰은 생각한다. 마녀를 불태우고 있는 거야. 그런 생각을 하니 마음이 훈훈해진다. 저렇게 돌아가야지. 저렇게 되어야 마땅한 일이야.

다만……

여자가 이제 똑바로 그를 올려다보고 말한다. "댁에게도 해당돼, 멍청한 늙은 바보 양반."

그녀는 죽을 것이다. 불에 타 죽을 것이다. 그리고 섀드웰은 꿈속에서 문득 그게 얼마나 끔찍한 죽음의 방법인지 깨닫는다.

불길이 높이 솟구친다.

그리고 여자는 위를 올려다본다. 보이지 않을 텐데도, 여자는 똑바로 그를 쳐다보고 있다. 그리고 미소 짓고 있다.

그러고는, 쾅!

섀드웰은 천둥소리인가, 생각하면서 누군가가 아직도 그를 바라보고 있는 것만 같은 느낌으로 잠에서 깨어났다.

눈을 떴더니, 마담 트레이시의 규방 안에 있는 여러 선반에서 털에 뒤덮인 얼굴들이 열세 개의 유리 눈으로 그를 응시하고 있었다.

눈을 돌렸더니, 골똘히 자신을 응시하는 누군가의 눈과 시선이 마주쳤다. 그것은 그였다.

그는 공포에 질려서 생각했다. 오오, 내가 그 망할 유체이탈을 경험하고 있는 건가. 내가 보이잖아. 이건 좀 지나친데……

몸에 도달하려고 미친 듯이 팔을 휘젓는 사이 원근감이 제대로 맞춰졌다.

그는 긴장을 풀고, 대체 왜 어떤 인간이 그의 침실 천장에 거울을 붙여놓고 싶어 한 걸까 생각했다가 곧 당황스레 고개를 흔들었다.

그는 방심하지 않고 조심스레 침대에서 기어 나와서 신발을 신고, 일어섰다. 뭔가가 빠져 있었다. 담배. 그는 손을 주머니 속 깊숙이 찔러 넣어 담배통을 꺼내고는 담배를 말기 시작했다.

꿈을 꿨다는 것은 알 수 있었다. 내용은 기억나지 않았지만, 뭔지는 몰라도 불편한 느낌이 드는 꿈이었다.

그는 담배에 불을 붙였다. 그리고 오른손을 보았다. 궁극의 병기. 최후 심판의 도구. 그는 손가락으로 벽난로 선반 위에 앉아 있는 애꾸눈의 곰 인형을 가리켰다.

"탕." 그는 먼지투성이로 키득였다. 그러나 킬킬거리고 웃는 데 익숙지 않았던 탓에 쿨럭이기 시작했다. 기침을 한다는 건 평상시의 영역으로 돌아왔다는 의미였다. 뭔가 마실 게 필요했다. 달콤한 농축우유 캔.

마담 트레이시에게 농축우유가 있을 것이다.

그는 쿵쾅쿵쾅 규방을 나서서 부엌으로 향했다.

작은 부엌 밖에서 그는 걸음을 멈췄다. 그녀가 누군가와 이야기를 나누고 있었다. 남자였다.

"그러니까 이 일에서 나한테 원하는 게 정확히 뭐죠?" 그녀가 묻고 있었다.

"이놈의 할망구가." 섀드웰은 중얼거렸다. 신사 손님이라는 작자가 하나 와 있는 게 틀림없었다.

"솔직히 말씀드리자면, 이 시점에서 제 계획은 유동적일 수밖에 없답니다."

섀드웰의 피가 차갑게 식었다. 그는 버럭 고함을 지르며 구슬 발을 제치고 들어갔다. "소돔과 고모라의 죄악이여! 무방비한 창녀를 이용하다니! 내가 죽기 전엔 어림없다!"

마담 트레이시가 눈을 들어 미소를 지었다. 방 안에 다른 사람은 없었다.

"누구야?" 섀드웰이 물었다.

"누구 말예요?"

"어느 남부 호모 놈이 하나 있었는데. 들었다고. 그놈이 여기서 당신한테 뭔가 제안을 하고 있었잖아. 똑똑히 들었어."

마담 트레이시의 입이 열리더니 어떤 음성이 말했다. "어느 남부 호모 놈이 아니죠, 섀드웰 하사관. 바로 그 남부 호모 놈입니다."

섀드웰은 담배를 떨어뜨리고 말았다. 그는 가늘게 떨리는 팔을 뻗어 마담 트레이시를 가리켰다.

"악마." 그는 쉰 목소리로 말했다.

"아니에요." 마담 트레이시는 그 악마의 음성으로 말했다. "자, 무슨 생각을 하는지는 알겠어요, 섀드웰 하사관. 곧 이 머리통이 빙글빙글 돌고 내가 퍼런 물을 토해내기 시작할 거라고 생각하고 있겠죠. 천만에요. 아닙니다. 난 악마가 아니에요. 그리고 내가 하려는 말에 귀를 좀 기울여줬으면 좋겠군요."

"악마의 졸개야, 입을 다물지어다. 네놈의 사악한 거짓말 따윈 듣지 않겠다. 이게 뭔지 아나? 손이다. 엄지손가락이 하나, 나머지 손가락이 네 개. 오늘 아침에 이미 네놈을 퇴치했던 손이야. 이제 이 여인의 머릿속에서 나가라. 그렇지 않으면 천국으로 날려버릴 테다."

"그게 문제예요, 섀드웰 씨." 마담 트레이시가 원래 목소리로 말했다. "천국 말예요. 진짜 그렇게 될 거라고요. 그게 문제라니까요. 아지라파엘 씨가 다 얘기해줬어요. 섀드웰 씨, 이제 늙은 바보처럼 굴지 좀 말고 차 마셔요. 그럼 당신한테도 설명해줄 거예요."

"저놈의 감언이설 따윈 안 들어, 이 여자야." 섀드웰이 말했다.

마담 트레이시는 미소 지었다. "이 늙은 바보."

그는 더 이상 상황을 통제할 수가 없었다.

그는 주저앉았다.

하지만 손은 내리지 않았다.

머리 위에서 흔들거리는 표지판에는 남행 차선은 폐쇄되었으며, 오렌지색 옥수수 숲이 자라 있으니 운전자들은 북행 차선으로 방향을 바꾸기 바란다는 내용이 나와 있었다. 다른 표지판은 시속 50킬로미터 이하로 속력을 늦추라고 지시했다. 경찰차들이 붉은 줄무늬의 양치기 개들처럼 운전자들을 한데 모으고 있었다.

네 명의 폭주족은 표지판과 옥수수, 경찰차를 모조리 무시하고 텅 빈 M6 도로 남행 차선을 달렸다. 그 뒤에 바싹 붙은 또 다른 네 폭주족은 속도를 약간 줄였다.

"저기, 우리 멈추거나 그래야 하나?" '진짜 쌔끈한 놈들'이 물었다.

"그래라. 연쇄 충돌이나 나게." 대답한 것은 '개똥 밟기'(그전에는 '외국 놈들, 특히 프랑스 놈들'이었고 그전에는 '쾅쾅 두들겨도 제대로 돌아가지 않는 물건들'이었으며 사실 '무알콜 라거'였던 적은 없고 짧게나마 '망신스러운 개인사'였으며, 그전에는 스커즈였던)였다.

'지독한 신체적 해악'이 말했다. "우리도 종말의 네 기수야. 쟤들이 하는 일은 우리도 해. 따라간다."

그들은 남쪽으로 오토바이를 달렸다.

"우리에게 딱 맞는 세계가 될 거야." 아담이 말했다. "늘 다른 사람들이 모든 걸 망쳐놓잖아. 다 없애버리고 새로 시작할 수 있어. 멋지지 않겠어?"

"계시록에 정통하시리라 믿습니다만?" 마담 트레이시가 아지라파엘의 목소리로 말했다.

"암만." 사실은 그렇지 않았지만, 섀드웰은 그렇게 대답했다. 성서에 대한 그의 전문 지식은 마녀를 살려두지 말라는 출애굽기 22

장 18절 정도가 전부였다. 짐승들과 행음한 이들에게 죽음을 내리라는 19절 내용도 흘끗 본 적은 있었지만 그런 문제는 그의 관할 밖이라고 생각했었다.

"그럼 적그리스도에 대해 들어봤겠죠?"

"암만." 섀드웰은 적그리스도에 대해 설명하는 영화를 한 번 보기는 했다. 유리창이 떨어져서 사람들 머리를 댕강 자르던 내용이 있었는데. 이야기할 만한 마녀는 없었다. 반쯤은 자면서 봤던 것 같다.

"지금 이 순간, 적그리스도가 지상에 살아 움직이고 있습니다. 그는 아마겟돈을, 심판의 날을 불러오고 있어요. 스스로는 모른다 하더라도 말이죠. 천국과 지옥 양쪽 모두 전쟁을 준비하고 있고, 모든 게 엉망진창으로 돌아가고 있습니다."

섀드웰은 그저 툴툴거릴 뿐이었다.

"저는 사실 이 문제에 직접적으로 관여하도록 허락받은 몸이 아닙니다. 하지만 코앞에 다가온 세상의 파멸이란 제정신이 박힌 사람이라면 누구도 허용하지 않을 문제라는 걸 아시리라 믿습니다. 그렇지요?"

"암만, 그런 것 같구먼." 섀드웰은 마담 트레이시가 싱크대 밑에서 찾아낸 녹슨 깡통에 든 농축우유를 홀짝이며 대답했다.

"그렇다면 할 일은 하나뿐입니다. 그리고 당신이 제가 기댈 수 있는 유일한 사람입니다. 적그리스도는 죽어야 합니다, 섀드웰 하사관. 그리고 당신이 그 일을 수행해야 합니다."

섀드웰은 얼굴을 찡그렸다. "잘 모르겠는걸. 마녀사냥 군대는 마녀만 죽인단 말이오. 규칙이지. 아 물론 악마와 도깨비도."

"하지만, 하지만 적그리스도는 한갓 마녀에 비할 바가 아니에요. 그는…… 그는 바로 마녀 그 자체입니다. 생각할 수 있는 한 가장 마녀스러운 인물이죠."

"가설랑은, 그럼 그놈이 악마보다 없애기 힘든가?" 섀드웰은 밝아지기 시작한 얼굴로 물었다.

"그렇게 많이는 아니지만요." 아지라파엘은 악마들을 없애기보다는 늘 그에게, 그러니까 아지라파엘에게 해결해야 할 일이 있는데 늦어서 빨리 가야겠다는 암시를 강하게 주곤 했다. 그리고 크롤리는 언제나 그런 암시를 알아들었다.

섀드웰은 오른손을 내려다보더니 미소 지었다. 그러더니 머뭇거리며 다시 물었다.

"이 적그리스도란 놈, 젖꼭지가 몇 개지?"

아지라파엘은 생각했다. 목적이 수단을 정당화한다. 그리고 지옥으로 가는 길은 선의로 포장되어 있지.[+] 그리고 그는 쾌활하고 설득력 있게 거짓말을 했다. *"듬뿍 있지요. 몇 단지는 될걸요. 가슴이 다 젖꼭지로 덮여 있어요. 에베소의 다이아나도 그에 비하면 젖꼭지가 없어 보일 거예요."*

"그 다이아나인지 뭔지는 모르겠구먼. 하지만 그놈이 마녀라면, 뭐 대충 그렇게 들리지만, 그렇다면 내 마녀사냥 군대의 하사관으로서 당신 말에 따르리다."

[+] [원주] 정말 그렇다는 얘기는 아니다. 실제 지옥으로 가는 길에는 얼어붙은 외판원들이 깔려 있다. 주말이면 나이 어린 악마들이 이 길로 스케이트를 타러 간다.

"*좋아요.*" 아지라파엘은 마담 트레이시를 통해 말했다.

"죽인다는 문제에 대해선 잘 모르겠네요." 마담 트레이시 본인이 말했다. "하지만 상대가 적그리스도라면 선택의 여지가 없겠죠."

"*바로 그거예요, 부인. 자, 섀드웰 하사관. 무기를 가지고 있나요?*"

섀드웰은 오른손을 쥐었다 폈다 하며 왼손으로 문질렀다. "암. 이게 있지." 그리고 그는 두 손가락을 입술께에 올려 가만히 불었다.

잠시 침묵이 감돌았다. "*손이요?*" 아지라파엘이 물었다.

"암. 무서운 무기지. 댁에게도 듣지 않았나, 악마의 졸개여."

"*뭔가 좀 더 물질적인 건요? 어, 므깃도의 황금 단검이라거나, 칼리의 칼이라거나?*"

섀드웰은 고개를 저었다. "핀은 몇 개 있는데. 그리고 마녀사냥대령 너희는무엇이든지피쩨먹지말며복술을하지말며술수를행치말지어다 달림플의 천둥총이 있어…… 은 탄환을 장전할 수도 있겠지."

"*그건 늑대인간에게 쓰는 물건 같은데요.*" 아지라파엘이 말했다.

"마늘은?"

"*그건 흡혈귀요.*"

섀드웰은 어깨를 으쓱였다. "뭐 어차피 마음에 드는 총알도 없었어. 그래도 그 천둥총이 나가긴 하거든. 가서 그걸 가져오지."

그는 나가면서 생각했다. 왜 다른 무기가 필요하지? 강력한 손이 있는데 말이야.

"*자, 그럼 부인.*" 아지라파엘은 말했다. "*임의로 쓰실 만한 운송 수단*

이 있으리라 믿습니다만."

"그럼요." 마담 트레이시는 부엌 구석으로 가서 노란 해바라기가 그려진 분홍색 오토바이 헬멧을 집어 들어 머리에 쓰고 턱 밑으로 끈을 졸라맸다. 그런 다음 찬장 안을 뒤져 몇백 개는 될 성싶은 비닐봉지와 노랗게 바랜 지역신문 더미를 파헤쳐서 20년 전 조카딸 페튤라가 선물해준, 꼭대기에 '이지 라이더'라고 쓰인 형광 녹색 헬멧을 끄집어냈다.

어깨에 천둥총을 걸머지고 돌아온 섀드웰은 믿을 수 없다는 듯 그녀를 노려보았다.

"뭘 노려보시는 건지 모르겠네요, 섀드웰 씨. 아래 길에 주차해놨어요." 그녀는 섀드웰에게 녹색 헬멧을 건네주었다. "쓰세요. 그게 법이니까. 사실은 스쿠터 한 대에 세 명이 타도 되는 건지 모르겠네요, 실제로는 두 명이, 어, 공유하고 있는 거지만. 하지만 위급 상황이니까 괜찮겠죠. 그리고 절 꼭 잡고 있으면 안전 그 자체일 거예요." 그녀는 방긋 웃었다. "재밌을 것 같지 않아요?"

섀드웰은 얼굴이 창백해져서 뭔가 알아들을 수 없는 말을 중얼거리더니 녹색 헬멧을 썼다.

"뭐라고요, 섀드웰 씨?" 마담 트레이시는 그를 흘겨보았다.

"악마가 꽃삽으로 댁 무덤 잔디를 때려 벗겨낼 거라고 했소이다."

"정말 심한 말씀이시네요, 섀드웰 씨." 마담 트레이시는 섀드웰을 끌고 복도로 나가서, 낡은 스쿠터 한 대가 그들 두 사람, 아니 세 사람을 태우기 위해 기다리고 있는 크라우치엔드 거리로 내려갔다.

화물차가 길을 막고 있었다. 그리고 골함석이 길을 막고 있었다. 그리고 10미터 높이의 생선 더미가 길을 막고 있었다. 경사가 이제까지 본 중에 최고로 효과적인 도로 봉쇄였다.

비는 도움이 되지 않았다.

"불도저는 언제쯤 도착하는 겁니까?" 그는 무선기에 대고 소리를 질렀다.

"우린 *치지지지직* 최선을 다 *치지지지직*." 답이 돌아왔다.

그는 뭔가가 바짓단을 잡아당기는 느낌에 아래를 내려다보았다.

"바닷가재?" 그는 폴짝폴짝 뛰다가 펄쩍 뛰어 버르적거리며 경찰차 위로 올라갔다. "바닷가재라니." 그는 다시 한 번 중얼거렸다. 족히 서른 마리는 있었고, 어떤 놈은 몸길이가 60센티미터도 넘었다. 놈들은 대부분 고속도로를 따라 올라가고 있었다. 대여섯 마리는 경찰차를 건드려보느라 가던 길을 멈춘 상태였다.

"뭐 잘못됐습니까, 경사님?" 화물차 기사의 진술을 열심히 받아적던 순경이 물었다.

"바닷가재가 싫은 것뿐이야." 경사는 눈을 꽉 감고 음울하게 대답했다. "소름이 끼친다고. 다리가 너무 많잖아. 난 그냥 여기 잠깐 앉아 있을 테니까, 다 지나가면 말해주게나."

그는 쏟아지는 빗줄기 속에서 차 위에 앉았다. 빗물이 엉덩이 부분을 적셔왔다.

나지막한 굉음이 들렸다. 천둥인가? 아니다. 그 소리는 계속 이어졌으며, 점점 가까워왔다. 오토바이였다. 경사는 한쪽 눈을 떴다.

이런 세상에!

오토바이가 네 대, 시속 160킬로미터가 넘는 속도가 분명했다. 경사는 차 밑으로 내려가서 손을 흔들고 고함을 치려 했지만, 그들은 그의 옆을 지나쳐 곧장 넘어진 화물차 쪽으로 달려가버렸다.

경사가 할 수 있는 일은 없었다. 그는 다시 눈을 감고, 충돌음을 예상하며 귀를 곤두세웠다. 그는 그들이 화물차에 접근하는 소리를 들을 수 있었다. 그러고는.

휙.

휙.

휙.

그리고 머릿속에 울리는 음성. *나도 따라붙도록 하지.*

("저거 봤어?" '진짜 쌔끈한 놈들'이 말했다. "날아 넘었다고!"

"가자!" '지독한 신체적 해악'이 말했다. "쟤들이 할 수 있다면 우리도 할 수 있어!")

경사는 눈을 떴다. 그는 순경에게 고개를 돌리고 입을 열었다.

순경이 말했다. "저 사람들. 저 사람들 진짜. 정말로 날아……"

쿵. 쿵. 쿵.

철벅.

또 한 번 물고기들의 비가 쏟아졌다. 이번엔 좀 더 잠깐 동안이었고, 좀 더 이유를 쉽게 설명할 수 있는 비였다. 커다란 물고기 더미 속에서 가죽 재킷을 입은 팔이 약하게 흔들렸다. 오토바이 바퀴가 헛돌았다.

스커즈는 반쯤 의식을 잃은 채로, 프랑스 놈들보다도 더 싫은 게 있다면 그건 바로 다리가 부러진 것 같은 상황에서 목덜미에 물고기가 들어가는 걸 거라고 생각했다. 정말, 정말 싫었다.

그는 '지독한 신체적 해악'에게 자신의 새로운 역할에 대해 말해주고 싶었다. 하지만 움직일 수가 없었다. 뭔가 축축하고 미끈미끈한 물건이 한쪽 소매 위로 기어 올라왔다.

잠시 후 물고기 더미 속에서 구출되어, 머리에 담요를 뒤집어쓴 세 명의 폭주족 친구들을 본 그는 이제 뭔든 말해주기엔 너무 늦었음을 깨달았다.

피그보그가 지껄여댔던 계시록인가 뭔가 하는 곳에 그들이 실리지 않은 이유는 바로 그것이었다. 그들은 많이 달려가지 못했다.

스커즈는 무슨 말인가를 웅얼거렸다. 경사가 몸을 기울였다. "말하려고 하지 말아요. 앰뷸런스가 곧 올 겁니다."

"들어줘요." 스커즈는 쉰 목소리로 말했다. "중요한 말이 있다고. 종말의 네 기수…… 그놈들은 진짜 개새끼들이야, 넷 다."

"정신이 오락가락하는군." 경사가 말했다.

"상관없어. 난 '물고기에 덮인 놈들'이야." 스커즈는 켁켁대며 그렇게 말하고는, 정신을 잃었다.

런던의 교통 체계는 상상할 수 있는 한도의 수백 배로 복잡하다. 이건 악마나 천사의 영향력과는 무관한 일이다. 그보다는 지리와 역사, 건축술의 문제다.

사람들은 절대로 믿지 않겠지만, 이 체계는 대부분 사람들에게 이롭게 돌아간다.

런던은 자동차에 맞게 만들어지지 않았다. 실은 사람들에 맞게 만들어지지도 않았다. 계획 없이, 그냥 생긴 셈이었다. 이 점이 문제를 낳았고, 이런 문제들을 해결하기 위해 고안해낸 해결책들이 또 5년, 10년, 혹은 100년이 지나면 다른 문제를 낳았다.

제일 최근에 나온 해법이 M25, 런던 주위로 크게 원 비슷한 것을 그리는 순환도로였다. 지금까지의 문제점들은 단순 명쾌했다. 도로 공사를 마무리하기 전에 그 도로가 불필요해진 거나, 결과적으로 늦게 출발한 차가 빨리 출발한 차를 앞지르는 교통마비의 상대성 효과가 일어난다거나 하는 정도였다.

그러나 지금 당면한 문제는 이제까지 존재한 적이 없었다. 어쨌거나 정상적인 인간의 공간 조건에서는 존재하지 않았다. 이 점을 인식하지 못하거나, 아니면 런던에서 빠져나갈 다른 길을 찾으려는 차들이 온갖 방향에서 런던 중심부로 줄을 지어 섰다. 역사상 처음으로 런던은 완벽한 감옥이 되어버렸다. 도시 전체가 교통마비 상태였다.

이론상 자동차는 이곳에서 저곳으로 빨리 이동하게 해준다. 반면 교통마비 상태란 꼼짝 않고 서 있을 기회만 잔뜩 줄 뿐이다. 비와 어둠 속에서, 사방에서 울리는 귀에 거슬리는 경적 소리가 점점 커져가며 점점 화를 돋우는 와중에.

크롤리는 이 상황에 진저리가 났다.

그에게는 아지라파엘의 쪽지를 다시 한 번 읽고, 아그네스 너터의 예언들을 쭉 훑어보고, 진지하게 생각을 해볼 시간이 있었다.

그가 생각한 바는 다음과 같이 요약할 수 있었다.

1) 아마겟돈은 코앞이다.

2) 이 사태에 대해 크롤리가 할 수 있는 일은 아무것도 없다.

3) 아마겟돈은 태드필드에서 일어날 것이다. 아니면 거기서 시작이라도 할 것이다. 그 후에는 어디에서나 일어나겠지.

4) 크롤리는 지옥의 나쁜 장부에 올라갔다.[+]

5) 추정컨대 아지라파엘은 빼고 생각해야 했다.

6) 모든 게 캄캄하고 암울하고 끔찍했다. 터널 끝에 보이는 빛이 없었다. 있다 해도 그건 이쪽으로 달려오는 열차 불빛일 터였다.

7) 차라리 아늑하고 근사한 음식점이나 하나 찾아서 세상의 종말을 기다리는 동안 흥청망청 시간을 보내야 하는 건지도 모른다.

8) 그렇지만……

그리고 그 지점에서 모든 것이 와장창 무너졌다.

왜냐하면, 그럼에도 불구하고 마음속 깊은 곳에서 크롤리는 낙관주의자였기 때문이다. 지독한 시기에(그는 잠시 14세기를 회고했다) 그를 지탱해준 흔들림 없는 확신이 하나 있다면, 그건 그가

[+] [원주] 지옥에 다른 장부가 있는 건 아니지만.

결국은 빠져나오리라는, 우주가 그를 돌보아주리라는 절대적인 믿음이었다.

좋다. 그러니까 지옥은 그를 추격하고 있었다. 세상은 끝나가고 있었다. 냉전이 끝나고 진짜 대전이 시작되려 했다. 승산은 한 트럭분의 히피가 오슬리[+]의 오리지널 LSD를 이겨낼 만큼도 없었다. 그래도 아직 기회는 있었다.

모든 게 적절한 때 적절한 장소에 있을 수 있느냐의 문제였다.

적절한 장소란 태드필드였다. 그 점은 확실했다. 책 때문이기도 했고, 다른 감으로도 그랬다. 크롤리의 마음속 세계지도에서 태드필드는 편두통처럼 맥동치고 있었다.

옳은 시간은 세상의 종말이 오기 전에 도착하는 것이었다. 그는 손목시계를 확인했다. 두 시간 정도가 남아 있었다. 지금은 정상적인 시간의 경로가 상당히 흔들리고 있는지도 몰랐지만.

크롤리는 책을 옆 좌석에 던졌다. 필사적인 때에는 필사적인 방법이 필요한 법. 그는 지난 60년간 벤틀리에 흠집 하나 내지 않았다.

알 게 뭐야.

그는 갑자기 차를 후진시켜 뒤에 서 있던 붉은색 르노5의 앞면에 심각한 손상을 입힌 다음 인도로 뛰어 올라갔다.

[+] 오슬리 스탠리. 음향기사 겸 화학자로, 돈을 벌기 위해서가 아니라 사상 때문에 강력하고 순도 높은 LSD를 만들어 공급했다. 사이키델릭 록 시대를 연 대부로 평가받는다.

헤드라이트를 켜고 경적도 울렸다.

이 정도면 보행자 누구라도 그가 달려가고 있다는 경고를 받을 것이다. 그러고도 도망치지 못하면…… 글쎄, 어차피 몇 시간 후면 다 죽을 텐데 뭐. 아마도. 어쩌면.

"헤이 호!" 앤서니 크롤리는 그렇게 외치고, 어쨌거나 저쨌거나 차를 달렸다.

여자가 여섯 명, 남자가 네 명. 각자 전화기 한 대씩과, 이름과 전화번호로 뒤덮인 두꺼운 인쇄용지 한 묶음씩을 지니고 있었다. 각 전화번호 옆에는 전화를 걸었을 때 사람이 있었는지 없었는지, 번호가 정확했는지, 그리고 제일 중요한 점이지만 전화를 받은 사람이 이중벽 단열재를 구입하는 데 열성적이었는지 아닌지를 기록했다.

대부분은 구입하고 싶어 하지 않았다.

열 사람은 그곳에 앉아 몇 시간이고 플라스틱 미소를 지으며 아첨하고, 애걸하고, 장담을 해댔다. 그들은 통화와 통화 사이에 기록을 하고, 커피를 마시고, 창유리를 따라 쏟아지는 빗줄기에 경탄했다. 그들은 타이타닉 호에 올랐던 밴드처럼 제자리를 지키고 있었다. 이런 날씨에도 이중유리를 팔지 못한다면 아무것도 팔 수 없을 것이다.

리사 모로는 말하고 있었다. "……제 말씀만 끝까지 들어주시면, 네, 그 점은 이해합니다만, 그래도 선생님께서……" 그리고 상대방이 그냥 전화를 끊어버리자 그녀는 말했다. "엿 먹어라, 이 뺀질아."

그녀는 전화를 끊었다.

"또 목욕하던 사람 건드렸어." 리사는 동료 전화 외판원들에게 말했다. 그녀는 매일 '목욕하는 사람 끌어내기' 부문에서 사무실 선두를 달리고 있었고, 주간 '성생활 방해' 분야에서도 2점만 더 따면 최고가 될 수 있는 상황이었다.

리사는 목록에 오른 다음 번호를 돌렸다.

리사에게 원래 전화 외판원이 될 마음은 조금도 없었다. 정말은 국제적인 매력을 떨치는 제트족이 되고 싶었지만, 졸업할 때 등급을 잘 받지 못했다.

그녀가 국제적인 매력을 떨치는 제트족으로 받아들여질 만한 비행 승무원이 되었거나, 아니면 치과 보조원(두 번째 직업 선택)이 되었다면, 그게 아니더라도 그 사무실에 앉아 있는 전화 외판원만 빼고 다른 어떤 직업을 택했더라도 이보다는 더 길고 아마도 더 충만한 삶을 누릴 수 있었을 것이다.

아마겟돈의 날이라는 점을 고려할 때 그래봐야 그리 길지는 않았겠지만, 그래도 몇 시간은 남아 있었으니까.

사실은 그녀가 지금 돌린 번호로 전화를 걸지만 않았어도 좀 더 긴 삶을 누릴 수 있었을 것이다. 손에 손을 거쳐 전달되는 전통의 우편 목록 덕에 그녀의 서류에 메이페어 주택가 A. J. 크롤리 씨라고 기재되어 있는 번호에 전화를 걸지만 않았어도.

하지만 그녀는 이미 번호를 돌렸다. 그리고 전화벨이 네 번 울릴 때까지 기다렸고, 잠시 후 말했다. "푸우, 또 응답기야." 그리고 수화기를 내려놓으려 했다.

하지만 그때 전화기에서 뭔가가 기어 나왔다. 아주 크고, 아주 성이 난 뭔가가.

약간은 구더기 비슷한 모양새였다. 몸부림치며 고함을 질러대는 수천수만의 자그마한 구더기들로 이루어진 크고 성난 구더기. 수백만 개의 작은 구더기 입이 분노 속에 열렸다 닫히는데, 그 모든 입이 "크롤리"라고 외치고 있었다.

울부짖음이 멈췄다. 맹목적으로 흔들거리는 모습이, 어디에 와 있는 건지 알아보려 하는 것 같았다.

다음 순간 그것은 산산조각으로 부서졌다.

하나로 모여 있던 수천수만의 꿈틀거리는 회색 구더기들이 쫙 흩어졌다. 놈들은 카펫 위로, 책상 위로, 리사 모로와 그녀의 아홉 동료들에게로 밀려갔다. 그들의 입 속으로, 콧구멍 안으로, 폐 속으로 들어갔다. 살과 눈동자와 뇌와 내장 속으로 파고 들어가, 전진하면서 거칠게 재생산을 해나가며 꿈틀꿈틀 치솟아 오른 살과 오물 덩어리로 방 안을 가득 채웠다. 모든 것이 한꺼번에 흘러내리더니, 부드럽게 약동하며 바닥에서부터 천장까지를 가득 채운 커다란 존재로 굳어져갔다.

그 살덩어리 안에서 입이 열리고, 뭔가 축축하고 끈적한 성분이 정확히 입술이라고는 할 수 없는 형태를 이루는가 싶더니, 하스투르가 말했다.

"그게 필요했다."

아지라파엘이 남긴 메시지만을 벗 삼아 갇혀 있던 응답기 속의 반 시간은 그의 노여움에 도움이 되지 않았다.

지옥에 돌아가서 보고해야 한다는 생각도, 왜 반 시간 일찍 돌아가지 못했는가, 더 중요하게는 왜 크롤리를 데려가지 못했는가를 설명해야 한다는 생각도 마찬가지였다.

지옥은 실패를 좋아하지 않았다.

그러나 긍정적으로 보자면, 최소한 그는 아지라파엘의 메시지가 무엇이었는지 알고 있었다. 어쩌면 그 지식으로 사면장을 살 수도 있을 것이다.

그리고 그는 생각했다. 어차피 암흑 평의회의 진노에 직면해야 한다면, 최소한 빈속으로 가지는 말아야지.

방 안에 진한 유황 연기가 가득 찼다. 그 연기가 걷혔을 때는 하스투르도 사라진 뒤였다. 방 안에는 살점이 깨끗하게 뜯겨나간 열구의 해골과, 여기저기에 한때는 전화기의 부속품이었을 반짝이는 금속 잔재가 붙어 있는 녹은 플라스틱 덩어리들뿐이었다. 치과보조가 되는 편이 훨씬 나았으련만.

하지만 밝은 면을 보자면, 이 모든 것이 악은 스스로 파멸의 씨앗을 품고 있다는 점을 증명해주는 일이었다. 덕분에 바로 지금, 전국 각지에서 기분 좋게 목욕을 즐기다가 전화를 받으러 뛰어 나오거나, 자기 이름이 잘못 불려서 조금이라도 더 긴장하고 화를 냈을 수많은 사람들이 평온과 평화를 누리고 있었으니 말이다. 하스투르가 행한 일의 결과로 정도 낮은 선善의 파도가 기하급수적으로 퍼져나갔고, 궁극적으로는 영혼에 입은 작은 멍들로 고통 받을 수백만의 사람들이 그러지 않게 되었다. 그러니 잘된 일 아니겠는가.

　도저히 같은 차라고 할 수가 없었다. 움푹 패지 않은 구석이 없었고, 헤드라이트는 양쪽 다 깨어져 나갔다. 휠캡은 오래전에 날아가버렸다. 파괴 경주를 백 번은 치른 베테랑 같은 모양새였다.
　인도는 지독했다. 보행자용 지하보도는 더 지독했다. 최악은 템스 강을 건너는 부분이었다. 그나마 창문을 다 닫아놓을 선견지명은 있었으니 망정이지.
　자, 아무튼 여기까지 왔다.
　몇백 미터만 더 가면 옥스퍼드셔까지 쭉 뻗은 M40 도로에 들어설 수 있었다. 딱 한 가지 장애물이 있었다. 다시 한 번, 크롤리와 그 쭉 뻗은 길 사이에 M25가 끼어 있었던 것이다. 고통과 어둠의 빛+으로 반짝이며 비명을 질러대는 띠 모양의 길. '오데그라'. 그 길을 건너 살아남을 수 있는 것은 아무것도 없었다.

+　[원주] 사실 이건 모순어법이 아니다. 어둠의 빛이란 자외선 너머에 존재하는 색채다. 전문용어로는 인프라 블랙이라고 한다. 실험을 통해 손쉽게 볼 수 있다. 실험 내용은 간단하다. 튼튼한 벽을 골라, 머리를 숙이고, 돌격하라.
충돌의 순간 눈 안쪽, 고통 뒤편에서 튀어 오르는 빛깔, 죽기 직전에 볼 수 있는 바로 그 빛깔이 인프라 블랙이다.

아무튼 인간은 아무도 살아남지 못했다. 그리고 악마라고 무사할지도 확실치 않았다. 죽지야 않겠지만, 과히 유쾌한 경험은 아닐 것이다.

앞에 보이는 고가도로에는 경찰의 방책이 버티고 서 있었다. 타버린 또는 아직도 불타오르는 잔해들이, 어두운 길 위로 뻗은 그 도로를 건너야 했던 이전의 차들이 어떤 종말을 고했는가를 알려주었다.

경찰은 기분이 좋지 않아 보였다.

크롤리는 2단 기어를 넣고, 액셀을 밟았다.

그는 시속 100킬로미터로 방책을 뚫었다. 그거야 쉬운 일이었다.

사람의 자연발화 사례는 전 세계에 걸쳐 보고된다. 방금 전까지만 해도 행복하게 삶을 영위하는 사람이 하나 있었는데, 다음 순간에는 잿더미와 신비롭게도 그을음 하나 없이 남은 발 또는 손만 찍어놓은 슬픈 사진이 남는 것이다. 자동차의 자연발화 사례는 그렇게 많이 기록되어 있지 않다.

통계가 어떻게 되는지는 모르지만, 지금 막 사례가 하나 추가되었다.

가죽 시트 커버에서 연기가 피어오르기 시작했다. 크롤리는 앞을 똑바로 응시하며 왼손으로 옆좌석에 놓인 아그네스 너터의《근사하고 정확한 예언집》을 더듬어 찾아 안전하게 무릎 위에 올려놓았다. 그는 아그네스가 '이것'도 예언했기를 바랐다.†

다음 순간 불길이 차를 에워쌌다.

그는 계속 차를 몰아야 했다.

고가도로 건너편에는 런던으로 들어가려는 차들을 막기 위한 또 하나의 경찰 방책이 있었다. 그쪽에 있던 경찰관들은 지금 막 무선으로 M6 도로에서 교통경찰 하나가 도난당한 경찰차를 정지시켜봤더니, 운전을 하고 있던 놈이 커다란 문어였더라는 이야기를 접하고 웃어대고 있었다.

무엇이든 믿는 경찰도 있기는 하다. 그러나 런던의 경찰은 그렇지 않았다. 런던 경찰은 브리튼 섬에서 가장 겁이 없고, 가장 냉소적이며, 가장 실용적일뿐더러, 최고로 완고하고 현실적인 경찰 집단이었다.

런던 경찰을 당황시키기란 만만치 않은 일이었다.

예를 들어, 선글라스를 쓰고 히죽대는 미치광이가 불길 한가운데 버티고 앉아서 운전하고 있는, 아무리 봐도 지옥에서 요란한 소리를 내며 뛰쳐나온 불타는 폭탄 아니면 불덩어리라고밖에 할 수 없는 너덜너덜한 대형 승용차가, 그것도 쏟아지는 빗속에서 검은색 연기를 길게 끌며 시속 130킬로미터로 질주해 온다거나 하는 정도의 일이 아니라면.

이 정도쯤은 되어야 제아무리 런던 경찰이라도 혼비백산할 일이

+ [원주] 사실 그랬다. 내용은 다음과 같다.
"빛의 길은 비명을 지르리, '뱀'의 검은 마차에 불길이 피어오르며, '퀸'은 더 이상 노래하지 않으리."
디바이스 집안 사람들 대부분은 1830년대, 이 예언이 1785년 바바리아에서 바이스하우프트의 광명회가 사라진 사건을 은유한 것이라고 해석하는 짧은 글을 남긴 젤라틀리 디바이스의 생각에 동의했다.

아니겠는가.

￼

채석장은 폭풍우 치는 세상의 차분한 중심이었다.

천둥은 그냥 머리 위에서 으르렁대는 정도가 아니라, 하늘을 반으로 찢어놓았다.

"친구들을 더 불렀어." 아담이 되풀이해서 말했다. "곧 도착할 거야. 그럼 진짜 시작할 수 있는 거지."

개가 울부짖기 시작했다. 이제 그 소리는 외로운 늑대의 울부짖음이 아니라 아주 곤란한 상황에 빠진 작은 개가 흘리는 기묘한 진동음이었다.

페퍼는 앉아서 자기 무릎을 가만히 보고 있었다.

뭔가 마음먹은 듯한 모습이었다.

마침내 페퍼는 눈을 들어 텅 빈 회색 눈으로 아담을 응시했다.

"넌 어느 조각을 가질 건데, 아담?"

폭풍이 돌연 멀리까지 울려 퍼지는 정적으로 대체되었다.

"뭐라고?" 아담이 말했다.

"네가 세상을 나눌 거고, 우리 모두 한 조각씩 가질 거라며. 넌 어딜 가질 거야?"

정적이 하프 현처럼 높고 가느다란 음을 발했다.

"그러게." 브라이언이 말했다. "네가 어딜 가질 건지는 말 안 했어."

"페퍼 말이 맞아." 웬즐리데일이 말했다. "우리가 이런 나라들을 다 가지면 남는 게 별로 없을 것 같은데."

아담이 입이 열렸다 닫혔다.

"뭐라고?" 그가 말했다.

"네 몫은 뭐야, 아담?" 페퍼가 물었다.

아담은 페퍼를 가만히 바라보았다. 개는 울부짖기를 멈추고 주인에게 잡종개의 열렬하고도 사려 깊은 시선을 고정시켰다.

"나, 나 말야?"

정적이 이어지고 또 이어졌다. 정적만이 세상의 소음 속에서 끌어낼 수 있는 유일한 선율이었다.

"그치만 난 태드필드를 가질 거야." 아담은 말했다.

아이들은 아담을 빤히 쳐다보았다.

"그리고 로어 태드필드랑, 노턴이랑, 노턴 숲이랑—"

아이들은 여전히 아담을 쳐다보았다.

아담의 시선이 아이들의 얼굴을 훑었다.

"내가 원하는 건 그게 다야." 그가 말했다.

아이들은 고개를 저었다.

"내가 원하면 가질 수 있어." 아담의 목소리엔 반항심이 어려 있었고, 그 반항심은 갑작스러운 의혹으로 날을 세웠다. "더 낫게 만들 수도 있어. 기어오르기 더 좋은 나무들이랑, 더 근사한 연못이랑, 더……"

그의 목소리가 점점 잦아들었다.

"그럴 순 없어." 웬즐리데일이 단호하게 말했다. "태드필드는 미국이나 그런 데랑은 달라. 진짜 진짜인걸. 어쨌거나 우리 모두에게 속해 있고 말이지. 태드필드는 우리 거야."

"그리고 넌 태드필드를 더 낫게 만들 순 없어." 브라이언이 말했다.

"어쨌든 네가 여길 바꾼다 하더라도 우리 모두 알 거고." 페퍼가 말했다.

"아, 그런 게 걱정이라면, 걱정 마." 아담은 대수롭지 않다는 듯이 말했다. "너희 모두를 내가 원하는 대로 하게 만들 수 있—"

아담은 자기 귀로 자기 입이 내뱉은 끔찍한 말을 듣고 입을 다물었다. 고것들은 뒷걸음질 치고 있었다.

개는 제 머리 위에 앞발을 올렸다.

아담의 얼굴은 제국의 붕괴를 그대로 의인화해놓은 것 같았다.

"아냐." 그는 귀에 거슬리는 목소리로 말했다. "안 돼. 돌아와! 명령이야!"

아이들은 도망치다 말고 얼어붙듯 멈춰 섰다.

아담은 멍하니 아이들을 쳐다보았다.

"아냐, 그런 뜻이 아니었어…… 너흰 내 친구잖아—"

아담의 몸이 경련했다. 머리가 뒤로 넘어갔다. 아담은 양팔을 들고 주먹으로 허공을 쳤다.

얼굴이 뒤틀렸다. 아담의 운동화 밑에서 석회암 바닥이 쩍 갈라졌다.

아담은 입을 열어 비명을 내질렀다. 그것은 필멸의 인간이 지를 수 없는 소리였다. 그 소리는 채석장 밖으로 울려 퍼져 폭풍과 뒤섞이고, 구름을 새롭고 불유쾌한 형상으로 응고시켰다.

비명은 이어지고 또 이어졌다.

그 소리는 물리학자들이 믿는 것보다 상당히 작다고 할 수 있는 우주 전체를 휘돌아 울려 퍼졌다. 천구들을 뒤흔들었다.

그 소리는 상실에 대해 이야기했고, 오랫동안 그치지 않았다.

그러다가 소리가 멎었다.

무엇인가가 빠져나갔다.

아담의 머리가 다시 아래로 기울어졌다. 눈이 뜨였다.

아까까지 낡은 채석장 안에 서 있던 존재가 무엇이었든 간에, 지금 그곳에 서 있는 것은 아담 영이었다. 좀 더 아는 게 많아진 아담 영이긴 했지만, 그래도 아담 영이었다. 오히려 그전 어느 때보다도 더 아담 영답다고 할 수 있을 것이다.

채석장 안을 채우고 있던 소름 끼치는 정적은 좀 더 친숙하고 편안한 정적에 자리를 내어주었다. 단순히 소리가 나지 않는다는 의미에서의 정적이었다.

자유로워진 고것들은 아담에게서 눈을 떼지 않은 채 백암질 절벽을 등지고 몸을 움츠렸다.

"괜찮아." 아담이 조용히 말했다. "페퍼? 웬즐리? 브라이언? 이리 돌아와. 다 괜찮아. 이제 다 괜찮다고. 이제 다 알았어. 그리고 너희가 날 도와줘야 해. 그러지 않으면 모든 일이 그대로 터져버려. 진짜 다 터져버린다고. 우리가 어떻게든 하지 않으면 정말 그렇게 된단 말이야."

재스민 장의 배관이 요란한 소리를 내며 덜거덕거리더니 뉴턴에게 약간 갈색빛을 띤 물세례를 퍼부었다. 그러나 물은 차가웠다. 뉴턴이 평생 해본 중에 최고로 차가운 냉수마찰이었다.

전혀 도움이 되지 않았다.

"하늘이 붉네요." 그가 거실로 돌아와 말했다. 약간 광기 어린 기분이었다. "오후 4시 반인데 말이죠. 그것도 8월이고. 이게 무슨 뜻이죠? 즐거운 항해사의 관점에서 말해볼래요? 그러니까, 한밤중에 붉은 하늘을 본 선원이 즐거워한다고 하면, 유조선의 컴퓨터를 조작하는 사람을 즐겁게 해주려면 뭐가 있어야 합니까? 아니면 밤에 즐거워하는 건 선원이 아니라 양치기였던가요? 도무지 기억이 안 나네요."

아나테마는 뉴턴의 머리에 붙은 석회 가루에 시선을 맞췄다. 석회 가루는 샤워로도 떨어지지 않았다. 오히려 축축하게 눌어붙고 사방으로 퍼져, 흡사 머리카락이 붙은 흰 모자를 쓴 것처럼 보였다.

"엄청 세게 부딪쳤나 봐요." 아나테마는 말했다.

"아뇨. 벽에 머리를 박았을 때 묻은 거예요. 그 왜, 당신이—"

"알아요." 아나테마는 당혹스러운 얼굴로 깨진 창문 밖을 내다보았다. "하늘이 핏빛이라고 했나요? 굉장히 중요한 부분인데요."

"그렇게 말하진 않았어요." 뉴턴은 순간적으로 생각의 흐름이 궤도에서 벗어난 상태로 대답했다. "진짜 피색깔은 아니거든요. 좀 더 분홍빛이죠. 어쩌면 폭풍 때문에 공중에 먼지가 너무 많은 건지도 모르겠군요."

아나테마는《근사하고 정확한 예언집》을 뒤지고 있었다.

"뭘 하는 거예요?"

"교차 대조를 해보려고요. 여전히 알 수가 없는 게—"

"그럴 필요 없을 것 같은데요. 3477번의 나머지 내용이 무슨 뜻인지 알아요. 샤워하다가 생각났는데—"

"무슨 소리죠, 그게 무슨 뜻인지 안다니?"

"이리로 오는 길에 봤어요. 그렇게 딱딱거리지 말아요. 머리가 아프니까. 내가 봤다고요. 완두콩하곤 아무 상관도 없어요. '완두콩 우리의 공언'이 아니라 '우리의 공언은 평화'예요. '콩peas'이 아니라 '평화peace'. 공군기지 밖에 붙여놓는 말이죠. 알잖아요. '전략 공군 사령부 8657745 항공단, 고함치는 푸른 악마들, 우리의 공언은 평화'. 뭐 그런 거요." 뉴턴은 머리를 부여잡았다. 도취감이 사라져갔다. "아그네스가 옳다면, 그렇다면 지금 이 순간 그 기지에서 어느 미친놈이 미사일을 다 끌어올리고 발사대를 돌려 열고 있을지도 모르죠. 아니면 달리 무슨 짓이든."

"아니, 그럴 리 없어요." 아나테마는 단호하게 부인했다.

"오, 그래요? 영화에서 몇 번이나 봤단 말입니다! 왜 그렇게 확신에 차 있는지 그럴싸한 이유 하나만 대봐요."

"그 기지엔 폭탄이 없어요. 미사일도 없고. 이 부근에 사는 사람이라면 누구나 아는 일이죠."

"하지만 거긴 공군기지 아닙니까! 활주로가 있잖아요!"

"그 활주로엔 수송기 정도나 뜰 뿐이에요. 거기 있는 거라곤 통신 장비뿐이라고요. 무선기랑 기타 등등. 폭발물은 하나도 없어요."

뉴턴은 그녀를 멍하니 쳐다보았다.

옥스퍼드셔를 향해 뻗어가는 M40 도로 위를 시속 180킬로미터로 달리는 크롤리를 보라. 아무리 무심한 사람이라도 그에게 몇 가지 이상한 구석이 있다는 사실을 눈치채지 않을 수 없을 것이다. 예를 들자면 악문 입이라든가, 선글라스 뒤편에서 새어 나오는 흐릿한 붉은빛이라든가. 그리고 자동차. 자동차가 결정적이었다.

크롤리는 벤틀리를 타고 여행을 시작했고, 같은 벤틀리로 여행을 끝내지 않으면 끝장이 날 것이었다. 예전에 그 차는 굳이 운전 전용 고글을 갖춘 자동차광이 아니더라도 빈티지 벤틀리라는 것을 알아볼 수 있는 물건이었다. 그러나 이제는 그렇지가 않았다. 그게 벤틀리라고 말하기만 힘든 게 아니라, 그게 자동차이기는 한지조차 반반이었다.

우선 이 차엔 도장이 하나도 남아 있지 않았다. 지금도 검정색이기는 했지만, 녹슬고 지저분한 적갈색 얼룩이 지지 않은 자리는 흐릿한 석탄색이었다. 이 차는 유난히 힘든 대기권 재돌입을 치르는 우주 캡슐처럼 공 모양의 불길이 되어 달리고 있었다.

금속 바퀴테에는 녹아버린 고무 껍질이 얇게 붙어 있었으나, 그 바퀴테들이 여전히 도로 표면에서 3센티미터쯤 위를 달리고 있는 것으로 보아 완충장치에 그리 많은 보탬이 되지는 못하는 것 같았다.

그 차는 벌써 몇 킬로미터 전에 부서져야 했다.

그 차를 한데 모아 붙들기 위해 들이는 노력 덕분에 크롤리는 이를 빠득빠득 갈아야 했고, 생물-공간 반응으로 눈에서 붉은빛이 뿜어 나올 수밖에 없었다. 차를 붙들어두려는 노력, 그리고 숨을 쉬어선 안 된다는 것을 기억하려는 노력으로 인해서.

이런 엿같은 기분은 14세기 이후 처음이었다.

채석장 안의 공기는 이제 훨씬 우호적이었지만, 그래도 여전히 긴장 상태였다.

"너희가 내가 정리하도록 도와줘야 해." 아담이 말했다. "사람들은 벌써 몇천 년 동안이나 그걸 정리하려고 애썼지만, 우린 지금 해야 해."

아이들은 기꺼이 고개를 끄덕였다.

"있지, 이건 말이야." 아담이 말했다. "이건 말이야, 이건…… 응, 너희도 기름덩이 존슨 알지."

아이들은 고개를 끄덕였다. 모두가 기름덩이 존슨과 로어 태드필드에 있는 다른 패거리에 대해 알고 있었다. 그쪽이 더 나이가 많았고, 썩 기분 좋다고는 할 수 없는 녀석들이었다. 충돌 없이 일 주일도 버티기 힘들었다.

"으음, 언제나 우리가 이기잖아. 그렇지?" 아담이 말했다.

"거의 언제나지." 웬즐리데일이 대꾸했다.

"그래. 거의 언제나." 아담이 말했다. "그리고—"

"어쨌든 절반 넘게는 이기지." 페퍼가 끼어들었다. "왜냐하면, 기억나지? 마을 회관에서 노친네들이 온갖 법석을 다 떨었던—"

"그건 셈에 안 들어가." 아담이 말했다. "녀석들도 우리만큼 얘깃거리가 되잖아. 어쨌거나 노친네들은 아이들이 뛰노는 소리를 즐거워하게 되어 있단 말이야. 어디선가 그런 내용을 읽었거든. 우리 노친네들이 잘못된 부류라는 이유로 골칫거리 취급을 받아야 할 이유는—" 그는 말을 멈췄다가 이었다. "어쨌거나…… 우린 개네들보다 나아."

"물론 우린 개네보다 낫지." 페퍼가 말했다. "맞았어. 우린 개네보다 뛰어나. 그저 늘 이기진 못한다 뿐이지."

"자 봐." 아담은 천천히 말했다. "우리가 녀석들을 혼쭐내줄 수 있다고 쳐봐. 녀석들을, 녀석들을 아예 멀리 보내버린다거나 말이야. 로어 태드필드에 우리 말고 다른 패거리가 없게 만드는 거지. 그건 어떻게 생각해?"

"무슨 뜻이야 그거…… 죽는 거야?" 브라이언이 반문했다.

"아냐. 그냥, 그냥 없어지는 거야."

고것들은 이 제안에 대해 생각해보았다. 그들이 장난감 기차로

서로를 때릴 만한 나이가 된 이후 줄곧 기름덩이 존슨은 어쩌할 수 없는 삶의 한 단면이었다. 아이들은 존슨의 자리에 구멍이 뚫린 세상이라는 개념을 이해하려고 해보았다.

브라이언은 코를 긁적였다. "난 기름덩이 존슨이 없으면 멋질 것 같아. 그놈이 내 생일파티에 어쨌는지 기억해? 그리고 난 그 일로 골치가 아팠잖아."

"난 모르겠어." 페퍼가 말했다. "기름덩이 존슨이랑 걔네 패거리가 없는 게 그렇게 재밌을 것 같진 않아. 생각해보면 말이야. 우리 기름덩이 존슨이랑 존슨 패거리랑 많이 놀았잖아. 어쩜 걔네가 없어지면 또 다른 패거리를 찾아야 할지도 몰라."

"내 생각엔." 웬즐리데일이 말했다. "로어 태드필드 사람들한테 물어본다면 존슨 패거리나 고것들이나 없어지면 세상 편하겠다고 대답할 것 같은데."

이 말에는 아담까지도 충격받은 얼굴이었다. 웬즐리데일은 냉정하게 말을 이었다. "노친네들은 그럴 거라는 얘기야. 그리고 피키 목사도. 그리고—"

"그치만 우린 좋은 편인데……" 브라이언이 입을 열었다가 잠시 머뭇거렸다. "뭐, 좋아. 그치만 그 아저씨 아줌마들도 우리가 전부 없으면 전보다 재미없다고 생각할걸. 확실해."

"내 말이 그 말이야." 웬즐리데일이 말했다.

"이 동네 사람들은 우리나 존슨네 패거리나 다 원치 않아." 그는 침울하게 말을 이었다. "우리가 인도에서 자전거를 타거나 스케이트보드를 타면서 너무 시끄러운 소리를 낸다는 것만으로 어떻게

들 구는지 좀 생각해봐. 역사책에 나오는 위인이 말한 것과 비슷해. 두 집 다 명패가 붙은 거지.[+]"

이 말에 침묵이 깔렸다.

"이런 건가?" 잠시 후 브라이언이 말했다. "'아담 영 여기 살았노라'라고 적힌 파란 명패 같은 거?"

보통 고것들이 흥이 올랐을 때 이런 식으로 운을 떼면 5분 정도는 떠들썩한 토론이 이어질 수 있었지만, 아담은 지금이 그럴 때가 아니라고 생각했다.

"그러니까 너희가 하고 싶은 말은." 그는 최고로 의장 같은 말투를 끌어내어 결론을 지었다. "존슨 패거리가 고것들을 완전히 때려 눕히건 그 반대건 별로 좋을 게 없다는 거야?"

"그거야." 페퍼가 대답하고는 덧붙여 말했다. "왜냐하면 말이지, 우리가 녀석들을 때려눕혀버리면 우리 스스로가 우리의 적이 되어야 하거든. 나랑 아담이 브라이언과 웬즐리랑 싸운다거나 하는 식으로 말야." 그녀는 뒤로 물러앉았다. "누구에게나 기름덩이 존슨은 필요해."

"그래." 아담이 말했다. "내 생각도 그래. 누가 이겨도 좋을 게 없어. 그게 바로 내가 생각한 거야." 그는 그렇게 말하면서 개를, 혹은 개 너머를 응시했다.

"나한테는 무지 간단해 보이는걸." 웬즐리데일이 물러앉으며 말

[+] 원래는《로미오와 줄리엣》에 나오는 표현으로, 파멸적인 경쟁을 의미하는 "두 집 다 역병에 걸렸다"를 웬즐리가 잘못 이해했다.

했다. "왜 그걸 정리하는 데 몇천 년이나 걸리는지 모르겠다."

"그걸 정리하려고 한 사람들이 남자들이었으니까 그래." 페퍼가
의미심장하게 말했다.

"왜 편을 갈라야 하는지 모르겠는걸." 웬슬리데일이 다시 말했
다.

"당연히 편을 갈라야지. 모두가 무엇인가에는 편을 골라야 해."
페퍼가 다시 말했다.

아담은 결론에 도달한 모양이었다.

"그래. 하지만 난 자기가 자기 편을 들 수 있다고 생각해." 그는
조용히 말했다. "가서 자전거를 끌고 나오는 게 좋겠어. 아무래도
우리가 가서 몇 사람이랑 얘길 해봐야 할 것 같아."

투투투투투투투투투, 마담 트레이시의 스쿠터가 크라우치엔드
거리를 달려갔다. 이것이 움직이지 못하는 승용차와 택시와 빨간
런던 버스들이 꽉꽉 메운 런던 교외 차도를 움직이는 유일한 이동
수단이었다.

"이런 교통 체증은 처음 봐요." 마담 트레이시가 말했다. "사고라
도 난 건가."

"*그럴 가능성도 있지요.*" 아지라파엘이 동의를 표했다. "섀드웰 씨,
날 제대로 잡지 않으면 떨어지게 될 거예요. 아시다시피 이건 두
사람이 타게 만들어진 물건이 아니거든요."

"세 사람이지." 섀드웰은 마디마디가 하얗게 된 손으로 좌석을 붙잡고, 나머지 한 손으로는 천둥총을 꽉 쥐며 그렇게 중얼거렸다.

"섀드웰 씨, 다시 말하지 않겠어요."

"그럼 멈춰. 무기 좀 갈무리하게." 섀드웰은 한숨을 내쉬었다.

마담 트레이시는 예의 바르게 키득였지만, 길 한쪽으로 빠져서 스쿠터를 멈춰 세웠다.

섀드웰은 마음을 가다듬고, 마지못해 두 팔로 마담 트레이시의 허리를 안고, 천둥총은 보호자처럼 그 사이에 끼워 세웠다.

투투투투투투투투, 이후 10분 동안 마담 트레이시가 빗속에서 조심조심 승용차와 버스 사이를 뚫고 달리는 소리 외에는 아무런 대화가 없었다.

마담 트레이시는 저도 모르게 속도계를 보고 있었음을 깨닫고 바보 같다고 생각했다. 그 속도계는 1974년 이후 작동하지 않았고, 그전에도 썩 잘 돌아가지는 않았었다.

"친애하는 부인, 우리가 얼마나 빨리 달리고 있는지 알 수 있을까요?" 아지라파엘이 물었다.

"왜요?"

"아무래도 걷는 것보다 조금 빠른 속도인 것 같아서 말입니다."

"글쎄요, 나만 탔을 때는 최고 속도가 시속 25킬로미터 정돈데요, 섀드웰 씨도 같이 있으니 아마, 으음⋯⋯"

"시속 8에서 10킬로미터 정도겠군요."

"그럴 거예요."

뒤에서 기침 소리가 들렸다. "이 여자야, 이 망할 놈의 기계 좀 속도를 늦출 수 없나?" 섀드웰의 목소리는 잿빛이었다. 섀드웰이 지옥의 만신전에 속해 있는 자들을 모두 균등하고 정확하게 증오한다는 것은 말할 나위도 없는 일이지만, 그래도 속도 악마들에게는 특별한 증오심을 남겨두었다.

"그렇다면 태드필드까지 가는 데 열 시간은 걸리겠군요." 아지라파엘이 말했다.

마담 트레이시는 잠시 침묵하다가 말했다. "태드필드까지 거리가 얼마나 되죠?"

"65킬로미터 정도요."

"으음." 마담 트레이시에겐 언젠가 조카딸을 보러 가느라 몇 킬로미터 떨어진 핀칠리까지 스쿠터를 달렸다가 돌아오는 길에 이상한 소리가 나서 버스를 탄 경험이 있었다.

"……그러니까 제시간에 도착하려면 시속 110킬로미터 정도로 달려야겠군요." 아지라파엘이 말했다. *"흐으음. 섀드웰 하사관? 꽉 잡아요."*

투투투투투투투투, 파란색 후광이 잔상처럼 부드러운 광채로 스쿠터와 스쿠터에 탄 사람들 전체를 감싸기 시작했다.

투투투투투투투투, 그리고 스쿠터는 이렇다 할 지지대도 없이 약간씩 덜컹거리면서 어설프게 땅에서 떠올라 1미터 50센티미터 정도 높이까지 올라갔다.

"내려다보지 말아요, 섀드웰 하사관!" 아지라파엘이 충고의 말을 던졌다.

"……" 섀드웰은 아래를 보지 않았다. 아무것도 보지 않았다. 그는 잿빛이 된 이마에 구슬땀을 흘리며 눈을 꽉 감은 채 입만 벙긋거렸다.

"그럼, 출발합니다."

예산을 때려넣은 대규모 SF영화를 보면 언제나 뉴욕만 한 덩치의 우주선이 갑자기 광속으로 달려가는 장면이 나온다. 나무 자로 책상 가장자리를 켜는 것 같은 윙 소리가 나고, 어지러운 빛의 굴절 효과가 일어나고, 갑자기 별들이 모두 가느다란 선으로 뻗어가다가 사라져버리는 그런 장면 말이다. 이것도 딱 그런 느낌이었다. 반짝이는 20킬로미터 길이의 우주선 대신 20년 된 때 묻은 스쿠터긴 했지만. 그리고 여기엔 특별한 무지개 효과도 없었다. 그리고 아마 광속은커녕 시속 300킬로미터도 넘지 못했을 것이다. 그리고 부드럽게 옥타브가 높아지는 진동음 대신 그저 이런 소리뿐이었다. 투투투투투투투……

부르르르르.

그래도 딱 그런 느낌이었다.

이제는 비명 소리마저 얼어붙은 원이 되어버린 M25 순환도로가 옥스퍼드셔로 빠지는 M40과 교차하는 지점, 이곳에 모인 경찰은 점점 더 불어나고 있었다. 반 시간 전 크롤리가 이 지점을 뚫고 지나간 후 그들의 수는 두 배로 늘었다. 어쨌거나 M40 쪽은 그랬다. 런던 쪽에서 빠져나오는 사람은 아무도 없었으니.

경찰 외에도 이 부근에는 200명 가까운 사람들이 둘러서서 쌍

안경으로 M25를 관찰하고 있었다. 여기에는 영국군, 폭탄 제거반, M15, M16, 공안부, 그리고 CIA가 포함되어 있었다. 핫도그 파는 사람도 한 명 있었고.

경관 한 명만 빼고는 모두가 추웠고, 몸은 젖었으며, 당황한 데다 짜증이 나 있었다. 그 한 명의 경관은 춥고 젖었으며 당황하고 짜증이 난 데다 격분해 있었다.

"이것 보십쇼. 믿든 안 믿든 상관없어요." 그는 한숨을 내쉬었다. "전 본 대로만 말한 겁니다. 낡은 차였어요. 롤스로이스인지 벤틀리인지는 잘 모르겠지만 아무튼 번쩍이는 빈티지 차였는데 그게 다리를 넘어갔다니까요."

고위 군 기술자 한 명이 끼어들었다. "불가능한 일입니다. 우리 계기에 따르면 현재 M25의 온도는 섭씨 700도가 넘는단 말입니다."

"아니면 영하 140도 아래거나요." 그의 조수가 덧붙였다.

"……아니면 영하 140도 이하거나." 군 기술자는 조수의 말에 동의하고 계속해서 말했다. "기록에 혼선이 있는 것 같습니다. 모종의 계기 오류 탓으로 돌릴 수는 있겠지만,[+] 그렇다 해도 M25 바로 위에 헬리콥터를 띄우면 헬리콥터 떡이 되어 떨어진다는 것은 부인할 수 없는 사실이에요. 그런데 어떻게 빈티지 자동차가 아무 탈 없이 그 위를 달려갔다는 소리를 할 수가 있습니까?"

"아무 탈 없이 달려갔다고는 안 했습니다." 경관은 런던 경찰을

[+] [원주] 사실이었다. 동시에 영상 700도와 영하 140도를 나타낼 수 있는 온도계는 지구상에 존재하지 않는데, 실제 정확한 온도는 양쪽 모두였던 것이다.

그만두고, 전력청에 다니다가 퇴직하고 최근 양계장을 시작한 형과 동업이나 할까 심각하게 고민하며 말했다. "불길에 휩싸였어요. 그런데도 계속 가더라고요."

"지금 우리 중에 누구라도 그 말을 믿을 거라고 생각……" 누군가가 그렇게 운을 뗀 순간이었다.

높고 날카롭고 괴이한 소리가 들렸다. 유리로 만든 하모니카 천 개가 각기 조금씩 음정이 틀린 채로 합주를 하는 것 같은 소리였다. 공기 분자 그 자체가 고통에 몸부림치는 것 같은 소리였다.

그리고 **부르르르르.**

그것은 그들의 머리 위 10미터 상공을, 가장자리로 갈수록 점점 얇어져서 붉은색이 되는 푸른 후광에 휩싸인 채 날아가고 있었다. 흰색의 작은 스쿠터였고, 그 위에는 분홍색 헬멧을 쓴 중년 여자 한 명, 그리고 그 여자를 꽉 붙잡고 있는, 방수 외투를 입고 형광 녹색 헬멧을 쓴 작달막한 남자 한 명이 타고 있었다(스쿠터가 너무 높아서 그 남자의 눈이 꽉 감겨 있다는 사실을 볼 수 있는 사람은 없었지만, 그랬다).

여자는 비명을 지르고 있었다. 그녀의 비명 소리는 이랬다.

"제로오오니이이모오오오오오!"

뉴턴이 늘상 지적하듯, 와사비의 장점 하나는 심각한 손상을 입더라도 알아보기가 힘들다는 점이었다. 뉴턴은 쓰러진 나무들을 피하기 위해 그의 와사비 '딕 터핀'을 계속 갓길로 몰아야 했다.

"당신 때문에 카드가 다 쏟아졌잖아요!"

차가 덜컹거리며 다시 도로에 올라섰다. 수납칸 아래 어딘가에서 작은 목소리가 말했다. "유압 경보."

"지금으로선 도저히 구분해낼 수가 없겠어요." 아나테마는 신음했다.

"구분해낼 필요 없어요." 뉴턴은 광기 어린 목소리로 말했다. "그냥 아무거나 한 장 골라요. 아무래도 상관없을 겁니다."

"그게 무슨 소리예요?"

"아그네스가 옳다면, 그리고 우리가 하는 이 모든 일이 아그네스가 예언했기 때문이라면, 지금 이 순간 어느 카드를 뽑든 그게 적절한 카드일 겁니다. 그래야 논리적이죠."

"말도 안 돼요."

"그런가요? 봐요, 당신이 여기 타고 있는 것조차도 아그네스가 예언했기 때문이죠. 그리고 대령에게 뭐라고 말할지는 생각해봤어요? 우리가 대령을 만난다면요. 물론 못 만나겠지만."

"우리가 조리 있게만—"

"들어봐요. 난 공군기지가 어떤 곳인지 알아요. 아나테마, 티크나무로 만든 거대한 방호물로 문을 지키고, 보초병들은 흰 헬멧을 쓰고 진짜 총을, 알겠어요? 당신이 '실례지만, 곧 3차 세계대전이 터질 텐데 그 일이 바로 여기에서 벌어진다고 믿을 만한 이유가 있거든요'라고 말할 짬도 주지 않고 당신 몸을 뚫고 들어갔다가 되튀어서 같은 구멍으로 빠져나올 수 있는 진짜 납으로 만든 진짜 총탄을 쏠 수 있는 진짜 총을 들고 있는 데다가요, 뿐입니까 당신을 창문도 없는 조그마한 방에 집어넣고 당신이 현재 모모 정당 같은 빨갱이 불온 조직에 몸담고 있는지, 혹은 전에라도 몸담은 적이 있는지 등등을 물어볼 빵빵한 군복 차림의 심각한 남자들이 우글댄단 말입니다. 그리고—"

"거의 다 왔네요."

"봐요, 정문에 철조망에 전부 다 있잖아요! 어쩌면 사람을 잡아먹는 개도 있을지 몰라!"

"내가 보기엔 당신이 너무 흥분한 것 같은데요." 아나테마는 자동차 바닥에서 떨어진 카드를 마저 주워 들며 조용히 말했다.

"너무 흥분했다고요? 아니! 난 아주 차분하게 누군가 날 쏠 수도 있다는 점을 걱정하고 있는 겁니다!"

"우리가 총에 맞게 된다면 분명 아그네스가 언급했을 거예요. 그런 유의 사건에는 아주 뛰어난 분이니까." 아나테마는 아무 생각 없이 카드를 뒤섞기 시작했다.

"있죠." 그녀는 조심스레 카드 뭉치를 반으로 나누었다가 두 뭉치를 엇갈리게 섞으면서 말했다. "어디선가 컴퓨터가 악마의 도구라고 믿는 분파가 있다는 이야기를 읽었어요. 그 사람들은 적그리스도가 컴퓨터에 능하기 때문에 아마겟돈이 일어날 거라고 말한다죠. 계시록 어디엔가 그 비슷한 말이 나온 것도 같아요. 최근 신문에서 본 건 확실한데……"

"〈데일리메일〉. '미국으로부터 온 편지' 코너. 에, 8월 3일자. 네브라스카 웜즈에서 오리에게 아코디언 연주를 가르친 여자에 대한 이야기 바로 다음이었죠."

"음." 아나테마는 무릎 위에 카드를 뒤집어 펼치면서 중얼거렸다.

그러니까 컴퓨터가 악마의 도구란 말이지? 뉴턴은 생각했다. 그는 아무런 저항 없이 그 말을 믿을 수 있었다. 컴퓨터는 '누군가'의 도구여야만 했는데, 그가 확실히 아는 것이라곤 분명히 그의 도구는 아니라는 사실뿐이었다.

차가 확 멈춰 섰다.

공군기지는 낡고 초라해 보였다. 입구 가까이에 커다란 나무 몇 그루가 쓰러져 있었고, 몇 사람이 곡괭이며 삽을 들고서 그 나무를 일으켜 세우려 애쓰고 있었다. 근무 중인 보초병은 무심하게 그 모습을 지켜보다가 반쯤 몸을 돌려 차가운 눈으로 뉴턴의 차를 보았다.

"좋아요." 뉴턴이 말했다. "카드를 뽑아요."

3001. 독수리 둥지 뒤로 부서진 '애쉬Ash'가 떨어졌다.

"그게 다예요?"

"네. 우린 늘 이게 러시아 혁명에 관한 이야기일 거라고 생각했어요. 이 길을 따라 계속 가다가 왼쪽으로 틀어요."

왼쪽으로 틀자 기지 방어선 울타리를 왼쪽으로 둔 좁은 골목길이 나왔다.

"여기에 세워요. 가끔 여기 차를 세우니까 아무도 신경 쓰지 않을 거예요." 아나테마가 말했다.

"여기가 어딘데요?"

"이 지역 '연인Lover들의 골목길'이죠."

"그래서 길에 고무Rubber가 깔린 것 같아 보이는 건가요?"

울타리 옆 골목길을 100미터쯤 걸어가자 물푸레나무ash tree가 한 그루 나왔다. 아그네스가 옳았다. 그 나무는 완전히 부서져서 울타리 위로 쓰러져 있었다.

보초병 하나가 그 위에 걸터앉아 담배를 피우고 있었다. 흑인이었다. 뉴턴은 언제나 미국 흑인들에 대해 죄책감을 느끼며, 200년간 이어진 노예무역의 죄를 그에게 물을지도 모른다는 생각을 하곤 했다.

보초병은 그들이 다가가자 벌떡 일어섰다가, 다시 조금 편하게 자세를 풀었다.

"안녕, 아나테마."

"안녕, 조지. 바람 참 끝내주네요."

"그러게 말입니다."

아나테마와 뉴턴은 계속 걸어갔다. 보초병은 그들이 시야에서 벗어날 때까지 지켜보고 있었다.

"아는 사람이에요?" 뉴턴은 무심한 척 물었다.

"그럼요. 가끔 군인들이 마을 술집에 내려오거든요. 깔끔하고 아주 싹싹하죠."

"그냥 걸어 들어가면 우릴 쏠까요?"

"위협적으로 총을 겨누긴 하겠죠." 아나테마도 인정했다.

"그 정도면 괜찮아 보이는데요. 그럼 어떻게 할까요?"

"글쎄요, 아그네스는 뭔가를 알고 있었던 게 틀림없어요. 그러니까 기다려보죠. 이제 바람도 잦아들었으니 기다리는 것도 그리 나쁘지 않잖아요."

"아." 뉴턴은 지평선에 모여드는 구름을 쳐다보았다. "마음씨 좋은 아그네스 할머니."

아담은 착실하게 자전거 페달을 밟았다. 개는 신이 나서 따라가다가 이따금씩 뒷바퀴를 물어뜯으려 들었다.

덜커덕 소리가 나더니 페퍼가 집 앞으로 튀어나왔다. 페퍼의 자전거 소리는 언제나 알 수 있었다. 페퍼는 옷걸이 못으로 교묘하게 바퀴에 고정시킨 마분지 조각 덕분에 그나마 나아졌다고 생각했다. 고양이들은 페퍼가 두 거리쯤 떨어져 있을 때 회피 행동을 취하도록 학습되어 있었다.

"가축상 골목을 가로질러서 둥근머리 숲으로 올라가면 될 것 같은데." 페퍼가 말했다.

"진흙투성이일 텐데." 아담이 대꾸했다.

"맞아." 페퍼는 신경질적으로 되받았다. "그 위쪽은 다 진흙투성이지. 석회암 구덩이를 따라가면 돼. 거긴 분필 가루 때문에 늘 말라 있잖아. 그러다가 하수 농장 옆으로 빠져야지."

브라이언과 웬즐리데일이 뒤에 따라붙었다. 웬즐리데일의 자전거는 까맣고 반짝거렸으며 실용적이었다. 브라이언의 자전거는 한

때 흰색이었으나 이제는 두꺼운 진흙에 뒤덮여 색을 알아볼 수가 없었다.

"거길 군사기지라고 부르는 건 바보 같아." 페퍼가 다시 말했다. "개방하는 날에 가봤는데 대포도 없고 미사일도 없더라. 손잡이랑 다이얼이랑 악기 부는 밴드뿐이더라고."

"그러게." 아담이 말했다.

"손잡이랑 다이얼엔 군사적인 데가 별로 없잖아." 페퍼가 말했다.

"사실은, 잘 모르겠어." 아담이 말했다. "손잡이와 다이얼로 전쟁을 할 수 있다면 굉장하잖아."

"내가 크리스마스 선물로 조립세트를 하나 받았는데." 웬즐리데일이 나섰다. "다 전자장치야. 안에 손잡이랑 다이얼이 몇 개 들어 있었어. 무선기나 삑삑 소리가 나는 물건을 만들 수 있어."

"모르겠어." 아담이 생각에 잠겨서 말했다. "누군가가 전 세계 군사 통신망에 끼어들어서 모든 컴퓨터와 기계에게 싸움을 시작하라고 말하면 어떻게 될까."

"와. 멋지다." 브라이언이 말했다. "진짜 사악하잖아."

"좀 그렇지." 아담이 말했다.

로어 태드필드 주민회장이란 높고 고독한 운명이었다.

작달막한 키에 살이 투실투실한 R. P. 타일러는 아내가 키우는 미니 푸들 슈치를 데리고 흡족한 마음으로 마을 골목길을 쿵쿵거리며 걸어 내려가고 있었다. R. P. 타일러는 옳고 그름의 차이를 명확히 알고 있었다. 그의 삶에는 도덕적인 회색지대라는 것이 존재하지 않았다. 하지만 그는 옳고 그름을 구별하는 데 만족하지 않았다. 그 구별을 온 세상에 알리는 것이 자신의 의무라고 느꼈다.

가두연설, 논시, 대자보 같은 것은 R. P. 타일러에게 맞지 않았다. 그가 택한 법정은 태드필드 신문의 기고란이었다. 이웃집 나무가 분별없이 자라 R. P. 타일러의 정원에 잎을 떨굴 경우, R. P. 타일러는 우선 조심스럽게 그 나뭇가지를 다 잘라낸 다음 상자에 담고, 단호한 통고를 붙여서 이웃집 현관문 앞에 놓아두었다. 그런 다음 태드필드 신문에 편지를 썼다. 마을 초지에 앉아서 휴대용 카세트를 틀어놓고 노는 10대 아이들을 보기라도 하면 몸소 아이들의 잘못을 지적해주러 나섰다. 그리고 아이들에게서 비웃음만 되돌려받으면 태드필드 신문에 오늘날의 도덕성과 젊은이들의 타락에 대한 편지를 썼다.

작년에 직장을 은퇴한 이후로 그런 편지는 훌쩍 늘어나서 태드필드 신문도 모두 찍어낼 수 없을 지경에 이르렀다. 오늘만 해도, R. P. 타일러가 저녁 산책을 나오기 전에 끝낸 편지는 이렇게 시작되었다.

여러분
나는 슬픈 마음으로 요즘 신문들이 더 이상 그들의 대중, 즉 당신들의 봉급을 지불하는 우리에게 의무감을 덜 느끼는 모양이라는 사실을 지적하오이다……

그는 좁은 시골길에 어지러이 흩어진 부러진 나뭇가지들을 살펴보며 생각했다. 이런 폭풍우를 보낼 때는 청소 고지서에 대해 생각을 안 하는 것 같단 말이야. 교구회의에서 이걸 다 치울 요금을 치러야 해. 게다가 납세자인 우리가 그놈들의 봉급을 지불해야 할 테고……

이 생각에서 '그놈들'이란 라디오 4의 일기예보관들을 가리켰다. R. P. 타일러는 날씨를 다 그들 탓으로 돌렸다.[+]

슈치가 길가 너도밤나무 옆에 멈춰 서서 다리를 들어 올렸다.

R. P. 타일러는 민망해하며 시선을 돌렸다. 그 개가 볼일을 보게 해주는 것이 이 저녁 산책의 유일한 목적일 수도 있었지만, 그 사실을 받아들인다면 의기소침해질 터였다. 그는 폭풍우가 될 구름 떼를 올려다보았다. 구름은 지저분한 회색과 검은색 무더기를 이루며 높이 쌓여 있었다. 날름거리는 번개의 혓바닥은 프랑켄슈타인 영화의 시작 장면처럼 구름을 갈라 젖혔는데, 이상하게도 구름은 흘러오다가 로어 태드필드의 경계선에 이르면 딱 멈춰 섰다. 그리고 구름의 중심에 동그랗게 빈 하늘이 열려 햇빛을 통과시켰다. 그러나 그 빛은 억지 미소처럼 과장된 노란색을 띠었다.

[+] [원주] 그에게는 텔레비전이 없었다. 정확히는, 아내가 "로널드는 집 안에 그런 물건이 들어오는 걸 용납하지 않지요. 안 그래요, 로널드?"라고 말하면 언제나 동의한다고 하는 편이 낫겠다. 사실은 몰래 전국 시청자&청취자 조합에서 비난하는 음담패설과 상소리와 폭력 일부를 즐겨 보기는 했지만 말이다. 물론 보고 싶어서 보는 것은 아니었다. 다른 사람들이 무엇으로부터 보호받아야 하는가를 알고 싶어서 볼 뿐.

너무나 고요했다.

낮은 굉음이 들렸다.

좁은 골목길에 오토바이 네 대가 달려왔다. 그들은 R. P. 타일러 옆을 지나쳐 모퉁이를 돌았고, 그 통에 놀란 수꿩 한 마리가 황갈색과 녹색 호를 그리며 길을 건너 날아갔다.

"저런 반달족 놈들!" 그는 그 뒤에 대고 소리쳤다.

시골이란 그런 작자들을 위한 곳이 아니었다. R. P. 타일러 같은 사람들을 위한 곳이었다.

그는 슈치의 줄을 확 잡아당기고 길을 행진했다.

5분 후에 모퉁이를 돌자, 폭주족 세 명이 폭풍에 쓰러진 표지판 주위에 둘러서 있었다. 네 번째의 거울 같은 헬멧을 쓴 키 큰 남자는 자기 오토바이 위에 남아 있었다.

R. P. 타일러는 상황을 살펴보고 별 어려움 없이 결론으로 도약했다. 물론 그의 생각이 옳았다. 이 반달족 놈들은 전쟁기념비를 더럽히고 표지판을 쓰러뜨리기 위해 시골에 온 것이다.

단호하게 그들 쪽으로 다가가려던 찰나, 문득 4대 1로 불리하다는 사실, 그리고 놈들이 그보다 키가 크다는 사실, 그리고 놈들이 폭력적인 정신병질자임에 틀림없다는 생각이 떠올랐다. R. P. 타일러의 세계에 오토바이를 모는 폭력적 정신병질자는 없었다.

그래서 그는 놈들이 거기 있다는 것을 눈치채지 못한 척,[+] 턱

[+] [원주] 자경대의 일원(정확히는 창시자)답게 놈들의 오토바이 번호판을 기억하려 하기는 했지만.

을 치켜들고서 그 옆을 지나쳐 걷기 시작했다. 머릿속으로는 편지를 구상하면서. (여러분, 오늘 저녁 나는 슬프게도 오토바이를 탄 수많은 망나니들이 우리의 아름다운 마을을 오염시키는 광경을 목도했소이다. 왜, 대체 왜 정부가 이런 전염병에 대해 아무 일도……)

"저기." 오토바이 기수 하나가 헬멧 유리를 올려 마른 얼굴과 잘 손질한 검은 턱수염을 드러내며 말을 걸어왔다. "길을 잃은 것 같은데요."

"아." R. P. 타일러는 못마땅하게 대꾸했다.

"표지판이 떨어졌나 봅니다." 폭주족 하나가 말했다.

"그런 것 같구려." R. P. 타일러는 그 말에 동의하면서, 놀랍게도 배가 고파오는 것을 느꼈다.

"흠, 로어 태드필드로 가는 길인데 말이죠."

참견하기 좋아하는 눈썹이 치켜 올라갔다. "미국인들이구먼. 공군기지 사람들인가." (여러분, 병역 생활 당시 나는 이 나라의 귀감이었소이다. 태드필드 공군기지에서 나온 비행사들이 폭력단이나 진배없는 옷차림으로 우리 고상한 시골 주위를 배회하고 다닌다는 사실에 두려움과 실망을 금할 수 없소. 서방의 자유를 지키는 그들의 중요성에는 감사하는 바이나……)

그리고 지시 내리기 좋아하는 성질이 튀어나왔다. "저 길을 따라 800미터쯤 돌아가서 첫 번째 갈림길에서 왼쪽으로 꺾으시오, 통탄스럽게도 황폐한 상태일 텐데, 그 길에 대해 내가 의회에다 수도 없이 편지를 써서 당신들이 시민의 '종복'이냐 시민의 '주인'이

냐 물어봤는데 말이오, 결국은 대체 네놈들 봉급을 누가 주냐 이
거 아니겠소? 두 번째 갈림길에선 오른쪽으로 꺾는데, 그것도 딱
오른쪽이라곤 할 수 없고 실은 왼쪽에 있지만, 가다 보면 결국은
오른쪽으로 구부러지는 걸 알 수 있거든, 그쪽엔 '포리트 골목'이
라는 표지가 붙어 있지만 물론 포리트 골목이 아니올시다, 측량도
에서 보면 그저 '숲 언덕길'의 동쪽 끝에 불과하거든, 아무튼 그러
면 마을이 나올 텐데, 이제 '황소와 깡깡이'라는 술집을 지나치면
교회가 보여요(내가 측량도 편집하는 사람들한테 그게 첨탑이 있
는 교회가 아니라 탑이 있는 교회라고 지적했는데 말이오, 사실은
태드필드 신문에다가 지도를 바로잡기 위한 지역 운동을 선도해
야 한다고 건의하는 편지도 썼는데, 그 작자들이 누굴 상대로 하
고 있는지 깨닫기만 하면 서둘러 태도를 180도 바꿀 거라고 믿어
의심치 않는다오), 그러면 이제 교차로가 나올 텐데, 그 교차로는
똑바로 건너고 바로 두 번째 교차로가 나올 텐데 거기서는 왼쪽
갈래길로 가나 똑바로 가나 어느 쪽이든 공군기지에 도착할 수 있
소이다(왼쪽으로 가는 편이 150미터쯤 가깝기는 하오만), 쉽게 찾
고말고."

'기아'는 멍하니 그를 응시했다. "그게, 어, 도무지……"

내가 기억했다. 가자.

슈치가 작게 캥캥 짖더니 R. P. 타일러 뒤편으로 뛰어들어 오들
오들 떨면서 나올 생각을 하지 않았다.

이방인들은 다시 자기들 오토바이에 올랐다. 흰 옷을 입은 청년
(R. P. 타일러는 꼬락서니로 보아 그놈이 히피가 분명하다고 생각했

다)이 길 옆 풀밭에 빈 봉지를 떨어뜨렸다.

"이것 보시오." 타일러가 버럭 고함을 질렀다. "저건 자네 봉지인가?"

"아, 제 것이기만 한 건 아니죠." 청년은 대답했다. "모두의 것이에요."

R. P. 타일러는 몸을 꼿꼿이 폈다.[+] "젊은이, 내가 자네 집에 들어가서 사방에 쓰레기를 떨어뜨린다면 기분이 어떻겠나?"

'오염'은 바란다는 투로 대답했다. "매우, 매우 기쁘겠지요." 그는 한숨을 쉬었다. "아아, 멋질 거예요."

그의 오토바이 밑에서는 기름막이 젖은 도로에 무지개를 그리고 있었다.

네 개의 엔진이 회전 속도를 올렸다.

"뭔가 빼먹었는데." '전쟁'이 말했다. "교회 옆에서 왜 유턴을 해야 하는 거였더라?"

그냥 내 뒤를 따라와. 맨 앞에 있는 키 큰 자가 말하더니, 네 명 모두 오토바이를 몰고 떠났다.

R. P. 타일러는 그들의 뒷모습을 하염없이 응시하다가, 달각달각 달각달각 소리에 주의가 분산되어서야 고개를 돌렸다. 자전거를 탄 네 명이 곁을 스쳐 지나갔고, 질주하는 작은 개의 그림자가 그 뒤를 바싹 따라갔다.

[+] [원주] 그러면 165센티미터였다.

"요놈들! 거기 서라!" R. P. 타일러는 외쳤다.

고것들은 브레이크를 걸고 그를 쳐다보았다.

"네 녀석일 줄 알았다, 아담 영, 그리고 너희, 흠흠, 쬐그만 작당 꾼 녀석들. 어디, 내가 너희 같은 어린아이들이 이 밤중에 나와서 뭘 하고 있는 거냐고 물어볼 만도 하지? 너희 아버지들은 너희가 밖에 나와 있는 걸 아시냐?"

자전거 기수들의 선도자가 몸을 돌렸다. "대체 어떻게 늦었다고 할 수 있는 건지 모르겠는데요. 제가 보기엔, 제가 보기엔 해가 아직 떠 있으면 늦은 시간이 아니에요."

"어쨌든 너희가 잘 시간은 넘었다." R. P. 타일러는 아이들에게 일러주었다. "그리고 나에게 혀 내밀지 마라, 꼬마 아가씨." 이 말은 페퍼를 향한 것이었다. "안 그러면 내 너희 어머니께 편지를 써서 자녀분의 예절이 한탄스러운 데다가 숙녀답지 못하다는 점을 알려드릴 테다."

"저, 실례지만요." 아담은 기분이 상해서 말했다. "페퍼는 아저씨를 쳐다보고 있었을 뿐인데요. 쳐다보는 데 잘못이 있는 줄은 몰랐네요."

풀밭이 소란스러웠다. 슈치가, 오직 가족 예산에 절대 아이들을 끼워 넣을 수 없는 사람들만이 소유하는 특별 제련된 프랑스산 장난감 푸들이 개에게 위협을 받고 있었다.

R. P. 타일러는 명령조로 말했다. "아담 영 군, 부디 네, 네 똥개를 내 슈치에게서 떼어놓기 바란다." 타일러는 개를 믿지 않았다. 사흘 전 처음 마주쳤을 때 그 개는 그에게 으르렁거렸고, 눈은 붉은

빛으로 번득였다. 타일러는 저 개가 필시 광견병에 걸렸으며, 공동체에 대한 위협임이 분명하고, 공공선을 위하여 처치해야 마땅하다는 내용의 편지를 쓰지 않을 수 없었다. 이 편지는 타일러의 아내가 그에게 눈이 붉게 빛나는 것은 광견병 증상이 아니며, 타일러 집안 사람이 보지는 않지만 알 만큼은 알고 있는 유의 공포영화에나 나오는 모습이라는 점을 상기시켜준 시점에서 중단되었다.

아담은 놀란 표정이었다. "개는 똥개가 아니에요. 비범한 녀석인걸요. 영리하다고요. 개, 타일러 씨의 끔찍한 바보 푸들에게서 떨어져."

개는 그의 말을 무시했다. 아직 달성해야 할 개 따라잡기 행동이 잔뜩 남아 있었다.

"개." 아담이 험악하게 다시 불렀다. 개는 슬금슬금 주인님의 자전거 쪽으로 돌아갔다.

"내 질문에는 대답을 안 한 것 같구나. 넷이서 어딜 가는 게냐?"

"공군기지에요." 대답한 것은 브라이언이었다.

"아저씨만 괜찮으시다면요." 아담은 냉혹하고 날카로운 비아냥으로 들리길 바라면서 말했다. "아저씨가 괜찮지 않으시다면 거기 가고 싶어 하지 않을 거란 얘기죠."

"요 뻔뻔스러운 꼬마 원숭이 녀석. 아담 영, 네 녀석의 아버지를 보게 되면 확실히 말해줄……"

그러나 고것들은 이미 페달을 밟아 로어 태드필드 공군기지 방향으로 달려가고 있었다. 고것들이 다니는 길로, 그러니까 타일러 씨가 알려준 길보다 짧고 단순하며 전망도 더 좋은 경로로.

R. P. 타일러는 마음속으로 오늘날 아이들의 문제점에 대한 장문의 편지를 구상했다. 질이 떨어지는 교육 수준, 손윗사람들에 대한 공경심 결여, 요새는 아이들이 언제나 제대로 허리를 펴고 걷는 대신 구부정한 자세로 어슬렁거린다는 점, 청소년 범죄, 강제 징병 부활, 자작나무 회초리와 매질, 개 등록증을 부활시켜야 한다는 내용에 이르기까지.

그는 그 내용에 상당히 만족했다. 은근히 이 편지는 태드필드 신문에 내기에는 지나치게 훌륭하지 않나 하는 의심에, 〈타임스〉에 보내는 게 좋겠다고 결심하기도 했다.

투투투투투투투.

"실례합니다." 온화한 여자 목소리가 말했다. "길을 잃은 것 같아서 말인데요."

낡은 스쿠터였고, 중년의 여자가 타고 있었다. 뒤에는 우비를 입고 밝은 녹색의 안전 헬멧을 쓴 자그마한 남자가 눈을 꽉 감은 채 그녀에게 찰싹 달라붙어 있었다. 그들 두 사람 사이에는 총신이 깔때기 모양을 한 구닥다리 총 같은 물건이 꽂혀 있었다.

"아. 어디로 가시는 길이오?"

"로어 태드필드에요. 정확한 주소는 모르겠지만 사람을 찾고 있는데요." 여자는 그렇게 말하더니, 전혀 다른 목소리로 다시 말했다. *"이름은 아담 영입니다."*

R. P. 타일러는 움찔 놀랐다. "그 꼬맹이를 찾는다고? 그놈이 또

무슨 짓을, 아니, 아니, 말하지 마쇼. 알고 싶지 않소이다."

"꼬맹이라고요? 아이라는 말은 안 했잖아요. 몇 살이죠?" 여자는 그렇게 말하더니 스스로 대답했다. "*열한 살이에요. 세상에, 그런 말은 아까 했었어야죠. 그러면 얘기가 완전히 달라지는데요.*"

R. P. 타일러는 멍하니 그 여자를 쳐다보았다. 그러다가 문득 무슨 일인지 알아차렸다. 그 여자는 복화술사였던 것이다. 녹색 안전 헬멧을 쓴 남자라고 생각했던 것은 이제 복화술사의 인형으로 보였다. 어떻게 한순간이라도 그게 인간이라고 믿을 수 있었는지 의아하기만 했다. 약간은 악취미라는 느낌이 들었다.

"내 아담 영을 본 지 5분도 안 됐소이다." 그는 여자에게 말했다. "녀석과 녀석 친구들은 미국인 공군기지로 가는 길이더군."

"어머나." 여자는 약간 얼굴이 창백해져서 말했다. "난 양키들이 마음에 든 적이 없어요. *미국인들은 정말로 아주 괜찮은 사람들이랍니다. 그야 그렇죠.* 하지만 축구를 하면서 늘상 공을 집어 드는 사람들을 믿을 순 없는 일이잖아요."

"아아아, 실례하오." R. P. 타일러가 끼어들었다. "아주 훌륭하오. 아주 인상적이야. 난 지역 로터리 클럽의 부의장인데 말이오, 민간 행사도 하시는가 모르겠구먼?"

"목요일만요." 마담 트레이시는 못마땅한 듯 대답했다. "그리고 추가 요금이 붙어요. *그런데 공군기지로 가는 길이―?*"

이미 해본 일이었다. 타일러 씨는 말없이 손가락을 뻗었다.

그리고 작은 스쿠터는 투투투투투투투 소리를 내며 좁은 시골 길을 달려갔다.

멀어지는 스쿠터 뒤에서 녹색 헬멧을 쓴 회색 인형이 빙글 몸을 돌리더니 한쪽 눈을 떴다. "이 지독한 남부 얼간이." 인형은 쉰 목소리로 말했다.

R. P. 타일러는 마음이 상했지만, 그와 동시에 실망하기도 했다. 그는 인형이 좀 더 살아 있는 사람 같기를 기대했었다.

R. P. 타일러는 마을에서 10분밖에 떨어지지 않은 곳에서 걸음을 멈췄다. 슈치가 배설 의식을 다시 한 번 수행하려 들었다. 그는 울타리 너머를 응시했다.

시골 구전 지식은 좀 흐릿했지만, 소들이 주저앉으면 비가 온다는 뜻이라는 것만큼은 확신하고 있었다. 소들이 제대로 서 있다면 날씨가 좋다는 뜻이겠지. 그런데 이 소들은 차례차례, 느리고 엄숙하게 공중제비를 돌고 있었다. 타일러는 대체 이런 행동이 어떤 날씨를 예고하는 걸까 의아했다.

그는 코를 킁킁거렸다. 뭔가가 타고 있었다. 그을린 금속과 고무와 가죽 같은 불유쾌한 냄새가 났다.

"실례합니다." 뒤쪽에서 목소리가 날아왔다. R. P. 타일러는 몸을 돌렸다.

한때는 검은색이었을 대형 승용차 한 대가 불길에 휩싸인 채 길에 서 있었고, 선글라스를 쓴 남자 하나가 창밖으로 몸을 내밀고서 연기 사이로 말하고 있었다. "미안하지만 길을 잃은 것 같아서요. 로어 태드필드 공군기지로 가는 길을 좀 알려주시겠습니까? 이 부근 어디라는 건 아는데 말이죠."

'차에 불이 붙었소.'

아니다. 타일러는 그 말을 입 밖에 낼 수 없었다. 그러니까, 저치는 그 사실을 알고 있을 게 분명해. 그렇지? 불길 한가운데에 앉아 있잖아. 어쩌면 장난을 치고 있는 걸지도 몰라.

그래서 대신 그는 말했다. "아까 전에 길을 잘못 든 모양이오. 표지판이 떨어져버렸거든."

이방인은 미소 지었다. "그런 것 같군요." 밑에서 날름거리는 오렌지색 불꽃 덕분에 악마 같은 느낌이 풍겼다.

바람이 그 차를 가로질러 타일러 쪽으로 불었고, 타일러는 눈썹이 타들어가는 느낌을 받았다.

'실례하오만, 젊은이, 차가 불타고 있는데 데지도 않고 그 안에 앉아 있구먼. 말이 난 김에 덧붙이자면 그 차 여기저기가 새빨갛게 달아올라 있는데 말이오.'

아니다.

자동차 서비스에 전화를 걸어주길 바라냐고 물어봐야 할까?

그러는 대신 그는 그쪽을 보지 않으려고 애쓰면서 상세하게 길을 일러주었다.

"그렇군요. 신세 많이 졌습니다." 크롤리는 창문을 올리며 말했다.

R. P. 타일러는 말을 해야만 했다.

"실례하오만, 젊은이."

"예?"

'그러니까, 아무래도 못 알아차리고 있는 것 같은데, 타고 있는 차가 불타고 있단 말이오.'

불꽃이 날름거리며 새까맣게 탄 계기반을 핥았다.

"날씨 참 이상하지 않소?" 타일러는 서툴게 말했다.

"그런가요? 실은 못 알아차리고 있었어요." 그렇게 말하고 크롤리는 다시 불타는 차를 몰아 시골길을 되돌아갔다.

"불붙은 차에 타고 있으니 못 알아차리겠지." R. P. 타일러는 날카롭게 말했다. 그는 슈치의 줄을 홱 잡아당겨 작은 개를 질질 끌고 갔다.

편집장 귀하

최근의 경향에 대해 주목해주시기를 바랍니다. 나는 오늘날 젊은 이들이 운전 중에 분별 있는 안전 조치를 철저히 무시한다는 사실을 알아차렸소. 오늘 저녁 웬 젊은 신사가 내게 길을 물었는데 그 차가……

아니야.

어떤 차를 몰고 있었는가 하면……

아니야.

불이 붙은……

R. P. 타일러는 성질이 날 대로 나서 쿵쿵거리며 마을 안으로 걸음을 돌렸다.

━◆━

"어이!" R. P. 타일러는 고함을 질렀다. "영!"

영 씨는 앞마당에 접는 의자를 놓고 앉아서 파이프 담배를 피우고 있었다.

이웃들에게는 인정하고 싶지 않지만, 디어드리가 최근 간접흡연의 위험을 알고 집 안 흡연을 금지했기 때문이었다. 덕분에 기분이 좋지는 않았다. 타일러 씨에게 '영'이라고 불리는 것도 마찬가지였다.

"무슨 일입니까?"

"자네 아들, 아담 말이야."

영 씨는 한숨을 내쉬었다. "이번엔 또 뭡니까?"

"그 녀석이 어디 있는지 아나?"

영 씨는 손목시계를 들여다보았다. "잘 준비를 하고 있을 텐데요."

타일러는 승리감에 팽팽하게 입 끝을 당겨 웃었다. "아닐걸. 내 그 녀석이랑 녀석의 꼬마 악마들, 그리고 그 소름 끼치는 잡종개가 공군기지로 달려가는 걸 본 지 반 시간도 안 됐거든."

466

영 씨는 담배 파이프를 한 모금 빨았다.

"거기 놈들이 얼마나 엄격한지 알지? 자네 아들이 버튼이나 그런 걸 누르기라도 하면 어떻게 될지도 알 것이고." 타일러 씨는 영씨가 의미를 제대로 접수하지 못했을 경우에 대비해서 다시 말했다.

영 씨는 입에서 파이프를 떼고 생각에 잠겨 자루를 뜯어보았다.

"흐흠."

"알겠습니다."

"그래요."

그리고 그는 집 안으로 들어갔다.

같은 순간, 네 대의 오토바이는 웅 소리를 내며 정문에서 몇백미터 떨어진 곳에 멈춰 섰다. 오토바이 기수들은 엔진을 끄고 헬멧 유리를 올렸다. 정확히 말하자면 세 명은 그랬다.

"난 우리가 방책을 부수고 들어갈 수 있을 줄 알았는데." '전쟁'이 아쉬운 듯 말했다.

"문제만 커질 뿐이야." '기아'가 대꾸했다.

"그럼 더 좋지."

"우리에게 말이야. 분명 전력과 전화선은 끊겼겠지만 그래도 자가발전기가 있을 것이고 분명 무선기가 있겠지. 누군가가 테러리스트들이 기지를 공격하고 있다고 보고하기 시작하면 사람들은 논리적으로 행동하기 시작할 것이고 그러면 전체 계획이 무너져 버려."

"흐응."

우린 들어간다. 일을 해치운다. 나온다. 인간 본성이 제 길로 가게 놓아둔다. '죽음'이 말했다.

"난 이런 걸 상상하지 않았어." '전쟁'이 말했다. "철사줄이나 가지고 장난치려고 몇천 년이나 기다린 게 아니라고. 이런 건 도저히 극적이라고 할 수가 없잖아. 알브레히트 뒤러가 단추나 누르는 파멸의 네 기수를 그리느라 시간을 쏟은 건 아니잖아. 그 정도는 나도 안다고."

"난 트럼펫이 울릴 줄 알았어요." '오염'이 말했다.

"이렇게 생각해." '기아'가 말했다. "이건 그냥 기초 작업일 뿐이야. 그 후엔 우리가 달려 나가게 될 거야. 제대로 날뛸 수 있을 거라고. 폭풍의 날개며 기타 등등. 생각을 좀 유연하게 가져."

"그런데 우리…… 누군가를 만나게 되어 있지 않았던가?" '전쟁'이 말했다.

식어가는 오토바이 엔진에서 나는 금속성밖에 들리지 않았다.

그러다가 '오염'이 느릿느릿 말했다. "있죠, 난 이런 곳이 될 줄은 생각도 하지 않았어요. 뭐랄까, 대도시일 줄 알았죠. 아니면 큰 나라거나. 뉴욕이라든가. 모스크바라든가. 아니면 진짜 아마겟돈이라든가."

다시 침묵이 흘렀다.

'전쟁'이 말했다. "그런데 아마겟돈이 어디지?"

"그런 걸 묻다니 재미있군. 나도 언제나 찾아볼 생각만 했어."
'기아'가 대꾸했다.

"펜실베니아에 아마겟돈이 하나 있어요." '오염'이 말했다. "아니면 매사추세츠였나, 뭐 그런 곳이에요. 턱수염을 길게 기르고 시꺼먼 모자를 뒤집어쓴 심각한 남자들이 잔뜩 있죠."

"아냐. 내 생각엔 이스라엘 어디인 것 같아." '기아'가 말했다.

카멜 산이다.

"난 그게 아보카도를 기르는 곳인 줄 알았어."

그리고 세상의 끝이지.

"맞나? 커다란 아보카도 말이야."

"한 번 가본 적이 있는 것 같아요." '오염'이 말했다. "므깃도의 옛 도시요. 무너지기 직전에요. 멋진 곳이었죠. 재미있는 왕실 현관하며."

'전쟁'은 주위의 녹음을 둘러보았다.

"친구들, 우리 길을 잘못 들었나 봐."

지리는 중요하지 않다.

"뭐라고요?"

아마겟돈이 어딘가에 있다면, 그건 모든 곳이다.

"맞아. 덤불과 염소들만 있는 땅뙈기에 대해선 그만 얘기하지." '기아'가 말했다.

다시 침묵이 흘렀다.

가자.

'전쟁'이 기침을 했다. "내가 생각했던 건…… 그가 우리랑 같이

가는 게 아니야······?"

'죽음'은 긴 장갑을 바로잡았다.

그는 단호하게 말했다. *이건 전문가가 할 일이다.*

나중이 되어 토머스 A. 다이젠버거 병장은 정문에서 일어났던 사건을 이런 식으로 회고했다.

커다란 간부 차량이 정문에 접근했다. 맵시 있고 공식적인 느낌을 주는 자동차이긴 했는데, 나중이 되어서는 왜 그렇게 생각했는지, 왜 순간적으로 오토바이 엔진이 돌아가는 소리가 들린 것 같았는지 확신할 수가 없었다.

장성 네 명이 내렸다. 다시 한 번, 병장은 당시에 왜 그렇게 생각했는지 잘 알 수가 없었다. 그들은 적법한 신분증을 지니고 있었다. 그게 어떤 신분증이었느냐고 하면 제대로 기억이 나지 않았지만, 어쨌든 적절한 신분증이었다. 그래서 그는 경례를 붙였다.

그리고 장성 한 명이 말했다. "불시 점검이다, 병사."

토머스 A. 다이젠버거 병장은 말한 상대에게 대답했다. "각하, 저는 이 시간에 불시 점검이 일어난다는 정보를 들은 바가 없습니다."

장성 하나가 말했다. "물론 그렇겠지. 그러니까 불시라고 하는 것 아닌가."

병장은 다시 경례를 붙이고 불편한 마음으로 말했다.

"각하, 기지 사령부에 확인해볼 것을 허락해주시기 바랍니다."

제일 키가 크고 마른 장성이 어슬렁어슬렁 나머지 무리에게서 약간 떨어지더니 등을 돌리고 팔짱을 꼈다.

다른 한 명이 병장의 어깨에 친근하게 팔을 두르더니 뭔가 음모의 냄새를 풍기며 몸을 기울였다.

"이것 보게—" 그는 병장의 이름표를 흘긋 보고 말을 이었다. "다이젠버거, 어쩌면 내 자네에게 휴식시간을 줘야 할지도 모르겠군. 이건 불시 점검이야, 알아들었나? 불시라고. 그건 우리가 안에 들어갈 때 아무 연락도 없어야 한다는 뜻이란 말이네. 알아들었어? 그리고 자네 위치를 떠나지 말아야지. 자네같이 경험이 있는 병사라면 이해하겠지. 그렇지 않나?" 그는 눈을 찡긋하고 덧붙였다. "그렇지 않다면 왕창 강등당해서 소악마에게도 '각하'라고 해야 할 거야."

토머스 A. 다이젠버거 병장은 멍하니 그를 보았다.

"이등병이야." 다른 장성 하나가 쉿 소리를 내며 질책했다. 이름표에 따르면 이름은 '워Waugh'였다. 다이젠버거는 그런 여성 장군을 본 적이 없었지만, 그녀가 군대의 진보를 의미하는 것만은 확실했다.

"뭐라고?"

"이등병이라고. 소악마가 아니라."

"그래. 그 말을 하려던 거였어. 그렇지. 이등병. 알아들었나, 병사?"

병장은 자신이 택할 수 있는 극히 제한된 선택지를 곰곰이 생각해보았다.

"깜짝 시찰인 겁니까, 각하?"

"일시적으로 기밀등급화 되어 있는 사항이네." 수년간 연방 정부에 물건 파는 방법을 익히며 어떻게 말하면 대꾸가 돌아오지 않는지를 익힌 '기아'가 말했다.

"알겠습니다, 각하." 병장이 말했다.

"좋았어." 방책이 올라가는 동안 '기아'는 중얼거렸다. "갈 길이 멀어." 그는 손목시계를 흘긋 보았다. "시간은 짧고."

때로 인간은 벌과 대단히 비슷하다. 벌들은 적이 밖에 있을 때는 맹렬하게 벌집을 방어한다. 일단 적이 안에 들어가면, 그들은 적이 어떻게인가 사라졌다고 믿고 아무런 관심도 기울이지 않는다. 바로 이 점 덕분에 다양한 식객 곤충들이 감미로운 생활 방식을 영위해왔다. 인간도 같은 식으로 행동한다.

네 명이 무선 돛대의 숲을 인 낮고 긴 건물군 중 한 곳으로 나아가는 동안, 그들을 멈춰 세우는 사람은 아무도 없었다. 아무도 그들에게 관심을 기울이지 않았다. 어쩌면 아예 보지 못했는지도 모르겠다. 어쩌면 다들 교육받은 대로 보았는지도 모른다. 인간의 두뇌란 전쟁, 기아, 오염, 그리고 죽음이 제 모습을 보이고 싶어 하지 않을 때 그들을 볼 수 있게 생겨먹지를 않았을뿐더러, 사방이 그들로 꽉 차 있을 때조차도 알아보지 못할 만큼 '보지 않는' 능력이 뛰어났으니 말이다.

그러나 자동차 경보기들은 두뇌가 없는지라, 사람이 있어선 안 될 곳에 있는 네 사람을 보았다고 생각했고, 맹렬히 울려대기 시작했다.

뉴턴은 담배를 피우지 않았다. 니코틴이 육체의 신전, 혹은 더 정확히 표현하자면 신전이라기보다는 볼품없는 웨일스 감리교회당 안에 들어갈 수단을 얻는 것을 허락할 수 없었기 때문이다. 그가 흡연가였다면 지금 이 순간 신경을 안정시키기 위해 피워댄 담배에 질식해 죽고도 남았을 것이다.

아나테마가 뭔가 결정을 내린 듯 일어서더니 구겨진 치마를 매만졌다.

"걱정 말아요. 저 사람들은 우리에게 신경 쓰지 않을 거예요. 안에서 무슨 일인가가 일어나고 있는 것 같네요."

그녀는 뉴턴의 창백한 얼굴에 미소를 던졌다. "진정해요. 이건 OK 목장의 결투가 아니에요."

"아니고말고요. 우선 총부터 훨씬 성능이 좋을걸요."

그녀는 뉴턴을 일으켜 세웠다. "괜찮아요. 당신이 뭔가 방법을 생각해내리라 믿어요."

'전쟁'은 그들 넷이 모두 똑같이 공헌할 수 없다는 것은 어쩔 수 없는 일이라고 생각했다. 그녀는 날카로운 금속 조각보다 훨씬 효율적인 현대 무기 체계에 대한 자신의 자연스러운 애정에 놀랐고, 물론 '오염'은 절대 잘못될 리 없다고 공언하는 안전장치를 비웃었다. 심지어 '기아'조차도 컴퓨터가 무엇인지는 알고 있었다. 그런데…… 뭐랄까, '그'는 주위를 어슬렁거릴 뿐 아무 일도 하지 않았다. 폼 나게 어슬렁거린다는 점이야 부인할 수 없겠지만. '전쟁'은 문득 언젠가는 전쟁에도 끝이 있을 것이며, 기아에도 끝이 있을 것이고, 어쩌면 오염마저도 끝날지 모른다는 생각을, 어쩌면 그래서 네 번째이자 가장 강력한 기수를 절대 패거리 중 하나로 부를 수 없는 것일지도 모른다는 생각을 했다. 그건 마치 축구팀 안에 세무 조사관이 있는 것과 같았다. 우리 편으로 두면 좋지만, 아무래도 시합 후에 술을 마시고 술집에서 잡담을 나누고 싶은 인물은 아니지 않겠는가. 100퍼센트 마음을 놓을 수가 없는 것이다.

그가 '오염'의 앙상한 어깨 너머를 들여다보는 동안 병사 몇 명이 그를 통과해 갔다.

그 반짝이는 것들은 뭐지? 그는 답을 들어봐야 이해하지 못하리라는 것은 알지만 관심이 있다는 것을 보여주고 싶어 하는 사람의 어조로 물었다.

"7세그먼트 LED 디스플레이죠." '오염'은 그렇게 대답하고, 중계기 뱅크에 애정 어린 손을 얹었다. 뱅크는 그의 손길 아래에서 녹아내리더니, 전자기 에테르 위에서 윙윙거리며 멀어지는 자가 복제 바이러스의 행렬을 삽입했다.

"저 망할 경보음만 없으면 좋겠는데." '기아'가 중얼거렸다.

'죽음'이 건성으로 손가락을 딱 울렸다. 10여 개의 경적이 꿀럭거리더니 죽어버렸다.

"모르겠네요. 난 좋던데." '오염'이 말했다.

'전쟁'은 또 하나의 금속 캐비닛 안에 손을 집어넣었다. 이게 그녀가 기대하던 방식이 아니긴 했지만, 전자 공학의 산물을 어루만지다가 이따금씩 손가락을 집어넣는 데에는 친숙한 맛이 있다는 것을 인정해야 했다. 그것은 검을 쥐었을 때 느낌의 반향이었고, 그녀는 이 검이 전 세계와 그 위에 있는 특정량의 하늘을 에워싸리라는 생각에 전율을 느꼈다. 그것은 그녀를 사랑했다.

화염검.

인류는 그 칼들을 함부로 놓아두면 위험하다는 사실을 배우는 데 그리 능하지 못했다. 이런 크기의 검이 뜻하지 않게 잘못 사용될 가능성은 아주 높다는 사실을, 제한적으로나마 최선을 다해 알려줬을 텐데도 말이다. 생각하니 유쾌했다. 인류가 우연히 자기네 행성을 산산조각 내는 것과 계획적으로 날려버리는 것을 구별했다고 생각하니.

'오염'은 손을 들어 또 하나의 값비싼 전자 장비를 망가뜨리는 작업에 착수했다.

울타리 구멍을 지키던 보초병은 아리송한 표정이었다. 기지 안에서는 뭔가 소요가 일고 있었고, 무선기는 잡음밖에 잡아내지 못하는 듯했으며, 그의 시선은 몇 번이고 몇 번이고 앞에 있는 신분증에 끌려갔다.

그는 살아오면서 군대만이 아니라 CIA, FBI, 심지어 KGB까지 포함된 수많은 신분증을 보았고, 이제는 대수롭지 않은 조직일수록 신분증은 더 인상적이라는 사실을 알고 있었다.

이건 흉악하리만큼 인상적인 신분증이었다. 그는 다시 한 번, 입술을 우물거리며 "영연방 호민관이 요청하나니"에서부터 불쏘시개, 밧줄, 불붙일 기름 등등에 대한 징발의 요구를 거쳐 마녀사냥 군대의 첫 번째 영주 대리 너희는모두하느님의역사를찬양할지며 우상숭배를피하라 스미스의 서명에 이르기까지 전문을 읽어 내려갔다.

마침내 보초병의 지력이 알 만하다 싶은 단어를 하나 찾아냈다.

"여기, 우리가 패곳+을 제공해야 한다는 대목은 뭡니까?" 그는 의심스러운 말투로 물었다.

"아, 우리에겐 꼭 그게 필요합니다." 뉴턴은 대답했다. "불태워야 하거든요."

"뭐라고 하셨습니까?"

"태운다고요."

보초병의 얼굴이 웃음으로 활짝 펴졌다. 이런데 잉글랜드가 물

+ 'faggot'에는 남성 동성애자를 비하하는 뜻과, 고어로 '장작단'이라는 뜻이 있다.

렁하다고 했다니. "옳거니!"

순간 뭔가가 그의 등을 눌렀다.

"총 내려놔." 아나테마가 그의 뒤에서 말했다. "그렇지 않으면 난 다음에 해야 할 일을 후회하게 될 거야."

정말 그래. 그녀는 보초병이 두려움에 질려 뻣뻣하게 굳는 모습을 보며 생각했다. 저 사람이 총을 내려놓지 않는다면 내가 들고 있는 게 막대기라는 것을 알아차릴 것이고, 그러면 난 총에 맞으면서 정말 후회하게 되겠지.

정문의 토머스 A. 다이젠버거 병장 역시 골치 아픈 상황이었다. 지저분한 우비를 걸친 작달막한 남자 하나가 손가락으로 그를 가리키며 중얼거리는 와중에, 병장의 어머니를 살짝 닮은 중년 여인은 다급한 어조로 말을 하다가 계속 다른 목소리로 스스로의 말을 가로막았다.

"누구든 책임자와 이야기를 해야 해요. 정말이지 극히 중요한 일이에요." 아지라파엘이 말했다. "진심으로 요청하는데, 이 사람 말이 맞아요. 있죠, 이 사람이 거짓말을 하면 내가 알 수 있거든요. 맞습니다, 고마워요. 부디 제가 말을 계속하게 해주시면 우리가 정말로 뭔가를 해낼 수 있을 것 같습니다만. 난 그저 좋은 말로 거들어주려고 할 뿐 그래요! 에에 당신이 그에게 요청하고 있 알았습니다, 좋아요…… 자―"

"내 손가락 보여?" 아직 제정신이 붙어 있기는 하지만 길고 너덜

너덜한 실 끝에 간신히 매달려 있다고 할 수 있는 상태의 섀드웰이 외쳤다. "보이냐고? 이 손가락은 말이다, 네놈을 네 창조주가 있는 곳으로 보내줄 수 있다 이거다!"

다이젠버거 병장은 얼굴에서 10센티미터쯤 떨어진 불그죽죽한 손톱을 멍하니 쳐다보았다. 공격 무기로써 그 손톱은 상당히 등급이 높았다. 특히 음식 준비에 쓰이기라도 한다면.

전화기에서는 잡음밖에 들리지 않았다. 그는 위치에서 벗어나지 말라는 명령을 받았다. 베트남에서 얻은 상처가 쑤시기 시작했다.[+] 그는 비非 미국 시민을 쏠 경우 얼마나 많은 문제를 떠안게 될지 궁금했다.

네 대의 자전거는 기지에서 조금 떨어진 곳에 멈춰 섰다. 흙길에 남은 타이어 자국과 기름얼룩이 이 자리에 다른 여행자들이 잠시 머물렀음을 나타내주었다.

"왜 멈춘 거야?" 페퍼가 물었다.

"생각 중이야." 아담이 대답했다.

힘든 일이었다. 그가 그 자신임을 아는 마음 조각은 아직 그 자리

[+] [원주] 그는 1983년 그곳에서 휴가를 보내던 중 호텔에서 샤워를 하다가 미끄러져 넘어졌다. 이제는 노란색 비누 토막만 보아도 치명적에 가까운 기억의 재현에 빠져들 수 있었다.

에 머물러 있었지만, 심란한 암흑의 샘 위로 떠오르려고 애쓰고 있었다. 그래도 그는 세 친구가 100퍼센트 인간이라는 점을 또렷이 의식하고 있었다. 전에도 옷을 찢어먹는다거나 용돈을 빼앗긴다거나 하는 등의 일로 친구들을 곤란에 빠뜨리긴 했지만, 이번 일은 집 안에 갇히고 방 청소를 해야 한다는 정도보다 훨씬 골치 아픈 일이 될 것이 분명했다.

그렇지만, 친구들 말고 달리 대안이 없었다.

"좋아. 우리에게 몇 가지 물건이 있어야 할 것 같아. 칼 한 자루랑, 왕관 하나, 천칭이 필요해."

아이들은 그를 빤히 쳐다보았다.

"뭐라고, 지금 여기서? 여긴 그런 거 없는데." 브라이언이 물었다.

"모르겠다." 아담이 말했다. "흠, 우리가 했던 게임들에 대해 생각해보면……"

다이젠버거 병장의 하루를 완벽하게 만들어주기 위해, 차 한 대가 정문 앞에 멈춰 섰는데 땅에서 몇 센티미터 위에 떠 있었다. 타이어가 없어서였다. 아니 도장도 남아 있지 않았다. 그 차에 있는 것이라곤 푸른 연기 자락뿐이었고, 움직임을 멈추자 엄청나게 높은 온도였다가 식어내리는 금속에서 나는 핑 소리가 울렸다.

보기에는 창에 일부러 그을린 유리를 단 것 같았지만, 사실은 보통의 유리인데 내부가 연기로 가득 차서 그렇게 보일 뿐이었다.

운전석 문이 열렸고, 숨 막히는 연무가 빠져나왔다. 크롤리가 그 뒤를 따랐다.

그는 손으로 얼굴에 몰려든 연기를 휘젓고 눈을 깜박이더니, 우호적인 인사의 손짓으로 바꾸고 말했다.

"안녕하십니까. 어떻게 되어가죠? 세상이 벌써 끝났습니까?"

"저 친구가 우리를 들여보내주질 않아, 크롤리." 마담 트레이시가 말했다.

"아지라파엘? 자네야? 옷차림 근사한데." 크롤리는 애매하게 말했다. 그는 상태가 별로 좋지 않았다. 마지막 50킬로미터를 달리는 동안 그는 1톤의 타오르는 금속과 고무, 가죽 덩어리가 온전히 기능하는 자동차라고 상상했고, 벤틀리는 그의 상상에 격렬히 저항했다. 힘든 부분은 전천후 타이어가 완전히 타버린 후에도 전체 덩어리가 계속 굴러가게 하는 것이었다. 그가 차에 타이어가 달려 있다고 상상하기를 그만두자 옆에서 갑자기 벤틀리의 잔해가 휘어진 바퀴테 위로 내려앉았다.

그는 계란을 구워도 될 만큼 뜨거운 금속 표면을 토닥였다.

"요새 나오는 현대식 차로는 이런 곡예를 벌이지 못했을 거야." 그는 정답게 말했다.

그들은 그를 멍하니 쳐다보았다.

찰칵 하고 작은 전자음이 울렸다.

문이 올라가고 있었다. 전기 모터가 달린 틀이 기계적인 신음 소리를 내더니, 결국 방책에 가해지는 막을 수 없는 힘 앞에 굴복했다.

"어이!" 다이젠버거 병장이 외쳤다. "당, 당신들, 당신들 중에 누가 한 짓이에요?"

씽. 씽. 씽. 씽. 그리고 다리가 보이지 않게 달리는 작은 개 한 마리.

그들은 맹렬히 페달을 밟는 네 개의 형상이 방책 밑으로 몸을 숙여서 기지 안으로 들어가는 모습을 멍청히 바라보았다.

병장은 정신을 수습했다.

"저기." 그는 다시 말했지만, 이번엔 훨씬 목소리가 약해져 있었다. "저 아이들 중 누가 자전거 바구니에 상냥하고 못생긴 외계인을 싣고 있던가요?"

"그랬던 것 같진 않은데." 크롤리가 말했다.

"그렇다면 그 녀석들 진짜 곤란해졌군요." 다이젠버거 병장은 그렇게 말하고 총을 들어 올렸다. 우유부단한 태도는 이걸로 끝이었다. 그는 계속 그때의 비누 생각을 하고 있었다. 그는 다시 말했다. "댁들도 마찬가지예요."

"내 경고하는데—" 섀드웰이 입을 열었다.

"*너무 오래 끌었어.*" 아지라파엘이 그의 말을 잘랐다. "*어떻게 좀 해봐, 크롤리. 괜찮은 친구라고.*"

"흐으음?" 크롤리가 말했다.

"*난 선한 쪽이야. 나에게 그런 걸 기대할 수는— 아, 집어치워. 점잖게 행동하려고 해봐야 무슨 소용이야?*" 아지라파엘이 손가락을 딱 울렸다.

구식 전구 같은 팟 소리가 나더니 토머스 A. 다이젠버거 병장이 사라져버렸다.

"이런." 아지라파엘은 중얼거렸다.

"봤지?" 섀드웰이 외쳤다. 그는 마담 트레이시의 이중인격을 제대로 이해하지 못하고 있었다. "별거 아니잖아. 내 옆에만 붙어 있으면 괜찮다고."

"잘했어." 크롤리는 말했다. "자네에게 그런 면이 있으리라곤 생각도 못 했는걸."

"아니, 실은 나도 몰랐어." 아지라파엘이 말했다. *"끔찍한 곳으로 보낸 게 아니었으면 좋겠는데."*

"당장 익숙해지는 게 좋을걸. 그냥 보내버린 이상 어디로 갔는지는 신경 쓰지 않는 게 나아." 크롤리는 매혹된 표정이었다. "그런데 자네의 새로운 몸에게 날 소개해주지 않을 건가?"

"응? 그래, 그래. 물론이지. 마담 트레이시, 이쪽은 크롤리입니다. 크롤리, 이쪽은 마담 트레이시야. 만나서 정말 반가워요."

"들어가죠." 크롤리는 그렇게 말하고 슬픈 눈으로 망가진 벤틀리를 쳐다보다가, 잠시 후 얼굴을 폈다. 지프차 한 대가 정문을 향해 달려오고 있었는데, 그 차는 아무래도 질문을 고함쳐대고 총을 쏘아댈 태세를 갖춘 데다가 이 상황에 어떤 명령을 내릴지 걱정하지 않는 인물들로 가득 찬 것 같았다.

크롤리는 활짝 웃었다. 이건 그의 전공 분야였다.

그는 주머니에서 손을 빼내어 브루스 리처럼 들어 올리고, 다음 순간엔 리 밴 클리프[+]처럼 미소 지었다. "아, 우리 탈것이 오는군."

그들은 낮은 건물들 중 하나의 바깥에다 자전거를 세웠다. 웬즐리데일은 조심스레 자기 자전거에 자물쇠를 채웠다. 웬즐리는 그런 아이였다.

"그래서 그 사람들이 어떻게 생겼다고?" 페퍼가 물었다.

"어떻게도 생겼을 수 있어." 아담은 어정쩡하게 대답했다.

"어른이지?" 페퍼가 다시 물었다.

"응. 아마 이제까지 본 사람들 중 누구보다도 어른일 거야." 아담이 대답했다.

"어른들과 싸워봐야 좋을 게 없어. 언제나 골치만 아파지지." 웬즐리데일이 음침하게 말했다.

"싸울 필요는 없어. 그냥 내가 말한 대로만 하면 돼." 아담이 말했다.

고것들은 들고 온 물건들을 들여다보았다. 세상을 고치는 도구치고는 별로 효율적이어 보이지 않았다.

"그런데 그 사람들을 어떻게 찾아?" 브라이언이 의심스럽게 물었다. "개방일에 와봤을 때 보니까 방이며 이것저것이 잔뜩 있던데. 방도 무지 많고 켜져 있는 불도 많잖아."

아담은 생각에 잠겨 건물들을 응시했다. 경보기들은 여전히 요들을 불러대고 있었다.

"으음." 아담이 말했다. "내가 보기엔―"

+ 영화 〈석양의 무법자〉의 주연이자 서부극에서 주로 활약한 배우.

"어이, 너희들 여기서 뭐 하는 거냐?"

그것은 100퍼센트 위협적이라고는 할 수 없었지만 거의 한계 끝에 다다른 목소리였고, 이유 없이 경보기가 울리고 문이 열리지 않는 무분별한 세상을 이해하기 위해 10분간 씨름하던 장교가 내놓은 목소리이기도 했다. 똑같이 골머리를 앓던 병사 두 명이, 여자 아이가 하나 낀 키 작은 백인 아이들 네 명을 어떻게 다루어야 할지 갈피를 잡지 못한 채 장교 뒤에 서 있었다.

"우리 걱정은 하지 말아요." 아담은 대수롭지 않다는 듯 말했다. "그냥 둘러보고 있는 것뿐이에요."

"너희가—" 중위가 입을 열었다.

"주무세요." 아담이 말했다. "그냥 자는 거예요. 여기 있는 군인 아저씨들 모두 자도록 해요. 그러면 다치지 않을 거예요. 다들 잠들어요, 당장."

중위는 눈의 초점을 맞추려 애쓰며 아담을 응시다가, 앞으로 쓰러졌다.

다른 병사들이 무너져 내리는 사이 페퍼가 말했다. "와. 어떻게 한 거야?"

"음." 아담은 조심스럽게 대답했다. "그러니까 《소년이 해야 할 일 101가지》에 나온 최면술 얘기 알지? 우리가 절대 성공하지 못했던 것 말이야."

"근데?"

"음, 그거랑 비슷한 거야. 이젠 어떻게 하는 건지 알게 됐어." 아담은 다시 통신 건물을 향해 몸을 돌렸다.

그는 정신을 가다듬었고, 몸은 익숙해져 있는 편안한 구부정함을 버리고 타일러 씨가 자랑스러워할 만한 곧고 바른 자세를 취했다.

"좋아."

그는 잠시 생각에 잠겼다 다시 말했다.

"와서 보라."

세상을 쓸어버리고 전력만 남겨둔다면, 이제껏 만들어진 그 어떤 물건보다 정교하고 섬세한 세공품처럼 보일 것이다. 반짝이는 은빛 선을 촘촘히 두른 공 위에 이따금 인공위성의 광채가 번득인다. 어두운 지역이라 해도 레이더와 민간 무선파가 빛난다. 그것은 거대한 짐승의 신경체계라고도 할 수 있었다.

여기저기 도시들이 그 그물망에 매듭을 짓기는 했지만, 본래 전력이란 천연 그대로의 근육조직일 뿐이었다. 그러나 50여 년 동안 사람들은 전력에 두뇌를 부여해왔다.

그리고 지금 그 전력은 불이 번지듯 살아 움직였다. 스위치는 완전히 차단되었다. 중계기는 녹아버렸다. 로스앤젤레스 도로 계획 같은 극미極微 구조를 지닌 실리콘 칩의 심장부에 새로운 오솔길들이 열렸고, 수백 킬로미터 떨어진 지하 방들에서는 벨이 울렸으며, 사람들은 공포에 떨면서 화면에 나오는 내용을 보았다. 비밀스러운 산 속 동굴에서는 육중한 철문이 단단히 닫히고, 안에 갇힌 사람들은 녹아버린 두꺼비집과 씨름하며 문을 두들겨댔다. 사막과 툰드라 조각들이 미끄러져 열리며 냉난방 장치가 돌아가는 무덤들 속으로 신선한 공기를 불어넣고, 뭉툭하게 생긴 물체들이 천천히 자세를 잡았다.

그리고 전력은 있어서는 안 될 곳으로 흘러가면서 썰물처럼 평상시의 잠자리를 빠져나갔다. 도시에서는 신호등이 꺼지고, 가로등이 꺼지고, 모든 불빛이 꺼졌다. 냉각팬은 속도를 늦추다가 차츰 멎어갔다. 난방기 불빛은 희미하게 스러져갔다. 엘리베이터는 옴짝달싹못하고 끼어버렸다. 무선방송국은 질식해버렸고, 위로의 음악 소리는 침묵했다.

문명은 야만으로부터 24시간과 식사 두 끼니밖에 떨어져 있지 않다는 말이 있다.

자전하는 지구 위로 서서히 밤이 퍼져나갔다. 본래는 밤에 빛의 점이 가득해야 했다. 지금은 그렇지가 않았다.

지구에는 50억 명의 사람들이 있었다. 곧 일어날 일에 비하면 야만 따위는 소풍 정도에 지나지 않았다. 덥고, 지저분하고, 결국은 개미들에게 점령될 소풍이라 해도.

'죽음'이 허리를 폈다. 집중해서 귀를 기울이는 듯한 모습이었다. 무엇에 귀를 기울이고 있는지는 아무도 짐작할 수 없었다.

그가 여기에 있다. 그가 말했다.

나머지 세 명이 고개를 들었다. 그들이 서 있는 모습에는 간신히 알아차릴 만한 변화가 있었다. '죽음'이 입을 열기 직전까지 그들은, 인간처럼 걷고 말하지 않는 본분으로서의 그들은, 세상을 뒤덮고 있었다. 이제 그들은 돌아왔다.

어느 정도는.

뭔가 이상한 데가 있었다. 잘 맞지 않는 옷이 아니라 잘 맞지 않는 몸을 입은 것 같았다. '기아'는 주파수가 약간 벗어난 듯, 그전까지 두드러지던 신호, 그러니까 유쾌하고 저돌적이고 성공적인 사업가의 신호가 밀려나가고 본래 성격이었던 오래되고 무시무시한 잡음이 밀려오는 상태였다. '전쟁'의 피부는 땀으로 번들거렸다. '오염'의 피부는 그냥 번들거렸다.

"전부…… 손봤어." '전쟁'이 힘겹게 말했다. "제 길로…… 갈 거야."

"핵만이 아니에요." '오염'이 말했다. "화학 무기. 온 세계에 퍼져 있는 작은 탱크들…… 속에 든 몇천 리터의 화학물질들. 이름이 18음절이나 되는…… 아름다운 액체들. 그리고…… 오래된 대체물. 좋을 대로 말해요. 플루토늄은 몇천 년간 비탄을 줄 수 있겠지만, 비소는 영원하답니다."

"그리고 나면…… 겨울이 오겠지." '기아'가 말했다. "난 겨울이 좋아. 겨울엔 뭔가…… 깨끗한 데가 있거든."

"병아리가 닭이 되어…… 돌아오는 거야. 인과응보지." '전쟁'이 말했다.

"더 이상 닭은 없어." '기아'가 활기 없이 말했다.

'죽음'만이 변하지 않았다. 어떤 것들은 결코 변하지 않는다.

네 기수는 건물을 나섰다. '오염'이 걷고는 있지만 스며 나온다
는 느낌을 주는 것이 주목을 끌었다.

누가 주목했는가 하면, 아나테마와 뉴턴 펄시퍼였다.

그들은 기지 안에 들어가자마자 그 건물로 향했었다. 한바탕 소
요가 일고 있는 듯한 바깥보다는 안쪽이 훨씬 안전해 보였다. 아
나테마는 절대 안전을 보장할 수 없으며 위험할 수 있다고 경고하
는 신호로 뒤덮인 문을 밀었다. 아나테마가 건드리자 문이 저절로
열렸다. 그들이 안으로 들어가자 문은 저절로 닫히고 잠겨버렸다.

네 기수가 걸어 들어온 후에는 이 점에 대해 토의해볼 시간이
별로 없었다.

"그 사람들 뭐였죠?" 뉴턴이 물었다. "테러리스트 같은 건가요?"

"아주 근사하고 정확한 의미에서, 당신 말이 맞는 것 같네요."
아나테마가 대답했다.

"그 이상한 대화는 다 뭐였어요?"

"아마 세상의 종말에 대한 얘기였던 것 같아요. 그들의 오라, 봤
어요?"

"못 본 것 같은데요."

"전혀 좋다고 할 수 없었어요."

"아."

"사실 음陰의 오라였어요."

488

"아?"

"블랙홀처럼 말이에요."

"그러니까, 나쁜 거죠?"

"그렇죠."

아나테마는 줄지어 선 금속 캐비닛들을 쏘아보았다. 이건 놀이가 아니라 실제 상황이었으므로 바로 지금, 지금만큼은 세상을, 혹은 지하 2미터부터 오존층까지 이르는 세상의 일부를 끝장낼 기계가 흔한 대본에 따라 움직이고 있지 않았다. 불빛이 깜박이는 커다란 붉은색 통 같은 것은 없었다. "날 잘라줘"라고 말하는 것처럼 돌돌 감긴 전선도 없었다. 몇 초를 남기고 막을 수 있도록 0을 향해 카운트다운해 내려가는 크고 의심스러운 숫자판도 없었다. 금속 캐비닛들은 단단하고 육중했으며, 마지막 순간에 벌어지는 영웅적 행위에 완강하게 저항하는 듯 보였다.

"어떻게 하죠?" 아나테마가 말했다. "그들이 무슨 짓인가 한 거 맞죠?"

"혹시 끄는 스위치가 있을까요?" 뉴턴은 무력하게 대꾸했다. "둘러보면 뭔가—"

"이런 물건엔 폭파 장치가 붙어 있어요. 바보같이 굴지 말아요. 당신이 이런 물건에 대해 아는 줄 알았는데요."

뉴턴은 자포자기하여 고개를 끄덕였다. 이건 《쉬운 전자공학》 책과는 아주 먼 문제였다. 그는 모양상 캐비닛을 하나 골라 뒷면을 들여다보았다.

"전 세계 연락망이군요." 그는 불분명하게 말했다. "사실상 무슨 짓이라도 할 수 있어요. 주 전력을 변조하고, 위성을 도청할 수 있죠. 뭐든 할 수 있어요. *그러니까 지직 아, 그러니까 지직 아, 그걸 지릿 어, 단지 파직 으앗.*"

"어떻게 되어가는 거죠?"

뉴턴은 손가락을 입에 물고 빨았다. 아직까지는 트랜지스터 비슷한 물건을 찾아내지 못했다. 그는 손수건으로 손을 싸고 회로판을 몇 개 뽑아냈다.

언젠가 그가 구독하던 전자공학 잡지에 절대로 작동하지 않는 바보 회로가 나온 적이 있었다. 그들은 유쾌한 말투로 써놓기를, 여기에 서툴기 짝이 없는 아마추어 무선사들이 만들었을 때 작동을 하지 않는다면 제대로 작동하는 셈인 물건이 있다고 했다. 다이오드는 잘못된 방향으로 돌고, 트랜지스터는 거꾸로 처박혔으며, 다 떨어진 건전지가 들어가는 회로였다. 뉴턴은 그대로 회로를 만들었고, 그 결과 모스크바 방송을 잡아냈다. 그는 이게 뭐냐고 불평하는 편지를 써 보냈지만 그들은 절대 답장을 쓰지 않았다.

"내가 제대로 하고 있는 건지 정말 모르겠네요." 그는 말했다.

"제임스 본드는 그냥 나사를 돌려 풀던데요." 아나테마가 말했다.

"그냥 푸는 게 아니에요." 뉴턴은 인내심을 소모시키며 대답했다. "그리고 난 *지직* 제임스 본드가 아니고요. 만일 내가 *위잉* 제임스 본드였다면 나쁜 놈들이 나에게 대량살상용 레버를 보여주고 그게 얼마나 잘 돌아가는지도 얘기해줬겠죠, 안 그래요? *지지직* 진짜 인생은 그런 식으로 돌아가지가 않는단 말입니다! 무슨 일이 일어나고 있는지도 모르고, 그걸 멈추지도 못한다고요."

지평선 부근에서는 구름이 격하게 소용돌이치고 있었다. 머리 위 하늘은 여전히 맑았고, 공기를 찢는 것이라곤 가벼운 산들바람 뿐이었다. 그러나 평범한 공기는 아니었다. 공기가 결정화한 것 같은 느낌이었고, 머리만 돌리면 새로운 단면을 볼 수도 있을 것 같았다. 공기는 보석처럼 번득였다. 이 모습을 묘사할 만한 단어를 하나 찾아야 한다면, 머릿속에 저도 모르게 '우글거린다'는 말이 떠오를지 모르겠다. 아주 물질적인 형태가 될 최선의 순간만을 기다리고 있는 비물질적인 존재들이 우글거렸다.

아담은 위를 흘겨보았다. 어떤 면에서 머리 위에는 그저 맑은 공기뿐이었다. 다른 면에서, 초고감도로 확장해보면 그곳에는 천국과 지옥의 주인들이 날개 끝을 맞대고 있었다. 특별한 훈련을 받은 자가, 그것도 바싹 다가가서 들여다보아야만 이 둘을 구분할 수 있었다.

정적이 그 손아귀에 세상이라는 거품을 쥐고 있었다.

건물 문이 돌아 열리고 네 기수가 걸어 나왔다. 이제 그들 중 셋에게서는 인간의 흔적을 찾아볼 수 없었다. 그들은 이제 그들 자신, 혹은 그들이 재현하는 모든 것을 모아서 만든 인간형 로봇 같았다. 그들에 비하면 '죽음'마저 소박해 보였다. 그의 긴 가죽 외투와 새까만 헬멧이 검은 예복으로 변하긴 했지만, 이런 것들은 하잘

것없는 세부 사항일 뿐이었다. 해골이라는 것은 아무리 걸어 다니는 놈이라 해도 최소한 인간이기는 했다. 죽음이라면 살아 있는 모든 것 안에 숨어 있었다.

"사실 저들은 진짜 진짜는 아냐." 아담이 급히 말했다. "사실은 그냥 악몽 같은 거야."

"그, 그치만 우린 자고 있지 않은걸." 페퍼가 말했다.

개는 끙끙거리며 아담 뒤에 숨으려 했다.

"저 사람은 녹아내리는 것 같아 보인다, 야." 브라이언이 다가오는 '오염'의 모습을 가리키며 말했다. 아직까지도 그것을 '오염'이라고 부를 수 있다면 말이지만.

"내 말이 그 말이야." 아담은 격려하듯 말했다. "진짜일 수가 없는 거잖아, 안 그래? 상식적으로 말야. 저런 게 **진짜로** 진짜일 순 없는 거라고."

네 기수는 몇 미터 떨어진 곳에 멈춰 섰다.

수행되었소. '죽음'이 말했다. 그는 앞으로 몸을 약간 기울이더니 아담을 뚫어져라 들여다보았다. 그가 놀랐는지 아닌지를 구분하기는 힘들었다.

"그래, 좋아." 아담이 말했다. "그런데 실은 말이지, 난 그런 걸 원하지 않아. 그런 일을 수행하라고 요청한 적도 없고."

'죽음'은 다른 셋을 돌아보고, 다시 아담을 보았다.

그들 뒤로 지프차 한 대가 비스듬히 달려와 멈춰 섰다. 그들은 그 차를 무시했다.

이해하지 못하겠군. 그대의 존재 자체가 세상의 종말을 요구하오. 그

렇게 쓰여 있소.

"난 왜 누군가가 그런 걸 써야 하는 건지 도무지 모르겠어." 아담은 차분하게 말했다. "세상은 온갖 멋진 일들로 가득하고 난 아직 그걸 다 찾아내지도 못했단 말이야. 그러니까 누구든 내가 세상을 뒤져볼 기회도 갖기 전에 엉망으로 만들어놓거나 끝장내버리는 건 바라지 않아. 그러니까 너희들은 모두 그냥 떠나도 돼."

(*"저 아이입니다, 섀드웰 씨."* 아지라파엘은 말을 하면서도 불확실하게 말꼬리를 흐렸다. *"저…… 티셔츠를 입은…… 아이요."*)

'죽음'은 아담을 응시했다.

"당신은…… 우리의…… 일부야." '전쟁'은 아름다운 총알 같은 잇새로 말했다.

"일은 수행되었습니다. 우리가…… 세상을…… 새롭게…… 만듭니다." '오염'이 부식해버린 드럼통에서 새어나와 배수구로 떨어지는 물처럼 알아듣기 힘든 목소리로 말했다.

"당신이…… 우리를…… 이끌어." '기아'가 말했다.

그리고 아담은 주저했다. 그의 내부에서 울리는 목소리들은 계속해서 그 말이 진실이라고, 세상은 그의 것이라고, 그가 해야 할 일은 오직 몸을 돌려 그들을 이끌고서 놀라 어쩔 줄 모르는 행성을 짓밟는 것이라고 외쳐댔다. 그들은 그와 동류였다.

한 층 위에서는 하늘의 주인들이 운명의 말을 기다리고 있었다.

(*"나보고 저 아를 쏘라는 말인가! 애잖나!"*

"어." 아지라파엘이 말했다. *"에에, 그렇죠. 잠시 기다려보는 게 좋을지도 모르겠네요. 어떻게들 생각해요?"*

"다 자랄 때까지 기다리자는 소리야?" 크롤리가 대꾸했다.)

개가 으르렁거리기 시작했다.

아담은 고것들을 쳐다보았다. 그 아이들 역시 그와 동류였다. 누가 진짜 친구들인지 결정하기만 하면 되는 일이었다.

아담은 다시 네 기수들 쪽을 보았다.

"저들을 해치워." 아담은 조용히 말했다.

그의 목소리에는 분명치 않은 발음도, 늘어진 느낌도 없었다. 그 목소리에는 기묘한 화음이 담겨 있었다. 어떤 인간도 그런 목소리에 불복할 수는 없었다.

'전쟁'은 웃음을 터뜨리고는 기대에 찬 눈으로 고것들을 바라보았다.

"꼬맹이들아." 그녀가 말했다. "장난감이나 가지고 노는 꼬맹이들아. 내가 너희에게 제공할 수 있는 모든 장난감을 생각해보렴…… 그 모든 '게임'들을 말이다. 난 너희가 내게 푹 빠지게 만들 수 있지, 꼬맹이들. 작은 총을 든 작은 소년들."

그녀는 다시 웃음을 터뜨렸지만, 페퍼가 앞으로 나서서 덜덜 떨리는 무기를 들어 올리자 기관총 쏟아지는 듯한 웃음소리도 사그러들었다.

사실 무기라고 하기도 힘들었지만, 나뭇가지 두 개와 끈 하나로 만든 것치고 그만하면 최선이었다. '전쟁'은 그 무기를 응시했다.

"알겠다. 일대일 결투란 말이지, 흠?" 그녀는 손가락을 와인잔에 대고 끄는 것 같은 소리를 내며 칼을 뽑아 들었다.

칼과 칼이 맞닿자 섬광이 일었다.

'죽음'은 아담의 눈 속을 들여다보았다.

서글픈 쩔그렁 소리가 났다.

"그거 건드리지 마!" 아담은 머리를 돌리지 않은 채 날카롭게 외쳤다.

고것들은 콘크리트길 위에서 이리저리 흔들리다가 정지하는 칼을 바라보았다.

"작은 소년들이라니." 페퍼가 분개해서 중얼거렸다. 늦든 빠르든 모두가 자신이 어느 집단에 속해 있는지 결정해야만 한다.

"하지만, 하지만." 브라이언이 말했다. "저 여자가 칼에 빨려 들—"

아담과 '죽음' 사이의 공기가 아지랑이처럼 떨리기 시작했다.

웬즐리데일이 머리를 들고 움푹 팬 눈의 '기아'를 쳐다보았다. 웬즐리는 상상력을 조금 동원하면 끈과 나뭇가지로 만든 천칭이라고 생각할 수 있을 물건을 들어 올렸다. 그리고 그 물건을 머리 주위로 빙글빙글 돌렸다.

'기아'가 방어하려고 팔을 내뻗었다.

다시 한 번 섬광이 일었고, 은으로 만든 천칭이 바닥에 튀는 쩔그렁 소리가 났다.

"그거…… 건드리지…… 마." 아담이 말했다.

'오염'은 이미 달리기 시작했지만, 달린다고 하기가 어색하다면 빠른 속도로 흐르기 시작했지만, 브라이언이 머리에서 풀고리를 빼내어 그쪽으로 집어던졌다. 원래는 그런 식으로 다룰 수 있는 물건이 아니었지만, 어떤 힘인가가 그의 손에서 고리를 넘겨받았고,

고리는 원반처럼 씽 소리를 내며 날아갔다.

이번에는 소용돌이치는 검은 연기 속에서 새빨간 불길이 타올랐고, 석유 냄새가 났다.

새까맣게 변색된 은 관이 작은 소리를 내며 연기 속에서 굴러 나오더니 동전 같은 소리를 내며 한 바퀴 빙글 돌았다.

이 경우에는 건드리지 말라는 경고도 필요 없었다. 그 은 관은 금속과는 다른 광채로 번득였으니까.

"어디로들 간 거지?" 웬즐리가 물었다.

그들이 속한 곳으로. '죽음'이 여전히 아담의 시선을 붙잡은 채 말했다. *그들이 언제나 있던 곳으로. 인간의 마음속으로 돌아갔다.*

그는 아담을 향해 씩 웃었다.

뭔가가 찢어지는 소리가 났다. '죽음'이 걸치고 있던 망토가 찢어지더니 날개가 펼쳐졌다. 천사의 날개였다. 하지만 깃털 날개는 아니었다. 밤의 날개였다. 창조의 성분을 잘라 그 아래 어둠으로 빚은 날개로, 그 속에서 아득한 빛만 몇 개가 깜박거렸다. 그 빛은 별일 수도 있고, 전혀 다른 무엇인가일 수도 있었다.

하나 나는 저들과 다르다. 나는 아즈라엘, 창조의 그림자로 창조된 자. 그대는 나를 파괴할 수 없어. 그것은 곧 세상을 파괴하는 것이 되리니.

그들의 눈싸움에서 피어오르던 열기가 희미해졌다. 아담은 코를 긁었다.

"아, 모르겠네. 뭔가 방법이 있겠지." 아담이 말하며 마주 웃었다.

"어쨌든 그건 지금 멈춰야 해." 그가 계속했다. "기계들에 얽힌 일 모두. 너는 지금 내가 말하는 대로 해야 하고, 난 이 일을 멈춰야 한다고 명한다."

'죽음'은 어깨를 으쓱였다. *이미 멈추고 있소. 저들 없이는,* 그는 다른 세 기수들의 비참한 유물을 가리켰다, *진행될 수가 없지. 정상 엔트로피의 승리야.* '죽음'은 뼈다귀 손을 올려 경례인 듯싶은 동작을 취했다.

그들은 돌아올 거요. 그들은 결코 사라지지 않으니.

날개가 한 번, 뇌성 같은 소리를 내며 퍼덕였고, 죽음의 천사는 사라졌다.

"좋아, 그럼." 아담이 텅 빈 허공을 향해 말했다. "좋아. 일어나지 않는 거야. 저들이 시작한 일 모두 멈춰야 해, 지금."

뉴턴은 필사적으로 장비 선반을 응시했다. "매뉴얼이나 그런 게 있을 텐데요."

"아그네스가 우리에게 할 말이 있는지 찾아볼 수 있어요." 아나테마가 제안했다.

"아, 그래요." 뉴턴은 신랄하게 대꾸했다. "그거 아주 말 되는군요. 17세기 작업장 매뉴얼의 도움으로 20세기 전자장비를 사보타주한다? 아그네스 너터가 트랜지스터에 대해 뭘 알았답니까?"

"우리 할아버지는 1948년쯤에 3328번 예언을 해석해서 아주 영리한 투자를 해내셨어요. 아그네스는 물론 그게 무슨 이름으로 불리는지도 몰랐죠. 그리고 넓은 범위에서 전자장치에 대해서도 그리 잘 알지는 못했지만—"

"말이 그렇다는 겁니다."

"어쨌거나 당신은 저 기계를 움직일 필요가 없어요. 멈추게만 하면 되는 거죠. 지식은 필요 없어요. 무지가 필요하지."

뉴턴은 신음했다.

"좋아요." 그는 피곤한 어조로 말했다. "시도해봅시다. 예언 하나 불러봐요."

아나테마는 무작위로 카드를 하나 뽑았다.

"'그는 자기가 말하는 대로의 그가 아니로다.' 1002번이에요. 아주 간단하네요. 떠오르는 거 있어요?"

"음, 그게." 뉴턴은 비참해져서 대답했다. "지금 그런 얘기를 할 때는 아닌 것 같지만." 그는 침을 꿀꺽 삼켰다. "사실 난 전자장치를 잘 알지 못해요. 전혀 모른다고 할 수 있죠."

"내 기억엔 당신이 컴퓨터 기사라고 했던 것 같은데요."

"과장이었어요. 뭐라고 해야 할까, 사실은, 정말이지, 허풍이라고 부르는 편이 더 적절할 거라는 생각도 들 법한 과장이라고 할 수 있죠. 좀 더 정확하게 말하자면." 뉴턴은 눈을 감았다. "기만이었어요."

"거짓말이었단 얘긴가요?" 아나테마는 상냥하게 물었다.

"아, 그렇게까지 말하고 싶진 않군요. 사실 컴퓨터 기사가 아니긴 하지만 말입니다. 전혀. 사실은 그 반대죠."

498

"반대라뇨?"

"꼭 알아야겠다면 말하죠. 내가 전자장치를 만들고 어떻게 해 보려고 하면 항상 그게 멈춰버리거든요."

아나테마는 그에게 작지만 환한 웃음을 보이더니, 마술 무대에서 반짝이는 옷을 입은 여자가 요술을 보이기 위해 뒤로 물러설 때면 늘 보여주는 것과 같은 연극적인 동작을 취했다.

"트랄라." 그녀는 말했다.

"고쳐봐요."

"뭐라고요?"

"더 잘 돌아가게 만들라고요."

"모르겠군요. 내가 할 수 있을지." 뉴턴은 제일 가까이 있는 캐비닛 위에 손을 올렸다.

갑자기, 이제까지는 의식하지도 못했던 소음이 뚝 그쳤고 멀리 있는 발전기의 우웅 소리가 잦아들었다. 계기반의 불빛이 깜박이더니 대부분이 꺼져버렸다.

전 세계에서 스위치를 잡고 씨름하던 사람들은 갑자기 스위치가 들어간 것을 깨달았다. 회로 차단기가 열렸다. 컴퓨터들은 3차 세계대전 계획을 멈추고 지루한 성층권 탐사 작업으로 돌아갔다. 노바야제믈랴 지하 벙커 속에 있던 사람들은 미친 듯이 뽑아내려 애쓰던 퓨즈가 마침내 떨어져 손 안에 들어온 것을 발견했다. 와이오밍과 네브래스카 지하 벙커 밑에서는 진이 빠진 사람들이 소리를 질러대며 서로에게 총을 휘두르기를 그만두고 맥주를 마셨다. 미사일 기지 안에서 술을 마시는 게 허용된다면 그렇다는 말이지만, 허용이고 나발이고 어쨌든 그들에겐 맥주가 있었다.

불빛이 들어왔다. 문명은 혼돈 속으로 미끄러져 들어가던 길을 멈추고, 신문사에 최근 사람들이 별것 아닌 일에 얼마나 과하게 흥분하는가에 관한 편지를 쓰기 시작했다.

태드필드에서는 컴퓨터들이 사방팔방으로 뻗던 위협을 멈췄다. 그 기계들 속에 있던 무엇인가가 이제는 떠나버렸다. 전력은 별개 문제로 치더라도.

"어이쿠." 뉴턴이 중얼거렸다.

"그것 봐요." 아나테마가 말했다. "당신이 '잘' 고쳤잖아요. 아그네스 할머니는 믿을 수 있다니까요. 이제 우리 여기서 나가요."

"저 아이가 원하질 않았어!" 아지라파엘이 외쳤다. *"내 언제나 말하지 않았나, 크롤리? 누구든 고심껏 들여다보면, 깊숙이 들여다보면 근본적으로는 사실 선하다는ㅡ"*

"아직 끝나지 않았어." 크롤리가 딱 잘라 말했다.

아담이 이제야 그들의 존재를 알아차린 듯 고개를 돌렸다. 크롤리를 선뜻 알아보는 사람은 별로 없었으나, 아담은 마치 머릿속을 스쳐 지나가는 크롤리의 모든 생애를 읽는 것처럼 그를 응시했다. 순간 크롤리는 진정한 공포를 알았다. 언제나 이전에 느껴본 감정이 진짜 공포라고 생각했는데, 이 새로운 감각에 비하면 그건 하잘것없는 두려움에 지나지 않았다. 저 아래 놈들은 견딜 수 없을 만큼 괴롭힘으로써 존재를 중지시킬 수 있지만, 이 소년은 생각하는 것만으로 그의 존재를 없앨 수 있을 뿐 아니라 아마 아예 존재한 적이 없었던 것으로 만들어버릴 수도 있을 것이었다.

아담의 시선이 아지라파엘 쪽으로 옮겨 갔다.

"어, 왜 두 사람이죠?" 아담이 물었다.

"*그게.*" 아지라파엘이 입을 열었다. "*말하자면 긴데─*"

"두 사람이 같이 있는 건 옳지 않아요." 아담이 말했다. "따로따로 돌아가는 게 나을 것 같네요."

그럴싸한 특수 효과 따위는 없었다. 그저 다음 순간 아지라파엘이 마담 트레이시 옆에 앉아 있을 뿐이었다.

"와우, 얼얼하네요." 마담 트레이시는 그렇게 말하고 아지라파엘을 아래위로 훑어보았다. 그러고는 약간 실망한 목소리로 말했다. "아, 난 어째선지 당신이 좀 더 젊을 줄 알았어요."

섀드웰은 질투심에 찬 눈으로 천사를 노려보고 노골적으로 천둥총의 쇠공이에 엄지손가락을 올렸다.

아지라파엘은 자신의 새로운 몸을 내려다보았다. 불행히도 새 몸은 옛 몸과 똑같았다. 외투는 좀 더 깨끗했지만.

"자, 이제 끝났군." 그는 말했다.

"아니." 크롤리가 말했다. "아니야. 끝나지 않았어. 전혀 아니지."

이 순간 머리 위에는 펄펄 끓는 파스타 냄비처럼 뭉클뭉클한 구름떼가 있었다.

"알잖아." 크롤리는 숙명론적인 우울을 뒤집어쓴 목소리로 말했다. "그렇게 단순하게 돌아가는 게 아니야. 사람들은 전쟁이라는 게 늙은 공작이 총에 맞아서, 아니면 누군가가 다른 누군가의 귀를 잘라버려서, 아니면 누군가가 엉뚱한 데다 미사일을 떨어뜨려서 시작되는 줄 알지. 그렇지가 않아. 그건 단지, 단지 전쟁과 아무 상관없는 구실일 뿐이야. 전쟁이 일어나는 진짜 이유는 서로를 참아낼 수 없는 두 편 사이 압력이 점점 높아지고 높아지다 보면, 무슨 일로든 전쟁이 날 수 있는 거야. 뭐든지 말이야. 어…… 네 이름이 뭐지?"

"아담 영이에요." 아나테마가 뒤에 뉴턴을 대동하고 성큼성큼 걸어오면서 말했다.

"맞아. 아담 영이야." 아담이 말했다.

"훌륭했다. 네가 세상을 구했어. 잠시 동안은 쉴 수 있겠지. 하지만 그래봐야 결국은 차이가 없어." 크롤리가 말했다.

"자네 말이 맞는 것 같군." 아지라파엘이 말했다. "우리 측이 아마겟돈을 원한다는 건 확실해. 정말 슬픈 일이군."

"뭐가 어떻게 되어가고 있는 건지 좀 말해줄 사람 없어요?" 아나테마는 팔짱을 끼고 엄하게 물었다.

아지라파엘이 어깨를 으쓱였다. "아주 긴 얘기가 될 텐데요."

아나테마는 턱을 내밀었다. "계속해봐요."

"음, 그러니까 태초에—"

그 순간 번쩍하고 아담에게서 몇 미터 떨어진 땅에 번개가 작열하더니, 흡사 길들지 않은 전력이 보이지 않는 틀 속을 채우고 있는 것처럼 아래쪽이 넓어지는 빛의 기둥으로 남아 지글거렸다. 인간들은 지프차 쪽으로 밀려났다.

번갯불이 사라지자, 그곳에는 금빛 불로 만들어진 젊은이가 하나 서 있었다.

"오 이런, 그분이네." 아지라파엘이 말했다.

"누구?" 크롤리가 물었다.

"하느님의 목소리. 메타트론."

고것들은 금빛 젊은이를 빤히 쳐다보았다.

곧 페퍼가 말했다. "아냐, 그렇지 않아. 메타트론은 플라스틱으로 만든 거고 레이저 대포가 달려 있고 헬리콥터로 변신할 수 있는걸."

"그건 우주 메가트론이지." 웬즐리데일이 힘없이 말했다. "나도 하나 갖고 있어. 머리가 떨어지긴 했지만. 이건 그거랑 다른 것 같아."

아름답고 텅 빈 시선이 아담 영에게 떨어지더니, 그 옆에서 끓어오르는 콘크리트 쪽으로 날카롭게 방향을 틀었다.

거품이 이는 땅으로부터 어떤 형체가 솟아올랐다. 마치 팬터마임에 나오는 악마 왕의 등장 같았지만, 이게 팬터마임이라면 아마 관객들이 아무도 살아서 걸어 나가지 못할 것이며 나중에 사제가 와서 무대를 불태워야만 할 연극일 것이다. 피처럼 붉은 불길을 제외하고 다른 형태는 명확히 알아보기 힘들었다.

"어." 크롤리가 앉은 자리 속으로 움츠러들려 하면서 말했다. "안녕하…… 어."

붉은 존재는 마치 넌 나중에 구입하겠다고 점찍어놓는 것 같은 눈길로 크롤리를 짧게 바라보더니, 아담을 응시했다. 그 존재가 입을 열자 백만 마리의 파리들이 죽자 사자 달아나는 듯한 음성이 흘러나왔다.

듣는 사람들에게 줄칼이 척추를 훑고 지나가는 느낌을 선사하는 웅웅거림.

그 웅웅거리는 소리는 아담과 대화하고 있었고, 아담은 말했다. "웅? 아니. 벌써 말했는데. 내 이름은 아담 영이라고." 아담은 붉은 형체를 아래위로 훑어보았다. "아저씨 이름은?"

"바알세불." 크롤리가 대신 대답했다. "그분은 지옥의—"

"고맙다, 크롤리." 바알세불이 말했다. "너와는 나아중에 진지한 대화에 뛰어들도록 하지이. 내게 하알 말이 꽤 많을 것으로 안다아."

"어, 그게 말입니다, 어떻게 된 거냐 하면요—"

"조용―히이이!"

"알았어요, 알았어." 크롤리는 황급히 입을 다물었다.

"그러면, 아담 영." 메타트론이 말했다. "물론 우리는 이 시점에서 네 도움에 십분 감사할 수 있겠다만, 아마겟돈이 반드시 지금 일어나야 한다는 점을 덧붙여야겠다. 잠시의 불편은 있을지 모르나 결국은 궁극적인 선으로 가는 길이니."

"아하, 그러니까 세상을 구하기 위해 파괴해야 한다는 말이군." 크롤리는 아지라파엘에게 속삭였다.

"그게에 어디로 향하는 길인지이는 아직 정해지지 않았지마안." 바알세불이 웅웅거렸다. "지이금 일어나야 한다는 것만은 사실이다아. 그게 그대의 운명이다아. 그렇게 쓰여 있으니."

아담은 깊이 숨을 들이쉬었다. 지켜보던 인간들도 숨을 들이쉬었다. 크롤리와 아지라파엘은 얼마 전부터 숨쉬기를 잊고 있었다.

"난 왜 모든 사람과 모든 것들, 수많은 물고기랑 고래랑 나무들이랑, 그리고, 그리고 양이랑 그런 것들이 다 타버려야 하는지 알수가 없어요." 아담이 말했다. "그것도 별로 중요하지도 않은 일을 가지고 말이죠. 그냥 누가 더 센 패거리인지 알아내려는 것뿐이잖아요. 우리하고 존슨파 사이와 마찬가지야. 어느 한 편이 이긴다고 해도 반대편을 정말 때려눕힐 순 없어요. 정말로 그러길 원하진 않으니까. 그러니까, 영원히. 당신들은 모든 걸 다 다시 시작할걸요. 계속 이 둘 같은 이들을 사람들에게 보내서." 아담은 크롤리와 아지라파엘을 가리켰다. "사람들을 휘저으려고 하겠죠. 사람들은 남들이 와서 휘저어놓지 않아도 충분히 힘들다고요."

크롤리가 아지라파엘 쪽으로 고개를 돌려 속삭였다.

"존슨파라니?" 그가 속삭였다.

천사는 어깨를 으쓱였다. "초창기 분파 같은데. 영지주의 분파처럼 말이야. 오피스파 같은. 아니 오피스파가 아니라 세트파였나? 아니지, 콜리리디언을 생각하고 있는데. 맙소사. 미안, 너무 많아서 기억해내기가 힘들어."[+]

"사람들을 휘저어놓는다고." 크롤리는 중얼거렸다.

"그건 중요하지 않다!" 메타트론이 날카롭게 말했다. "지상과 선

[+] 오피스파와 세트파 둘 다 초기 영지주의 분파로, 오피스파는 창세기에 나오는 뱀을 중시했고 세트파는 아담과 이브의 셋째 아들 세트를 중시했다. 콜리리디언은 동정녀 마리아를 여신으로 모신 분파다.

과 악의 창조는 모두—"

"난 인간을 인간으로 만들어놓고선, 그 사람들이 인간처럼 행동한다는 이유로 화를 낸다는 게 뭐 그리 멋있는 건지 모르겠어요. 당신들이 사람들에게 죽은 다음에 모든 게 가려질 거라는 말만 그만하면, 다들 살아 있을 때 가려내려고 노력할지도 모르죠. 내가 책임을 맡는다면 난 사람들이 훨씬 오래 살게 만들 거예요. 므두셀라처럼요. 그럼 훨씬 더 재미있을 거고 사람들은 자기들이 환경이며 생태에 무슨 짓을 하고 있는지 다 생각하기 시작할지도 몰라. 백 년이 지나도 여전히 그 환경 속에 있을 테니까."

"아아." 바알세불이 진짜 미소를 지으려 하며 끼어들었다. "그대, 세상을 지이배하고 싶은 게로구우운. 그건 그대의 운명—"

"생각해봤는데 난 그걸 원하지 않아요." 아담은 반쯤 몸을 돌려 고것들에게 격려하듯 고개를 끄덕였다. "그러니까, 몇 가지는 바꿀 수도 있겠지만, 그러면 사람들이 계속 나에게 와서 언제나 모든 것을 가려내라고 해댈 거고, 쓰레기를 다 없애고 자기들을 위해 나무를 더 만들라고 할 텐데, 그래서 좋을 게 뭐 있겠어요? 사람들이 스스로를 위해 자기 방을 치워야 하는 것과 마찬가지라고요."

"넌 네 방을 치워본 적이 한 번도 없잖아." 뒤에 서 있던 페퍼가 말했다.

"내 방에 대해 얘기한 게 아니잖아." 아담의 방은 카펫이 보이지 않은 지 몇 년은 지난 상태였다. "내가 말하는 건 일반적인 방이야. 내 방이 아니라. 비유라고. 비유 삼아 한 말이란 말야."

바알세불과 메타트론은 서로를 쳐다보았다.

"어쨌거나." 아담이 말했다. "늘 지루하지 않게 페퍼랑 웬즐리랑 브라이언이 할 일을 생각해내는 것만으로도 충분하니까, 지금 갖고 있는 것 이상의 세상 같은 건 필요 없어요. 고맙지만 사양이야."

메타트론의 얼굴에 아담의 기이한 논리를 겪는 사람들에게 흔히 보이는 표정이 떠오르기 시작했다.

"네가 너 스스로를 부인할 수는 없다." 메타트론은 마침내 말했다. "들어보아라. 너의 탄생과 운명은 위대한 계획의 일부다. 사건은 이렇게 일어나야만 한다. 모든 선택은 이루어졌다."

"도전은 조오은 것이지만." 바알세불이 말했다. "도전이 용납되지이 않을 만큼 중요한 일도 있지이. 이해해야만 한다아!"

"난 아무것에 대해서도 도전하고 있지 않아요." 아담이 합리적으로 말했다. "사실을 지적하고 있는 거죠. 사실을 지적한다고 해서 비난할 수는 없을 것 같은데요. 싸움은 그만두고 사람들이 어떤 존재인지를 보는 편이 훨씬 나을 것 같고 말이죠. 당신들이 간섭하고 휘젓지만 않으면 사람들도 충분히 생각을 하고 세상을 엉망으로 만드는 일도 그만둘지 몰라요. 꼭 그럴 거라는 얘기는 아니지만, 그럴 가능성은 있다고요." 아담은 양심적으로 마지막 말을 덧붙였다.

"말도 안 된다." 메타트론이 말했다. "너는 위대한 계획에 거스를 수 없다. 생각해야 해. 네 유전자 속에 들어 있는 일이야. 생각해봐라."

아담은 머뭇거렸다.

어두운 저류는 언제나 다시 흐를 준비를 갖추고 있었고, 그 새된 속삭임은 그렇다, 바로 그렇다, 결국 모든 것이 그렇게 되어 있다, 너는 계획의 일부이니 계획에 따라야 한다고 말하고 있었다.

무척 길게 느껴지는 하루였다. 아담은 지쳐 있었다. 세상을 구하는 일은 열한 살짜리의 몸을 몹시 혹사시켰다.

크롤리는 손 안에 머리를 묻었다. "잠깐 동안이었지만, 정말 잠깐 동안이었지만 기회를 잡은 것 같았는데. 녀석이 다들 불안하게 만들었잖아. 아, 어쨌거나 그동안은 좋았─"

그는 아지라파엘이 일어서 있음을 깨달았다.

"실례합니다만." 천사가 말했다.

셋이 그를 쳐다보았다.

"그 위대한 계획 말입니다. 그건 형언할 수 없는 계획이죠?"

잠시 침묵이 흘렀다.

"위대한 계획이다." 메타트론이 단호하게 말했다. "잘 알 텐데. 세상이 6천 년간 이어지면 결말을─"

"네, 네. 그게 위대한 계획이라는 건 알겠어요." 아지라파엘은 정중하고 공손하게, 그러나 정치 회합에서 달갑지 않은 질문을 던지고는 답을 들을 때까지는 물러나지 않으려 하는 사람 같은 분위기를 풍기며 말을 이었다. "그저 그 계획이 형언할 수 없는 하느님의 섭리가 맞는지 묻고 있는 것뿐입니다. 이 시점에서 확실하게 해두고 싶은 것뿐이에요."

"중요하지 않다!" 메타트론이 날카롭게 대꾸했다. "같은 게 분명하다!"

분명하다고? 크롤리는 생각했다. 사실은 알지 못하는 거구나.

그는 바보처럼 히죽거리기 시작했다.

"그럼 100퍼센트 보장하실 수는 없다는 거죠?" 아지라파엘이 물었다.

"형언할 수 없는 섭리란 말 그대로 우리가 이해할 수 없는 것이지만." 메타트론이 답했다. "분명 위대한 계획은—"

"하지만 위대한 계획도 형언할 수 없는 섭리 전체 중에서는 아주 작은 한 부분에 지나지 않을 수 있지요." 크롤리가 끼어들었다. "형언할 수 없는 섭리의 관점에서 볼 때 지금 일어나고 있는 일이 옳은 것인지 확신할 수는 없는 거죠."

"쓰여 있다아!" 바알세불이 노호했다.

"하지만 어딘가 다른 곳에는 또 다르게 쓰여 있을 수도 있잖습니까." 크롤리가 말했다. "읽을 수 없는 곳에 말이죠."

"커다란 글씨로." 아지라파엘이 말했다.

"밑줄도 쳐서 말이죠." 크롤리가 덧붙였다.

"그것도 두 줄이나." 아지라파엘이 덧붙였다.

"어쩌면 이건 세상에 대한 시험에 지나지 않는지도 모릅니다." 크롤리가 말했다. "당신들에 대한 시험일 수도 있고. 안 그래요?"

"주께선 그분의 충실한 종들을 시험하지 않으신다." 메타트론은 그렇게 답했지만, 목소리에 근심이 깔려 있었다.

"후-우-우-우." 크롤리가 말했다. "그쪽은 어떻게 생각해?"

다들 아담 쪽을 돌아보았다. 아담은 곰곰이 생각에 잠겨 있었다.

잠시 후 아담이 말했다. "난 뭐라고 쓰여 있는지가 왜 문제인지 모르겠네. 사람들에 대한 것도 아닌데. 그런 건 언제든 줄을 그어버릴 수 있어."

산들바람이 비행장을 휩쓸었다. 머리 위에 모여 있던 천공의 주인들이 신기루처럼 파문을 일으켰다.

창조 이전에나 있었을 법한 정적이 깔렸다.

아담은, 정확히 천국과 지옥 사이에 자리 잡은 작은 아이는, 둘에게 미소를 지으며 서 있었다.

크롤리가 아지라파엘의 팔을 잡았다. "무슨 일이 일어났는지 알아?" 그는 흥분해서 쉿쉿거렸다. "저 아인 간섭을 받지 않았어! 인간으로 자랐다고! 악의 권화도 선의 권화도 아냐. 그저…… 인간의 화신일 뿐—"

다음 순간.

"아무래도." 메타트론이 말했다. "난 가르침을 더 구해야 할 것 같군."

"나 역시이." 바알세불이 말했다. 그의 분노는 크롤리에게 향했다. "네가 이 일에 어떤 역할을 했는지이 보고하겠다." 그런 다음 바알세불은 아담을 응시했다. "부왕께서 뭐라 하실지 모르겠소……"

천둥소리 같은 폭음이 울렸다. 몇 분 전부터 무서울 정도로 흥분해서 안달복달하던 섀드웰이 마침내 떨리는 손가락을 놀려 방아쇠를 당긴 것이다.

탄환은 조금 전까지 바알세불이 있던 공간을 뚫고 지나갔다. 섀드웰은 그가 표적을 놓친 게 얼마나 행운이었는지 결코 알지 못했다.

하늘이 흔들리더니, 보통의 하늘로 변했다. 지평선 부근에선 구름층이 흩어지기 시작했다.

침묵을 깬 것은 마담 트레이시였다.

"그 사람들 이상하지 않았나요."

진심은 "그 사람들 이상하지 않았나요"가 아니었다. 그녀가 정말로 말하려던 바는, 비명이라면 모를까 말로는 표현할 수 없었을 것이다. 하지만 사람의 두뇌는 놀라운 회복력을 지니고 있었고 "그 사람들 이상하지 않았나요"라는 말은 빠른 회복 과정의 일부였다. 그녀는 30분만 지나면 술을 너무 많이 마셨나 보다고 생각하게 될 것이다.

"끝난 거지?" 아지라파엘이 말했다.

크롤리는 어깨를 으쓱였다. "아무래도 우리에게는 끝이 아닐 것 같은데."

"걱정할 필요 없을 것 같은데." 아담이 금언처럼 읊었다. "당신들 둘에 대해선 다 알아. 걱정 말아요."

아담은 뒷걸음질 치지 않으려 노력 중인 나머지 고것들을 바라보았다. 그는 잠시 생각을 해보는 것 같더니 말했다. "어쨌든 쓸데없는 참견이 너무 많았지. 하지만 다들 이 일에 대해서는 잊어버리는 편이 더 행복할 것 같네. 정확히 말하자면 잊는다기보다는 제대로 기억하지 못한다고 해야겠지. 그럼 우린 집에 돌아갈 수 있을 거야."

"하지만 그런 식으로 그만둘 순 없어!" 아나테마가 말했다. "네가 할 수 있는 모든 일들을 생각해보렴! 좋은 일들 말이야."

"예를 들면 어떤 것?" 아담은 의심스러운 표정으로 물었다.

"글쎄…… 우선 고래들을 모두 다시 데려올 수도 있잖니."

아담은 머리를 한쪽으로 기울였다. "그러면 사람들이 고래를 죽이는 일을 멈출까?"

아나테마는 멈칫했다. 그렇다고 말할 수 있었다면 좋았으리라.

"그리고 사람들이 고래들을 죽이기 시작하면 나에게 뭘 어쩌라고 할 건데?" 아담이 말했다. "아니. 난 이제 이 일에서 빠질 거야. 내가 그런 식으로 간섭하기 시작하면 아무것도 멈추지 않을걸. 내가 보기엔, 사람들이 알아야 할 일은 고래를 죽이면, 죽은 고래를 얻게 된다는 사실뿐이야."

"아주 책임감 있는 태도를 보여주는구나." 뉴턴이 말했다.

아담은 한쪽 눈썹을 치켜올렸다.

"상식인걸."

아지라파엘은 크롤리의 등을 두드렸다. "우린 살아남은 것 같군. 우리가 소임을 다했다면 얼마나 끔찍했을지 상상해봐."

"음." 크롤리가 대꾸했다.

"자네 차, 움직일 수 있겠어?"

"작업이 좀 필요할 것 같아." 크롤리가 인정했다.

"난 우리가 이 착한 사람들을 런던에 데려다줘야 한다고 생각하고 있었어." 아지라파엘이 말했다. "분명 마담 트레이시에겐 식사도 한 끼 빚졌고. 아, 물론 마담의 젊은이에게도."

섀드웰은 어깨 너머를 돌아보고, 마담 트레이시를 쳐다보았다.

"누구 얘기지?" 그는 그녀의 승리에 찬 얼굴에 대고 물었다.

아담은 고것들과 다시 합류했다.

"그냥 집에나 가자." 아담이 말했다.

"하지만 진짜 무슨 일이 일어난 거야?" 페퍼가 물었다. "그러니까 이 모든—"

"이제 그런 건 중요하지 않아." 아담이 말했다.

"하지만 넌 너무나 많은—" 아나테마는 자전거 쪽으로 돌아가는 아이들의 등 뒤에서 말했다. 뉴턴이 부드럽게 그녀의 팔을 잡았다.

"좋은 생각이 아니에요. 내일은 우리 남은 삶의 첫 번째 날이라고요."

"당신, 내가 정말 싫어하는 진부한 말들 중에 첫 번째가 그 말이라는 거 알아요?"

"그거 놀라운데요." 뉴턴은 행복하게 대꾸했다.

"그런데 왜 당신 차 문에다 '딕 터핀'이라고 칠해놓은 거죠? 노상강도 이름 아니에요?"

"그건 농담이에요."

"흐음?"

"가는 곳마다 차가 서버리거든요." 그는 비참하게 중얼거렸다.

크롤리는 우울한 눈으로 지프차 제어반을 쳐다보았다.

"그 차 일은 유감이야." 아지라파엘이 말했다. "자네가 얼마나 그걸 좋아했는지 알아. 정말 열심히 집중하면 혹시―"

"같을 순 없을 거야."

"같진 않겠지."

"내가 그 차를 막 만들어졌을 때부터 갖고 있었던 것 알지? 그건 차라기보다는 몸에 맞는 장갑 같았어."

크롤리는 말하다 말고 코를 킁킁거렸다.

"뭐가 타는 냄새지?"

산들바람이 불어와서 흙먼지를 퍼 올렸다가 떨궜다. 공기는 그 안에 담긴 것들을 끈끈이에 갇힌 파리처럼 가둔 채 뜨겁고 무거워졌다.

크롤리는 고개를 돌려 아지라파엘의 공포에 질린 얼굴을 보았다.

"하지만 끝났잖아. 지금 일어날 순 없어! 그, 그거, 정확한 시간인지 뭔지, 그건 지나갔다고! 끝났단 말이야!"

땅이 흔들리기 시작했다. 지하철 소리와도 비슷했지만, 아래로 지나가는 소리라기보다는 다가오는 열차 소리 같았다.

크롤리는 미친 듯이 기어 변환장치를 찾았다.

"바알세불이 아니야!" 그는 바람 소리보다 더 크게 외쳤다. "그분이야. 아이 아버지! 아마겟돈이 아니야. 이건 사적인 문제라고. 젠장, 이 망할 놈의 차야, 움직여!"

아나테마와 뉴턴의 발밑에서 땅이 움직여서 그들을 춤추듯 흔들리는 콘크리트 위에 내던졌다. 갈라진 틈새로 노란색 연기가 솟구쳐 올랐다.

"화산이라도 터지는 것 같아요! 무슨 일이죠?" 뉴턴이 외쳤다.

"뭔진 모르지만 엄청나게 화가 난 것 같은데요." 아나테마가 대꾸했다.

지프차 안에서는 크롤리가 욕을 퍼붓고 있었다. 아지라파엘이 그의 어깨에 한 손을 올렸다.

"여기엔 인간들이 있어."

"그래. 그리고 나도 있지." 크롤리가 말했다.

"그들에게 이런 일이 일어나게 해선 안 된다는 뜻이야."

"글쎄, 그건—" 크롤리는 말을 하다가 멈췄다.

"생각해보면, 우린 사람들에게 충분히 곤란을 겪게 했다는 말을 하고 싶은 거야. 자네와 나. 오랜 세월 동안. 이런 일, 저런 일로 말이야."

"우리가 해야 할 일을 했을 뿐이잖아." 크롤리는 중얼거렸다.

"그래. 그래서? 역사상 수많은 사람이 자기가 할 일을 했을 뿐인데, 그래서 무슨 짓을 해놨는지 좀 봐."

"지금 우리가 정말로 그분을 막으려 노력해야 한다는 말은 아니겠지?"

"잃을 게 뭐 있어?"

크롤리는 반박을 하려다가, 사실 자신에게 가진 것이 없다는 사실을 깨달았다. 그에게 잃어버릴 게 있다면 이미 모두 잃었다. 이미 일어난 일보다 더 나쁜 일이 닥칠 순 없을 것이다. 그는 마침내 자유를 느꼈다.

그는 또한 좌석 밑을 뒤져서 타이어 레버를 찾아냈다. 별로 도움이 되진 않겠지만, 어차피 뭐든 별 도움이 되진 않을 터였다. 사실은 뭔가 그럴싸한 무기를 들고 마왕을 대면하는 편이 훨씬훨씬 끔찍했다. 그럴싸한 무기를 들면 약간이라도 희망을 품게 될 테고, 그래서 상황은 더욱 나빠질 테니.

아지라파엘은 '전쟁'이 떨군 검을 주워 들고 생각에 잠겨 그 무게를 가늠해보았다.

"맙소사. 내가 이걸 써본 지 얼마나 된 거지." 그는 중얼거렸다.

"6천 년쯤 됐지." 크롤리가 대답했다.

"이런, 그래." 천사가 말했다. "정말 좋은 나날이었지, 그땐. 실수도 잘못도 없었고. 좋았던 옛날이여."

"꼭 그렇진 않았어." 크롤리가 말했다. 소리가 커지고 있었다.

"그 당시 사람들은 옳고 그름을 분별할 줄 알았는데." 아지라파엘은 꿈꾸듯 말했다.

"글쎄. 그러게. 생각해봐."

"아. 알았어. 너무 꾸물거린다는 거지?"

"그래."

아지라파엘은 검을 치켜들었다. 갑자기 마그네슘 막대처럼 검에 불이 붙으면서 훅 소리가 났다.

"한번 방법을 배우면, 절대 잊지 않는 법이지."

아지라파엘은 크롤리에게 미소 지었다.

"꼭 말해두고 싶은데, 우리가 여기에서 벗어나지 못하면, 그러면…… 난 자네 마음속 깊은 곳에는 선의의 불꽃이 있다는 걸 알고 있었어."

"맞았어." 크롤리는 씁쓸하게 말했다. "덕분에 즐거웠다."

아지라파엘은 손을 내밀었다.

"자네와 알고 지낸 것, 멋진 일이었어."

크롤리는 그 손을 잡았다.

"이만 다음을 기약하자고. 그리고…… 아지라파엘?"

"응."

"난 늘 자네도 마음속 깊숙한 곳에선 제법 나쁜 놈이라는 걸 알고 있었다는 것, 기억해줘."

발을 질질 끄는 소리가 들리더니 천둥총을 과단성 있게 휘두르는 작지만 역동적인 섀드웰의 몸이 그들 둘을 옆으로 밀어냈다.

"너희 두 남부 호모 놈들이 통 속에 든 쥐새끼를 죽이려고 한다고 생각할 수야 없지. 우리가 누구와 싸우는 건가?"

"마왕." 아지라파엘은 간명하게 대답했다.

섀드웰은 놀랍지 않다는 듯 고개를 끄덕이고는, 총을 던져버리고, 모자를 벗어 길거리 싸움패들이 모이는 곳이라면 어디든 알려져 있으며 두려움을 산 바 있는 이마를 드러냈다.

"내 그럴 줄 알았지. 그렇다면 내 '쏜'을 써야겠구먼."

뉴턴과 아나테마는 그 세 명이 불안정한 걸음걸이로 지프차에서 멀어지는 것을 지켜보았다. 섀드웰을 가운데 두니 W자 모양이었다.

"저 사람들 대체 뭘 하려는 거죠?" 뉴턴이 말했다. "그리고 무슨 일— 저게 무슨 일이래요?"

아지라파엘과 크롤리의 외투가 솔기를 따라 죽 찢어졌다. 기왕

할 거라면, 진짜 모습으로 가는 편이 좋았다. 깃털이 하늘을 향해 펼쳐졌다.

흔히들 믿는 바와 달리 악마의 날개는 천사의 날개와 똑같다. 좀 더 잘 다듬어져 있을지는 몰라도.

"섀드웰은 저들과 같이 가선 안 돼요!" 뉴턴이 비틀비틀 일어서며 외쳤다.

"섀드웰이라뇨?"

"내 상관, 굉장한 노친네죠. 들어도 절대 못 믿을걸요······ 도와야 해요!"

"돕는다고요?"

"난 선서를 했어요." 뉴턴은 멈칫했다. "뭐, 대충 선서 비슷한 거였죠. 그리고 받아야 할 월급도 있다고요!"

"그럼 다른 둘은 누구죠? 당신 친구—" 아나테마는 말을 하다가 뚝 끊었다. 아지라파엘이 반쯤 돌아서서 옆얼굴이 뚜렷이 보였던 것이다.

"전에 어디서 봤다 했더니!" 아나테마는 땅이 아래위로 출렁이자 뉴턴에게 기대어 몸을 가누며 외쳤다. "어서 가요!"

"하지만 뭔가 끔찍한 일이 일어나려 하고 있는데요!"

"저 사람이 그 책을 망가뜨렸다면 내 손으로 진짜 끔찍한 일을 벌이고 말 거예요!"

뉴턴은 옷깃 안을 뒤져 공식 핀을 찾아냈다. 그는 지금 그들이 무엇에 대항하려 하는지 몰랐으나, 가진 것이라고는 핀 하나뿐이었다.

그들은 달렸다……

아담은 주위를 둘러보았다. 그는 아래를
내려다보았다. 그의 얼굴에
계산된 천진난만함이 떠올랐다.

갈등의 순간이 있었다.
그러나 아담은 자신의 터전에 있었다.
언제나, 그리고 궁극적으로 그의 것인 땅에.

그는 한 손을 움직여
보이지 않는 반원을
그렸다.

……아지라파엘과 크롤리는 세상이 **변하는** 것을 감지했다.
아무 소리도 들리지 않았다. 갈라진 틈도 없었다. 마왕의 힘이
분출하기 시작했던 곳에는 걷혀가는 연기, 그리고 잔잔한 저녁 공
기 속에서 엔진 소리를 크게 내며 서서히 멈춰 서는 차 한 대뿐이
었다.

낡은 차였지만, 보존 상태는 좋았다. 그러나 우그러진 곳을 마
음대로 고쳐버리는 크롤리식의 방법을 이용한 것은 아니었다. 보
는 즉시 알겠지만, 이 차는 있는 그대로의 모습을 간직하고 있었
다. 차 주인이 20년간 주말마다 꼬박꼬박, 매뉴얼에 주말마다 해야

한다고 적힌 그대로 차를 손질했기 때문이었다. 그는 나가기 전에 항상 차 주위를 돌며 헤드라이트를 점검하고 바퀴 수를 헤아렸다. 파이프 담배를 피우고 턱수염을 기른 심각한 남자들이 이렇게 해야 한다는 내용의 진지한 지침을 써놓았고, 차 주인 역시 파이프 담배를 피우고 턱수염을 길렀으며 그런 지령을 가벼이 여기지 않는 심각한 성격의 소유자였기에 그 지침대로 했다. 그런 지침을 가벼이 여겨서 어떻게 되겠는가? 그는 딱 맞는 수의 보험을 들어두고 있었다. 제한속도에서 5킬로미터 아래, 아니면 그냥 시속 60킬로미터 중에 더 낮은 쪽으로 차를 몰았다. 그는 토요일에도 넥타이를 맸다.

아르키메데스는 충분히 긴 지레와 충분히 단단한 디딜 곳만 있다면 세상을 움직일 수 있다 했다.

다름 아닌 영 씨를 두고 한 말일 것이다.

차 문이 열리더니 영 씨가 나타났다.

"대체 어떻게 되어가는 거요, 여긴? 아담? 아담!"

그러나 고것들은 번개처럼 정문을 향해 질주하고 있었다.

영 씨는 충격을 받은 사람들을 쳐다보았다. 그래도 크롤리와 아지라파엘에겐 날개를 다시 접어 넣을 만한 자기 통제력은 남아 있었다.

"저 녀석이 지금 무슨 짓을 하고 있었습니까?" 그는 답을 기대하지 않고 한숨을 내쉬었다.

"저 녀석이 어딜 가는 거지? 아담! 당장 이리 돌아와!"

아담이 아버지가 원하는 대로 하는 경우는 별로 없었다.

토머스 A. 다이젠버거 병장은 눈을 떴다. 주위에 이상한 점이라곤 너무나 친숙해 보인다는 사실뿐이었다. 벽에는 그의 고등학교 시절 사진이 붙어 있었고, 칫솔 옆 양치컵에는 작은 국기가 꽂혀 있었으며, 작은 곰 인형도 여전히 작은 제복을 입은 채였다. 방 창문을 통해 이른 오후의 태양빛이 쏟아져 들어왔다.

사과 파이 냄새를 맡을 수 있었다. 집에서 멀리 떨어져 보내는 토요일 밤에 가장 그리워한 것들 중 하나였다.

그는 아래층으로 내려갔다.

어머니가 스토브 옆에 있었다. 식히기 위해 커다란 사과 파이를 오븐에서 꺼내는 중이었다.

"안녕, 토미. 난 네가 영국에 있는 줄 알았단다."

"그럼요, 엄마. 규범상으로는 영국에서 민주주의를 수호하고 있어요, 엄마." 토머스 A. 다이젠버거 병장은 말했다.

"그거 근사하구나. 네 아빠 체스터와 테드와 함께 '큰 밭'에 나가 계실 거야. 다들 널 보면 기뻐할 거다."

토머스 A. 다이젠버거 병장은 고개를 끄덕였다.

그는 군 지급 헬멧과 군 지급 상의를 벗고, 군 지급 민소매 셔츠를 말아 올렸다. 한순간 그는 생애 어느 때보다 더 생각이 많아 보였다. 그의 사고 일부분은 사과 파이가 차지하고 있었다.

"엄마, 혹시 토머스 A. 다이젠버거 병장과 접촉하려는 연락이 오거나 하면, 엄마, 그 병사는ㅡ"

"미안. 뭐라고 했니, 토미?"

톰 다이젠버거는 아버지의 낡은 산탄총 위 벽에 총을 걸었다.

"누가 전화 걸거든 저 아빠랑 체스터, 테드와 함께 큰 밭에 내려가 있다고 해달라는 얘기였어요."

공군기지 정문으로 밴 한 대가 천천히 달려갔다. 밴은 길가에 붙어 섰다. 야간경비원이 창문 안을 들여다보고 운전사의 신분증을 확인한 다음, 손을 흔들어 안으로 들여보냈다.

밴은 콘크리트 위를 정처 없이 달려갔다.

밴은 타맥으로 포장된 텅 빈 활주로 안, 두 남자가 앉아 와인 한 병을 나눠 마시고 있는 옆에 멈춰 섰다. 둘 중 한쪽은 검은 선글라스를 쓰고 있었다. 놀랍게도 그들에게 조금이라도 관심을 기울이는 사람은 아무도 없는 듯했다.

"그러니까 자네 말은." 크롤리가 말했다. "그분이 이 모든 것을 계획하셨다는 거야? 처음부터?"

아지라파엘은 세심하게 병 주둥이를 문질러 닦은 다음 크롤리에게 돌려주었다.

"그럴 수도 있잖나. 그럴 수도 있다고. 뭐 언제나 그분에게 물어볼 수는 있겠지."

"내가 기억하기로는." 크롤리는 생각에 잠겨서 대답했다. "뭐 우린 대화라고 할 만한 걸 해본 적이 없지만, 아무튼 그분은 직접적인 답변을 주는 편이 아니었는데. 사실, 사실은 아예 대답을 안 하시잖아. 그저 미소만 지으실 뿐이지. 네가 모르는 뭔가를 알고 있다는 듯이."

"그거야 사실이잖아." 천사가 말했다. "그렇지 않다면 무슨 의미가 있겠어?"

잠시 대화가 끊기고, 둘은 오랫동안 생각하지 않았던 것들을 기억해내는 듯 생각에 잠겨 먼 곳을 바라보았다.

밴 운전사가 판지 상자 하나와 부젓가락을 들고 밴에서 나왔다.

타맥 포장도로 위에는 변색된 금속 왕관 하나와 천칭 하나가 놓여 있었다. 그 남자는 부젓가락으로 왕관과 천칭을 집어 상자 안에 넣었다.

그러고 나서 그는 와인을 마시고 있는 둘에게 다가갔다.

"실례합니다만, 이 부근 어딘가에 검이 한 자루 있어야 하는데요, 어쨌든 제가 듣기로는 그렇습니다만, 혹시……"

아지라파엘은 당황한 것 같았다. 그는 어쩔 줄 모르고 몸을 뒤지고 주위를 둘러보다가 일어서서야 겨우 자신이 몇 시간 동안 검을 깔고 앉아 있었음을 알아차렸다. 그는 손을 뻗어 검을 집었다. "미안해요." 그는 그렇게 말하고 칼을 상자 안에 집어넣었다.

국제 택배 모자를 쓴 밴 운전사는 그럴 것 없다고, 누군가는 내가 물건을 제대로 수거했다는 서명을 해줘야 하니 두 사람이 여기에 있어줘서 다행이라고, 그나저나 오늘은 정말 대단한 날 아니냐고 말했다.

아지라파엘과 크롤리 둘 다 그의 말에 동의했고, 아지라파엘은 밴 운전사가 내민, 왕관 하나, 천칭 하나, 검 한 자루가 올바른 순서에 따라 수령되었으며 흐릿한 주소로 배달되어 알아볼 수 없이 뭉개진 계좌번호에 청구될 것이라고 쓰여 있는 서류철에 서명을 했다.

남자는 다시 밴으로 걸어가기 시작했다. 그러다가 문득 그는 걸음을 멈추고 몸을 돌렸다.

"마누라에게 오늘 내게 무슨 일이 일어났는지 말해줘봤자 그 여잔 절대 안 믿을 겁니다. 그리고 마누라를 나무랄 수도 없지요. 나도 그러니까." 그는 약간 슬픈 목소리로 말하고는, 다시 차에 올라 멀어져갔다.

크롤리가 약간 비틀거리면서 일어섰다. 그는 아지라파엘에게 손을 내밀었다.

"가자고. 런던까지 내가 운전하지."

그는 지프차에 올랐다. 아무도 그들을 막지 않았다.

그 지프차에는 카세트 플레이어가 있었다. 아무리 미국의 군사 차량이라 해도 이건 묘한 일이었는데, 크롤리는 자기가 운전하는 모든 차량에 당연히 카세트 플레이어가 있다고 간주했고 따라서 이 차에도 그가 올라타고 몇 초 지나지 않아 카세트 플레이어가 생겼다.

그가 차를 몰면서 집어넣은 카세트에는 헨델의 〈수상 음악〉이라고 찍혀 있었고, 집으로 돌아가는 길 내내 헨델의 〈수상 음악〉으로 남아 있었다.

일요일

(그들 생의
남은 나날들 중
첫 번째 날)

10시 30분쯤이 지나 신문배달 소년이 재스민 장 현관에 일요일 신문을 던졌다. 그는 신문을 다 배달하기 위해 세 번을 오가야 했다.

신문이 현관 매트를 때리는 소리가 연이어 들리면서 뉴턴 펄시퍼는 잠에서 깨어났다.

그는 아나테마가 계속 자게 놔두었다. 가엾게도, 그녀는 엉망진창이 되어 있었다. 그가 침대에 밀어 넣었을 때 그녀는 거의 흐트러져 몸을 가누지 못하는 상태였다. 그녀는 평생 예언에 따라 살아왔는데, 이제 예언은 없었다. 분명 선로 끝에 다다랐는데 아직도 계속 달려가야 하는 열차 같은 기분일 것이다.

이제부터 그녀는 모든 일을 놀라움으로 받아들이며 살아갈 수 있을 것이다. 다른 모든 사람들처럼. 그 얼마나 행운인가.

전화벨이 울렸다.

뉴턴은 부엌으로 달려 들어가 두 번째 벨이 울린 순간 수화기를 집어 들었다.

"여보세요?"

억지로 친근감을 자아내려고는 하고 있으나 절망감이 묻어나는 목소리가 재재거렸다.

"아니오. 전 아닙니다. 그리고 데비시가 아니라 디바이스예요. 그리고 그 사람은 자고 있습니다."

"글쎄요, 별로 어딜 단열 처리하고 싶어 할 것 같진 않은데요. 이중유리도요. 그러니까 말이죠, 그 사람이 이 집의 소유자는 아니거든요. 빌려 살고 있는 것뿐이라서요."

"아뇨. 깨워서 물어볼 생각은 없습니다. 그리고 말인데 어······ 그래요, 리사 모로 씨, 왜 다른 사람들처럼 일요일에 쉬지 않는 거죠?"

"일요일입니다. 당연히 토요일이 아니죠. 왜 오늘이 토요일이라고 생각하는 거죠? 토요일은 어제였습니다. 확실히, 정말로 오늘은 일요일이에요. 무슨 말이죠, 하루를 잃어버렸다니? 저는 이해가 안 가는데요. 제가 보기엔 물건을 파느라 넋이 좀 나간 것 같······ 여보세요?"

그는 투덜거리며 수화기를 내려놓았다.

전화 판매원들이란! 그들에겐 뭔가 끔찍한 일이 일어나 마땅해.

불현듯 의혹이 덮쳤다. 오늘이 일요일 맞던가? 일요신문을 보자 다시 확신할 수 있었다. 일요일판 〈타임스〉에 일요일이라고 되어 있다면, 그들이 제대로 조사했다고 믿어도 될 일이다. 그리고 어제는 토요일이었다. 그렇고말고. 어제는 토요일이었고, 잊고 싶지 않은 부분만 기억할 수 있다면 살아 있는 한 뉴턴이 그 토요일을 잊는 일은 없을 것이다.

뉴턴은 부엌에 들어온 김에 아침식사를 만들기로 마음먹었다.

그는 다른 사람을 깨우지 않으려고 가능한 한 조용히 부엌 안을 돌아다녔으나, 내는 소리마다 요란하기만 했다. 낡은 냉장고 문은 최후 심판을 알리는 벼락 소리 같은 쾅 소리를 내며 닫혔다. 부엌 수도꼭지는 쥐 오줌처럼 찔끔찔끔 물을 흘리면서도 소리만은 옐로스톤 공원의 올드페이스풀 간헐천 못지않게 요란했다. 그리고 그는 무엇이 어디에 있는지 찾을 수가 없었다. 마침내 그는 역사의 여명 이래로 다른 사람의 부엌에서 아침식사를 한 모든 인간이 그러했듯 설탕 없는 인스턴트 블랙커피를 만들었다.†

부엌 식탁에 가죽이 둘러쳐진 직사각형의 숯덩이가 놓여 있었다. 그는 까맣게 탄 겉표지에 쓰인 글자를 '근 하고 정호' 정도밖에 알아볼 수 없었다. 하루 사이에 이렇게 차이가 나다니. 그는 생각했다. 전날만 해도 궁극의 참고서였는데 이제는 한갓 바비큐가 되

---

† [원주] 호색가이자 문인으로 유명했던 지오반니 쟈코포 카사노바(1725~1798)만은 예외에 속한다. 회고록 12권에 밝힌바, 그가 '항시' 가지고 다니는 가방 속에는 "빵 한 덩어리, 특상품 세비야 마멀레이드 한 통, 나이프, 포크, 그리고 휘젓기용 작은 순가락, 가공하지 않은 모직물로 조심스레 싼 신선한 달걀 2개, 토마토, 작은 프라이팬, 작은 소스팬, 주정酒精 증류기, 보온용 냄비, 이탈리아식 가염 버터가 담긴 양철통, 본차이나 접시 두 장이 들어 있었다. 또한 나의 호흡과 커피를 위한 감미료로 꿀벌집 한 조각도. 나의 독자들은 이 모든 것을 말하는 나를 이해하리라. 진정한 신사란 언제나 신사답게 아침식사를 할 수 있어야 하며, 그럼으로써 어디서나 스스로를 찾을 수 있어야 한다는 것을."

어버리다니.

그나저나 어떻게 저 책을 얻었더라? 그는 깜깜한데도 선글라스를 쓰고 있던 연기 냄새 풍기는 남자를 떠올렸다. 그리고 다른 것들이 뒤죽박죽으로 섞여들었다…… 자전거를 탄 아이들…… 불쾌한 소리…… 앞을 노려보던 작고 지저분한 얼굴…… 모든 것이 완전히 잊히지는 않은 채, 그러나 일어난 적 없던 일들에 대한 기억처럼 언제까지나 기억의 가장자리에 매달려 있었다.[+] 어떻게 그럴 수가 있었지?

그는 멍하니 벽을 보고 앉아 있다가 문 두드리는 소리에 퍼뜩 정신을 차렸다.

현관에 검은색 우비를 입은 작고 말쑥한 남자가 하나 서 있었다. 그는 판지 상자를 든 채 뉴턴을 향해 환하게 미소 지었다.

"에." 그는 한 손에 든 종잇조각을 슬쩍 보고 말했다. "펄지퍼 씨?"

"펄시퍼입니다. 지가 아니라 시죠."

[+] [원주] 그리고 '딕 터핀' 문제가 있었다. 겉보기에는 똑같은 차였지만, 이후 언제까지나 휘발유 4리터로 400킬로미터를 달릴 수 있어 보였고, 너무 조용히 달려서 엔진이 돌아가고 있나 확인하기 위해 배기관 위에 머리를 들이밀어야 할 정도였으며, 음성 경고 시스템에서는 고급스럽고 운율을 완벽하게 맞춘, 독창적이고 적절한 하이쿠가 줄줄이 흘러나왔다.
"늦서리가 꽃을 태우니
벨트로 몸을 구속하지 않는 이
바보가 아니런가?"
라는 식으로 말이다. 그리고 또
"높디높은 나무에서
벗꽃이 떨어져 내리누나.
휘발유가 더 필요하리."

"이거 정말 죄송합니다. 어떻게 읽는지 몰라서 그만. 에에. 그러면, 펄시퍼 부부에게 온 물건입니다."

뉴턴은 그 남자를 멍청히 쳐다보았다.

"펄시퍼 부인은 없는데요." 뉴턴은 냉랭하게 말했다.

남자는 중산모를 벗었다.

"아, 이거 정말 유감입니다. 죄송합니다."

"그게 아니라…… 어머니야 계시죠. 돌아가셨다는 게 아니라 도킹에 계십니다만. 전 결혼 안 했습니다."

"그거 이상하군요. 편지에는 음, 아주 구체적으로 쓰여 있었는데요."

"그런데 누구시죠?" 뉴턴은 바지밖에 입지 않은 상태였고, 현관은 쌀쌀했다.

남자는 어색하게 상자의 균형을 잡고는 안주머니 속에서 명함을 한 장 꺼냈다. 그는 그 명함을 뉴턴에게 건네주었다.

명함에는 이렇게 적혀 있었다.

자일스 배디컴
로비, 로비, 레드펀 그리고 바이챈스
사무변호 사무실

13 뎀다이크 챔버스
프레스턴

"그런데요?" 뉴턴은 정중하게 말했다. "뭘 도와드릴까요, 배디컴 씨?"

"절 들여보내주실 수 있겠지요." 배디컴 씨가 말했다.

"영장이나 뭐 그런 걸 전하러 오신 건 아니겠죠?" 지난밤에 일 어난 사건은 뉴턴이 그림을 잡아내려 할 때마다 모습을 바꾸는 구름처럼 기억 언저리를 맴돌았지만, 그는 모호하게나마 뭔가 파괴적인 것들을 의식하고 있었고 어떤 형태로든 응보가 돌아오지 않을까 생각하고 있었다.

배디컴 씨는 약간 마음이 상한 얼굴로 대답했다. "아니오. 그런 일을 하는 사람들은 따로 두고 있습니다."

그는 뉴턴 옆을 지나쳐 들어가서 탁자 위에 상자를 올려놓았다.

"솔직히 말씀드리자면, 저희 회사 전원은 이 일에 지대한 관심을 갖고 있습니다. 바이챈스 씨는 직접 오고 싶어 하실 정도였습니다만, 최근에는 여행하기 힘드셔서요."

"저, 솔직히 말하자면 무슨 말씀을 하고 계신 건지 전혀 모르겠는데요."

"이것은." 배디컴 씨는 상자를 내밀며 마술 트릭을 행하려 할 때의 아지라파엘처럼 활짝 웃었다. "선생님 물건입니다. 누군가가 선생님이 이 물건을 받길 원했지요. 아주 상세한 지시였습니다."

"선물인가요?" 뉴턴은 테이프가 붙은 판지를 주의 깊게 들여다보더니 날카로운 칼을 찾아 부엌 서랍 속을 뒤졌다.

"선물이라기보다는 유산이라고 해야 할 것 같군요. 저희 회사에선 이 물건을 300년간 가지고 있었습니다. 죄송합니다. 제가 뭐라고 했지요? 이건 비밀로 해둬야 하는 거였는데."

"대체 무슨 얘기죠?" 뉴턴은 그렇게 말했지만, 얼음장 같은 의혹이 스멀스멀 기어들고 있었다. 그는 칼에 베인 자리를 빨았다.

"재미있는 이야기죠. 앉아도 되겠습니까? 물론 전 이 회사에 합류한 지 15년밖에 되지 않기 때문에 모든 것을 상세히 알지는 못합니다만……"

……그 상자가 주의 깊게 배달되었을 때 그곳은 아주 작은 법률 회사였다. 배디컴 씨는 물론이고 레드펀, 바이챈스, 그리고 두 명의 로비 역시 먼 미래의 인물이었다. 생활고와 싸우던 법률 서기관은 배달을 받아 상자 위에 수신인이 자신으로 되어 있는 편지 한 통이 묶여 있는 것을 보고 깜짝 놀랐다.

그 편지 속에는 상세한 지시 사항과 더불어 향후 10년간 일어날 다섯 가지 역사적인 사건이 적혀 있었다. 명민한 젊은이가 잘만 써먹는다면 아주 성공적인 법률 경력을 추구할 만한 자산을 확보할 수 있는 내용들이었다.

그가 해야 할 일은 그 상자를 300년 넘게 잘 보관했다가 어느 어느 주소로 배달하는 것뿐이었다……

"……물론 몇 세기를 거치면서 회사의 주인은 여러 번 바뀌었습니다만, 그 상자는 언제나 동산의 일부로 전해졌지요."

"17세기에 하인츠 이유식을 만든 줄은 몰랐는데요." 뉴턴은 말했다.

"그건 그저 차 안에 잘 실으려고 쓴 상자입니다." 배디컴 씨가 대꾸했다.

"그런데 300년 동안 아무도 상자를 열어보지 않았단 말입니까?"

"제가 아는 바로는 그런 일이 두 번 있었습니다. 1757년 조지 크랜비 씨가 한 번, 1928년에 바이챈스 씨의 부친이신 아서 바이챈스 씨가 한 번 열었지요." 배디컴 씨는 기침을 했다. "크랜비 씨는 수신인이―"

"―자기인 편지를 찾아냈겠군요." 뉴턴이 말했다.

배디컴 씨는 황급히 뒤로 기대앉았다. "어이쿠 이런. 어떻게 아셨습니까?"

"방식을 알 것 같네요." 뉴턴은 우울하게 말했다. "그래서 어떻게 됐죠?"

"이런 이야기를 전에 들으신 적이 있습니까?" 배디컴 씨는 의혹에 차서 물었다.

"그리 많이는 아니지만요. 편지가 터지거나 한 건 아니죠?"

"아아…… 크랜비 씨는 심장마비를 일으켰던 것 같습니다. 그리고 바이챈스 씨는 얼굴이 파랗게 질려서 편지를 봉투 속에 다시 집어넣고는, 본인 생전에 다시는 그 상자를 열지 말라는 엄한 지시를 내리셨지요. 그분은 누구든 상자를 여는 사람은 불문곡직 해고한다고 하셨습니다."

"그거 무서운 위협이로군요." 뉴턴은 빈정거렸다.

"그것이 1928년의 일입니다. 어쨌든 그분들의 편지도 상자 안에 들어 있습니다."

뉴턴은 판지를 젖혀 열었다.

안에는 쇠를 댄 작은 궤가 들어 있었다. 자물쇠는 없었다.

"열어보시죠." 배디컴 씨가 열렬히 말했다. "안에 뭐가 있는지 정말 알고 싶습니다. 저희 사무소에선 내기도 걸었지요……"

"이러면 어떨까요." 뉴턴은 관대하게 말했다. "제가 커피를 탈 테니 직접 열어보시죠."

"제가요? 그래도 괜찮을까요?"

"안 될 거 있겠습니까." 뉴턴은 스토브 위에 걸린 소스팬들을 쳐다보았다. 그가 생각하는 일에 안성맞춤으로 큰 팬이 하나 있었다.

"열어보세요. 괜찮습니다. 그 뭐냐, 법적 대리인의 권한도 있잖아요."

배디컴 씨는 우비를 벗었다. "크흠." 그는 손을 마주 비볐다. "그편이 좋다고 하시니…… 손주들에게 얘기해줄 이야깃거리가 생겼군요."

뉴턴은 소스팬을 집어 들고 문손잡이에 조용히 손을 얹었다. "그러길 바랍니다."

"그럼 엽니다."

뉴턴의 귀에 희미한 삐걱 소리가 들렸다.

"뭐가 보입니까?"

"열린 봉투가 두 개 있고…… 아, 세 번째 봉투가…… 수신인이……"

밀랍 봉인을 뜯는 소리와 뒤이어 탁자 위에 뭔가가 부딪치는 쨍그랑 소리가 들렸다. 그러더니 숨을 들이켜는 소리, 의자가 덜거덕거리는 소리, 복도를 달리는 발소리, 문을 닫는 쾅 소리에 자동차

엔진이 돌아가고 미친 듯이 차를 달리는 소리가 연이어 들렸다.

뉴턴은 머리에 쓰고 있던 소스팬을 치우고 문 뒤에서 나왔다.

그는 편지를 집어 들었고, 수신인이 G. 배디컴 씨로 되어 있는 것을 보고도 100퍼센트 놀라지는 않았다. 그는 편지를 펼쳤다.

안에는 이렇게 쓰여 있었다. "이건 충고요, 변호사. 자, 빨리 뛰어요, 그렇잖으면 세상이 당신과 타이프라이팅 머신 노예인 스피든 양에 대한 진실을 알게 될 거요."

뉴턴은 나머지 편지 두 통을 보았다. 조지 크랜비 앞으로 적힌 빠닥빠닥한 종이엔 이렇게 적혀 있었다. "도둑질이나 하는 손 치우시오, 마스터 크랜비. 당신이 마이클마스 전에 과부 플래시킨을 사취했다는 사실 유념하고 있어. 이 인색한 늙다리 한입거리야."

뉴턴은 한입거리라는 게 무슨 말일까 궁금했다. 요리와 상관없는 말인 건 확실해 보이는데 말이다.

호기심 많은 바이챈스 씨를 기다렸던 편지에는 이렇게 적혀 있었다. "당신은 그들을 내버려뒀지, 이 겁쟁이. 이 편지를 다시 넣어두지 않으면 세상이 1960년 6월 7일에 일어난 진짜 사건을 알게 될걸."

편지 세 통 밑에는 원고 필사본이 하나 있었다. 뉴턴은 뚫어져라 그 원고를 들여다보았다.

"뭐죠?" 아나테마였다.

뉴턴은 몸을 빙글 돌렸다. 아나테마는 매력적으로 다리를 벌리고 문틀에 기대서 있었다.

뉴턴은 탁자에 등을 대고 말했다. "아, 아무것도 아니에요. 잘못

온 거예요. 아무것도 아닌 낡은 상자인데. 그냥 우편물이에요. 알다시피—"

"일요일에?" 아나테마는 그를 밀어내며 말했다.

그는 아나테마가 노랗게 바랜 원고를 들어 올리는 동안 어깨만 으쓱였다.

그녀는 천천히 읽었다. "아그네스 너터의 근사하고 정확한 예언집 그 후편. 앞으로 올 세계를 생각하며. 현명한 갱신판! 세상에……"

그녀는 공손히 원고를 탁자 위에 올려놓고 첫 장을 넘기려 했다.

뉴턴의 손이 부드럽게 그녀의 손을 잡았다.

"이렇게 생각해봐요." 뉴턴이 조용히 말했다. "남은 평생 누군가의 후손으로만 살고 싶어요?"

그녀는 눈을 들었다. 두 사람의 눈이 마주쳤다.

일요일이었다. 세상의 남은 나날 중 첫 번째 날, 11시 30분 무렵이었다.

세인트제임스 공원은 비교적 조용했다. 빵조각에서 현실 정치를 읽는 데 능통한 오리들은 국제 정세의 긴장이 약해졌다고 보았다. 사실 국제 정세는 정말로 완화되었는데, 그래도 수많은 사람이 사무실에 들어앉아서 왜 긴장감이 약해진 것인지, 아틀란티스인들은 진상 조사 대표단 세 팀과 함께 어디로 사라진 것인지, 그리고 어제 그들의 컴퓨터가 전부 어떻게 되었던 것인지를 알아내려 애쓰고 있었다.

공원에는 누군가를 신입으로 모집하려 하다가 알고 보니 자신과 같은 M19 요원임이 밝혀져 서로 당황하게 될 M19 요원 한 명, 그리고 오리들에게 먹이를 주고 있는 키 큰 남자만 빼면 사람이 거의 없었다.

크롤리와 아지라파엘도 그곳에 있었다.

그들은 나란히 잔디밭을 걸었다.

"여긴 똑같아." 아지라파엘이 말했다. "가게도 그대로야. 그을린 자국 하나 없어."

"그러니까 말이야." 크롤리가 말했다. "오래된 벤틀리를 그냥 만들어낼 순 없는 법이거든. 풍취가 배어 나오질 않는다고. 그런데 저기에, 실물 크기 그대로 서 있어. 바로 저 길에 말이야. 차이점을 알아볼 수가 없을걸."

"글쎄, 나는 차이점을 구분할 수 있어. 난 《화성으로 가는 비글견》과 《잭 케이드》, 《개척 영웅》에다 《소년이 할 수 있는 101가지 일들》에 《해골 바다의 핏빛 개들》 같은 책들은 모은 적이 없거든."

"저런, 안됐네." 천사가 서적 수집품을 보물로 여긴다는 사실을 너무나 잘 알고 있는 크롤리는 말했다.

"그럴 것 없어." 아지라파엘은 쾌활하게 말했다. "전부 깨끗한 초판본인 데다가 스킨들의 가격 안내서에서 그 책들을 찾아봤거든. 아마 자네라면 '횡유'라는 표현을 쓸걸."

"난 그 녀석이 세상을 있는 그대로 되돌려놓고 있다고 생각했는데." 크롤리가 말했다.

"사실이야. 어느 정도는. 자신이 할 수 있는 한은 최선을 다해서. 하지만 그 녀석에겐 유머 감각도 있어."

크롤리는 아지라파엘을 곁눈질했다.

"그쪽에선 접촉 없어?"

"없어. 자네 쪽은?"

"없어."

"내 생각엔 다들 아무 일도 없었던 척하고 있는 것 같아."

"내 쪽도 마찬가지야. 관료 정치란 그런 거지."

"그리고 이쪽은 다음에 무슨 일이 일어날지 기다려보는 중이지."

크롤리는 고개를 끄덕였다. "한숨 돌리는 셈이지. 정신적으로 재무장할 기회고. 방어 태세를 갖추고. 큰 싸움을 준비하고."

그들은 연못가에 서서 오리들이 빵조각을 두고 싸우는 모습을 지켜보았다.

"무슨 소리야?" 아지라파엘이 말했다. "난 그게 큰 싸움이라고 생각했는데."

"난 잘 모르겠어. 생각해봐. 난 진짜 큰 싸움은 우리 모두와 그들 모두 사이에 벌어질 거라는 데 걸겠어."

"뭐? 천국과 지옥이 인간과 대결한다는 소리야?"

크롤리는 어깨를 으쓱였다. "물론, 그 녀석이 모든 것을 바꿨다면 아마 자신도 바꿨겠지. 아마 자신의 힘을 없애버렸을 거야. 인간으로 남기를 결정한 거지."

"아아, 그랬으면 좋겠는데." 아지라파엘이 말했다. "아무튼 다른 대안은 허용되지 않았을 거야. 어, 그렇지?"

"모르겠는걸. 진짜 의도가 무엇인지에 대해선 절대 확신을 할 수가 없단 말이야. 계획 안에 또 계획이 있으니."

"뭐라고?"

"흠." 이 문제에 대해 머리가 아파올 때까지 생각했던 크롤리는 대답했다. "그 모든 것에 대해 의아해해본 적 없어? 알지, 자네 쪽과 우리 쪽, 천국과 지옥, 선과 악, 그런 구분들 말이야. 그러니까, 어째서지?"

천사는 딱딱하게 대꾸했다. "내 기억으로는 반란이 있었고—"

"아, 그렇지. 그런데 그 반란이 왜 일어난 거지? 응? 굳이 일어날 필요가 없었잖아, 안 그래?" 크롤리는 눈에 광기를 띠고 말을 이었다. "엿새 만에 우주를 하나 만들 수 있는 존재라면 그런 사소한 일이 일어나게 놔두지 않았을 거야. 일어나기를 원하는 게 아니라면 말이야, 물론."

"세상에. 정신 좀 차려." 아지라파엘은 미심쩍은 투로 말했다.

"그건 별로 좋은 충고가 아니야. 전혀 아니지. 자네도 앉아서 정신 바싹 차리고 생각해보면 아주 이상한 생각들이 떠오를 텐데. 이를테면, 왜 인간을 호기심 많게 만들어놓고서 커다란 네온 손가락이 깜박이며 '이게 그거야!'라고 외쳐대는 곳에다 금지된 과일을 심어놓는가 하는 생각이라든지."

"네온 같은 건 기억에 없는데."

"비유일 뿐이야. 내 말은, 그들이 그 과일을 먹기를 원한 게 아니라면 왜 그랬겠느냐는 거지. 응? 모든 게 어떻게 되어갈지 보고 싶어서 그랬을 수도 있어. 그게 다 거대하고 커다란, 형언할 수도 짐작할 수도 없는 계획의 일부일 수도 있다고. 전부 다 말이야. 자네, 나, 그 녀석, 모든 것이 다. 직접 만든 게 다 제대로 돌아가는지 보려는 무진장 거대한 시험이었을 수도 있잖아? 이런 생각이 들기 시작한단 말이야. 이건 거대한 우주적 체스 게임일 수가 없어. 그저 아주 복잡한 솔리테어[+]여야만 하지. 그러면 귀찮게 답해줄 필요도 없고 말이야. 우리가 그걸 이해해버린다면 더 이상 우리가 아닐 테니까. 왜냐하면 모든 게 다― 다―"

형언할 수 없으니까. 오리들에게 먹이를 주던 사람이 말했다.

"그렇지. 맞아. 고마워요."

그들은 그 키 큰 인물이 조심스레 빈 종이 봉지를 쓰레기통에 버리고, 잔디밭을 가로질러 활보해 가는 것을 지켜보았다. 문득 크롤리가 머리를 흔들었다.

"내가 무슨 말을 하고 있었지?"

"모르겠는데." 아지라파엘이 대답했다. "뭐, 아무튼 그리 중요한 건 아니었어."

크롤리는 우울하게 고개를 끄덕였다. "점심이나 먹으러 가자고."

그들은 다시 리츠로 갔고, 신비롭게도 자리가 하나 비어 있었다. 그리고 어쩌면 최근에 있었던 분투가 현실에 예기치 않은 부산물을 남겨놓은 모양이었다. 그들이 점심을 먹는 동안 역사상 처

[+] 일인용 카드게임.

음으로 버클리 광장에서 나이팅게일이 울었으니.

차들의 소음 때문에 아무도 그 소리를 듣지는 못했지만, 나이팅
게일은 바로 지금, 그곳에 있었다.

일요일 오후 1시였다.

마녀사냥 하사관 섀드웰의 세계에서 지난 10년간 일요일 점심
은 변함없는 순서로 이어졌다. 그는 담뱃불에 망가지기 직전인 자
기 방 탁자 앞에 앉아, 마녀사냥 군대 도서관+에 있는 마법과 악마
학에 관한 낡은 책 중 한 권을 넘겨보곤 했다. 《네크로텔레코미니
콘》⚕이라든가 《리베르 풀바룸 파기나룸》🖌, 혹은 그가 제일 좋아하
는 고전 《말레우스 말레피카룸》⚬ 같은 책을.

그러고 있노라면 문 두드리는 소리가 나고, 마담 트레이시가 "점
심이에요, 섀드웰 씨"라고 외치며, 섀드웰은 "부끄러움도 모르는 왈
패 같으니"라고 투덜거린 다음, 그 부끄러운 줄 모르는 왈패가 자
기 방에 돌아갈 때까지 60초 동안 기다린다. 60초 후에 문을 열고,

+ [원주] 사서는 마녀사냥 상병 카펫, 연간 보너스 11펜스씩.

⚕ 사자의 전화번호부. 테리 프래쳇의 디스크월드 시리즈에 나오는 책이며, 네크로노
  미콘의 패러디.

🖌 '노란 종이의 책'이라는 뜻의 라틴어. 닐 게이먼의 '샌드맨' 시리즈에서 악마를 소
  환하는 책으로 나온다.

⚬ [원주] "책 중의 책, 놀라운 지침서. 진심으로 추천함" - 교황 이노센트 8세.

보통 식지 않게 다른 접시를 덮어놓은 간 요리 접시를 집어 든다. 그리고 그는 안으로 들어가, 읽고 있는 책에 고깃국물을 흘리지 않으려고 조심하며 요리를 먹는 것이다.[+]

언제나 그랬다.

그런데 이번 일요일만큼은 그렇지가 않았다.

우선 그는 책을 보고 있지 않았다. 그저 앉아 있을 뿐이었다.

그리고 똑똑 문 두드리는 소리가 나자 그는 즉각 일어서서 문을 열었다. 서두를 필요는 없었다.

접시 같은 것은 없었다. 그저 카메오 브로치를 달고, 생소한 색의 립스틱을 바른 마담 트레이시뿐이었다. 게다가 그녀는 자욱한 향수 속에 서 있었다.

"뭡감, 이세벨?"

마담 트레이시의 목소리는 밝고 빠르며 불안정했다. "안녕하세요, S씨, 그냥 생각해본 건데요, 지난 이틀 동안 온갖 일을 다 겪고 나니까 접시만 남겨두는 게 좀 바보 같지 않겠어요. 그래서 자리를 마련해뒀어요. 자……"

S씨라? 그는 경계를 늦추지 않고 그녀를 따라갔다.

그는 간밤에 또 다른 꿈을 꾸었다. 한 대목만이 아직까지 머릿속에 메아리치며 그를 괴롭힐 뿐, 다른 내용은 기억나지 않았다.

[+] [원주] 제대로 된 수집가에게 마녀사냥 군대의 장서는 수백만 파운드의 가치가 있을 것이다. 엄청난 부자에다, 고깃국물 자국이나 담뱃불 자국, 여백에 휘갈겨 쓴 주석, 혹은 마녀와 악마를 그린 판화 그림마다 턱수염과 안경을 그려 넣은 어느 마녀사냥 상병의 열정에 신경 쓰지 않는 제대로 된 수집가여야겠지만.

그 꿈은 전날 밤에 있었던 일들처럼 안개 속으로 사라져버렸다.

메아리치는 내용은 이러했다. "마녀사냥꾼이 잘못된 건 없네. 나도 마녀사냥꾼이 되고 싶어. 다만 말이지, 뭐랄까, 번갈아 차례가 온다는 거지. 오늘은 우리가 마녀사냥에 나서지만, 내일은 우리가 숨고 마녀들이 우리를 찾아 나서지 않겠나……"

24시간 만에 두 번째로, 즉 생애 두 번째로 그는 마담 트레이시의 방에 들어갔다.

"거기 앉아요." 그녀는 안락의자를 가리키며 말했다. 머리받침에는 등받이 덮개를 씌웠고, 앉는 자리에는 푹신한 방석을 깔았으며, 작은 다리받침이 딸린 의자였다.

그는 앉았다.

그녀는 그의 무릎에 쟁반을 놓고, 그가 먹는 모습을 지켜보고는, 다 먹고 나자 접시를 치웠다. 그러고는 기네스 맥주를 따서 유리잔에 따라 그에게 건네주고, 그가 꿀꺽꿀꺽 기네스를 마시는 동안 홍차를 마셨다. 그녀가 찻잔을 내려놓자 접시받침에서 신경을 건드리는 딸깍 소리가 났다.

"비축해둔 돈이 조금 있어요." 그녀가 난데없이 말했다. "이따금 어딘가 시골에 자그마한 방갈로에서 살면 좋겠다는 생각을 하곤 하거든요. 런던을 떠나서 말예요. 거길 월계관이라고 부를래요. 아니면 던로민이라든가, 아니면, 음……"

"샹그릴라." 새드웰은 자신이 왜 그런 제안을 했는지 생각할 수가 없었다.

"바로 그거예요, S씨. 바로 그거예요. 샹그릴라." 그녀는 새드웰

544

에게 미소 지었다. "편해요, 자기?"

섀드웰은 떠오르는 공포감과 함께 자신이 편안하다는 사실을 깨달았다. 무시무시하게도, 끔찍할 만큼 편안했다. "그렇구먼." 그는 조심스럽게 대답했다. 사실 이렇게 편안해본 적이 없었다.

마담 트레이시는 기네스 한 병을 더 따서 섀드웰 앞에 놓았다.

"사실 그 작은 방갈로를 얻는 데 유일한 문제는요, 그런데 당신의 뛰어난 취향으로 거길 뭐라고 불렀죠, S씨?"

"어. 샹그릴라."

"샹그릴라, 맞아요. 아무튼 거긴 한 사람에게는 맞지 않잖아요, 그렇죠? 흔히들 왜, 두 사람 사는 게 한 사람보다 싸게 먹힌다고 하잖아요."

(혹은 518명이. 섀드웰은 마녀사냥 군대의 구성을 떠올리며 생각했다.)

그녀는 키득거리고 웃었다. "어디에서 같이 정착할 사람을 찾을 수 있을까가 문제인데요……"

섀드웰은 그녀가 그에 대해 이야기하고 있음을 깨달았다.

이 일에 대해서는 확신할 수가 없었다. 마녀사냥 병사 펄시퍼를 젊은 처자와 함께 태드필드에 두고 온 일만 해도 마녀사냥 군대의 《규율과 규정집》에 의거해볼 때 나쁜 수를 둔 게 틀림없다고 생각하고 있었다. 그런데 이건 그보다 더 위험해 보였다.

그렇긴 하지만, 잔디밭에서 포복을 하기도 버거울 만큼 나이를 먹고 보니 아침의 찬이슬이 뼛속까지 스몄다……

(오늘은 우리가 마녀사냥을 나서지만, 내일은 우리가 숨고 마녀

들이 우리를 찾아 나서지 않겠나……)

마담 트레이시는 기네스 병을 하나 더 따고 키득였다. "어머나, S씨, 내가 당신을 취하게 하려 한다고 생각하겠네요."

그는 끙 소리를 냈다. 이런 일엔 모두 준수해야 할 절차가 있었다.

마녀사냥 하사관 새드웰은 한참 동안 기네스를 마신 다음, 그녀에게 그 질문을 던졌다.

마담 트레이시가 까르르 웃었다. "솔직히 말해봐요, 이 늙은 바보양반." 그녀는 그렇게 말하고 얼굴을 빨갛게 붉혔다. "몇 개일 것 같아요?"

그는 다시 한 번 물었다.

"두 개예요." 마담 트레이시가 말했다.

"아, 좋아. 그럼 다 됐어." (퇴직) 마녀사냥 하사관 새드웰은 말했다.

일요일 오후였다.

잉글랜드 땅 위 높은 하늘에서 747기 한 대가 웅웅거리며 서쪽으로 날아가고 있었다. 일등석 자리에 앉은 워락이라는 이름의 소년은 만화책을 내려놓고 창밖을 내다보았다.

정말 이상하기 짝이 없는 며칠이었다. 아직도 왜 아버지가 중동으로 불려갔던 건지 알 수가 없었다. 아버지도 이유를 모르는 게 분명했다. 아마 문화적인 뭔가가 이유였을 것이다. 그곳에서 있었던 일이라곤 머리에 수건을 두르고 이는 엉망진창인 이상하게 생긴 남자들이 낡은 폐허를 보여준 게 전부였다. 폐허에 가는 동안에는 워락도 그럭저럭 잘 버텼다. 그러고는 나이 많은 할아버지 하나가 그에게 뭔가 하고 싶은 일이 없냐고 물었고, 워락은 떠나고 싶다고 대답했다.

그들은 그의 대답에 몹시 불행한 표정을 지었다.

그리고 이제 워락은 미국으로 돌아가고 있었다. 비행기표인지 비행기인지 공항 목적지 게시판인지에 말썽이 있었다. 이상한 일이었다. 그는 아버지가 잉글랜드로 돌아갈 작정이었으리라 확신했다. 워락은 잉글랜드가 좋았다. 영국은 미국인이 살기 좋은 나라였다.

그 순간 비행기는 정확히 로어 태드필드, 기름덩이 존슨이 겉표지에 멋진 열대어 사진이 실려 있다는 이유만으로 산 사진 잡지를 넘겨보고 있는 방 바로 위를 지나가고 있었다.

존슨의 열의 없는 손가락 몇 장 아래에는 미식축구 사진과, 미식축구가 유럽에서 선풍적인 인기를 끌고 있다는 기사가 있었다. 이상한 일이었다. 그 잡지가 찍혀 나왔을 때에는 그 부분에 사막 환경에 대한 사진이 있었으니 말이다.

그 미식축구 사진이 기름덩이의 삶을 바꿔놓을 것이었다.

그리고 워락은 미국으로 날아갔다. 그는 '뭔가'를 얻을 자격이 있었고(아무리 태어난 지 몇 시간 안 됐을 때라 해도 처음 만났던 친구들을 잊을 순 없는 것 아니겠는가), 그 순간 전 인류의 운명을 조정하고 있던 힘은 이렇게 생각했다. 흠, 저 녀석은 미국으로 가고 있잖아? 그 힘이 보기에는 미국으로 가는 것보다 더 좋은 일이 없을 것 같았다.

미국에는 서른아홉 가지 맛의 아이스크림이 있었다. 어쩌면 그보다 더 될지도 모르고.

⚜

소년과 개가 일요일 오후에 할 수 있는 흥미진진한 일은 백만 가지도 더 있었다. 아담은 애쓰지 않고도 500가지 정도는 생각해낼 수 있었다. 짜릿한 일들, 떠들썩한 일들, 정복해야 할 행성들, 길들여야 할 사자들, 발견해서 친구로 사귀어야 할 공룡들이 우글거리는 잃어버린 남미 세계.

아담은 풀 죽은 모습으로 정원에 앉아 조약돌로 흙을 긁었다.

아담의 아버지는 공군기지에서 돌아와서 잠들어 있는 아담을 발견했다. 어느 모로 보나 저녁 내내 자고 있었던 것처럼 쿨쿨 자고 있었다. 진짜처럼 코까지 골았다.

그러나 다음 날 아침을 먹을 때가 되어보니, 그 정도로는 충분하지 않았음이 분명해졌다. 영 씨는 토요일 밤에 벌인 미친 듯한 술래잡기가 마음에 들지 않았다. 그리고 설령 요행히 아담이 그날 밤의 소동에 책임이 없다 하더라도, 다들 모종의 소동이 있었다는 것만 확신할 뿐 세부적인 면은 잘 모르는 것 같았으니 뭔지 알 수는 없지만, 아무튼 아담이 '무엇인가'에는 죄를 지은 게 분명했다.

이것이 바로 영 씨의 태도였고, 그런 태도는 11년간 잘 먹혔다.

아담은 의기소침해서 정원에 앉아 있었다. 8월의 태양은 8월의 구름 한 점 없이 푸른 하늘 높이 떠 있었고 산울타리 뒤에서는 개똥지빠귀가 지저귀었으나, 아담에게는 이것도 모든 상황을 더 나쁘게 몰고 가는 것만 같아 보였다.

개는 아담의 발치에 앉아 있었다. 개는 나름대로 도움이 되고 싶은 마음에 나흘 전에 묻어둔 뼈다귀를 파내어 아담의 발치까지 끌고 왔으나, 아담은 우울하게 그 뼈다귀를 내려다볼 뿐이었고, 결국 개는 뼈다귀를 가져가서 다시 파묻고 말았다. 할 만큼은 한 셈이었다.

"아담?"

아담은 고개를 돌렸다. 정원 울타리 너머에서 세 개의 얼굴이 안을 들여다보고 있었다.

"안녕." 아담은 쓸쓸히 인사했다.

"노턴에 서커스가 왔어. 웬즐리가 갔다가 봤어. 지금 준비하고 있대." 페퍼가 말했다.

"천막에 코끼리에 곡예사랑 진짜 야생동물들이랑 다 있어!" 웬즐리데일이 말했다.

"우리 모두 가서 준비하는 거 구경하면 어떨까 생각했어." 브라이언이 마무리를 지었다.

순간 아담의 마음은 서커스의 환영 속을 헤엄쳤다. 서커스는 일단 시작하고 나면 지루하기만 했다. 그런 건 텔레비전으로 언제든 볼 수 있었다. 하지만 준비하는 건…… 물론 그들은 모두 그리로 갈 것이고, 천막을 치고 코끼리를 씻기는 것을 도와줄 것이며, 서커스 사람들은 아담이 동물들과 맺는 타고난 신뢰감에 감명을 받아 그날 밤 아담이(그리고 세상에서 제일 유명한 공연 잡종개인 '개'가) 코끼리들을 서커스 원 안으로 몰고 가게 해줄……

소용없는 생각이었다.

아담은 구슬프게 고개를 저었다. "아무 데도 못 가. 엄마 아빠가 그랬어."

잠시 침묵이 흘렀다.

"아담." 페퍼가 조금 껄끄러운 표정으로 물었다. "어젯밤에 무슨 일이 있었던 거지?"

아담은 어깨를 으쓱였다. "별거 아니야. 상관없어. 늘 똑같지 뭐. 도우려고 했을 뿐인데 누굴 죽이기라도 한 것처럼 군다니까."

고것들이 그들의 추락한 대장을 가만히 바라보는 동안 다시 침묵이 흘렀다.

"그럼 언제나 내보내줄 것 같아?" 페퍼가 물었다.

"수십 년간 안 내보내줄걸. 수십 년 수백 년 수천 년은 안 내보내 줄 거야. 엄마 아빠가 내보내줄 때쯤이면 난 쭈그렁 할아버지가 되어 있을걸."

"내일은 어때?" 웬즐리데일이 물었다.

아담이 얼굴을 폈다. "아, 내일이면 괜찮을 거야. 그때쯤이면 다 잊어버릴 테니까. 늘 그런걸." 아담은 장미 울타리 두른 엘바 섬으로 유배된 추레한 나폴레옹처럼 친구들을 쳐다보았다. "너희는 보러 가." 아담은 짧게 힘없는 미소를 지었다. "내 걱정은 말고. 난 괜찮을 거야. 다들 내일 보자."

고것들은 머뭇거렸다. 충성심은 훌륭하지만, 어떤 장교도 자기네 대장과 코끼리가 있는 서커스 사이에서 선택해야 할 기로에 서는 일은 없다. 아이들은 떠났다.

태양은 계속 빛났다. 개똥지빠귀는 계속 노래를 불렀다. 개는 주인님을 포기하고 정원 산울타리 옆 풀밭에서 나비를 쫓기 시작했다. 이건 손질이 잘된 두꺼운 쥐똥나무로 이루어진 뚫고 지나갈 수 없이 튼튼한 산울타리였고, 아담은 그 울타리를 옛날부터 알고 있었다. 그 울타리 너머엔 탁 트인 들판과 멋진 진흙 웅덩이, 덜 익은 과일나무, 그리고 화는 내지만 발이 느린 과일나무 주인들, 그리고 서커스, 댐까지 이어지는 시냇물과 올라가기 딱 좋은 나무들이 펼쳐져 있었다……

하지만 그 울타리를 뚫고 지나갈 길은 없었다.

아담은 생각에 잠겼다.

"개." 아담은 엄격하게 말했다. "그 울타리에서 물러나. 네가 거길 뚫고 지나가면 난 널 잡으러 쫓아가야 하고, 그러려면 마당에서 나가야 하는데, 그러면 안 되거든. 하지만…… 네가 도망간다면 그래야만 하겠지."

개는 신이 나서 껑충껑충 뛰며 제자리에 머물렀다.

아담은 조심스레 주위를 둘러보았다. 그리고 그보다 더 조심스럽게 '위'와 '아래'를 보았다. 그러고는 내면을 들여다보았다.

그런 다음……

이제는 산울타리에 커다란 구멍이 하나 나 있었다. 개가 통과해

지나가고 사내아이가 그 뒤를 쫓아 기어갈 만한 크기였다. 언제나 그 자리에 있던 구멍이었다.

아담은 개에게 눈을 찡긋했다.

개는 산울타리에 난 구멍으로 뛰어들었다. 그리고 아담은 잘 들리도록 크고 뚜렷하게 "개, 이 나쁜 개야! 멈춰! 이리 돌아와!"라고 외치며 그 뒤를 쫓아 기어갔다.

무엇인가가 끝나가고 있다는 예감이 들었다. 세상이 끝난다는 것은 아니었다. 여름이 끝나갈 뿐이었다. 또 다른 여름이 오겠지만, 이런 여름은 결코 다시는 오지 않을 것이다. 두 번 다시.

그러니 최대한 즐기는 것이 좋으리라.

그는 들판을 반쯤 가로지르다가 걸음을 멈췄다. 누군가가 뭔가를 태우고 있었다. 그는 재스민 장 굴뚝으로 솟아오르는 흰 연기를 보고 한숨 돌렸다. 그리고 귀를 기울였다.

아담은 다른 사람들은 놓칠지도 모르는 것들을 들을 수 있었다.

웃음소리를 들을 수 있었다.

그것은 마녀의 째지는 웃음소리가 아니었다. 스스로에게 이롭지 않을 만큼 많이 알고 있는 누군가가 뱉는 나지막하고 솔직한 깔깔거림이었다.

별장 굴뚝 위에서 흰 연기가 몸부림치며 엉겼다. 한 순간의 한 조각에 지나지 않는 시간, 아담은 연기 속에서 잘생긴 여자의 얼굴을 보았다. 300년이 넘도록 지상에 보인 적이 없는 얼굴이었다.

아그네스 너터는 아담에게 눈을 찡긋했다.

변덕스러운 여름 바람이 연기를 흩어놓았다. 그리고 얼굴과 웃음소리도 사라졌다.

아담은 씩 웃고는 다시 달리기 시작했다.

개울을 건너 멀지 않은 목초지에서 소년은 진흙투성이의 젖은 개를 따라잡았다. "나쁜 녀석." 아담은 개의 귀 뒤를 긁어주며 말했다. 개는 황홀한 기분으로 요란하게 짖어댔다.

아담은 위를 올려다보았다. 머리 위에 울퉁불퉁하고 무겁고 나이 많은 사과나무 가지가 늘어져 있었다. 어쩌면 시간의 여명기부터 그곳에 있었는지도 모른다. 아직 익지 않은 작고 파란 사과의 무게로 가지가 구부러져 있었다.

소년은 섬전 같은 빠르기로 나무에 기어올랐다. 그리고 몇 초 후 양쪽 주머니를 불룩하게 만들고, 시큼한 사과를 와작와작 베어 물면서 땅 위로 돌아왔다.

"이봐! 너! 꼬마!" 뒤에서 거친 목소리가 날아왔다. "아담 영이로구나! 네 녀석을 못 알아볼 줄 알고! 네 아버지에게 말할 테다, 어디 안 하나 보자!"

아담은 개를 옆에 거느리고, 주머니는 서리한 과일로 채운 채 내빼면서 이제 부모님이 벌을 줄 것은 확실해졌다고 생각했다.

그거야 언제나 그랬다. 하지만 오늘 저녁까지는 괜찮을 것이다.

그리고 오늘 저녁까지는 한참 남았다.

그는 사과 옹어리를 쫓아오는 사람 쪽으로 대충 던지고, 주머니에 손을 넣어 또 하나를 꺼냈다.

그는 아무튼 사람들이 대체 왜 그 바보 같은 옛날 과일을 먹는데 대해 그렇게 야단법석인지 알 수가 없었지만, 그러지 않는다면 사는 게 훨씬 재미없을 것이다. 그리고 아담의 관점에서, 말썽을 감수하고라도 먹을 가치가 없는 사과는 하나도 없었다.

미래를 그려보고 싶다면, 한 소년과 소년의 개와 소년의 친구들을 마음속에 그려보라. 그리고 영영 끝나지 않는 여름을.

그리고 미래를 그려보고 싶다면, 끈을 질질 끌면서 돌멩이를 걷어차는 부츠…… 아니, 운동화를 생각하라. 재미있는 것들은 다 찔러보고, 도로 주워 올지 도망칠지 알 수 없는 개에게 집어던지기 위해 가지고 다니는 막대기를. 어느 운 나쁜 인기 가요를 뒤죽박죽으로 만들어버릴 음정이 엉망인 휘파람을 생각하라. 반은 천사요 반은 악마이며, 온전히 인간인 한 사람을 생각하라……

기대감에 부풀어 태드필드 쪽으로 터덜터덜 걸어가는 한 사람을……

……언제까지나.

옮긴이의 말

닐 게이먼 우린 《멋진 징조들》을 재미 삼아 썼어요. 이걸 보고 싶어
하거나 출판하려는 사람이 있을 줄은 생각도 안 했죠.

테리 프래쳇 놀이거리쯤으로 생각했으니까요.

닐 게이먼 그리고 이 책의 성공과 인기에 둘 다 놀라고 말았죠.

테리 프래쳇 우린 "이 책이 돈을 벌 수 있을까 몰라"라고 말하고 있
었거든요.

– '사이파이(www.scifi.com)'와의 인터뷰 중에서

테리 프래쳇은 1948년 4월 28일 영국의 버킹엄셔 비콘스필드에
서 태어났다. 프래쳇은 학교가 아니라 도서관에서 주된 교육을 다
받았노라고 공언하며, 라틴어보다 목공 일이 재미있을 것 같다면
서 기술학교에 들어갔다가 열세 살 때 쓴 단편소설 〈하데스 사업〉
이 학교 잡지에 실리면서 글쓰기에 재미를 들였다. 이후 저널리즘
에 흥미를 느끼고 1965년 학교를 떠나 〈벅스〉 신문사에 들어갔는
데, 편집자인 피터 밴더 반 듀렌과의 인터뷰에서 자신의 첫 장편
《카펫 사람들》을 소개했고 이를 계기로 이후 밀접한 관계를 맺게
되는 편집자 콜린 스미스와 만났다. 문제의 《카펫 사람들》은 4년

후인 1971년 출판되었으며, 대단한 스포트라이트는 아니지만 썩 괜찮은 평가를 받았다.

이후 그는 〈웨스턴데일리〉 신문사로 직장을 옮겼다가 다시 원자력 발전소 세 곳을 책임지는 위치로 중앙전력국에 입사, 사이사이 만화를 그리기도 하고 하릴없는 겨울밤이면 소설을 쓰기도 하며 몇 년을 보낸다. 그렇게 두 권의 장편을 더 출판하고 마침내 1983년 디스크월드 연작의 첫 번째 장편 《마법의 색》이 나왔다. 책이 나오기까지 과정이 간단치는 않았지만 어쨌든 이 책은 방송을 통해 소개되었고, 굉장한 반향을 불러일으켰으며, 이후 테리 프래쳇이라는 작가가 글만 쓰고 살아갈 수 있게 해주었다. 그때부터 프래쳇은 디스크월드 연작을 해마다 한두 권씩 출간, 수많은 고정 팬을 거느리며 영국에서 최고의 인기를 구가했다. 권수가 쌓일수록 인기도는 더 높아졌고, 새로운 책을 내놓을 때마다 베스트셀러에 오른 것은 물론이거니와 1991년의 《사신Reaper Man》은 여덟 번째로 빨리 팔려나간 책이라는 기록을 세웠는데, 이건 해리 포터 시리즈가 산산이 부숴놓기 전까지만 해도 '장르' 작품으로서는 최고 기록이었다.

디스크월드 시리즈의 성공에 대해 미국의 《커커스》지에서 평가한 것처럼, 테리 프래쳇의 글은 "박장대소하게 만드는 익살, 면도날처럼 날카로운 풍자, 그리고 끝없는 비아냥에도 불구하고 그 밑에 깔려 있는 열정적인 이상주의의 결합"이다. 유쾌한 이야기 속에 뼈 있는 통찰을 심는 것이 장기인 프래쳇이 동시대 영어권 작가 중 최고의 풍자가로 일컬어지는 것도 무리가 아니다. 1989년에 영국환

상문학상을 수상했고, 1998년에는 문학에 대한 기여를 인정받아 영국 여왕의 탄신 만찬에 초대받았으며, 1999년에는 워릭 대학에서, 2001년에는 포츠머스 대학에서 명예 문학박사 학위를 받았다. 작가협회 회장을 지내기도 했다. 이전부터 오랑우탄 보호에 적극적으로 동참, 다큐멘터리 제작자들을 따라 보르네오까지 찾아간 적이 있는가 하면 식충식물을 기르다가 놈들이 온실을 점령해버려서 감히 들어가지도 못한다고 인터뷰한 적도 있다.

닐 게이먼은 1960년 영국 포트체스터에서 태어났다. 저널리스트이자 시나리오 작가로 활동하다가 1988년부터 DC코믹스를 통해 연재하기 시작한 샌드맨 시리즈로 몇 년간 미국 코믹스계의 정상에 군림했다. 게이먼은 당대 그래픽노블 계를 선도했고 여기 관련된 상을 무수히 탔는데, 아마도 이 분야에서 받을 수 있는 상은 모두 쓸었다고 봐야 할 것이다. 1991년에는 샌드맨 단편 〈한여름 밤의 꿈〉으로 세계환상문학상까지 수상, 이 분야 최초의 만화 입성을 이루어내기도 했다. 1999년에 일본의 일러스트레이터 아마노 요시타카와 함께 낸 샌드맨 외전《꿈 사냥꾼》은 브램 스토커 상을 수상하고 휴고 상 후보에도 올랐다. 샌드맨 연작은 그대로 끝난 듯했다가 2016년 출간 25주년을 기념한 새로운 서곡이 나오면서 아직까지 이어지고 있다.

소설 분야에서도 게이먼은 꾸준히 영국 호러 걸작선에 실릴 만한 단편을 써왔지만, 실질적으로 주목을 끈 것은 1990년 본서《멋진 징조들》이 성공하면서부터다.《멋진 징조들》이후 1993년에 단편소설과 산문, 저널리즘 관련 글을 모아 출판한《천사와 강림》은 출간되자마자 1만 부가 팔려나가 순식간에 5쇄를 찍었다. 여기에 실린 단편소설은 대부분 후에 출간된 단편집《연기와 거울》에 재수록되었다. 하지만 소설과 함께 실린 글들은 다른 곳에서 찾기 어려운 관계로,《천사와 강림》은 중고 시장에서 고가에 거래된다. 이 책과 책 속에 수록된 단편 〈트롤 다리〉는 1994년 세계환상문학상과 국제호러비평길드상 후보에 올랐다.

이후 게이먼은 직접 시나리오를 쓴 동명의 BBC TV 시리즈에 기반한 소설《네버웨어》, 뉴스위크지에서 최고의 아동 도서로 선정한《금붕어 두 마리와 아빠를 바꾼 날》(1996), 그래픽노블판과 소설판 두 가지로 나온《스타더스트》(1998) 등 몇 작품의 성공을 거쳐《신들의 전쟁》(2001)으로 휴고, 네뷸러, 로커스라는 3대 SF상을 휩쓸었고, 뒤이은《코랄린》까지 연이어 베스트셀러에 올렸다. SF와 판타지, 아동서와 공포물에 이르기까지 전천후로 필력을 뽐내는 실로 얄미운 작가다.

지속적으로 시나리오 작업도 병행해 미야자키 하야오 감독의 〈모노노케 히메〉 영문 시나리오 작업에도 참여했으며, 2002년에는 직접 메가폰을 잡아 〈존 볼튼에 대한 짧은 영화〉라는 코믹 잔혹극을 찍기도 했다. 만화, 소설, 저널리즘에 관련된 것을 포함해 받은 상이 너무 많은 데다가 미국과 영국만이 아니라 캐나다, 프랑스, 독일, 이탈리아 등 각지에서 수상한 까닭에 수상 경력을 정리하기도 힘들다. 배우자인 음악가 아만다 팔머와 함께, 자신의 작품과 등장인물에 관한 음반 작업도 시도했다. 초밥과 글쓰기 그리고 쓸데없는 생각 하기를 좋아하며, 여행 중인 경우를 제외하면 미네아폴리스 근처에 있는 크고 낡은 집에 산다.

자, 이렇게 쭉 적어놓고 보면 이런 두 사람이 어쩌다 함께 소설을 쓰게 된 걸까 궁금해지지 않는가. 물론 이 책을 쓴 1989년에는 두 사람 다 정상급 작가가 아니었다. 그들이 처음 만난 것은 1984년 《스페이스보이저》라는 그저 그런 잡지에서 일하던 닐 게이먼이 작가로서는 처음 인터뷰를 받아보는(《카펫 사람들》이 출간된 다음 해였으므로) 테리 프래쳇과 점심 약속을 잡았을 때였다. 만만찮은 재기와 입담을 자랑하는 두 사람은 죽이 잘 맞았고, 곧 절친한 친구가 되었으며, 5년 후인 1989년에 놀이 삼아 한 권의 책을 같이 써보기로 했다. 본격적인 집필 기간이 9주밖에 걸리지 않은 이 유쾌한 종말 이야기는 작가들을 놀라게 하며 17주 동안 《선데이타임》 베스트셀러 순위에 올랐고 아직도 전 세계에서 팔리고 있다.

공저를 두고 누가 어느 부분을 썼는지 알아보기는 쉽지 않다. 사람들이 그런 질문을 던지면 작가들은 "나는 단어를 썼고, 그 친구는 자간을 채웠지요…… 물론 그 친구는 다르게 말할 거라는 걸 명심하시고"(테리 프래쳇, 《컴퓨서브 SF/판타지 포럼》에서)라는 식의 장난기 어린 대답으로 얼버무렸다. 어쨌든 이 책은 좋은 작가 두 명이 힘을 합쳐 시너지를 낸 드문 경우로, 작가 본인들도 그게 어떻게 가능했는지 정확하게는 모르지 않을까 싶다. 그 사실을 증명하듯, 다시 한 번 함께 책을 써볼 생각이 있느냐는 질문을 몇십 년 동안 꾸준히 받으면서도 두 사람 다 공저에는 부정적이었다. 물론 쭉 좋은 친구로 지내기는 했다.

여기까지는 대략《멋진 징조들》한국어 번역판이 처음 나온 2003년까지의 역사다. 당시에는 닐 게이먼도 국내에 제대로 소개된 작품이 변변히 없었고, 테리 프래챗에 대해서는 그나마도 알려져 있지 않았다. 닐 게이먼은 15년 사이에 훨씬 더 유명한 작가가 되었고 대표작인 샌드맨 시리즈 전권을 비롯하여《그레이브야드 북》,《오솔길 끝 바다》,《북유럽 신화》같은 최근 베스트셀러까지 한국어 번역본이 나왔다. 그사이에《신들의 전쟁American Gods》이 드라마화되어 아마존 프라임에서 방영하고 있기도 하다.

그 후로 오랫동안 행복하게 살았습니다—처럼 두 작가 모두 더욱 활발히 활동하며 계속 좋은 친구로 지냈다고 마무리할 수 있다면 좋으련만, 유감스럽게도 그 말은 두 작가 중 닐 게이먼에게만 해당된다. 2007년 12월에 테리 프래챗은 알츠하이머 판정을 받았음을 공표했다. 그 후로도 계속 집필 활동을 하면서 알츠하이머 재단에 공개적으로 기부하는가 하면 BBC 방송국을 통해 스스로의 투병을 기록하며 환자들과 함께 싸웠다. 그는 2015년, 66세로 사망할 때까지도 유머를 잃지 않아 많은 이들에게 용기를 주었다.

본래《멋진 징조들》은 테리 길리엄 감독이 영화화하겠다는 뜻을 확정한 상태였으나, 오래도록 진행이 되지 않다가 계획이 무위로 돌아갔다. 대신 테리 프래챗이 설립한 회사에서 TV드라마로 만들기 시작했는데, 크롤리 역은 데이비드 테넌트, 아지라파엘 역할은 마이클 쉰이 맡았고 닐 게이먼이 작가이자 쇼러너로 참여했다. 아쉽게도 테리 프래챗 생전에 완성되지는 못하고 그 딸이 회사를 이어받아 이제야 촬영, 2019년 BBC와 아마존 프라임에서 방송할 예정이다.

이 책을 처음 번역할 수 있어서 기뻤던 만큼, 번역을 다시 손볼 기회가 와서 더 기뻤다. 이전에 저지른 오류를 알려주신 분들, 농담을 번역할 때 어떻게 해야 더 효과적인가에 대해 토론해주신 모든 분들께 깊이 감사드린다.

번역 텍스트로는 1996년판 ACE Books(미국)의 《Good Omens》를 이용했으며 테리 프래챗 공식 홈페이지와 뉴스그룹, 사이파이 인터뷰 등을 참고하고 닐 게이먼에게는 이메일로 문의했다.

★ 사족

주석을 많이 달아서 번역하면 소설의 경쾌함에 주렁주렁 추를 다는 꼴인 데다가, 저자들의 농담 주석이 따로 있어서 최대한 역주를 줄였다. 그래도 덧붙이고 싶은 주석을 여기에 정리한다.

• 원제 'Good Omens'는 적그리스도를 다룬 호러 영화 〈오멘〉의 패러디다.

• 제임스 어셔 추기경에 대해 잠깐. 실존 인물, 실존하는 것은 사실이지만, 출판 연도는 1650년이었으며 추기경 본인이 '기원전 4004년 10월 23일 정오'에 창조되었노라고 선언했다.

• 38쪽의 역주에 보충하여, 〈보헤미안 랩소디〉의 원래 가사는 "우리는 너를 놓아주지 않을 거야"다. 386쪽의 "우리에게 필요한 건 오직 라디오 가가"라는 가사도 틀렸다. 원래는 "우리가 듣는 건

오직"이다. 틀린 것으로 말하자면 엘비스 프레슬리의 죽음(혹은 일부 주장대로 고향별 귀환)도 1976년이 아니라 1977년이다. 이 외에도 숫자상의 실수가 몇 개 더 있었으나 본서에 옮기면서 바로잡았다.

• 59쪽 "지옥은 비어 있다, 악마는 모두 여기에 있다"는 셰익스피어의 희곡《폭풍우》에 나오는 유명한 문구.

• 76쪽 로빈 후드에 대해서는 설명할 필요가 없겠지만, 원주에서 말하는《쥐잡이 덫》은 애거사 크리스티의《쥐덫》,《1589년의 황금광들》은 〈1933년의 황금광들〉이라는 뮤지컬을 패러디한 것.

• 91쪽에 나오는 뉴욕 5번가 666번지는 레스토랑이 아니라 DC코믹스의 주소다! 유감스럽게도 그 후 사무실을 옮겼지만.

• 103쪽에 나오는 〈골든 걸스The Golden Girls〉는 미국판에 들어간 드라마 제목인데, 본래 영국판에서는 〈치어스Cheers〉였고 그편이 크롤리의 성격에 잘 어울린다는 팬들의 불평이 있었다. 한국에서는 두 드라마 모두 낯설기에 굳이 바꾸지 않았다.

• 165쪽《히틀러의 일기장》은 1980년대 중반《스턴》이라는 잡지가 출판한 책으로 실제 위조품으로 판명되었다.

• 221쪽 찰스 포트는 실존 인물이지만, 물고기 비를 내리는 사람이 아니라 과학적으로 공격하기 위해 그 분야의 책을 열심히 사모은 학자였다.

• 222~223쪽에 나오는 영화가 〈스타워즈〉 시리즈라는 건 모두 알겠지만……

• 235쪽 데이비드 애튼버러 경은 BBC 자연 다큐멘터리에 단

골 출연하는 내레이터이자 진행자다.

- 239쪽 매슈 홉킨스는 실존 인물이며, 마녀로 몰려 교수형당한 것도 사실이다.
- 253쪽 클라크 켄트는 슈퍼맨의 평소 이름.
- 276쪽 와사비가 무엇인지는 다들 알겠지만, 물론 와사비라는 자동차는 없다. 닐 게이먼이 초밥을 좋아한다는 점을 감안하면 '니기리즈시'나 '카파마키'도 어디에서 튀어나왔는지 알 만하다.
- 278쪽 '핀 있음, 출장 가능'은 로버트 하인라인 소설 《우주복 있음, 출장 가능》을, '핀잡이'는 서부극 〈총잡이〉를, '황금 핀을 가진 사나이'는 007시리즈의 〈황금 총을 가진 사나이〉를, 그리고 '나바론의 핀들'은 〈나바론의 요새〉를 패러디한 것.
- 369쪽 피그보그의 주먹에 새겨진 '사랑'과 '증오'에 대해 말인데, 원래는 찰스 로튼의 영화 〈사냥꾼의 밤〉(1955)에서 로버트 미첨이 하고 나온 문신이 시초였고, 그 후 〈야생마〉에서 말론 브랜도가, 다시 〈록키 호러 픽쳐 쇼〉에서 미트 로프가, 〈케이프 피어〉의 로버트 드 니로가 따라했다고 한다.
- 410~411쪽은 영화 〈엑소시스트〉에 나오는 장면들.
- 481쪽에서 다이젠버거가 묘사하는 영화가 〈ET〉라는 것을 모르실 분은 없겠지만.
- 542쪽의 "버클리 광장에서 나이팅게일이 울었으니"라는 대목은 〈버클리 광장에서 나이팅게일이 울었네〉라는 노래에서 인용한 것이다. 가사 전문은 생략하겠지만, 버클리 광장에서 연인들이 나이팅게일 소리를 들으면 영원히 맺어진다고 전해진다.

• 554쪽 이 부분은 조지 오웰의 《1984년》에 나오는 "미래를 그려보고 싶다면, 영원히 인간의 얼굴을 짓뭉개는 부츠를 생각하라"의 패러디다.

멋진 징조들

초판 1쇄 발행일 2003년 9월 30일
개정판 1쇄 발행일 2019년 2월 11일
개정판 4쇄 발행일 2023년 10월 18일

지은이 테리 프래쳇·닐 게이먼
옮긴이 이수현

발행인 윤호권
사업총괄 정유한

편집 황경하 **디자인** 김지연 **마케팅** 정재영, 윤아림
발행처 ㈜시공사 **주소** 서울시 성동구 상원1길 22, 6-8층(우편번호 04779)
대표전화 02-3486-6877 **팩스(주문)** 02-585-1755
홈페이지 www.sigongsa.com / www.sigongjunior.com

ISBN 978-89-527-9564-9 03840

*시공사는 시공간을 넘는 무한한 콘텐츠 세상을 만듭니다.
*시공사는 더 나은 내일을 함께 만들 여러분의 소중한 의견을 기다립니다.
*잘못 만들어진 책은 구입하신 곳에서 바꾸어 드립니다.

WEPUB 원스톱 출판 투고 플랫폼 '위펍' _wepub.kr
위펍은 다양한 콘텐츠 발굴과 확장의 기회를 높여주는
시공사의 출판IP 투고·매칭 플랫폼입니다.